한국문학의 동아시아적 지평

저자

오무라 마스오 大村益夫, Omura Masuo

1933년 도쿄 출생. 1957년 와세다대학교 제1정치 경제학부를 졸업, 도쿄도립대학교 인문과학
연구과 석박사과정을 수료했다. 1964년 와세다대학교 전임강사 임용. 1966년부터 1978년까지
동대학 법학부에서 중국어 담당. 1967년 조교수, 1972년 교수로 임용됨. 1978년 다시 어학교육
연구소로 옮겨 2004년까지 조선어 담당. 1985년 와세다대학교 재외연구원으로 1년간 중국 연
변대학에서 연구 유학했고, 1992 · 1998년 고려대학교 교환 연구원으로 한국에 체재했다.

저서로는 『사랑하는 대륙이여 ― 시인 김용제 연구』(大和書房, 1992), 『시로 배우는 조선의 마
음』(靑丘文化社, 1998), 『사진판 윤동주 자필 시고 전집』(공편, 민음사, 1999), 『윤동주와 한국문
학』(소명출판, 2001), 『조선 근대문학과 일본』(綠蔭書房, 2003), 『중국조선족문학의 역사와 전
개』(綠蔭書房, 2003), 『조선의 혼을 찾아서』(소명출판, 2005), 『김종한 전집』(공편, 綠蔭書房,
2005), 『제국주의와 민족주의를 넘어서』(공저, 역락, 2009), 『식민주의와 문학』(소명출판, 2014)
등이 있고, 번역서로는 『한일문학의 관련양상』(김윤식, 朝日新聞社, 1975), 『친일문학론』(임종국,
高麗書林, 1976), 『조선 단편소설선』 상 · 하(공역, 岩波書店, 1984), 『한국단편소설선』(공역, 岩波
書店, 1988), 『시카고 복만 ― 중국조선족단편소설선』(高麗書林, 1989), 『탐라이야기 ― 제주도문
학선』(高麗書林, 1996), 『인간문제』(강경애, 平凡社, 2006), 『바람과 돌과 유채화(제주도 시인
선)』(新幹社, 2009) 등이 있다.

역자

곽형덕 郭炯德, Kwak, Hyoung-duck

명지대 문예창작과를 졸업하고 와세다대학 대학원 문학연구과와 컬럼비아대학 대학원 동아시
아 언어와 문화연구과(EALAC)에서 일본 근현대문학을 수학했다. 현재 명지대 일어일문학과 교
수로 재직 중이다. 저서로 『김사량과 일제 말 식민지 문학』이 있고, 번역서로는 『지평선』, 『한국
문학의 동아시아적 지평』, 『어군기』, 『아쿠타가와의 중국 기행』, 『긴네무 집』, 『니이가타』, 『아
무도 들려주지 않았던 일본 현대문학』, 『김사량, 작품과 연구』 등이 있다.

한국문학의 동아시아적 지평

초판1쇄발행 2017년 9월 10일
초판2쇄발행 2019년 1월 10일
지은이 오무라 마스오 **옮긴이** 곽형덕 **펴낸이** 박성모 **펴낸곳** 소명출판
출판등록 제13-522호 **주소** 서울시 서초구 서초중앙로6길 15, 1층
전화 02-585-7840 **팩스** 02-585-7848
전자우편 somyungbooks@daum.net **홈페이지** www.somyong.co.kr

값 33,000원
ISBN 979-11-5905-198-2 94810
ISBN 979-11-5905-082-4 (세트)

ⓒ 오무라 마스오, 2017

오무라
마스오
저작집 4

한국문학의 동아시아적 지평

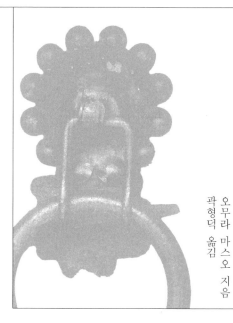

오무라 마스오 지음
곽형덕 옮김

EAST ASIAN PROSPECT OF KOREAN LITERATURE

소명출판

한국에서 내 논문집이 간행된다. 기쁜 일이다.

한·중·일, 동아시아 3국의 정세가 크게 요동치고 있는 가운데 내가 할 수 있는 일은 무엇일까. 아무것도 할 수 없다는 기분이 들 때가 있다. 그럼에도 나는 자신의 길을 걸어가야만 한다. 이 논문집이 많은 사람들의 공감을 불러일으킬 것이라고 생각하지 않지만……

이 논문집에는 1985년부터 2013년 사이에 쓴 글을 수록했다(에세이 제외). 내게는 모두 애착이 가는 글이지만, 지금 다시 읽어보니 잘도 엄청난 이야기를 썼다고 생각되는 한편으로 젊은 시절인데도 꽤 괜찮게 썼다는 느낌도 있다. 오랜 세월 동안 기본적인 관점이 변화되는 일 없이, 전진도 후퇴도 없었던 것 같다. 어쨌든 이 선집에 수록된 글은 그 당시의 시대 상황 하에서 창출된 것임에는 틀림없다.

수록된 논문의 초출과, 그것이 후일 단행본에 수록된 경우에는 상세 서지를 밝혀둔다.

① 「윤동주 「서시」 번역에 대하여尹東柱「序詩」の翻訳について」, 『言葉のな
かの日韓関係』, 明石書店, 2013.4.

　*2011년 1월 22일 리츠메이칸대학 코리아연구센터 주최 심포지
엄에서의 보고문

② 「NHK한글강좌가 시작될 때까지NHK「ハングル講座」が始まるまで」, 『30周
年記念論文集』, 早稲田大学語学教育研究所, 1992.3.

③ 「와세다 출신의 조선인문학자들早稲田出身の朝鮮人文学者たち」, 『語研
フォーラム』 14, 早稲田大学語学教育研究所, 2001.3.

④ 「일본문학 속에 나타난 조선전쟁日本文学のなかに表れた朝鮮戦争」, 『語研
フォーラム』 20, 早稲田大学語学教育研究所, 2004.3.

⑤ 「클라르테 운동과 김기진의 위치クラルテ運動と金基鎮の位置」, 『クラルテ
運動と〈種まく人〉』, お茶の水書房, 2000.4.

　*1996년 11월 9~10일, 리츠메이칸대학, 「일본과 조선에서의 클
라르테 운동의 전개クラルテ運動の日本と朝鮮での展開」 심포지엄 보고문

⑥ 「그 땅의 사람들かの地の人々」, 『朝鮮文学―紹介と研究』 10, 1973.9.

⑦ 「(대담) 한국문학에서 일본은 무엇인가」, 『계간한국문학평론』 2-3,
범우사, 1998.9.

⑧ 「김학철 선생님에 대해서金学鉄先生のこと」, 共同通信社(山梨日日新聞, 日
本海新聞, 高知新聞, 北海タイムズ, 中国新聞), 1990.1.17~22.

⑨ 「김학철, 그 생애와 문학」, 『植民地文化研究』, 2017.7.

⑩ 「(청취록) 김학철―내가 걸어온 길聞き書き 金学鉄―私が歩んだ道」, 『中国
朝鮮族文学の歴史と展開』, 緑蔭書房, 2003.3.

　*청취조사는 1985.6~86.2.

⑪「김창걸 연구시론金昌傑研究試論」,『朝鮮近代文学者と日本』, 大村研究
　　室, 2002.2.

　*『中国朝鮮族文学の歴史と展開』, 緑蔭書房, 2003.3.

⑫「시집『동방東方』전후의 김조규」,『2001만해축전(자료집)』, 만해
　　사상실천선양회, 2001.7.

⑬「조양천 농업학교 시절의 김조규朝陽川農業学校時節の金朝奎」,『中国朝鮮
　　族文学の歴史と展開』, 緑蔭書房, 2003.3.

⑭「연변생활기延辺生活記」,『季刊三千里』47-50, 1986秋号-87夏.

　　이 저작 선집을 만드는 과정에서 내가 쓴 글을 선별해 번역해 준
곽형덕 선생, 출판에 이르기까지 수고를 아끼지 않은 원광대학교의
김재용 교수, 소명출판의 박성모 사장님과 출판사 직원 분들께 마음
속으로부터 감사의 말씀을 올린다.

2017년 6월

저자

차례

제1장

윤동주 「서시」 번역에 대하여

1. 원문 확정

일반적으로 번역 작업 시에 우선 원문을 어떤 텍스트로 삼을 것인지 확정하지 않으면 안 된다. 당연한 일이라고 할 수도 있지만, 그 작업은 생각처럼 용이한 일이 아니다.

예를 들어 강경애의 소설 『인간문제』를 번역하려고 할 경우, 현재 볼 수 있는 14 종류의 텍스트 가운데 어떤 것을 선택할 것인가 하는 문제가 있다. 기본으로 『동아일보』연재본을 따르지만, 그것을 현대인이 알기 쉽게 표기법 그 외 것들을 고칠 때, 사소한 부주의 때문에 실수를 하거나, 빼먹는 부분이 생기거나, 결국은 당시에만 사용하던 어휘가 있거나, 일본어에서 차용한 어휘가 들어있거나 해서 편집 및 편주하는 사람을 고민하게 만든다. 게다가『인간문제』는 북한 판도 네 종류가 있는데 그 텍스트들은 시대가 흘러감에 따라서 스토리마저 달라져 있다.

초출『동아일보』와 북한판 텍스트의 차이는 그 당시(일제시대) 쓰고 싶었지만 쓸 수 없었던 것을 보필補筆하려는 의식이나, 문예는 인간생활의 교과서가 되지 않으면 안 된다고 하는 공화국의 문예 정책으로부터도 설명할 수 있다.

이기영의『고향』을 보더라도, ①『조선일보』연재(1933~1934)를 원본으로 삼아 번역할 것인지, ② 단행본화된 것(한성도서출판, 상권 1936, 하권 1937)을 원본으로 할 것인지, ③ 해방 후 저자가 가필한 것을 원본으로 할 것인지, 번역자는 망설이게 된다. ①을 선택하게 되면 연재 횟수의 중복이나 건너뛴 곳도 있으며, 저자가 실수했거나, 편집자가 실수한 곳도 있는 대신에 좋은 점을 들자면, 검열로 인한 삭제나 복자 흔적을 알 수 있다. 또한 삭제된 부분을「조선출판경찰월보朝鮮出版警察月報」(불허가차압출판목록不許可差押出版目錄)를 보고 채울 수 있다고 생각되면 빈 곳을 메우는 것도 가능하다. ②를 통해 번역하면, 초출과의 시간차가 3년 있어서, 그 사이 출판사정이 보다 급속히 가혹해진 과정을 고려해야 할 것이다. 또한, 단행본이 신문연재본보다 문장이 잘 정리된 경우도 있지만, 거꾸로 필요한 것이 빠진 부분도 두드러지기도 해서, 단순히 단행본이 텍스트로서 낫다고 하기도 어렵다. ③을 채택하면, 저자가 직접 가필했다고는 하지만, 그것이 해방 후라는 상황 하에서 이뤄진 것이라는 점, 즉 일종의 개정판이라는 것을 의식하고 번역하지 않으면 안 될 것이다.

 윤동주처럼 육필 원고가 남아있는 경우는 상황이 또 다르다. 물론 다르다고 하더라도 문제가 없을 리는 없다. 윤동주 원고는 그가 살아생전에 신문 잡지에 발표했던 12편과, 스스로 고른 18편의 첫머리에 이른바 「서시序詩」를 넣은 수고집手稿集 『하늘과 바람과 별과 詩』 이외 94편은, 누군가에게 보여주기 위해 쓴 것이 아니다. 「花園에 꽃이 핀다」처럼, 원고용지 테두리 밖에 쓴 어구가 본문인지, 메모인지 명확하지 않은 경우도 있다. 또한, 어느 쪽이 적당한 표현인지 결정하기 힘들어서 두 가지 용어가 병기된 경우도 있다. 또한 작품 도중까지만 남겨놓고, 후반 부분에 ✕표시를 한 미완성인채의 작품도 있다. 게다가 작품 전체에 ✕표시를 한 것도 있다. 지금까지 출판된 다수의 윤동주 시집 가운데 가장 신뢰할 수 있는 정음사正音社 판 『하늘과 바람과 별과 詩』는 이러한 문제를 적절하게 처리했다고 하겠다. 하지만, 완전무결 할 수 없다. 원고가 남아있는 경우 번역을 할 때는 우선 원문 확정 작업에서부터 착수하지 않으면 안 된다. 이는 기존의 편집자를 신용하지 않는 다는 의미는 아니다. 편자의 작업에 경의를 갖고 작품과 접하고, 그 은혜에 감사하면서 충분치 않다고 생각되는 부분을 보충한다는 의미이다.

 원문이 확정되면 번역은 절반 정도 됐다고 봐도 좋다.

 원문이 다르면 번역문이 다른 것은 당연하다. 지금까지 일본에서 윤동주 번역은 모두 정음사판을 저본으로 삼고 있다고 생각한다. 그 정음사판도 윤동주 수고와 비교해 보면, 역시 문제가 있어 보인다.

수고집을 시집 단계까지 끌어올리는 것은 편집자로서 여러 종류의 판단이 필요하다. 그 판단이 중복되는 것이 수고와 시집과의 거리를 낳는다.

구체적으로 윤동주의 시 「아츰」과 「곡간」을 예로 들어 번역해야 할 원문을 결정하는 방법을 살펴보자.

제1창작 노트 「나의 習作期의 詩아닌 詩」에서 「아침」과 제2창작 노트 「창」의 「아침」 사이에는 두드러진 상이점이 있다. 윤동주는 이 작품에 애착을 갖고 「나의 習作期의 詩아닌 詩」로부터 「창」에 일부 수정을 해서 기록해 뒀다. 그래도 만족하지 못하고, 마지막 4행만을 남겨두고 그 대부분에는 크게 ×표시를 하고, 그 위에 "고칠것"이라고 적었다.

정음사판 편집자는 윤동주의 이 말에 충실히 따라서 「나의 習作期의 詩아닌 詩」와 「창」에서 시어를 골라서 「아침」이라는 작품을 만들어냈다. 즉 윤동주 시집에서 현재 볼 수 있는 「아침」이라는 작품은 윤동주 수고 어디에도 없는 것이다. 번역자는 무엇을 통해 원문으로 삼을 것인지 고민할 수밖에 없다.

「곡간」이라는 4연으로 이뤄진 작품이 있다. 마을에서 가까운 한가로운 산을 노래한 시다. 하지만 「나의 習作期의 詩아닌 詩」를 보면, 6연까지 써 있고, 그 가운데 5연 째를 삭제해서 전체를 5연으로 한 것을 알 수 있다. 이것이 「창」이 되면 마지막 연도 삭제해서 4연이 된다. 윤동주는 최종적으로 4연을 남겼다. 그러므로 4연 만을 번역하면 된다. 하지만, 윤동주는 처음에 「곡간」을 발상發想했을 때는

6연까지 썼다. 그리고 그 6연에는 "말탄 섬나라 사람이", 즉 일본인가 등장해서 조용한 골짜기 마을의 풍경은 별안간 긴장하게 되지만, 번역자로서 4연까지를 번역해서 그것으로 할 일을 다 했다고 할 수 있을지 의문이 남는다.

2. 「서시」 번역

  윤동주는 「서시」라는 제목의 시를 남기지 않았지만, 시 18편을 모은 그가 뽑은 수고시집『하늘과 바람과 별과 詩』처음에 쓰여진 무제의 시가 서시적인 의미를 갖고 있어서, 일반적으로 「서시」로 칭해지고 있다. 윤동주 사거 이후, 이 시는 1948년 초판본에서는 아직 조심스럽게 괄호를 넣어서 「(서시)」라는 제목을 달고 있는데, 1955년 재판본에서는 그 괄호가 사라지고 「서시」로 돼 있다.

    죽는 날까지 하늘을 우르러
    한점 부끄럼이 없기를,
    잎새에 이는 바람에도
    나는 괴로워했다.
    별을 노래하는 마음으로
    모든 죽어가는 것을 사랑해야지

그리고 나안테 주어진 길을
거러가야겠다.

오늘밤에도 별이 바람에 스치운다.

   이것이 윤동주 육필 원고를 활자화 한 것이다. 이것을 바탕으로
시에 제목을 붙이고, 철자법을 현대식으로 고친 것이 정음사판「서
시」이다. 이 형태의 시가 연세대학 윤동주 시비에 새겨져 있다.

序詩

죽는 날까지 하늘을 우러러
한점 부끄럼이 없기를,
잎새에 이는 바람에도
나는 괴로와했다.
별을 노래하는 마음으로
모든 죽어가는 것을 사랑해야지
그리고 나한테 주어진 길을
걸어가야겠다

오늘밤에도 별이 바람에 스치운다

―정음사판 1990.3.6.

자필원고와 정음사판을 대조해 보면, ① 제목이 생겼고, ② 우르러→ 우러러, ③ 괴로워→ 괴로와, ④ 나안테→ 나한테, ⑤ 죽어가는것을→ 죽어가는 것을, ⑥ 거러가야→ 걸어가야, 로 변화가 있다.

도지샤대학同志社大學 캠퍼스 시비는 변화 이전 자필 원고 필적을 그대로 새겨넣었다.

정음사판을 저본으로 했다고 보이는 번역으로 내가 아는 한은 이부키 고伊吹郷, 우에노 준上野潤, 우지고 쓰요시宇治郷毅, 김시종, 일본기독교단日本基督教団, 오무라 마스오大村益夫 번역이 있다. 그것을 다음과 같이 검토하려 한다.

이부키 고 역은 이하와 같다.

死ぬ日まで空を仰ぎ

一点の羞恥なきことを,

葉あいにそよぐ風にも

わたしは心痛んだ。

星をうたう心で

生きとし生けるものをいとおしまねば[1]

そしてわたしに与えられた道を

歩みゆかねば。

---

1   역자주 : 일본어 번역본에서 강조한 부분이 윤동주의 원시와 비교했을 때 지나친 의역인 경우를 나타낸다. 그 외 부분은 원시와 비교해도 거의 비슷한 부분이다.

今宵も星が風に吹き晒らされる。

　이부키 고 씨가 윤동주 시집을 완역(1999년에 공표된 8편을 제외하고)
한 것은 훌륭한 업적이다. 현재 윤동주 시가 가장 많이 번역된 것은
이부키 고 씨가 출판한 책이다. 도지샤대학 캠퍼스에 있는 시비에도
이부키 씨 번역이 새겨져 있다. 나는 이부키 씨 작업에 경의를 표하
면서도, 그 번역에 대해서는 다른 의견이 있다.

　이부키 씨는 "모든 죽어가는 것을 사랑해야지"라는 부분을 "生き
とし生けるものをいとおしまねば(모든 살아 있는 것을 가엾어 하지 않으
면)"이라고 번역하고 있다. "모든 살아있는 것"은 생명이 있는 모든
것을 가리킨다. 그 가운데는 사람을 죽음으로 내모는 사람들도 포함
되고 만다. 윤동주는 "모든 죽어가는 것을 사랑해야지"라고 말하고
있을 뿐으로 사람을 죽음으로 내모는 사람들까지 사랑해야 한다고
하지 않았다.

　"모든 죽어가는 것" 가운데는 조선의 언어, 생활풍습, 조선인 인
명, 고유문화만이 아니라, 파시즘에 쫓겨나는 자유주의, 민주주의,
그리고 일본 서민까지를 포함해도 좋을 것이다. 모든 죽어가는 것에,
윤동주는 무한한 애정을 토로하고 있다.

　또한 이 짧은 시 가운데 "죽다"라는 말을 두 번이나 쓰고 있다. "죽
는 날"과 "죽어가는 것"이 그것이다. 그것을 한편으로 "死ぬ日(죽는
날)"이라고 번역하고 다른 한편으로는 "生きとし生けるもの(모든 살아
있는 것을)"이라고 번역하는 것은 어떤 이유에서인가. 경우에 따라서

아무리 해도 각각 다르게 번역해야 할 경우도 있지만, 그런 각기 다른 번역은 최대한 자제해야 할 것이며, 이 경우 양쪽 다 "죽는다"는 의미로 해도 충분히 의미가 통하는 이상에는 "죽는다"로 해야 할 것이라고 생각한다.

　이부키 고 씨는 "すべての死にゆくもの(모든 죽어가는 것)"와 "すべての生きゆくもの(모든 살아가는 것)" 그리고 "生きとし生けるもの(모든 살아 있는 것을)"은 이어동의異語同意이므로 자신의 번역이 옳다고 하고 있다. 어떻게 "모든 죽어 가는 것"이 "모든 살아 있는 것을"과 이어동의인 것일까.

　당시 청구문고青丘文庫 회장인 한석희韓晢曦 씨는 이부키 고 번역에 기본적으로 찬성하면서, "하늘"을 "天"이라고 번역해야 한다고 했다. 크리스천다운 견해라고 하겠다. "하늘"은 어원적으로 "하나님"과 동일하다고 한다면, 이 가설은 경청할 만하다. 하지만, 윤동주에게 '하늘'의 용례는 35가지 예가 있는데, '天'에 가까운 의미로 쓰인 예는 적다.

　1. 남쪽 하늘 저밑에 (시 「고향 집」)

　2. 하늘 끝까지 보일 듯이 (시 「비둘기」)

　3. 손들어 표할 하늘도 없는 나를 (시 「무서운 시간」)

　1, 2의 경우는 문자 그대로 '하늘'을 의미하고, 3은 '하늘과 땅 중간—인간이 활동할 수 있는 영역'을 의미한다. 어느 경우도 '하늘'은 '天'을 의미하는 것과는 거리가 멀다.

우에노 준 씨 번역 「서시」는 이하와 같다.

息絶える日まで天を仰ぎ<ruby>天<rt>そら</rt></ruby>
一点の恥無きことを,
木の葉にそよぐ風にも
私は心痛めた。
星を詠う心で
全ての死に行くものを愛さねば
そして私に与えられた道を
歩み行かねばならない。

今夜も星が風に擦れている。

　우에노의 번역은 무난하다고 할 수 있다. 다만, '天'이라고 쓰고 윗글자(루비)를 '그ら(하늘)'라고 하는 것은 무리한 읽기 방식이라고 해야 할 것이다. 눈으로는 '天'을 귀로는 '그ら(하늘)'를 독자가 읽고 듣기를 기대한 방식은, 나라면 택하고 싶지 않다.

　그리고 '잎새'에 해당하는 부분을 '木の葉'에 ＊표시를 하고, "이 부분은 두 가지 해석이 가능하다"고 하며, 기존 번역은 "잎 사이, 즉 잎과 잎 사이라는 의미"라 하며, 나는 그것을 취하지 않는다고 하고 있다.

　이것은 불필요한 주이다. 기존 번역자는 '잎새'가 '잎사귀'라는 것

을 알고 '잎 사이葉あい'라고 한 것이리라. 오히려, 직역한다면 "잎새에 이는 바람"을 우에노 역이 "나뭇잎에 흔들리는 바람木の葉にそよぐ風"이라고 하며 '풀잎'이 아니라 '나뭇잎'으로 한정한 것이 의문이다.

다음으로 김시종 씨의 번역을 살펴보자.

死ぬ日まで天を仰ぎ

一点の恥じ入ることもないことを

葉あいにおきる風にすら

私は思いわずらった。

星を歌う心で

すべての絶え入るものをいとおしまねば

そして私に与えられた道を

歩いていかねば。

今夜も星が **風にかすれて泣いている**。

김시종 씨는 기존의 번역과 겹쳐지는 것을 피하려고 다소 무리한 표현을 하고 있는 것 같다.

우선 장점을 들어보면 '天'이라 쓰고 'そら'라고 읽히려는 시도는 하지 않고 있다. 결점을 들자면, "一点の恥じ入ることもないことを (한 점 부끄러운 것이 없는 것을)"는 "こと(것)"가 중복돼서 울림이 좋지 않다. 게다가 마지막에 "風にかすれて泣いている(바람에 스쳐 울고 있다)" 부분인데, "울고 있다"는 번역자의 과도한 감정이입으로 오히려 없는 편이 좋다고 생각된다. 또한 "絶え入る(끊어지다)" 부분은 '죽는다'는 의미로 바로 연결될 것인가. "玉の緒の絶え入る(목숨줄이 끊기다)"라고 하면 확실히 '죽는다'고 알 수 있겠지만.

이상, 김시종 번역은 모즈공방もず工房『하늘과 바람과 별과 시空と風と星と詩』를 인용했다. 최근, 김시종 씨는 이와나미문고에서 같은 제목의 번역 시집을 냈다. 「서시」의 두 번역은 거의 똑같다. 다른 점은, 모즈공방 판에서 "葉あいにおきる風にすら/私は思いわずらった"라고 된 부분이 이와나미 판에서는 "葉あいにおきる風にさえ / 私は思い煩った"라고 바뀐 것(강조 부분)에 지나지 않는다.

우지고 씨는 윤동주를 가장 이른 시기에 일본에 소개한 인물이다. 일본 국회도서관 부관장을 역임했는데, 현재는 윤동주와 연고가 깊은 도지샤대학 교수이다. 우지고 씨 번역은 다음과 같다.

死ぬ日まで空を仰ぎ慕い
すこしも恥じることなく
葉の間におこる風にも
わたしは心をいためる。
星を歌う心で
すべて死にいくものを愛するでしょう。

そして 私は与えられた道を

歩いていくでしょう。

今宵もまた 星が風をかすめて通りすぎる

　동요가 윤동주 작품 세계에 본질적으로 흐르고 있음을 의식하고 있는 듯한, 부드러운 번역이다. 억지로 문제점을 들자면 두 가지다. 첫째는 "사랑해야지" 부분을 "愛するでしょう"로 한 것이다. 원문이 "사랑할 것이다"라면 딱 맞는 번역이지만.

　또 다른 하나는 "星が風をかすめて通りすぎる"이다. "스치우다"는 "스치다"의 피동형이니까, 자주 볼 수 없는 용법이다. "별이 바람에 스치운다"를 일본어로 직역하면 "星が風にかすめられる" 혹은 "星が風によぎられる" 정도가 될 것이다. 우지고 씨의 "星が風をかすめて通りすぎる"에 따르면 이동하는 것이 별이고, 정지한 것은 바람이 된다.

　다만 요즘에는 유성처럼 별이 바람을 스친다는 해석도 있는 것 같다.

　일본기독교단 출판국 번역 『죽는날까지 하늘을 우러러―크리스천 시인 윤동주死ぬ日まで天を仰ぎ―キリスト者詩人・尹東柱』의 번역은 다음과 같다.

死ぬ日まで天を仰ぎ

一点の恥もないことを

葉群れにそよぐかぜにも

私は心を痛めた。

星をうたう心で

すべての死んでいくものを愛さねば

そして私に与えられた道を

歩んでいかねば

今宵も星が風にこすられる

이 책은 윤동주 작품 번역과 크리스천 7명이 쓴 윤동주론을 모은 것으로 구성돼 있다. 표지에 개인 저자의 이름은 나와 있지 않으며, 책속에 번역자 이름과 논문집필자 이름이 나온다. 위 시의 번역자는 모리타 스스무森田進 씨다.

우지고 씨는 본서에 수록된 논문 가운데 서시를 인용하고 있는데, 그 번역은 다음과 같다.

死ぬ日まで天を仰ぎ

一点の恥なきことを,

葉かげにそよぐ風にも

わたしは心苦しんだ。

星をうたう心で,

すべて死にいくものを愛さなくては

そして わたしに与えられた道を

歩みゆかねば。

今夜もまた星が風に吹きさらされる。

　이 우지고 씨 번역이 지금까지 번역 가운데 가장 잘 된 것이라고 생각한다. "天を仰ぎ"의 '天'에 대해서 이미 내 견해를 밝혔으니 재론하지 않는다.

　모리타 씨 번역도 나쁘지는 않지만, "葉群れ"라는 표현은 잘 삭지 않은 언어다.

　마지막으로 오무라 역을 써둔다. 다른 이들 비평만 하고 자신의 번역은 내놓지 않는 것은 무책임하다고 생각해서다.

死ぬ日まで 空を仰ぎ見

一点の恥ずべきことなきを，

葉あいに起こる風にも

わたしは心苦しんだ。

星を歌う心もて

あらゆる死にゆくものを愛さねば

そしてわたしに与えられた道を

歩みゆかねば。

今宵も星が風に吹かれる。

　나는 내 번역에 결점이 없다던가, 질이 높다고는 조금도 생각하지 않는다. 보다 적절한 번역이 있다면 언제나 고치고 싶다. 한 작품을 둘러싸고 다수의 번역이 나오고, 서로 경쟁해서 보다 좋은 번역을 만들어 내면 좋겠다고 생각한다.

　이상, 많은 번역자에게 무례한 말을 했을지도 모르지만, 보다 좋은 번역을 위한 한 가지 의견이라고 생각하고, 관대히 넘어가주시길 바래본다.

　참고로 한어漢語 번역을 살펴보자. 영어 번역도 있고, 체코에서도 윤동주 시집 번역서가 나왔다고 하는데 아직 확인해 보지 못했다.

仰不愧於天
是我至死不渝的信念。
那拂枝憾葉的風,
使我痛苦萬分不堪言,
時常吟咏星星,
對一切行将消逝之物無限眷恋,
沿着他人爲我開拓的路,
走啊走啊不知疲倦,

今天晚上,

又有星星被風刮落於荒甸

이걸 한국어로 직역하면 다음과 같다.

하늘을 우러러 부끄럼 없이

그것은 죽더라도 변치 않는 내 신념.

그 잎새를 흔드는 바람이

나를 괴롭히고 입을 열수조차 없게 한다

항상 별을 노래하고

모든 사라지고 죽어가는 것을 한없이 사랑해야지.

다른 사람이 나를 위해 열어준 길을 따라

걸어 가자 걸어 가자 피로를 잊은 채

오늘밤 다시

바람에 불려 황야에 떨어지는 별이 있네

위 시는 원문으로부터 상당히 멀어진, 설명적인 문장이라 할 수 있다.

참고문헌

홍장학 편, 『정본 윤동주 전집』, 문학과지성사, 2004.7.14.

정현종 · 정현기 · 심원섭 · 윤인석, 『원본대조 윤동주 전집－하늘과 바람과 별과 詩』, 연세대 출판부, 2004.8.20.

윤동주, 『하늘과 바람과 별과 詩』, 정음사, 초판 31편 1948, 재판 93편 1955, 3판 116편, 1976~1990.

伊吹鄕 訳, 『空と風と星と詩』, 記錄社発行, 影書房発売, 初版 1984.11.30; 2판 2쇄, 2004.7.30.

上野潤訳, 『天と風と星と詩』詩画工房, 1998.1.25.

金時鐘訳, 尹東柱詩集『空と風と星と詩』, もず工房, 2004.1.10.

金時鐘訳, 『尹東柱詩集 空と風と星と詩』, 岩波文庫, 2012.10.16.

宇治鄕毅著, 『詩人尹東柱への旅－私の韓国・朝鮮研究ノート』, 緑蔭書房, 2002.1.30.

日本基督教團出版局編, 『死ぬ日まで天を仰ぎ－キリスト者詩人・尹東柱』, 日本基督教團 出版局, 1995.7.20.

大村益夫編訳『詩で学ぶ朝鮮の心』, 靑丘文化社, 1998.6.1.

김동훈 · 최문식 편, 『윤동주유고집』, 연변대 출판사, 1996.12.

藤石貴代, 「金素雲と村上春樹の間」, 『言語』36-4, 2007.

徐京植, 『植民地主義の暴力－「ことばの檻」から』, 高文硏, 2010.4.

제2장

NHK '한글 강좌'가 시작되기까지

1984년 4월부터 NHK 외국어강좌 '안녕하십니까(한글 강좌)'가 시작됐다. 현재(1992)로부터 8년 전의 일이다. 8년이라는 세월이 긴 것인지 짧은 것인지 모르겠으나 이 강좌개설의 역사는 거의 망각돼 가고 있다.

현재의 형태로 진행되고 있는 강좌가 옳은 것인지 그렇지 않은 것인지, 또한 이러한 형태 강좌 개설이 옳은 것인지 그렇지 않은 것인지(혹은 어쩔 수 없는 것인가)라는 논의는 이 글의 주요 관심사가 아니다. 이 글은 강좌 개설에 이르는 경위와 그 과정에서의 문제점을 현재 시점에서 가능한 객관적으로 기록해서 정리해 두고자 하는 시도이다. 그래서 다소 자료 해설과 같은 글이 될지도 모르겠다. 하지만 이러한 초보적인 자료 수집조차 지금까지 누구도 시도하지 않았던 것 같다. 운동이란 발단이 있고, 전개가 있으며, 정점이 있고, 쇠퇴가 있고, 마침내 종식이 있다. 그 과정에서 연소된 에너지는 어딘가에 기록해 두지 않으면 안 될 것이다. 이 기록은 앞선 분들의 노고에 대해 기념비를 세우려는 것이 아니라, 조선 문제와 관련된 사람이 아직까지도 봉착해야만 하는 씁쓸한 경험의 이정표로서의 성격을 띠고 있다고 할 수 있다.

1. 발단

내가 아는 한 최초로 NHK에 조선어 강좌를 열자고 요청한 것은 고순일高淳日이다. 그는『아사히신문』기고문을 보내는 형식으로 강좌 개설을 요청했다. 재일조선인 문화인인 고순일은 「NHK조선어 강좌를 개설해 달라NHK朝鮮語講座を開設して」(1974.11.26, 조간)에서 일본인이 아시아 안에서 일본을 생각하기 위해 지금이야말로 가장 가까운 이웃 나라의 말을 학습하고 보급하는데 힘을 기울여야 하는 것이 아닌가 하고 주장하고 있다.

그로부터 1년이 지나『계간 삼천리季刊三千里』4호(1975.11)에 철학자 구노 오사무久野收는 재일조선인문학자 김달수와의 대담 중에,

"오늘 한 가지 제안하고 싶은 것은 조선인 여러분과 협력해서 NHK에 조선어 강좌를 여는 운동을 일으킵시다요."

하고 말했다고 한다. 그러자 김달수가

"그거 참 좋군요. 대찬성입니다."

하고 찬성의 뜻을 표하고 있다. 그곳에서 두 사람의 의견은 최근 젊은 사람들 사이에서 조선어를 배우는 사람이 늘고 있다. NHK 스페인어 강좌가 있는데 조선어가 없는 것은 이상하다고 하는 것이었다.

이러한 발언이 나오는 배경에는 완만한 흐름이지만 사회적인 변동이 있었다.

1965년 전후는 한일조약 등 정치적인 면에서 자주 시끄러운 일들이 벌어지고 있음에도, 야간 조선어 강습회 등에는 그 안내가 큰 신문의 행사코너에 소개돼도 수강자가 2, 3명 정도 밖에 없는 경우도 있었는데, 그 후 10년 지난 1975년이 되면 교실이 좁아서 수강 희망자를 거절하는 경우가 나타나기도 했다. 한국과의 인적 왕래나 교류가 있고 간헐적으로 신문 1면을 떠들썩하게 하는 조선 반도의 정치적 사건에 대한 일본인 쪽의 경박한 관심에 대한 반성 등으로 조선 사회와 그곳에 사는 사람들에 대한 관심이 조선어 열기의 배경이었다고 생각한다.

그때 나가이永井 문부대신이 등장하게 된다. 나가이 문부대신은 조치上智대학에 이어 세이신聖心 여자대학에서의 취임 후 두 번째의 강연 「교육의 흐름은 바뀐다」에서

세계의 변화에 맞춰서 일본인이 국제화되기 위해서는 영어는 중학교부터 배우는데, 이웃나라의 말인 조선어는 오사카大阪외국어대학이나 텐리天理대학에서만 배울 수 있다는 모순을 극복해야만 한다.

고 발언했다. 이러한 교육이념을 지닌 문부대신은 나가이 전에도 후에도 없다.

나가이의 구상에 근거해 1977년 4월 도쿄외국어대학에 조선어과가 부활했다(1897년에 한어과 설립, 1927년 3월 폐과). 도야마富山 대학에 조선어 · 조선문학과가 발족한 것은 1977년 4월이다. 도야마대학은 당시 문리학부장 데사키 마사오手崎政夫의 열의로 문부성을 움직인 측면이 있으나, 도쿄외국어대학의 경우는 문부성 주도로 이야기가 진행돼 학교 당국은 문부성으로부터 학과 신설 신청서를 조속히 제출하라는 지시를 받았다.

모든 공을 나가이 문부대신에게 돌리려는 것이 아니다. 1975년 사학진흥재단을 통해 사립대학에서의 아시아 지역의 언어에 대한 국비 조성이 시작됐는데, 그러한 사회적 배경이 나가이 문부대신의 조선어 중시 발언을 가능케 했던 것이다.

2. 조선어 강좌 개설을 요청하는 모임

NHK에 조선어 강좌 개설을 요청하는 서명 운동이 평론가 히다카 로쿠로日高六郎, 작가 홋타 요시에堀田善衛, 조선사 연구자 하타타 다카시旗田巍 등 학자, 문화인 40명의 호소로 시작된 것이 1976년 3월의 일이었다. 호소인 40명 가운데는 우메하라 다케시梅原猛, 구와바라

다케오桑原武夫, 가이즈카 시게키貝塚茂樹, 기노시타 준지木下順二, 센다 고레야千田是也, 마쓰모토 세이초松本清張, 미노베 료키치美濃部亮吉, 등 이른바 문화인, 그리고 오노 스스무大野晋, 이노우에 미쓰사다井上光貞 등의 언어 역사 전문 분야에 관한 연구자, 하타타 다카시, 고노 로구로河野六郎, 오무라 마스오 등 조선학 연구자가 포함됐고, 조선인으로서는 김달수 한 명이 참여했다.

이 모임의 사무국은 신주쿠구 니시오쿠보 1-459 아제리아 도쿄東広 빌딩 608호실『계간 삼천리』사무실 안에 설치됐다.

'NHK에 조선어 강좌 개설을 요청하는 모임'의 요청서는 NHK 외국어 강좌에 영어, 독일어, 프랑스어, 러시아어, 중국어, 스페인어 이렇게 6개국의 언어가 방송되고 있는데, 일본과 가장 가까운 이웃 나라의 언어 강좌가 방송되지 않는 현재 상황을 지적하고 있다. 사무국장 야하기 가쓰미矢作勝美와 발기인들은 서명운동을 시작하기 전에도 애초부터 몇 번이고 NHK를 찾아가서 교섭을 진행하지만, 외국어 방송에 할애할 수 있는 전파는 현재의 6개국 50시간으로 꽉 차서 이 이상 외국어 방송 시간을 늘릴 수 없다. 또한 조선어는 UN 공용어가 아니라서 다룰 수 없다는 것이 NHK 측의 당초 회답이었다.

이것은 핑계에 불과하다. 이후의 전개는 봐서 알듯이 외국어 방송 시간은 만들어내려면 얼마든지 만들 수 있었고, UN 공용어라는 점에서는 이전에 이탈리아어가 UN 공용어가 되기 전에 방송됐던 전력이 있다.

조선어강좌 개설 모임의 멤버들은 몇 번이고 NHK로 찾아가 요청을 전하고 저널리즘에 호소했다. 젊은이들은 자원봉사 활동으로 길가에 서서 서명활동을 했고, 공민관 등에서 조선어의 필요성을 역설하는 강연회를 열심히 열었다. 이 모임의 뉴스레터도 3호까지 냈다.

이렇게 1976년 3월 모임 발족 이후 1년 1개월 동안, 1977년 4월 4일 현재 38,748명의 서명을 손에 들고서 'NHK에 조선어 강좌 개설을 요청하는 모임'의 발기인을 대표해서 구와바라 다케오, 구노 오사무, 하타타 다카시, 김달수, 야하기 가쓰미가 NHK를 방문했다. NHK 쪽에서는 사카모토 도모카즈坂本朝一 회장, 호리 요시오堀四志男 방송국장, 고이케 데이조小池悌三 방송총무 주간 등 어학 프로그램 관계자가 출석했다.

NHK는 강좌 개설 모임에 대해서,

① 새롭게 어학 프로그램을 만들 때는 가장 먼저 조선어 강좌를 다루겠다.

② 조선어 강좌 개설을 둘러싸고 검토를 계속해 왔는데 방송 시간의 배정 및 NHK의 내부 조건에는 아무런 문제가 없다.

③ 조선어 강좌 방송에 있어서 외부 조건에 다소의 장해가 예상되므로 그것을 해소한 뒤에 방송을 결단하고 싶다.

④ NHK에서 즉시 조선어 강좌 담당자를 두고 외부 조건을 해소하는데 노력하고 싶다. 따라서 하타타 다카시, 김달수 씨에게 그것을 위해 노력해 주실 것을 요청한다.

고 회답했다.

개설 요청 서명운동의 비용은 모두 개인의 후원금으로 충당됐으며 그 총 비용은 831,566엔에 이른다.

여기서 말하는 '외부적 조건'이란 주로 한국 측을 가리키고 있음은 두말할 필요도 없다.

3. 한국어 강좌 개설에 관한 요청서

NHK에 조선어 강좌 개설을 요청하는 모임의 서명운동이 벌어지고 있을 무렵, NHK에 조선어가 아니라 한국어라고 하라는 투서가 있었다고 NHK는 말하고 있다. NHK가 강좌개설 모임의 요청을 거의 전면적으로 받아들이면서 호칭문제로 아직 주저하고 있음을 알 수 있다.

조선어 강좌 개설 모임이 1977년 4월 4일에 38,748명의 서명을 NHK에 전하고 바로 이틀 후인 4월 6일, 재일본대한민국거류민단(민단) 중앙본부는 '한국어강좌개설에 관한 요청서'를 NHK에 제출했다. 요청서는 일본어로 씌어졌는데 '조선어'가 아니라 '한국어' 강좌 개설을 요청하고 있다. 그 이유로 4가지를 들고 있다.

① UN에서는 대한민국이 유일한 합법정부로 인정받고 있음.

② 한국 총인구 5,000만 명 중에서 남한에 3,500만 명, 북한에 1,500

만 명이 있으니, 인구 비율로도 한국이 압도적 다수를 점하고 있음.

③ 재일조선인 60만 명 중 한국계가 45만 명으로 조선총련계는 15만 명임.

④ 조선이라는 어감은 한국인에 대한 멸칭으로 이해돼 심리적 차별감을 수반함.

더 나아가 '개설 요청에 관하여'라는 제목으로 강좌를 시작함에 있어 "재일한국인 2, 3세대의 일본학교 취학생 97,000여 명과 청년 약 10만 명의 모국어 학습열에 의할 것"이라고 요청하고 있다.

이렇게 처음에는 문화운동으로 발족한 강좌개설 운동은 일거에 정치운동으로 변모됐다.

민단은 전 조직을 동원해서 '한국어 강좌 개설' 운동에 돌입했다.

1977년 6월 30일에는 'NHK에 한국어 강좌를 요구하는 모임'이 162,240명의 서명을 손에 들고 '전달 취지서'를 NHK에 제출했다. 한국어 강좌 개설모임의 전달 취지서는 와다 고사쿠和田耕作, 기지마 노리오木島則夫, 오우치 게이고大内啓伍, 우케다 신키치受田新吉라고 하는 국회의원과 작가 후지시마 다이스케藤島泰輔 이름으로 작성됐다. 하지만 실질적으로 활동을 전개한 것은 이들이 아니라 민단 측이었다.

1978년 4월 12일에는 다시 한 번 민단의 이름으로 '한국어강좌 개설에 관한 요청서'를 NHK에 제출했다. 그것은 다음과 같이 씌어져 있다.

여전히 일부 사람에 의해 조선어가 '관례어다 통상어다'라고 운운하는 무지한 이야기를 늘어놓고 있는 모양입니다. 하지만 그것은 인식 부족이며 논리가 어그러진 것으로 사실을 뒤틀고 있습니다.

의견이 다른 것은 좋다. 하지만 이렇게까지 말하는 것은 다소 지나치다고 생각한다. '조선'은 차별어라고 단호하게 말하고 있다. '조선어'라고 말하는 자는 "악의에 넘치는 사람, 무지하고 인식이 부족한 사람"이라고도 하고 있다.

그 사이 민단 측의 움직임을 정리해 보자.

1977년 4월 4일, NHK에 조선어 강좌 개설을 요청하는 모임 대표가 NHK 사카모토 회장을 방문했다는 뉴스에 대한 제1보는 객관적 태도를 보이고 있다. 「한국어 강좌 개설, NHK 회장이 적극적인 회답」(『統一日報』, 1977.4.7)이 그것이다. 하지만 4월 13일 이후는 그 양상이 완전히 달라지고 있다. 『통일일보』는 민단의 기관지는 아니지만, 명확히 민단의 홍보지적인 성격으로 민단의 움직임에 맞춰서 매일 커다란 표제어로 NHK 강좌 문제를 다루고 있다. 'NHK에 한국어 강좌를 요구하는 모임'은 민단이 '전면협력'을 했다기보다는 민단이 주도한 운동 그 자체였다고 해도 좋다.

한국어 강좌 개설 모임은 1977년 4월 25일 가두 서명운동을 시작해서 그날 하루에 도쿄 가나가와에서 1,200명의 서명을 모았다고 『통일일보』는 보도하고 있다. 한국어 강좌 개설 모임을 지원한 중의원과 참의원들이 가두서명에 참여했다는 이야기는 들어보지 못했

다. 민단의 젊은 사람들의 활동이었다.(『統一日報』, 1977.5.21)

일본인 중에서는 조선어 모임 개설 모임과 한국어 모임 개설 모임 양쪽에 서명한 사람도 있다. 명칭에 구애되지 않는 입장의 사람은 그럴 수 있을 것이다.

「청년단원이 가두서명 운동」(4.26), 「40만 명을 목표로 한다」(5.5), 「NHK 한국어강좌 서명운동」(5.21), 「10만 명 돌파도 눈앞」(6.3). 「다음 주 중에 15만 명 돌파」(6.11), 「10만 명을 넘어서다」(6.15), 「제1차, 13만 2천명 분, NHK회장에게 '서명' 전달」(7.2).

상기한 기사 모두 1977년 『통일일보』의 표제어이다.

이렇게 NHK는 벽에 부딪쳤다. '조선어'와 '한국어' 사이에서 당혹해 하며 방송 개시를 단념해 버리고 말았다. 1982년 1월의 일이다. 불과 1단 표제어 11행의 작은 기사가 일본의 신문에 실렸다. 「조선어 강좌 개설은 보류 NHK 4월 프로그램 개편」이라는 표제어로 다음과 같은 기사가 실렸다.

NHK 다나카 다케유키田中武志 방송 총국장은 21일 기자회견에서 '조선어강좌' 개설은 4월 프로그램 개편에서도 보류하게 됐음을 밝혔다. 보류하는 이유에 대해 다나카 총국장은 "프로그램 명칭에 대해 한국과 조선민주주의인민공화국에서 각각 강한 요청이 있어서 일치점을 찾을 수 없다. 보다 신중하게 생각하고 싶다"고 말하고 있다.

—『朝日新聞』, 1982.1.22 석간

이것은 거짓말이다. 조선민주주의인민공화국은 NHK 강좌 문제에 대해서 한 번도 성명을 낸 적 없으며 극히 냉담했다. 움직인 것은 일본인을 주체로 한 조선어 강좌 개설모임으로, 조선민주주의의인민공화국도 아니며 조선총련도 아니었다. 하지만 명칭을 둘러싸고 의견 차이가 생겨서 개설을 단념한 것은 사실이다. 그 과정을 좀더 상세하게 살펴볼 필요가 있다.

4. NHK 강좌 개설 내정과 한국의 반발

NHK가 1982년도부터 조선어 강좌 개설을 내부에서 결정하고 대외 교섭에 들어간 것은 1981년 6월의 일이었다. 한국대사관, 민단, 조선총련과 접촉해서 좋은 반응을 얻었다.(이 시점에서는 한국에서도 조선어 강좌 개설 모임의 활동에 대해서 호의적이었다. 『동아일보』, 「NHK 강좌건의를 계기로 본 일본에서의 한국어 강좌」, 1976.5.3 기사에는 확실히 호의적인 태가 드러나 있다)

그래서 NHK는 1981년 7월 1일 '조선어 강좌에 관한 연구회'를 NHK 방송 센터의 716호실에 열었다. 그 행사에는 NHK 사회교육부장 이시다 이와오石田岩夫를 시작으로 사회교육부의 담당부장 미즈카미 쓰요시水上毅, 나가사와 요시오미長沢義臣, 차장 사와다 히데호沢田秀穂, 우에노 시게키上野重喜 수석 프로듀서 하세가와 히로유키長谷川博

之, 편집 책임자 구리바야시 유지로栗林勇二郎 외 실무 담당자가 참석했다. 외부 인사로는 도쿄외국어대학 AA연구실의 우메다 히로유키梅田博之, 같은 소속의 오에 다카오大江孝男, 도야마대학의 가지이 노보루梶井陟, 오사카외국어대학의 쓰카모토 이사오塚本勲, 여기에 와세다대학의 오무라 마스오까지 다섯 명이 참가했다. 간노 히로오미菅野裕臣 도쿄외국어대학 교원은 NHK의 출석요청에 응하지 않았던 모양이다. 이 회합은 '연구회'라고 칭하면서도 실제로는 연구를 하거나 논의를 하거나 하는 모임은 아니었으며, 이시다 사회교육부장이 여러모로 논란이 있음은 알고 있지만, 이번에 '조선어'라는 명칭으로 프로그램을 개설하려고 하니 협력을 부탁하고 싶다는 선언과 의뢰가 있었다. 가지이와 오무라는 '조선어'라는 결정에 찬성을 표했으며, 오에는 NHK의 주체적 판단에 의해야 하며 그렇게 결정했다면 그것은 그것으로 좋다는 의견을 피력했다.

NHK는 그 전날 이미 한국대사관, 민단, 조선총련을 시작으로 관련 단체에 이를 타진해서 거의 OK 사인을 받고, 강경한 반대 운동이 일어나지 않으리라고 보고 결행에 들어갔다. 하지만 한국대사관에 출입하는 『조선일보』 기자가 이 뉴스를 들춰내서 특종 기사로 한국에 보도했다.

'한국어 강좌'를 '조선어 강좌'로 일본 NHK 방송 프로그램 명칭을 둘러싸고 새로운 파문, 수교 우방의 국호를 기피하고 식민지 시대의 호칭을 고집위와 같은 표제어의 기사가 대대적으로 보도됐다. 그 후『경향신문』,『중앙일보』,『서울신문』,『한국일보』등의 각지가 빠짐없이 커다란 캠페인을 전개했다. 이 반대 운동은 다른 경우와 마찬가지로 반공의식과 민족감정에 촉발된 것으로 그런 만큼 이성과 논리를 얼마쯤 결여한 것이었다. 그러한 가운데『동아일보』는 비교적 냉정을 유지하고 있었다. 라이벌 신문『조선일보』가 세게 밀고 나갔기 때문일 것이다.

이러한 논란을 대표하는 것으로 1981년 7월 4일 이후『조선일보』의 기사나 논설을 살펴보자.

> 7월 4일 '한국어 강좌'를 '조선어 강좌'로. NHK는 1982년 4월 1일부터 '조선어 강좌'라는 제목으로 한국어 강좌를 개설할 계획이다. NHK 당국은 이미 (…중략…) '조선어'로 할 것을 남몰래 내정하고, 강좌 계획과 강사진을 7월 중에 정했으며, 9월에는 그 계획을 발표. (…중략…) 주한 특파원을 역임한 한국 문제 전문가 요시오카 타다오吉岡忠雄 전 매일신문 논설 위원은 "조선이란 일본의 통치 시대의 호칭으로 북한 공산주의의 자칭"이라고 말했다.(일본어에서 옮김)

이 제1보는 최서면崔書勉 도쿄 한국연구원 원장, 장총명張聰明 재일 한국거류민단 단장의 발언을 게재해서 NHK 내부 결정의 부당성을 규탄하고 있다.

7월 7일의「서울 표준어가 어째서 조선어인가」는 이도형李度珩 주일 파견원의 논설로 "일본 NHK의 강좌 호칭, 부당성을 시정해야만 한다"는 표제어를 붙인 문장으로 그 논점은 꽤 명확하다.

그 논지를 대략 정리해 보면 다음과 같다.

① 조선이라는 말은 차별적 명칭이다.

② 서울을 중심으로 한 표준어를 강좌에서 방송한다고 하면서 그것을 어째서 조선어라고 부르는가.

③ 일본인이 조선이라는 말을 쓰는 것은 민족적 우월의식의 잔재로 오만 무례한 것이다.

④ 일본 내의 이러한 움직임에 대해 한국 정부 당국은 너무나도 무관심하니 각료회담을 열어서 명칭을 한국어로 하도록 해야 한다.

이상과 같은 논지이다.

7월 8일 『조선일보』 사설에서도 거의 같은 논지로 "배일 감정을 자초"한다고 NHK와 일본을 논박하고 있다.

민족 감정 문제라고 한다면 이미 이성이나 논리의 문제가 아니라 피의 문제이니, 불타오른 불길은 사그라들 줄 모른다. 이러한 한국의 논조가 일본 신문에 전해져서 상호작용으로 그것이 더욱더 증폭된다.

7월 9일, 김종설金鍾卨 주일공사와 최태순崔兌洵 한국문화부장이 NHK 다나카 총국장을 방문해서 한국어강좌로 해달라는 요청을 했으며, 그에 앞선 7월 8일 민단은 효고兵庫 한국회관에서 열린 제15회 민단중앙집행위원회와 전국단장회의를 열어서 "NHK에 대한 대응에 대해서는 앞으로 모든 수단을 써서 '한국어' 내지는 '한글'이라는 명칭으로 강좌를 개설하도록 요청할 것을 정했다"(『統一日報』, 1981.7.8), "더욱이 한국어나 한글이라는 명칭을 사용하지 않는 경우 민단은 조직 전체가 NHK와 싸우려 한다"(『統一日報』, 1981.7.15)라고 하고 있다.

이렇게 되면 실로 정치문제이다. 그리고 NHK가 두려워한 것은 40~50만 명에 이르는 민단 사람들이 TV라디오 시청료 납부 거부 운동을 할지도 모른다는 것이었다.

당시 일본의 어떤 신문도 전하고 있지 않은 기사를 『통일일보』는 게재하고 있다. 그것은 1981년 7월 방일중인 이원홍李元洪 KBS 사장이 7월 21일에 NHK의 사카모토 도모카즈 회장과 회견했을 때, 사카모토 회장이 1982년 4월부터 방영될 예정인 강좌를 '조선어 강좌'로는 하지 않겠노라 확약했다는 뉴스이다. 『통일일보』는 그것에 입각해서

"이번의 확약대로 내년 4월부터 시작되는 강좌 명칭이 '한국어 강좌'로 되는 것이 꽤 확실해졌다"고 승리선언을 했다.

한국의 저널리즘과 민단의 열광적인 반 '조선어' 운동 가운데 단한 명만이 냉정하게 사태를 지켜보며, '한국어'와 '조선어'의 불행한 분쟁에 마침표를 찍으려한 연구자가 있었다. 서울대학 언어학과 교수로 후일 서울대학 어학연구소장이 되는 이현복李炫馥 씨. 한글학회의 기관지 중 하나인 『한글 새소식』109호(1981.9.5)에 쓴 「한국어와 조선어의 슬픈 싸움」은 마음에 스며들 정도의 글이다.

한국어와 조선어의 싸움이라는 제목 자체가 슬퍼진다. (…중략…) 한국어와 조선어는 모두 민족이 선조대대로 써왔으며 앞으로도 우리 후손이 오래도록 세대를 이어서 써야만 하는 우리의 말을 의미하는 것이다.

라고 쓰면서 한국에서의 일반적 논조를 일단 긍정하면서도, "하지만" 하면서 계속 쓰고 있다. 그 문장의 요지를 정리하면 다음과 같다.

① 이런 문제가 일어나는 것은 조국이 남북으로 분단된 것에 1차적인 원인이 있다. 조국이 통일됐다면 '한국어'와 '조선어'의 대립이 있을 수 없으니 그런 문제는 발생하지 않을 것이다.

② 해방과 함께 남북이 분단된 후, 북한에서는 '조선'이라는 말을 고수한 반면, 한국에서는 어째서인지 그 말을 기피하는 말로 지정이라도 한 것처럼, 애써 쓰려 하지 않았는데 그것에 2차적인 원인이 있다. 생각해 보면 우리가 '조선'이라는 말을 버려야만 하는 아무런 이유도 없다. 우리가 대결하고 있는 북한공산집단이 그 말을 쓰고 있다는 단순한 사실에 우선 혐오감과 두려움을 안고서 그 말로부터 눈을 피하는 과오를 범하고 있다.

이렇게 이현복 교수는 '고조선', '단군 조선', '이씨 조선', '조선어'와 같이 오랜 세월 써온 우리의 피와 살이 된 말을 단순히 북한이 쓰고 있다고 해서 하루아침에 그것을 버려서는 안 됐다고 하고 있다. 결국 우리의 선배는 해방 직후에 민족의 전도를 내다보는 장기적인 언어 정책을 갖지 못했다. 조선어학회를 해방 후에 한글학회로 바꾼 것도 이러한 시대적 추이에 의한다. NHK 강좌의 명칭 문제에 대해서 우리 쪽에서도 근본 원인을 명확히 해서, 책임이 있다면 냉철하게 반성하고 필요한 대책을 취하는 적극적인 자세를 가져야 한다. '한글 학회'도 선배학자의 심혈이 들어간 '조선어학회'라는 영광의 이름을 회복해야만 한다.

이상이 이현복이 쓴 논문의 요지이다. 과연 일국을 대표하는 언어학자의 한 사람의 논의인 만큼 객관적 사실에 바탕해서 냉철하게 현실을 직시하고 있다.

5. 정치의 차원을 넘어서

강좌명을 둘러싸고 문제가 벌어질 것이라는 점은 당초부터 누구의 눈에도 명백했다. 하지만 그 정도로 격렬한 알력이 생기고 정치 문제, 외교 문제로까지 발전할 것이라고는 아무도 생각하지 못했다.

'NHK에 조선어 강좌 개설을 요청하는 모임'의 호소인 중 한명으로 조선사연구회 회장을 30년 넘게 맡아 온 하타다 다카시는 「정치의 차원을 넘어서 현실을」(共同通信社, 1977.9.25; 『神奈川新聞』, 10.5; 『京都聞』)이라는 글에서,

나는 조선어강좌의 개설을 요청함에 있어서 어떠한 정치 세력과도 전혀 이어지는 입장을 취해 왔다. 정치의 차원을 넘어서 일본과 가장 관계가 깊은 이웃나라 민족의 언어를 배우고, 그 민족에 대한 이해를 심화시키는 것만을 생각해 왔다.

라고 하며 기본적 입장을 명확히 하면서 문제가 되는 조선어라는 말에 대해서는 다음과 같이 말하고 있다.

우리가 조선어라는 용어를 쓰는 것은 타의가 있어서 그런 것이 아니다. 일본에서는 학회에서도 교육계에서도 일반사회에서도 남북을 포함한 전체를 지칭할 때는 조선이라는 말이 관례가 돼 있다. 현실의 정치 상황 혹은 남북을 구별해서 말할 때는 대한민국(약칭해서 한국이라 한다), 혹은 조선민주주의인민공화국(텔레비전이나 신문에서는 북조선이라고 약칭한다)이라 하지만, 전체를 통일된 것으로 생각할 때는 조선이라는 용어를 통상 사용한다. (…중략…) 학회로는 조선학회라던가 조선사연구회라는 것이 있다. 어느 쪽도 한국에 대한 연구나 한국의 연구자를 배제하지 않는다. 이처럼 조선이라는 용어에는 대한민국을 무시 혹은 경시하는 의미는 전혀 들어있지 않다. 또한 이는 조선민주주의인민공화국의 약칭이 아니며, 그것을 우선시키는 의미도 포함돼 있지 않다.

이 글에 논의의 핵심이 명확하게 제시돼 있다고 생각한다.
부가한다면 문제는 두 가지가 더 있다. 하나는 일본과 한국에서는

'한국'이라는 말의 용법이 다르다는 것이다. 한국에서는 조선반도를 한반도라고 부르며 그곳에서의 유일한 합법적 국가는 한국뿐이라고 인식하고 있다. 따라서 조선민주주의인민공화국을 '북한'이라 부른다.(한때는 '북괴'라는 말을 주로 썼다) '한국'이 조선반도 전체를 의미한다면 일본에서 쓰는 '간코쿠'가 대한민국을 의미하는 것과는 다르다. 예부터 '한' '조선'은 모두 전체를 포괄하는 의미로 사용돼 왔는데 '한국'이라고 하면 일본에서는 남쪽 반만을 의미하는 것이 보통이다.

또 다른 한 가지는 한자의 망령에 흘려 있다는 점이다. '韓國'이라는 한자 두 글자가 한국이라고 발음되면 그것은 한국에서의 용법과 그 의미를 따르지만, 일본어에서의 '간코쿠'라는 발음에 이르면 일본어의 '간코쿠'라는 의미 밖에는 없다는 것이다. 도쿄외국어대학 조선어과 주임 교수인 간노 히로오미는 『조선어 입문』(白水社)에서 다루는 말은 100퍼센트 한국의 언어이면서도, 예문의 "한국말"을 '조선어'로 번역하고 있다. 거꾸로 말하자면 일본어의 '朝鮮語'는 한국에서는 '한국말'이라고 번역되며, 북조선에서는 '조선말'로 번역된다는 논리가 된다. 이것은 하나의 견식이다.

한자를 매체로 해서 자국에서의 한자어 용법으로 타국에서의 용법을 무시해 상대를 비난 비판하는 것은 외국어에 대한 두려움을 모르는 자의 소행이라고 말하지 않을 수 없다. 한자문화권이라고 칭해지는 지역에서의 불행이다. 이것이 영어권이라면 KOREAN이라는 용어로 통일돼 문제가 발생할 여지는 없을 것이다.

1981년 7월 6일 한국의 『경향신문』이 "NHK가 조선어강좌라는 명칭에 고집하는 저의를 우리는 추측할 수 있다. 북의 공산집단의 심기를 건드리고 싶지 않다는 기분이 뒤편에서 강하게 작동하고 있음은 종래의 일본 외교가 보인 패턴이나 언론계의 편향보도를 보더라도 알 수 있다"라고 쓰고 있는 것에 이르면, 조선어 강좌 개설 모임이 "학술문화의 상호교류, 진정한 의미에서의 선린우호를 꾀하기 위해서는 서로 언어를 중중하고 말이 통하는 것이 선결돼야 한다"(「要望趣意書」)고 하는 문화 활동의 의미는 완전히 무시되고, 의견을 달리하는 자는 우리 민족을 멸시하는 자이며, 더 나아가 빨갱이라고 독단하는 것에 다름 아니다. 오른쪽도 왼쪽도 아닌 일본인 시민운동으로 시작된 움직임이 반공과 반일의 풍토 안에서 정치적으로 뒤틀리고 있다.

6. 강좌 개설 단념 후의 논의

1982년 1월 NHK는 강좌개설을 단념했다. 조선어 강좌 개설 모임의 사무국장 야하기 가쓰미는 「6년 넘은 요망6年ごしの要望」(『季刊三千里』 29호, 1982.2)에서 창자가 끊어지는 듯한 마음을 쓰고 있다.

NHK가 단념한 후에 명칭 문제를 젖혀두던가 혹은 타협을 꾀해서 어쨌든 강좌를 개설하길 바란다는 발상이 전면에 나타난다. 그 중심은 회계학 전공의 모모야마桃山 학원대학 교수 서용달徐龍達이었다.

「NHK 강좌는 '한국・조선어'로」, 『文藝春秋』, 1982.3.

「평화통일로의 일보는 우선 용어로부터」, 『朝日ジャーナル』, 1982.7.23.

「통일용어 '한국・조선어'를 추천하며」, 『朝鮮研究』, 1983.1.

「'한국・조선어'를 통일용어로」, 『朝日新聞』, 1983.3.15 조간.

서용달이 쓴 이러한 글은 모두 같은 논지로 '한국・조선어'라는 절충적 호칭으로 NHK강좌의 실현, 더 나아가서는 민족의 평화적 통일을 꾀하려 하는 생각을 보이고 있다. 서 교수는 재일한국인인데 한국 정부나 민단 지도부와는 선을 긋고 있기에 어느 정도 설득력이 있다.

이에 대해 오무라는 '조선어'(혹은 '한어')라고 불러야 한다고 주장하며, '한국・조선어'라거나 '한국어'로 해서는 안 된다는 의견을 피력했다.

「조선어 학습의 필요성」, 『北海道新聞』, 1981.8.11.

「'한국・조선어'는 타당한가」, 『朝日ジャーナル』, 1982.8.13, 20 합병호.

「호칭 '조선어'의 타당성」, 『朝日新聞』, 1983.3.25.

「조선과 한국의 호칭」, 『朝鮮・モンゴル』, 講談社, 1983.12 수록.

이상이 당시 오무라가 발표한 글이다. 오무라가 '한국・조선어'라는 용어를 쓰지 않는 것은 그것이 현재의 분단 상황을 아주 예로부터 통일적으로 형성돼 왔던 문화이나 역사에까지 분단을 소급키는 것이라고 판단하기 때문이다. 또한 나라의 명칭을 두 개 나열할 것이라면 '한국・북조선어', '대한민국・조선민주주의인민공화국어'라고 불러야 하는 것이 아닌가 하고 묻게 된다. '조선'이라는 말은 '한韓'과 나란히 예부터 사용돼 온 말로 일본이 식민지 시대에 새롭게 붙인 명칭이 아니다. 실제로 '조선'이라는 말은『사기史記』의「조선열전朝鮮列傳」, 한나라 시대의 복생伏生이 저술한『상서대전尚書大傳』, 진晉 나라 시대의『산해경山海經』,『삼국지』의「위지 동이전」에 보인다. 조선의 역사서에서도 13세기의『삼국유사』에 '조선'이라는 말이 보인다. 중국역대 왕조가 모두 한 글자 한자인 것에 비해 조선이라는 한자는 두 글자인 것은 자타 모두 공인하듯이 한漢민족과 다른 민족임을 공인한 것이다. '조선'도 '한'도 역사적, 지역적, 문화적 통합체로서의 호칭으로 예부터 지칭돼 왔던 것이다. 한국에서 1950년 1월 국무원 고시로 "'조선'을 사용해서는 안 된다"고 정한 것은 총독부 시대의 어두운 이미지의 배제와, 대치하는 북반부에 대한 거부 반응으로 그 이후 교육을 받은 한국의 젊은 층은 '조선'이라는 용어에 거부감을 갖고 있을지도 모르겠으나, 그렇다고 해도 사실을 왜곡해서까지 타국에 자국의 용어법을 강요해서는 안 되는 것이라 생각한다. 요컨대 '한어'도 '조선어'도 올바른 호칭이다. '한국・조선어'라는 용어는 한쪽은 나라를 칭하는 것이고 다른 하나는 문화적 총칭으로 두 개를 가운뎃점으로 묶을 수는 없다는 것이 오무라의 논점이다. '한국・조선어'에서 한국을 앞에 내세우는 것도 인구수나 일본과의 국교의 유무로 그것을 결정하는 것은 역시 정치적 발상이

라고 생각한다. 오무라의 논의에 대한 반론으로 작성된 『조선일보』 주일특파원 이도형李度珩의 「'조선'을 거부하고 '한'을 칭하다'朝鮮'を拒否して'韓'を名乗る」(『朝日新聞』, 1983.4.4)는 결의표명으로서는 훌륭하지만 오무라가 전개한 논리와는 전혀 논의가 맞물리지 않는다. 오무라의 논의가 "예의에 적합"하지 않다고 평가하는 것은 자유지만, "한국인을 업신여기"고 있다고 하는 주장에는 승복할 수 없다. 오무라는 '한어'라고 해도 좋다고 썼다. '한국·조선어'로 부르는 것을 일본에서 그만두자고 한 것뿐이다.

재일조선인 의사 이성웅李聖雄의 「『코리아어』를 호칭으로─한자명으로는 정치적 편견이 들어갈 여지『コリア語』を呼称に─漢字名では政治的偏見入る余地」(『朝日新聞』, 1983.4.9)는 나라에 따라서 의의意義나 용법을 달리하는 한자어의 폐해를 올바르게 지적하고, 통일 호칭으로서 '코리아어'를 제창했다. 진지한 태도와 국제 의례에 맞는 태도와 글에 경의를 품지 않을 수 없다.

사쿠마 마사히데佐久間英明의 「NHK 조선어강좌 방송 중지에 대해서NHK朝鮮語講座放送の中止について」(『むくげ通信』 71호, 1982.3)는 명칭이 무엇이든 NHK는 강좌를 실시했어야만 했다는 입장에 서면서 "한국에서 '조선어'를 기피하고 '한국어'를 선호해 사용하게 된 것은 1952년 한국 내각 통달 때부터이다"고 하면서 역사적 상황을 명확히 하고 있다.

7. 다시 한 번 강좌 개설을 향해

이런 논의 끝에 NHK는 1983년 4월 중에 1984년부터 강좌를 개설할 것을 결의했다. 그 제1보도 한국 측에서 나온 정보였다.

1982년 4월부터 '조선어 강좌'를 시작한다는 첫 번째 보도도 우선 한국에서 전해졌던 것이다. NHK는 내부 결정을 한 후 일본의 시민을 무시하거나 혹은 경시하고, 우선 한국정부와 민단, 그리고 조선총련에게 그 소식을 타진했고, 그것이 한국 미디어로 바로 흘러 들어가는 구도는 끝까지 변하지 않았다. 조선총련이 줄곧 NHK 강좌문제에 관심을 표시하지 않고, 일본인이 펼치는 운동에 협력도 방해도 하지 않는다는 태도는 일관된 것이었다. 그 이유가 일본인의 시민운동과 스스로의 민족교육을 엄격히 구분하기 때문인지, 그 운동의 애초 발안자가 조선총련을 탈퇴한 김달수와 그 친우들인 일본 문화인들이기 때문인지, 혹은 또한 재일조선인 3세, 4세에 모국어를 교육하는 장으로서의 민족학교의 존재이유가 희박해 질 것이라 판단했기 때문인지는 알 수 없다.

그리고 NHK 내의 현장에서 가장 열심히 강좌를 준비하고 텍스트 구성에서부터 텔레비전 프로그램 설정까지 입안한 적극적이고 헌신적인 NHK 스태프는 NHK 회장이 보고를 받지도 않은 '조선어 강좌' 개설을 마치 결정이라도 된 것인 양 외국에까지 정보를 흘려서, 한일 간의 우호를 훼손했다는 의유로 좌천됐다. NHK는 정기적 인사이동이라고 변명하고 있지만, 당시 열심히 활동했던 스태프가 지방으로 전근당하고, 어학 프로그램과 관계가 없는 곳으로 배치 전환된 것은 틀림없는 사실이다. 국장까지 강력하게 일을 추진해 놓고 이야기가 악화되자 회장은 그 사실을 몰랐다고 하며 현장 책임을 묻는 구도는 회사원으로 구성된 사회의 숙명일런지도 모르겠으나 유감스러운 일이다.

1983년 4월 21일 『아사히신문』은 "'한국', '조선'이라는 용어를 쓰지 않고 다른 명칭을 생각해 보고 싶다"고 하며 NHK가 84년도부터 강좌 개설을 결정했노라고 전하고 있다.

그 점은 좋다. 다만 "이 강좌의 개설은 수년전부터 요청이 있었지만, 한국 측은 한국어, 북조선(조선민주주의인민공화국) 측은 조선어를 주장하며 양보하지 않아 개설이 늦어지고 있었다"라고 쓰고 있는 것은 사실 오인 및 허위 보도에 해당된다. 이러한 사실 오인은 민단 측도 NHK도 마찬가지다. 박수근朴壽根은 「내년 개강에 안도하며来年開講にホッとする思い」(『統一日報』, 1983.4.28)라는 글에서 다음과 같이 쓰고 있다.

'한국어'인가 '조선어'인가로 옥신각신하며 몇 년인가 강좌 개설이 늦어졌으며, 이것으로 마침내 민단과 조선총련의 '대립'이 해소돼 동족 대립이라는 수치를 일본인 앞에 드러내지 않고 끝났다고 생각한다. (…중략…) 양측이 기를 쓰고 말다툼을 하는 사태는 타민족 앞에서 민족의 수치를 드러내는 것 이외에 아무 것도 아니다.

조선총련이 NHK에 대해 '조선어'로 강좌명을 개설하라고 했던 사실이 있다면 명확히 밝혀주길 바란다. 필자가 아는 한은 그런 사실은 없었다. 한국에서의 '조선어 강좌' 반대 운동이 이러한 사실 오인이 하나의 계기가 돼 일어난 것을 이현복 교수는 알고 있었다.

NHK가 강좌명을 새롭게 결정해서 외부에 공표한 것은 1983년 9월 21일로 다음날 각 신문에 작은 기사가 났다. 『아사히신문』은 1단 10행으로 강좌명이 '안녕하십니까'로 정해졌다고 전하고 있다.

9월 23일 『통일일보』는 역시 일본의 신문보다 크게 다루고 있다. "민단이 '한국어'를 '북'과 조선총련이 '조선어'로 해야 한다고 강하게 요청할 것을 요구하는 운동을 해왔기에 강좌가 개설되지 못하고 있었"지만, "결국 〈안녕하십니까(한글강좌)アンニョンハシムニカ(ハングル講座)〉'라는 명칭으로 방송을 시작하게 됐다"고 전하고 있다. 실은 조선총련은 아무런 운동도 벌이지 않았다.

이렇게 해서 1984년 4월부터 〈안녕하십니까(한글강좌)〉가 시작됐던 것이다.

부기: NHK 강좌 문제에 직접 관련된 발언이 아니라서 언급하지 않았는데, 『잔소리ちゃんそり』(창간호, 1979.9.20)에 실린 「'NHK에 조선어 강좌를 절대로 만들지 못하게 하는 모임」을 『NHKに朝鮮語講座を絶対作らせない会』を」은 조선문화론, 재일문화론으로 문제의 핵심을 찌르는 문장이다. 최근 조선문화론을 "하나는 체제적

선린 우호를 위한 어릿광대적인 역할로서의 문화이며, 하나는 무능한 반체제 운동의 알리바이 공작 문화이다"라고 하고 있다. 확실히 NHK에 강좌가 개설되더라도 재일하는 그들의 "일상의 진흙탕 길"이나 "한국의 민중에게 아무런 관계가 없"으며, "잘못된 인식을 스스로 묻기" 위해서 "우선 언어로부터"라고 말하는 조선어 강좌 개설 모임의 논리는 지나치게 낙천적인지도 모르겠다. 하지만 눈에 보이지 않을 정도로 미미한 발걸음이라 하더라도 조선어 학습이 일본의 변혁에 살짝이라도 이어질 수 있지 않겠냐고 하는 기대를 나는 걸고 싶다고 생각한다.

1992년 4월 씀

참고문헌

高淳日,「NHK は朝鮮語を開設して」,『朝日新聞』, 1974.11.26.

永井道雄,「教育の流れは変わる」,『東京新聞』, 1975.5.27.

*私学振興財団,「アジア語への助成始める」, 1975.4.

久野収・金達寿対談,「相互理解のための提案」,『季刊三千里』4号, 1975.11.

矢作勝美,「NHKに朝鮮語を」,『季刊三千里』5号, 1976.2.

*「NHKに朝鮮語の開設を要望する会」結成, 署名運動を始める」, 1976.3.

「NHKに朝鮮語講座を 文化人ら署名運動」,『朝日新聞』, 1976.4.28.

「井出孫六「語学」,『東京新聞』, 1976.5.4.

「NHK講座建議を契機として見た日本における韓国語講座」,『東亞日報』, 1976.5.4.

申野好夫,「まず言葉から一NHKに朝鮮語講座を」,『朝日新聞』, 1976.5.24.

「大声人語」,『朝日新聞』, 1976.5.26.

「NHKと朝鮮語講座」,『東京タイムズ』, 1976.6.10.

米山俊直,「語字番組」,『東京新聞』, 1976.6.11.

長谷川隆子,「心のふれ合いは言葉から一編集者への手紙」,『毎日新聞』, 1976.7.8.

*「NHK に朝鮮語講座を要望する会, 早期開設申込38,728名署名提出」, 1977.4.4.

※「民団, 韓国語講座開設に関する要望書」, 1977.4.6.

「韓国語講座, NHK 公長小前向送回答」,『統一日報』, 1977.4.7.

「「韓国語講座」開設を早期に」,『統一日報』, 1977.4.12.

「韓国語講座 早期開設に全力を. 民団中央, NHKに要望書」,『統一日報』, 1977.4.13.

「「韓国語」開設へ署名運動」,『統一日報』, 1977.4.12.

「青年公小街頭署名運動」,『統一日報』, 1977.4.26.

今田好彦,「あらたな日朝文化交流」,『季刊三千里』10号, 1977.5.

「40万人をめざす」,『統一日報』, 1977.5.5.

「署名活動で侮辱されたこと」,『統一日報』, 1977.5.12.

「NHK 韓国語講座署名運動」,『統一日報』, 1977.5.21.

「10万人突破も目前」,『統一日報』, 1977.6.3.

「来週中にも15万突破」,『統一日報』, 1977.6.11.

「NHK 韓国語講座署名10万人を超える」,『統一日報』, 1977.6.15.

「日本国会図書館職員も大量署名」,『統一日報』, 1977.6.18.

*「NHKに韓国講座を求める会, 伝達趣意書及び署名簿提出 162, 240名分」, 1977.6.30.

「NHK会長に「署名伝達」」,『統一日報』, 1997.7.2.

梶井陟, 「「朝鮮語講座」はなぜ必要か」,『毎日新聞』, 1977.9.1(『季刊三千里』12号に再録)

旗用巍, 「政治の次元を超えて実現を」,『神奈川新聞』, 1977.10(『京都新聞』, 1977.10.5)

「国際化の中で, 朝鮮語か韓国語か」,『毎日新聞』, 1997.12.20.

＊「朝鮮語電話講座大阪で始まる」, 1978.4.1.

小田実, 「朝鮮を全体としてとらえること (上)」,『毎日新聞』, 1978.4.6.

＊「朝鮮語電話講座東京で始まる」, 1978.5.1.

「「NHKに朝鮮語講座を絶対に作らせない会」を」,『ちゃんそり』1巻1号, 1979.9.

「「NHK に朝鮮語……」への」反論」,『ちゃんそり』1巻2号, 1979.12.

「NHKの24時, 朝鮮語か韓国語か」,『読売新聞』, 1981.4.11.

＊「NHK, 民団・総連・韓国大使館等と接触して打診」, 1981.6.

＊「NHKにて「朝鮮語講座」に関する研究会開催 石田岩夫社会教育部長挨拶」, 1981.7.1.

「「韓国語講座」を「朝鮮語講座」に, 日 NHK放送プロ名称めぐり新たな波紋 修交友邦国号
　　を忌避, 植民地時代の呼称に固執」,『朝鮮日報』, 1981.7.4.

＊「京郷新聞, 中央日報, ソウル新聞, 朝鮮日報, 韓国日報等韓国各紙, NHKと日本に対する
　　抗議キャンペーン」, 1981, 7月上・中旬.

李度珩, 「ソウルの標準語がなぜ「朝鮮語」か」,『朝鮮日報』, 1981.7.7.

「朝鮮語講座に韓国強く反発」,『読売新聞』, 1981.7.7.

「「朝鮮語」に韓国反発」,『朝日新聞』, 1981.7.7.

「排日感情の自招, 日 NHKの講座呼称を駁す」,『朝鮮日報』社説, 1981.7.8.

「民団全国団長会議開く NHKあくまで「韓国語」で」,『統一日報』, 1981.7.8.

＊金鍾高「韓國駐日公使・崔兒洵韓国文化院長が NHK 田中総局長を訪問」, 1981.7.9.

「「韓日友好参酌して決定」田中総局長未決定明きらかにす 日 NHKプロ韓国語講座名称」,
　　『朝鮮日報』, 1981.7.10.

「NHK語学講座の名称に韓国は反発」,『読売新聞』, 1981.7.10.

「「韓国語」か「朝鮮語」か」,『統一日報』, 1981.7.15.

「「朝鮮語」でなく NHKの坂本会長, 李 KBS社長に約束」,『統一日報』, 1981.7.24.

大村益夫, 「朝鮮語字習の必要性」,『北海道新聞』, 1981.8.11.

李炫馥, 「韓国語と朝鮮語の悲しい戦い」,『ハングルセソシギ』, 1981.9.5.

片桐晃, 「逆からの第一報」,『ばらむ』66号, 1981.9.

村山俊夫, 「NHK 朝鮮語講座開設について」,『그날一その日まで』2号, 1981秋.

＊「NHK 朝鮮語講座放送断念を表明」, 1982.1.

「朝鮮語講座は見送り, NHK 4月の番組改編」,『朝日新聞』, 1982.1.22.

「矢作勝美 : 六年ごしの要望」, 『季刊三千里』 29号, 1982.2.

徐龍達, 「NHK 講座は 「韓国・朝鮮語」で」, 『文藝春秋』, 1982.3.

佐久間英明, 「NHKの朝鮮語講座放送中止について」, 『むくげ通信』 71号, 1982.3.

小長谷博, 「もっと認識を深めなくては」, 『季刊三千里』 30号, 1982.5.

徐龍達, 「平和統一への一歩はまず用語から」, 『朝日ジャーナル』, 1982.7.23.

大村益夫, 「「韓国・朝鮮語」は妥当か」, 『朝日ジャーナル』, 1982.8.13, 20合併号.

徐龍達, 「統一用語「韓国・朝鮮語」のすすめ」, 『朝鮮研究』, 1983.1.

徐龍達, 「「韓国・朝鮮語」を統一用語に」, 『朝日新聞』, 1983.3.15.

大村益夫, 「呼称「朝鮮語」に妥当性」, 『朝日新聞』, 1983.3.25.

「韓国語講座開設を. 民団愛知, NHKに要望」, 『統一日報』, 1983.3.26.

李度珩, 「「朝鮮」を拒否し「韓」を名乗る」, 『朝日新聞』, 1983.4.4.

宇田川浩, 「「韓国・朝鮮語」で講座を」, 『朝日新聞』, 1983.4.8.

李聖雄, 「「コリア語」を呼称に」, 『朝日新聞』, 1983.4.9.

「「韓国」「朝鮮」を使わず」, 『朝日新聞』, 1983.4.21.

「韓国語講座来年4月に開講, NHK名称は検討中」, 『統一日報』, 1983.4.22.

「来年開講にホッとする思い, NHK 韓国語講座」, 『統一日報』, 1983.4.28.

大原照久, 「韓国のこころ (3)」, 『アジア公論』, 1983.4.

「「ハングル語講座」来年開講へ」, 『読売新聞』, 1983.9.22.

「NHK 講座名論争やっと決着」, 『毎日新聞』, 1983.9.22.

「NHK韓国語講座の名称「アンニョンハシムニカ」に」, 『統一日報』, 1983.9.23.

大村益夫, 「朝鮮と韓国の呼称」, 『朝鮮・モンゴル』 所収, 講談社, 1983.12.

金考一, 「NHK講座で韓国語を学ぶ」, 『統一日報』, 1984.1.13.

「テレビでもウリマル学習 4月から週1回」, 『統一日報』, 1984.1.21.

大村益夫, 「NHKへの手紙」, 『ばらむ』 94号, 1984.1.

제3장
와세다 출신의 근대 문학자들

1.

　와세다대학早稲田大學 출신의 조선인 문학자를 계통적으로 조사한 선행 연구는 아직까지 존재하지 않으니 본고가 그 첫 시도라 할 수 있다. 그런 만큼 이번에는 시론에 해당되지만 그럼에도 다소의 전망이 보이는 것도 사실이다. 본고를 집필할 때 실로 많은 분들의 협력을 얻었다. 와세다대학 교무부 학적과와 동 대학 역사 자료센터 여러분들께 적지 않은 신세를 졌다. 또한 신주쿠구新宿区 역사박물관, 가나가와현神奈川県 개항기념관, 도쿄 및 근교의 각 구청과 시청, 각 현과 도쿄 각 구의 문학관, 당시의 유학생 하숙처나 유학생 조직 소재지에 현재 살고 계신 분들의 협력을 얻었다. 서면을 빌어 깊은 감사의 뜻을 표하는 바이다.

2002년은 최초의 조선인 유학생이 와세다를 졸업한 지 105년째에 해당된다. 그 이전에도 중도에 퇴학했던 유학생이 있었는지 어떤지는 분명하지 않으나, 정규 졸업생 제1호는 홍석현洪奭鉉이다. 그는 와세다대학의 전신인 동경전문학교 정학부政学部(현재의 정치경제학부) 방어정치학과邦語政治学科를 1897년 7월 15일에 졸업했다. 당시 정치학과에는 영어정치학과와 방어정치학과가 있었는데 방어정치학과는 당시 와세다대학을 나타내는 특징 중 하나였다. 학과명의 유래는 강의와 사용교재가 모두 일본어였던 것에 유래된다.

홍석현의 출신은 '조선국 경성'으로 기재돼 있다. 당시 방어정치과에는 학년별로 40~50여명의 학생이 있었다. 덧붙이자면, 1898년의 '득업생(졸업생)'은 45명, 1899년은 40명이다. 홍석현이 1894년 7월 입학한 것인지, 1895년 7월 2학년에 편입한 것인지는 알 수 없다. 현재 2학년 말의 성적과 졸업 당시인 3학년 말의 성적만이 기록으로 남아있다. 2년차는 불합격 2명을 제외한 합격자 45명 가운데 석차가 24등이다. 그가 2년차에 배운 과목과 성적은 다음과 같다. 재정 63, 국법 63, 헌법사 70, 응용 63, 상법요론 59, 화폐 65, 근대사 79. 점수 자체가 결코 좋다고 할 수 없으나 그를 제외한 모든 학생이 일본인이었던 상황에서 도일한 지 1~2년에 불과한 그가 언어의 장벽을 넘어 일본인 학생들과 어깨를 나란히 하고 성적을 냈다는 것은 실로 대단한 일이라 하지 않을 수 없다.

3년차는 성적과 석차도 훨씬 올라서, 재정 70, 외교사 75 와 100,

은행 75, 행정 70, 무역 75, 예산 70으로 합격자 전체 가운데 중상 정도의 석차를 보인다. 그는 졸업 후 『와세다학보早稲田學報』1928년 5월호에 「와세다 재학 중의 감상早稲田在学中の感想」이라는 에세이를 남겼다. 그 전문을 인용해 본다.

와세다 재학 중의 감상

36년 전의 꿈을 품고 저 먼 제도帝都의 봄을 떠올리며 모교를 그리워하는 마음 참을 길 없어 붓을 들어 쓰자니 써도 끝이 없을 것 같다. 나는 메이지 26년 무렵 처음으로 와세다대학에 입학해서 학자금 없이 고학의 바다를 헤엄쳐 건너야만 했다. 어떻게 이 바다를 건널 것인가 버려진 쪽배 신세로 배를 멜 섬도 없었으나, 교우 마스다 기이치增田義一 군의 의협심에 기대서 당시 하토야마鳩山 교장을 시작으로 다카다高田, 오가와小川 두 선생님으로부터 학자금 각 2엔 씩 보조를 얻게 됐으나, 그 후 물가가 비등하게 돼 이치지마市島, 아마노天野 두 은사로부터 각각 2엔 씩 도움을 받아서 가까스로 고학을 이어가게 됐다. 당시 학교는 협소해서 대단히 벽촌이었다. 하숙집은 교문 앞에 단 한곳 밖에 없었고, 아나하치만穴八幡 부근에는 도깨비불이 출몰한다는 이야기를 들을 정도로 쓸쓸한 한촌이었다. 나는 대식가로 태어나서 하숙집에서는 언제나 쫓겨났던 바, 어쩔 수 없이 벤텐쵸弁天町에 있는 학우 마스다 씨 집의 자취하는 그룹에 끼어든 적도 있었고, 혹은 학교 기숙사에 몸을 기탁하는 등의 생활을 보냈다. 춘풍추우를 겪어 마침내 정치과에 진학해서 금의환향 하게 된 것은 더할 수 없이 유쾌한 것으로 당시 조선에서는 문화를 이끌어가는 측에 속하는 하이

컬러의 제1인자였다. 만년이 오늘에 이르니 재학 중에 입은 다카다 선생님의 특별한 비호와 마스다 씨의 은혜를 자나 깨나 잊을 수 없다. 교우 여러분 행복과 건강이 함께 하시길.

이 에세이를 읽어보면, 다카다 사나에를 비롯한 5명의 교수와 1명의 교우가 학자금이 없었던 유학생을 자비로 도와 졸업할 수 있도록 해주었음을 사실을 알 수 있다. 요즘 교수가 좀처럼 흉내 낼 수 없는 일이다. 홍석현은 귀국 후 실업계에 몸을 담았던 것으로 보이나 상세 사항은 명확치 않다. 홍석현은 문학자는 아니었으나 와세다대학을 졸업한 최초의 조선인 유학생이었기에 특별히 언급해 둔다.

2.

해방 전 다수의 조선인 문학자들은 일본 유학을 경험했다. 물론 국내에 체재하며 해외에는 나가지 않았던 이들도 있으며, 중국이나 시베리아에 진출했던 이들도 있다. 하지만 그것은 문학자 전체로 치면 20~30%의 비율에 지나지 않을 것이다. 조선 내 대학은 경성제대만이 설치가 인가돼 턱없이 부족한 상황으로 그나마 하나 있는 대학의 학생 대부분도 일본인이었다. 면학 의욕에 불타던 조선인 학생들은 당시 '내지內地'라 불리는 일본을 지향할 수밖에 없는 상황이었다. 일본에 유학할 수 있었던 학생들은 비교적 집안이 부유했던 것일지도 모르나, 그래도 대부분의 학생들이 일을 해 돈을 벌어가며 고학을 했다. 경제적인 이유 외에도 관동대지진에 따른 집단학살에 직면해야 했고, 모의模擬 국회사건(학생 토론회) 등에 대한 항의의 뜻으로 유학생들이 일제귀국을 단행한 사례도 있었다.

특히 창작을 지향하는 문학자는 경제적 곤궁이라는 이유 이외에도 문학은 대학 강의에서 배울 수 있는 것이 아니라는 의식이 있었다. 이러한 이유에서, 일단 대학에 적을 두었다가 졸업하지 않고 중도 퇴학한 학생의 수가 졸업생보다 훨씬 많았던 것으로 생각된다. 하지만, 중도 퇴학자의 경우 교우회 명단에도 이름이 실리지 않기에 이들을 추적 조사 하는 것은 대단히 곤란한 일이다. 또한 본명이 아니라 아명이나 통칭으로, 경우에 따라서는 창씨개명으로 입학수속을 하기도 했기에 유학생이었음을 확인하는 것은 대단히 노력을 요하는 작업이다.

3.

와세다대학에 유학했던 조선인 유학생(본고에서는 국호로서는 '대한민국, 약칭 '한국' 그리고 '조선민주주의 인민공화국', 약칭 '북조선'을 사용하며, 역사적·문화적·족적인 통괄 칭호로서는 '조선'을 사용하는 것으로 한다)의 역사를 좀 더 체계적으로 정리하고 있는 것이 『한국 유학생 운동사 -와세다대학 우리 동창회 70년사』(1976.11.25 발행, 한글)이다. 시대별로 와세다대학 유학생사留學生史의 전체상을 조망하고자 한 시도로 성공한 예에 속한다. 다만, 유학생의 운동사·정치사라고 하는 관점에 의해 정리되어 있기 때문에 문화면이나 생활면 그리고 개인사에 대해서는 거의 다루고 있지 않은 점은 유감스럽다.

본고에서는 유학생의 역사라는 관점에 의거해서 학적부 등의 구체적 자료를 다뤄가면서 문학자들의 발자취를 따라가 본다. 예전에 한국사회에서 활약하고 있는 와세다대학 졸업생을 다룬 에세이가 『와세다학보』에 두 차례 실린 적이 있다.

A 신국주申國柱, 『한국의 교우韓国における校友』, 1956년 5월호
B 김윤기金允基, 『한국의 교우韓国における校友』, 1965년 6월호

A, B 모두 당시에 한국 각계에서 활약하고 있던 교우의 근황을 전하고 있으나 불과 2페이지 분량의 짧은 글이다. 더구나 현 시점에서 보자면 A는 47년 전, B는 38년 전에 집필된 것이라 최근의 실정을 담고 있지 않다. 한국에도 와세다대학 동창회가 있으며, 회지까지 발행되고 있으니 와세다대학 교우회와 좀 더 긴밀히 정보교환을 하는 편이 좋아 보인다.

안국선安國善, 1878~1926은 1896년 9월 21일에 방어정치과에 입학해서 1899년 7월 15일에 졸업했다. 안명선安明善과는 동일인물이 아

니다. 안국선은 원적原籍이 "한국 경성 동현 구남동 96 모리야스 댁韓國京城銅峴舊楠洞96森安方"이며 안명선은 "경기도 양지현京畿道陽知縣"이다. 방어정치과를 같은 해에 입학하고 같은 해에 졸업했기 때문에 혼동하기 쉽지만, 둘은 실제로 4촌 혹은 6촌 친척이다. 안국선은 『신소설』을 썼던 작가로 그가 번안한 『금수회의록』(1908)은 동물들의 회의에서 제기된 논의를 통해 인간 사회의 비리를 풍자한 우화소설이다.

한편, 안명선은 정계와 언론계에 진출했다. 『와세다학보』 1907년 7월호 '교우 동정'을 보면 다음과 같이 기록되어 있다.

안명선 씨(32政)는 전에 나랏일에 분주히 일하다 벌을 받고, 오랫동안 감옥에서 신음하시다가, 이번에 한국 정부 고문이자 교우인 노자와 다케노스케野沢武之助 씨의 알선에 의해 특사의 은명恩命을 받을 수 있었으니 경사스러운 일이 아닐 수 없다.

안명선과 졸업동기인 조선 유학생으로는 그 외에 정인소鄭寅昭가 있으며, 두 사람 다 1896년 9월 입학해, 1899년 7월에 졸업했다.

4.

신소설은 머지않아 쇠퇴기를 맞이하고 본격적인 근대문학이 시작된다. 한국 근대문학사는 이광수李光洙, 1892~1950, 최남선崔南善, 1890~1957으로부터 시작되었다는 것이 정설이다. '2인 문단시대'라 칭하는 문학 연구자도 있다. 그러한 이광수와 최남선 두 사람 모두 와세다대학 출신이다. 다만 이들은 와세다대학을 졸업하지는 않았다.

이광수는 메이지明治학원 중학을 졸업한 후, 와세다 고등예과(고등학원의 전신)에 입학한다. 고등예과는 3학기제로 제1기가 4월~7월, 제2기가 9월~이듬해 2월, 제3기가 3월~7월이다. 1년 반 후 졸업하면 대학 학부로 연결된다. 이광수는 1915년 9월 20일, 제2기에 편입하여 이듬해 7월 5일에 1년 만에 고등예과를 졸업했다. 같은 해 9월에는 와세다대학 철학과에 입학했다. 1학년(1917.7), 2학년(1918.7) 성적은 남아있으나 3학년 때 것은 남아있지 않다.[1] 1919년 2·8 독립선언서를 쓰고서 상해로 망명했기 때문이다. 이광수와 같은 해에 고등예과를 졸업한 유학생에 이병도李丙燾가 있다. 이광수의 성적은 일본인 학생을 다 합쳐도 상위에 있었다. 우수한 성적으로 1917년 8월에는 학비면제 혜택까지 받았다.(『와세다학보』 270호) 그 당시 면제

---

1 메이지학원 중학 시절의 성적표, 와세다대학 고등예과, 와세다대학 문학부 시절의 이광수의 이수 과목 및 성적표에 대해서는 졸고『日本留学時代の李光洙』(『朝鮮文学─紹介と研究』 제5호, 1971.12, 일본어)에 소개했다.

자는 학교전체에서 1학년 중 3명, 2학년 중 3명뿐이었다. "대학부 문학과 철학과 1학년 이광수"는 "특별생 규칙에 의해 다음 학년도 학비 면제 대상자"의 한 사람으로 선발되었던 것이다. 덧붙여 말하자면, 같은 해 "각과 득업생德業生으로 오쿠마 후작 부인으로부터 상품을 수여받는 학생"에 문학과 철학과의 최두선崔斗善과 상과의 시마타 고이치島田孝一가 있었다. 득업생이란 요즘말로 졸업생이라는 뜻이다. 상품 수여자인 최두선은 최남선의 친동생으로 추후 한국의 국무총리, 와세다대학 한국 동창회 회장이 되었으며, 시마다 고이치는 전후에 와세다대학 총장을 두 차례 역임했다.

1971년 12월 10일에 발행된 『와세다학보』274호에는 「조선 유학생에게 상금 수여」라는 기사가 실려 있다. 이에 따르면 와세다대학 본부에 "조선 유학생 일동을 참례, 좌기左記한 네 명에 대하여 그 학업이 우수하고 품행이 좋아 포상하고자 하며, 이는 조선총독부로부터의 의뢰에 의해 상금 수여식을 거행"한다고 나와 있다. 수상자는 다이쇼大正 6년도 대학 문학과 철학과 졸업생 최두선, 동상同上 2년 이광수, 동상 사학 및 사회과학 3학년 현상윤玄相允, 동상 영문학과 3학년 김여제金輿濟, 1895~1968 총 4인이다. 현상윤은 3·1 독립운동 민족대표의 한 사람으로 역사가이며 초대 고려대학교 총장이기도 하다. 그는 1914년 4월 와세다 고등예과 문과에 입학했고 이듬해 7월에 수료한 후, 9월부터 문학부 문학과 사학과 및 사회과학과에 입학해 3년 후 졸업했다. 2·8 독립선언에 참가한 많은 대학생들은 대학을 그만두고 귀국하거나 혹은 중국에 망명하였으나, 현상윤은 당시로서는 드물게 최단기간에 졸업했다. 최두선의 와세다 1년 후배라는 관계도 있어서 두 사람은 매우 친했다. 학적부상으로 두 사람의 주소가 같은 것으로 보아 둘은 한 때 도쓰카죠戸塚町 시모도쓰카下戸塚 597번지 하숙집 시키시마관敷島館에서 함께 살았던 것 같다. 이 주소는 현재의 니시와세다西早稲田 1-95-4에 해당하며, 와세다대학의 메인캠퍼스 서문으로 나가 바로 왼쪽에 있는 10호관 뒤쪽에 해당된다. 이곳에는 80여 년 전에 건축된 하숙집이 현재도 남아있다.

김여제는 주요한朱耀翰과 어깨를 나란히 하고 근대시를 개척한 사람이다. 흥사단에도 깊숙이 관여했다. 1914년 4월 와세다 제3고등예과에 입학하여 규정된 1년 반 만에 예과를 졸업하고, 1915년 9월에는 와세다대학 문학부 영문학과에 입학해 1918년 7월에 영문과를 졸업했다.

1917년 8월 4일부의 『매일신보』를 보면 "소장 철학자―최초의 일인一人. 와세다대학을 최초로 졸업한 수재"라는 제목의 최두선에 관한 기록이 게재돼 있다. 보다 정확하게 말하자면 와세다대학 문과(문학부)를 최초로 졸업한 수재라고 하는 것이 마땅할 것이다. 최두선을 소개하고 있는 이 기사에는 같은 대학의 장덕수張德秀(정치학과 졸업 후 상해로 건너가 독립운동에 투신한다), 현상윤, 이광수, 김여제를 소개하고 있다.

와세다에 남아있는 최남선 관련 자료는 많지 않다. 1907년에 고등사범부 역사지리학과에 입학하여, 1907년 9월 현재 1학년에 재학하고 있었던 것이 학적부에서 확인이 되지만, 졸업은 하지 않았다.

고등사범은 중등교육자 양성 기관으로 당시는 구제중학舊制中學을 졸업하면 입학할 수 있었다. 고등사범부는 1907년에 창설된 국어한문과, 역사지리과, 법제경제과, 법학과, 영어과로 나눠져 있었다. 그리고 대학부는 고등예과 졸업이 요건으로 정치경제과, 법학과, 문학과(철학과, 영문학과)로 나눠져 있었다. 『한국 유학생 운동사』에 의하면 최남선은 "입학으로부터 한 달 후인 12월 19일에, 부모님의 병환을 이유로 퇴학, 귀국하였다"(36쪽)고 하고 있으나 "입학 한 달 후 12월 19일에 퇴학"한 근거에 대해서는 알 수 없다. 그가 고등사범부에 입학한 것은 1907년 9월이며, 1개월 후라면 1907년 10월에 퇴학했다는 이야기가 된다. 한편, 와세다대 모의국회 사건은 1907년 3월에 일어났는데 최남선이 깊게 관여했다고 기술하고 있다.(38쪽) 이 두 가지의 기술은 서로 모순된다. 역시 최남선은 모의국회 사건에 대한 저항운동을 전개했던 중심인물 중 한 사람으로, 사건 당시 와세다대학에 재학했던 것으로 보는 것이 마땅할 것이다. 그렇다면 고등사범부에 입학하기 전에, 와세다 고등예과나 전문부에 재적하고 있었을 가능성도 생각해 볼 수 있다.

문학에 직접 관련된 사건은 아니었으나, 와세다대학 모의국회 사건에 대해 다루지 않을 수는 없다고 하겠다. 모의국회에 대해서는, 남북사南北社에서 발행된 『와세다생활』(1913.7.24)에 그 실상이 전해지고 있다. 그 밖에 모의국회 에 대해 다루고 있는 문헌으로는 ① 아베 히로시阿部洋 『구한말의 일본 유학』(『한韓』 3권 7호, 1974), ② 『와세다대학 백년사』, 제2권(와세다대학 대학사 편찬소, 1983.9), ③ 『에피소

드 와세다대학』(와세다 출판부, 1990.5), ④ 전술한『한국 유학생 운동
사』가 있다. 그밖에 ⑤『와세다의 한국인』(와세다대학 한국 유학생회 발
행, 1983.12)이 있다. ④, ⑤는 거의 동일한 내용으로 번역에 가깝다.
법학부에는 현재도 계속되어지고 있는 모의재판이 있는데, 정치과
에는 그 전부터 '모의국회擬國會', 요즘말로 하면 모의국회가 있었다.
장관, 국회의원도 전부 학생이 맡았다. 1907년 3월에 행해진 모의
국회에서, 정치과 학생 다부치 토요키치田淵豊吉가 내각 총리대신의
역할을 맡아 한국 황제를 일본의 화족華族에 열列하자는 안건을 내자,
이에 유학생들이 분개하여 항의 행동을 일으켰다. 이는 항의성명,
집단 귀국으로 이어졌고, 이 문제가 일본 국회에서도 다뤄지면서 외
교 문제로 비화됐다. 1907년에는 이미 조선에 통감부가 있었지만,
아직 소위 '한일합병' 이전으로 대한제국大韓帝國도 한국 황제도, 주
일 한국공사관도 모두 존재하던 시기였다. 그런 상황에서 한국 황제
의 서열을 일본의 화족과 동등한 위치에 놓자는 제안에 유학생들이
분개한 것은 무리가 아니다. 이 제안을 다부치 개인의 과오로 돌릴
것이 아니라 '조선침략'으로 내달리던 당시의 정치상황을 학생들이
먼저 선취했다 보는 편이 옳다. 결국, 다부치는 퇴학(실제로는 곧 바로
복학) 됐으나 다카다 사나에 학장에게는 과오가 없다는 결론이 내려
졌다. 다부치는 후일 실제로 국회의원이 되어 1923년의 관동 대지
진 때는 조선인 학살문제에 대한 일본 정부의 책임을 추궁했다.

이광수, 최남식, 장덕수, 김여제와 거의 같은 시기의 인물로 김명
식金明植, 1891~1943이 있다. 김명식은 1915년 9월 13일에 와세다대

학 전문부 정치학과에 입학하고 있다. 입학 전 학력난에는 '교외생校 外生 졸업'이라고 쓰여 있다. 교외생이라는 것은, 현재로 말하면 통신 교육생이다. 1916년 7월, 제1학년, 1917년 7월 제2학년, 1918년 7 월 제3학년의 성적표가 남아있다.

김명식은 제주도 조천리 출신으로 와세다 전문부 정치경제과를 졸업하고 조선으로 돌아가, 노동운동·청년운동을 하는 등 사회운 동에 투신하는 한편으로 1920년 4월『동아일보』가 창간 될 때 논설 을 담당했다.『동아일보』초기 지면에는 김명식의 글이 다수 실려 있다. 그는 논설뿐만 아니라 문학에도 그 활동 범위를 넓혀,『동아일 보』창간호에는 시「새 봄」,「비는 노래」를 발표했으며, 그 밖에도 1935년 9월『신동아』에「문필생활 10년」을, 1938년 4월에『삼천 리 문학』에「전쟁과 문학」등을 발표했다. 비록『한국 근대문학 대 사전』(아세아문화사, 1990)에서 그의 이름을 찾아볼 수 없지만, 그의 시는 민족주의적 색채를 띤 중후한 시풍을 보여줬다.

5.

이광수, 최남선의 계몽주의 문학 이후, 1919년 3·1 조선 독립운 동을 기점으로 낭만주의, 상징주의, 자연주의 등의 여러 문학사조가 흘러들어 개화했다. 이러한 사조는 곧이어 사회주의 사상이 전파되자 사회주의적 경향성을 띤 문학과, 이에 대항하는 민족주의적 문학 및 예술지상주의 문학으로 대두된다. 와세다 출신의 문학자는 사회주의파 문학과 비사회주의 문학 양측 모두에서 눈부신 활약을 펼쳤다. 우선 프롤레타리아 문학자를 포함하여, 사회문제를 주요 테마로 다루었던 문학자들을 살펴보도록 하자.

　안막安漠, 1910~? 본명은 안필승安弼承으로 경기도 출신이다. 한국의 문학사전을 보면 그가 고등학교 중퇴 후, 1930년 와세다대학 러시아문학과에서 수학했다고 하는데 학적부에서는 확인할 수 없다. 동창회 명단을 보면 1935년에 법학부를 졸업했다고 하고 있는 것으로 보아 이 기록이 맞는 것으로 보인다. 그의 학적부는 발견되지 않았다. 안막은 평론 부문에서 계급예술운동을 활발하게 전개했다. 임화, 권환 등과 함께 조선 프롤레타리아예술동맹(카프) 재편성의 중심적인 인물 중 한 사람이었다. 그의 아내는 '조선의 무희'로 불리던 최승희다. 당시 러시아어를 공부한다는 것은 곧 계급문학을 마음에 두고 있다는 증거였기 때문에, 안막이 러시아어를 배웠다는 것은 틀림없을 것이다. 중학교 중퇴 학력으로 와세다에 입학했다는 것을 보면 학부가 아닌 전문부에 다녔을 가능성이 높다.

　이석훈李石薰, 1907~?도 와세다에서 러시아어를 배웠다. 다만, 대학이 아니라 고등 학원 시절에 러시아어를 공부한 것으로 보인다. 1930년대 초기부터 빈곤한 농어촌을 배경으로 사회계몽적 소설을 쓰고 있었으나 제2차 세계대전 말기에는 친일문학으로 기울었다. 해방 후

조선전쟁 중에 38선을 넘어 월북하였다. 학적부에 의하면 이름 이석훈, 제1고등학원(문과)에 1926년 4월 26일 입학, 같은 해 9월 7일부터 휴학, 1927년 3월 30일, 건강상의 이유로 퇴학한 것으로 나와 있다.

이찬李燦, 1910~1974 고등사범부 영문과에 1921년 4월 입학, 1925년 3월 졸업. 그 후 대학부 문학부에 전과했다. 졸업은 하지 못하고 중퇴한 것으로 보인다. 와세다 유학생 시절에 조선 프롤레타리아예술동맹에 가맹하고, 1933년 귀국한 이후로도 계급적 시점에서 많은 시를 발표했다. 해방 후에는 북조선에서 문학계의 중심인물 중 한 사람으로 활약하였다.

조영출趙靈出, 1913~1993 1935년 4월 제2고등학원 입학, 1937년 3월 졸업. 이어 대학부 불문학과에 입학, 1941년 3월에 졸업. 프랑스 문학 전공이라는 경력에서도 알 수 있듯 모더니즘 계열의 시를 썼다. 세련된 기법의 창작 민요시도 많이 남겼다. 해방 후에는 월북 하여 조선 작가동맹에 가입하고 시 창작을 계속했다. 학적부에는 '영靈' 자가 '靈' 자로 나와 있다.

김정한金廷漢, 1908~1996 1930년 4월 제1고등학원 문과에 입학, 1932년 3월 2학년을 수료했으나 졸업은 하지 못하고 1932년 9월에 '학비 미납'으로 제적. 따라서 1학년과 2학년 무렵의 성적이 남아 있다. 성적은 우수한 편으로, 특히 영어와 역사, 그리고 '국어 작문'에 뛰어났다. 학원에 다니던 시절 하숙을 몇 번이나 옮겼다.

(1) 혼고쿠 모토마치本郷区元町1-57 하숙집 미우라 겐조 씨 댁

(2) 시가이市外 도쓰카쵸 겐베戸塚町源兵衛 180 쇼와칸昭和館

(3) 고이시카와구小石川区 하라마치原町 99 손孫 씨 댁

(4) 시가이市外 시모오치아이下落合 2022 죠사이칸城西館

(5) 후카府下 노가타쵸野方町 아라이新井 144 가와무라河村 씨 댁

(6) 우시고메구牛込区 와세다쓰루마키쵸早稲田鶴卷町 22 오우관吳羽館

　(2)와 (6)은 와세다대학 바로 근처다. (2)의 현재 주소는 니시와세다 3-13-10-11, (6)은 쓰루마키 508번지로 구립 쓰루마키 미나미공원南公園 바로 서쪽에 있다.

　김정한은 프롤레타리아 문학가는 아니지만, 그의 작품은 현실사회의 모순을 고발하고 있다. 1940년부터 25년 간 침묵을 지키다 1966년에 창작을 재개했다.

6.

　계급적 시점을 기축으로 한 문학은 1925년 조선프롤레타리아예술동맹, 약칭 '카프'의 창설로부터 '만주사건'이 일어난 1931년까지가 정점으로 일본의 식민지지배에 가장 과감하게 맞섰다. 하지만, 일본의 잔혹한 탄압과 문학운동 내부의 취약성으로 인해 1931년 이

후는 퇴조기를 맞이해서 1935년 카프는 해산됐다. 한편 민족주의 문학파는 1930년대 이후, 비약적으로 문학의 질을 높여갔다. 이 시기 와세다 출신 문학가들은 이러한 시대적 흐름에 지대한 공헌을 했다. 우선 해외 문학파의 활동을 들 수 있다. 1926년, 동경 유학생 가운데 외국 문학을 전공한 이들이 모여서 외국 문학을 올바르게 번역 연구하고, 자국의 문학 발전을 도모하자는 취지로 '외국문학연구회'를 결성했다. 와세다 출신의 해외문학파 멤버로는 정인섭, 이선근, 김광섭, 정규창, 이헌구 등이 있다.

정인섭鄭寅燮, 1905~1983은 제1고등학원을 거쳐 1929년 문학부 영문과를 졸업했다. 정인섭은 귀국 후 연희 전문학교에서 강사직에 착임했다. 당시 와세다 연극박물관에 조선의 풍년무豐年舞에 사용하는 22개의 탈 한 세트를 기증했다. 1939년『와세다학보』2월호에는「조선의 교우가 진품珍品을 기증」이라는 제목의 기사가 실려 있다. 정인섭은『해외문학』지상에서 버나드 쇼를 소개하기도 했다.

이선근李瑄根, 1905~?은 고등학원에서 러시아어를 배우고 1929년에 문학부 사학과를 졸업했다.『해외문학』지면에서 정열적으로 러시아 문학에 대해 썼다. 해방 전에는『조선일보』편집국장을, 해방 후에는 문교부 장관, 성균관대학 총장 등을 역임했다.

이병호李炳虎도 영문과에서 수학했는데 졸업을 못했던 것인지 교우회 명단에는 이름이 올라있지 않다.『해외문학』지면에 휘트먼 등 미국시를 번역했다.

김광섭金光燮. 1905~1977 제1고등학원에 1926년 4월 입학, 1929년 3월에 졸업 후 같은 해 4월에 문학부 영문학 전공에 입학, 1932년 3월에 졸업. 하숙은 처음에 우시고메구牛込区 도야마쵸戸山町 4 야마우치 씨댁에 있다가, 1928년 5월에는 같은 구 쓰루마키쵸 201 리죠칸鯉城館으로 옮겼다. 리죠칸은 현재 쓰루마키쵸 554번지로 와세다대학 정문에서 느티나무 거리로 접어들어 동쪽으로 걸어가면 오카자키 의원岡崎医院이 나오는데 거기서 조금 더 들어가 오른쪽이 바로 그 장소다. 김광섭은 시집을 10여 권 펴낸 시인이며, 연극이나 평론의 면에서도 폭넓게 활동했다.

정규창丁奎昶. 출생연도 등 미상은 1929년 문학부 영문과 졸. 영국문학 소개에 주력했다.

이헌구李軒求. 1905~1983는 1928년 4월 문학부 문학과 프랑스문학 전공 과정에 입학해 1932년 3월에 졸업했다. 이 해의 불문학과 졸업생은 6명으로, 이 중 외국인은 이헌구 한 사람 뿐이었다. 같은 시기에 역사학 전공 과정의 졸업생에는 얼마 전 작고한 일본사 전공의 호라 도미오洞富雄 씨가 있다. 이헌구는 평론 활동과 연극 활동에 주력하였다. 해외문학파 대표로서 프롤레타리아 문학파의 거두 임화와 논쟁을 펼쳤던 일도 있다. 해외문학파 멤버는 이 밖에도 다수 있는데 양적 그리고 질적인 측면에서 모두 와세다 출신이 압도하고 있다. 해외문학파 외에도 와세다 출신으로 활약한 다양한 경향을 지닌 문학가가 있었다. 이들을 출생 연도순으로 나열해 본다.

7.

    황석우黃錫禹, 1895~1960 이광수, 최남선 류의 계몽주의 문학에 반기를 들고 일어선『폐허』동인의 한 사람으로 시인으로 문학 활동을 전개하였고 저널리스트로서도 활약하였다. 전문부 정치경제학과에 1920년 4월에 입학해, 1922년 9월 30일에 제적당했다.

    김우진金祐鎭, 1897~1926은 1918년 예과에 입학한 이후 일찍이 연극 활동을 펼쳤다. 1921년 문학부 문학과 영문학 전공 과정에 입학해 24년에 졸업했다. 그 사이에 김기진, 박승희 등과 함께 연극단체 '토월회'를 창립하였다. 그는 1926년 현해탄에서 투신자살했다.

    손진태孫晉泰, 1900~?는 1924년에 와세다대학 문학부 역사학과에 입학해 1928년 3월에 졸업했다.『금성金星』,『신민新民』등에 시나 평론을 발표하였으나, 해방 전의 주된 업적은『조선고가요집』,『조선민담집』,『조선 민족 설화의 연구』등 민요 설화의 연구에 있다. 손진태나 양주동의 학적부와 성적표가 남아있지 않은 것은 1945년 7월 미군의 공습에 의해 문학부 및 고등사범부 교사(현재의 8호관) 4, 5층이 전소하였기 때문이다.

    채만식蔡萬植, 1902~1950 한국에서 발행된 문학 대사전에 의하면 1923년에 와세다대학 영문과를 중퇴한 것으로 나와 있으나 지금까지 어떠한 학적 서류도 발견되고 있지 않다. 사회에서 소외된 지식인상을 그린 소설가이다.

백기만白基萬, 1902~1967 고등학원에서 수학한 사실은 분명하나, 대학부 입학 여부에 관해서는 알 수 없다. 백기만은 양주동, 유엽, 손진태, 이은상, 이장희 등과 함께 시 동인지 『금성』을 발행했다. 동인으로는 이장희를 제외한 나머지 전원이 와세다 출신이다. 『금성』은 1923년 11월에 창간돼 24년 5월 통권 3호로 종간되었다. 모던한 창작시가 많았고, 번역시로서는 베를렌, 타고르, 보들레르 등이 주류를 이루었다.

유엽柳葉, 1902~? 『금성』 동인이며 시인. "1917년 전주의 신흥학교를 거쳐 와세다대학에 수학"했다고 한국에서 발행된 문학사전에 기록되어 있을 뿐이며 상세 사항은 알 수 없다. 다만, 양주동의 회상에 의하면 "고등학원 1학년 때부터 급우인 유엽, 백기만 등과 함께 프랑스어 배우기에 열중하고 있었다"라고 하고 있어서 이 세 사람은 같은 반 친구였음을 알 수 있다.

이은상李殷相, 1903~1982 이 저명한 시조 시인도 1925년 문학부 사학과에서 수학한 인물이다. 다만 졸업하지는 않았던 것인지 교우회 명단이나 혹은 1939년도 「와세다대학 조선 유학생 동창회」 명단에서도 이름을 발견할 수 없다.

양주동梁柱東, 1903~1977 시·한시 창작, 평론·수필·영문학 연구로부터 향가를 비롯한 고가古歌연구에 이르기까지 다채로운 재능을 보였다. 양주동은 문학부 영문과에 재적해 있었다고 스스로 회상기에 적고 있다. 한국에서 발행된 문학사전에 그의 대학 졸업년도를 1923년으로 적고 있는 것은 오류이다. 만약 이것이 사실이라고 하면 그는 20세 나이로 구제 대학을 졸업한 것이 되는데 그런 일은 실제로는 있을 수 없다. 무엇보다 양주동의 학적은 앞서 말한, 손진태와 마찬가지로 미군의 공습으로 인하여 소실돼 남아있지 않으므로 단정 지을 수 없다. 양주동은 1959년 11월에 간행된 한국재주 동창회 기관지 『와세다 회보』17호에 「와세다대학 회상기」를 쓰고 있다. 그 중에서도 당시의 교수들에 대한 인물평이 흥미롭다. 고등학원 시절에 사이죠 야소西條八十에게 배웠는데, 여대생에게 받은 자수로 된 러브레터를 교실에서 학생들에게 뽐내던 일화가 나온다. 또한 쓰보우치 쇼요坪內逍遥가 셰익스피어 문학 강의에서, 한 손에 부채를 펼쳤다 접었다 하며 셰익스피어의 극의 일부를 가부키 조調로 유창하게 번역하며 읊어대던 것이 장관이었다고 쓰고 있다. 양주동은 함께 거처하고 있던 게이오대학 학생 염상섭에 몇 번인가 권해서 쓰보우치 쇼요의 수업을 청강하게 했다. 염상섭에게 그 감상을 물어보자, 강의 내용의 깊이까지는 잘 모르지만 그 수염은 호걸 형이며 옷차림새는 귀공자풍, 손에 쥔 부채는 문인다운 모습이었다는 평을 했다고 한다. 양주동은 쓰보우치 쇼요 이외에도 요코야마 유사쿠橫山有策, 히나쓰 고노스케日夏耿之介, 요시에 다카마쓰吉江喬松, 히다카 다다이치日高只一, 혼마 히사오本間久雄, 요시다 겐지로吉田絃二郎 등의 영문학, 불문학, 일본문학 교수진에 대한 비판을 숨김없이 적고 있다.

김기석金基錫, 1905~1979? 1930년에 와세다대학 고등사범부를 졸업하고 동북제대 철학과에 진학했다. 한국 심리학의 발전에 지대한 기여를 한 심리학자이며 철학자로 문학을 다룬 평론도 남겼다.

이광래李光來, 1908~1968 1933년에 영문학과를 졸업하고, 귀국 후에는 연극운동에 몰두했다. 희곡도 쓰고 연출도 하며 연극평론도 썼다.

김성근金聲近, 1909~? 문학부 사학과를 졸업하고 있다. 해방 후에는 서울대학교 사범대학부에서 역사연구와 역사교육에 주력하였다. 해방 전에는 『동아일보』 등에 문예평론도 발표한 바 있다.

김래성金來成, 1909~1958 1936년에 법학부를 졸업하였으나 『타원형의 거울』로 문단에 데뷔한 이래 주로 탐정 소설가의 길을 걸어 많은 저작을 남기었다.

안수길安壽吉, 1911~1977 1931년에 고등사범부(교육학부의 전신) 영어과에 입학, 해방 전에는 '만주'에서, 해방 후에는 한국에서 20여 권의 소설집을 내었다.

김영수金永壽, 1911~? 1938년에 문학부 영문과를 졸업했다. 1933년에 몇 명의 지인들과 '동경 학생 예술좌'를 창설한 이래 희곡 창작을 중심으로, 소설, 평론의 분야에서도 활약하였다.

한로단韓路檀, 1912~? 1938년에 문학부 영문과를 졸업했다. 1939년 동창회 명단에서는 한효동韓孝東이라는 이름을 사용했다. 해방 후에는 서울대, 부산대 교수를 역임했으며 주로 희곡과 평론 분야에서 활약하였다.

유주현柳周鉉, 1921~1982 1939년 도일하여 와세다대학 전문부 문과에 입학했으나 상세 사항은 분명하지 않다.

진학문秦學文 1916년에 동경외국어대 러시아어과에 입학하기 전, 와세다에서 수학하였다고 하는데, 학적 상으로는 아직 확인된 바가 없다. 1915년, 일본 유학생 잡지 『학지광學之光』 학예부장을 맡아, 소설, 평론을 남겼다. 1930년대 후반에는 '만주'의 실업계에서 일했다.

황순원黃順元, 1915~2000 학적부에 의하면 1915년 3월 26일 출생. 1934년 제2고등학원 문과에 입학丁組, 1936년 3월에 졸업했다. 같은 해 4월 문학부 문학과(영문학 전공)에 입학해 1939년 3월에 졸업했다.

신래현申來鉉, 1914~? 『조선의 신화와 설화』는 일본어로 동경의 이치스기─杉 서점에서 1934년 9월 15일에 발간된 명저이다. 1971년 영인본에서도 "저자 신래현의 소식에 대해서는 팔방으로 손을 써서 알아보았음에도 불구하고, 어떤 실마리조차 얻을 수 없었습니다"라고 후기後記에 쓰고 있다. 이처럼 해방 후 그의 족적에 대해서는 알 수 없다. 하지만, 해방 전 경력은 다소 알 수 있었다. 1939년 당시 문학부 3학년으로 조선 내 주소는 '경북 금천군 금천면 성내城內', '욱문관중郁文館中' 출신으로 되어있다. 초판본의 저자 소개에는 "와세다 대학 문학부 졸. 금천중학교·동경도립 하치오지八王子 중학교 교론教論을 거쳐, 와세다대학 연극박물관 근무"라고 되어 있는 것을 보면 1940년에 문학부를 졸업하고, 단기간 고향의 중학교와 하치오지의 중학교에서 근무하고 있었던 것 같다. 연극 박물관에서는 아르바이트 또는 촉탁으로 비상근직이었다고 여겨지지만, 직원록에는 기록이 남아있지 않다.

장용학張龍鶴, 1921~? 1950~1960년대에 화제를 불러일으킨 한국의 작가이다. "와세다대학 상과 2년 중퇴"라고 문학사전에 나와 있다. 중퇴 이유에 대하여는 학도병에 집용 당하였기 때문이라고 기술돼 있다. 어찌하였건, 전전戰前 마지막의 와세다 출신 조선인 문학가라고 볼 수 있을 것이다.

8.

이상으로 현재 파악되어진 범위 내에서 와세다 출신 조선인 문학가들의 이름을 거론하며 그 발자취를 따라가 보았다. 최대한의 노력을 하였으나 다루지 못한 문학가도 있을 것이며, 정정할 부분도 나올 수 있다. 문학가에만 한정하지 않고 학자, 역사가, 언론인에 이르기까지 범위를 넓히면 더욱 많은 인재들이 있다.

김성수金性洙, 1891~1955 1910년 고등예과 입학, 1914년 정경학부 졸업. 교육가, 고려대학교 중흥의 인물.

문일평文一平, 1888~1939 1910년 정경학부 중퇴. 언론인, 사학자.

이병도李丙燾, 1896~1989 1915년 5월 고등예과 입학. 1916년 9월 문학부 사학과 및 사회과학과 입학. 1919년 3월 졸업. 서울대 학술원장.

백남훈白南薰, 1885~? 1913년 9월 고등예과 정치경제학과 입학. 1914년 7월 졸업. 1914년 9월 대학부 정치경제학과 입학, 1917년

7월 졸업. 사회운동가.

이상백李相佰. 1904~1966 제1고등학원에서 문학부 졸업. 1927년, 문학부 사회・철학과를 졸업하고, 대학원 진학. 연구 테마는 사회진화 이론이었다. 이 해에 문학연구과(대학원)에 진학한 외국인은 이상백 혼자뿐이었다. 문학부 조교에 임명돼 1939년 5월, 와세다대학 이사회에서 중국파견이 결정돼(이사회 요록 제9호) 북경에 신설된 신동아연구소에서 2년 6개월 동안 근 무하였다. 해방 후에는 서울대학교 문리대학 교수. 「빼앗긴 들에도 봄은 오는가」의 시인 이상화의 친동생이다. 조선인으로서 와세다의 전임이 된 것은 이상백이 처음일 것이다.

김상기金相基는 1931년 문학부 역사학과를 졸업한 역사학자이다.

독립운동가로는 신익희申翼熙, 1894~1956, 장덕수張德秀, 1895~1947, 이준李儁, 1859~1907 이외에도 여러 명이 있다. 다만 이준의 학적부는 아직 발견되지 않았다. 신구문화사에서 간행된 『한국 인명사전』에 의하면 이준은 홍석현에 이어 와세다에서 두 번째로 졸업한 학생인데 이것이 사실인지에 대해서는 의문의 여지가 있다. 와세다 출신의 정치가는 너무 많아서 셀 수 없을 정도다. 이 글의 말미에 있는 표에서 확인할 수 있는 것처럼 대학부, 전문부 중에서 유학생이 가장 많은 곳은 정치・경제와 법학 부분이다. 삼성재벌의 이병철李秉喆도 전문부 정치경제 출신이다. 정치나 실업가의 경력을 추적하는 것은 본고의 목적과 어긋나기 때문에 논하지 않는 것으로 하겠다.

마지막으로 와세다 출신의 재일조선인 문학가로는 아쿠타가와상을 수상한 이회성李恢成, 이양지李良枝가 있다. 다만 이들은 전후세대에 속하기 때문에 여기에서는 다루지 않겠다. 이제까지 와세다 출신의 조선인 문학자들을 살펴보았다. 물론 일본 유학생 전체가 와세다의 학생이 아니었다. 다만, 와세다 출신의 문학가 수가 다른 학교에 비해 압도적으로 많은 것은 분명한 사실이다. 참고로 타 학교 출신의 주요 문학가들의 이름을 언급해 보도록 하겠다. 도쿄대학東京大學 출신으로는 김사량, 김두용이 있으며, 게이오대학慶應大學 출신으로는 염상섭, 유길준, 김억, 니혼대학日本大學 출신으로는 이익상, 김종한, 마해송, 김기림, 릿쿄대학立敎大學 출신으로는 김팔봉, 김상용, 유치진, 호세대학法政大學 출신으로는 김남천, 김보섭, 박태원, 이원조, 허준, 이하윤이 있다. 메이지학원대학明治學院大學 출신으로는 김동인, 주요한(중등부), 이광수(중등부), 도요대학東洋大學 출신으로는 김동환, 계용묵, 아오야마학원대학靑山學院大學 출신으로는 백석, 박용철, 전영택이 있다. 죠치대학上智大學 출신으로는 이용악, 이태준, 도시샤대학同志社大學 출신으로는 오상순, 정지용, 윤동주, 김환태豫科가 있다. 동북대학東北大學 출신으로는 김기림, 규슈대학九州大學 출신으로는 김환태, 동경상과대東京商科大 출신으로는 김소월, 메이지대학明治大學 출신으로는 이병주, 도쿄고등사범(쓰쿠바대학의 전신) 출신으로는 백철, 한식 등이 있다.

　각 대학별로 주요한 문학사를 살펴보고 그 발자취를 따라 정신적 물질적인 면에서 그들의 유학생활에 대해 알아보는 일은 중요하다.

일본과 조선반도의 근대는 복잡하고 밀접하게 얽혀있다. 와세다대학의 유학생들이 와세다에서의 생활을 통하여 항일사상을 키워왔던 것도 사실이며, 일본에서의 유학생활을 통해 서구의 근대사상을 섭취했던 것도 사실이다. 조선 근대문학의 형성과 발전을 이야기할 때 일본 유학생의 발자취를 밝히는 것은 이제 필수적인 기초 작업의 하나라 할 수 있다.

|자료|

〈표 1〉 특별회원 졸업연도별 '졸업생'

연도	명수	생존	사망
1897	1	1(?)	1(?)
1899	3	-	3
1901	2	2	-
1902	1	1	-
1903	1	1	-
1905	1	-	1
1908	1	1	-
1909	5	5	-
1910	12	9	3
1911	3	3	-
1912	3	2	1
1913	4	4	-
1914	9	9	-
1915	13	13	-
1916	7	6	1
1917	7	6	1
1918	5	5	-
1920	7	7	-
1923(?)	3	2	1
1923	33	32	1
1924	40	39	1
1925	25	24	1
1926	18	17	1
1927	31	30	1
1928	36	36(?)	1
1929	24	24	-
1930	37	37	-
1931	25	25	-
1932	29	29	-
1933	48	47(?)	-

1934	31	31	-
1935	35	35	-
1936	45	45	-
1937	47	47	-
1938	77	76	1
1939	95	95	-
	764	746(754?)	18(19?)

〈표 2〉 통상회원 학과별 '재학생'

과별		명수
대학 학부	정치경제	63
	법학	60
	문학	27
	상과	25
	이과	5
高	師	4
전문부	정경	63
	법	139
	상	42
	공	8
전문학교		53
제일고등학교		51
제이고등학교		38
	총계	578

「1939년도 와세다대학 조선 유학생 동창회 회원 명부」에서 가져온 것으로 괄호 안은 저자가 넣은 것이다.(『語研フォーラム』第14号, 早稲田大学語学教育研究所, 2001.3)

참고문헌

『한국유학생 운동사-와세다대학 우리 동창회 70년사』, 와세다대학 우리 동창회 간
　　　행, 1976.
『와세다 회보(한국 동창회 36년사)』, 와세다대학 한국 동창회, 1984.
『早稻田学報』
『와세다의 한국인-와세다대학 한국 유학생 90년사』, 와세다대학 한국 유학생회 간
　　　행, 1983.
권영민, 『한국 근대 문인 대사전』, 아세아문화사, 1990.
金正明編, 『朝鮮獨立運動』 全5卷, 原書房, 1966~67.
이광린, 『한국개화사의 제문제』 수록 「개화초기 한국인의 일본유학」, 일조각, 1986.
阿部洋, 「旧韓末の日本留学 I, II, III-資料的考察」, 『韓』 29~31号, 韓国研究院, 1974.
『한국문학대사전』, 문원각, 1973.

제4장

일본문학 속에 나타난 조선전쟁

1. 들어가며

2003년은 조선전쟁(한국전쟁) 정전 50주년이다. 7월 29일자 『아사히신문朝日新聞』 조간을 보면 「휴전반세기休戰半世紀」라는 제목의 일본인 2명이 쓴 회상기가 실려 있다. 그 중 한 분은 올해 7세, 당시의 일본적십자사 간호부 양성소를 1946년에 졸업한 여성이다. 1950년 12월 8일 후쿠오카福岡현 국립병원 기숙사에 있었는데 심야 비상벨이 울리는 바람에 깨어나, 사무장으로부터 진짜 아카가미(赤經 : 구 일본군의 소집영장)를 건네받게 된다. 유엔군 병원으로부터의 구호반 파견 요청에 따른 소집이었다. 지정 장소에 가니 규슈九州 각지에서 소집돼 온 일본 적십자사 출신 간호부들이 약 20명 정도 있었다. 그 일본인 간호부 들은 강제적으로 후쿠오카 시내에 있는 제141유엔군 병원에 파견돼 미군 간호부 보조역을 하게 된 것이었다.

또 다른 한 분은 올해 80세인데, 모지門司의 항만노동자로 화물의 선적이나 하역 일을 하고 있었던 남성이다. 취급하는 화물은 한반도로 보내는 병기兵器가 주된 것이었다. 먹고 살기 위한 일이었다고는 하나, 자신이 실은 전차와 무기가 한반도 사람들의 생명을 빼앗고 있기 때문에 괴로운 나날이었다고 회상하고 있다. 이 분은 결국 선창에서 병기를 파괴하는 '반전 게릴라'로 활동하게 된다. 1951년 초 무렵 모지 항에는 미군의 유해가 운반되어 오게 됩니다. 백인보다 흑인 쪽이 많았는데, 백인의 유해는 관 속에 담겨 오는 경우도 있었지만, 흑인의 경우는 대부분 마포자루에 담겨 오는 것을 보고 그는 격분했노라고 회상하고 있다.

이상은 문인들이 아닌, 그저 보통 사람에 지나지 않는 일본 서민의 조선전쟁 체험담이다. 두 분의 체험담이 보여주는 바와 같이 규슈 북부는 전쟁이 한창일 때 일본 속의 최전선 기지였습니다. 후쿠오카의 미군기지로부터는 전투기와 수송기가 출격하고 있었고, 나가사키長崎현 사세보佐世保 기지에는 미해군 사령부가 있었다.

트럭, 탄약, 군용의료 등이 일본 국내에서 생산되는 등 '특별수요'에 의해 패전 후 일본경제는 숨을 돌렸던 것이다. 규슈 고쿠라小倉에는 미군의 유해처리장이 있었고, 유엔군 병원에는 일본적십자사 간호부 96명이 근무했었다고 한다.

또한 조선전쟁은 일본의 재군비 역시도 가능케 했다. 1950년 7월 8일 재일 미군이 출동하여 일손이 부족한 국내 미군시설 경비를 위해, 1950년 8월 10일 7만 5천 명의 경찰예비대가 설치되었는데, 이것이 현 자위대의 모태가 되었다.

2. 와카和歌

본론으로 들어가 당시 일본 문인들이 조선전쟁을 어떻게 보고 있었는가를 가인, 시인, 소설가 순으로 보도록 하겠다.

① 곤도 요시미近藤芳美, 1913~2006

곤도는 제2차 세계대전 중 병사로 죽을 각오로 출전했는데, 다행히도 전쟁에서 살아남을 수 있었다. 반전론자였음은 물론이다. 그는 조선전쟁 중 가집歌集『우리가 병사가 되었던 날에吾ら兵なりし日に』가운데 다음과 같이 노래했다.

의심 품은 채 죽어 가는 젊은 목숨을 잇는 생명 있기를
疑ひをうたがひとして死に行きし若き命らに継ぐ命あれ

"전쟁을 해서는 안 된다"고 서툴게 말하며 부모에게 달라붙는 어린아이여
戦争は又あらざらむ片言にまつはりて行く幼きものよ
——「거리의 종탑街の鐘塔」, 『먼지부는 거리』 중에서

전쟁에서 살아남은 사람은 전쟁에서 죽은 사람을 향해 일종의 부채의식을 안고 있다. 전몰 학도병이 쓴 수기『들어라 바다의 노래聞けわだつみの声』와 같이 군국주의로 내달린 일본의 진로와 지난번 전쟁에서 지성으로는 의문을 품으면서도 조국방위를 위해서 죽음의 땅으로 갔던 젊은이들을 추도하고, 평화를 기원하는 것은 전후 일본 지식인에게는 낯설지 않은 것이었다. 그런 중에 조선전쟁이 발발했으니 당연히 전투행위를 부정했던 것이다.

영상이나 사진 등을 통해서 조선전쟁을 목격했을 곤도는 이렇게도 노래하고 있다.

음산한 게릴라 되어 이 목숨 흩어 버릴까
선명한 저 얼어붙은 들판 위
陰惨なゲリラとなりて散り行くか
ありありと彼の凍る野の上

전쟁 뒤에 찾아올 긴 기아
하찮은 일이라 지금은 말하지 못하고
戦いの後に来たらむ長き飢餓
用なき事ら今は伝えず

—「횡단로横断路」중에서

전쟁의 승패에 내몰려 떠도는 굶주린 사람들

우리 아니면 그 뉘 알리

勝敗に追われさまよふ飢餓の民

吾らならずとたれか知り得む

피 흘리며 빼앗고 빼앗기는 읍邑에서

옛날 수원水原을 오늘 슬퍼하네

血を流し奪ひうばはれ行く邑に

古き水原を今日は悲しむ

— 「병든 나날病みやすき日に」 중에서

곤도에게 익숙한 수원은 수도 공방전의 격전지 중 하나였다.

곤도는 한국군과 인민군 중 어느 한 쪽을 지지하지 않고 오로지 전화 戰禍와 기아가 사라지기만을 기원했다. 그는 일제 말 군인으로 중국 전선에 참가했다가 병에 걸려 귀국한 적이 있다. 굶주림을 겪은 자만이 전쟁 속에서 겪게 되는 기아의 비참함을 알 수 있다고 노래하고 있다.

비행기지 감시하는 초소 홀로 지키는

그대가 조선인임을 오늘 나는 알지

飛行基地見ゆる詰所を一人守る

君を朝鮮人と今日吾は知る

항공기 이륙한 뒤 먼지구름이

돌판 가득 어둡게 이네. 오늘도 또 그대의 조선으로 날아가는 중폭격기들

埃雲野にくらく立つ今日も又

君の朝鮮に飛ぶ重爆ら

— 「동토凍土」, 『역사』 중에서

    미군기지 초소의 경비원이 조선인이라는 것을 알게 된 화자가 그 경비원의 심정을 빌려 노래한 단카이다. 생활 때문에 미군기지 경비원을 하고 있긴 하지만, 그 기지에서 출격하는 수많은 중폭격기들이 자신의 조국을 폭격하고 있는 것을 알고 있는 재일조선인의 고뇌를 노래하고 있다. 부친이 함흥에 있는 회사에서 근무했었기 때문에 곤도는 한국에서 유아기를 보낸 체험이 있었다. 그래서였는지는 모르겠는데 그에게는 조선전쟁 외에도 한국을 노래한 작품이 꽤 있다. 한두 작품만 더 소개해 보겠다.

대추 시장市場 도는 날 그이들 땀범벅이네

향수라 부르지 마라, 추억 전부를

棗の市めぐる日彼らの汗は滿ちき

鄕愁と呼ぶな追憶をみな

숫기 없는 이 순박함은 아시아의 눈

적의敵意 넘치는 거리의 용병으로

はじらいのこの優しさはアジアの眼

敵意の街の傭兵として

마지막 작품은 베트남에 파병된 한국인 병사의 모습을 노래한 것
이다. 미야 슈지宮柊二, 1912~1986도 1950년 9월 간행된 가집 속에서
조선전쟁을 아래와 같이 노래했다.

전선에 가려고 반도행半島行

서두르는 무장병사 사진 찍었네.

戦線に到らむとして半島の

道急ぐ武装の兵を写しつ

전쟁 겪어 잘 아는 이 고뇌

누구에게 말하면 좋으리. 찌는 태양 흐르는 탁한 강물.

戦ひを経来しゆる知る悔しみを

誰に告ぐべき暑き濁り河

— 「니혼바시 근처日本橋邊」 중에서

한국에서 짐과 같이 운반 당해온 징모병

이 고원에서 훈련받고 있네.

韓国ゆはこばれてこし徴募兵

この高原に鍛はるるとぞ

— 「여정소영旅情小詠」 중에서

미야 슈지도 제2차 세계대전의 상처를 마음속에 지니고 있었기 때문에 조선전쟁이 괴로워 견딜 수 없었다. 그리고 일본이 후방기지로 되어 있었던 것 때문에 고통스러워하고 있었던 것이다. 그는 1980년 김대중의 사형 확정과 전두환의 제5공화국 헌법 발표에 대해 다음과 같이 노래하고 있다.

한국의 군사법정 공소심
끝나니 김대중씨 또 사형이라네
韓国の軍事法廷控訴審
終りて金大中氏再び死刑と

한국의 새 헌법은 국민 지지 받았다고하나
일본은 어떤가
韓國の新憲法は國民に支持されしとぞ
日本は如何

마지막 행의 "일본은 어떤가"라는 물음은 효과적이다.

② **구보타 쇼이치로**窪田章一郎, 1908~2001

1945년에 "중국 혁명이 진행되는 지금이야말로 영원한 평화의 주춧돌 되리"라 노래한 바 있는 구보타는 가집『유월의 바다六月の海』 중에서 「밝은 빛明るい日」 5수를 남겼다. 그 중 3수를 소개한다.

키스 마크 있는 편지 손에 들고

아메리카 포로 미소 짓네

口紅をうつして着きし手紙手に

アメリカの捕虜ほほえむところ

포로 캠프의 북한병사와 아메리카병사

서로 말을 가르치네

捕虜キャンプ北鮮兵とアメリカ兵

ことばの交換教授するところ

포로캠프 식당으로 운반되는 큰 돼지의

등을 쓰다듬고 엉덩이를 두들기는 밝은 얼굴들

捕虜キャンプ料理場にはこぶ大豚の

背を撫で尻をうち明るき顔々

"퓰리처상을 수상한 노웰의 한국 전장에서의 모습과 그 작품 사진 몇 장을 보고"라는 설명이 붙어 있는 이 노래들은, 전시의 포로 캠프 속에서 평화의 「밝은 빛」을 볼 수 있었던 구보타의 조선전쟁에 관한 관점을 표현한 것이라고 생각한다.

구보타에게는 이외에도 「군수품 제조」 9수가 있다. 몇 수만 인용해 보겠다.

새로운 전쟁배치 속에 편입되어

어찌해 볼 길 없는 일본이 될 것인가

あたらしき戦争配置に組み入れられ

どうにもならぬ日本となれるか

군수품 만들어 연명하는 나라로

전락해버렸다. 전쟁에 진 뒤에도

軍需品つくりて生きつぎるる国と

おちぶれ果てぬ敗れしのちも

끝 모를 전쟁 치르는 한국의

부족한 수확 위에 추운 겨울은 오리

いつ止むとなき戦する韓国の

乏しき収穫に寒き冬来む

쌀 수확량이 평년의 30%라는 이웃나라

죽어가는 백성은 얼마나 많을까

米のとれ三割という隣国の

死にゆきし民はいくばくなりしぞ

미군병사의 피는 이제 그만 안달하는

미국 장군의 속내 분명 들었네

米兵の血はもう流すなといらだてる

將軍の肚も言葉にて聞く

한국 병사는 사람 수數로 치지도 않을 거네

그 피 흘려라, 호령하는 장군

韓国の兵は人間のかずならじ

その血流せといひ放つ將軍

　일본이 동서대립 가운데에서 미국의 전쟁 배치구도 속에 휘말려 들어가는 모습을 초조감을 갖고 지켜보는 한편으로, 이웃나라 전쟁을 위한 군수산업으로 연명하는 일본의 모습을 "전락해버렸다"고 보는 문학인이 존재하는 것에 우리는 일종의 안도감을 느낀다.

3. 시

　다음으로 시를 예로 들어보도록 하겠다.

　① 시인 오노 도자부로小野十三郎, 1903~1996도 가인 구보타와 같이 풀리처 사진 상을 받은 한 장의 사진에 자극을 받고 상상력을 발휘하여 창작한 『불을 삼킨 느티나무火吞む欅』를 남겼다.

천지가 뒤흔들렸다

멈추자

정면 공간에 높이 솟은 것은

폭파된 대동강의 다리.

휘어 구부러진 아치.

휘늘어진 철골

거대한 개미탑 같은 것이

드높이 새빨갛게

동양의 황혼에 비치고

자세히 들여다보면

그 위 두 줄로

깨알 같은 피난민 무리가 천천히 이동하고 있다

—「다리」제2연

「배유령船幽靈」은 전화 속에 있는 한국의 불투명한 미래를 걱정하
는 한편으로 평화에 대한 희구를 노래한 시이다. 짧기 때문에 전문
을 인용해 본다.

유령선

심야의 일본해에

장고 소리 들린다.

개 짖는 소리가 들린다.

음울한 무가巫歌 같다.

눈을 들어 보면 저 켠

석유등을 켜든 커다란 뗏목이 떠돌고 있다.

뗏목 위에는 논이 있고 밭이 있고

진흙으로 지은 집과

닭장 따위도 보인다.

그것들은 어두운 파도에 몸을 실은 채

막막하고 끝이 없다.

어디로 가는 걸까.

거대한 그 뗏목은

뜬 섬처럼 육지에서 떨어져

정처 없이 심야의 바다를 표류하고 있다.

민둥산도 보인다.

흰 까치가 춤추고 있다.

　오노는 중국이나 한반도에 가본 경험이 없다. 그러나 징용간 조선인 친구를 노래 한 시는 몇 편이 있다.

　후지나가타藤永田 조선소, 약칭 '나가타'의 "징용 친구 / 통명 金山啓泰 / 김계태"를 오사카에서 만나, 거창한 식사 대접을 받는다는 내용의 「DISPERATO」라는 시도 그 중의 하나이다. 옛날에는 함께 생활하다가 지금은 남북으로 갈라져 있는 청년 들을 노래한 「고추의 노래」도 그 중의 하나이다.

조선전쟁 뉴스를 듣고 "북이냐. / 남아냐. / 너희 소식은 / 끊어졌구나 / 너희는 지금 어디 있느냐. / 전남과 / 경북의 / 어느 산 속에서 / 지금 무엇을 하고 있느냐"라고 노래하면서 1944년 여름, 기숙사 2층 창가에 벌거숭이로 모여 노래 불렀던 아리랑 노래를 떠올렸던 것이다.(시「AFFLIZIONE」)

그 외에도 오노 도자부로에게는 조선전쟁을 노래한 시가 몇 편 더 있다.

미군수송기 안에서, 전도全島가 기지화한 일본을 조감하며 내려다본「등불 띠灯火の帯」, 규슈 이타쓰키板付기지에서 발진하는 미 공군 폭격기 편대의 행방을 노래 한「시라누이不知火」, 미 항공모함을 해적선에 빗대 손자에게 이야기로 들려주는 노파를 노래한「옛날 이야기むかしばなし」, 산인山陰에서 미군 무인기無人機가 캬바레에 추락하여 폭발한 사건을 노래한「시골의 화재田舎の火事」, 후지산 산허리를 달리던 중유重油 열차가 졸음운전을 하다가 급정거한 뒤 눈을 떠보니 미국 네바다주에 가있었다는 내용의 우화시「중유 후지重油富士」등이 그것이다. 이 중「등불 띠」일부를 인용해 보겠다.

한밤의 일본열도는 등불 띠 같다 하네.
해안선을 따라
네온의 도시와, 등불이 모여 있는 마을들이
야광충처럼 띠를 이뤄

한 줄로 늘어서 있다 하네.

바다와 육지 경계도 안 보이는 새카만 조선 하늘을 뚫고

돌아오면 보이는 일본 열도의 불빛

그것은 마치 천국 같다네.

......

새카만 밤 일본해를

비스듬히 가로질러

오늘도 조선에서 오는 휴가병을 만재한

C124 4발 대형수송기가 돌아온다.

전차도 삼키는

거대한 2백 인승 군용수송기의 폭음이

막 잠든 산인山陰 이와미石見 상공을 통과한다.

해안선이라는 모든 해안선

도시라는 모든 도시

마을이라는 모든 마을

한밤의 일본열도는 그들 등불의 띠

불빛의 소용돌이다.

　오노는 청년시절 무정부주의 시운동을 전개하다가 구치소 생활을 한 적도 있다. 2차 세계대전 중에는 노천업조합露天業組合에서 2년을 근무했고, 1943년부터 패전까지는 후지나가타 조선소에서 징용

공 지도원 노릇을 하고 있었다. 그 때 징용 와 있던 조선청년들과 친해지게 돼 조선과 관련된 그의 많은 시가 그 이후 나오게 된다.

② 1952년 9월 10일, 『일본 휴머니즘시집, 1952년도』가 출판되었다. 1952년 9월이라면, 조선전쟁이 한창이던 때이다. 노마 히로시野間宏와 8명의 심사자들이 연 2회에 걸쳐 뛰어난 시편을 모아 한 권으로 묶은 것이다. 선자 중에는 후카오 스마코深尾須磨子나 기타가와 후유히코北川冬彦 등도 있어서 꼭 좌파적 경향의 시만을 모아놓은 것은 아니었다. 다만 그래도 전후민주주의 시대였기에 전반적으로는 평화와 반전과 민주주의를 회구하는 분위기가 감돌고 있다.

ⓐ 휴우가 아키코日向秋子는 「무거운 노랫소리おもいうたごえ」라는 제목의 시에서 "느리고 낮은 소리지만 / 덜덜 떠는 땅의 울림 / 엄청나게 무거운 것이 밑에 있음에 틀림없다. / 한국 전쟁을 위한 수송입니다……"라고 노래했다. 일본의 기간산업이 조선전쟁에 동원되면서 평화를 회구해야 할 일본사회가 다시 전쟁에 가담하게 된 무거운 심정을 노래하고 있다.

ⓑ 고토 이쿠코後藤郁子는 「조선・서울의 숲チョソン・ソウルの森」이라는 시에서 한반도와 그곳에 살고 있는 친구에 대한 그리움을 더 직접적으로 노래하고 있다. 전 6연 중 3, 4, 5, 6연을 인용한다.

노오란 꽃가루 같은 게 흩날리면 걷는 사람도 노랗게 물든다.

(레몬 냄새가 나네) 아니요, 사람 살타는 냄새에요.

아버지도 어머니도 아들도 행방을 몰라요?

수지樹脂 타는 불꽃이 자꾸만 하늘로 올라갔다가 떨어져 내려요. 울지
말아요.

웃고 있는 그대여, 일본의 정사情死 노래 같은 건 부르지 말아요. 전화戰火
로 불타고 있는 나라의 그대.

언젠가 꽃봉오리 같은 그대를 노래했었죠……. 그대 훌륭하게 자라나,
4개국 말도 하고 간호원 일도 열심히 하고 있어요. 울지 말아요. 대지는
불타고 있어요. 칼을 치우고 나라를 평화로

맺어줄 그 날! 나는 빌어요.

떠오른다. 단단한 대지의 품안에서, 이윽고 자연은 조선·서울의 숲속
에－귀엽고 둥근 은빛 열매를－꿈을 품은, 새로운 미지수가 풍성하게 떨
어지는 것을…….

그대의 피로 살찌어 온 그대의 고국. 어머니 대지를 더럽히지 않아요.
친구여.

이 시의 1, 2연에서 평화롭고 아름다운 서울의 가을 숲의 꽃과 나
무와 까치를 노래하고 있다. 3연 이후에서는 한국의 여자 친구에게
보내는 형식을 빌려, 절절이 사랑을 호소하며 "칼을 치우고 나라를

평화로 맺어줄 날"을 빈다. 마로니에의 은빛 열매 속에서 "새로운 미지수" 즉 양양한 전도를 보는 것이다. "어머니 대지를 더럽히지 않아요— 친구여"라는 끝맺는 말은 단지 친구를 향한 호소일 뿐만이 아니라, 고도 자신의 결의로 제시돼 있음은 주목할 만하다.

작자 고토 이쿠코는 1930년대 전반기, 젊은 프롤레타리아 문인들 중에서 투쟁심은 비록 약했지만 서정성이 뛰어난 시를 많이 남겼다. 김용제가 나카노 시게하루中野重治의 여동생인 나카노 스즈코中野鈴子와 연애하기 전에 고토는 김용제의 연인이었다. 김용제의 3년 9개월에 이르는 복역(치안유지법에 의한)기간 중에도, 장미 꽃다발과 자기가 입고 있던 스웨터를 차입하며 계속 격려했다.

③ 벳쇼 나오키別所直樹의 「그대여 쇠 조각을 줍지 말아요君よ鉄を堀り返すな」는 시나 노마치信濃町와 요츠야四谷 사이에 있는 공장터(폭격을 맞은)에서 쇳조각을 주워 연명하는 사람들을 향한 호소이다. "어린애와 노파가 한데 뒤섞여, 쇳조각을 줍고 있는", "전쟁 중과 다름없는 차림의, 수척한 팔다리"를 한 사람들이 땡볕 아래 나무그늘 하나 없는 공장 터에서 살기 위해 쇳조각을 줍는 가난한 사람들에게 호소한다. 그것이 결국 미군의 탄환과 전차와 대포를 만드는 데 협력하는 행위이기 때문에 그만두라는 것이다.

④ 쓰보이 시게지坪井繁治, 1897~1975는 「아시아의 하늘亜細亜の空」에서 히로시마·나가사키와 조선전쟁을 일직선상에 놓고 "군신을

심판할 다른 신은 없는가"라며 초조해합니다. 한반도와 일본과 아시아의 대지는 폭탄 비에 불타고 있지만, 그는 희망을 버리지 않습니다. "그러나 그 초토 밑에서 순수한 봄이 찾아올 것"이라며 시는 끝을 맺고 있다. 제2연과 제4연을 인용한다.

하늘에는 천사의 날개도 보이지 않고
단 하나의 신―마르스가 나팔을 분다.
이 군신을 심판할 다른 신은 없는가.
원자폭탄―자본의 축적으로 부풀어 오른 올마이티
새하얀, 비정한 '신'의 섬광.
(2연)
마르스가 지배하는 반도의 하늘에서
밤낮 없이 비가 내린다.
500kg의
1,000kg의 폭탄 비.
지구는 쇠의 무게에 비명을 내지른다.
비와 눈은 아시아의 토양을 살찌우는데,
강철 비는 모든 것을 불모로 만든다.
아시아의 반도―그 민둥산 정수리에, 일시에 낙하하는 수백만 톤 폭탄.
(4연 전반)

4. 소설

다음으로 소설 분야에 대해 살펴보자. 조선전쟁만을 다룬 작품은 장·단편 모두 없다고 할 수 있으며, 조선전쟁과 관련된 작품이라면 10여 편 정도가 있다.

①홋타 요시에堀田善衛, 1918~1998의 중편 「광장의 고독広場の孤独」 (1951.5~8 발행. 다음해 아쿠타가와상 수상)도 그 중 한 편이다. 신문사에서 임시사원으로 일하고 있는 기가키木垣는 밀려들어오는 영문 전문電文을 차례차례 번역하는 일을 하고 있으며, 부부장副部長인 하라구치原口 등이 "공산군 태스크포스는"을 "적 기동 부대는"이라고 번역하는 것을 듣고 "공산군이 일본의 적인가" 하고 깜짝 놀란다.

기가키의 주위에는 수상한 거금을 은밀히 건네는 전 오스트리아 귀족아묘 국제 브로커인 바론 틸피취, 중국 국민당 첩보부원이며 독일 스파이이기도 한 장張, 전쟁 전 독일 대사관의 상해정보처上海情報處에서 일했던 경력을 깊이 후회하고 있는 아내 교코京子가 있다.

기가키는 "일본은 누구편도 아니다"라고 중얼거린다. 그러나 "어떻게 하는 것이 일본 편을 드는 것일까. 자본가와 신문처럼 이 전쟁, 이 국제적 대립 속에 개입하는 것이 편을 드는 것일까" 하고 스스로에게 묻습니다. 그의 마음속에는 흑인영가(노예 애가)의 애조 띤 곡조가 메아리친다. "Just standing alone—"

가와사키川崎 중공업 지대는 불탄 철골의 잔해가 뼈대를 드러내고 있으며, 제2차 세계대전의 흔적도 아직 생생하게 남아 있는데, 바로 옆 공장에서는 이와 관계없이 "붉은색 불길을 활활 토해내며", "전쟁 때문에 생긴 폐허 한가운데에 세워진 공장이, 다시 전쟁 때문에" 움직이고 있어서, 기가키는 자신의 기분이 죽은 공장의 황폐한 풍경에 달라붙어 있는 듯한 느낌을 받는다.

기가키는 "바다 너머 바로 저편 조선에서는 몇십만에 이르는 난민이 정처 없이 먹을 것도 없이 어둠 속을 방황하고 죽어가고 있는 이때, 또 하루에 수십 통이나 세계의 불안정을 전해오는 전보를 처리하면서도 처자가 잠들어 있는 평화로운 모습을 떠올릴 수 있는 것은 역시 이상한 일"이라고 생각한다.

침몰해가는 듯한 일본이라는 배 안, 우현에 앉아 오른쪽 땅에 닿으려는 사람들, 좌현에 서서 왼쪽 땅에 닿으려고 하는 사람들 속에서, 주인공 기가키는 고독감에 내몰린다. 미국인 기자로부터 일본 지식인들은 사르트르 등에 대해서는 보통 프랑스인 이상으로 잘 알고 있으면서도, 국제정세를 인식하는 것은 어린애 수준에 지나지 않는다, 라는 말을 듣고 고독감이 더 깊어진다.

1950년 7월, 보도 관계를 시작으로 해서 일본의 전 산업에 레드 퍼지Red purge 바람이 불어 닥친다. 헌법은 물론 근로기준법에도 위반되는 미 점령당국의 레드 퍼지는, 초헌법적인 조치였다. 이로 인해 일본 공산당원들뿐만 아니라 민주 인사들도 사회에서 추방된다. 레드 퍼지로 쫓겨난 기가키의 동료 미소노御園는 "일본은 말이에요. 지금까지도 기반이 흔들려 왔는데, 올 여름 특히 조선전쟁을 계기로 기울어 가고 있습니다"라 말한다. 홋타는 조선전쟁이 일본의 진로를 결정지을 정도의 영향력을 갖고 있다고 인식하고 있었던 것 같다. 중국을 포함한 전면 강화냐, 미국과의 단독 강화냐의 선택은 일본의 여론을 이분二分시킨 대논쟁, 대정치운동으로 전개되어 가지만, 그 향방이 조선전쟁이라는 시점에서 이미 결정되어 있었다고 할 수 있다.

작가 홋타 요시에는 우경화를 용인할 생각은 전혀 없다고 말하지만, 우로 미끄러져가는 것을 멈춰 세우려 하지 않는다. 그리고는 크레믈린 광장이라든가 워싱턴 광장이라든가 "공허할 정도로 휘황하게 빛나고 있는" 그 속에 홀로 서 있는 자기 자신을 느낀다. 그러나 주인공 기가키가 신문사에 근무하고 있건 말건, 그것과 상관없이 당시 일본은 그 전체가 이미 조선전쟁에 관계하고 있었다.

홋타는 전후 2년 동안, 상해의 국민당 정부 밑에서 어쩔 수 없이 일을 한 적이 있으며, 그 당시의 체험을 기반으로 하여 패전 후의 상하이 생활에 대해 쓴 소설 「조국상실祖國喪失」을 남겼다. 이 작품의 주인공이 진퇴양난 속에서 조국을 버리고 행방을 감추고 마는 것과 달리, 「광장의 고독」의 주인공은 조국 일본에 발을 딛고 있으면서도 그 미래에 대해서는 판단을 포기하고 있다. 홋타는 자기가 직접 체험한 중국과 관련해 전쟁 책임 문제를 다룬 소설 「한간漢奸」을 썼다. 민족적 책임을 묻고 있는 것으로 보아, 그가 민족이나 국가의 속박으로부터 자유로워 질 수 없었음을 보여주고 있다고 할 수 있다.

② 다음은 이노우에 미쓰하루井上光晴, 1926~1992에 대해 생각해 보도록 하겠다. 장·단편을 통해 볼 때 한국 문제를 제재로 가장 많이 다루고 있는 작가는 이노우에 미쓰하루이다. 그렇게 한국 문제에 깊이 관여하고 있으면서도 조선전쟁을 직접 다룬 작품이 전무에 가까운 것은 전쟁터가 일본이 아니었으니 어찌 보면 당연하다고 할 수 있을 것이다.

장편 「타국의 죽음他國の死」은 1964년 3월부터 12월에 걸쳐 주간 『아사히 저널』에 44주에 걸쳐 연재 되었다. 때는 1952년 여름 24시 간이며, 장소는 규슈의 군항 사세보의 미군기지 지하 감방이다. 거기에서는 일본 급료의 3배를 받는다는 조건으로 고용돼 트럭운전기사라는 명목으로 가 매장 미군병사의 시체 수용 작업을 하고 있는 일본인 인부, 미 본토로 보내는 사체를 꿰매고 있는 일본인 외과의, 3만 5,000명의 대량 학살을 사리원에서 목격해 당국의 협박 때문에 발광하게 된 일본인, 거제도 포로수용소에 숨어 들어가 스파이 활동을 하게 된 한국인, 집 한 칸 마련해준다는 말에 속아 미군 기지에 서 매춘을 하고 있는 한국인 여성 등이 수감되어 있다. 원래 미군의 협력자임에 틀림없는 그들이 비밀을 너무 잘 알고 있다는 이유 때문에 지하 감방에 격리되어 있는 것이다. 미군 첩보기관의 집요한 심문에 의해 정신이 이상해져 정상적인 사고 능력을 상실해가는 과정을 이 작품은 묘사하고 있다.

이 작품은 처음부터 마지막까지 밀실에서 진행된 신문 하는 자와 신문 받은 자의 내적 독백으로 구성된 특이한 형식을 특징으로 한다.

시간적으로도 현재와 과거 사이를 거슬러 올라갔다 내려오는 구조이다. 이틀 동안 일어나는 일을 풀어낸 이 소설은 형식적으로 독특한 구조여서 독파하는 데 상당한 인내심을 필요로 한다. 소설로서 성공작이라고 할 수 있을지는 의문으로, 조선전쟁 시기를 자기 문학의 출발점으로 삼은 작가와 한반도와의 관계를 여실히 보여주고 있다. 하지만 테마가 조선전쟁이었다고 보기는 어렵다. 이노우에는 작자의 말에서 다음과 같이 밝히고 있다.

> 한밤중에 조선으로 출항하는 미군 수송선에 선적해 탄약상자를 나르던 때, 어깨를 파고드는 무게를 견디면서 저는 말로하기 힘든 공포에 휩싸인 적이 있다. 그래서 이 소설 속에서 그 공포의 핵심을 분명하게 밝히고 싶습니다.

절대 권력을 지닌 미 첩보기관의 음모와 살육에 휘말려 죽음의 공포에 떨면서 피해자들이 집요한 신문과 강박 때문에 양심을 잃고 가해자로도 변할 수 있는 전율할 만한 정황, 인간의 끔찍한 정신 병리를 묘사하는 것이야말로 이 소설의 테마라 할 수 있을지도 모르겠다.

일본 공산당원이었던 이노우에 미쓰하루도 미 정보부에 구속돼 오래도록 신문을 받았던 적이 있어서, 그것이 잘 반영돼 있다. 그는 당 조직을 지켰음에도 불구하고, 당내 항쟁의 결과 제명되고 만다. 장편 「황폐한 여름荒廢の夏」은 일본공산당의 '황폐함'을 테마로 한 것이며, 「타국의 죽음」은 타국에서 이뤄진 대량학살에 일본인이 어떻

게 관계했는가, 혹은 어째서 관계할 수밖에 없었는가, 그 때문에 어떠한 정신 병리가 생길 수밖에 없었는가 하는 것에 일종의 고백이었다고 할 수 있겠다.

개인적인 사실을 하나 밝히자면, 조선전쟁 당시 나는 고교생이었다. 제2차 세계대전의 참상을 다소 경험한 자로서 무조건적인 전쟁의 중지만을 그저 바라고 있던 극히 평범한 평화주의자였다.

나는 베트남전쟁 당시 젊은 대학 교원이었다. 어느 날, 어느 선배 교수로부터 베트남 파병을 거부하고 탈주한 미군 병사를 숨겨주지 않겠는가라는 제의를 받았다. 그 당시 나는 미국의 베트남 침략에 반대하는 입장을 취하고 있었다. 한국의 베트남 파병은 5천년에 걸친 한국의 윤리적 숭고성을 손상시키는 것이라는 인식을 갖고 있었다. 하지만, 막상 미군 탈주병을 집에 몰래 숨겨줄 수 없냐는 부탁에는 주저할 수밖에 없었다. 결국은 거절하고 말았다. 그 병사가 어떤 사람인지도 전혀 알 수 없었고, 아내에게 젊은 병사 시중을 24시간 들게 할 수도 없는 노릇이고, 함정일지도 모르는 일이며, 또 발각되면 무슨 화가 미칠지도 모르는 일이고 해서 거절했던 것이다. 그리하여 베트남전쟁 반대 입장을 취하고 있던 나는 상처 하나를 간직하게 되었다.

이노우에의 상처는 내 상처와는 비할 바 없이 깊은 것이다. 상처를 안고 있었던 이노우에는 조선을 앞에 두고 보면서, 「8월의 사냥8月の狩」, 「앓는 부분痛める部分」, 「완전한 타락完全な堕落」, 「무거운 S항重いS港」 등의 작품을 발표했다.

단편 「무거운 S항」(S는 사세보를 연상시킴)은 한국전선에 투입될 전략 물자를 만재한 화물선이 출입하는 S항의 항만노동자들에 대한 이야기이다. 미군의 감시 하에서 생활비에도 못 미치는 일당 230엔을 받고 운반 작업을 하고 있는 일본인 노동자들은 틈만 나면 식료품이나 의료품을 훔쳐서 노름을 하고 있다. 노동자들 속에는 지하당원이 한명 이었는데 동료들로부터 따돌림을 당한다. 그는 도둑질이나 노름을 인간적으로 부정하기 때문이다. 하지만 당 조직은 항만 노동자의 절도를 군수품 파괴 활동으로 평가한다.

이 단편에서 작가는 조선전쟁을 소재로 계속 다루면서, 미국의 반半식민지 일본의 노동현장에 존재하는 모순과 양심의 고립상을 그리고 있다.

③ 마쓰모토 세이초松本清張, 1909~1992의 「검은 화폭의 그림黑地の絵」(흑인의 피부에 새겨진 문신이라는 뜻)은 1958년 4월에 발표된 단편소설로 같은 해 5월 다른 작품 3편과 함께 단행본에 수록되었다.

조선전쟁 당시 미군이 부산 북쪽 일대에 포위됐을 때, 한국에 급파될 예정이었던 흑인 부대가 규슈의 고쿠라小倉 캠프에 도착한다. 그 중 6명이 부대를 빠져나가 민가에 침입하여 남편을 묶어놓고 부인을 집단 강간한다. 흑인 병사들 중에는 날개를 편 커다란 독수리 문신을 해 넣은 자, 가슴과 배에 여성의 음부 문신을 해 넣은 자 등이 있었다. 피해를 입은 부부는 헤어지고 남편은 미군의 사체 처리 작업을 하는 노무자가 된다. 매일 배로 운반되어 오는 냉동된 사체들을 처리장으로 운반하던 어느 날, 그는 날개를 펼친 독수리 문신과 나체를 한 여자의 음부 문신이 새겨진 검은 피부를 발견하고 그 위에 칼질을 해댄다.

이 작품에 묘사되어 있는 것은 단순한 강간 사건도 아니고 기묘한 복수담도 아닌 것 같다. 한 마디로 말한다면, 학대받는 이들끼리 서로 죽이고 상처를 입히는 사회구조에 대한 고발이라고 할 수 있지 않을까.

전선은 미군에게 매우 불리한 상황이었다. 급파된 흑인부대는 그들이 처해 있는 상황을 잘 알고 있었다. "죽음에 대한 공포가 억압된 욕구를 충족시키려는 본능에 방향을 바꿨"기 때문에 집단 탈주와 강간 사건이 발생한 것이다. 흑인 병사들은 자신들의 운명을 알고 있었다. 그렇기 때문에 살아서 돌아가면 일상생활에 지장을 초래할지도 모르는 여성의 음부와 독수리 문신을 가슴과 배 가득 새겨 넣었던 것이다. 미군의 수는 흑인보다 백인 쪽이 압도적으로 많은 것이 당연했다. 하지만 냉동 상태로 운반돼 온 사체는 흑인 쪽이 2/3, 백인이 1/3의 비율이었다. 그만큼 흑인 쪽이 위험한 최전선 쪽에 더 많이 서 있었다는 이야기다.

일본은 미군의 지배하에 있었지만, 맥아더는 천황 이상의 총리대신 이상의 존재였다. 그 탈주병들은 12일 후에 MP에게 체포되었을 뿐으로 사건은 MP에게도 일본 경찰에도 보고된 적이 없었다.

미국 내에서도 가장 많은 학대를 받았던 존재가 전쟁 상태 하에서는 타국의 민간인을 학대하는, 이런 사회구조를 고발하는 데에 작자의 의도가 있었을 것이다.

마쓰모토가 임화林和를 다룬 『북의 시인北の詩人』은 집필의 토대가 된 자료가 매우 제한되어 있었을 뿐 아니라, 그것도 북에서 나온 공식자료에 편중되어 있어서 뛰어난 작품이라고 하기는 어렵다. 하지만 「검은 화폭의 그림」은 그 자신이 잘 알고 있는 일본사회를 다루고 있기에 성공을 거뒀다고 할 수 있다.

단행본 『검은 화폭의 그림』의 후기에서 작자는 이렇게 말하고 있다.

> 이 책에 수록된 4편은 사실을 기초로 한 작품들이다. 소설을 쓸 때 하나의 사실에 서 귀납하여 어떤 현상을 조형해내는 경우는 많으나, 때로는 사실과 거리를 두지 않은 채 그것에 입각하여 쓰는 경우도 있다. 작자가 두뇌로 만들어내는 것보다도 소재 그 자체에 생생한 현실감이 있기 때문에 그 박진감은 픽션이 도저히 따라갈 수 없기 때문이다.

④ 고바야시 마사루小林 勝, 1927~1971. 제2차 세계대전 후 한국에 가장 진지하게 접근해갔던 작가다. 그의 작품은 어느 것을 보아도 그의 한국 체험이 스며 나오지 않는 작품이 없다. 그는 오늘날 일본의 젊은이에게는 거의 잊힌 존재이다. 하지만, 한일 관계를 생각할 때, 1956년과 57년 2년에 걸쳐 아쿠타가와상 후보에 올랐던 이 성실한 작가를 제외하고 말하는 것은 어렵다. 고바야시는 일본의 군국주의화를 저지할 수 없다면, 그것은 일본인의 불행에 머무는 정도가 아니라 한국인이 도모하는 해방 그 변혁에 심각한 타격이 된다고 생각했다.

그는 경상남도 진주에서 교사의 아들로 태어나 16살까지 한국에서 살았다. 대구중학교를 마치고 육군항공사관학교에 진학한 후 패전을 맞았다. 귀국해 와세다대학 러시아문학과에서 공부했는데, 1950년 10월 레드 퍼지 반대투쟁으로 정학처분을 받고 다음 해에 중퇴를 한다. 1952년 6월 25일에는 신주쿠 역 앞에서 전개된 "조선전쟁 반대·파괴활동방지법안 반대" 투쟁 중 화염병을 던진 혐의로 체포되었다. 다음해 1월 보석으로 나오지만, 징역 1년의 실형을 언도받고 대법원에까지 상고를 한다. 하지만 결국 상고가 기각돼 실형을 살았다. 이력만 보면, 그가 투사형의 인간이라고 상상하기 쉽지만, 작품을 보면 심지는 강하지만 한편으로 내성적이고 숫기가 없는 청년임을 알 수 있다.

도쿄 구치소에서 요도바시淀橋 42호로 지낸 독방 생활이 그의 창작생활의 원점이 되었다고 할 수 있다. 그는 도쿄 구치소에서 사귀게 된 한국인들을 생각하면서 "그대들은 어디로 갔는가"라고 썼다. 그 중에는 형식적인 심사만 거친 후에 오무라大村 수용소로 보내졌다가 한국으로 강제 송환돼 사형에 처해진 정치범도 있었다.

그의 문학의 원천으로 작용하고 있었던 에너지는 분노였다. 그것은 타자를 향한 것이 아니라 자신을 향한 것이었다. 그는『쪽발이』(三省堂, 1970.4)에서 후기 대신으로 쓴「나의 '조선'」에서 다음과 같이 말하고 있다.

　　저는 전후가 된 후에야 비로소 우리나라가 과거 조선에 대해 무엇을 해 왔는가를 알았습니다. 제 탓이 아니라고 할 수는 있겠지만, 제가 일본인으로서 그곳에서 태어나 그곳에서 자라난 것의 의미를 생각하면 괴로운 기분이 들었습니다. 그리고 패전 뒤 겨우 5년 만에 조선전쟁이 일어났습니다. 다만, 그 '덕택에' 일본 자본주의가 숨을 돌리고, 재편 강화되기 시작한 모습을 떨리는 마음으로 지켜보고 있었습니다. 과거는 과거가 아니었던 것이다 일본 자본주의 경제는, 다시금 조선의 피에를 빨아 소생한 것입니다. (…중략…) 우리나라의 추악상에 대해, 한 걸음씩 한 걸음씩 강력한 모습을 갖춰가는 권력과 군사력에 대해 (…중략…) 나 자신의 태만함에 대해 (…중략…) 연대를 외치면서도 참 연대를 다질 노력이 없었던 퇴폐함에 대해 (…중략…) 저는 분노했던 것입니다.

고바야시의 작품에는 식민지에서 태어난 청년으로서의 원죄 의식이 깔려 있다. 그리고 그 원죄의식으로부터 탈각하려는 자세가 문학행위의 기점이었다고 할 수 있겠다. 고바야시는 조선에서 태어나 16세까지 조선의 공기를 마시며 보냈기 때문에, 이노우에나 마쓰모토와는 달리 조선을 자신의 오감으로 느끼고 있었다. 나무의 수런거림과 말의 억양, 거리의 향기와 산과 바위 모양, 요컨대 그는 조선의 자연과 인간의 체취를 알고 있었다.

단편 「가교架橋」(1960.7)는 조선에서 경관 생활을 하고 있던 부친이, 해방 직후 소련병사와 그를 안내한 한국인에 의해 살해된 일본 청년 아사오朝雄와, 일본인에게 부친이 살해당한 재일조선인 청년에 관한 이야기이다. 한국의 전장에서 운송되어온 중화기, 지프차, 전차 등을 수리해서 다시 전장으로 보내기 직전에 기지 안에 잠입하여 그것을 파괴하는 비합법 활동을 두 사람은 벌이고 있다. 아사오는 먹고 살기 위해 낮에는 폭탄 부품을 만드는 공장에서 일하지만, 밤에는 신념을 위해 기지 안으로 잠입하여 군수물자를 파괴하는 모순된 나날을 보내고 있다. 아사오는 부친의 죽음에 얽혀 있는 증오와 괴로움, 어쩔 수 없는 일이었다고 생각하는 자신의 생각을 한곳으로 통합하여, 자기 나름의 새로운 경지를 개척하려 한다. 그래서 비록 당원은 아니나 비합법 군사조직에 가담하는 것이다. 그런데 실전에서는 사제 화염병을 목표물에 투척하려다가, 그만 그것이 손에서 미끄러져 멋지게 실패하고 만다. 경찰이 몰려드는 가운데 두 사람은 필사적으로 도주해, 조선 요리집에서 배가 터지도록 먹고 이야기를 나누다가 두 사람의 신뢰감이 깊어지게 된다는 이야기이다. 표제인 「가교」에 대해서는 아무 설명도 없지만, 앞서 설명한 「나의 '조선'」을 보면 「가교」의 의미를 포함한 자신의 문학에 대해 이렇게 해설하고 있다.

두 민족 사이를 가르고 있는 깊은 계곡 위에 다리를 놓아, 서로 피가 통할 수 있게 하기 위한 방법을 모색해 보는 한편으로 표현의 칼날을 갈아, 그것을 다시 내면으로 갈무리해 들이는 자기만의 독자적인 사상을 현실 그 속에서 포착해 내는 작업은, 제겐 매우 힘든 일입니다만, 앞서 말씀드린 분노를 기반으로 움직이는 한편으로 이 작업을 계속 수행해 가겠노라 마음을 정하고 있습니다.

고바야시의 중편 「눈 없는 머리日なし頭」는 한국에서 청소년기를 보낸 사와키沢木와, 그와 관련을 맺고 있는 많은 한국인들을 묘사하고 있다. 그 속에는 사와키와 함께 체포된 조국 방위대의 김金도 등장할 뿐만 아니라, 빨치산 투쟁을 한 남로당의 남南도 나온다. 사와키는 무모하다는 것을 알면서도 당의 군사방침에 따라 조선전쟁에 반대하는 비합법데모에 참가해서 경관대에 화염병을 던지다 체포된다. 후일 당 자체가 화염병 투쟁을 전면 부정하게 되자 당에서도 떠난다. 나중에는 화염병 투쟁을 한 것을 후회하지만, 일본인으로서의 부채를 갚기 위해서는 어쩔 수 없는 행위였다며 스스로를 납득시킨다. 사와키는 일본약국에서 파는 500cc짜리 약병에 휘발유를 넣은 화염병 정도로는 미 제국주의가 전복되리라고는 처음부터 생각하고 있지 않다. 다만 부채 의식 때문에 화염병을 던지지 않을 수 없었던 것이다.

5. 재일조선인 문학

조선전쟁을 다룬 이러한 일본인 문인들의 작품 외에 재일조선인 문인의 작품도 몇 편 있다. 다만, 이것은 이글의 주제가 아니기 때문에 자세하게 다루지는 않겠다. 그 중 허남기와 장혁주만 극히 간단하게나마 언급해 두고자 한다.

『허남기시집許南麒詩集』(東京書林, 1955.7)에 수록된 작품 중 「뉴스」와 「그 흙덩이」 2편이 조선전쟁을 다룬 작품이다. 「그 흙덩이」는 전차의 캐터필러와 지프차와 대포의 바퀴에 붙어 있는 조국의 흙을 노래한 시이다. 그 외에 허남기는 『인민문학人民文学』 지상에 임화의 시집 『너 어느 곳에 있느냐』를 몇 회인가로 나눠서 일본어로 번역했다.

장혁주의 장편 『아아 조선嗚呼朝鮮』(新潮社, 1952.5)은 작가의 자기주장을 확인하기 어렵다는 면에서는 다소 부족한 데가 있지만, 동란기의 사회상과 서민생활의 디테일을 파악하기에는 적당한 소설이다.

기독교 신자에 부잣집 출신인 한 청년이 인민군 지배 하에서 북의 의용군에 어쩔 수 없이 지원하게 되지만, 미군에 뒤쫓겨 패주하다가 이번에는 한국군 포로가 된다. 결국 쓰시마가 보이는 섬에서 인민군 포로로 감금되었다가, 거기서 포로의 일제 봉기가 일어나 많은 희생자가 나는 장면에서 이 장편은 끝난다. 일본 신문의 특파원으로서 전쟁 하의 한반도에 파견되었던 경험이 있었기 때문에 장혁주가 묘사한 피난생활이나 군대생활에는 리얼리티가 있다. 하지만, 결국 「아아 조선」이라고 개탄하는 차원에 머무르고 있기 때문에 작자의 얼굴이 드러나 있지는 않다.

6. 맺으며

조선전쟁은 그 자체로서는 문학과 무관하다. 그러나 조선전쟁이 일본인의 생활과 사상에 미친 영향을 생각한다면 문학을 살펴보는 것은 매우 중요하다. 일본 전토가 미군의 후방 기지가 되자 질식 상태에 빠져 있던 일본경제는 그 특수를 타고 숨을 돌릴 수 있었다. 이른 바 전쟁 특수는 1950년에 1억 5천만 달러, 1951년에 5억 9,000만 달러, 1952년에 8억 2,000만 달러, 1953년에 8억 2,000만 달러라는 액수에 달했다고 역사는 기록하고 있다. 그리고 양공주 산업에서 발생한 연간 2억 엔을 포함한 이 특수를 많은 일본인들이 수치스럽게 생각하고 있었음은 지금까지 보아온 대로이다. 평화와 전쟁의 종식, 이것이 당시 일본인 대다수의 의지였다. 만주사변 이래 15년간 계속된 전쟁과 그 결과인 패전으로 인해, 일본의 대중은 생명과 평온한 생활을 상실하고 궁핍한 생활을 강요당해 왔다. 그래서 지속적인 평화가 무엇보다도 중요한 소원이었다. 그러한 평화 운동의 지지대가 되어 준 것은 전후민주주의였다. 당시 지식인들 대다수는 무조건적인 전투 중지를 인도주의에 입각해 기원했다. 그래서 한국 측이나 북조선 측, 어느 한 쪽만 일방적으로 지지하는 일은 없었다. 일본이 미국 측에 편입되어 전쟁에 참가하는 것에 대해 "NO!"라고 외쳤던 이들이 많았다.

문제는 대부분의 일본인이 평화를 기원하고 있었으면서도, 조선전쟁을 포함하여 한국 문제 자체에 문학적으로는 무관심했다는 점이다. 패전 후의 기아와 폐허의 생활 속에서 그날그날을 어떻게 넘기느냐에 관심이 집중되어 있었기 때문이다. 조선전쟁과 자신의 삶의 방식을 결부시킨 문인들은 여기서 언급한 사람을 제외하고는 거의 존재하지 않았다. 문자 그대로 강 건너 불이었던 셈이다. 좌익계 잡지 『신일본문학新日本文学』마저도 1951년 6월호에 개전 1주년을 기념하여 처음으로 조선문학을 다뤘을 정도이다. 그것도 하남기와 김달수에게 글을 부탁하여 게재하는 식이었다. 재일조선인 조직처럼 '조국방위대'를 결성하여 재일 미군기지에 게릴라공격을 꾀하려 했던 일은, 극히 일부 예를 빼고는 일본인의 운동으로서는 존재하지 않았다. 고바야시 마사루의 예는 그 예외적인 일부에 속한다. 넓은 의미의 일본 좌익·반체제인사들은 조선전쟁 이래 한반도에 지속적인 관심을 가져 왔다. 이 글에서 지금까지 언급한 와카나 시, 소설의 작자가 모두 넓은 의미로는 좌파였다는 점을 보면 그것을 분명하게 확인할 수 있다. 체제 측은 무관심 상태, 즉 결과적으로는 전쟁을 무시 하고 있었다. 무시라면 좋다. 뿐만 아니라 일본의 지배층은 식민지 지배의 정당성 내지 유익했다는 논리까지 펴오면서, 그로 인해 한일 양국의 불편한 관계가 지속된 것은 모두가 이미 잘 아는 내용이다. 하지만 한일회담 성립 이후에는 일본과 한국을 잇는 굵은 선이 한일 양국 체제 측에 의해 눈부시게 만들어졌고, 반체제 쪽은 여기에서 쫓겨나는 모양새가 되었다. 과연 일본문학자가 조선전쟁 당시의 일본문학에 대해서 한일 양국이 함께 모인 자리에서 보고나 토론을 했던 적이 있었을까? 일본문학 전공자도 아닌 내가 이런 원고를 쓸 수밖에 없는 현상은 하루 빨리 사라져야 하지 않을까.

참고문헌

宮柊二,『純黄』, 石川書房, 1986.

『近藤芳美集』, 第五巻, 岩波書店, 2001.1.

『窪田章一郎全歌集』, 短歌新聞社, 1987.8.

朴春日,『近代日本文学における朝鮮像』, 未来社, 1969.11.

『本田秋五全集』, 菁柿堂, 1995.8.

磯貝治良,『戦後日本文学のなかの朝鮮韓国』, 大和書房, 1992.7.

日本ヒューマニズム詩集編集委員会,『日本ヒューマニズム詩集, 1952年度版』, 三一書房,
    1952.9.

『小野十三郎著作集』, 筑摩書房, 1990.9.

伊豆利彦,「朝鮮戦争と日本文学-〈記念碑〉〈玄海灘〉〈風媒花〉」, 홈페이지, 2003.7.

『井上光晴長篇小説全集』Ⅱ, 福武書房, 1983.12.

『井上光晴作品集』第1巻, 勁草書房, 1965.1.

小林勝,『チョッパリ』, 三省堂, 1970.4.

許南麒,『許南麒詩集』, 東京書林, 1955.7.

張赫宙,「嗚呼朝鮮」, 新潮社, 1952.5.

제5장

클라르테 운동과 김기진

어제부터 오늘까지 몇 번이고 김기진이라는 이름이 나왔습니다만, 팔봉이라고 그를 불러야만 하는 것인지도 모르겠습니다. 호는 존칭 없이 그대로 불러도 되지만, 부모가 붙인 이름을 경칭을 붙이지 않고 부르는 것은 예의에 어긋나는 것이라 생각해서입니다. 다만 심포지엄 표제부터 시작해서 전부 김기진이라고 하고 있기 때문에 같은 인물이라는 것을 분명히 하기 위해서 저도 그렇게 호칭하겠습니다.

어제와 오늘 계속 김기진에 대한 이야기가 나왔고 정말로 많은 것에 대해 말씀을 해주셨기 때문에, 저는 여러분들이 떨어뜨린 이삭을 줍는 정도의 이야기를 하게 될 것 같습니다. 씨앗을 심어서 수확을 하고, 그 후에 이삭줍기를 하는 식이겠죠. 제가 말씀드리려는 것은 그렇게 거대한 것은 아닙니다.

1923년 처음으로 클라르테 운동이 김기진에 의해서 조선(조선이라는 말은 역사적 문화적, 민족적인 통일 호칭으로 쓰고 있는 것으로 국호가 아닙니

다. 제가 '한국'이라고 부를 경우에는 대한민국의 약칭으로 쓰려 합니다. 조선을 국호로 부르고 있는 것이 아님을 미리 밝혀둡니다)에 소개됩니다만, 그것은 갑자기 이뤄진 것이 아닙니다. 이는 여기 계신 한국의 평론가 분들이야 실제 잡지를 읽으셨으니 그럴 일은 없겠습니다만 많은 문학사가가 『백조』로부터 돌연 김기진이 나타나서 프롤레타리아 문학을 개척했다는 식의 기술을 많이 하고 있습니다. 그러나 저로서는 고개를 갸우뚱할 수밖에 없습니다. 사노佐野 선생님이 아침에 해주신 발표가 참고가 될 것이라고 생각합니다. 주지하다시피 로맹 롤랑 Romain Rolland 대 앙리 바르뷔스Henri Barbusse 사이의 논쟁에 앞서서 로맹 롤랑의 글을 김억이 4회에 걸쳐 번역해서 『개벽』이라는 잡지에 연재했습니다. 이 글은 물론 계급적 논점에 선 것이 아닌 연극론입니다. 김억은 원문에서 번역을 했습니다. 당시 많은 경우가 일본어로부터 한 중역이었습니다. 어제부터 계속 언급되고 있는 김기진이 클라르테 운동을 소개한 글도 『다네마쿠히토種まく人』를 매개로 한 일본어로부터의 중역이었습니다. 하지만, 이 김억의 「민중예술론」은 프랑스어 원문으로부터 직접 번역하고 있습니다. 그러므로 로맹 롤랑의 이름은 두 사람의 논쟁이 소개되기 전부터 조선반도에 알려져 있다고 말할 수 있습니다. 그리고 이러한 계급적 견해는 이익상과 관련됩니다. 그는 1923년 시점에서 김기진과 함께 파스큘라라는 문학단체를 함께 만든 인물입니다. 바르뷔스와 롤랑의 논쟁을 김기진이 소개하기 전에 이익상이 「예술적 양심을 결여한 우리 문단」(『개벽』 11호, 1921.5)이라는 논문을 씁니다. 그 결론 부분에서 이렇게 말하고 있

습니다. "이상以上에 누진縷陳한 바와 같이 우리 민족의 부르짖는바 모든 소리는 수만 근斤의 중重으로 눌린 강압 하에서 고통을 이기지 못하는 비명과 절규가 아니면 아니 될 것이외다"라고 말합니다. "수만 근斤의 중重"이라는 것은 사회과학 용어를 쓰자면 식민지 지배나 그러한 것이 될지 모르겠습니다. 그리고 "따라서 시대사조의 반영이오 내부 생명력의 진전하려는 고민의 상징인 문예에도 반항적 색채가 부지중에 표현되어 있어야만 자연함이요, 진眞이라 할 수 있습니다. 혁명 전 '러시아' 문예의 경향이 어떠하였습니다"라고 쓰고 있습니다. 또한 연애나 향락 등에 빠져있을 때가 아니며, 그러한 것은 실로 개탄하지 않을 수 없노라고 한탄합니다. 여기서는 아직 계급적 관점에 대해서 언급하고 있지 않으나, 문학은 사회 정세라고 할까 정치에 관여해야만 한다고 하는 그것에 가까운 발언이 1921년 시점에서 나오고 있음을 알 수 있습니다.

김기진은 『백조』라는 잡지에 도중에 가입해서 그 후 활동 무대를 『개벽』 쪽으로 옮기게 되는 변화가 있었습니다. 거기에는 일본유학이라는 커다란 요소가 있었던 것은 사실입니다. 이러한 변화에 대해서 한국의 문학 연구가가 "의외로 『백조』에서 나왔다"라는 식으로 기술하고 있습니다. 저는 김기진이 『백조』에서 나온 것은 의외적인 일이 아니라 『백조』 잡지의 시대정신으로부터 김기진의 동향을 보더라도 오히려 당연한 것이 아니었나 하고 생각하고 있습니다. 그리고 그것은 조선에만 해당되는 것이 아닙니다.

중국에서도 1925년에 창조사創造社, 그것은 조선의 『창조』와 다른 것이지만, 창조사가 생겨서 그로부터 1927년에는 좌익을 향해 급선회합니다. 이른바 예술을 위한 예술로부터 정치를 위한 예술로 급하게 전환하게 됩니다. 역시 1927년에는 조선에서도 이와 비슷한 급전환이 일어났습니다. 물론 이는 코민테른이나 위로부터의 지도 등과 관계돼 있는 것으로, 중국의 창조사 사람들은 성급하게 혁명문학에 대해 이야기하기 시작합니다. 지금까지 예술을 중심으로 사고해왔던 작가들, 예를 들면 청방우成仿吾나 궈모로오郭沫若 등이 그들입니다. 이 중에서 궈모로오는 일본에도 잘 알려져 있으며 국가 부주석까지 하게 됩니다. 그런 궈모로오가 갑자기 혁명문학을 말하기 시작합니다. 이에 가장 먼저 반대한 것이 루쉰魯迅으로 그는 좌익문예가들과 계속 싸웁니다. 논쟁을 계속하게 된 것입니다. 젊은 프로문학자들은 "루쉰은 이른바 부르주아지다. 혹은 한인閑人(한가한 사람)이다. 네가 하는 것은 모두 한가한 일, 한가한, 한가한 일이다" 하고 세 번이나 한閑 자를 써서 말했기에, 루쉰은 자신의 작품집에 『삼한집三閑集』이라는 표제를 답니다. 루쉰이 요구한 것은 "혁명문학 등은 아무래도 상관없지 않은가, 혁명문학은 필요 없다. 지금 필요한 것은 혁명인革命人이다. 혁명하는 인간이 필요하다. 혁명하는 인간이 쓰는 것이 혁명문학이다. 혁명문학 그것은 필요 없다. 혈관에서 나오는 것은 피이며, 수도관에서 나오는 것은 물이다"라고 말하는 비유로, 인간으로서 또한 지식인으로서의 자기 변혁 그것을 호소하고 있다고 해야 할지, 그것을 실천하는 것으로 젊은 프롤레타리아 문학자와 대립해 갔습니다. 자기가 나이도 훨씬 많았고, 교양도 지식도 있었지만 자신이 오래된 것을 질질 끌고 가고 있는 지식인임을 루쉰은 자각하고 있었습니다. 요컨대 자신이 둑이 되고 싶다, 오래된 것을 여기서 막아서서 새로운 것을 그곳으로부터 댐의 앞으로 흘러가게 한다, 그것을 위해서 자신은 오래된 것을 한 몸에 받아내겠다는 것이죠. 그러한 지식인으로서 존재해야 한다는 자각이 있었다고 생각합니다. 물론 그가 노동자로 살았던 것도 아니고 또한 그렇게 될 수도 없었지만, 지식인으로서 자신이 할 수 있는 것이 무엇인가를 계속 해서 자신에게 물었다고 생각합니다.

어쨌든 현상 타파를 지향하는 문학청년이 서구의 새로운 사상에 촉발돼 계급적 시점을 품은 문학으로 급선회해 가는 현상은 1920년 중엽의 중국에서 있었던 일이고, 그리고 조선에서도 있었습니다. 그렇다고 해도 비슷한 것 같으면서도 조금 다른 부분도 있습니다. 카프(조선)는 1927년의 개혁이라고 해야 할지 개악이라고 해야 할지, 그것을 통해서 이른바 불순한 것을 모두 쫓아냈습니다. 순수한 코뮤니스트만 남고서 아나키스트나 생디칼리스트를 모두 추방하게 돼 점차 조직이 약화되고 말았지요. 그러한 가운데 위로부터 일제의 압력이 가해지자 견디지 못하고 1935년에 해산이 되지만, 중국에서는 그 무렵에 오히려 좌파 세력이 결집합니다. 1930년에 좌익작가연맹이 생기는데 그때 논쟁을 벌이고 있던 루쉰과 젊은 프로 작가들이 함께 조직에 들어갑니다. 그래서 그 다음해 만주사변 이후 일본이나 그 밖의 제국주의 세력의 힘에 대항할 수 있는 에너지를 축적한다는 발상이 있었던 겁니다. 그것이 조선반도에서는 없었던 것이 아닌가 생각합니다. 하지만 지금 이야기는 요컨대 로맹 로랑과 앙리 바르뷔스 논쟁이 갑자기 일어난 것이 아니라는 것을 말하고 싶었기에 하게 됐습니다.

방금 전에 홍정선 선생님으로부터 김기진의 초기 작품 「Prome-neade Sentinental」에 관한 이야기가 나왔습니다. 작품 리스트를 첨부했습니다만, 이것은 신문 등에 발표된 것을 빼면 초기 작품은 거의 다 갖춰져 있다고 생각합니다. 홍정선 선생님이 편찬하신 『김팔봉 문학전집』 끝에는 신문에 실린 작품까지 포함된 리스트가 있으니 그쪽이 더 자세합니다만, 잡지로 보자면 가장 최초기의 작품은 이 「Promeneade Sentinental」(『개벽』, 1923.7)이라고 생각합니다. 이 작품은 아주 신선한 청춘 에세이입니다. 물론 논리적으로 하나의 테마에 대해서 말하고 있는 글은 아닙니다. 하지만 대단히 감성적인 이른바 센티멘털한 요소가 다분히 포함돼 있으며 동시에 과학적 사고, 논리적 사고라는 것이 함께 섞여 있습니다. 그런 의미에서는 대단히 뛰어난 (넓은 의미에서의) 에세이라고 생각합니다. 그러므로 그 일부를 떼어내 보는 것은 큰 의미가 없을지도 모르겠습니다. 그럼에도 예를 들면 그는 이렇게 말하고 있습니다.

現實을 超越한다는 것이 거짓말이다. 民族性을 忘却햇다는 것이 거짓말이다. 英吉利의 文學은 英吉利의 文學, 露西亞의 文學은 露西亞의 文學으로 硏究되여 나려오고 나려간다.

모든 것이 그 안에 잇넌 것이다.

그 안에 있다는 것은 민족성에 있다는 것이라고 생각합니다. 그러므로 물론 바로 뒤 이어서 이렇게 쓰고 있습니다.

現代의 文學은 唯物史觀 우에 섯다. 唯物史觀에 多少의 誤診가 잇다 하더래도 우리는 唯物史觀의 眞理를 否認하지는 못한다. 맑쓰나 엥겔쓰의 일이나 투루게네 ― 푸나 또스토이예푸스키 ― 의 일이 그 距離가 果然 얼마나 멀 것이냐.

이것은 전부 여러모로 경향이 다른 작가의 이름을 늘어놓고서, 그것은 유물사관 위에 서는 것이라고 하는 것은 약간 무리가 있습니다. 하지만 한편으로는 그렇게 말하면서, 다른 한편으로는 민족성이 중요함을 언급하는 것을 잊지 않고 있습니다. 잊지 않고 있다고 할지, 그 쪽을 매우 강하게 내세우고 있습니다. 그런 면에서는 혼돈스러운 글입니다. 하지만 혼돈이야말로 김기진의 흥미로운 점입니다.

김기진은 이시카와 다쿠보쿠石川啄木에 공명하고 있습니다. 다쿠보쿠도 일본의 고등학생이라면 누구나가 아는 서정적인 시를 쓰는 한편으로 모두가 잘 아는 "지도 위 조선국에 검게 먹칠하며 가을바람을 듣다"라고 읊는 사회인식이 있었는데, 그런 이질적인 요소를 함께 보여준 다쿠보쿠에 끌린 조선인 유학생이 바로 그였습니다. 「Promeneade Sentinental」에 대해서는 이 정도로 하겠습니다.

방금 전에도 이야기가 나왔던 김기진의 「한개의 불빛」(『백조』, 1923.9)이라는 초기 시는 매우 흥미로운 시로, 그가 앞으로 걸어갈 길을 암시하고 있는 듯한 시입니다. 가난한 자, 약한 자, 스트라이크를 일으켜서 집을 잃은 사람, 직업을 잃은 사람, 그러한 사람에 대한 공감이 표현 돼 있습니다. 권력자에게 반항한 용사들에 대한 공감도 나타나 있습니다. 그리고 그것을 계속 응시한 증인으로서의 연못과 달이 있습니다. 그러한 암흑 속에서 저 멀리 한 개의 빛이 보입니다. 거기에 자신의 희망을 의탁한다는 것이 「한개의 불빛」의 내용입니다. 물론 이 시에는 계급의식은 전혀 나타나 있지 않으나 역시 장래에 나타날 문학의 방향은 이런 식으로 가야하고 자신은 그러한 길을 걷고 싶다고 하는 그러한 생각이 이 최초기의 시에 나타나 있다고 생각합니다.

그로부터 시기적으로는 마침 바르뷔스와 롤랑의 논쟁을 소개한 시기에 해당되는데, 『백조』 3호에 "마음대로"라고 번역해야 할까요. 이런 뜻의 에세이를 남기고 있습니다. 요컨대 이것도 논리적으로 단선적인 것을 말하는 것이 아니라, 실로 생각이 떠오르는 대로 차례차례 말하고 있습니다. 그 가운데 유학 시절의 이야기가 나옵니다. 다쿠보쿠를 어떤 식으로 읽었는가 하는 것도 다소 자취를 더듬어 볼 수 있습니다.

이제부터는 본론으로 들어가겠습니다. 클라르테 운동에 대해 소개한 김기진의 글은 앞서 다른 선생님들께서 말씀하신 것처럼 세 편이 있습니다. 「클라르테運動의 世界化」(『개벽』, 1923.9), 「빠르뷰스對 로맨·로란間의 爭論, 클라르테운동의 世界化(쯧) 1921년 12월 巴里에서」(『개벽』, 1923.10), 「또다시 「클라르테」에 대해서, 빠르뷰스연구의 一片」(『개벽』, 1923.11)이 그것입니다. 바르뷔스와 롤랑이 주고받

은 다섯 편의 왕복서간 중 한편을 「클라르테運動의 世界化」 후반부
(전반에서는 꽤 긴 자신의 서문을 붙이고 있습니다만, 어떠한 생각과 의도로 혹은
어떠한 정황에서 이 왕복서간 다섯 편을 소개하고 있는지 자기 나름의 생각이 쓰
여 있습니다)에 소개하고 있고, 이어서 다음 달인 10월 호에 쓴 「빠르
뷰스對 로맨·로란삐의 爭論, 클라르테운동의 世界化(꿋)1921년 12
월 巴里에서」에 나머지 네 편의 편지를 다 번역해 실었습니다. 그리고
그 편지 다섯 편을 전부 실은 후에 이번에는 논쟁에 대한 자기 나름의
생각을 정리하며 10월 호 글을 끝내고 있습니다. 그리고 11월 호에서
는 이번에는 그의 다른 글 「또다시 「클라르테」에 대해서, 빠르뷰스연
구의 一片」에 대해서 쓰고 있는데 그렇게 연구적인 글은 아닙니다.
이 글은 소설 『클라르테』를 소개하는 것이 목적으로 그런 의미에서
는 왕복서간을 번역하며 붙인 해설 쪽이 그의 입장을 명확히 밝히고
있다고 생각됩니다. 그 부분을 조금 소개하겠습니다. 논쟁에 대해서
소개하고 있는 부분입니다.

自由면 엇더한 계급의 자유일 것이냐. 뿌르즈와찌-의 자유냐? 프로레
타리아의 자유냐? 물론 朝鮮의 뿌르즈와나 프로레타리아는 다함끠 被虐
待階級인 것은 분명한 사실이지만은 그래도 뿌르즈와를 擁護하는 자유와
프로레타리아階級的 자유는 가려볼 餘地가 잇는 터이다.
　따라서 뿌르즈와階級的 美意識과 프로레타리아階級的 美意識이 명료
하게 난호아 지는 것은 엇지할 수 업는 사실이 아니냐
　　　　　　　　　　　　　　　　　—「클라르테運動의 世界化」 중에서

요컨대 양 계급을 구별하라고 하면서 그 전제로 조선 내의 계급차별이라는 것보다 그 양쪽을 전부 피해 계급으로 만드는 강한 힘이 위에서 덮쳐누르고 있다는 인식이 있습니다. 이것은 일본의 프로 문학자들에게는 없는 발상이라고 생각합니다. 그리고 이 논쟁을 소개하면서 이렇게 말하고 있습니다. 물론 승리 판정을 하라고 하면 확실히 바르뷔스 쪽에 깃발을 올리고 있습니다. 하지만 이렇게도 쓰고 있습니다.

> 여긔서 내가 변변치 못한 말로 장황하게 兩者를 檢討하여 가지고 판단을 내리는 것 보담도, 빠르뷔-스와 로-란 두 사람의 논쟁한 論文을 번역하여 언저가지고, 각 개인의 판단에 맛기여 두는 것이 조흔줄로 안다. 두 번 거듭 말하는 것이지만, 이 논쟁은 결코 佛蘭西의 2大 藝術家의 개인적 논쟁이 안이라 現今의 세계 각국에서 문제로 삼지 안으면 안이 될 것이다.
> —「클라르테運動의 世界化」 중에서

이것은 정말로 고마키 오우미小牧近江가 생각하던 것과 완전히 동일하니 그것을 계승하는 것이라는 식으로 말해도 좋을 것이라 생각합니다. 논쟁을 다루는 방식이 대단히 신중합니다. 그다지 비유는 좋지 않으나, 옛날 소학교 교장 선생님이 교육칙어를 정중하게 떠받들 듯이 롤랑과 바르뷔스의 논쟁을 굉장히 중요한 문건으로 여겨서 정밀하게 축어역逐語譯을 하고 있습니다.(번역에 대해서는 잠시 후에 다시 말씀 드리겠습니다)

다섯 통에 이르는 논쟁과 관련된 서간을 번역한 후에 이렇게 말하고 있습니다. "그러나 이 사람의 혁명주의에서도 나는 만혼 불만을 늣긴다"(「빠르뷰-스對 로맨·로란間의 爭論, 클라르테운동의 世界(꿋)1921년 12월 巴里에서」)고 쓰고 있습니다. 어떠한 부분에 불만을 느끼는지를 봅시다.

나는 로-란 及 빠르뷰-스의 주장에 대해서 깁히 敬意를 표하는 동시에 움지길 수 업는 부족한 맛을 兩氏의 우에 늣기는 바이다. 그것은 兩氏에게 똑가티 근본적 철저한 태도를 발견하지를 못한 까닭이다. 나는 몬저 로-란에게 말할 터이다. 뿌르즈와계급적 자유냐? 프로레타리아계급적 자유냐? 뿌르즈와계급과 손을 잇블고서 자유예술을 부르짓는 것이냐 혹은 프로레타리아계급과 악수하고서 자유예술을 부르짓는 것이냐. 나는 로-란의 「民衆 藝術論」에서 이 근본적 문제를 발견하지 못하엿다.

— 「빠르뷰스對 로맨·로란間의 爭論, 클라르테운동의
世界化(꿋)1921년 12월 巴里에서」 중에서

그 후 같은 글에서 다시 칼을 겨눠서 바르뷔스에 대해서 이렇게 말합니다.

빠르뷰-스는 「클라르테」 선언에다 「클라르테운동은 단일한 문화적 혁명운동이 안이라 실제적 사회운동에 참가하는 것이다」라고 言明해 놋코서는 곳 「우리들은 파르틔! 콤머니스트프란세-(佛蘭西 共産黨)과 提携

的 관계에 잇지안타」그 말한다. 빠르쀼-스가 자유적 예술발생의 경지를 자유적 無産階級 사회에 구활여고 하는 목적은 대단히 正鵠를 잡은 것이라 할 만하지마는 그 手段論에서 만혼 不徹底한 점을 나는 본다. 즉 프로레타리아 계급과 가티 「파르틔! 콤미니스트 프란세ー」와 提携해 가지고 一刻이라도 머므르지 말고 현대사회의 혁명을 敢行하든지 그럿치 안커든 孤獨的 單獨運動에 끗치고 마러버리든지 할 것이다.

대담하다고 하다면 굉장히 대담합니다. 없는 것을 내놓으라는 식으로 보일 수도 있지만, 어쨌든 그 당시 시점에서 그는 조선반도에 이러한 논쟁을 소개하면서 이 정도의 인식을 보여줬다는 것을 기록해 둡니다.

그러면 어떻게 번역이 됐느냐로 돌아가 보죠. 전술한 것처럼 원문을 대단히 엄밀하게 다루고 있습니다. 매우 고생을 했다고 생각됩니다. 주지하시다시피『다네마쿠히토』에 실린 롤랑과 바르뷔스의 논쟁을 일본어로 번역한 글은 굉장히 이해하기 힘듭니다. 악문이 아닙니다만 직역투라서 어렵습니다. 저는 프랑스어를 읽을 수 없어서 일본어 번역으로밖에 읽을 수 없는데, 솔직히 말해서 잘 이해할 수 없는 부분이 여러 곳 있습니다. 그것을 일본에 유학해서 2년 정도 지난 김기진이 조선으로 번역하는 일은 대단히 힘들었을 것이라 생각합니다. 그런데도 축어역을 하고 있습니다. 물론 일본어로부터 조선어를 옮기는 과정에서 오역은 있습니다. 여기저기 오역이 있습니다만『다네마쿠히토』에 실린 일본어 번역 자체에서 의미가 통하지 않는 부분도 있고 이상하게 잘못 인쇄된 부분도 있습니다. 그리고 잘못 인쇄된 부분이 있어서 의미를 억지라도 통하게 하려고 조선어 번역에서 무리를 하고 있는 부분도 있습니다. 무리가 무리를 거듭하는 모양새입니다. 프랑스어, 일본어, 조선어 세 편을 비교해 보면 분명히 무언가 흥미로운 점이 발견되지 않을까요. 그리고 단순한 실수도 있습니다. 『다네마쿠히토』에서 "만인에게 적適하다"할 때의 '적'은 '適'입니다만, 그것을 만인에게 "적대하는" "만인을 敵對한"이라는 의미의 조선어 번역을 하고 있습니다. 그런 부분이 몇 군데 있어서 원래의 의미를 과연 제대로 이해할 수 있을까 싶지만, 어쨌든 논쟁을 번역한 것이 조선 프롤레타리아 문학의 발단이 된 것만은 사실입니다. 김기진은 번역을 하면서 모리타 시켄森田思軒 식의 호결적인 번역을 시도하지 않았고, 우에다 빙上田敏이나 김소운 식의 자기 해석의 폭이 넓은 명역을 의도하지도 않았습니다. 중요한 문헌을 정확하고 충실히 소개하려는 성실한 태도에 호감을 품게 됩니다. 오늘날 클라르테 운동을 되돌아보는 사람은 많지 않으나, 외국문학을 자국에 소개할 때, 민족적 주체성을 상실하지 않으면서 대상의 실태를 경의를 품고 정확하게 파악하려고 최대한의 노력을 기울인 그의 연구 소개 방식은 배울 점이 많다고 생각합니다.

끝으로 김기진 등이 중심이 된 파스큘라가 결성된 후에 1925년에 염군사와 손을 잡고 카프가 생기게 됩니다. 북한에서는 파스큘라에 대한 평가가 매우 낮습니다. 한국에서는 오히려 염군사보다 파스큘라 쪽에 역점을 두고 있습니다. 물론 그것은 한국문학 연구자들 다수의 평가로, 김재용 씨처럼 거꾸로 염군사 쪽이 카프의 중심이 됐다는 연구자도 있으나, 이 문제는 장래의 문학연구자들의 판단에 맡기는 편이 좋을 것이라 생각합니다.

이 보고는 1996년 서울에서 있었던 국제학술대회 토론회에서의 보고를 기초로 해서 후일 安斉育郎・李修京編,『クラルテ運動と"種まく人"』(御茶ノ水書房, 2000)에 수록됐음을 참고로 밝혀둔다.

그 땅의 사람들

1. 걷다

한국 방문기와 같은 글은 쓰고 싶지 않다. 하지만 쵸 쇼키치長璋吉 씨가 「조선어 소사전」 연재를 아무래도 쉬어야겠다고 해서, 대리 역할을 하는 것은 아니지만 어쩔 수 없다. 해롭지도 이롭지도 않은 잡문을 써서 그 땅에서의 체험의 일부를 남기고자 한다.

5월 서울에는 라일락 향기가 가득 차 있었다. 진달래와 비슷한 철쭉꽃이 진홍색으로 또 순백색으로, 초여름을 연상시키는 햇볕을 받아서 아름답게 보여도, 100송이 백합을 모아놓은 것 같은 라일락 가지 하나에 대적하지 못한다. 장마가 걷힌 후의 아카시아와 마찬가지로 사람의 혼을 뺏는 향기다. 오랜 세월 동경해 오던 땅에 실제로 몸을 두고서, 그 대지 위를 걸어 다닐 수 있는 기쁨에 나는 취해 있었다. 설령 북으로는 갈 수 없다 해도, 남반부에라도 올 수 있었던 것이다. 내 조국이라고 부를 수 없지만 사랑하는 대지를 밟았다. 한국 비자를 신청하고 두 달이 지났을 때였다. 대학 교수가 소속대학에서 의뢰를 해서 학생 신분으로 한국에 정식으로 유학하는 형식을 취하는 경우는 극히 드문 모양이다. 다만 나는 대학에서 단기 유학의 기회를 얻었기에, 한국에서 조선어를 배우고 싶은 것뿐이었는데 한 달 이상 체재하게 되는 상황은 그렇게 간단하지 않은 것 같았다. 두 달 동안 매일 매일 초조해 하면서 지낸 후라서, 비행기가 고도를 내려서 붉은 땅과 녹색 들판에 점재하는 'ㄱ', 'ㄷ', 'ㅁ' 등의 한글을 본뜬 것 같은 농가의 초가지붕이 눈 아래로 보였을 때의 가슴 떨림은 아무리 억제하려 해도 마음대로 되지 않았다.

처음 일주일 동안 나는 시내 지도를 한손에 들고서 내키는 대로 걸어 다녔다. 서울역에서 시청 앞, 보신각부터 종로, 파고다공원에서 안국동, 남대문시장에서 남산, 중앙청에서 사직공원, 모두 책에서 봐서 익숙한 곳들이다. 서대문형무소와 종로경찰서를 먼저 보러 간 것은 해방 전에 그곳에서 고문을 당하고, 결국 옥사한 문학자나 어학자를 기리기 위해서다.

어딘가 목적을 정하고 다니는 것이 아니라, 서울 시내와 한국을 이해하기 위해서는 걷는 것이 최고다. 지나가는 노파의 말, 신문팔이 소년의 목소리, 아가씨들의 웃음소리와 웅성거림, 지하철 공사 소음, 모두가 신선해서 내 마음을 흔들리게 했다.

거리를 걸으며 가장 먼저 눈에 들어온 것은 교회와 약국과 찻집,

그리고 탁구장이 많다는 것이다.

칠석 날, 양력으로는 8월 15일인데 아주머니들이 대거 절에 가서 땀방울을 흘리면서 염불을 외우며 한 시간이고 두 시간이고 불상 앞에서 절을 계속하는 모습은 장엄하기까지 했다. 관불회灌佛會 때도 노파들은 땅에 무릎을 꿇고서 기도를 올린다. 평상시에도 동국대학의 불교학과 학생은 승복을 입고서 거리를 돌아다니고 있다. 상당히 형식화된 일본의 불교와 달리 한국의 불교신앙은 서민, 특히 중년 이상의 부인들 사이에 살아있는 것 같다. 이에 반해 기독교는 어느 쪽이냐 하면 젊은 층에 인기가 있다. 일요일 아침 예배를 마친 젊은 남녀가 즐거운 듯이 이야기를 나누고 있는 모습은 보기에도 청결함이 느껴진다. 남자의 출입이 금지된 이화여자대학에서도 일요일만은 구내 교회를 자유롭게 드나들 수 있다. 한국에서는 기독교가 국가권력에 대항하는 하나의 저항적인 요소를 갖추고 있는 모양이다. 지난 해에는 기독교 계열의 잡지『창조』1972년 4월호가 발매 금지 처분을 당했다.

약국은 양약과 한방 모두 많다. 동서 양측의 의학이 병립 공존하고 있는 형태다. 한약방에서도 환자 한 명 한 명의 증상을 귀담아 듣고서 그 사람에게 맞는 약을 조합해 준다. 의료 기록 카드처럼 손님들의 증상을 쓴 커다란 카드가 있어서 몇 년 전에 어떤 약을 처방했는지가 기록돼 있다. 그 정도이니 진찰도 하고 때로는 사망진단서도 쓴다고 한다.

약국이 발달돼 있는 것은 한국에는 아직 건강보험제도가 정비돼 있지 않아서 의료비가 상대적으로 비싼 것이 하나의 원인이다. 몇몇 대학에는 부속 병원이 있다. 최근 신축한 한양대, 경희대 병원은 서울대, 이화여자대의 부속병원과는 비교가 되지 않을 정도로 훌륭하다. 경희대학교에도 한의학 교수나 조교수가 있어서 나도 침을 맞은 적이 있다. 그 젊은 교수는 작년 여름 아폴로 눈병이 크게 유행했을 때 침을 세 방 놓아 병을 고쳐서 많은 사람들로부터 감사 인사를 받았다. 한방이라고 하면 일본인은 중국만을 생각하는데 그건 일종의 사대주의가 낳은 인식이다.

탁구장 요금은 일인당 1시간에 50원에서 100원 정도이고 도구는 빌려준다. 그 정도로 낮은 가격에 빌딩 안에서 탁구장을 경영해도 타산이 맞는 것을 보니, 아무리 주택 사정이 좋지 않은 서울이라고 해도 도쿄보다는 주거비가 훨씬 저렴한 것을 알 수 있다. 탁구는 점수를 낼 때 영어를 사용하는지라 다른 말은 필요 없다. 마음이 울적할 때면, 나는 서울대학교 의학부에 다니는 청년을 상대로 곧잘 탁구를 쳤는데 게임에서는 거의 졌다. 탁구장에서 만난 초등학교에 다니는 남자아이에게조차 가볍게 졌다. 나이가 들어 시작한 것 치고는 꽤 센 편이라고 자부하고 있었는데 호되게 당했다. 한국에서 골프는 구름 위에 사는 사람들이 하는 것이다. 볼링장은 서울에 대여섯 군데 있는 정도다. 그에 비해 탁구장은 시내 어디에나 있다. 이것이 최근 한국 탁구가 세계를 제패한 저변일 것이다. 민중 깊숙이 뿌리를 내린 것은 강하다. 이 나라의 문학이나 정치가 탁구만큼 민중 깊숙이 뿌리를 내리고 있는 것인지 어떤지 나는 잘 모른다. 문학의 현실 참여논쟁 등은 구두닦이 소년에게는 아무런 관계도 없는 일이고, 계엄령 전이나 후나 밤거리의 여자들은 그 자리에 서 있다.

2. 씻다

국산 세탁기를 시내에서 꽤 팔고 있었지만 서민이 손에 넣을 수 있는 가격이 아닌 모양이다. 마음이 내키지는 않았지만, 누군가의 말을 듣고서 반자동 세탁기를 일본에서 가져가게 됐다. 처음에는 주인집에 폐를 끼치다 내 것은 그것으로 세탁을 했다. 적당히 둘 장소가 없어서 욕실에 놔뒀다. 내가 세탁을 하고 있으면 그 집 사람들이 와서 사용 방법을 알려달라고 했다. 토목 사업을 하고 있는 그 집 장남까지 와서는 꼼짝 않고 보고 있다. 처음에는 신기해서 그러나 하고 생각했는데, 호기심만이 아니라는 것을 마침내 깨달았다. 물을 대량으로 쓰는 세탁기에 대한 원념怨念과 흘러나가는 물을 애석하게 생각하는 마음이 그들의 눈에 비쳤다. 내게는 적어도 그렇게 느껴졌다.

서울에는 비가 적게 내린다. 하루 반 정도 호우가 내리고 나면 그것이 일기 예보를 시작한 이후 가장 많은 강수량인 모양으로, 한강 다리가 위험해 직면해서 통행금지가 되거나, 마포 일대의 저지대는 침수가 일어나서 큰 소란이 벌어진다. 하지만 수도 사정이 좋지 않아서 곧잘 낮에는 물이 나오지 않는다. 물론 교통기관, 상하수도 등의 도시설계는 6·25동란에 의한 파괴와 북으로부터 대량으로 인구가 유입된 것을 고려한다면 도쿄보다는 훨씬 낫다. 그래도 이사를 할 때는 우선 수돗물이 나오는지 안 나오는지를 확인해야만 한다. 내가 신세를 졌던 집은 서울역에서 인천 방면으로 기차를 타고 20분 정도 가면 있는 서울시의 서쪽 끄트머리였다. 이 부근은 아직 대부분이 공동 우물을 써서, 오전 중에는 문자 그대로 여자들이 우물가의 쑥덕공론을 벌이고 있었다. 그 우물도 철도 선로에 가까운 저지대에만 있어서 산위에 사는 가난한 사람들은 물을 아래로 내려와서 떠가든가 혹은 사는 수밖에는 없다. 이 마을에 수도가 들어온 것은 2, 3년 전으로 수도가 들어온 집도 수압이 낮아서 지붕에 저수탱크를 달고 있다. 그렇게 귀중한 물을 세탁과 헹굼 등에 아낌없이 쓰는 세탁기는 이 나라에서는 오히려 무용지물이다. 하기는 식모를 한 달에 6천 원(4,300엔)에서 9천 원 사이에 쓸 수 있어서 10만 원이나 하는 세탁기를 꺼려하는 것도 무리는 아니다.

이 나라에서 전기 공급량은 수요량보다 많다고 한다. 다만 많은 농촌에는 아직 거의 전등이 들어가 있지 않다. 서울 시내에서 한강을 따라 30분 정도 위로 올라간 양수리 농촌의 정미소는 모터 기계를 돌리면서도 농가에 전등이 있는 집은 없었다. 전등이 들어오는 것은 시간문제지만, 초가지붕을 슬레이트로 바꾸는 것이 당면한 과제라 그것으로 농가는 정신이 없다고 한다. 지붕 바꾸기도 새마을운동의 일환인데, 이 운동은 단순히 농촌의 근대화를 꾀하는 것만이 아니라 일종의 사상혁명적인 것이라고 한다. 사회주의 교육운동 위에 문화대혁명이 있었듯이, 새마을운동 없이는 작년의 신헌법제도도 없었을 것이다. 한국은 중국으로부터 뜻밖의 것을 배워왔는지도 모르겠다.

전기에 대한 생각도 우리 일본인과는 다른 것 같다. 우리는 책상에 앉을 때 책상 위 스탠드 외에도 방안의 형광등을 켜서 방 전체를 밝게 하는데, 이 나라에서는 전등은 딱 하나만 켠다. 응접실에 사람이 없으면 반드시 불을 끈다. 사람이 있어도 신문이라도 읽는 것이 아니라면 조명을 다 켜지 않는다. 텔레비전을 보는 정도라면 확실히 네 개 중에 두 개만 밝혀도 충분하다. 요컨대 전국가적으로 전력이 남는다고 해도 결코 전기를 허투루 쓰지 않는다. 농업사회 시대의 습성이 수도나 전기를 귀중하게 생각하게 만드는 것일까. 돈으로 환산해서 수도세나 전기세가 싸다고 생각하며 낭비하는 것보다는 건전한 습관임이 틀림없다.

양국의 이런 식의 차이점은 가는 곳곳에 보인다. 공기는 오염됐고, 도로에는 차가 정체돼 있으며, 시내에는 빌딩이 숲의 나무처럼 늘어서 있고, 무수히 많은 사람이 북적거리고 있는 것은 도쿄나 서울이나 같다. 또한 비슷한 체구로 역사적으로도 다양한 교류를 했지만, 한 걸음 더 마음속으로 들어가 보면 물론 타민족이다. 그 한 예를 풍속 습관에서 보자면, 세수를 할 때 일본인은 한국인처럼 그렇게 화려하게 씻지 않는다. 한국인은 세수를 할 때 얼굴은 물론이고 목덜미, 목, 귀를 씻고, 팔은 팔꿈치까지, 발은 무릎까지 걷어 올리고서 박박 씻는다. 그 대신에 습도가 낮아서 욕조에는 일주일에 한 번 정도밖에 들어가지 않는다. 한 번 가면 1, 2시간 동안 목욕탕 비용인 80원을 유용하게 써먹는다. 80원(60엔)이면 꽁치를 10마리 살 수 있고, 두부(일본보다 훨씬 딱딱하다. 매일 아침 시장에서 노파가 삶은 콩을 맷돌로 갈아서 만든다)를 세 모나 사고서도 잔돈이 남는 금액이다.

갓난아기를 업는 법도 다르다. 갓난아기의 엉덩이를 푹 휘감듯이 어머니의 허리에 올리고서 업는다. 이렇게 하면 아이가 자유롭게 움직일 수 있고 어머니도 어깨가 결리지 않는다. 아이가 떨어져서 다쳤다는 이야기는 들어본 적이 없으니 그렇다면 이렇게 하는 것이 합리적이다. 홍콩에서 일본과 똑같이 아이를 업는 것을 본 적이 있다. 일본의 아이 업는 방법이나 가옥 구조는 아무래도 남방계인 것 같다.

3. 아사시키다

나는 추석 때 H씨의 호의로 사흘 동안을 전라도와 충청도의 시골에서 보내고, 그 걸음으로 부산으로 향했다. 부산에서는 뜻하지 않은 기회에 부산대학의 정순태鄭淳泰 교수와 만났다. 정 교수는 경제학자라서 일한 양국의 경제 구조나 무역론에 대해서 이야기를 했다. 이야기를 마치고, 잡담을 하게 되자 해방 전 중학교 시절의 추억에 대해서 대화를 나눴다.

그는 동래중학 출신이다. 동래는 민족주의적인 색채가 진한 학교다. 해방 전에는 부산중학교가 일본인 학교였고, 동래중학교가 조선인 학교였다. 어느 날 각반을 차고 총을 메고서 결승점까지 도착하는 경기가 있었다. 성적은 동래중학이 훨씬 좋았는데, 노다이乃台 대좌가 부산중학이 우승한 것으로 판정을 내렸다. 학생들은 노다이의 집까지 몰려가서 돌을 던졌다. 이른바 노다이 사건이다. 소동의 결과, 하라다原田 교장은 '만주'로 가야만 했고, 그 후 동래중학교의 교장이 되려는 사람이 없다가, 평양 시학관視學館을 하고 있던 우노宇野가 마침내 부임해 왔다. 정순태는 마침 그 때 동래중학교에 입학했다. 교장은 주1회 학생에게 일기를 제출하라고 했다. 일기를 일성지日省誌라고 불렀다. 그 내용을 점검해서 이상한 점이 있으면 바로 경찰에게 연락해서 학생을 감옥에 쳐 넣었다.

"내 친구 한 명은 고문으로 죽었고, 한 명은 불구가 됐습니다." 정순태는 담담하게 이야기를 계속 말했다.

해방 후, 우노 교장을 감금했습니다. 천황의 사진을 넣어두는 건물, 그걸 뭐라고 했는지 잘 기억이 안 납니다. 그렇지, 봉안전이라고 했습니다. 교장을 봉안전에 감금해서 아사시키자고 결의했던 겁니다. 준비는 다 됐지만, 실행은 할 수 없었습니다. 선배가 와서 마음을 좀 더 넓게 지니라면서 인간은 그런 존재가 아니라고 말렸습니다.

후루야古屋라는 체육 선생이 있었습니다. 그 선생님으로부터 꽤 맞았습니다만, 종전이 되자 '조국을 위해 분발해라.' 하고 말씀해 주셨습니다. 우리는 좋은 선생님과 나쁜 선생님을 구별합니다. 좋은 선생님은 그립습니다. 지금 만나면 무릎을 꿇고서 눈물을 흘리며 인사를 올리고 싶습니다. 하지만 나머지 반의 선생님에게는 도저히 그런 마음이 들지 않습니다.

또한 어느 때는 만주는 형제니까 지도 위에 분홍색으로, 타이완은 일본과 함께이며, 조선은 일본의 부하니까 붉은 색이라고 어느 일본인 학생이 말했습니다. 그것을 듣고 나서 저는 무슨 말을 하는 것이냐, 합방을 했으니 형제가 됐잖아 하고 말하면서 싸움이 벌어졌습니다. 저도 같이 싸워서 때렸습니다만 1 : 50 싸움이라서 상대가 되지 않았습니다. 나중에 그 일을 작문으로 썼습니다. 그러자 담임 선생님이 저를 부르더니 그러고도 네가 일본인이냐면서 때렸습니다. 눈이 불이 나는 것처럼 뜨거워지면서 눈물이 멈추지 않았습니다. 아파서 운 것이 아닙니다. 그럼에도 저는 논쟁에서는 이겼다고 생각합니다. '내선일체'니까 결코 일본의 부하가 아니라는 논리였습니다.

무시무시한 식민지 시대였음에도 자신의 청춘을 그곳에서밖에 찾아낼 수 없는 세대의 끝자락에 정 교수는 속해 있다. 젊은 세대는 50대 이상이 일제를 증오한다고 말하면서 술에 취하면 일본어로 군가를 그리운 듯이 부른다면서 비난을 한다. 하지만, 청춘을 일본군가와 함께 지낼 수밖에 없었던 세대에게는 조금 가혹한 일인지도 모른다.

4. 으르렁거리다

A읍에서 만났던 'A읍의 호랑이'도 잊을 수 없다. 새까맣게 얼굴이 타서 예리하고 사나운 눈을 하고 있었다. 65살로 이미 5년 전부터 여자를 모르고 살고 있다고 말했지만 아무리 봐도 그 나이로는 보이지 않는 박력이 있었다. 『동아일보』 A지국장이라고 했는데 하기는 이런 시골구석에 무슨 뉴스가 있겠는가. 명예직이 아니면 판매 책임자 정도일 것이라고 추측했다. 나를 안내해 준 H씨가 추석 때 오랜만에 귀향을 하자 마을의 명사들이 모여서 술잔치가 열렸는데, 그 사람들 중에 K씨가 있었다. 사람들은 모두 그를 A읍의 호랑이라고 불렀다. 그 유래를 들으니 본인은 입을 다물고 있었지만, 주위 사람이 옳은 것은 옳은 것이라고 하면서 절대로 굽히지 않기 때문이라고 했다. 그 호랑이는 술이 거나하게 취하면 말투가 거칠어지고 논리가 무뎌진다.

일본어는 이십 년 정도 쓰지 않아서 혀가 돌아가지 않는데, 읽는 것이라면 지금도 조선어보다 일본어를 더 빨리 읽을 수 있다고 한다. 그가 지금도 기억하고 있다면서 암기하고 있는 것이 "짐이 생각컨대 황조황종皇祖皇宗이 나라를 열어……"라고 말하는 교육칙어였다. 그리고 "긴시金鵄(진무천황神武天皇이 동정東征할 때 활에 앉았다는 금빛 소리개) 빛나는 대동아 빛나는……" 등의 군가. 군가가 끝나고 오늘 서울에서 내려온 어느 회사의 사장을 가리키더니, 넌 나쁜 놈이야 여자를 울린 죄가 있어 하고 말하더니, 이번에는 공격의 칼날을 일본에서 그 사장으로 돌려서 면전에서 욕을 했다. 머리의 숲이 적고 당뇨로 식사를 조절하고 있던 80킬로에서 75킬로로 살이 빠졌다고 하는 배가 나온 사장이 얌전히 앉아 있었다. 그러더니 사장을 규탄하다가 갑자기 정치비판으로 화제가 바뀌었다. 호랑이는 책상다리를 하고서 바닥을 주먹으로 치면서 분개한다. "이런 나라가 세상에 어디에 있어. 이게 우리 조국이란 말인가. 공무원인 경찰이 이발소에 가거나 상점에 들러서 추석 축하금을 내면 어떻겠냐고 에둘러 말하잖아. 강제가 아니니 거부하려고 생각하면 불가능한 것은 아니지만, 후환이 두려워서 모두 돈을 내잖아. 이건 이 마을 사람이라면 모두 알고 있는 일이야. 알고 있으면서도 신문에는 기사를 쓰지 않아" 하면서 취기가 도와서 검고 윤이 나며 햇볕에 탄 얼굴이 고양돼 있다.

같은 술자리에 있던 10년 동안 공화당 A지부장을 지냈다고 하는 B씨는 싱글싱글 웃으면서, 저 사람이 A야당의 대변자라는 주석을 단다. 정치적 의견을 달리 한다고 해서 싸움이 나는 일은 없다. 일부러 반론하지도 않고서 고향 선배인 호랑이가 부르짖는 것을 그저 지켜보고 있다. 한국 정치의 야당이 지니는 성격이 일본에서의 야당 이미지와는 다르기 때문일까. 이 사회에서는 여당과 야당의 대립보다도 동향, 동창, 선후배, 친인척 등의 개인적인 관계가 더 우위에 있는 것 같다.

술기운이 돌고 말투가 이상해진 일본어로는 내게 부탁을 한다. 해방 전에 대구역 앞에 살고 있던 T·K라는 일본인을 어떻게든 찾아봐 달라, 그는 내 친한 친구인데 몇 년 전에 오사카에 있는 방송국에 연락해서 찾아봤지만 안 됐다. 어떻게든 만나고 싶다면서 울먹였다.

징용으로 히로시마 교외에서 미쓰비시 조선造船에 있던 호랑이는 원폭을 직접 봤다고 한다. 눈앞이 번쩍하고 빛나서 쓰고 있던 밀짚모자가 날아갔는데, 시내를 보니 불덩어리가 도시 상공을 뒤덮고 있었다고 한다.

"다음날 시내에 가봤습니다. 제 눈으로 봤습니다. 어느 나라나 전쟁을 해서는 안 됩니다. 하물며 같은 민족끼리……."

호랑이의 말이 끊겼다.

물론 모든 사람이 오랜만에 만난 일본인에게 누군가를 찾아달라고 부탁하는 사람은 호랑이만이 아니었다. A읍에서 버스를 타고 산길을 한 시간 정도 간 C읍에서는 전전의 일본에 대한 증오를 그대로 터뜨리는 사람과 만났다. 막내가 대학생이라고 했으니 50대일 것이다. 정부 기관의 정미소를 관리하고 있는 사람이라서 미곡과 관련된 행정에 밝았다. "전전의 일본은 우리나라에서 쌀을 강탈해 갔습니다. 전후에는 싼 밀을 수입해서 먹고, 남은 묵은 쌀을 비싼 값에 우리나라로 팔고 있다. 일본인이 얼마나 끔찍한가"라는 식으로 말하면서 그는 예전에 일본 경찰에게서 고문을 받던 당시의 상황에서부터 최근의 경제 침탈에 이르기까지 노성을 내지르며 규탄했다. 나는 일본의 총리대신이 아닌데도 앉아 있기도 힘든 경험을 했다. 그런데 "이런 시골까지 뭐 하러 왔어. 넌 국제 스파이지?"라고 말하는 것만은 아니라고 부정했다.

5. 싸우다

우리가 조선어로 말하거나 작문을 하거나 하면 아무리 해도 일본어와 엇비슷한 조선어가 된다. 아무리 두 나라 언어의 어순이 비슷해도 발상이 원래 다른 경우가 많다. 때로는 그 확연한 차이에 신음하게 된다. "다치바가 나이立場がない"(입장이 없다)라는 일본어를 직역해서 "입장 없다"고 말하자 상대방은 무슨 말인지 몰라서 눈만 끔벅거리고 있다. 조선어로는 "입장이 곤란하다"라는 표현은 있어도 "다치바가 나이"에 맞는 표현은 없는 것 같다. 한국인의 발상으로는 인간이 생존해 가는 한에 있어서 항상 그 개인의 입장은 좋든 싫든 존재하는 것이라서 자기가 설 곳이 없다고는 생각하지 않는다는 것이다. 극히 일부의 단어로부터 일한 양국민의 의식 구조론을 전개하려는 생각은 추호도 없지만, 감으로 말하자면 조선 사회나 중국 사회쪽이 어떤 의미에서는 일본보다도 열려있는 것 같다고 생각한다.

중국에서도 문화대혁명 중에 약간의 무력 투쟁이 있었을지도 모르지만, 대다수의 경우는 글로 싸우고 끝났다고 들었다. 각 지방 각 단위에서 남녀노소 사이에서 중국어의 총탄이 날아들던 모습이 눈에 선하다. 조선의 서민사회도 그런 점에서는 중국과 궤를 같이 하는 것이 아닐까. 그것은 사회주의나 자본주의라는 체제의 틀을 넘어선 공동사회가 낳은 전통적 풍토인지도 모르겠다.

서울 시내에서는 정말로 싸움하는 것을 자주 보게 된다. 특히 시장에서 아주머니들이 서로 소리를 지르며 싸우는 모습을 보지 않는 경우가 드물 정도다. 일본인이라면 벌써 주먹질을 하고 있을 정도인데도 무시무시한 표정으로 격렬하게 말을 주고받고 있다. 그 주변에 구경하는 사람이 새까맣게 모여들어 있다. 싸움을 하는 사람은 구경꾼을 앞에 두고서 각자 자기의 입장을 명확히 밝혀서 왜 싸웠는지를 설명한다. 그래서 욕설은 싸움 상대에게만 던져지는 것이 아니라, 주위의 구경꾼들을 염두에 두고서 하는 것이라고 해도 좋다. 부부라 해도 동료라고 해도 상점의 주인과 손님이라고 해도 많은 배심원을 앞에 두고서 서로의 주장을 말하고 누가 틀린 것인지를 밝혀내려 한다. 작은 일이라도 체면상 사람 앞에서 '추태'를 드러내는 것을 극단적으로 싫어하며, 증오가 침전해서 음습해지거나, 말보다도 주먹이 먼저 나가는 것은 일본적인 습성인 것 같다. 태양이 확확 타오르고 붉은색과 녹색의 치마저고리가 맑은 청색 하늘 아래에서 펄럭이는 나라에서는 공기만이 아니라 싸움까지도 건조한 성질을 띤다.(1973.9)

제7장

대담 | 한국문학에서 일본은 무엇인가

(대담자 소속은 대담 당시)

대담자: 오무라 마스오(와세다대학 교수) · 호테이 토시히로(동국대
　　　　외국인 전임 강사)

정리: 　호테이 토시히로

때: 　　1998년 7월 25일

장소: 　고려대학교 안암캠퍼스

호테이 선생님, 오랜만에 뵙겠습니다. 더위도 이제부터가 본격적
인 것 같은데요. 한국의 여름은 어떻습니까.

오무라 그렇군요. 일본보다 습기가 적은 것이 좋습니다.

호테이 확실히 그렇습니다. 건강해 보이십니다.

오무라 예, 그런대로 괜찮습니다. 일본에 있을 때보다 좋아요. 일
본에 있을 때는 게으름 피웠다고 할까요. 여기에 있으면 매일 마지

못해 이 언덕을 오르내리지 않으면 안 되니까 그것이 좋은 운동이 되고 있는지도 모르겠어요.

호테이 예, 방도 높은 곳에 있어서 바람이 잘 들어와 지내기가 좋군요. 저도 여기 오는 길에 이제는 익숙해졌습니다. 근년에는 한국에 오시면 이 학사에 머무시는 것 같은데 마음에 드시는 것 같습니다.

오무라 여기가 조용한데다 익숙해져서 생활하기 쉬우니까요. 그런데 벌써 몇 년이 되었지요?

호테이 아, 저 말입니까. 예, 88년 4월부터니까 10년이 지나갔습니다.

오무라 10년이요. 긴 세월이네요. 그만큼 오랫동안 한국문학에 마음을 두고 공부해 온 것이니 빨리 돌아가서 이제부터는 일본에서도 공헌하셔야지요.

호테이 예, 때가 되었다고 생각하긴 합니다. 그건 그렇고 선생님께서 맨 처음에 한국에 오셨던 게 언제였습니까.

오무라 1972년이지요. 그 때는 반년간 체재했습니다.

호테이 72년입니까. 벌써 사반세기가 지나갔네요. 선생님이 한국 근대문학 연구에 발을 들여놓으신 이래 어느새 30년을 넘는 세월이 흘렀습니다. 그 동안의 한국사회의 변화란 자연환경도 포함해서 엄청난 것이 아니었는지요.

오무라 예, 그거야 뭐.

호테이 그 오랜 세월을 한국 근대문학 연구에 전념해 오신 선생님과 기회를 마련하게 되어 영광입니다. 오늘은 저희『근대 한국문학

에서의 일본과의 관련양상近代朝鮮文學における日本との關連樣相』이 일본에서 간행되었으므로 그것을 계기로 선생님으로부터 여러 가지 말씀을 듣고 싶어서 찾아뵈었습니다.

『근대 한국문학에서의 일본과의 관련양상』에 대하여

호테이 이 논문집에는 교수님을 비롯하여 하타노 세쓰코波田野節子(현립니이가타여자단기대학), 세리카와 데쓰요芹川哲世(니쇼가쿠샤대학), 시라카와 유타카白川豊(규슈산업대학), 후지이시 다카요藤石貴代(니이가타대학) 등 여러 선생님들과 호테이(당시 서울대 대학원 박사과정) 등 모두 여섯 명이 참가하였더군요. 다만 저도 도중에 권유를 받았기 때문에 이 모임이 어떻게 시작되었는지 알지 못합니다. 그래서 먼저 이야기의 실마리로서 이 논문집을 발간하게 된 경위부터 말씀을 해주십시오.

오무라 이 이야기는 원래 도쿄외대의 사에구사三枝壽勝 씨로부터 나온 것입니다. 일본 문부성의 연구조성금을 받아서 연구 성과를 발표해 보지 않겠냐고 하는 것으로 정확하게는 「1995~1997년도 과학연구비 보조금 기반연구 B(1)」이라고 하는 긴 이름의 연구기금을 갖고 3년간의 활동을 하게 되었습니다. 그래서 당시 일본 내 대학에 소속돼 한국문학을 연구하고 있었던 사람들에게 의견을 구하면서 시작되었는데, 도중에 연구협력자로서 이상범 씨(중국 연변문학예술연구소 연구원)와 호테이 씨가 참가해 주셨습니다. 사에구사 씨는 바쁘셔서 이번 논문집에는 글을 쓰지 않으셨지만 다음에는 어떻게 해서든지 써주실 것으로 기대하고 있습니다. 활동내용으로서는 1995년도에 『『만선일보』문학 관계 기사 색인『滿鮮日報』文學關係記事索引(1939.12~1942.1)』, 그리고 1996년도에는 호테이 씨가 중심이 되서 정리한 『조선문학 관계 일본어문헌 목록朝鮮文學關係日本語文獻目錄(1882~1945.8)』등을 편찬 출판하였는데, 다행히 호평을 얻어서 지금도 국내외 연구기관이라든지 연구자로부터 재고 유무 문의가 계속되고 있습니다. 그리고 이어서 1997년도, 연구 3년째로서 참가자 각자의 연구논문을 정리하게 된 것입니다. 연구내용은 특별히 규정하지 않고 각자의 관심사에 따라서 진행하기로 했는데 공통항으로 근대 조선(한국)문학과 일본과의 관련 양상이라는 것이 있었기 때문에 그것을 전체의 제목으로 하였습니다. 물론 이 여섯 편으로 한국 근대문학 전체를 다룰 수 있다고는 생각하지 않지만 얼마간의 기여는 할 수 있지 않을까 생각하고 있습니다. 이번이 첫 번째로 2회, 3회로 계획하고 있습니다. 3회째가 되면 7년 계획이 되는 셈이네요.

호테이 그렇군요, 잘 알겠습니다. 그런데 근대 한국문학은 좋아하든 그렇지 않든 관계없이 일본과의 영향관계를 빼고서는 이야기할 수 없다고 생각합니다. 오늘 선생님의 말씀을 들을 수 있다고 해서 저는 두 권의 책을 가지고 왔습니다. 두 권 모두 선생님이 관여하신 것으로 한 권은 『상흔과 극복—한국의 학자와 일본』(김윤식, 오무라 마스오 역, 아사히신문사, 1975)입니다. 또 한 권은 작년에 나온 것으로 『별을 노래하는―시인 윤동주의 시와 연구』(윤동주시비 건립위원회 편, 三五館, 1997)입니다. 전자는 근대 한국문학과 일본과의 관계에 대해서 전반적으로 언급하고 고찰을 첨부한 것으로 번역서의 중심을 이루고 있는 것은 김윤식 교수의 『한일문학의 관련양상』(일지사, 1974)입니다. 이 책은 이러한 주제를 다룬 연구서로서 거의 유일한 것입니다. 후자는 윤동주라고 하는, 일본과 특히 관계가 깊은 시인 한 사람으로 좁혀서 여러 가지 각도로부터 새로운 사실을 발굴해 수록했습니다. 이제까지 밝혀지지 않았던 일본유학에서부터 투옥 시까지의 궤적을 추구하려고 하는 시도로, 새로이 발견한 자료·증언 등을 많이 추가했습니다. 윤동주에 관해서는 한국에서도 활발히 논의되고 있습니다. 근대 한국문학과 일본과의 관련 양상을 깊이 파고드는 작업이 김윤식 선생님의 연구 성과가 나온 이후에 활발하게 이루어지고 있는 것인지요.

오무라 내가 아는 한 그다지 많지 않습니다. 조금 오래된 것으로는 김학동 씨의 『한국문학의 비교문학적 연구』(일조각, 1972)도 있지만 근래의 것으로서는 신근재 씨의 『한일 근대문학의 비교연구』(일조각, 1995)가 김윤식 씨 이후에 오랜만에 나온 것이지요. 그래요, 지난번에 받았던 양승국 씨의 『김우진, 그의 삶과 문학』(태학사, 1998)도 크게 보면 이 범주에 넣어도 될지 모르겠군요. 확실히 좋은 일이라고 생각합니다.

호테이 그렇다면 이번의 이 논문집은 오랜만에 이러한 테마에 정면으로 몰두한 것이라고 할 수 있겠군요.

오무라 그렇게 되는군요. 한국에서도 이러한 연구가 더욱 활발해지면 좋지 않을까요.

호테이 예, 언어의 문제도 있겠지만 한국 연구자도 더욱 관심을 보여도 좋지 않을까 생각합니다. 이에 관해서는 나중에 다시 얘기가 나올 것이라고 생각합니다. 그러면 이제 『관련양상』의 내용에 관하여 말씀을 여쭈려고 합니다. 『관련양상』은 대개 시간의 흐름에 따라서 오래된 것에서 새로운 것으로 배열되어있습니다. 목차를 소개하자면 교수님의 「머리말」에 계속하여 「두 가지의 조선어역 「경국미담」에 관하여」(호테이), 「김동인의 문학으로 보는 일본과의 관련 양상-「여인」에 관하여」(하타노), 「전영택론-식민지기 작품과 기독교」(세리카와), 「염상섭의 장편소설에 보이는 일본-1930년 전후의 작품을 중심으로」(시라카와), 「김두용과 재일조선인 문화운동」(후지이시), 「『사진판 윤동주 자필시고전집』의 편찬작업을 둘러싸고」(오무라)로 되어 있으며 부속 자료로서 각자가 가지고 모인 이광수, 전영택, 염상섭, 현진건, 김사량, 김두용, 윤동주 등의 관계 자료가 첨부되어 있습니다.

오무라 의식적으로 나눈 것도 아니고 우연이지만 시기적으로는 개화기에서 일제 말까지 모두 걸쳐있군요.

호테이 예. 각각의 논문내용을 요약해서 말씀드리자면 첫 번째로 제 논문은 일본의 명치시대의 대표적인 정치소설 「경국미담」에 관해서 썼습니다. 이 소설에는 2종류의 한국어 번역이 있습니다. 일본정부와 구마모토 국권당國權黨이 반관반민의 형태로 창간한 『한성신보漢城新報』에 1904년에 게재된 때는 러일전쟁의 진전에 맞추어서 작중의 스파르타를 당시의 러시아로 판단해서 그 위협으로부터 나라를 지키기 위해서 조선은 일본과 손을 잡고 나아가서는 일본의 지도를 바란다는 의도를 갖고 일본인 주도하에 번역해서 실은 것입니다. 한편 1908년에 현공렴玄公廉이 역술, 소개한 때는 이미 일본의 보호국이 되어있던 자기 나라의 국권회복·구국운동에 스스로 앞장서서 몸바친 현공렴이 원래의 본문의 뜻과 달리 스파르타를 일본으로 판단해 의식적인 재해석을 해서, 일본의 위협을 호소하고 강대해지는 일본의 한국 지배에 저항하여 자주독립을 지향하는 한국국민의 의식을 높이기 위해 간행됐습니다. 이처럼 두 가지 번역이 완전히 반대의 의도로 당시에 소개되었다는 것을 기술한 것입니다. 이어서 두 번째인 하타노 선생님의 논문은 김동인의 「여인女人」을 다룬 것입니다. 필자에 따르면 이 작품은 1929년에 새로운 각오로 집필활동을 재개한 김동인의 과거의 총괄입니다. 지금까지 이 「여인」의 내용은 사실로 간주되는 경향이 있었지만 일본이 무대인 최초의 연재 3회분 중 「메리－」, 「中島芳江」은 적어도 지리적 기술은 사실에 기인하고 있습니다. 그러나 「만조사 아끼꼬萬造寺あき子」에 관해서는 김동인이 가와바타川端 학교에 적을 두고 후지시마 다케지藤島武二의 문하생으로서 배웠을 가능성은 거의 없습니다. 따라서 만조사 아키꼬도 김동인이 만들어낸 인물이지만 이 인물은 김동인이 마음속 깊이 바라고 있었던 '타자他者' 및 영화나 박람회 등의 문화적인 치장으로 식민지의 청년들을 끌어들인 메트로폴리스 '도쿄'의 두 가지를 의미하고 있습니다. 김동인이 후지시마로부터 미학을 배웠다고 말한 것이 "단순화'라는 기법을 후지시마의 회화론에서 간접적으로 배웠다는 의식이 그에게 있었기 때문이라는 것을 입증한 논문입니다. 세 번째 논문은, 세리카와 선생님이 현재 몰두하고 계신 기독교 문학론의 일부로서 전영택을 대상으로 하여 그의 해방 전 작품에 관해서 창작활동의 시기를 3기로 나누어서 논한 것입니다. 제1기의『창조』시대는 습작기라고 해도 좋으며 작가가 체험한 것, 특히 3·1운동을 제재로 한 자전적 작품 경향을 나타내고 있고 죽음과 배신으로 끝나는 것 같은 작품을 발표하면서도 단순한 절망감의 표출이 아니고 약자라도 진실하게 살려고 하는 자에 대한 따뜻한 연민의 정을 나타내고 있습니다. 제2기는『조선문단』시대를 중심으로 다룬 것으로 제1기와 다르게 약자가 보여주고 있는 따뜻한 인간성을, 그리스도 교도인 자신의 깊은 반생을 담아서 묘사하고 습니다. 제3기는 미국으로부터 귀국한 이후의 시기로 자기의 사명감을 표명하기 위해 기독교적인 인생관에 철저한 인간의 모델을 설정하려고 고심한 시기라는 것입니다. 네 번째 논문은, 이것도 시라카와 선생님이 지금 집중적으로 연구하고 계신 염상섭론의 일부로 염상섭의 장편소설에 '일본', '일본인' 혹은 '일본어'라고 하는 것이 어떻게 표현되고 있는가를 「사랑과 죄」, 「이심」, 「광분」, 「삼대」, 「무화과」 다섯 작품을 대상으로 하여 분석 검토한 것입니다. 이러한 '일본'을 분석함에 따라 식민지 시기 한국사회의 근원적인 모습을 염상섭이 문학적으로 어떻게 효과적으로 표현했는가를 파악하는 것이 가능해진다는 것입니다. 우선 '일본'은 ① 유학처로서, ② 가치기준·문화의 중심으로서, ③ 안전지대·피신처로서, ④ '운동'의

한 거점으로서 묘사되고 있습니다. 다음으로 '일본인'은 ① 식민지형의 악인 일본인, ② '내지'(일본 본국)의 서민적 일본인, ③ 식민지형의 정체불명의 일본인이라고 하는 3종류의 일본인이 등장하고 있습니다. 한편 한국인 측의 주요 등장인물은 ① 운동 투사적 조선인, ② 미온(신파)적 조선인, ③ 식민지형의 카멜레온과 같은 조선인, ④ 자포자기적하는 허무적인 조선인, ⑤ 식민지형의 친일(스파이)적인 조선인의 5종류입니다. 필자는 ③의 타입에 주목했는데 이러한 전형을 묘사한 점에 염상섭의 역량을 볼 수 있다고 생각합니다.

다섯 번째인 후지이시 선생님의 논문은, 일제 강점기 재일조선인 운동(문화운동)을 주도했던 김두용의 전기적 사실을 가능한 재구성해서, 김두용이 '일본에서의' '조선인'으로서의 특징에 역점을 두어, 공산당의 조직력을 빌려서 자유노동자가 대부분인 조선인 노동자를 노동운동에 가담시키려 했다는 것을 말하고 있습니다. 또한 대다수가 문맹인 조선인 미조직 대중의 계몽·선전을 위해 특히 연극 활동에 주력했던 사실 등을 밝힌 것입니다. 따라서 김두용이 재일노총에서 전성全城으로의 해소를 주도하고, 동지사同志社를 KOPF조선협의회로 재편했던 것에 대해, 조선인의 주체성이나 독자성이 의문시된다고 하여, 종래 부정적으로 평가되어 왔던 것에 대해서는 재고할 여지가 있다는 것입니다. 또 사회주의 리얼리즘 논쟁을 들어, 내용이 착종되고 왜곡되어진 사회주의 리얼리즘의 이해를 바로잡으려는 시도가 조선인 측에서 어떻게 제출되었는가를 개괄하고 있습니다. 마지막 오무라 선생님의 글은, 이제 화제에 올려도 좋을 거라고 생각합니다마는, 선생님이 그간 계속 편집에 몰두해 오신 윤동주의 자필시고自筆詩稿, 유족분들이 소중하게 지켜 오신 자필원고의 사진판 전집의 편찬간행 작업에 대해서 소개하신 것입니다. 이제 곧 출판될 예정이시죠?

오무라 예, 그렇습니다. 민음사에서 나올 예정입니다. 이 글에서도 피력했지만, 4명의 공동작업으로 마침내 간행될 수 있어 한시름을 놓았습니다. 8월 15일을 목표로 잡았으나 좀 늦을 것 같습니다.

호테이 자필원고가 남아 있다는 사실은 한국의 근대문학 역사에서는 지극히 드문 일입니다. 그 귀중한 원고가 사진판으로 복원된다고 하니 기대하지 않을 수 없습니다. 기대가 정말 큽니다. 이에 대해서는 차후에 더욱 상세하게 들려주시기 바랍니다.

문화의 수용이란?

호테이 그런데 근대 한국문학과 일본과의 관계라고 하면, 중국도 포함된 동아시아 3국 중에서 일본이 조금 빨리 근대화, 혹은 위僞 서구화라고 할까요, 그랬기 때문에 일본이 한국에 준 영향, 일본으로부터의 수용양상이 어떠했는가 하는 것이 우선 검토대상이 되리라고 봅니다. 형태는 크게 나누어 두 가지로 구분할 수 있다고 생각합니다. 하나는 일본작품의 영향 및 그 번안, 환골탈태이고, 또 하나는 일본을 통해 유입된 구미 문학·문학이론의 수용, 소화라고 할 수 있겠지요. 이 점에 관 한 선생님의 고견을 들려주신다면요.

오무라 중요한 것은, 수용이라는 것을 어떻게 받아들일까 하는 것이라고 생각합니다. 수용이란 무엇인가, 영향이란 무엇인가라는 것인데 수용이란 일종의 창조라고 봐도 되지 않을까요? 수용이란 결코 모방도 자기상실도 아닙니다. 오히려 적극적인 창조입니다. 한국에서는 이 수용이라는 것, 좀 더 정확히 말하면 '일본으로부터의 수용'이라는 것을, 언급하고 싶어하지 않을 뿐만 아니라 부정하고 싶어하는 경향이 있는 듯 합니다. 식민지 지배를 생각하면 그 기분을 이해 못하는 것은 아니나 역시 이것은 문제가 있다고 저는 생각합니다. 한국의 근대문학연구를 위해서는 일본연구가 반드시 필요합니다. 이것은 제가 일본인이기 때문에 드리는 말씀이 아닙니다. 객관적인 입장에서 그렇다는 것입니다. 이러한 사실은 한국의 독자성을 부정하는 것이 결코 아닙니다.

호테이 "수용이란 일종의 창조다"라는 점을 좀 더 부연해서 자세히 말씀해 주십시오.

오무라 결국 어떤 문화의 수용이란, 약간 이상한 표현일지도 모르지만 오해, 착각의 퇴적물이라고 생각합니다. 받아들이는 측은 수용자의 사정·필요에 따라 주체적으로 받아들이고 소화합니다. 구체적인 예를 들자면, 윤동주입니다. 윤동주는 독서하면서 자기 책에 자주 써 넣는다든가 자신의 마음에 든 것을 옮겨 적거나 했습니다. 이 맹자의 일절도 그것의 하나입니다만 다카오키 요조高沖陽造가 쓴

『예술론』의 책함에 써 넣은 것입니다. 본래의 의미에서 벗어나 윤동주 나름대로 해석해서 받아들이고 적어 남긴 것 같습니다. 하나는 "孟子曰. 愛人不親. 反其仁. 治人不治. 反其智. 禮人不答. 反其敬. 行有不得者. 皆反求諸己. 其身正而天下歸之. 詩云. 永言配命. 自家多福(맹자가 말씀하시기를 남을 사랑하는데도 친해지지 않으면 자신의 인자함을 돌이켜 보고 남을 다스리는데 다스려지지 않으면 자기의 지혜를 생각해 보고 남을 예우하는데 답례가 없으면 자신의 공경하는 자세를 반성한다. 행동하여 그가 바라는 것을 얻지 못하겠거든 모두 자신에게 돌아보고 원인을 구할 것이다. 그 자신이 바르게 되면 천하는 돌아오는 것이다)"라는 것이며 또 하나는 "孟子曰. 人有恒言. 皆曰天下國家. 天下之本在國. 國之本在家. 家之本在身(맹자가 말씀하시기를 사람들은 곧잘 말한다. 모두가 천하국가라고 하는데 천하의 기본은 나라에 있으며 나라의 기본은 집에 있고, 그 집의 기본은 자신에게 있는 것이다)"이라는 것입니다. 둘 다 유가儒家사상의 근간에 관한 사고思考입니다. 아시다시피 유학은 어떻게 해서 인민을 지배할까 하는, 말자하면 '제왕학'의 일종인데 윤동주는 그것과는 관계없이 엄격하게 자신을 내성하는 장구로서 『맹자』의 한 구절을 파악했다고 생각되며 그 내성적 자기통찰은 「자화상」의 시세계와 연결이 되는 것이라고 생각합니다. 이것은 하나의 예이며, 오해, 그것도 의식적인 오해일지도 모르지만 이렇게 해서 받아들이고 양분으로 하면서 성장해 나가는 것, 거기에 의미가 있는 것이라고 저는 생각합니다.

호테이 "오해, 착각의 퇴적물"이라니 절묘한 표현이군요. 수용의 근본적인 의미가 집약되어 있는 것 같습니다.

일본에서의 조선문학연구 역사

호테이 그런데 수용 양상에 대해서는 이번 논문집에도 그 일단이 나타나 있고 지금까지 선행연구도 있었기 때문에 이 정도로 하기로 하고 다음으로 일본에서의 한국문학 연구의 역사에 대해서 되짚어 보고 싶습니다. "일본인에게 조선 현대문학은 어떠한 의미를 갖는 것일까." 이것은 선생님이 쓰신 「일본에서의 조선 현대문학의 연구·소개소사」(『靑正學術論集』 제2집, 1992)의 서두 부분인데요. 이 질문은 한국 현대문학을 연구하는 사람이면 누구나 항상 자문하지 않을 수 없는 물음입니다. 어떤 의미를 지닌다고 생각하십니까.

오무라 한마디로 말하기는 어렵군요. 그에 답하기 전에 간단하게 역사를 복습해 볼까요? 잘 알려져 있는 사실이지만 일본의 근대는 구미문화를 받아들여 그것을 모방하는 데서 비롯되었습니다. 문명개화를 위한 연구는 탈아입구 일변도였습니다. 그로 인해 아시아학은 성립되지 않았던 것입니다. 중국 연구는 진행되고 있었다고들 말하지만, 선진先秦시대에 관한 중국 사상 연구가 있었던 것으로 보이기는 하나, 기실 그것은 현대 중국, 당대 중국의 '타락'을 일본이 '구제'하기 위한 필요성을 입증하기 위한 것이었습니다. 침략을 위한 핑계였다고 하면 될까요. 방편이었던 것이죠. 그러나 중국에 대해서는 고대문화에 대한 일종의 숭경하는 마음과 현대에 대해 경멸하는 생각이 모순되어 있는 것이 아니라 오히려 정합성을 지닌 채 일본인의 뇌리를 지배하고 있었습니다. 그런데 조선반도에 대해서는 자신들이 외경해야 할 고대는 없다고 일본인은 판단하여 단지 중국 고대 문화의 전달자로서의 역할로만 보려 했던 것입니다. 야나기 무네요시柳宗悅 등, 일부의 양심적인 사람들을 제외하면 기본적으로 조선학은 일본에서 존재하지 않았습니다. 만일, 존재했다고 한다면, 그것은 그 민족에게 자민족과 다른 종류의 높은 문화를 인정하여 그것으로부터 배우고자 했던 것이 아니라, 단적으로 말해서 수탈을 위한 필요성에 지배된 것이었습니다. 문명(서양)은 비문명(동양)을 침탈해도 된다는 발상이 일본의 아시아 연구를 왜곡해 왔던 것입니다. 왜곡이 그로부터 비롯되고 있다고 생각합니다. 사쿠라이 요시유키櫻井義之가 펴낸 『조선연구문헌-메이지 다이쇼편朝鮮研究文獻一明治大正編』(龍溪書舍, 1971)을 보면 1910년을 중심으로 해서 전후 20년 동안 여러 권의 책이 출판됐으나 그 대부분이 역사·지리·종교·민족·사회·경제·산업·자원·군사에 대해서 언급했을 뿐으로 문학에 대해 언급한 것은 없습니다.

호테이 『조선문학관계 일본어문헌목록朝鮮文學關係日本語文獻目錄』을 보면 1896년 7월이라는 시점에서 요사노 히로시与謝野寛가 「한요십수韓謠十首」라고 해서 시조를 번역했습니다.

오무라 네, 고전문학, 특히 시조와 한시漢詩에 대해서는 일본인도 메이지明治 시기부터 약간의 관심을 보였습니다. 뎃칸鐵幹보다 좀 더 일찍 1893년에 오카쿠라 요시사부로岡倉由三郞, 오카쿠라 덴신岡倉天心의 동생이죠, 그가 역시 시조를 원문과 같이 소개했습니다. 그 후 경성제대에서 조선문학을 전문적으로 연구한 다카하시 도오루高橋亨나 다다 마사카즈多田正和 등이 나오는데 그들도 민요나 가요까지는 관심을 보였지만 같은 시대의 문학, 즉 신소설 이후의 한국 근대문학에는 그 눈부신 발전 상황을 눈앞에서 보면서도 전혀 관심을 보여주지 않았던 것입니다.

호테이 『주간 아사히週刊朝日』1923년 9월 30일자에 "평양 김서진金西鎭"이라는 사람이 「조선의 시」라고 이름 붙여 다음과 같은 글을 투고했습니다. 조금 길지만 읽어보도록 하겠습니다.

관광이든 시찰이든 모든 명목으로 조선에 오는 사람들은 조선의 물상物狀의 외면을 본다. 혹은 민심의 외피를 엿본다. 그러나 싹트고 있는 조선의 문단을 엿본 이는 한 사람도 없었다고 생각합니다. 관광객 혹은 시찰자들뿐만 아니라 총독부의 행정 관료까지 이를 전혀 모르다니 우리들은 어이가 없을 뿐입니다. 그러므로 가끔 듣는 "조선에 문단이 있는가?"라는 질문은 당연한 것일 뿐 아니라, 문단의 존재를 알고 있다고 한다면 그야말로 기적이라 할 것이다. 이에 나는 조선의 시詩를 두세 편 소개하여 조선에도 문예가 싹트고 있다는 것을 소개하고자 합니다.

1923년 9월 30일이라면 투고한 시기를 생각하면 관동대지진 직후입니다. 대단히 시사점이 많은 의미심장한 글이 아닌가 생각됩니다. 이 서언에 이어서 이 투고자는 주요한의 「나의 마음 고요히 기다리다」, 이춘원의 「강남의 봄」, 김안서의 「우정」 등 3편의 시를 굉장히 유창한 일본어 번역으로 소개하고 있습니다. 아마도 일본에 소개된 한국 근대문학의 시로서는 가장 이른 것이 아닌가 싶습니다.

오무라 확실히 의미 깊은 내용이군요. 이른 시기의 소개라면 『문장구락부』 1925년 9월호에 현진건의 「불」이 「화사火事」라는 제목으로 번역, 소개되었고 번역자인 채순병蔡順秉의 「조선의 근세문학과 현대문학」이라는 글도 실렸는데 이것이 소설 또는 좀 본격적인 소개문으로서는 가장 빠른 것이죠. 둘 다 조선인에 의한 것이라는 점이 공통이죠. 이것에 대해 일본인은 어떠냐 하면 아오야기 고타로靑柳綱太郞 등을 중심으로 한 조선연구회에 의해 조선의 고전문학이 1911년으로부터 1918년까지 다양하게 간행됩니다. 그리고 이것을 이어받은 것처럼 1921년부터는 호소이 하지메細井肇가 많은 조선인에게 번역 등의 실무 작업을 맡겨 고전소설·세시기·가요 등을 다양하게 편역했지만 역시 근대문학에는 발을 들여놓지 않았습니다.

호테이 어느 한국의 연구자가 적절히 지적했지만 호소이의 일련의 작업은 일본인의 대륙 경영의 일환으로 한국인의 심리를 파악하는 것에 목적이 있었습니다. 이러한 경향은 오구라 신페이小倉進平의 한국어 연구, 아키바 다카시秋葉隆의 한국 무속巫俗 연구 등에 이어졌습니다. 서구 제국주의가 선교사를 앞잡이로 했다면 일본은 학자를 주로 앞잡이로 사용했습니다.

오무라 그렇습니다. 결국 일본은 조선반도를 다룰 때 메이지明治 이래 기본적으로 문학을 필요로 하지 않는 관계를 지켜왔다고 말할 수 있을 겁니다. 젊은 루쉰은 말했습니다. 1907년, 「마라시력설摩羅

詩力說」에 있는 일절로 "문학의 효력은 지식을 늘린다는 점에서는 역사에 못 미치고 사람을 경고하는 점에서는 격언格言에 못하다. 돈벌이라는 점에서도 상공업에 전혀 따를 수 없고 입신출세를 하는 데에도 졸업증명서만큼 유용치 않다"고. 학문 중에서 문학만큼 무용한 것이 없다는 것이죠. 그러한 그가 결국은 가장 '유용치 않은' 문학에 자신의 일생을 바치게 된 것입니다. 사회의 변혁은 살아 있는 인간의 의식의 변혁으로부터 시작하여 살아있는 인간을 이해하기 위해서 문학보다 나은 학문은 없다고 인식했기 때문이죠. 유감스럽게도 일본의 대 조선관觀은 끝까지 단 한 번도 이러한 인식을 가질 수 없었습니다. 전후 보상 문제 등 현재에 이르는 역사적 문제에 씨름하는 일도 일본인으로서는 중요하지만 그것만으로는 한일 사이의 진정한 가교 역할을 할 수 없다고 생각합니다. "사과만 하면 되지", "돈만 주면 충분한 거지"라는 식의 국민적인 풍토가 형성되는 최악의 사태도 예상할 수 있습니다. 그렇지 않고 한반도에 살고 있는 사람들도, 자신들과는 다른 훌륭한 문화와 전통을 지닌, 지구촌의 존경해야 할 이웃임을 관념으로서가 아니라 실감하는 방법은 우회하는 것 같겠으나 역시 문학밖에는 없다고 생각합니다. 한국문학이란 역시 일생을 바칠 만한 연구대상이라고 생각합니다. 조금 두서 없는 이야기가 돼버렸군요. 조금 전 말씀하신 질문의 답이 되었을지 모르지만 제가 드린 말씀이 대답 대신이 될 수도 있겠습니다.

호테이 명심하겠습니다. 그러면 전후의 한국 근대문학 연구사에 관해서 말씀을 듣고자 합니다. 이것도 오랫동안 재일조선인이 중심이 돼 전개해 왔지요?

오무라 그렇지요. 전후 일본에서 민주주의 앙양기에는 사회주의 북한문학만이 소개되었고 한국문학은 거의 무시당한 것이 하나의 특징입니다. 한국문학을 소개하기 시작한 것은 기본적으로는 1965년 이후의 일입니다. 물론 그 이전에도 산발적으로 소개되기는 했었으나 한일조약이 체결된 65년을 계기로 일본 문학계에서 한국과 북한의 위치가 역전됩니다. 그때부터 겨우 한국이라는·나라와 민중이 일본인의 눈에도 조금 보이게 된 것이죠.

호테이 한국의 어느 학자 분은 선생님을 비롯하여 가지이 노보루 梶井陟 선생님, 다나카 아키라田中明 선생님 등이 조직한 '조선문학 모임朝鮮文学の会'이 잡지를 내기 시작한 1970년을 일본에서의 조선근대문학 연구의 시작으로 간주하고 있습니다.

오무라 글쎄……, 어떨지요. 그 전부터도 개개인의 연구는 시작되었기도 해서요. 모임의 동인지인『조선문학─소개와 연구朝鮮文学─紹介と研究』가 발간되기 시작한 것은 70년의 일이지만 모임의 결성은 그보다 수년 전입니다.

호테이 선생님의 최서해나 임화에 관한 논문도 60년대에 발표됐습니다.

오무라 예. 다시 말하면 저희 모임은 일본인을 위주로 전개된 것이 특징입니다.

호테이 일본인의 연구라는 관점에서 이어서 말씀을 드리자면『소개와 연구』는 3년 8개월 동안 총 12호까지 내고 종간이 됐고, 거기에 모인 분들도 각자의 길을 걷기 시작했습니다. 그리고 80년대에 들어와서 사에구사 선생님, 세리카와 선생님, 시라카와 선생님 등이 한국 유학을 마치고 들어왔습니다. 그것이 이번의 논문집까지 연결되는 셈이지요.

오무라 그렇게 된 것이군요. 가까운 시기의 연구·소개의 흐름을 역사로서 파악하기는 어려우니 좀 더 시간이 지나지 않으면 어렵지만 한 가지만 말씀드릴까 합니다. 지금의 일본 사회에서는 예전과 반대로 한국을 향한 관심만이 존재하며, 북한에 대한 인식은 결여돼버렸습니다. 없어졌지요. 큰 출판사에 의한 노골적인 반공캠페인이나 조선인학교의 학생들에 대한 '이지메(집단 따돌림)' 등은 그 상징적인 현상입니다. 현재 정부가 어떻든 간에 거기서 살고 있는 사람들은 한국인과 같은 민족이며 같은 말을 쓰면서 살고 있으며, 그곳에는 인간의 삶이 있고 문학이 있을 겁니다. 우리들은 양쪽에 관심을 가져야 합니다. 최소한 일본인은 부부싸움의 한쪽 편을 든다거나 형제 사이의 싸움을 선동하는 등의 일은 삼가야 할 것입니다. 일본인 연구자는 주체성을 가져야 합니다.

호테이 정말 말씀하신 것처럼 가끔 일본으로 돌아가서 서점에 가면 너무 심하더군요. 북한에 관해서는 어떠한 말이든 해도 된다는 풍조이므로 근심하지 않을 수 없습니다.

근년의 일본에서의 연구 상황에 대하여

호테이 그런데 조금 전 가까운 시기의 연구·소개의 흐름을 역사로서 파악하기에는 좀 더 시간이 지나지 않으면 어렵다고 하셨지만 편집부로부터의 요청이기도 하기 때문에 근년의 일본에서의 연구성과 중 두 개에 대해서만 언급하고 싶습니다. 하나는 사에구사 선생님이 연속 강의하신 것을 정리한 『한국문학을 맛본다韓國文學を味わう』(아시아 이해강좌 1996년도 제3기 보고서, 三枝壽勝, 국제교류기금 아시아센터, 1997.12)이며 또 하나는 선생님이 번역하신 『대역시로 배우는 조선의 마음對譯詩で學ぶ朝鮮の心』(大村益夫 편역, 靑丘文化社, 도쿄, 1998.6)입니다. 둘 다 연구논문은 아니나 오랫동안 일본에서 한국 근대문학 연구에 심혼을 기울이신 두 분 선생님께서 그 학식의 일단을 피력해 주신 성과라고 생각됩니다. 간행된 순으로 간략하게 소개해 드리자면, 사에구사 선생님의 『한국문학을 맛본다』는, 도쿄에 있는 국제교류기금 아시아센터 강의실에서 1996년 1월 21일부터 4월 1일까지 매주 화요일 밤 7~8시 반, 총 10회에 걸쳐 해 주신 것으로 「근대의 개념과 문학」이라는 제목으로부터 시작하여 1980년대의 문학까지 대단히 풍부한 자료를 구사하시면서 종횡으로 이야기 하신 것입니다. 이 강의는 굉장히 호평을 얻었습니다. 한 수강자가 그날의 강의가 끝나자마자 그 내용을 인터넷으로 알렸답니다. 저도 그것을 매번 인터넷에서 그 강의록을 복사해서 봤다는 하타노波田野 선생님한테서

"너무 재미있었다"라는 감상평을 듣고서 그 내용이 꼭 알고 싶었는데 이렇게 책자로 나오게 됐습니다. 사에구사 선생님이 여기에 계셨다면 이외에도 여러 가지로 더 깊은 말씀을 들을 수 있었을 텐데 아쉽습니다.

오무라 너무 흥미로운 내용인데도 '보고서'이기 때문에 시중에서 판매되지 않아 일반 사람들이 눈에 접하기 어려운 것이 아깝습니다. 현재 일본에서 한국 근대문학사를 쓸 수 있는 사람은 사에구사 씨 밖에 없는 게 아닐까요.

호테이 그럴지도 모르겠습니다. 그러면 다음으로 『대역 시로 배우는 한국의 마음』에 관해서 말씀을 듣고자 합니다. 그 전에 이것도 간단히 내용을 소개드린다면, 제1부 해방전 편·1922~1945, 제2부 해방 공간과 대한민국·1945년~, 제3부 해방공간과 조선민주주의인민공화국·1945년~ 이라는 3부로 나뉘어 있으며 그것에 선생님의 「조선근대시사 노트 – 해설에 대신하여」가 붙어있습니다. 남북의 시인 57명의 작품 총 110편이 수록되어 있고 원시 일본어 역, 그리고 간략한 각주가 붙어있습니다. 이것은 처음에는 『계간 삼천리』에 연재되었던 것이군요.

오무라 그렇습니다. 『계간 삼천리』의 1983년 여름호부터 1986년 겨울호까지 15회에 걸쳐 「대역 조선 근대시선」이라는 제목으로 연재되었습니다. 『계간 삼천리』의 종간으로 인하여 한번 중단되었는데 그 후 『계간 청구』 1989년 가을호부터 다시 시작해서 1992년 봄호까지 이번에는 「대역 근대 조선시선」이라는 이름으로 10회에 걸쳐 연재되었습니다.

호테이 이러한 시의 앤솔로지가 나온 건 김소운 씨 이래가 아닐까 싶습니다만.

오무라 글쎄요. 당시에는 또 한 사람 김종한의 번역이 있지만.

호테이 『설백집雪白集』.

오무라 그렇습니다. 다만 『설백집』은 김소운 씨 것보다 실린 시가 훨씬 적고 작품의 시기로 봐도 동시대, 다시 말해 당시의 현대시가 중심입니다. 새로운 것으로는 강창중姜晶中 씨가 번역 편집한 『한국 현대시집』(土曜美術社, 1987)과 강상구姜尙求 씨의 번역으로 나온 『한 국의 현대문학』 제6권(柏書房, 1992)이 있습니다. 이들은 1980년대 한국 현대시를 개괄하는 데 도움이 되리라 봅니다.

호테이 『대역시집』이 80년대 초까지이기 때문에 이 두 권은 마침 보완관계에 있다고 할 수 있겠군요. 단 이 두 권은 대역이 아닙니다. 그리고 특필해야 할 것은 선생님의 이번 『대역시집』은 한국 근대시 선집으로서는 일본인으로서 처음이라는 것입니다. 보다 정확히 말씀을 드린다면 이전에 시인인 이바라기 노리코茨木のり子 씨가 번역하여 엮은 『한국현대시선韓國現代詩選』(花神社, 1990)이 나왔으며 그 역시 집도 굉장히 좋은 일이라고 생각하지만 그것은 한국의 현대시, 즉 1980년대 시의 선집이었습니다. 그러한 의미로서는 조금 전 이야기가 나온 두 권과 같은 성격인 것으로 지적할 수 있을지도 모르겠습니다. 하지만 그것에 비하여 선생님의 책은 시기적으로는 근대시가 시작된 1920년대 초부터 1980년대 초까지, 지역적으로는 남북한에

걸쳐 있기 때문에 특기할 만한 것이라 생각됩니다.

오무라 김소운 씨 같은 명인의 솜씨를 발휘하는 것은 도저히 불가능합니다. 조선의 서정시를 그렇게 멋진 일본어로 표현하는 일은 이전에도 앞으로도 김소운 씨를 빼놓고 아무도 못합니다. 고백합니다만 제가 조선 근대문학의 매력에 빠진 것은 김소운 씨의 『조선시집』이 이와나미岩波 문고로 나오기 전에, 전기 및 중기로 나뉘어서 흥풍관興風館에서 나왔던 책을 읽은 후였습니다. 하지만 너무 멋지게 번역돼 오히려 원문의 어디가 번역되었는지 알 수 없는 부분이 많습니다. 저는 그러한 명인의 솜씨를 보여줄 수는 없지만 원문에 충실히게다가 일본어 시로서도 읽을 수 있는 그러한 선집을 목표로 했습니다. 조선반도에 이러한 시가 있고 이러한 시의 역사가 있는가 하고일본 사람들에게 알려줄 수 있다면 기쁜 일이겠습니다.

호테이 『대역시집』 작업은 연재 중에 고생도 꽤 하셨을 것이라 생각되는데, 선생님도 즐기시면서 일을 진행하신 것이 아닙니까. 제추측입니다.

오무라 예, 제 성미에 맞는 거지요. 좋아하는 시인의, 좋아하는 시를 골라서 좋아하는 말로 번역하는 일이니까, 논문 쓰기보다 백배는즐겁습니다. 일반론으로 말하는 것인데, 질이 좋은 번역, 목록, 자료집 등은 고상한 체하는 논문보다 꽤 도움이 되리라 생각합니다. 『대역시집』을 내고 마음에 걸린 것은 시인의 소개 부분이 짧으나마 시인론인 경우도 있지만 단순한 소개에 그쳐서 균형이 잘 맞지 않는다는 점입니다.

호테이 개인적인 이야기로 대단히 죄송스럽지만, 시 대역 원고의 연재가 시작됐을 때 저는 한국어 공부를 시작한 지 얼마 안 되는 학생이어서, 잡지가 나올 때마다 그 부분만을 복사해서 항시 지니고 다녔습니다. 그 때부터 언젠가 책으로 나오면 좋겠다고 생각해서 선생님께도 그렇게 말씀 드린 적이 있습니다. 다만 그것이 이렇게 실제로 이뤄져서 꿈을 이룬 것 같아 혼자 축배를 들었습니다. 여러 생각이 머릿속을 뛰어 다녔습니다. 어쨌든 이 노작이 많은 일본인의 눈에 띄어 애독하게 될 것을 바라마지 않습니다. 그리고 「머리말」에서 "그후의 시기에 관해서는 다음 기회로 하겠다"고 하셨는데 그것도 꼭 실현되기를 바랍니다.

『사진판 윤동주 자필시고 전집』에 대하여

호테이 순서가 뒤로 밀렸지만 이젠 조금 전 나온 『사진판 윤동주 자필 시고전집』에 관해서 말씀을 듣고자 합니다. 이 『자필 시고전집』이 간행될 때까지의 경위, 그리고 그 내용 등에 대해서는 이미 선생님이 논문집에 쓰셨습니다만 간략하게 말씀해 주시겠습니까.

오무라 저는 1984년에 구 '만주'에서의 조선인 문학자 연구를 목적으로 그 다음해 4월부터 연변의 조선족 자치주로 연구 유학을 계획하고 있었습니다. 그 여름, 당시 일본에 유학중이던 윤일주尹一柱

교수를 뵐 기회를 얻었는데 그때 윤동주의 묘가 구 동산東山교회 묘지에 있다는 사실을 가르쳐주셨고 간략한 지도를 그려주셨습니다. 1985년 4월에 간신히 유학이 실현되었지만 자료 수집은 모두 불발로 끝나버렸습니다. 단 하나, 40년 동안 방치되어 있던 '시인 윤동주 지묘詩人尹東柱之墓'를 찾을 수 있었던 것이 유일한 성과였습니다. 윤일주 선생님은 제가 중국에서 귀국하기 전에 돌아가셨기 때문에 묘비를 발견했다는 보고는 못하였지요. 다만 그것이 기연이 돼 윤일주 선생님의 유족분들과 온 가족이 교제를 시작한 것입니다. 신뢰 관계가 깊어져 가는 중에 윤동주의 장서라든가 육필원고 등을 직접 볼 수 있게 됐습니다.

호테이 처음에 육필원고를 보셨을 때의 마음은 어떠셨습니까.

오무라 과장된 표현이 아니라 정말 손이 떨릴 정도로 감동했습니다. 윤동주라는 시인이 남긴 한국문학의 한 주봉主峰을 눈앞에서 봤다는 감격과 이 원고를 이 시점까지 필사적인 노력으로 소중하게 지켜 오신 유가족이나 친구 분들의 애씀 등 그 배경에 있는 모든 일이 응축되어 있기 때문입니다.

호테이 30년 이상 한국문학에 애정을 가지시고 연구를 계속해 오신 선생님이면 한층 더 깊은 감개가 있으셨으리라고 추측됩니다. 그러면 『자필 시고전집』의 특징이랄까, 내용에 대하여 말씀해 주시기 바랍니다.

오무라 이번에 『사진판 윤동주 자필 시고전집』은 자료집으로서 모두 다 원래 자료 그대로 독자에게 제공함을 목적으로 했습니다.

편주자의 판단은 극도로 억제하려고 애썼던 주된 내용은, ① 본문의 사진. 현재까지 남아있는 것의 전부, ② 장서 등에 써 넣은 것과 자서 自署, ③ 본인이 최종적인 것으로 판단한 작품을 활자화하고 또 그것의 퇴고推敲의 흔적을 추구한 것, ④ 장서의 총 목록, ⑤ 스크랩장의 내용일람, 스크랩된 다른 문학자들의 작품의 출소도 모두 밝혔습니다. 이들 중에는 지금까지 연구서에서 언급되지 않는 작품들도 포함되어 있습니다. ⑥ 원고의 상태설명 등 입니다. 퇴고의 흔적을 분명히한 것이 이번 전집의 큰 특징입니다.

호테이 「『사진판 윤동주 자필 시고전집』의 편찬 간행 작업을 둘러싸고」라는 글에서 선생님 이 연변의 '시인 윤동주지묘'를 발견하신 후의 한국에서의 반응을 쓰셨는데 이 편찬 간행 작업 과정에서도 여러 가지 고생, 심로心勞를 하시지는 않으셨는지요.

오무라 고생 정도는 아니라 해도 여러 가지 있기는 합니다.

호테이 이렇게 말해도 오해하지 않겠지요. 혹시 만일 오해가 남아 있으면 그것을 없애기 위해서라도 억지로라도 말씀을 듣고 싶어 한 것인데. 선생님은 말씀하시기 어려울 것이리라 생각됩니다. 예를 들어 일본인인 선생님이 간행 작업의 일원으로 들어가 있는 점에 대해서는 어떠신지요. 저 같은 사람은 오히려 선생님이 계셨기 때문에 간행할 수 있는 지점까지 올 수 있었다고 봤습니다만.

오무라 이러한 일이 있었습니다. 수 년 전에도 『동아일보』 지상에서, "일본이 윤동주를 죽이면서 그 묘를 일본인이 찾아낸 것은 역사의 아이러니다"라고 쓴 적이 있습니다.

호테이 예, 선생님이 중국 길린성吉林省 용정시龍井市 교외에 있는 묘비를 찾아내신 경위에 대해서는 「윤동주의 사적에 관하여」(『朝鮮學報』121호, 天理大, 1986.10)에서 자세히 보고하셨지요. 1985년 5월 14일의 일이지요?

오무라 예. 그래서 이번 윤동주 자필시고를 중심으로 한 자료집도 한국인만으로 해야 한다는 의견도 있었겠지요. 하지만 결국 유가족 대표를 포함한 한국인 연구자 3명과 일본인인 저, 이렇게 모두 4명이 작업을 하게 된 것은 제가 1차 텍스트를 기초 자료로 해서 윤동주를 논해야 한다고 오래 전부터 주장해 왔다는 것, 일본의 질 높은 사진판 문학자료 간행 경험을 참고할 수 있다는 점, 독서력을 비롯해 윤동주와 일본과의 관계 등을 조사할 필요가 있다는 점 등에서 저도 작업 멤버의 일원으로 참가하게 되었습니다. 그러나 윤동주의 작품이 세계의 지보至寶임을, 공통재산이라는 관점에서 보면 한국인이라든가 일본인이라든가 하는 것에 구애될 필요는 없으리라 생각됩니다.

호테이 동감합니다. 저도 10년 정도 여기서 공부해 오면서 비슷한 것을 느낄 때가 있었습니다. 이것은 문학이 아니라 역사분야에서의 일인데 강사인 사학 전공의 친구, 지인들과 잡담했었을 때였습니다. 그 친구들이 말하기를 우리의 조선전쟁 연구는 미국인인 커밍스 교수한테 당했고 김일성은 일본인 와다 하루키和田春樹 교수한테 당했다고 하더군요. 저는 이 말을 듣고 정말 깜짝 놀랐습니다. 연구는 공을 과시하는 것이 아니다, 중요한 것은 누가 공을 세웠냐는 것이 아니고 어떠한 중요한 연구가 나왔다면 그것을 바탕으로 하여 한층 더 높은 단계로 나아갈 수 있도록 그것을 검토하여 연구를 깊게 하는 일이라 생각했습니다. 물론 지금까지 한국에서는 여러 가지 제한이나 제약 등이 있었던 것은 저도 잘 알고 있지만, 너무나 민족주의에 고집한 결과 안 좋은 면이 나타날 때가 있는 것 같습니다. 그래도 역사학 전공자들은 자료를 대단히 소중하게 다루고 꾸준히 모으고 있습니다. 최근에도 러시아의 문서가 열리는 것을 기다리면서 7년간 연구를 계속해 왔다는 젊은 연구자를 만날 기회가 있었고 그 이야기를 듣고 감복했습니다.

오무라 너무나 획일적으로 파악하는 것이겠죠. 예를 들자면 이전에 어느 심포지엄에서 제가 윤동주의 독서 체험에 관해 발표했더니 그게 무슨 소용이냐, 왜 그런 것을 하느냐라는 반응이 나왔습니다. 그렇지만 윤동주가 그런 책을 읽고 자신의 세계를 확립한 것은 틀림없는 사실입니다. 그것을 의미가 없다고 일축해 버리면 연구 자체가 이루어지지 않습니다. 이것은 앞에 나온 '수용'의 문제와도 관계되는 일입니다. 하나 또 예를 들자면 어느 저명한 문학자의 전집 해제에서, 그 문학자가 일본으로 가서 배운 것은 일본의 문학이 아니다. 유럽의 문학을 일본어로 읽었을 뿐이다라고 쓰고 있는데 왜 그러한 말을 하는 것일까요. 이것은 윤동주의 독서체험에 대한 반응과 아마도 공통되는 인식일 겁니다. 그러나 이러한 구별을 하는 것 자체가 저는 의미가 없다고 생각합니다. 받아들인 것에 의미가 있는 것입니다. 자기 쪽에 끌어당기면서 성장해 나가는 것. 오해든 무엇이든 그것을 자신의 양식으로 해서 다음 단계로 나가는 것, 그것이 중요한 일이 아니겠습니까. 근대 조선문학이, 이것은 외국문학으로부터, 이 것은 자기들의 고전의 영향이라고 구분하면 성립되지 않는 것과 마 찬가지일 겁니다. 윤동주의 육필원고를 그것 그대로 출간하는 것, 퇴 고의 흔적을 분명히 해서 보여주는 것도 윤동주 성장의 궤적이 거기 에 각인되어 있기 때문입니다. 거기에 의미가 있다고 생각해서 지난 2년 동안 작업을 진행해 왔습니다. 그런데『사진판 윤동주 자필 시고 전집』이 간행된 것을 보도한『조선일보』기사는 미발표 작품 8편만 을 중시해서 썼습니다. 저는 이 8편의 시는 본인이 손을 댄 것이기 때문에 그 판단을 존중해야 한다고 생각합니다. 미발굴 작품에만 관 심이 집중되는 풍토가 이상한 것입니다. 그것보다는 본인이 어떤 식 으로 퇴고해 나갔는가, 그것이야말로 중요한 일일 겁니다.

호테이 저도 그렇게 생각합니다. 일본에서도 미야자와 겐지宮沢賢治 의 전집은 이 퇴고 과정을 알 수 있도록 편집돼 있습니다. 텍스트 크 리틱의 문제는 중요하다고 생각합니다. 말씀하신 것처럼 미발표 작 품에 너무 큰 관심을 보여주는 반면에 자료조사 등 기초 작업은 등한 시等閑視 하는 경향이 있는 같습니다. 거꾸로 말씀을 드린다면 그렇기 때문에 저희들로서는 한국인 연구자들이 남겨둔 이삭줍기를 할 여 지가 있는 것이겠지요.

앞으로의 전망

호테이 선생님의 말씀을 듣고 있으면 흥미진진하여 끝이 없지만 이제 정리하는 마당으로 들어가 앞으로의 전망에 대하여 말씀을 듣고자 합니다.

오무라 좋은 기회니까 솔직히 말씀을 드리고자 합니다. 저는 연구자로서 한국인들이 제게 "감사합니다"라고 말하는 시대와는 이젠 작별하고 싶습니다. 우리 일본인들이 한국문학 연구를 하는 것은 크게 말해 일본인의 아시아관을 변혁하는 데 있습니다. 그러한 점에서 조금이나마 일본의 미래를 희망적으로 보고 있습니다. "감사합니다"라는 말을 들을 이유는 없습니다. 기본적으로는 일본을 위해서 하고 있으니까요. 하지만 연구라는 면에서는 함께 할 수 있는 부분이 있으리라 생각합니다. 지나간 역사를 보면 유럽문명에 어떻게 대처할까, 서쪽에서의 거대한 흐름에 어떻게 저항할까 하는 공통점을 가지고 있습니다. 특히 초기에는 직접적 교류도 있었습니다. 그런데도 일본과 한국이 지닌 의도의 차이 때문에 결과적으로는 과실이나 성과 모두 없었지만 어쨌든 그러한 교류의 시기도 있었습니다. 그러한 현상은 1920년대 후반기 세계적인 프롤레타리아 문학의 시기에도 있었습니다. 그것이 30년대에까지 조금 더 이어집니다. 이것은 예를 들어 자유민권파自由民權派 오이 겐타로大井憲太郞 등이 그랬다는 것과 유사하지만, 이젠 전과 같이 일본 국내에서는 자유로운 활동이 불가능하게 되었지요. 그래서 조선에 관여함으로써 변혁의 희망을 택한 것입니다. 말하자면 좌익의 마지막의 발버둥이었습니다. 1937년 『문학안내文學案內』의 조선특집 등이 그러한 것입니다. 시기적으로 조금 전인데 장혁주張赫宙의 「아귀도」(『개조』, 1932.4)의 소개도 기본적으로는 그런 현상입니다. 이야기가 약간 다른 곳으로 튀었습니다. 현재 연구 교류라는 관점에서 보자면 연구의 양과 범위(층)에서는 한국이 압도적으로 우위에 있습니다. 그렇지만 일본인 측도 숫자는 적지만 다소의 도움이 될 만한 공헌을 할 수 있는 연구를 했으면 하는 바람입니다.

호테이 정말로 그렇게 되기를 바랍니다. 그러면 이것으로 대담을 마치겠습니다. 긴 시간 동안 말씀해 주셔서 대단히 감사드립니다.

북한과 연변, 조선족문학

제1장

김학철 선생님에 대해서

김학철 선생 부부와 1989년 후반에는 세 번 만났다. 9월에 중국 길림성 연길시에 있는 선생님 자택에서, 11월에 한국 서울의 모 호텔에서, 12월에는 도쿄 요쓰야四谷에 있는 청구문화사靑丘文化社에서 부부 동반으로 만났다.

고난을 유머를 양조釀造하다

김학철 선생은 중국의 혁명가인 동시에 중국 조선족 작가다. 이 기구한 인생은 중국과 조선의 고난에 찬 역사를 무겁게 짊어지고 있다고 해도 좋을 것이다. 우리 부부는 5년 전에 중국에서 1년 동안 체재하면서 매주 김학철 선생의 집으로 찾아가서 소년 시절부터의 회상을 녹음 테이프에 녹음했는데 눈물 없이는 들을 수 없는 이야기를 오히려 웃으면서 말해줬다. 궁극이라 할 수 있는 고난도 선생의 입에서 나오면 유머로 양조되는 것 같다. 선생의 소설도 모두 그렇다.

지금까지 필자는 선생의 소설 3편을 일본어로 번역했다. 항일전쟁을 제재로 삼은 「이런 여자가 있었다こんな女がいた」(『季刊靑丘』 2호), 「담배수프タバコスープ」(『現代朝鮮文學選』 2, 創造社 수록), 가난하면서도 사회주의를 향한 긴 여정을 시작하는 젊은이를 그린 「구두의 역사靴の歷史」(『シカゴ―福萬』, 高麗書林 수록)가 그 세편으로 모두 다 묵직한 유머에 넘친다.

김학철 선생은 1916년 조선 원산에 있는 장사를 하는 집안에서 태어났다. 서울에 있는 보성중학교 시절에 광주학생사건에 참가해서 19살이었던 1935년에 육로로 상하이로 건너갔다. 상하이에서 윤봉길에 자극을 받고 조선민족혁명당에 참가했다. 이 당은 김원봉을 지도자로 해서 조선 민족의 통일전선을 지향하는 당으로 좌우 양쪽을 다 아우르고 있었다.

1936년 가을, 이 당의 지령으로 중국 국민당의 중앙군관학교 훈련반에 들어갔고, 졸업한 후에는 무한武漢에서 조선의용군을 결성하는데 참가했다. 조선독립을 위해서 국공합작 중인 중국군의 일부로 항일전쟁에 참가했다는 점에서는 님 웨일즈의 『아리랑의 노래』가 전하는 김산의 행적과 비슷하다고 할 수 있다.

항일전쟁에서 총상을 입다.

　선생은 국민당이 항일전쟁에 소극적인 것에 만족하지 못하고 중국 공산당 지도하에 있는 신사군新四軍으로 탈출해서 그 후에는 다시 팔로군八路軍으로 이동해 팔로군 안의 조선의용군의 일원으로 태항산太行山 전투 중이었던 1941년 12월에 다리에 총알을 맞고 일본군에게 체포돼 나가사키로 이송됐다.

김학철 선생님 부부(중국 길림성 연길시 자택에서)

본래 전쟁포로로 대해야 했으나 당시 조선인은 일본인이라는 이유로 치안유지법을 적용해서 적군에게 군사상의 이익을 안겨줬다는 이유로 사형을 구형받고, 판결 당시 징역 10년을 선고 받았다. 원자폭탄을 위기일발로 면하고 이사하야諫早에서 왼쪽 다리를 절단하는 수술을 받았다. 이번에 김학철 선생은 40여 년 만에 일본 땅을 밟았는데 "내 한쪽 발은 이미 일본에서 흙이 됐다"고 했던 만큼 감개무량해 보였다.

일본이 패전을 맞이한 1945년 10월에 석방돼 서울로 돌아가서, 10편의 단편소설을 발표하고 좌익운동에 관여했다. 미군정 하에서 좌익운동이 탄압을 받자 1946년 10월 서울 마포에서 몰래 배를 타고 누이동생과 여성 호위병과 함께 38선을 넘어서 북으로 넘어갔다. 그 당시의 호위병이 현재 부인이다.

평양에서는 한 때 『노동신문』, 『인민신문』 편집 사업에 관계하다가 이른바 연안파라는 이유로 한직으로 내몰리고 있을 때 조선전쟁이 발발해서 미군에게 밀려 나는 형태로 가족과 함께 중국으로 넘어갔다. 1951년에 중국의 대표적 여류작가 딩링丁玲 아래에서 1년 동안 문학수업을 쌓은 후 1952년부터 길림성 연길시에서 살기 시작했다.

중국에서의 생활도 평탄하지 못했다. 1957년까지 '간도인민의 투쟁 역사'를 그린 장편 『해란강아 말하라』(1954)을 시작으로 단편 20여 편을 썼다. 하지만 1957년 반우파투쟁 당시 비판을 당한 이후 문화대혁명 시기에 투옥된 10년을 포함해 24년이라는 긴 세월 동안 작품 활동을 금지 당했다.

40년 만의 일본

1967년부터 1977년까지 징역 10년은 "사상이 극단적으로 반동적이며 장기간 일관해서 중국 공산당과 중화민인공화국을 적시"했다는 이유로 받은 것이었다. 선생은 집필 금지 기간 중인 1960년대 초에 마오쩌둥이 1958년부터 시작한 '대약진'이 실패해서 아사자가 연길 거리 여기저기에 보이는 사태를 목도하고 장편 『20세기의 신화』를 남몰래 써서 집안의 마루 아래에 숨겨뒀다.

이 장편은 "천안문에 선 벌거숭이 왕"의 실정을 비판한 정론政論 장편소설이었다. 이것이 홍위병이 가택수색을 할 때 발각되면서, 몇 번이고 거리에 끌려 나가서 인민재판을 받았으며, 감옥 안에서 죽지 않은 것이 이상할 정도로 고문을 받았다. 1980년 12월이 돼 마침내 이 장편은 "발표되지 않은 글로 사회적 영향력이 없고", "원고 집필 자체는 범죄 요건이 되지 않는다"라는 재심 무죄 판결을 쟁취해 냈다.

1981년부터 막힌 둑이 터지듯이 왕성하게 집필 활동을 재개했는데, 1985년에 중국 국적을 취득하면서 더 이상 조선 공민公民이 아니게 됐다. 그리고 이번에 40년 만에 친척을 찾아 한국에 방문했고 그 걸음으로 일본에 들렀던 것이다. 중국 공산당의 당적도 49년 만에 회복돼 항일을 한 노 간부로서 지금은 중국에서도 꽤 좋은 대접을 받고 있다.

하지만 이 나이든 혁명가요 작가는 과거의 영광과 현재의 평온한 생활에 빠져 있지 않다. 항상 세계에 안테나를 세우고 중국과 조선

와세다대학 강연회를 마친 후의 기념사진 중앙이 김학철 선생님, 왼쪽에서 두 번째가 사모님(1993)

의 미래를 고심하고 있다. 일본의 지배 하에서도 이승만 치하에서도
그리고 만년의 마오쩌둥의 졸속 사회주의 하에서도, 항상 삶과 죽음

의 경계에 몸을 뒀던 김학철 선생이 앞으로 무엇으로 생각하고 무엇을 써갈 것인지, 우리는 큰 관심을 갖고 지켜보지 않을 수 없다.

1945년 10월, 일본에서 감옥살이를 하다 석방돼 서울로 돌아왔을 무렵. 서울 『해방화보』 1945년 10월호에 게재된 사진. 『조선의용군 최후의 분대장 김학철』(연변인민출판사, 2002)에서

조선문학작가동맹에서 이뤄진 김학철의 소설 『균열』 합평회에 동석한 문학자들(서울 명동에서의 창작합평회, 1946.4) 앞열 왼쪽부터 박노갑, 이근영, 지하련, 김학철, 허준, 안회남, 뒷열 왼쪽부터 곽하신, 박찬모, 김남천, 현덕, 김동석, 윤세중, 안동수, 이태준(부분)(이철 씨 제공)

제2장

김학철金學鐵, 그 생애와 문학

1. 생애

김학철은 중국에서 한족漢族과 함께 일본과 투쟁한 항일전사이며,
제2차대전 후 한국·북조선에서 짧은 생활을 보낸 후 중국으로 건너
가 조선족 작가로서 활동했으나, 사상 투쟁에 의하여 24년 동안 집필
을 금지 당했으며, 금지 조치 해제 후엔 방대한 저작들을 남겼다.

김학철은 1916년 11월 4일, 조선 함경남도 원산부元山府 남산동南
山洞 96번지(현재 원산시)에서 태어났다. 부친의 가업은 누룩제조업이
었다. 당시 이름은 홍성걸洪性杰. 6세 때 부친이 사망한 후 누이동생
성선性善, 성자性子와 주로 조모 슬하에서 자랐다. 8세 때 원산 제2보
통학교 입학. 4학년 시절부터『킹』,『소년구락부』를 읽었다. 한자에

독음이 달려 있어 읽기에 어려움이 없었다. 6학년 무렵, 원산 항만파업을 접하게 되는데. 일본인 노동자가 조선인 파업에 응원을 보내는 광경을 보고 기이하게 느꼈다 한다.

1929년 4월, 경성 보성고등보통학교 입학. 모친의 친정인 서울시 종로구 관훈동 69번지(1989년 11월, 39년 만에 한국을 방문했을 무렵, 필자와 함께 관훈동을 걸으며 확인)에서 살았다.

이 해, 광주학생운동에 참가했으나 용케 검속을 피했다. 1931년 '만주사변' 발발에 이어 그 다음해인 1932년 4월, 윤봉길의 상해 홍구공원 폭탄사건이 터지자 커다란 충격을 받는다.

1934년 보성고등보통학교를 졸업하고 다음해 상해로 건너가 의열단에 가입하여, 석정石正 : 尹世冑밑에서 반일 지하 테러활동에 종사한다.

1936년 테러활동에 한계를 느끼고 조선민족혁명당에 입당하여 김약산金若山 : 金元鳳 휘하에 들어간다. 1937년 중일전쟁 발발을 전후하여 호북성湖北省 강릉중앙육군군관학교(교장 장개석)에 입학.

당시 교관으로는 김두봉金枓奉, 한빈韓斌, 석정石正, 왕웅王雄, 이익성李益星 등이 있었다. 동기생에 김학무金学武, 김창만金昌滿, 이상조李相朝, 문정일文正一 등이 있었다. 제2차 국공합작기를 맞아서는 김두봉金枓奉 등의 영향으로 마르크스주의자가 된다.

1938년 7월, 중앙육군군관학교를 졸업(졸업 직전 중일전쟁 발발)하고 소위로 국민당군에 배속된다. 10월, 무한武漢에서 조선의용대(조선의용군의 전신) 제1지대에 배속된다. 대장은 김원봉金元鳳. 부대 상부에 주은래周恩來, 곽말약郭沫若이 있었다.

1939년, 호남성湖南省 북부 일대에서 항일무장투쟁선전활동을 전
개하다가 후일 호북성으로 옮긴다.

1940년 8월 29일, 중국 공산당에 입당.

1941년 초, 조선의용대 제1지대원으로 낙양洛陽 일대 전투에 참
전. 여름 무렵 신사군新四軍을 거쳐 팔로군 지배 지구에 들어가며, 조
선의용군 화북지대 제2분대 분대장으로 참전.(조선의용대는 조선의용
군이 된다) 무정武亭이 지도하고 있었다.

12월 12일, 하북성河北省 원씨현元氏縣의 호가장胡家莊 전투에서 일
본군과 교전 중 왼쪽 다리에 부상을 입고 포로가 된다.

1942년 1월부터 4월 사이, 석가장石家莊 일본총영사관에서 취조
를 받는다. 4월 30일, 「홍성걸에 대한 치안유지법 위반 피고사건 예
심종결 결정」(『사상월보』 101호)에 따라, 나가사키 지방재판소로 이
송되었다. 5월, 북경에서 열차로 부산까지 이송되었다. 도중 서울에
서 수원까지 모친 및 누이동생과의 차내 면회가 허용되었다. 호송 형
사도 김학철이 다리를 다쳐 도망하지 않을 것이라 판단했을 것이라
생각된다. 1943년 6월 22일, 전시 포로 대접을 받아 마땅함에도 불
구하고 치안유지법이 적용되어 나가사키재판소에서 사형이 구형된
다. 「피고인을 징역 10년에 처」(『사상월보』 103호)한다는 판결을 받
고 수감된다.

1945년, 간발의 차이로 나가사키 원폭을 면하고, 이사하야諫早 병
원에서 좌측 다리 절단 수술을 받는다. 10월 9일, 정치범 석방령에

의해 송지영宋志英(KBS이사장 역임)과 함께 11월 서울 도착. 송의 소개로 이무영을 알게 된다. 1946년 내내 좌익정치활동을 하면서 항일전쟁 체험을 소재로 한 단편소설 10편을 쓴다. 이태준·안회남·김남천·지하련·김동석·윤세중 등과 알게 된다.(김학철 소설「균열」합평회 사진이 남아 있다)

1946년 11월, 미군정의 좌익 탄압을 피해, 38선을 넘어 월북. 마포에서 배편으로 누이동생과 해주로 탈출한다. 동행했던 호위 간호원이 후일 김학철의 부인이 된다.

1947년,『노동신문』기자가 된다. 박팔양이 동료였다. 그는 후일『인민신문』발행인이 된다.

북조선문학예술동맹기관지『문학예술』에 중편「범람汎濫」을『민주청년』에 단편을 발표한다.

이 해, 인천 출신의 김혜원金惠媛, 본명 김순복金順福과 결혼.

1948년, 장남 김해양金海洋 출생. 외금강 휴게소에서 결핵 요양.

1950년 6월 25일, 한국전쟁 발발. 인민군 후퇴시 강계江界, 만포진滿浦鎭을 통해 중국 집안集安행. 국경에서 문정일文正一의 도움을 받는다.

1951년 1월부터 중국 중앙문학연구소(소장 딩링丁玲)연구원으로서 이화원頤和園 일각에서 거주하며 문학 수업.

1952년 주더하이朱德海, 최채崔采의 초청으로 연길로 이주. 연변문학예술연합회 준비위원회 주임, 1953년에 주임 사퇴. 전업 작가가 됨. 이즈음 왕성한 창작 활동. 그중『연공年功 메달』은 인민문학출판사 간행으로 10만 부가 팔렸다 한다.

1957년, 반우파투쟁 때 비판을 받고 1980년 12월까지 24년간 집필정지 처분을 받음.

1961년 북경의 소련대사관에 망명을 시도했으나 실패. 문정일文正一이 같은 사회주의국에 가려 한 것이 왜 죄가 되느냐고 옹호.(망명 미수사건은 미공개를 전제로 필자에게만 말해주었다)

1966년 7월, 홍위병의 가택 수색시, 은밀히 써서 보관하고 있었던 『20세기의 신화』원고가 적발되어 몰수당함.

1967년 12월부터 10년간(문혁 기간 중), 감옥에서 복역함. 연길구치소(미결수), 장춘長春감옥, 추리구秋梨溝감옥을 전전함.

1977년 12월, 만기 출옥. 그 후 3년간 반혁명 전과자로 감시 당함. 무직 생활 계속.

1980년 12월 복권. 64세 나이에 다시 왕성한 문학활동 재개.

1983년, 출옥 후 최초의 장편소설 『항전별곡抗戰別曲』을 출판.

1985년 중국 국적 취득. 항일간부로서의 대우를 받음. 중국작가협회 연변분회 부주석이 됨. 1986년 중국작가협회 회원이 됨.

1989년 중국공산당 당적 회복. 9월 해외 항일활동 공적자로 국무원 총리의 초청을 받고 한국 방문. 그 걸음에 12월 청구문화사靑丘文化社의 초청으로 일본을 방문함.

1993년 5월부터 7월, 일본 방문. 7월 6일 와세다대학에서 강연.

1994년 3월, KBS해외동포특별상 수상차 한국 방문.

1996년 12월 『20세기의 신화』가 한국 창작과비평사에서 출간

됨. 출판기념회차 방한. 그 후 1998년, 1999년, 2000년 방한.

2001년, 한국 밀양시 초청으로 석정石正 생탄 백주년기념국제심포지엄 참가차 방한. 건강이 악화되어 서울 적십자병원에 입원. 중국 연변으로 돌아갔으나 병세 호전없이 9월 25일 타계.

2. 실록과 소설

간단한 연표를 통해 김학철의 족적을 따라가 보았다. 기구하면서도 위대하고 신념을 관철해 나아갔던 일생이었다. 처음에는 중국공산당 당원으로서, 해방 후 한때는 조선노동당원으로서, 그리고 재차 중국공산당원으로서 일생을 걸고 투쟁한 조선인이었다.

그는 불요불굴의 사회주의자였다. 이상으로 삼았던 것은, 그의 말을 빌리자면 「인간의 얼굴을 한 사회주의」였다. 구체적으로는 그것이 무엇이었던가. 빈한했지만 정신적으로는 풍요했던 팔로군 생활이었다. 그는 집요할 정도로 되풀이해서 자신의 체험을 소설화했다. 그 점은 분명하다. 그러나 그것은 단순히 전기소설을 쓰자는 목적에서 나온 것은 아니었다. 그의 이상향이 팔로군 생활 속에 있었기 때문이었다고 할 수 있다.

팔로군 당시의 전투 활동 시절을 그릴 때의 그의 붓은 가볍고 상쾌하다. 전투에는 승리도 패배도 있는 법. 그는 그 희비의 세계를 유머를 섞어 그렸다.

1985년 6월부터 다음해 2월에 걸쳐, 십 수회, 매주 두세 시간 연길시내의 김학철 씨 댁을 찾아, 소년시절부터 현재에 이르는 그의 인생 역정을 들었다. 가끔씩 중국어와 조선어가 섞였지만 기본적으로는 유창한 일본어로 들려주었다. 비공개를 전제로 한 이야기도 두 차례 있었는데, 내가 질문하고 김학철 씨가 대답하는 식으로 대화 내용을 녹음할 수 있었다. 인터뷰 중 김학철은 이렇게 말했다.

> 팔로군은 민중과 평등해. 내가 팔로군에 가서 말이야. 목욕을 못하니까, 냇물을 막아서 몸을 씻었단 말야. 그랬더니 농민 한 명이 괭이를 들고 달려와선 난리를 피우는 거야. 내가 물을 막아서 밭에 물이 안 간다고. 농부가 장교한테 호통을 치는 거야. 팔로군 대단하지. 국민당에서 이런 짓 했다면, 농민은 즉각 총살됐을 거야.
>
> 태항산은 우리가 가기 전엔 염석산閻錫山 지배하에 있었지. 가보니 민중이 30년 앞의 세금까지 내고 있는 거야. 깜짝 놀랐어. 기가 막힌 착취였지. 당시는 무서워서 찍소리도 낼 수 없었지. 그런데 팔로군이 오니까, 자유롭게 말을 할 수 있게 된 거야.

또 실패한 예로 메기 소동 이야기도 한 바 있다.

> 최채崔采 패하고 태항산 늪 속에서 사람 등짝만한 메기를 봤지 뭐야. 왠떡이냐 싶어서 구워먹었지. 소금이 없으니까 그냥 먹었어. 그

걸 마을 사람이 보고는 곧바로 여단 사령부에 항의를 넣은 거야. 그 메기가 수 천 년 전부터 용왕님이셨다는 거야. 거긴 비가 적은 곳이 잖아요. 그러니까 큰 메기는 저주가 무서워서 못 먹는다는 거야. 우 린 유물론자들이잖아요. 저주를 믿을 리가 없지. 그래도 농민들에게 는 메기가 신령님이란 말이에요. 신령님을 잡아먹었으니 어떻게 되 겠어요. 백성님들(인민)이 신령님이라 하면 방법이 없어. 마을 사람 한테 야단을 심하게 맞았어. 그래도 모르고 먹었다고 용서를 받았 지. 그런데 그 해 신령님이 심사가 뒤틀려서 비 한 방울 내려주시지 않는 거야. 그거 보소, 하고 농민이 폭동을 일으키지 않을 리가 없지. 그래서 기우제 출석 명령이 떨어져선 농민하고 같이 깃발을 들고, 짚을 태우고 악기를 연주하고 기우제를 올렸지. 이런 걸 전부(소설 로)썼지. 혁명은 위대한 것만이 아니야. 재미있는 실패도 있는 법. 거 짓말을 해선 안 되지.

이 이야기는 『항전별곡』의 끝부분쯤에 나오는 이야기와 일치한 다. 『항전별곡』에서는 최채崔采는 양손에 향연(선향)을 들고 농민의 행렬을 따라 산을 오르내리고, 사람들을 따라 절을 하고 기우제를 올 린다. 최채는 마음속으로 맹세한다.

두 번 다시 메기는 안 먹겠습니다. 먹는다면 저희는 인간이 아닙니다. 생선가게에서 파는 것도 안 먹겠습니다.

"거짓말을 해선 안 된다"는 구절은 북조선이나 중국의 공식公式적 혁명사를 염두에 둔 발언일 것이다. 현장을 체험하고 실정을 상세하게 아는 자만이 할 수 있는 발언일 것이다.

혁명전사였던 김학철이 왜 소설가가 되었는가. 저변의 사정을 그 자신의 말을 통해 듣기로 하자. 앞의 인터뷰 속에서 그는 밝힌다.

> 원래 소설을 쓸 생각은 없었지. 그래도 어쩌다 일본군이 총알 한 방을 내 다리에 선물해 줘서 말이야. 한쪽 다리가 없어져서 군인으로서는 쓸모가 없어졌지. 그래선, 이참에 잘 됐다. 쓰자, 하고 규슈의 이사하야 감방 안에서 마음을 먹었어. 조선의용군은 노동자 군대가 아니야. 농민의 군대도 아니지. 지식인의 군대도 아니야. 그들은 배가 고파서 직업이 없어서 참가한 것이 아니야. 자기 민족이 타민족에게 짓밟히는 것을 두고 볼 수가 없으니까 들고 일어섰을 뿐이야. 내가 쓰자고 한 것도, 세상을 어떻게 하면 보다 낫게 만들 수 있을까. 인류에게 공헌할 수 있는 게 무얼까, 그걸 위해 쓴다. 내 평생은 눈앞에 뭐가 불합리한 현실이 있으면, 그것과 맞서 싸우는 것. 조선의용군도 그랬고 『20세기의 신화』도 그런 거였지.

제2차국공합작으로 중공군의 일부로 편입된 조선의용군은 중국 군 전체에서 보면 극히 일부분에 지나지 않았다. 1938년 처음 생겼을 때는 2백 명 정도. 마지막 때는 3천 명 정도였다. 3천 명 갖고서는 중국군 몇십만 속에서 할 수 있는 일이 거의 없었다. 일본군과 조우하면 전투를 하긴 했지만, 조선의용군의 주요 임무는 선전활동이었다. 반전 삐라 작성 및 배포, 일본군에 대한 심야 마이크 방송 등이 주된 임무였다. 강제로 배운 일본어이긴 했으나 전투 중에는 도움이 되었다. 조선의용군의 활동을 그린 것이 그의 작품의 태반을 차지한다. 그 대표작이『항전별곡』이요,『격정시대』다. 그 중에서도『항전별곡』은, 강제노동 10년을 포함하여 24년간의 집필금지 조치가 풀린 뒤 나온 최초의 장편이라는 점에서 가장 주목되는 작품이다.

『20세기의 신화』는 대약진 후 모택동의 실패를 정면에서 비판한 작품으로, 소재 면에서는『항전별곡』과 이질적이지만, 김학철의 경우에는 "눈앞에 불합리한 현상이 있다면 그것과 맞서 싸운다"는 의미에서 동일선상에 위치해 있다.

3. 항전별곡

『항전별곡』은 1983년 12월, 흑룡강조선민족출판사에서 인쇄·출판되어 목단강지구 신화서점牡丹江地区新華書店에서 발행되었다. 김학철이 사는 연변이 아니라 흑룡강성에서 출판된 데에는 이유가 있다.

연변지구에서는 당 선전부가 실권을 갖고 있어서, 허가 없이는 신문·잡지 출판이 불가능했다. 기사 역시도 당이 판단하기 때문에 관리가 엄격해진다. 그게 다른 지역에서는 민생부民生部 관할이 된다. 민중의 생활에 필요하다고 판단된다면 출판이 가능하다. 그 미묘한 틈새를 노려 연변이 아닌 흑룡강성에서 출판한 것이었다. 그것도 판권난에 「한限 국내발행」이라는 조건이 붙어서였다. 연변인민출판사에서 『항전별곡』이 나온 것은 2012년에 들어선 뒤의 일이다.

실은 1985년 필자가 연변에 체류하던 시기, 일본에서 번역 출판을 해줄 수 없겠는가 하는 이야기가 있었다. 당시는 제목은 『무명 용사』, 저자 소개도 해서는 안 되니 서랑연徐狼烟으로 해달라는 조건이었다.

망설인 끝에, 결국 나는 그 이야기를 거절하고 말았다. 1977년 십년 만기 출옥 후, 3년간의 우파분자 조치가 덧씌워져 직업도 얻을 수 없었던 김학철이, 1980년, 65세 나이로 명예회복이 된 후 처음으로 쓴 『항전별곡』이, 국내 발행을 조건으로 출판이 허가되었는데, 그 금령을 어기고 일본에서 출판된다면 다시 피해를 입게 될지도 모른다는 우려에서였다.

저자는 『항전별곡』 후기에서 이 책을 낸 목적을 이렇게 밝히고 있다.

수많은 조선민족혁명가들이 중국인민과 어깨걸고 싸우다가 피를 흘리고 목숨을 바쳤다. 그들의 뼈가 묻힌 무덤들은 주강珠江가에도, 양자강가에도, 황하가에도, 또 태항산 기슭에도 도처에 흩어져 있다. 역사는 그들의 공적을 망각의 류사 속에 그대로 파묻혀 버리게 내버려두지 않았다.

신화가 아닌, 날조도 아닌, 진실한 역사적 면모 즉 있는 그대로를 꾸밈없이 적어서 세상에 내놓음으로써 사람들로 하여금 영광스러운 전통에 대한 긍지감으로 가득차게 할 때는 드디어 왔다. (…중략…)

조선의용군 용사들의 피로써 적어놓은 장렬한 영웅적 서사시들은 이 땅 위에 길이길이 전해질 것이다.

1982년 11월

집필이 완료되었을 때의 고양된 기분이 느껴지는 발문이다. 무명 용사들을 한 명, 또 한 명, 이렇게 써 내려간 결과가 『항전별곡』이다. 『항전별곡』 속(32쪽)에서도 이렇게 말하고 있다.

해방전쟁 과정에서도 적지 않은 사람이 희생되었다. 조선전쟁에서 피 흘리고 쓰러진 사람은 더욱이 많다. 나도 그 후 간난신고를 무수히 겪기는 했지만, 그래도 아무튼 목숨만은 여전히 붙어서 이렇게 안연히 살아 있다. 한데 어쩐지 이렇게 살아있는 것이 총 들고 싸우다 죽어간 소박하고도 용감한 전우들에 대해서 미안한 느낌이 있다. 빚을 지고도 갚지 않은 것 같은 그런 자기 가책을 느끼는 것이다. 나는 아직까지 그들의 무덤을 찾아서 풀 한 번 깎아 본 적이 없다. 하긴 그들은 대개 다 죽은 뒤에 무덤도 안 남겼다. 하기에 나는 그들을 기념하는 글을 써서 가슴 속 깊이 그들에 대한 아름다운 추억을 간직하면서 이 목숨이 다하는 날까지 살아갈 수밖에 없을 것 같다.

루쉰魯迅의 「망각을 위한 기념」에 다름 아니다.

가능하다면 논픽션으로 쓰고 싶었다. 김학철은 전기소설을 썼다. 작중 인물은 태반이 실명 그대로 등장한다. 그러나 상당 부분에서는 가명이 등장하기도 한다. 가명을 쓴 데에는 그 나름의 이유가 있을 것이다. 예를 들면 작중의 김원보金元보는 실존하는 김원봉金元鳳, 장지광張지光은 실존 인물인 장진광張振光, 강병한康炳한은 강병학康炳学, 고기봉高起峰은 고봉기高峰起(후일 평양시 당위원장. 김학철의 누이동생과 결혼. 김일성 암살을 기도했다 해서 처형됨), 이런 식으로 작중의 인물명으로부터 실존 인물명을 쉽게 유추할 수 있다.

한편, 실명으로 등장하는 인물들은 펑더화이彭德懷, 뤄루이칭羅瑞卿, 저우언라이周恩来, 이선년李先年, 허정숙許貞淑, 김태준金台俊, 김사량金史良 등등 많다. 물론 김학철도 본명 그대로 등장한다.

『항전별곡』은 「무명용사」, 「두름길」, 「작은 아씨」, 「맹진孟津나루」, 「항전별곡」, 이렇게 전 5장으로 되어 있다. 이 소설은 어느 장이나 항일전사(태반은 전사)의 열전과, 팔로군 병사들의 생활과 전투 에피소드로 되어 있다.

처음 「무명용사」의 장을 보자.

이 장은 김학무金学武, 펑더화이, 그리고 팔로군의 대일 일본어 선무 활동, 일본군내의 조선인 병사에 대한 조선어 선전, 김학철의 연애이야기 등이 중심을 이루고 있다. 김학무는 34세로 태항산에서 전사한다. 김학철은 군관학교에서 조선인 김학무를 만난다. 이웅李雄은 전향해서 일본군 앞잡이가 되어 있었는데, 겉으로는 극좌파의 얼굴을 하고 김학무에게 장개석 암살을 사주한다. 국공합작기의 군관학교 교장 장개석은 당장 타도해야 할 대상이 아니었음에도 불구하고. 진실을 알게 된 김학무는 거꾸로 이웅을 살해한다. 이런 저런 일들이 벌어지던 중, 김학무는 당 회의에서 이런 사이비 항일전선에서 썩으면서 우리의 아까운 청춘을 허비하는 것이 부끄럽다며, 김학철 등과 함께 신사군新四軍을 거쳐 태항산의 팔로군으로 들어간다.

국민당 지구에서 봉쇄선을 뚫고 해방구에 들어 온 조선청년들을 환영하기 위한 대회가 개최된다. 펑더화이가 축사를 한다.

나는 국민혁명군 제18군 70만 장병을 대표해서 여러분을 열렬히 환영합니다. 우리의 무기고 문은 여러분 앞에 열려 있습니다. 무엇이든 골라 가져가십시오.

제18군 산하의 팔로군이었지만, 펑더화이가 팔로군을 대표해서 환영 인사를 한 것이 아님에 주목해도 좋을 것이다.

김학철은 펑더화이를 존경하고 있었다. 1958년부터 모택동의 「대약진」을 비판하다가 실각한 펑더화이와 김학철은 비슷한 길을 걸었다. 김학철은 1962년부터 시작된 대약진 운동이 몰고 온 사회적 왜곡상을 그려 놓았던 『20세기의 신화』가, 1966년 홍위병의 가택 수색 때 발각되어 강제노동 10년형을 받은 바 있었다.

앞의 인터뷰 속에서도 펑더화이에 대해 이렇게 회상한 바 있다.

언젠가 삐라 속에 태극기를 그려 넣는 게 문제가 됐었지. 우리는 반대했어. 그런 건 망한 대한제국시대의 유물이라고. 그래서 적기를 만들었지. 조선의용군의 골격은 중국 공산당원이었으니까 당연하다고 생각했지. 그런데 펑더화이가 이렇게 물었어. "여러분 나라가 망하던 때의 국기는 뭡니까?" "태극기입니다" "그럼, 그걸 그리세요. 태극기를 보면 우리 나라가 다시 돌아왔다고 생각하겠지요. 여러분은 극단적인 좌익이군요" 라 했다. '조선동포에게 고함'이란 삐라를 만들던 당시의 이야기야. 그것 말고도 '일본병사에게 고함' 삐라라든가 통행증 같은 걸 만들었지. 그걸 가져온 사람은 목숨을 보증한다고

4. 20세기의 신화

중국엔 한때 상흔문학이란 것이 유행한 적이 있다. 청년들이 문혁 (1966~67)때 입은 상흔을 그린 작품들이 그것이다. 중국에서 문혁은 완전히 부정되었다. 대약진(1958~60), 그리고 인민공사(1958~82)도 실패로 판명되었다. 반우파투쟁(1957~58)기에 흑오류黑五類로 분류된 55만 명 중 99퍼센트가, 1978년부터 80년까지 명예 회복되었다. 김학철도 1980년 12월에 복권되었다. 실로 24년 만에 집필이 가능해졌던 것이다.

『20세기의 신화』는 분노로 가득 찬 정치소설이다. 팔로군 시절을 그리던 때의 유머는 온데간데 없다. 이 소설은 전편인 「강제노동수용소」(1964.9 작), 후편 「수용소 이후」(1965.3 작)를 기반으로 한 것이다. 한국(창작과비평사)에서 출판된 『20세기의 신화』에는, 위에 「부

록」(1992.1.14 작)과 출판을 즈음해서 쓴 「후기」(1996.10.10)가 붙어 있다.

한편 『20세기의 신화』는 한국에서만 출판되었다. 중국에서는 출판된 적이 없다. 2002년 연변인민출판사 간행 『김학철전집』(총 12권)의 광고에는, 제12권에 『20세기의 신화』가 들어 있었지만, 실제로는 출판되지 않았다. 앞으로도 출판될 가능성이 보이지 않는다. 그 이유는 중국 현대사의 문제, 마오쩌둥의 평가와 관련이 있을 것이다. 『20세기의 신화』와 관련성이 있는 것이 있다면, 문화혁명을 전면 부정했던 것처럼, 대약진이나 반우파 투쟁을 전적으로 부정해도 되는가. 인물로 본다면 펑더화이·뤼루이칭을 전면 부정해도 되는가, 말하자면 모택동의 정책이 어느 시점부터 어긋나기 시작했는가, 이 사실과 관련이 있다.

『20세기의 신화』에는 「부록」이 붙어 있다. 이 부분은 1960년대에 씌어진 것이 아니라, 본인이 해설을 붙이는 식으로 1992년에 쓴 것이다. 이 소설을 쓴 상황과 배경을, 저자 자신의 언어로 쓰고 있다.

「부록」은 「인권의 황무지」, 「공판公判놀이」, 「문명한 감옥」, 「만기출옥은 했건만」, 「사라지지 않는 여운」을 기반으로 한 것이다. 「부록」에서는 대략 다음과 같이 말한다.

나는 일생 동안에 모두 세 번 공판이라는 것을 받아봤다. 세 번 모두 정치범이라는 신분으로.

그 중 방청자가 제일 많았던 것이, 1975년 5월 중국 공판이었다. 1968

년 1월 홍위병의 가택 수색과 (문제 원고의) 발견으로 수감되었다. 예심 기간이 무려 7년 4개월, 그리고 1975년 본심이 진행되었다. 1,300명의 방청객이 임시법정으로 쓰이던 문화궁文化宮 1, 2층에 빼곡했다. 입장을 못한 이들이 광장을 가득 메웠다. 그날 공판이 열린다는 이야기를 들은 적도 없었다. 구치소에서 공판정까지 차로 5분. 변호사도 붙지 않았다. 승차 시간 5분 동안 각오를 하고 마지막에 외칠 슬로건을 정했다.

마르크스 만세!

엥겔스 만세!

레닌 만세!

펑더화이 만세!

나는 최후의 각오를 했다. 최후의 각오를 했기 때문에 관례를 깼다. 독재자의 이름을 빼버린 것이었다.

육십 넘은 노인에게 "머리 수그려! 허리 굽혀!", 이 고함소리 속에서도 나는 머리를 뒤로 젖히고 허리를 폈다. 경찰이 뛰어와 내 머리를 눌러 숙이게 한다. 더러운 수건을 철봉으로 입 속 깊이 쑤셔 넣어 아갈잡이를 한다. '반혁명분자를 타도하라', '김락철을 타도하라'는 슬로건이 우뢰처럼 장내를 뒤흔든다.

세면대도 욕실도 도서관도 없는 감옥에서 10년을 보냈다.

1977년 12월 만기출옥은 했지만, 그 뒤에도 3년간 반혁명 전과자 신분으로 완전 실업자 신세. 몇 번 고등법원(고등재판소)에 불복 상고했지만, 그때마다 기각되었다. 3년 후 직접 최고법원(최고재)에 직소하여, 처음으로 우파라는 모자를 벗었다.

『20세기의 신화』 원고는 제3차공판 뒤, 1978년 8월이 되어 '발표를 불허한다'는 조건 아래 겨우 내 품으로 돌아왔다.

　김학철은 그 원고를 내게 보여주었다. 전편·후편이 모두 정리되어 있었다. 전편인 「강제노동수용소」는 저자가 직접 일본어로 번역해 놓은 상태였다. 1960년대 당시의 번역이었다. 일본 출판도 고려하고 있었다는 뜻일 것이다. 1980년, 명예회복이 되었던 즈음에도 재판소에서 원고 소각을 제안했었다 한다. 저자는 단호히 거부했다. 재판소 기록을 보면, 『20세기의 신화』는 출판되지 않았기 때문에 영향력이 없으며, 집필 자체는 범죄 행위를 구성하지 않는다, 는 이유로 무죄로 되어 있었다. 무죄 판결이라고는 하지만, 이 작품의 사상 내용에 대해서는 일언반구도 없다.

　이 소설의 주인공은 전 아리랑 편집인 임일평林一平이다. 강제노동수용소에서 굶주림에 시달린 나머지 여물죽에 섞여 있는 콩깻묵을 골라 먹는다. 대약진, 인민공사화의 결과는 대기근이었다. 초·중학생들이 높이 80센티, 직경 40센티의 용광로를 전국 곳곳에 만들어, 쓸모없는 철 제조에 나섰다. 밤거리에선 굶주린 여성들이 손님을 끌었다. 담뱃값이 급등하고 사람 값은 떨어져, 담뱃잎 두 세 줌을 신문지에 말면, 하룻밤 여자를 살 수 있었다. 거리에 고양이 자취가 끊겼다.

　한 청년이 마야코프스키 시를 흉내 내서 (행만 짧게 고쳐서) 모택동을 찬양하는, 시라고도 할 수 없는 시를 갖고 아리랑 편집부를 방문한다.

모택동

시대의

아침이여 !

아아, 가슴

벅찬

모택동의,

시대여 !

편집자는 고함소리밖에 없고 사람의 심금을 전혀 울릴 수 없다고
했다. 이 한마디 때문에 편집자는 5년간 비인간적인 강제노동형에
처해진다.

『20세기의 신화』의 전반부에서는 이렇게 다양한 방식으로 공산
주의 농장(수용소)에 보내진 사람들의 열전 형식 이야기가 진행된다.

후반부에서는 농장을 나온 뒤 임일평에게 감시가 계속되는 한편 그
가 접하는 주변 사람들의 생활이 전혀 나아지지 않는 모습을 그린다.

대약진 시절, 양로원 노인들이 굶주림으로 죽어가기 때문에, 경비
가 없는 양로원 당국은 궁여지책으로 사후에 묻힐 무덤을 노인들 스
스로 파게 했다. 노파들은 삽을 내던지고는 그 자리에 주저앉아 엉엉
통곡을 해대고 남자들은 묵묵히 묫자리를 파나간다. 이를 본 임일평
은 6억 인민에게 이런 재앙을 안긴 독재자 모택동을 마음 깊이 증오
한다.

농장을 나온 후 거리에서 지인을 만나 악수를 건네도 상대방은 손

을 뒤로 빼는 사태가 계속된다. 일평은 「공산주의농장은 해체된 것이 아니라, 960만 평방킬로미터(전국)에 확대되었을 뿐이」라는 사실을 깨닫는다.

5. 마무리

김학철은 항일전사였다. 전투 중 왼쪽 대퇴부를 잃고서는 일본의 치안유지법에 걸려 징역 10년을 받았다. 형기 도중 해방을 맞아, 조선으로 돌아가 문학 활동을 시작했다. 미군정을 피해 38선을 넘어 공화국에 들어가선 다시 조선전쟁으로 중국에 들어간다. 대약진 이후 24년간이나 집필정지 상황에 놓여 있다가, 1980년 64세 때 부활, 왕성한 창작활동을 전개했다. 2001년, 84세로 서거하기까지의 기구한 생애는, 조선인으로서 "인간의 얼굴을 한 사회주의"를 추구한 것이었다. 그가 말하는 "인간의 얼굴을 한 사회주의"란 무엇이었는가. 모택동도 김일성도 스탈린도 인간의 얼굴을 하고 있지 않았다는 통렬한 비판일 것이다.

펑더화이에게서 그런 모습을 볼 수 있다. 팔로군의 부지령副指令이었던 펑더화이가 어느 날 호위병 한 명만 데리고 조선의용군 처소로 온다. 김학철은 감격한다. 국민당군이었다면 앞뒤로 호위병을 쭉 거느리고 왔을 터였다. 그때 했다는 펑더화이의 이야기가 좋다.

지금 여기 오다가 길에서 병사를 만났다. 지저분하고 단추도 안 잠근 상태였다. 나를 보고도 경례도 안하고 히히 웃고는 사라져 버렸다. 엄격한 일본의 군기에 비하면, 팔로군의 군기는 한참 떨어진다. 하지만 일본의 군기는 강제된 거다. 팔로군에게는 강제가 없다. 모두 자기 자신을 위해 싸운다. 이것이 최대의 강점이다.

재판에 임하는 김학철이 죽음을 각오했던 그때, 펑더화이 만세를 외친 것은, 그렇게 겸허하고 소박하고 과학적인 지도자의 배후에서 모든 인간이 평등하고 평화롭고 생기 있게 살아가는 사회를 보아냈기 때문이 아닐까.

제3장

청취록 | 김학철 ─ 내가 걸어온 길

반우파 투쟁, 『20세기의 신화』

반우파 투쟁은 1957년부터입니다. 57년부터 반우파 투쟁을 벌였지요. 전국에서 60만 명의 인텔리겐차를 '타도'했지요. 반우파라는 것은 반당 반혁명입니다. 그래서 그 피해는 대단히 큽니다. 그 60만 명이 '타도'됐다고 하면 가족까지 곤란합니다. 다른 자본주의 국가에서는 본인이 무언가를 했다고 하면 자신이 책임지면 됩니다. 그런데 중국은 그렇지 않습니다. 그러므로 피해자는 몇백만 명에 이릅니다. 1957년으로부터 22년이 지난 1979년이 돼서야 그것은 전부 잘못이었다는 겁니다. 그 안에 살던 사람들은 어떻게 됐을까요. 22년 동안 아무 것도 할 수 없었습니다. 연변 작가협회는 규모가 작습니다. 그것의 반이 타도됐고 모두 강제 노동을 했습니다.

반우파 투쟁 후 '대약진'의 시대가 옵니다. 3년 동안 흥분해서 공산주의 사회를 쌓아 올리자고 합니다. 그래서 각 기관과 학교도 다 문을 닫고 강철이 필요하다고 하니 모두 공장으로 바뀌었습니다. 어린아이 키 정도의 용광로를 만들어 놓고 제철을 한다고 해서 놀랐습니다. 중국이 모두 미치광이가 됐다. 학교의 철봉도, 가정의 목욕통도 전부 가져다 녹였습니다. 결국은 공식 통계로만 연길에서 2천 명이 굶어죽었다고 합니다. 그런데도 신문, 잡지, 라디오는 모두 위대한 '대약진을' 칭송했지요. 그건 전부 거짓말입니다. 중국은 파산 상태로 내몰렸습니다. 공산주의를 한다고 하면서 일하는 사람도 일하지 않는 사람 모두에게 임금을 줬습니다. 그러면 누가 일하죠? 아무도 일하지 않게 됩니다. 원래 여기서는 계란 하나에 6~7전입니다. 월급은 그대로인데 물가가 8배까지 올라갔어요. 그런데도 매일 매일 마오쩌둥의 위대한 지도하에서 대약진하는 사회를 신문, 잡지, 라디오가 칭송했습니다. 저는 그래서 『20세기의 신화』를 썼습니다. 그건 어떻게 그 당시 중국의 지식인을 공격했는지, 어떻게 강제 노동을 시켰는지, 대약진으로 얼마나 많은 인민이 배고픔에 괴로워했는지를 쓴 것입니다. 비참한 현실입니다.

작가협회 사람들도 쉬고 마을에 가서 나뭇잎을 모아서 장작으로 삼았다. 또한 시장에서는 나무껍질을 벗겨서 팔고 있었다. 이런 상태였던 겁니다. 그런데 라디오나 신문에서는 위대하다 위대하다고 말하고 있었습니다. 『20세기의 신화』는 그 부조리한 현실을 쓴 것입니다. 마오쩌둥은 분명히 대단했습니다. 절대적으로 숭배되고 있었 지요. 하지만 공화국 성립 후에는 벌거숭이 임금님이라고 썼습니다. 발표할 지면이 없었습니다. 하지만 작가의 양심으로 썼습니다. 문화 대혁명은 반 우파투쟁을 한층 더 심화시킨 것으로 내란 상태였습니 다. 국가 주석인 리우 샤오치劉少奇는 두들겨 맞아 죽었습니다. 여기 서도 수만이 죽었습니다. 연변대학의 임林 교장은 학생들이 귀를 잡 아끌어서 귀가 이 만큼이나 늘어났습니다. 쥬 더하이朱德海, 1911~ 1972(동북지방에서 항일운동을 전개)는 형식상의 명예 학장 정도로 임 학장이 실질적인 초대 학장이었습니다. 임민호林民鎬, 1904~1970(혁 명가, 연변대학 창건자)교장입니다.

문화대혁명 당시 홍위병 등의 조반파造反派에게 가택 수색을 당해 서『20세기의 신화』원고를 빼앗겼습니다. 우리집을 반혁명 분자의 소굴이라고 하더군요. 쥬더하이, 최채崔采, 페이커裵克(연변대학 부학 장) 등이 우리 집에 드나들었습니다. 전단이 붙더니 연변의 반동 문 인 김학철 집에 누구랑 누가 모여서 반혁명 음모를 꾸미고 있다고 하 더군요. 그들 중 현재 최채만이 살아 있습니다.

1,300명을 동원해서 저를 공판에 넘겼습니다. 저는 변호인 없이 스스로 변호했습니다. 다섯 명의 무장 민병이 단상에 올라와 제 목에 끈을 걸고 철로 만든 봉으로 입안에 걸레를 쑤셔 넣어서 입을 열지 못하게 했습니다. 대학도 출판사도 신문사도 모두 불려나와 본보기 로 삼았지요. 결국 저는 미결 7년, 형무소 3년, 도합 10년을 감옥에 서 살고 만기 출소했습니다. 1967년부터 1977년 까지 10년 동안 감

옥에 갇혀 있었습니다. 1957년부터 계산해 24년 동안 집필 금지 상태였습니다.

그 사이에 생활은 대단히 힘들었습니다. 모두 거지 상태였습니다. 반 우파투쟁 당시 제 작품 중에 "소리개는 맹금이다"라는 구절이 있습니다. 소리개는 사회주의를 가리키는 것이라는 식이었습니다. 이건 다른 사람의 작품인데 그 사람이 쓴 작품 중에 "대학을 졸업했을 때 청운의 뜻"을 품었다고 썼다고 합니다. 그것이 "청운이란 뭐냐, 어째서 홍운이 아니고 청운이냐"라며 비난을 받았습니다. 청색은 국민당을 의미하는 것이 아니냐는 식으로 몰아세웠다 합니다.

반 우파투쟁 당시 대학에서 누가 가장 의기양양하게 활동했는가 하면 바로 ○○입니다. 그는 저를 비판하는 문장을 전문적으로 쓰는 부교수였습니다. 그런데 최근에는 정세가 꽤나 다르지요. 사람에게 폭력을 휘두른 사람을 처분합니다. 하지만 반 혁명투쟁 당시의 일에 대해서는 끝난 일로 취급합니다. 정책적으로 묻지 않기로 한 것이죠. 문화대혁명 중에 '흑선黑線'이라는 말은 반 혁명 그룹을 의미합니다. '흑선'은 미싱의 흑선을 의미하기도 합니다. 그래서 백화점으로 사람들이 몰려가서 미싱의 '흑선'을 불태워 버렸습니다.

저는 10년 동안 감옥에 갇혀 있었습니다. 그 안에 있으면 차례차례 새로운 '죄인'이 들어옵니다. "넌 왜 들어왔어" "특무로" 특무는 스파이라는 뜻입니다. "너는?" "특무지" "너는?" "특무야" 전부 스파이라고 합니다. 저도 "반혁명 특무"라고 크게 쓴 종이를 들고 사진을 찍었습니다. 저는 웃었습니다. 하지만 웃으면 안 됩니다. 반혁명자가 웃다니 이상한 일입니다. 미친 것이죠. 10년 동안이었습니다. 『20세기의 신화』는 1964년에 다 썼습니다. 그 책을 써서 10년형을 받았습니다. 처음에는 스파이 혐의를 받았습니다. 하지만 아무리 조사해도 증거가 나오지 않았습니다. 『20세기의 신화』에서는 북한에 대한 것도 썼습니다.

김일성

김일성은 자신의 마음에 들지 않는 사람을 모두 죽였습니다. 박헌영, 김두봉(제 사관학교 시절의 선생님), 제 누이동생의 남편(고봉기, 소련 공군학교를 나와서 공군사령관)을 김일성이 타고 있던 비행기를 격추시키려 했다는 누명을 덮어 씌워서 총살했습니다. 누이동생은 강제 노동소에 들어갔습니다. 어머니에게는 제가 돈을 보내드렸습니다. 재산은 모두 몰수당했으니까요. 이미 20년도 전의 일입니다. 여기(연변)에 사는 사람은 북한에 친척이 있어서 자주 드나들게 됩니다. 갈 때는 칠중 팔중으로 옷을 입고서 돌아올 때는 옷을 벗고 옵니다.

최정연(희곡가, 1950년대 말까지 연변에서 활동)의 56살 된 남동생이 24년 만에 북한에 다녀왔습니다. 한 달 동안 있었습니다. 그 이야기에 따르면 어느 날 정중하게 정치방위부(특고와 같은 것이죠)가 찾아와서 잠깐 책을 빌려달라고 하더니 돌려주지 않더라는 겁니다. 잘 생각해 보니 김일성과 김정일에 대한 기술이 현재와 맞지 않더랍니다. 전국적으로 지금 그런 것을 하고 있다고 합니다.

20년 동안은 아무 것도 쓰지 못했습니다. 주위 사람들은 전부 스파이였습니다. 그들을 변호하면 완고한 반혁명 분자라 해서 더욱더 두들겨 맞았습니다. 그들은 '반혁명'이라는 높은 모자를 씌우고 거리로 끌고 다녔습니다. 학생이 선생에게 반 혁명분자라고 하며 두들겨 패는 사태가 있었습니다.

1987년 무렵부터 왕성하게 집필을 시작했습니다. 상혼문학에서는 좋은 작품이 나왔습니다. 『천지天池』는 8만 부가 팔렸습니다. 조선족 인구가 170만 명이니 8만 부가 팔렸으면 보통의 인기가 아닙니다.

동북삼성 중에 연변이 가장 떠들썩합니다. 요녕성, 흑룡강성은 태평합니다. 극좌의 바람은 언제나 연변에서 불어옵니다.

항일전쟁, 조선의용군

『항전별곡』을 쓰면서 정말로 힘들었습니다. 편집이 끝나고 인쇄 단계에 들어갔을 때도 "안되겠어. 김일성이 항의하러 올 거야"라고 해서 연변에서는 출판 허가를 받지 못했습니다.(그래서 하는 수 없이 후일 흑룡강성으로 가져갔습니다) 문정일文正一이라는 사람이 있습니다. 민정성民政省 차관이었던 인물로 오무라 선생이 번역한 「담배국」에서는 문정삼이라는 이름의 주인공으로 등장하는 남자로, 그가 "어째서 출판이 안 되냐"고 항의했습니다. 연변에서 인쇄되고 있는 도중에 "김학철이 조선의 반당 분자를 칭송하는 작품을 썼다"고 북경에 호소해서 소란이 일어났습니다. 그 때 문정일이 나타나서 "왜 시비냐"며 맞서 싸워서 마침내 흑룡강성에서 출판됐습니다. 작품에 나오는 이름은 모두 가명입니다. 게다가 '구내에서만 발행'하라는 조건으로 발행이 허가를 받은지라, 저는 언젠가 인물명 전체를 실명으로 고쳐서 다시 내고 싶습니다.

소설 형식을 취하고 있지만 우리들의 역사입니다. 조선인들의 역사 말입니다. 『장백산』에 발표한 「남경춘추」라는 작품에 그런 내용을 썼습니다. 제가 남경에서 만났던 선후배 혁명가는 소박하고 아름다웠습니다. "강철의 영세永世가 아니고, 민족의 태양이 아니고, 절세의 역사가 아니다"라는 식의 형용사를 붙이지 않더라도 소박하고 훌륭한 사람들이라고 써서 발표했습니다. 김일성이라고 저는 한마디도 하지 않았습니다. 김일성은 민족의 태양이 아니다라는 말은 한마디도 하지 않았으니, 저를 벌할 방도가 없었을 겁니다. 제가 당시 남경의 지도자를 보고 친밀감을 느꼈다고 썼을 뿐입니다. 길림성 통하通河에서 발표된 1984년 2기 『장백산』(현재는 장춘에서 발행)에 발표한 「남경춘추」는 그런 소동을 일으켰습니다. 작품에 나오는 김청잔은 김약산입니다. 우리 의열단의 단장입니다. 방효산으로 돼 있는 것은 박효산입니다.

의열단(조선독립운동단체, 1919년 길림성에서 결성)은 테러리스트 단체입니다. 지도자는 김약산.(민족혁명운동가, 김원봉의 다른 이름)

"이육사라는 시인이 의열단에 참가해서 붙잡혀 1944년에 북경감옥에서 사형을 당했던 것은 알고 계십니까?"
(이하 큰 따옴표 질문자 및 답변자는 오무라, 이하 同)

잘 모릅니다.
무한 시절, 남경 시절……이 이어집니다만, 짧은 회상록으로 『연변문예』에 쓴 「전적기사록」이라는 것을 읽으셨습니까?

"아니요. 아직 읽지 못했습니다."

이전의 항일전쟁, 40년도 전의 일이라서 전적지의 거리를 잘 알 수 없습니다. 그래서 해당 전적지에 편지를 써 보내니 바로 정확한 지도를 보내 주더군요. 그 당시의 전투는 일본군 10개 사단에 중국군이 5개 사단이라면, 당연히 중국군이 집니다. 7개 사단이나 8개 사단 정도면 꽤 괜찮게 싸울 수 있었습니다. 중국군이 10개 사단이고 일본군이 10개 사단이라면 중국군이 반드시 이깁니다. 국민당 시절에는 진지전을 했습니다. 300미터 정도 밖에 떨어져 있지 않습니다. 저격수를 배치해 두고 움직임이 있으면 쐈습니다. 일본군과 싸우는데 일본어를 모르면 어떻게 합니까. 제가 일본어를 가르쳤습니다. 그래도 한족 병사들은 혀가 잘 돌지 않아서 발음이 지독하게 나빴습니다. 틈만 나면 일본어를 가르쳤지요. 경례를 하고 바로 시작했습니다. 그런데 좀처럼 진전이 없더군요. 하지만 불가사의하게도 나쁜 말은 빨리 배웁니다. 그것은 일본인들도 마찬가지입니다. 이쪽에서 "바까야로(이 새끼들)" 하고 호통을 치면 건너편에서 "완파단王八蛋(멍청이라는 뜻이다)!" 하고 되돌려 줍니다. 그래서 화가나 기관총을 쏘아댑니다. 저를 중국인 병사들이 '교관'이라 불렀습니다. "교관님, 고로세라는 말은 무슨 뜻입니까?" 일본군은 돌격할 때 "고로세(죽여라)"라고 말을 합니다. "고로세는 殺(사)란 뜻이지"라고 말하자 모두 납득하는 표정이더군요.

팔로군이 오자 일본군이 보루를 만들어서 거기에 틀어 박혔습니다. 그래서 낮에는 가까이 다가갈 수 없습니다. 기관총을 쏘아댈 뿐입니다. 어둠이 내리면 이런저런 이야기를 합니다. "너희들은 왜 전쟁을 하는가, 자본가를 위해서 싸우느냐. 집에서는 아내와 아이들이 기다리고 있다"라는 식으로 마이크로 방송을 합니다. 밤새도록 떠들어서 밤에 잠을 못 자게 만듭니다. 그러면 상대 쪽도 화를 내며 "빈대 같은 놈들. 낮에 덤벼라" 하고 말합니다. 그 틈을 타서 반전 삐라를 붙였습니다.

팔로군은 우리 조선의용군이 실제 전투를 하는 것을 좋아하지 않았습니다. 조선의용군은 전부 다 해서 300명밖에 없었습니다. 죽으면 보충이 안 됩니다. 후일 3천 명까지 늘었습니다. 우리가 전사하는 것도 팔로군은 좋아하지 않았습니다. 정치적인 의미가 컸습니다. 직접 전투를 하는 것보다 선전을 해서 정치 공세를 하는 편이 효과가 큽니다. 하지만 부딪치면 전투를 하게 됩니다. 다만 김일성의 빨치산 전쟁 기록을 보면 일본군이 나뭇잎처럼 떨어져 나가고 한 번에 수천 명이나 죽더군요. 그런데 말이죠, 실제 전투는 강담이 아닙니다. 칼싸움 영화가 아닙니다. 일본군은 그렇게 약하지 않습니다. 조심하며 가능하면 전투를 피했습니다.

우리 자손들에게 거짓말을 남기고 싶지는 않습니다. 성실한 역사를 남겨야지요. 그것이 제 바람입니다. 있는 그대로를 남기는 겁니다. 일본군을 나뭇잎처럼 베어 넘기는 일은 실제로는 없었습니다. 정치적 공세가 컸습니다. 그렇다면 그것을 남겨야 합니다.

조선의용군은 장교만 있었고 병사가 없는 조직이었습니다. 원래는 무한에서 1938년 10월에 결성됐지만 그 당시 몇백 명이 모였는데 그들은 모두 군관학교 장교 출신이었습니다. 병사가 없었습니다. 그래서 제가 분대장이 된 것은 그렇게 대단한 일은 아닙니다. 문정일은 낙양洛陽의 분대장이었습니다. 저는 노하구老河口의 분대장이었고요.

1938년 10월 조선의용군 결성 당시에는 200명 정도가 모였습니다. 그것이 점차 늘어나서 300명이 됐고 최종적으로는 3,000명으로 늘어났습니다. 하지만 그 정도로는 중국군이 몇십만이 되는 중에서 아무 것도 할 수 없습니다. 그 시대엔 일본어가 모두 가능했습니다. 저는 한족 군인들에게 일본어를 가르쳤습니다. 한구漢口에 일본인이 하는 신문사가 있었습니다. 『한구신문漢口新聞』이라는 신문사입니다. 그 신문이 장제스와 가까웠지요. 남경-상하이 사이에 장강長江의 요새가 있습니다. 중국군이 그곳을 막았습니다. 일본의 군함과 기선이 상당히 많았습니다. 군사 위원회에서 결정한 겁니다. 막상 전투를 벌이려 하자, 회의에 참석하고 있던 한구신문사 관계자 중에 질이 나쁜 녀석이었는데 그 사실을 일본군과 한구에 있는 영사관에 알렸습니다. 그들은 빨리 철퇴해서 구축함 2척에 분산해 병력을 싣고 전속력으로 한구에서 도망쳤습니다. 봉쇄 1시간 전에 도망친 겁니다. 저는 상하이에 있으면서 그것을 봤습니다. 그 한구신문사를 점령했을 때 활자는 정말 많았습니다. 인쇄기도 있었지요. 그것을 썼습니다. 삐라를 만들었지요. 삐라를 다발로 해서 일본군에게 던졌습니다. 그러자 "빈대 놈들, 낮에 한 판 붙자"고 말하더군요,

"그들 중에 선전 삐라를 진지하게 받아들인 일본 병사는 없었습니까?"

잘 모릅니다. 다만 일본 병사의 시체를 조사하면 통행증이 나오기도 했습니다. 우리가 발행한 통행증이라는 것이 있었지요. 그것을 지닌 일본병사는 안전을 보장하고 우대했습니다. 일본 병사는 부적 안에 그 통행증을 접어서 넣고 가지고 다니는 사람이 많았습니다. 장교가 무서우니 그들이 보지 못하도록 주운 것을 가지고 다녔던 것이지요. 일본 병사 포로들에게 중국의 군대는 이것을 해라 저것을 하라고 말하지 않았습니다. 자발적으로 나서서 하는 것이어야 했다고 합니다. 포로가 된 24, 5살의 상등병은 선전활동을 하고 싶다고 했다고 합니다. 그래서 밤에 나가서 중국군과 일본군 사의 거리가

400미터인가 500미터 쯤 되는 지점까지 내가 그를 데리고 갔지요. 우리가 말을 걸어도 입을 다물고 있더군요. 아무런 반응도 없었습니다. 장교에게 혼나는 것이 두려웠던 것이지요. 그런데 일본군 포로가 가서 "나는 이토 스스무伊藤進다. ○○연대, 어디어디 대대, 어디어디 중대다"라고 했습니다. 그러자 건너편에서 화를 내며 "입 닥쳐 이 비국민 놈아!" 하고 화를 내더군요. 군국주의 교육을 받아서 그렇게 하는 겁니다. "배신자 놈이 부끄러운줄 알아!" 하고 말이죠. 그런 말을 듣자 이토도 더 이상 아무런 말도 하지 못하더군요. 중국군이 선전을 해도 듣지 않던 것이 일본 병사가 자신들을 향해서 선전 활동을 하자 화를 냈습니다.

예젠잉葉劍英의 어록을 모은 책을 보면 외국인으로 중국의 항일전쟁에 참전해서 전사한 사람들의 이름이 나옵니다. 일본인도 그 안에 있습니다. 조선의용군도 물론 있지요. 『항전별곡』에서 조선의용군으로 싸운 사람들의 모습을 그렸습니다.

일본인 포로의 인격을 존중해서 소지품을 다 빼앗지 않았습니다. 하지만 일본 군대 안에서는 중국군의 포로가 되면 코를 베이는 등의 혹독한 조치를 받는다고 하는 등 철저한 교육을 합니다. 그래서 좀처럼 항복하지 않습니다. 이런 일이 있었습니다. 전투 능력을 다 잃었는데도 나무줄기를 붙들고 매달리는 일본 병사가 있었습니다. 끌고 가려고 해도 꿈적도 안 합니다. 중국병사가 화를 냈습니다. 중국병사 또한 전우가 몇 명이고 살해당해 제정신이 아니었습니다. 포로를 칼로 베었습니다. 그 병사는 그 후 엄히 처벌당했습니다.

일본군 부대의 회계를 담당하는 대위가 도망쳐 온 일이 있었습니다. 도망쳤다는 것은 망명이죠. 한 달에 200엔을 탕진했다고 합니다. 부대 돈을 다 날려 먹은 것이죠. 도박을 하고 창녀촌에 가서 돈을 다 써서 군법회의에 회부되기 직전에 도망친 겁니다. 어차피 사형을 받을 것이었으니까요. 중국으로 도망치면 일본 병사이니 망명이니까 좋은 대우를 받았지요. 하지만 인간쓰레기입니다.

"그 당시 돈으로 200엔이면 얼마나 되는 겁니까?"

제 한달 급료가 20엔이었습니다. 10배입니다. 그 당시 중국의 정책이었습니다.

방금 전에 중국의 현재 상황에 대하 말씀을 드렸는데 그것은 절대 비밀로 해주셔 합니다. 항일전쟁에 관한 것은 선전해 주셔도 됩니다. 『항전별곡』 1부는 이런저런 잡지에 발표했습니다. 한 편의 소설을 『장춘문예』, 『아리랑』, 『장백산』, 『송화강』, 『은하수』, 『흑룡강성신문』 이렇게 7개 매체에 실었습니다. 중국 조선족문학으로서는 최초의 시도였지요. 잡지 하나에 다 게재하기에는 너무 길어서 다 실을 수 없었지요. 그런데도 전체 분량 중의 아직 3분의 1밖에 못 실었습니다.

일본군과 전쟁을 할 때 상대가 강해서 상당히 고전했습니다. 일본 여성 중에서도 이쪽에 온 사람이 있습니다. 이무라 요시코井村芳子. 그녀는 국민당 부대에 있었는데 팔로군에는 오지 않았습니다. 데라

무라 아사코寺本朝子는 국민당에 있다가 후일 팔로군으로 왔습니다. 우리가 귀여워해서 우리와 함께 싸웠습니다. 이 여자 분이 노래를 잘 불렀습니다. 「황성荒城의 달」, 「저녁노을 희미하여夕焼け小焼け」, 「손에 손을 맞잡고お手つないで」. 그것을 적을 향해서 불렀습니다. 효과가 꽤 있었지요.

그 여성들 중에서 한 명은 조선인을 좋아했는데 부모님이 허락하지 않았다 합니다. 그래서 도망쳐서 이쪽으로 왔습니다. 조선인 전우와 결혼했는데 아이가 없었습니다. 지금은 북한에 있을 겁니다. 그녀는 일본인으로 중국 전투에 참전했습니다. 조선의용군, 그리고 팔로군에 참가했습니다. 존경할 만한 사람입니다. 북한에 있을 때 권혁權赫으로 이름을 바꿨습니다. 데라모토는 팔로군에 있을 때 23살인가 24살이었습니다.

신사군으로부터 팔로군에

의용군이라고 해도 단독으로 행동한 적은 거의 없습니다. 1938년 하반기부터 국민당은 전투를 하지 않았습니다. 그러니 국민당에 있어도 의미가 없었습니다. 팔로군은 전투를 크게 벌였습니다. 병력은 국민당보다 적었습니다. 장비도 없고 대포도 탱크도 비행기도 없습니다. 기관총과 지뢰와 수류탄, 박격포 정도 밖에 없습니다. 하지만 가장 용감하게 싸웠습니다. 그래서 국민당으로부터 '도망치자'고 결심했지요. '국민당에 있어도 소용이 없다'고 생각했습니다.

조선의용군 속으로 중국 공산당 지하조직이 들어온 적이 있습니다. 그 중에서 셋이 신사군에 갔습니다. 한 명은 적군 과장을 한 사람, 또 한 명은 중대장을 하다 입당했습니다. 당은 조선의용군에게 조직을 확장하자며 한 명을 남기고 두 명은 돌아갔습니다. 조선의용군 내부에 중국 공산당 조직이 생긴 겁니다. 저도 그 때 당원이 됐습니다. 문정일文正一이 지도자였고 1940년의 일입니다. 저는 신사군에 들어갔습니다. 신사군에 들어갈 무렵 중앙육군군관학교를 으스대며 나왔습니다. 중앙군관학교 배지가 있는데 그건 꽤 통했습니다. 국민당에는 장제스의 직속부대와 군벌의 방계 부대가 있어서 직계의 중핵이 군관학교였습니다. 배지를 달고 전선까지 으스대고 나가서 전선을 넘으면 군복을 벗고서 그것을 보자기로 싸서 나이든 서민옷으로 갈아입고서 일본군 점령 지구로 들어가 나흘 동안 지내다 신사군 지구로 들어갔습니다. 그 반대 경로로도 다녔습니다.

일본군점령구를 통과하는 사이에 붙잡히면 끝장입니다. 군복을 가지고 있고 권총도 있으니 도망칠 수 없지요. 우리는 가능한 서로 말을 하지 않기로 했습니다. 호북성湖北省 사투리는 지독합니다. 린뱌오林彪의 말은 반 밖에는 알아듣지 못했습니다. 절강성 사투리도 지독합니다. 마오쩌둥의 호남성湖南省 사투리는 굉장합니다. 주더朱德의 사천성四川省 사투리도 상당합니다. 제가 중국인과 조금 이야기 하면 상대가 저를 보고 당신 남쪽 사람이지 하고 말하더군요. 저는 상해와 남경에서 중국어를 배워서 그런지 지금도 남쪽 사투리가 지금도 남아 있습니다. 농민으로 변장을 하고 있으니 그 지역의 말을 완전하게 말하지 못할 것 같으면 가능한 입을 다물고 있어야 합니다. 아니면 본색이 드러납니다.

그런데 말이죠. 이상한 일은 그곳은 일본군 점령지구인데 중국중앙은행 돈을 그대로 쓸 수 있었습니다. 물론 일본군의 돈도 쓸 수 있는데 중국 돈도 통용됐습니다. 양쪽 다 당당하게 통용됩니다.

그런데 일단 일본점령지구에 발을 들이면 꽤 무서웠습니다. 저는 군인이라서 전우들과 함께 있으면 무섭지 않았습니다. 싸우면 되니까요. 그런데 둘이나 셋이서 변장을 하고 적지구로 숨어 들 때면 대단히 무서웠습니다. 제가 용기 있는 사람의 정의란 이렇습니다. 부파사不怕死, Bu pa si, 이것은 죽음을 두려워하지 않는다는 말입니다. 말이야 그렇지만 죽음이 두렵지 않은 인간이 어디 있겠습니까. 뇌수가 없는 사람이라면 두렵지 않을지도 모릅니다만 누구나 무섭습니다. 무서워서 부들부들 떨면서도 너 그것을 가져오라거나, 거기에 가서 전선을 연결하라거나, 거기에 깃발을 올리라는 등의 사명이나 임무를 부여받았을 때 무서워서 부들부들 떨면서도 그것을 수행하는 것이야말로 진정한 용기입니다. 그러므로 저는 사흘이고 나흘이고 적 점령 지구를 걸어서 빠져나갔습니다.

대체로 인간은 세 종류가 있습니다. 첫 번째는 감옥에 들어가서 두들겨 맞고 고문을 받으면 항복하는 녀석. 이런 사람이 제일 많습니다. 전향파입니다. 두 번째는 감옥에서 절대로 전향하지 않는 유형입니다. 아무리 두들겨 맞아도 말이죠. 하지만 만기 출소를 하고 뒤를 돌아보고서는 감옥 생활이 참을 수 없어서 질려버려서 그만뒀다는 유형으로 투쟁으로부터 탈락해 갑니다. 이것이 두 번째 유형이지요. 또 다른 한 유형은 감옥에서 지독한 꼴을 당했는데도 출옥 후에는 바로 잊어버립니다. 그리고 다시 그 고통을 맛보게 됩니다. 이것이 진정한 혁명자입니다. 이것이야말로 공산주의자입니다.

스탈린은 나중에 범재라 불렸지만 뛰어난 점도 있었습니다. 그는 평생 다섯 번이나 붙잡혔습니다. 다섯 번 중에 세 번은 유배지에서 탈출했습니다. 탈출 후 바로 다시 시작했습니다. 한 번은 탈출하지 못해서 북극으로 끌려갔지요. 어쩔 수 없이 만기를 채웠습니다. 또 한 번은 차르가 멸망하고 신정권이 탄생해 형기를 반 쯤 채웠을 때 석방됐습니다. 그러니 혁명을 하는 사람은 건망증이 없으면 안 됩니다.

그래서 저는 부들부들 떨면서도 목적지로 향했습니다. 피점령지 구라서 일본군과 마주치게 됩니다. 이쪽은 농민으로 변장을 해서 길 가장자리를 따라서 걷습니다. 우리가 국민당 군대에 있었을 때 농민들은 모두 길 밖으로 물러났습니다. "물럿거라, 물럿거라" 하는 식의 나랏님 행차 때처럼 말이죠. 그런데 팔로군에 들어가자 농민들은 절대로 길 밖으로 물러나지 않습니다. 평등합니다. 훌륭한 일입니다.

신사군에도 일본인 포로가 있었습니다. 일본 보급부대를 신사군이 기습했습니다. 탄약이나 식료를 나르는 보급부대입니다. 오장伍長을 쏴죽이고 운전병을 포로로 삼아서 군수품을 빼앗은 후 차를 불태웠습니다. 운전병에게 신사군 옷을 입혔습니다. 그 병사가 뭐라도 말겨달라, 운전이라면 할 수 있다라고 말했습니다. 하지만 신사군에는 자동차가 없습니다. 설령 차가 있다고 해도 길이 없습니다. 기다려라, 2~3년 사이에 어떻게든 될 테니 하고 말했습니다. 신사군에서 팔로군으로 옮기면서 매우 고생했습니다. 황하 이북의 일본점령지구에는 조선이 많았지요. 그곳에 가서 조직해야만 한다고 해서 황하를 건너려 했습니다. 황하에 있는 배는 군대가 관리합니다. 군대도 개인이 이동할 때는 여행증명서가 필요합니다. 그것이 없으면 탈영병으로 간주됩니다. 게다가 권총이 1정이면 1정이라고 써야만 합니다. 무기를 가지고 도망치면 안 되니까요. 북쪽으로 건너가려면 여행증명서와 또 하나가 도항증명서가 필요합니다. 낙양에 제1전구 사령부가 있었습니다. 제가 있던 곳은 제3전구였지요. 후일 장제스 아래에서 제2총통이 된 리쭝런李宗仁이 제5전구의 사령관이었죠. 1전구는 위입황衛粒煌이 사령관이었고 그 아래에 문정일文正一이 조선의용군 대표로 주류하고 있었습니다. 그가 우리 여행권과 도항증을 마련해 줬습니다. 우리는 아무런 제지도 없이 황하를 건넜습니다. 네 번에 걸쳐서 네 개의 진陣으로 나눠서 팔로군에 왔습니다. 문정일은 네 번째 진, 후위를 맡아서 건너갔습니다. 이에 대한 상세는 『격정시대』에 모두 썼습니다.

팔로군에서의 생활

팔로군에 들어가자 생활수준이 뚝 떨어지더군요. (국민당 중앙군에 있을 때 생활은 좋았습니다) 쌀이 없고 좁쌀만 있었습니다. 그게 얼마나 먹기 힘든지. 처음에는 꽤 고생을 했지요. 모두 배탈이 났습니다. 도시에서 자랐으니 좁쌀로 지은 밥을 먹어본 적이 없어서 말이죠. 그보다 더 곤란했던 것은 소금이 없던 것입니다. 저는 팔로군에서는 처음에 중대장급이어서 3엔 50전을 받았습니다. 월급이 3엔 50전이었는데 누런 설탕이 1근(당시는 160돈쭝) 7엔이었습니다. 그 3엔 50전으로 누런 설탕 80돈쭝 밖에 살 수 없더군요. 돌소금이 1근에 4엔이었습니다. 대지고기 1근이 2엔이었고요. 생활하기가 곤란하지요. 각오하고 팔로군에 들어갔다 해도 생활하기 곤란했습니다. 여자는 중대장이든 소대장이든 50전을 더 줬습니다. 생리용품 비용이 추가된 겁니다. 당시 일본인 포로는 모두 5엔이었습니다. 장교도 사병도 모두 5엔이었죠. 중국에서 5엔은 대대장과 동급입니다. 마오쩌둥은 당시 머리가 번뜩였습니다. 지방에서 온 병사들은 원래부터 생활이 곤란했으니 팔로군에서의 생활에서도 고통을 느끼지 못합니다. 하지만 지식인은 도시의 공기를 마시고 와서 큰일이라는 것을 마오쩌둥은 잘 알고 있었습니다. 우리 팔로군 중대장은 시골에서 자라서 철도를 본 적이 없습니다. 그러던 어느 날 밤에 일본군의 장갑차가 다가왔습니다. 앞뒤로 탐조등을 달고 달리더군요. 모두 엎드려서 장갑차를 노리고 따라갔는데 거기에 철로가 있어서 그것을 넘은 겁니다. 그 때 중대장이 철로에 권총을 들이대더니 수상한 놈이라고 생각해서인지 그것으로 철로를 치는 겁니다. 철로를 처음 본 것이겠죠.

이보다 더 이상한 일도 있었습니다. 어느 작은 산골짜기 마을에 가자 큰 소란이 일어나서 병사를 세워두고 통행금지령을 내리더군요. 무슨 일인가 하고 생각하니 "독가스가 폭발했어요" 하고 말하는 겁니다. 독가스가 폭발을 하는 건가 하고 생각하고 들어가 봤습니다. 그러자 일본군 물자를 빼앗아 왔더군요. 사이다 상자가 있었습니다. 뭔가 하고 하나 뺐습니다. 그러자 사이다에서 작게 터지는 소리 같은 게 났습니다. 이걸 독가스가 터졌다고 하며 큰 소란을 벌였던 겁니다. 처음 보는 것이라서 뭔지 몰랐던 겁니다.

더 이상한 일은 일본군 만년필을 뺏어서 이게 뭐냐? 하고 펜끝을 빼고 안에 바늘을 넣고 다녔다고 합니다. 팔로군은 실과 바늘을 휴대하고 다닙니다. 펜 끝을 버리고 그 안에 바늘을 넣었는데 그것이 대단히 편리했다 합니다.

하지만 이들은 정말로 혁명에 충성을 다했습니다. 공산당이라 하면 절대적이었습니다. 사령관을 절대적으로 따랐습니다. 기질이 좋았습니다. 다른 사람의 곤란함을 도왔습니다. 당시 펑더화이彭德懷, 1900~1974(항일전쟁중에는 팔로군 부사령관이었고, 조선전쟁 중에는 중국의용군 초대 사령관. 후일 국방장관, 마오쩌둥의대약진 정책을 비판해서 실각했다)가 부총사령관이었는데 실제로는 총사령관 역할이었습니다. 총사령관 주더는 그 때 연안에 있었습니다.

펑더화이가 말을 타고 우리 의용군이 있는 곳에 왔습니다. 호위병 한 명을 데리고 왔던 겁니다. 감격했습니다. 국민당이라면 호위병이 앞뒤로 막아섰을 겁니다. 그런데 병사 한 명을 데리고 왔을 뿐입니다. 그렇게 와서 펑더화이가 말을 시작하는데, 우리는 그가 까다로운 사람이라고 생각했는데 그것이 재밌었습니다. 이렇게 말하는 겁니다. 지금 말이야 여기로 오는 도중에 길가에서 팔로군 병사와 부딪쳤지 뭔가. 그런데 모습이 형편없더군. 군복 단추도 채우지 않고. 나를 보고는 경례도 안 하면서 히히히 하고 웃고는 가버리지 뭔가. 규율이 엄하지 않아 하고 말합니다. 하지만 하고 그는 다시 말했습니다. 규율이 엄한 걸로 치자면 일본군에 비해 팔로군은 대단히 떨어져. 일본군의 규율은 확실히 엄해. 팔로군은 강제하지 않아. 자기 자신을 해방시키기 위해서 싸우고 있지 않나. 이것이 최대의 강점이지 하고 말이죠.

기상이 꽤 높지요. 돌격할 때는 권총을 차고. 지도원이 있습니다. 1개 중대 100명에 공산당원이 5, 6명이 있습니다. 돌격은 당원이 맨 앞에 서서 합니다. 팔로군도 100명 중 95명은 비당원입니다. 위험한 일은 당원이 했습니다. 그래서 위신이 높았습니다. 존경을 받았습니다.

그게 지금은 완전히 정반대가 돼 있어서, 좋은 것은 모두 공산당이 가져갑니다. 오늘 『인민일보人民日報』에 그런 화제가 나왔습니다. 이걸 어째야 하는지.

당시는 민족 감정이 고양돼 애국심에 불타서 행동했습니다. 지금은 당에 들어가면 득을 봅니다. 높은 공무원이 되는 식이죠. 앞으로는 좋아지지 않을까 합니다. 예전처럼 말입니다.

팔로군에는 베트남인이나 필리핀인도 있었습니다. 제가 본 베트남인은 황포군관학교黃捕軍官學校 학생이었습니다. 베트남이 독립할 때 중요한 인재는 황포군관학교 출신이 많았습니다. 이 학교는 고졸로도 시험에 통과하면 들어갈 수 있었습니다. 높은 집안 자식은 뒷문으로 들어왔습니다. 이곳을 나오면 출세 길이 열리는 것이 확실하니 확실한 보증인 셈입니다. 특히 장제스의 출신지인 절강성 학생은 그 보증이 두 개니 출세가 보장됐습니다. 예젠잉은 교관이었습니다. 주우언라이는 정치부 주임 원사元帥입니다. 린뱌오, 서선화, 그들은 1기 졸업생입니다. 황포군관학교 학생이 국민당과 공산당으로 갈라져 싸운 셈입니다.

펑더화이

조선전쟁 당시도 역시 그랬습니다. 황포군관학교 출신이 남북으로 나뉘어서 싸웠습니다. 국민당 중앙군에 있을 때 무한의 신문사를 접수했습니다. 『한구신문』이라고 했지요? 활자가 있었습니다. 팔로군에는 그것이 없었습니다. 그래서 석판인쇄를 했습니다. 숫돌처럼 부드러운 돌 위에 약을 바르고 글씨를 쌔긴 후 그 위에 다시 한 번 약을 바랍니다. 우리는 석판 인쇄를 했습니다. 어느 날, 태극기를 게양한 것이 문제가 됐습니다. 우리는 따졌습니다. 그런 것은 낡은 대한제국시대를 기념하는 것이라고. 그래서 붉은 기를 만들었습니다. 의용군의 골격은 중국공산당입니다. "당신들 나라가 멸망할 때 국기는 무엇인가?" 하고 펑더화이가 물었습니다. "태극기입니다" "그럼 그것을 게양하시오. 그것이 아니고 붉은 깃발을 가져가면 그게 뭔가 하고 인민이 생각할 거요. 태극기를 가져가면 아 우리나라를 찾았다고 생각할 겁니다. 당신들은 극단적인 좌익이군요" 하고 말했습니다.

　돌아가서 모두에게 그것을 전했습니다. 펑더화이의 말은 일리가 있다고 끄덕였습니다. "일본 병사에게 고한다" "조선동포에게 고한다"라는 삐라, 그리고 통행증이라는 것이 있습니다. 그것을 가져온 사람에게는 생명을 보증합니다.

　저는 포로가 돼 개인 병원에 들어가 있었습니다. 포로는 군대 병원에는 못 들어갑니다. 그 병원의 조수가 "선생님" 하고 불렀습니다. 그 때 저는 처음으로 "선생님"이라는 말을 들었습니다. 보통 "동무"라고 불렀습니다. "선생님"이라고 부르더니 울더군요. 이런 산골에 조선독립군이 있을 줄은 생각도 못했다고 말이죠. 선생님 이것을 보세요 하고 말하더니 종이를 꺼냅니다. 그는 통역이었습니다. 일본군의 일본어와 중국어 통역은 조선인이 많이 했습니다. 장교 대우를 받아서 칼을 차고 다녔습니다. 권총을 지니고 긴 구두를 신은 통역 100명 중 90명은 조선인입니다. 통역을 하는 사이에 우리가 만든 조선어 삐라를 발견하고 몰래 가지고 돌아간 겁니다.

통역은 일본군에게 협력했으니 반민족 반역자입니다. 하지만 복잡합니다. 삐라를 가지고 돌아가서 숨겨두고 있다가 저에게 보여줬습니다. 그걸 보니 우리가 만든 겁니다. 태극기를 보고 눈물이 멈추지 않았다고 하더군요. 아 펑더화이는 훌륭하다며 감탄했지요.

소년시절

어린 시절 원산에는 유치원이 없었습니다. 바로 아래 여동생은 미국인이 만든 유치원에 다녔습니다. 저는 사당에 다니면서 천자문을 배웠습니다. 귤 상자에 종이를 붙여 만든 책상을 하나씩 받고서 그것을 앞에 두고 하늘 천 따지 하고 외웠습니다. 도시락을 싸가서 저녁에 집에 갔습니다. 6살에 천자문 공부가 끝나고 당시를 배웠습니다. 여섯 살 때 뭘 하겠습니까마는 두보의 「춘망」을 배웠습니다. "국파산하재 성춘초목심國破山河在 城春草木深"

12살 때 집에 전등이 들어왔습니다. 13살 때, 처음으로 라디오라는 것을 들었습니다. 60살이 넘어서 처음으로 흑백텔레비전을 봤지요.

중학교에서 한문을 배웠습니다. 그 당시 두보의 시는 "나라가 깨어지고 산과 강만이 남아 성에 봄이 되니 초목만 무성하다" 하고 배웠습니다. 그 후 본고장인 중국에 와서 또 같은 시를 배웠습니다. 이번에는 "guo po shan he zai, cheng chun cao mu shen" 하고 말입니다.

원산 시절에 아버지는 누룩 만드는 일을 하셨습니다. 장인어른의 누룩 만들기를 아버지가 도와주고 있었습니다. 여동생이 두 명 있었습니다. 한 명은 삼림감수원과 결혼해서 젊은 나이에 죽었습니다. 작은 동생은 사범학교를 나와서 조선의 공군사령관과 결혼했습니다. 아버지는 누룩 만들기를 했고 남자 아이는 저 혼자였습니다. 별명은 행악쟁이라고 불렸습니다. 싸움을 곧잘 했습니다. 하지만 기술이 없어서 두들겨 맞았습니다. 저는 거의 외동아들 격으로 아버지가 애지중지 키우셨고, 어머니도 소중하게 대해 주셨습니다. 아버지가 일찍 돌아가셔서 어머니와 이모 그리고 저와 여동생이 함께 살았습니다. 이모는 당시 독신으로 음악학교를 나와서 음악 선생님을 하고 있었습니다. 클래식에 대한 지식은 이모로부터 들은 겁니다.

마을에서 싸움질을 하다 상처를 입고 돌아오면 어머니가 나와서 이웃 아이들을 모아놓고 누가 때렸냐고 물었습니다. 그런데 증인이 아주 많습니다. "학철이가 먼저 때렸다" 이런 식이죠. 이래서는 어쩔 도리가 없습니다. 먼저 때린 것도 저고 두들겨 맞은 것도 저였습니다. 어쨌든 공부가 싫었습니다. 사숙에 다니는 것이 정말 싫었습니다. 사숙에 가지 않고 헛간에 숨어 있자 사숙의 상급생들이 찾아와서 두 손 두 발을 잡고 들것에 실어서 데려 갔습니다. 교과서와 도시락을 넣은 보자기는 제 배위에 올리더군요.

어느 날, 사숙에 가기 싫어서 길 중앙에 눌러 앉자 순사(양검을 찬)가 오더니 한쪽 손을 끌고 사숙으로 끌고 갔습니다. 마을 사람들이 무슨 일이 벌어졌나 하고 몰려들어서 지켜보더군요.

중학교에 들어가서 여름방학 때 원산으로 돌아오면 시계가게 진열장 앞에 서 있었습니다. 그러면 가게 안에서 수리를 하던 주인이 나와서 "야 너 행악쟁이잖아. 중학교에 갔냐" 하고 말을 걸었습니다. 부끄러웠습니다. 그 정도로 행악을 거듭하고 있었습니다.

소학교 시절에는 공부를 안 하고 문학서만 읽었습니다. 아코赤穗 낭사浪士, 사쿠라다몬가이의 변桜田門外ノ変, 뱟코타이白虎隊 이야기에는 피가 끓었습니다. 조선에서 나온 것은 빈약해서 거의 읽지 않았습니다. 제가 읽은 것은 사이조 야소西條八十, 다음은 노구치 우조野口雨情, 기타하라 하쿠슈北原白秋 이렇게 세 분에게는 큰 영향을 받았습니다. 그리고 조금 시간이 흘러서 도이 반스이土井晩翠, 아쿠타가와 류노스케芥川龍之介, 구메 마사오久米正雄, 기쿠치 칸菊池寬, 다야마 가타이田山花袋, 도쿠토미 로카德富蘆花, 후타바테 시메이二葉亭四迷 등을 닥치는 대로 읽었습니다. 아카혼赤本이라는 것이 있어서 닌자 이야기 등도 읽었습니다.

중학교 때 선생님이 흑판에 '曲者'라고 쓰시더니 뭐라고 읽으면 되냐고 물어보셨습니다. 아무도 맞추지 못하고 있었습니다. 제가 '구세모노'라고 읽는 것이라고 말하자 선생님이 무릎을 치면서 기뻐하셨습니다.

중학생 때 설정식1912~1953?(영문학자. 미국 유학. 임화 등과 함께 북한에서 숙당함)과 같은 학급이었습니다. 저도 영어는 꽤 노력을 했지만, 그에게는 안 됐습니다. 그의 아버지는 목사로 미국에서 돌아왔습니다. 결국 이기지 못했습니다. 후일 그가 미국 스파이라는 명목으로 처형됐을 때는 정말 아무런 말도 나오지 않았습니다. 임화도 좋은 사람입니다. 그는 애국 시인입니다. 박헌영과 함께 김일성에게 당했습니다. 다만 이승엽1905~1953(조선노동당 중앙위원회 비서장을 역임했으나 미국 스파이라는 명목으로 처형됨)은 좋은 사람이 아니었습니다. 그 자는 스파이였습니다. 다른 사람들은 이승엽이 스파이인줄 모르고 만났습니다.

외할아버지가 서울에 있어서 그 집에서 보성중학교에 다녔습니다. 저는 공부를 잘 못했고, 특히 수학은 더욱 못 했습니다. 이모가 보성중학교 선생님과 사이가 좋아서 뒤로 넣어줬습니다. 13살이었던 1929년에 서울에 있는 보성중학교에 들어갔습니다. 7살 때 아버지가 돌아가셔서 어머니 손에 자랐습니다. 어머니는 주위로부터 홀어머니 자식이라고 해서 바보취급을 받을 수 있으니 다른 사람들에게 지지 말고 나쁜 길로 들지 말라고 정신을 똑바로 차리라고 하셨습니다. 어머니의 말씀대로 저는 평생 술 담배를 입에 대지 않았습니다. 술을 마시지 않는 것은 국민당 시절에는 꽤 곤란한 일이었습니다. 그들은 술로 사교를 했습니다. 또 상대에게 술을 마시게 해서 약점을 찾아내는 방법을 곧잘 썼습니다.

어머니는 삯바느질을 해서 생계를 꾸렸습니다. 두 살 아래인 여동생 삼남매였습니다. 아버지는 폐병으로 돌아가셨습니다. 저도 결핵에 걸린 적이 있었는데 그 무렵에는 스트렙트마이신이 있어서 결핵으로 죽는 사람은 적었습니다.

어머니는 어디에 기대는 것 없이 불교를 믿었습니다. 몸집이 작은 제게 쌀 세 되와 참기름 1병을 가득 채워서, 끈으로 묶어 병은 목에 걸게 하고 쌀은 등에 지워서, 사슬을 잡고 급한 급경사 언덕을 올라가서 상운암上雲庵에 바쳤습니다. 가는 도중에 쉬면 공덕이 사라진다고 말씀하셨습니다. 그것은 어머니가 속아서 착취를 당한 겁니다. 아이들이 100살까지 건강하게 살 수 있다고 하니까 바느질 일로 해서 착실히 모은 돈으로 쌀 세 되와 참기름 한 병을 사서 바친 겁니다. 그 산을 오를 때의 고통과 어머니의 마음, 그리고 어머니를 속인 놈들을 생각하면 지금도 마음이 저려 옵니다. 이미 중학생이었으니 12~13살 무렵으로 여름방학 때 원산집으로 돌아왔을 때의 이야기입니다.

중학교 시절에는 유도를 했습니다. 하지만 시간이 흘러도 하얀 띠였지요. 친구들 중에 갈색 띠니 붉은 띠 — 검은 띠(최강자가 매는 띠)는 역시 없었지만 — 를 하고 있는데 저는 언제까지나 흰 띠였습니다. 중학교는 5년제로 전교생이 조선인이었습니다. 일본인 중학교는 대부분의 학생이 일본인으로 그 중에 조선인 학생이 몇 명 섞여 있는 정도인데 우리 학교에 일본인은 없었습니다. 하지만 선생님은 일본인이 많았습니다.

광주학생 시절

중학교 1학년 때 광주학생사건(1929년. 전라남도 광주를 시작으로 전국 각지에서 일어난 반학생 데모)이 일어났습니다. 사건의 의미에 대해서 당시에는 잘 몰랐지만 꽤나 통쾌했습니다. 순사가 철로 된 교문을 막았습니다. 굵은 철사로 묶어서 열지 못하게 했습니다. 학생들이 그러니 나갈 수 없었습니다. 마맛자국이라는 별명을 지닌 4학년 선배가 있었습니다. 그리고 백발귀신이라 불리는 학생도 있었습니다. 머리카락이 조금 하얗게 바랜 학생이었습니다. 이 두 명이 교문을 넘어서 순사와 다퉜습니다. 순사도 훈련을 받은 사람인데 학생에게 졌습니다. 몇백 명이 "입 닥쳐라!" 하고 외칩니다. 이 두 학생이 순사를 들러 매치기 해서 도랑에 던져버렸습니다. 그리고 교문을 열고 몇백 명이 와아 하며 뛰쳐나갔습니다. 헌병이 턱끈을 하고서 칼을 차고서 권총을 들고서 노란색 가죽 장화를 신고서 학생들 속으로 뛰어들어서, 뒷발로 선 말을 높이 솟구치게 했습니다. 아주 질나쁜 헌병입니다. 모두 도망쳤습니다. 도망칠 때 경관 부대가 오더니 앞을 막아섰습니다. 저는 어린이였기에 경관이 벌린 양손 아래로 가방을 들고서 빠져나가 도망쳤습니다. 커다란 물고기만 잡고 잡어는 놓아줬던 겁니다. 커다란 물고기는 모두 잡혀서 몇 대인가의 버스에 정어리 통조림처럼 채워져서 붙잡혀 갔습니다. 이모(이화여자전문학교 음악과 출신)도 잡혀갔습니다. 일주일 정도 잡혀 있다가 풀려났습니다. 서울 시내에는 대소동이 벌어졌습니다. 이모는 제게 음악적인 것을 많이 가르쳐줬습니다. 교정에서 "일본제국주의자 타도하자" 하고 외칩니다. 저도 외쳤습니다. 제가 생각하기에 "일본제국"이라고 하니 그 뒤에 "주의자"를 붙인 것이라 생각합니다. 그 후에 상해에 가자 그곳에는 『독립신문獨立新聞』이나 『앞길』 등의 신문이 있습니다. 거기서 "미

제국주의를 타도하자"고 쓰더군요. 마음에 들지 않았습니다. 그래서 물어봤습니다. "미국은 공화국이 아닌가? 대통령이 있는데 어째서 제국이란 말인가" 하고요.

그때 처음으로 '제국주의'가 뭔지에 대한 설명을 들었습니다. 광주학생사건 무렵에는 잘 몰랐습니다. 어쨌든 일본인에 반대해라, 일본인은 나쁜놈들이니 반대해라 정도밖에 생각하지 못했습니다. 공산주의가 뭔지도 몰랐습니다. 그래서 테러 활동을 했는데 그것만으로 일본을 쓰러뜨릴 수 없습니다. 일본은 꿈적도 하지 않습니다. 이토 히로부미를 처단한다 해서, 시라카와 대장을 해치운다 해도 일본은 쓰러지지 않으니 그것으로는 안 됩니다. 그래서 이론적으로 생각했습니다. 그래서 공산당에 들어갔습니다. 공산당에 들어가면 당시는 살해 위협에 시달렸습니다. 장제스는 엄혹한 사람입니다.

중학교 1학년 무렵 학예회가 있었습니다. 그 연극은 철강 공장의 노동자 생활을 그린 것입니다. 꽤 잘 갖춰진 연극으로 망치로 두드리면 무대에서 전기로 장치해둔 불꽃이 나오게 돼 있었습니다. 프롤레타리아 연극이었습니다. 끝나고 교장의 총평이 있었습니다. 학생은 학생다운 연극을 하라는 내용이었습니다. 학생들은 화가 나서 인력거에 교장을 태우고 거리로 나갔습니다. 어디까지고 태우고 다녔는데 동대문을 지나서 동쪽으로 2킬로 정도 가자 거기에 쓰레기장이 있어서 거기에 교장을 내려주고 왔습니다. 쓰레기처럼 버려진 교장이 계속 일을 할 수 있습니까? 결국 그만뒀습니다.

서울에서 중학교를 다닐 때 잡지 『조선문단』의 심부름을 했습니다. 좋아서 한 일입니다. 청량리의 소나무 숲, 거기에는 대학예과가 있었고 별장풍의 건물이 늘어서 있었습니다. 방인근의 원고를 받으러 갔습니다.

중학교를 나와서 처음에는 일본에 가려고 했습니다. 그런데 일본에 가려고 하자 도항증명서가 없더군요. 넌 안 된다고 하는 겁니다. 광주학생사건 당시의 일이 기록으로 남아 있어서 증명서 발급이 거부된 겁니다. 그저 남이 하는 것을 조금 따라했을 뿐인데 말입니다. 하지만 그 무렵 조선에는 여기와는 달리 언론의 자유가 있었습니다. 황포군관학교에서 학생을 모집한다는 사진이 들어간 광고가 실려 있었습니다. 그것에 응모하리 마음 먹었습니다. 그래서 중학교를 나와서 원산으로 일단 돌아갔습니다. 어머니의 심부름으로 돈을 받았는데 그 돈을 훔쳐서 서울로 도망쳤습니다. 외동아들이라서 상의를 해봐도 허락해 주지 않을 것을 알았기에 가출을 했습니다. 서울역 이등객 대합실에서 어머니에게 편지를 썼습니다. 어머님 안녕히 계세요. 이 편지를 받아 드실 무렵 저는 중국에 있을 겁니다.

황포군관학교

황포군관학교(1924년 국민당과 공산당 하에 창설된 사관학교) 수업료는 무료였고 오히려 한 달에 12엔을 줬습니다. 달걀 하나에 1전이던 시절이었으니 식비는 6엔만 있으면 넘칠 정도로 충분했습니다. 12엔 중에 6엔은 식비였으니 용돈이라 할 수 있는 돈은 6엔이었습니다. 그 외의 옷, 모자, 총, 편지, 노트 등은 나라에서 나왔습니다. 졸업하면 장교가 됐습니다. 그 대신 잠을 잘 여유조차 없었습니다.

졸업 하면 소위였습니다. 졸업을 하면 학교를 나가게 되는 뭘 할 것이냐고 물어 봅니다. 그때 150명이 일제히 "睡覺 shui jiao"(잘 겁니다) 하고 대답해서 상관이 깜짝 놀랐습니다. 졸업을 하고 밥도 먹지 않고 잠만 잤습니다. 훈련은 혹독했습니다. 공짜로 밥을 먹여줄 리가 있겠습니까!

"허정숙許貞淑, 1908~1991(해방을 연안에서 맞고 북조선으로 돌아간 후에 문화선전 장관을 지냈다)과 만난 것은 어디서였습니까?"

제가 가니 이미 허정숙이 있었습니다. 북조선에서 문화부장관을 10년이나 지낸 사람입니다. 지금은 80살로 당중앙 서기입니다. 그녀의 아버지는 조선에서 유명한 변호사로 박헌영의 변호인이었습니다. 그녀는 허헌許憲의 딸입니다. 그녀는 미국 유학을 했습니다. 그럼에도 불구하고 미국에서 붉은 물이 들었습니다. 여자 몸으로 전국을 돌며 연설을 했습니다. 6년 동안 감옥에 들어가 있기도 했습니다.

"황포군관학교에는 여자도 들어갈 수 있었습니까?"

그녀는 졸업한 후 결혼하고 도망쳤습니다. 제가 갔을 때는 그곳에 아들이 한명 있었습니다. 어째서 그녀는 타도되지 않았을까? 박헌영의 변호를 한 아버지 허헌이 있어서입니다. 그러니 이용을 한 거죠. 허정숙은 우리를 위해서 죽을 만들어 주거나 빨래도 해줬습니다. 군관학교는 3년제입니다.

상해에서 독립운동에 참가하고 있던 조선인도 많았으나 일본이 쇠약해 지는 징조가 보이지 않아서, 외국 회사에 들어가거나 해서 생활을 해갔습니다. 독립운동을 어디까지고 견지했던 사람은 소수였습니다.

남경에는 일본 영사관이 있어서 거기서 조선에서 망명한 사람들을 조사했습니다. 그들은 조선어를 꽤 잘했습니다. 어느 날 창파오를 입고 북경에 갔습니다. 안경을 쓰고 중절모를 쓰고서. 북경에는 국민당 헌병도 있고, 국민당 계열인 남의사藍衣社 ─ 특무대입니다 ─ 도 있어서, 일본인도 플랫폼에 마중하러 나옵니다. 그래서 꽤나 긴장했습니다.

황포군관학교라 하면 자세를 바로 할 정도로 신성하고 엄숙하며 정열적인 중국의 대표적인 학교입니다. 저는 그런 긍정적인 면만이 아니라 많은 실패도 들어 있는 양면을 다 썼습니다.

민족성民族省의 차관이 된 문정일은 처음 들어왔을 때 탄환 150발(일본은 6.8미리, 중국은 7.9미리. 두껍습니다), 수류탄 2발, 총검, 배낭, 꽤 무거운 짐을 들었습니다. 그것을 다 들고 뛰게 합니다. 참기 힘듭니다. 그런데 그 녀석이 참 교활합니다. 보고 있자니 검은 칼집만 있고 알맹이가 없습니다. 칼을 어쨌냐고 묻자 침대 아래에 넣어뒀다고 말합니다. 그 놈은 약삭빠릅니다. 이런 일이 얼마든지 있습니다. "내부 검사에서 걸리면 어쩌지?" 하고 물으면 "멍청이, 걸릴 것 같아?"라고 말합니다.

그리고 군대에서는 행군을 하지 않습니까? 전대繩帶라는 자루로 뱀처럼 가늘고 긴 자루를 만들어서 쌀을 넣고 입구를 묶어서 목에 겁니다. 한 명에 5kg, 7kg 만큼 넣었습니다. 수통에 배낭에 총검에 탄약 그걸 다 지니고 쌀까지 목에 걸면 참을 수 없습니다. 저는 그러고 화장실에 간 적이 있습니다. 행군 중이던 동료들이 화장실 뒤로 드나들기를 반복하더군요. 뭘 하는 거야 하고 보니 피라미드처럼 흰 쌀로 된 산이 있지 뭡니까. 반 정도 덜어내 가볍게 한 후에 아무렇지도 않은 얼굴로 밖으로 나갑니다. 몇백 명이 그러고 있으니 산처럼 쌓입니다.

성공한 예도 쓰겠다만 실패한 예도 써야지요. 우리가 실제로 했던 것이 그렇습니다. 판단은 후손에게 맡기면 됩니다. 완전하게 그것을 남기는 것이 제 임무입니다.

최채 일행과 태항산에서 사람의 등만큼 큰 메기를 발견했습니다. 모두 기뻐하며 구워서 먹었습니다. 소금이 없어서 구워서 그냥 먹었습니다. 그걸 마을 사람들이 보더니 바로 여단 사령부에 항의를 했습니다. 그건 몇천 년 된 용왕이다. 용왕이 비를 내려주신다. 그곳은 비가 적게 내리는 곳입니다. 그러니 큰 메기는 무서워서 먹지 못합니다. 우리는 유물론자입니다. 재앙은 믿지 않습니다. 하지만 농민들에게는 신과 같은 존재입니다. 신을 잡아먹으면 어떻게 됩니까. 나이든 농민이 신이라고 말하니 어찌할 도리가 없습니다. 저희는 호되게 혼났습니다. 하지만 잘 모르고 먹은 것이라며 용서해 줬습니다. 그런데 그해에 신이 심사가 뒤틀린 것인지 비를 한 방울로 주지 않더군요. 그것 봐라 어쩔 거냐 하고 농민들이 폭동을 일으킬 수 있는 상황입니다. 잉어드림 같은 것을 가지고 짚을 태우거나 악기를 치거나 해며 비를 기원해야 하는데, 메기를 먹어치운 녀석들에게 기우제 의식에 참가하라는 명령이 내려왔습니다. 이런 것을 모두 다 적었습니다. 혁명은 위대한 것만이 아닙니다. 흥미로운 실패도 있습니다. 거짓말을 하면 안 됩니다.

소년시대(속편)

12살 때, 소학교 6학년 무렵인 1929년 1월 원산에서 총파업이 일어났습니다. 원산 시내에 있는 상점이 모두 문을 닫고 경찰이 에나멜 턱끈을 걸고서 경비를 했습니다. 부두에는 마이쓰루, 니이가타, 쓰루카敦賀에서 오는 배가 잔뜩 모여 있습니다. 그 짐을 부두 노동자가 내리지 않는 겁니다. 적재도 하지 않습니다. 굉장한 일이었습니다. 당시에 어린아이여서 잘 몰랐습니다만. 상대편에서는 총파업을 분쇄하려고 용역을 썼습니다. 어린이라서 보러 갔습니다. 학급 친구의 아버지와 형이 싸우고 있었으니까요. 7, 8척의 배가 움직이지 않고 있습니다. 경관 몇백 명이 득실득실 대고 있었습니다. 용역의 수는 더 늘어나고 있었습니다. 배 갑판에는 일본 선원들이 있습니다. 제자리걸음을 하면서 기적을 울립니다. 응원을 보내는 겁니다. "모두 힘내라!" 그 당시는 무슨 영문인지 몰랐습니다. 수수께끼를 풀 수 없었습니다. 1931년 11월 일어난 광주학생사건 때는 중학교 1학년이었습니다. 전국의 학생이 스트라이크를 일으켰습니다. 중학교 1학년이라서 무슨 영문인지도 모른 채 참가했습니다. 중학생들도 많이 참가했습니다. 이모가 당시 학생이었는데 데모에 나갔다가 붙잡혔습니다.

조선공산당의 리더인 이재유李載裕(서울에서 활동한 공산주의자)가 지명수배를 당해서 서울 시내의 경비가 삼엄했습니다. 서울 시내에 있을 것이라고 여기저기를 봉쇄했습니다. 그 때 두 주나 어디에 있는지 알지 못했습니다. 그런데 경성제대의 일본인 교수의 집 지하실에서 그가 붙잡혔습니다. 신문에 대대적으로 보도됐습니다. 저도 학급 친구도 왜 일본인이 조선공산당 지도자를 숨겨줬는지 이유를 알 수 없었습니다. 그 교수와 부인이 식사를 제공하는 등 돌봐줬다고 했습니다.

『계간 삼천리』, 『조광』이라는 잡지에 「황포군관학교의 조선인 학생」이라는 사진이 들어간 기사가 실린 적이 있습니다. 몇십 명의 조선인이 있다는 내용이었습니다. 그곳에 가려고 마음 먹었습니다. 저는 그래서 도망을 쳤습니다.

프랑스 조계에 들렀습니다. 상해에 대한민국 임시정부는 은밀하게 조선인을 파견해서 군자금을 모았습니다. 여자들도 애국심에서 비녀나 반지를 빼서 기부했습니다. 그런데 그 돈으로 임시정부 놈들은 큰 레스토랑에서 먹고 마셨습니다. 이승만이 미국으로 도망칠 때 임시정부의 국고금을 훔쳐서 가려고 했습니다. 그 돈을 갖고 배에 올랐습니다. 특등석을 샀다고 합니다. 이것은 실화입니다. 안창호는 몇 달 만에 독립이 될 리가 없으니 허술하게 임시정부의 돈을 써서는 안 된다고 하면서 프랑스 조계에 아파트를 샀습니다. 아파트를 많이 사서 그 임대 수입을 사용했습니다. 안창호는 머리가 좋았습니다.

　윤봉길이 폭탄을 던졌지 않습니까. 던지기 전에 태극기를 붙이고서 선서를 했습니다. 양손에 폭탄을 들고서 사진을 찍었습니다. 저도 사진을 봤습니다. 프랑스 조계에 조선인 청년이 오면 여러 곳에서 신문, 잡지가 배달돼 왔습니다. 민족혁명당의 『앞길』이라는 신문, 김구가 만든 『독립신문』, 아나키스트의 『남화통신南華通信』 등이 왔습니다. 그 중에서 골랐습니다. 윤봉길 사건이 터진 후 프랑스 조계에 있을 수 없어서 남경, 진강鎭江(남경의 바로 앞), 항주杭州로 도망쳤습니다. 프랑스 조계에 조선인이 많이 살았습니다. 그런데 중국인은 조선인을 싫어합니다. 일본인과 똑같이 보여서 그렇습니다. 게다가 조선인은 아편 상매를 하기도 했습니다. 그런데 윤봉길 사건이 일어나고 나서 조선인은 거리를 지나다닐 수 없습니다. 악수를 너무 하자고 해서 말입니다. 이봐, 잠깐 와보시게, 한잔 해야지 하는 식입니다. 중국인이 하고 싶었던 것을 조선인이 한 겁니다.

상해 시절

상해에 있을 무렵 저는 단순했습니다. 일본인을 많이 죽이면 독립할 수 있을 것이라 생각했습니다. 그래서 테러 행위를 했습니다. 그런데 활동을 하려면 자금이 부족한 상황이 옵니다. 간단히 말하자면 젊은 사람들은 강도짓을 합니다. 거기에도 규칙이 있는데 프랑스인과 중국인은 절대로 습격하지 말아야 합니다. 그 외에는 괜찮았습니다. 주로 일본인을 덮쳤습니다. 제 친구도 나가사키 형무소에서 7년 있었습니다. 강도로 7년. 일본인이 정치범으로 취급을 하고 싶어 하지 않습니다. 가능한 일반적인 살인이나 강도, 방화로 처리하려고 합니다.

저는 치안유지법에 걸려서 재판을 받았습니다. 1개월에 한 번 씩 편지를 보낼 수 있습니다. 여동생에게 치안유지법으로 감옥에 있다고 편지를 쓰니 검사실에서 먹물로 칠해서 지워버렸습니다. 여동생이 편지지를 햇볕에 비춰보니 글자가 보였다고 합니다. 아아 오라버니는 치안유지법에 걸린 거구나 하고 그제야 알았다 합니다.

12살까지는 원산에 있다가 13살에 서울로 갔습니다. 그 후 1934년까지 서울 혜화동에 있던 보성고등보통학교에 다녔습니다. 거기를 졸업하고 상해로 갔습니다. 아버지는 7살 때 돌아가셨습니다. 제가 상해로 도망치자 어머니 집으로 순사부장이 왔다고 합니다. 집에 있을 때 저는 세퍼트를 키우며 훈련시켰습니다. 제가 도망친 후에 순사부장이 오자 일본어를 모르는 어머니는 순사부장에게 제가 셰퍼트에게 말하듯이 "스와레!(앉아!)" 하고 말씀하셨다 합니다. 전쟁이 끝난 후에 안 사실입니다. 순사부장은 좋은 사람입니다. "앉아!"는 나쁜 말이니 "오스와리나사이(앉으세요)"라고 해야지요 하고 말했다 합니다.

상해에서 많은 것을 알게 됐습니다. 그 일부를 『격정시대』에 썼습니다. 상해도 시카고처럼 무서운 도시였습니다. 칭방靑幇, 홍방紅幇이라는 비밀결사가 있어서 긴 윗옷에 권총을 지니고 갑자기 습격해 오거나 합니다.

무정武亭, 1905~1952?(펑더화이 휘하에서 팔로군 안에 조선의용군을 조직. 해방 후 북조선으로 돌아갔다)이 남경으로 오라고 저를 불렀습니다. 남경에서 4리 정도 떨어진 곳에서 폭탄을 던지는 훈련 등을 몇 개월 동안 했습니다. 남경에 있는 절에서 살고 있었습니다.

일본 경찰이 냄새를 맡고 카메라를 가지고 찾아옵니다. 그들은 선향과 불전을 가지고 옵니다. 불전을 바치고 나서 찰칵찰칵 이쪽을 찍습니다. 장제스가 명령을 내려서 남경에서 일본인을 습격해서는 안 된다. 상대방에게 구실을 안겨주니까 하고 무력행사를 금지시켰습니다. 외교 루트를 통해서 일본이 장제스에게 황포군관학교의 조선인을 내쫓으라고 압박을 가했던 적이 있습니다. 학교는 어쩔 수 없어서 조선인 학생을 퇴학시키고 다음날 뒷문으로 그들을 신입생으로 다시 들였습니다. 이번에는 본적지를 조선 지명이 아니라 중국의 지명으로 바꿔서 들였습니다.

프랑스 조계에 가면 조선인 독립운동 단체가 있다는 것을 알고 있었습니다. 우리가 가니 임시정부는 이미 탄압을 받고 철수 한 후였습니다. 윤봉길이 폭탄 사건을 일으킨 후입니다. 저는 아파트에서 살고 있었습니다. 이 아파트의 마담이 보통이 아닙니다. 남편은 서울 서대문형무소에 정치범으로 잡혀 있었습니다. 그녀의 남편은 임시정부의 하위 직원이었습니다. 그런 그가 맑스주의자가 되고 나니 임시정부와 맞지 않았습니다. 상해에 중국공산당 조선인 지부라는 것이 생겨서 거기서 일을 했습니다만 프랑스 경찰에 붙잡혀서 남대문형무소에 들어갔습니다. 부인이 아파트를 운영했습니다. 건물주로부터 아파트 한 채를 빌려서 그것을 임대했습니다. 아파트라 해도 방이 5~6개 밖에 없습니다. 3층 건물로 연립 주택과 비슷했다. 여기 마담이 핸드백 안에 권총을 넣고서 가지고 다녔습니다. 처음에는 그것을 몰랐습니다. 당시 38살로 영어와 상해 말을 능숙하게 잘 했습니다. 그녀가 나를 한동안 관찰한 후에 김약산에게 연락을 했습니다. 김약산의 당파가 남경에서 4~5리(16~20킬로)정도 떨어진 강녕江寧에 있었습니다. 강녕으로 가서 거기서 입단 수속을 밟고 다시 상해로 돌아왔습니다. 실제 사격 훈련도 지도원이 있어서 강녕에서 배울 수 있었습니다.

"왜 상해에 가셨습니까?"

상해에 가면 권총과 폭탄을 받을 수 있을 것이라 생각했습니다. 받으면 그것을 가지고 조선으로 가서 조선총독을 해치우고 싶다고 생각했습니다. 그렇게 생각하는 전제로 일본인에 대한 증오심이 기저에 있었습니다. 직접적으로는 윤봉길의 폭탄사건이 제가 큰 자격을 줬습니다. 잡지에 황포군관학교 기사가 사진과 함께 소개된 것이 동기가 돼 상해로 갔습니다. 당시 일본의 보도통제는 그 정도였습니다. 『적기赤旗』, 『전위前衛』를 상해에서 팔았습니다. 가격도 저렴했습니다. 한 권에 5전이었습니다. 그 대신 페이지가 붙어 있어서 사서 직접 분리해야만 했고 종이질도 나빴습니다. 18살에 상해로 넘어와서 남경에 가서 김약산과 만나고, 바로 폭탄을 받을 생각으로 있었는데, 어쨌든 상해로 다시 돌아가서 명령을 기다리고 하더군요. 군관학교에 들어가기 전까지 테러활동을 했습니다. 김약산은 저를 꽤 귀여워했습니다. 처음에는 테러가 무서웠습니다. 선배를 따라서 갔습니다. 게다가 그 당시는 마르크스주의적인 방침이 아니라 사람을 죽이면 신용을 받았습니다. 살인을 하고 나면 더 이상 테러조직을 배반할 수 없으니까요. 노상강도도 했고, 난입도 했으며 살인도 했습니다. 아나키스트는 지독합니다. 65살된 아나키스트가 있었습니다. 조카가 밀고해서 그가 붙잡히게 됩니다. 부하인 이하유李何有라는 사람이 낚시를 하러가자며 그 조카를 꾀어내서 남창덕南昌德(상해에서 4~5리 떨어진 곳)이라는 작은 역으로 갔습니다. 철교 옆에 작은 다리가 있었는데 거기서 낚시를 했습니다. 권총은 소리가 나서 단도를 꺼내들고 선언을 합니다. "네 놈은 조국을 배신하고 존경하는 선배를 일제에 팔아넘겼다"고 말하고는 칼로 찔렀습니다.

남경에 있을 때 장군장이라는 사람이 있었습니다. 민족주의자로 해방 후에 서울에서 만난 적이 있습니다. 그의 딸은 우리와 함께 팔로군에 갔습니다. 그의 아들은 나쁜 놈입니다. 그 녀석은 남경에서 단체 식당의 관리원을 했습니다. 시장에서 장을 보면 상인들에게 속는다고 해서 직접 저울을 가져가서 달아 봅니다. 별명이 '저울래기'였습니다. 그 녀석이 남경의 중국영사관으로 도망을 쳤습니다. 식사 시간인데도 밥이 안 와서 가보니 요리하는 사람은 중국인인데 지도원이 오지 않아서 재료를 살 수 없다고 합니다. 일본인에게 납치된 것이 아닌가 하고 걱정했습니다. 중국 헌병대에 우리 동료 두 명이 있었습니다. 동료를 통해서 탐색을 해보니 저울래기가 영사관에 있다고 합니다. 그로부터 1주일이 지나고, 우리 동료 한 명이 귀갓길에 괴한의 습격을 받았습니다. 권총으로 응전해서 곤경을 벗어났지만, 저울래기가 밀고한 것이 틀림없다는 결론이 났습니다. 하지만 영사관에 있으니 손을 쓸 수 없었습니다. 그 후 그 녀석은 상해로 갔습니다. 그의 아버지는 항저우에 있었습니다. 비밀망명자 단체가 남경에도 항주에도 있었고, 진강(남경에서 60킬로 정도로 상해에 가까운 큰 도시였다)에도 있었습니다. 그의 아버지가 상해 북역 기차에서 내렸을 때 일본 영사관 형사에게 붙잡혔습니다.

아들이 아버지를 밀고한 겁니다. 그 녀석은 인간이 아닙니다! 그의 아버지는 징역 7년을 받았습니다.

"상해에 간 것은 몇 년도 입니까?"

그것은 1934년 봄입니다. 그 다음해에 군관학교에 들어갔습니다. 상해에 있을 때 김두봉이 군관학교의 교관이었습니다. 그의 동생이 김구백입니다. 그는 완고한 민족주의자여서 프랑스 조계에 모여서 연 야유회에서 무정(조선의용군 총사령관)에게 달려들었습니다. "공산주의자는 사람도 아니다" 하는 취지의 말을 했습니다. 무정이 화가 나서 벚나무 막대기 ─ 예전에 공산주의자는 곧잘 수염을 길게 기르고 벚나무 막대기를 들고 있었습니다 ─ 로 그를 후려 갈겨서 강서성으로 도망친 후 해방 지구에 들어가서 홍군에 참가하여 25,000 화리 華里 대장정을 했습니다.

상해에 있을 무렵에는 저도 공산주의를 잘 이해하지 못했습니다. 그저 일본인을 두들겨 패면 좋다는 식으로 생각했습니다. 그런 식이었습니다. 상해에서는 『동아일보』, 『조선일보』를 모두 볼 수 있었습니다. 두 신문사 놈들이 일본군에게 헌금을 했습니다. 그러면 총독부에서 표창을 합니다. 그것이 얼마나 증오스럽던지. 그래서 신문사에 편지를 썼습니다. 입대를 고무하는 기사를 쓴 기자에게 썼습니다. 예전에는 기자의 이름이 기사에 나왔습니다. 편지에 누구누구 기자님께 하고 써서, 당신의 의견은 좋다. 당신이 조직의 사명과 비밀을 철저하게 지키며 지하공작을 하고 있는 것에 경의를 표하며 앞으로 계속해 나갈 것을 바란다고 썼습니다. 이쪽 테러 단체 이름으로 썼지요. 그 편지를 일본인이 읽고서 어떻게 생각했을까요? 그런 일도 했습니다. 참을 수 없을 만큼 미웠습니다!

저는 서울에 있었던 적이 있지만, 역시 시골뜨기입니다. 시골 출신이라서 처음 상해에 갔을 때 엉뚱한 생각을 했습니다. 굉장히 아름다운 외국인 아가씨가 색 안경을 끼고 있지 뭡니까. 눈이 보이지 않는 사람이라 가엾게 생각해서 하숙집 마담에게 이야기를 했더니 웃음거리가 됐습니다. 그건 선글라스라고 마담이 말하더군요. 색안경은 눈이 보이지 않는 사람만 쓰는 것이라고 생각하고 있었습니다.

상해에서 버스에 탔더니 차장이 "어서어서"라고 말하더군요. 저는 양복에 넥타이 차림으로 상해 방식으로 머리를 깎았는데 어떻게 조선인이라는 것을 알았는지 궁금해서, 하숙집 마담에게 제가 상해 사람으로 보이지 않습니까? 하고 물어보니, 응 그래 보여 하고 말하는 겁니다. 버스 차장이 제게 "어서어서"라고 말했다고 하자 또 웃음거리가 됐습니다. 그건 상해말로 빨리 빨리라는 뜻이라고 가르쳐 줬습니다. 이런저런 실패 경험이 있습니다. 하지만 젊었기에 바로 익숙해졌습니다.

상해 시절에 미국 사람에게 영어를 배웠습니다. 중국어도 공부했습니다. 그것이 제 약점이었으니까요. 군관학교에 들어갈 때 외국어는 두 과목이 있습니다. 선택은 자유입니다. 제1외국어는 일본어로 했습니다. 그것은 100점, 제2외국어는 영어인데 80점을 받았습니다. 군관학교에는 고졸 학력에 건강하고 견고한 정신을 가지면 누구나 시험을 볼 수 있습니다. 하지만 뒷문도 많았습니다. 그곳은 등용문이라서 지방군벌의 자식들이 뒷문으로 들어왔습니다. 우리도 김약산의 후원을 받았습니다. 저는 '민족혁명당'에 들어가 있었는데 당이 명령해서 군관학교에 입학했습니다. 첫 수업에서 교관이 이렇게 말했습니다.

"제군이 지금부터 배우는 것은 살인의 과학입니다." 적을 어떻게 해치우는지에 대해서입니다. 황포군관학교는 중앙군관학교로 개칭했습니다. 기마병과가 가장 화려합니다. 학생 한 명에 말 한필과 마부(말을 관리하는 병사)가 따라왔습니다. 나갈 때 번쩍번쩍 하게 빛나는 말을 타고서 돌아와서 고삐를 던지면 그 후는 마부가 알아서 합니다. 기마병과에 들어가는 학생은 키가 커야만 합니다. 공병과는 토치카를 만들거나, 참호를 파거나, 다리를 만들거나, 요새를 만들거나 해야 해서 힘이 있는 학생을 뽑습니다. 포병과는 수학을 잘 하는 학생을 뽑았습니다. 가장 떨어지는 것이 보병과인데 제가 거기 출신입니다. 하지만 진정한 정치가는 모두 보병과 출신입니다. 기마병과는 호려하지만 정치적 두뇌가 부족한 것인지 그 후 뻗어나가지 못했습니다.

김약산

민족혁명당은 처음에 의열단이라고 불렸습니다. 이것은 순수한 테러 단체로 그 대장이 김약산입니다. 그는 당시에 28, 9살의 나이로 대장이 됐습니다. 후일 테러만으로는 안 된다고 생각해서 공산주의자를 포용했습니다. 김두봉金枓奉, 1889~1960(연안에서 조선독립동맹

지도자로 활동, 해방 후 북에서 활동지만 실각)도 거기에 있었고, 최창익崔昌益, 1896~1957(연안에서 항일전쟁을 치루고, 해방 후 북조선의 부수상을 역임)도 일본 감옥에 8년 있다가 출소 후 망명했습니다. 그의 아내가 허정숙으로 북조선에서 문화상을 10년 동안 지냈습니다. 지금은 당 중앙 서기입니다. 당 중앙 서기는 부수상 급입니다. 이 사람들이 모두 함께였습니다. 저도 그 당시 참가했습니다.

군대에도 사령관과 정치위원이 있습니다. 사령관은 전쟁이 나면 명령을 내리지만, 평시에는 정치위원이 하자는대로 하게 됩니다. 정치위원이 위입니다. 김약산에게는 석정石正이라는 인물이 있었는데, 그가 17살에 폭탄을 갖고 조선총독을 폭살하려 했습니다. 하지만 배신자의 밀고로 8년 동안 감옥에 있었습니다. 그는 점점 마르크스주의자로 변했습니다. 그가 김약산의 지혜 주머니였습니다. 그가 상해에 있을 무렵, 프랑스 조계로 와서 이런저런 일을 많이 가르쳐줬습니다. 팔로군에 갔을 때도 그가 모두를 인솔해 갔고, 김약산은 광복군과 합병했습니다. 김약산은 부사령관이라는 자리에 앉았습니다. 이청천李靑天은 일본의 육군사관학교 졸업생입니다. 육사를 졸업하면 장교입니다. 일본군 소대장으로 청도靑島에서 있었던 독일군 공격에 참가했습니다. 그런데 그가 일본을 배신하고 만주로 도망쳐 독립군에 가담했습니다. 그가 광복군의 우두머리였습니다. 김약산은 젊은 부하가 팔로군으로 가버려서 부사령관이라는 자리에서 전쟁이 끝날 때까지 있었습니다. 광복군은 일본에 반대했지만 일본과의 전쟁에는 참가하지 않았습니다. 서안西安에 가니 그들 우익의 생활은 좋았습니다. 커다란 저택에 살면서 호위병도 있었고요. 게양대에는 태극기가 나부끼고 있었습니다.

조선전쟁 때 팔로군으로 갔던 좌익과 중경 및 서안에 남아 있던 광복군, 이들 모두는 군관학교 학생 출신입니다. 남쪽의 사단장도 북쪽도 모두 동급생입니다. 서로 잘 알고 지냈던 사이입니다.

1935년 봄에 황포군관학교에 들어갔습니다. 학창 시절에는 이미 '민족혁명당'에 소속돼 있었습니다. 식비, 교과서, 공책 등의 잡비도 모두 학교에서 내줬습니다. 그 밖에 12엔을 지급했습니다. 그 중의 6엔을 시비로 썼습니다. 하루에 20전으로 꽤 괜찮은 식사를 할 수 있었습니다. 계란 하나에 1전이었던 시대였습니다. 1개 중대에 취사병이 6명 있었습니다. 50전 내면 세탁소에서 빨래를 모두 해줬습니다. 이발병이 1개 중대에 한 명 있었는데 한 달에 20전을 냈습니다. 몇 번이고 이발해도 좋습니다. 한 주에 외출은 네 번만 허락되니 한 달에 5엔 30전의 용돈으로 충분했습니다.

일단 졸업한 사람이 재교육을 위해 올 때도 있습니다. 그 사람들을 학원學員이라 불렀습니다. 우리 학생들은 8엔을 받았는데 학원은 20엔을 받았습니다. 견습사관 훈련에 나가면 준위 자격으로 군대에 들어갔습니다. 졸업하면 소위인데 제 경우에는 견습사관 훈련에 나갔을 때 실제 전투가 일어났습니다. 일본인 조계로부터 꽤 가까운 곳에 있었습니다. 그 때 황포항에 '이즈모出雲'와 순양함이 들어와서 함포사격을 퍼부었습니다. 제가 졸업하기 전에 전투에 참여하게 된 겁니다. 그래서 나중에 졸업식을 열었습니다. 그 후 남경과 무한에서 싸웠고, 이듬해 10월에 무한에서 조선의용군이 결성돼 조선인이 모였습니다.

무한에서 후퇴하기 전에 한구 시내 일본 조계에 있는 아스팔트 담벽에 이틀 밤에 걸쳐서 반전 슬로건을 썼습니다. 너희들은 자본가에게 속아서 침략 전쟁에 종사하고 있다. 이런 전쟁에 참가해서 어쩔 생각이냐라는 식으로 썼습니다.

궈모로오郭沫若가 보러 와서 감동했습니다. 일본에서 유학한 중국인 학생은 10만 명을 넘는데 무한이 함락되기 전에 여기에 남아서 반전 슬로건을 쓴 사람은 모두 조선인이다. 이게 어찌된 일이냐. 부끄러운 일이라고 궈모로오가 책에서 기록하고 있습니다. 중국인 유학생은 어째서인지 위험한 제1선으로 나가려 하지 않았는데 그것은 사실이 그랬습니다. 일본군이 한구 시내로 들어와서 페인트로 콜타르로 쓴 반전 슬로건에 머리를 감싸 쥐고 군대를 동원해서 그것을 삼일 밤에 걸쳐서 지웠습니다.

그로부터 우리는 두 그룹으로 나뉘어서 한 그룹은 한수(漢水, 양자강의 지류)를 따라서 북쪽으로 향했고, 우리는 악양(岳陽, 동정호洞庭湖 입구)까지 배로 가서 거기서부터 모후산幕阜山 전선을 향해 갔습니다. 밤에 행군할 때, 골라汨羅(호남성 북부의 하천. 하류는 샹장湘江으로 흘러들어간다. 굴원屈原이 몸을 던졌다)에 당도했습니다. 배는 있는데 뱃사공이 도망쳐서 없었습니다. 저는 바닷가에서 자랐기에 노를 저을 수 있습니다. "좋아. 내가 할게"하고 말하고 주인 없는 배에 병사를 태우고 세 번 왕복해서 병력을 무사히 이동시켰습니다.

국민당 군대는 징병제가 아니라 마을에서 몇 명을 내보내라 병사가 되는 것은 영광스러운 일이라고 선전했습니다. 적령자에 한해서 대나무로 만든 제비를 촌장이나 군대 입회하에 뽑았습니다. 군대에 가지 않아도 되는 제비를 뽑으면 안심합니다. 아니면 그 자리에서 울음을 터뜨립니다. 부자는 돈을 내서 대역을 내세웁니다. 가난한 집안의 아들이 나서면 그 자리에서 합법적으로 군대에 가는 사람이 바뀝니다.

저는 조선의용군 분대장에 선발됐습니다. 사단장과 군단장이 이야기를 나누더군요. 저는 밖에서 기다렸습니다. 소리가 들리더니 "일본인 포로를 보고 싶나" 하고 말합니다. 보고 싶다고 하니 두 명을 데리고 오더군요. 한 명은 일병, 또 한 명은 상등병입니다. 수염이 자라고 멍한 상태로 죽을 것 같은 표정이었는데 제가 일본어로 "앉으시오"라고 말해도 반응이 없습니다. 조금 지나자 일본어로 말을 걸었음을 깨닫고 지옥에서 부처님을 만난 것처럼 갑자기 생기가 돌았습니다. 군단장이 깜짝 놀라더군요. 그저 한 번 보라고 했던 것뿐인데 제가 일본어로 말을 했으니까요. 호위 병사도 깜짝 놀랐습니다. "저는 일본에서는 노동자로"라고 말하면서 경위를 설명하더군요. 군단장이 저를 잠시 빌려달라고 했습니다.

저는 싫다고 했습니다만 임무라는 말을 듣고서 군단 사령부에 남았습니다. 국민당의 군대는 식사 질이 좋아서 반찬이 8종류나 있었습니다. 군단장은 일본군 포로로부터 정보를 얻을 생각이었던 것 같은데 포로는 두 명뿐으로 두 시간 정도 이야기를 하자 더 이상 할 일이 없었습니다. 작별 인사를 고하고 전선으로 돌아갔습니다.

　조선의용군 최초의 전투에 대해서 말씀드릴까요? 막부산에서 적벽으로 흘러가는 강이 있습니다. 그 강에 작은 콘크리트 다리가 있었고요. 무한에서는 싸우다 후퇴하고, 싸우다 후퇴하고는 했습니다. 우리는 부대의 후미를 맡아서 그 다리를 폭파시켰습니다. 일본군이 추격을 해왔습니다. 다리를 폭파한 후 피난민이 100명 정도 왔습니다. 다리가 없다며 건너편 기슭에서 소리쳐도 들리지 않습니다. 피난민이 아래로 내려가서 강을 건너려고 하더군요. 그러자 일본군 비행기가 와서 기총 소사를 했습니다. 살아남은 사람들을 도와줬습니다. 이윽고 일본군 탱크가 왔습니다. 건너편 기슭의 언덕 위에서 박격포와 대전차포로 해치웠습니다. 대전차포에는 두 종류가 있는데 고무바퀴를 한 것과 철바퀴를 한 것이 있습니다. 고무바퀴 쪽은 가벼워서 기동성이 있지만 기준을 맞추기가 어렵습니다. 그런 점에서 철바퀴는 기동성은 떨어지지만 사격은 정확합니다. 철바퀴 쪽을 써서 일본군 탱크를 폭파시켰습니다. 지금 시점에서 보면 당시 탱크는 아주 작았습니다. 일본군은 강을 건너지 못하고 있었습니다. 그러는 사이에 밤이 찾아왔습니다. 밤이 되면 적은 조준을 확정하지 못합니다. 일본군이 눈치 채지 못하게 하면서 몰래 철수했습니다. 조선의용군이 처음으로 전투를 벌인 것은 그게 처음입니다.

　실제 전쟁은 기묘한 구석이 있습니다. 목적을 갖고 2천 명 정도의 군인이 이동하는 중에 우연히 일본군과 맞닥뜨렸습니다. 1개 연대 정도로 그쪽도 전투가 목적이 아니라 이동하는 중이었습니다. 말똥

말똥 쳐다보면서 서로 입을 다물고 지나쳐 갔습니다. 100미터도 떨어져 있지 않아서 서로 잘 볼 수 있었는데도 말입니다.

한 번은 이런 일도 있었습니다. 일본군 38식 보병총에는 국화 문장이 각인돼 있습니다. 그것을 몇백 정이나 중국 측에 팔러온 사람이 있었습니다. 상인을 매개로 해서 온 사람은 일본의 자본가였습니다. 그걸로 뭘 하겠습니까. 일본제 총으로 일본군을 쐈습니다. 총알도 몇만 발을 팔러 왔습니다. 속는 것은 서민들뿐입니다.

조선의용군이 어째서 잘 싸웠을까요? 의용군은 조선인 스스로가 선거해서 민족대표가 된 적이 없습니다. 하지만 중국인이 보면 의용군은 조선 민족을 대표하는 게 됩니다. 그러니 비겁한 흉내를 낼 수 없습니다. 민족의 체면이 걸려 있는 겁니다. 그러니 용감하게 싸웠습니다. 표창도 받았습니다.

저는 본래 소설을 쓸 생각이 없었습니다. 하지만 우연히 일본군이 총알 하나를 내 발에 선물해 줘서, 다리 하나를 잃어 더 이상 군인으로서의 가치는 없어지고 말았습니다. 그래서 좋아 써보자고 규슈의 이사하야 감옥에서 결심했습니다. 조선의용군은 노동자 군대도 농민의 군대도 아닙니다. 지식인의 군대입니다. 이른바 쁘띠브르주아 군대입니다. 그들은 배가 고프거나 일자리가 없어서 군인이 된 것이 아닙니다. 자기 민족이 이민족에게 짓밟히는 것을 좌시할 수 없어서 일어선 것뿐입니다. 제가 소설을 쓰기 시작한 것은 인간 세상이 어떻게 하면 좋게 될 것인가, 인류에게 어떻게 하면 공헌할 수 있을 것인가 하는 생각에서였습니다. 제 평생은 눈앞에 무언가 부조리한 현실

이 있으면 그것과 싸웠습니다. 『20세기의 신화』도 그랬고, 조선의
용군 때도 그랬습니다.

국민당 군대에서 팔로군으로

국민당 군대에 있는 사람들은 잘 싸웠습니다. 우리도 그랬습니다.
하지만 국민당은 점점 전투를 피했습니다. 국가의 군대가 아니라 군
벌, 장군의 사병 조직화돼, 군대는 장군의 자본이었던 셈입니다. 군
대가 소모되는 것을 싫어해서 점점 전투가 사라졌습니다. 이에 비해
팔로군은 적극적으로 싸웠습니다. 그래서 그쪽으로 가고자 결심했
습니다.

공산당에 입당한 것은 세계관이 변한 후였습니다. 일본인을 테러
로 죽여도 끝나지 않는다는 것을 자각했던 겁니다. 조선이 독립돼도
자본가나 지주를 그대로 둔 채로라면 민중은 학대를 받게 됩니다. 일
본군이 있어도, 조선인 지주, 자본가 하에 있어도 속박을 당하는 것은
마찬가지. 조선 민중을 진정으로 해방시키기 위해서는 공산당에 들
어가야 한다고 생각해서 1940년 8월에 입당했습니다. 현재 공산당
에 입당하면 모두에게 알려지고 그 사람은 사회적으로 중시되며 명
예를 얻게 됩니다. 하지만 우리가 활동하던 당시에는 달랐습니다. 누
구에게도 알리지 않았습니다. 그게 알려지면 모가지가 날아갑니다.

장제스는 공산당원을 산채로 매장했습니다. 전투가 벌어지면 공산당원은 선두에 섰습니다. 숭고한 정신을 지닌 사람들이었습니다. 저도 아무도 몰래 공산당원이 돼 신사군에 갔습니다(팔로군은 황하 이북에 있었음). 제가 연락을 하러 신사군에 갔던 겁니다. 위험한 일이었지요. 국민당 군대가 지배하는 곳에서는 황포군관학교 학생의 배지를 달았고, 거기서 멀어지면 옷을 벗어서 보자기로 쌌습니다. 그리고 중국 민중이 입는 옷으로 갈아입고서 귀로에는 국민당 치하에 들어가기 전에 다시 옷을 갈아입습니다. 그런데 신사군이 있는 곳까지 가는 데는 일본군 점령 지구를 통과해야만 합니다. 우리가 가보니 일본군이 헤엄을 치고 있더군요. 망을 보는 병사가 둑 위에서 총을 갖고 서 있고, 다른 병사들은 발가벗고 수영을 하고 있었습니다. 우리는 망보는 군인 앞에서 미동도 할 수 없어서 옷을 입은 채로 하천에 몸을 담고서 건넜습니다.

큰 전투가 있었습니다. 중국의 장위종張自重이라는 대장이 전사했습니다. 그 전투를 끝으로 싸우지 않았습니다. 그래서 팔로군으로 도망치려고 각 부대가 제각각 낙양에 모여들었습니다. 그 때 낙양 분대의 분대장이 문정일입니다. 그는 군인으로서는 능력이 없지만, 중국인과 교섭하는데 있어서는 천재였습니다. 달변가였습니다. 상대하는 모든 중국인들이 속아 넘어갔지요. 그가 사령부에 주재원으로 있었습니다. 도하증(황하), 통행증 등을 받아낸 것도 그입니다. 그것 없이 양자강을 건너려고 하면 전투가 벌어집니다. 그런 교섭을 벌이는데 있어서 천재였습니다. 피 한 방울 흘리지 않고서 팔로군에 합류했습니다. 그때 총사령관인 주더가 연안에 갔기에, 부총사령관인 펑더화이가 우리를 환영했습니다. 덩샤오핑은 192사단의 정치위원이었습니다. 사단장이었던 류보청劉伯承은 90살이 됐는데 지금 원사元帥 직함으로 북경에서 살고 있습니다.

생활이 많이 힘들었습니다. 옥수수를 먹고 살았습니다. 좁쌀과 옥수수뿐이었습니다. 우리는 익숙해지기 어려웠습니다. 그걸 먹으면 처음에는 배탈이 납니다. 그리고 소금이 없습니다. 소금을 가져 오려면 말과 노새를 끌고서 무장을 해서 일본군의 봉쇄를 돌파해야만 합니다. 일본군은 소금을 못 가져가게 하려고 그 일대를 봉쇄했습니다. 소금이 들어가지 않은 반찬은 먹기 힘듭니다. 힘든 경험을 했지요. 하지만 기분은 좋았습니다. 국민당에 있을 때처럼 눈치를 보지 않아도 됐습니다. 조선의용군은 30명 단위의 분대로 나뉘어 산을 내려가 일본군과 싸웠습니다. 하지만 전투는 가능하면 피했습니다. 선전과 정치활동이 중심이었습니다. 밤에 다가가서 선전을 하거나 삐라를 뿌리거나 했습니다.

일본군 포로도 꽤 있었습니다. 노사카 산조野坂参三 등이 맡아서 해방동맹이라고 칭하지 않았습니까. 그런 단체를 만들어서 교육을 시키려 했습니다. 자본가 자제가 아니라 노동자 농민의 자제들이라서 바로 침략전쟁이라는 것에 눈을 떴습니다.

일본군의 군용 트럭을 잠복했다가 덮쳐서 장교를 한 명 붙잡았습니다. 포로로 삼더라도 총을 빼앗는 것 외에는 연필 한 자루도 강탈하지 않았습니다. 주일대사였던 부활符活이 이런 내용의 글을 썼습니다. 6, 7살 된 아이가 벽돌 조각을 일본인 포로에게 집어던져서 장교의 머리가 깨지는 부상을 입었다고 말이죠. 너희들 포로에게 난폭한 짓을 하지 말라고 하며 어째서 그러는 것이냐며 그 장교가 화를 냈습니다. 어린아이가 한 일이 아니냐. 어린이는 법률을 잘 모른다. 하지만 어째서 당신에게 벽돌 조각을 집어 던진 것인지 생각해 보시게. 일본군이 와서 사람을 죽이거나 약탈을 하지 않았느냐는 내용입니다. 어린이가 한 일은 어찌 되었든, 우리는 일본군 포로에게 예의를 다했습니다. 팔로군의 정책이었으니까요.

호가장 전투

1941년 12월 10일 우리는 태항산이 있는 원씨현元氏縣 호가장胡家莊에 있었습니다. 원씨현은 북경에서 무한으로 가는 철도 연선입니다. 역에서 20킬로 떨어진 곳에 일본군 포대가 있었습니다. 낮에 출동해서는 근처의 마을을 황폐하게 만들었습니다. 우리가 밤에 다가가서 수류탄을 던지고서 선전 방송을 했습니다. 다음 날, 이 부대가 토벌대를 조직했습니다. 우리는 밤늦게까지 선전활동을 해서 아침에 조금 늦게 일어나서 아침을 먹고 있었는데, 갑자기 근처에서 포탄 한 발이 터졌습니다. 벌떡 일어나자 보초가 총을 쏘면서 긴급한 상황을 알렸습니다. 거기에 약 300명의 팔로군이 있었습니다. 바로 전투가 시작됐습니다. 우리가 산 위쪽에 있어서 이겼습니다. 너무 기뻐서 춤을 추면서 만세를 외쳤습니다. 그 후 12월 12일 호가장에서 무슨 대회가 있었습니다. 무슨 대회였는지는 기억이 나지 않습니다. 거기에 참가하게 됐습니다. 팔로군 지배하라 해도 시장이 있습니다. 우리가 그 시장을 총을 들고 보호했습니다.

전투가 끝나면 전쟁터를 치워야 합니다. 사체를 치우거나 무기를 정리하거나. 민병은 일단 피난했던 민중을 다시 돌아오게 하는 역할을 맡았습니다. 뒷정리를 하고 갈 테니 먼저 가시게, 내일 아침에 따라 갈 거야 하고 약조를 했습니다. 우리는 밤늦게까지 화톳불을 피워 놓고 노래를 부르거나 춤을 췄습니다. 전투에서 이겼으니까요. 이겨서 긴장이 풀렸던 겁니다. 춤추고 노래한 후에 잠이 들었습니다. 각반 두 개를 군포에 넣어서 머리맡에 밀어 넣고서 탄띠를 베개 삼아서 잤습니다. 산서성의 지붕은 납작해서 그 위에서 곡물을 말립니다. 그날 밤안개가 깊이 끼어 있어서 보초가 적군을 발견하는 것이 늦었습니다. 부락에 적과 내통하는 스파이가 있었던 겁니다. 밤중에 몰래 일본군에게 내부의 상황을 알렸던 겁니다. 현장에는 부대가 있으니 전화를 걸어서 군용 트럭이 왔습니다. 호가장에서 2, 3킬로 떨어진 흑수하黑水河까지만 트럭이 들어갈 수 있습니다. 거기서 트럭에서 내려서 내통하고 있는 젊은이를 선두에 세우고 슬슬 다가오고 있었던 겁니다. 그리고 우리를 포위했습니다. 그런데도 안개가 자욱해서 발견하지 못했습니다. 그들은 갑자기 습격해 왔습니다. 벌떡 일어나서 대항해 사격을 했습니다. 이윽고 총신이 뜨거워지고 그 열로가 부풀어 올라서 닫히지 않았습니다. 발로 차서 열고서 총을 쐈습니다. 하지만 상황을 보니 죽는 것은 시간 문제였습니다. 그러는 사이에 팔로군이 왔습니다. 다음날 아침에 합류할 예정이었던 것이 빨리 도착해서, 공격 중인 일본군을 외부에서 포위하려고 했기에, 일본군은 바닷물이 빠져나가듯이 사라졌습니다. 그 전에 저는 총을 난사하고 있다가 적이 쏜 탄알에 맞았습니다. 총알이 살을 뚫고 나가버리면 괜찮았을 텐데 다리뼈에 맞아서, 계속 야구 방망이로 맞는 것처럼 아팠습니다. 쓰러져서 바위에 머리를 박고서 기절했습니다. 정신을 차려보니 들것에 실려 있더군요. 거기서 조금 가니 일본군의 군용 트럭이 기다리고 있었습니다. 일본군 부상자와 함께 실렸습니다. 제 옆에 있던 일본 병사는 복부를 당했더군요. 젊은 나이였는데 튀어나온 창자를 무의식중에 쥐어뜯고 있었습니다. 소설이나 영화에서는 숨을 거두기 전에 내 당비를 내달라는 식의 훌륭한 유언을 곧잘 남깁니다. 그런데 사람이 죽는 것을 제가 자주 보니 그런 사람은 한 명도 없었습니다. 머리를 맞으면 즉사, 가슴을 맞으면 입에서 피를 토하고 쓰러지고, 배를 맞으면 의식 불명이라 유언을 남기는 병사는 한 명도 없습니다.

　팔로군의 군사 규칙은 훌륭했습니다. 민중의 바늘 하나라도 빼앗으면 안 된다고 했습니다. 밤에는 뜰 앞에서 잤고, 방안에서는 자지 않았습니다. 연대장이 농민의 아낙네와 그렇고 그런 일이 있었습니다. 그러자 바로 취사병으로 격하됐습니다. 제 눈으로 직접 본 것이니 사실입니다. 엄격하기로 이것보다 더한 곳은 없습니다. 팔로군을 존경합니다.

부상과 구속

저는 그렇게 붙잡혔습니다. 헌병대 안의 분견대로 이송됐습니다. 거기서 제공한 식사는 팔로군 때보다 훨씬 좋았습니다. 그들은 농민한테서 소를 빼앗아 먹었으니까요. 소는 농민에게 목숨과 같습니다. 후일 알게 됐지만, 제가 눈가리개를 한 채로 들것에 실려간 곳은 형대刑臺에 있는 여단 사령부였습니다. 여단장은 조선인이었습니다. 홍사익洪思翊이라는 사람입니다. 조선인 개인병원으로 실려 갔습니다. 치료한 의사가 파상풍에 걸리지 않은 것이 신기하다고 말하더군요. 수술을 하지 않아서 고름이 흘렀습니다. 그 병원 조수는 약제사를 겸하고 있었습니다. 사람이 아무도 없을 때 그가 들어오더니 "선생님!" 하고 부르며 눈물을 흘리는 것이 아닙니까.

자기 누나가 신의주 평안북도 도립병원에 있어서 그곳으로 가면 완치가 될 것을 하고 말하며 웁니다. 자기 친구가 일본군 통역으로 '토벌'을 하러 갔을 때 우리가 뿌린 삐라를 보고 주워 왔다고 합니다. 그것을 장화 안에 몰래 넣어뒀다가 제게 보여준 겁니다. 태극기 그림이 있고 조선 동포에게 고한다 일제의 앞잡이가 되지 마라, 이곳으로 오라, 여기에 혁명군이 있다 하고 적힌 제가 뿌린 삐라를 보여주는 겁니다. 같은 민족끼리의 감정입니다. 그 젊은이가 울고 있었습니다. 자신은 일본군 앞잡이가 됐으면서 말입니다.

그 후 저는 기차를 타고 석가장石家莊에 있는 헌병대로 넘겨져서 헌병대 사령관이 쓰는 헛간과 같은 곳에 수감됐습니다. 하루 세끼 맛있는 식사를 했습니다. 치료는 위생병이 와서 알콜 소독을 해줬을 뿐입니다. 하지만 젊어서 3개월도 되지 않아서 일어설 수 있었습니다. 대나무 봉을 집고서 일광욕을 하려고 뜰에 나갔습니다. 그러자 헌병대 취조실로 끌려갔습니다. 철조망을 쳐놓은 그 뜰에 제 친구가 서 있었습니다. 마덕상馬德相이라는 군관학교 동급생으로 또 다른 한 명은 그다지 친하지 않은 녀석이 서 있습니다. 야마모토 헌병 조장曹長(상사)이 히쭉 웃더니 마치 서로 말을 나누라고 하는 것처럼 사라졌습니다. 제 머리가 길고 얼굴이 창백한데다 군복은 너덜너덜 해서, 처음에 친구들은 제가 유령이라고 생각한 것 같았습니다. 그들은 제가 죽었다고 생각했던 모양이지요. 사정을 알고 나더니 친구들이 꼭 나을 것이라고 격려해줬습니다. 그들은 정보를 탐색하러 왔다가 붙잡혔던 것이다. 한 명은 조선인으로 팔로군에 붙잡힌 후 사상을 바꿨습니다. 이번에는 팔로군을 위해서 정탐 활동을 하려고 군복을 바꿔 입고서, 일본군에게 자신이 팔로군에서 탈영했노라고 하면서 자수를 했습니다. 신용을 얻은 후에 팔로군에게 정보를 넘겼다고 합니다. 그런데 그것이 들키고 말았습니다. 일본 특무기관에서도 수상하게 생각했던 모양입니다. 밀정은 총살형입니다.

　감옥 안에는 일본인도 많았습니다. 군대 안에서 도둑질을 한 사람, 총 등을 밀매한 사람 등. 어느 날 잡역부가 감옥을 청소하더군요. 그 때 잡역부에게서 작고 흰 종이 조각을 건네받았습니다. "당신 것이니 받으시오"라는 말과 함께. 내용을 보니 "네가 이것을 볼 무렵이면 우리는 북경으로 끌려가서 총살형을 당했을 것이야"라고 쓰여 있었습니다. 잡역부에게 부탁해서 내게 전해준 것입니다.

"너는 죽지 말고 원수를 갚아주길 바란다. 녀석은 스파이다. 조심해야 해."

신영순을 말하는 것입니다. 신영순은 함께 광복군에 있다가 조선의용군으로 갔습니다. 그 자가 스파이라는 겁니다. 하필이면 마덕창이 조사를 했을 때 일본군의 통역을 했다고 합니다. 게다가 내용을 마덕창에게 불리한 쪽으로 고의로 날조해서 통역을 해서, 그가 화를 내며 심문을 받으면서 재떨이를 신영순에게 던졌다고 합니다. 마덕창은 일본어를 들을 수 있지만 말은 하지 못했습니다. 어쨌든 총살형을 당하리라는 것은 알고 있었던 것 같습니다.

저는 그 후 영사관으로 이송됐습니다. 죄상은 치안유지법 위반이라 헌병대에서 다룰 사안이 아니라는 겁니다. 영사관은 반듯했습니다. 거기서 몇 개월을 지내다 예심이 시작됐습니다. 예심 형사를 수행하는 여자 비서가 말차抹茶를 가져오더군요. 거기 있던 사람들도 제 경력을 잘 알고 있어서 친절하게 대해줬습니다.

일본에 갈 때 가네야마金山와 호테이야布袋屋라는 순사가 저를 호송했습니다. 이 두 사람은 저를 존경한다며 뭐든지 부탁을 들어줬습니다. 천진에 도착해서 제 여동생에게 전보를 쳐줬습니다. 몇 월 며칠 몇 시에 경성역을 통과하니 면화하러 오라는 내용입니다. 여동생과 어머니와는 경성역에서 만났습니다. 여동생이 많이 자랐더군요. 소학교 5학년 때 헤어졌는데 이젠 학교 선생님이 돼 있었습니다. 어머니는 많이 말라 있었습니다. 호송하는 순사가 입회하고 있다가 어딘가로 가버렸습니다. 여동생과 어머니는 수원까지 함께 기차를 타고 이동했습니다. 그 이유를 전쟁이 끝나고 알았습니다. 기차삯이 없어서 그랬던 겁니다. 그렇게 해서 저는 부산에서 연락선을 타고서 시모노세키에서 내렸습니다.

저는 수갑을 차고 있지 않았습니다. 지팡이를 짚고 있는데다가 다리가 굳은 상태고 나머지 다리는 전혀 쓰지 못했기에 도주할 염려가 없었으니까요. 시모노세키에서 내지 경찰에게 인계될 때도 수갑은 필요하지 않다고 말해주더군요. 시모노세키에서 네 시간 기다렸습니다. 그 사이에 식당에 들어가서 스테이크를 주문했습니다. 나온 음식이 딱딱해서 여종업원에게 물어봤더니 "고래 고기라서요" 하고 말합니다. 소고기가 없는 겁니다. 머리는 빡빡 밀어 놨고 위를 보며 으스대며 지팡이를 짚고 걸었습니다.

"그 때 소고기 스테이크는 어디서 드셨습니까?"

상해나 남경에서는 얼마든지 먹을 수 있었습니다.

시모노세키에서 나가사키로 이송됐습니다. 미결수가 있는 방에는 다다미가 깔려 있습니다. 즉결수가 되면 마루에 돗자리가 깔려 있고요. 미결수 방에는 가격표가 붙어 있어서 사이다가 얼마, 빵이 얼마, 사과가 얼마, 오징어채가 얼마라고 기재돼 있습니다. 주문하면 지금은 비상시라서 없다고 합니다. 그것 참 고약합니다.

1943년 4월 30일 나가사키에 도착했습니다. 부상을 입은 것이 1941년 12월입니다. 그 사이에 헌병이 신분 확인을 하기 위해 조선에 있는 어머님 집에까지 갔다 왔다고 합니다.

다시 신사군과 팔로군에 대해

신사군은 두 개로 나뉘어서 활동했습니다. 한수漢水 근처에서 활동하고 있던 것이 이셴녠李先念 부대로 현재 그는 국가 주석입니다. 또 하나가 대홍산大洪山(호북성 무한에서 서북으로 130킬로 지점에 있는 산) 부근에 1개 사단이 활동하고 있었습니다. 거기서 조선인 두 세 명이 가서 중대장을 하고 있었습니다. 그 중 한 명은 대적(일본) 공작과 과장이었습니다. 거기로 갈 때는 당원도 아니었는데 전투를 거듭하다 중국 공산당에 입당했습니다. 그래서 조선의용군을 끌어들이면 어떻겠냐고 해서 일이 그렇게 진행됐습니다. 우리 제2지대支隊는 이젱렌李正仁의 대홍전구大洪戰區에 있었습니다. 그들은 돌아와서 은밀하게 중국 공산당 조선의용군 지부를 만들었습니다. 저는 1년 정도 후에 중국 공산당에 들어갔습니다. 왜냐하면 저는 호남성 제9전구에 가있었기 때문입니다. 거기에서 태항산으로 가는 것은 너무나 멉니다.

팔로군 안에서는 농민과 병사가 동등합니다. 팔로군에 가보니 목욕을 못해서 작은 냇가에서 돌로 흐름을 막아 놓고 몸을 씻었습니다.

그러자 농민 한 명이 괭이를 들고 뛰어 와서 화를 내기 시작했습니다. 왜 그러는 것인가 하고 생각하자 밭에 물을 넣는 수로였던 겁니다. 내가 물줄기를 막아서 밭에 물이 들어가지 않고 있었던 겁니다. 농민이 장교에게 호통을 칩니다 팔로군은 위대합니다. 국민당에서 이런 행동을 하면 농민은 벌집이 됩니다.

태항산은 우리가 가기 전에 옌시산閻錫山의 지배하에 있었습니다. 가보니 민중이 30년 후의 세금까지 내고 있었습니다. 깜짝 놀랐습니다. 지독하게 착취를 하고 있었습니다. 그 때는 너무 억눌려서 한마디도 하지 못하더군요. 그런데 팔로군이 오자 정말 자유롭게 일을 할 수 있게 됐습니다.

조선의용군의 중공부대에 있다가 결심을 하고 팔로군으로 갔습니다.(그 전에 신사군의 연락이 와서 국민당 치하와 신사군 치하 지를 오갔습니다) 한 번에 움직이면 국민당에게 들키게 돼 분대가 하나씩 이동했습니다. 집합 장소는 낙양洛陽입니다. 낙양의 분대장은 문정일이고요. 문정일은 중국인과외 교섭을 정말 잘했습니다. 노련하게 교섭을 했습니다.

신사군에서도 조선의용군이 팔로군에 합류하리라는 것을 비준해 줬습니다. 조선의용군은 단독 조직이 아니라서 중국공산당의 당원으로서 비준을 받지 못하면 움직일 수 없습니다. 신사군에서 팔로군으로 연락을 해줬습니다. 비당원인 의용군 병사에게는 당의 비준에 대해서는 한마디도 하지 않고서 일본과 싸우지 않는 국민당 군대는 밥벌레입니다. 팔로군에 가자고 설득했습니다. 신사군에 있던 의용군이 아니었던 조선인도 팔로군에 가고 싶다고 했지만 그것은 허가받지 못했습니다.

그 때 아그네스 스메들리(Agnes Smedley)라는 미국인이 태항산에 왔습니다. 우리 간부에게는 근무병이 한 명씩 붙었습니다. 밥을 날아다 주거나 셔츠를 빨아주거나 했습니다. 간부에게는 근무병이 붙었습니다. 스메들리를 18살 소년 병사가 수행했습니다. 그러자 나중에 양자를 삼겠다고 했습니다. 그 사람은 아이가 없었습니다. 그때 이선염이 이렇게 말했다고 합니다. 우리는 그 현장에 없었지만, 전쟁이 끝나면 양자로 주겠다고 했다고 합니다. 그런데 그 소년 병사가 2년 정도 지나서 전사했습니다. 그런 일도 있었습니다.

팔로군으로

낙양에 가기 위해서는 황하를 건너야만 합니다. 황하는 국민당 장군이 관할하고 있어서 여행증과 도항증이 필요합니다. 문정일이 부대의 후위로 와서 조선인은 북방 일대에 있으며 그들을 지원하고 보호해야 한다는 명목을 내밀어서 능숙하게 상대를 요리해 양자강을 건너게 됐습니다. 밤이 돼 이제 건너려 하자 돈을 흥정해야 했습니다. 나쁜 놈들이 통행세를 좀 더 내라고 하는 겁니다. 돈을 냈습니다. 내지 않으면 전투가 벌어집니다. 거의 다 건너갈 무렵 돈이 부족하니 좀 더 내라고 합니다. 내지 않았냐고 하자 부족하다고 합니다. 노상 강도와 다르지 않습니다. 이쪽에도 수가 있습니다. "총알을 장전하라!" "전부대 착검!" 하고 명령했습니다. 몇백 명이 탄알을 넣는 소리와 밤눈에도 총검이 반짝였습니다. "돌격!" 하고 명령 했습니다. 상대방도 전투를 벌이는 것은 싫었겠지요. 속이고 돈을 더 뜯어내려 했었는데 이쪽에서 고압적으로 나가자 갑자기 태도를 부드럽게 하 더니 "자자 그만 그만. 우린 형제가 아닌가. 건너시게. 건너". 이건 뭐 수호전이나 다름없습니다.

모두가 다 건너자 빵빵 하고 총을 쏘아댑니다. 처음에는 추격하는 것인가 하고 생각했는데 탄알이 전혀 날아오지 않습니다. 그건 일본 군에게 알려주려고 일부러 그런 겁니다. 총성이 나면 일본군이 밀려 옵니다. 그러면 보고를 합니다. 지금 적군과 맞닥뜨려서 전투를 벌 였습니다. 그러면 일본군 놈들은 자신들에게 충성을 다한 것이라며 기뻐합니다.

팔로군에 들어갈 때 밤중에 마을의 와지窪地에 집합했습니다. 팔 로군이 마중을 나왔습니다. 누군가 봤더니 황포군관학교 시절의 동 급생이더군요. 밤길을 가고 있는데 "誰啊!"(세이)라고 암구호를 합니 다. 그날 밤 그날 밤에 따라 암구호와 통과 번호가 있어서 그것을 말 하면 그냥 지나갈 수 있습니다. 그렇게 해서 지나가야 하는 곳이 3, 4군데 있습니다. 국민당 군대는 일본군을 경계한 것만이 아니라, 팔 로군도 경계했습니다. 새벽이 왔습니다. 산봉우리를 걷고 있는데 골 짜기 쪽에서 큰 소리가 들렸습니다. 가보니 녹색 군복을 입은 몇백 명의 사람들이 군모를 벗어 흔들면서 환영해 주는 겁니다. 이미 연락을 우리가 가는 것을 알고 있었습니다. 도착해 보니 총기를 늘어놓고 환영해 주는 것이 마치 열병식과 같았습니다. 밤에는 연극 공연을 보여줬습니다. 조선의 동지를 환영한다는 현수막도 걸렸습니다. 그 산속에서 공연을 하는데 저고리와 치마를 입은 여자가 나오더군요. 어디서 손에 넣은 것일까요? 그 옷을 입은 것은 중국인입니다. 총사령부에 도착하는데 4, 5일이 걸렸습니다. 도착해 보니 펑더화이가 우리를 환영해 줬습니다.

거기서는 각 분대 당 몇십 명으로 나뉘어서 때로 산 아래로 내려가서 일본군 포대 근처까지 가서 전투를 벌였습니다. 하지만 우리의 방침은 가능하면 전투를 피하는 것이었습니다. 무기를 지니고 있으니 전투가 벌어지면 응전은 했지만 선전 활동이 주였습니다.

중국공산당도 전투에는 반대했습니다. 조선의용군 몇백 명이 가서 일본군 몇십만과 싸워봐야 소용이 없으니까요.

중조산中條山은 골짜기가 꽤 깊습니다. 산길에서 지나쳐 가서 반대 방향으로 1시간 걸어간 후에도 큰 소리로 말하면 여전히 이야기를 나눌 수 있을 정도였습니다.

소련제 맥심이라는 중기관총이 있습니다. 탄띠 하나에 200발이 들어갑니다. 일본군 중에서도 터무니없는 병사가 있습니다. 기관총을 쏘면 적은 보통 접근하지 못합니다. 그런데도 풀숲을 기어서 절벽 밑에서 셋이서 목말을 만듭니다. 죽음을 두려워하지 않는 사람만 가능한 행동입니다. 맨 위에 있는 병사가 맥심 기관총 다리를 당겼습니다. 총을 쏴대고 있는 우리는 머리가 혼란스러워 하고 있는데 털복숭이 손이 기관총 다리를 당기는 겁니다. 군대에서 '무기는 생명이다'라고 배웠습니다. 명줄이 끊어지는 것처럼 당황했습니다. 그거야 칼로 그 손을 잘라버리면 그만이었습니다만. 맥심은 회전 시키면 머리가 쑥 빠지게 돼 있습니다. 뜨겁습니다. 꼬치구이가 익을 정도입니다. 뜨거운 총신을 둘이 달려들어서 뽑았습니다. 일본병사는 기관총 다리만 손에 잡고서 계곡으로 3명이 떨어졌습니다. 다리가 없으면 기관총을 쏠 수 없습니다. 전쟁이라는 것은 김일성 장군님처럼 백전백승 할 수 있는 게 아닙니다. 일본군도 그렇습니다. 그런 기관총 다리만 가지고서 뭘 한단 말입니까. 전쟁 경과는 이기고 지는 것의 반복입니다. 그러므로 우리는 자손에게 진실을 전해야만 합니다.

저는 잘 싸웠지만 실패도 많이 했습니다.

팔로군에서의 생활

"팔로군에서의 생활 등을 조금 더 들려주시기 바랍니다. 주거는 어떻게 하셨나요?"

주거는 농가에서 했습니다. 팔로군은 어째서 그렇게 벼룩이 많은 것인지. 벼룩은 기억에 남아 있습니다. 세면대에 물을 받아 두면 물

표면이 시커멓게 될 정도였습니다.

감이 많았습니다. 산서성 산 전체에 감나무가 있었습니다. 가을이
되면 새빨갛게 익습니다. 산서성 집은 돌로 짓는데 지붕이 평평합니
다. 그 위에서 감을 건조시킵니다. 산 중턱에 층층이 집을 만들어 놨
는데 그곳에서 유명한 것은 감과 호두입니다. 호두를 일본 점령구로
가져가서 팔았습니다. 대신에 종이를 사거나 석유를 사거나 했습니
다. 쌀은 한 톨도 없습니다. 감을 말린 후 가루로 만들어서 만두를 만
들었습니다. 색깔이 까맣습니다. 그 만두는 답니다. 배 터지게 먹은
다음이 문제입니다. 속이 거북해서 말입니다.

양도 많습니다. 산언덕에서 떨어져서 죽는 양도 있습니다. 그런 것
은 싸게 군대에 팔았습니다. 고기에 시퍼런 멍이 들어 있습니다. 삶아
서 먹습니다. 구워 먹기도 합니다. 하지만 소금이 없습니다. 있어도
비싸서 살 수 없습니다. 소금 한 근이 4엔입니다. 중대장인 제 월급이
3엔 50전입니다. 살 수 있겠습니까? 여행할 때 성냥갑에 넣어서 은단
처럼 넣어 다녔습니다. 그것도 새까만 돌소금입니다. 소금은 일본군
점령지구 건너편에서 나옵니다. 소금을 가져오려면 전투부대가 말을
끌고 가서 소금을 말 등에 실어서 목숨을 걸고서 점령 지구를 돌파해
야만 합니다. 일본군은 철저하게 봉쇄를 하고 있었습니다.

우리 팔로군 선전부는 석유램프를 썼습니다. 일반적으로는 유채
기름을 썼습니다. 하루에 자기 전 30분 동안만 쓸 권리가 있습니다.
전부대가 접시에 심지를 넣은 등불을 썼습니다. 선전부는 석유램프
를 써도 됐고 시간 제한도 없었습니다. 무슨 일이 있어도 책을 읽고

싶은 사람은 선전부로 모여서 석유램프를 둘러싸고 앉았습니다.

곤란한 것은 목욕입니다. 머리를 감으려면 어찌 합니까. 게다가 겨울입니다. 그러니 겨울에는 머리를 스님처럼 빡빡 깎았습니다. 여름에는 하천에서 감을 수 있어서 기를 수 있었지요. 제가 힘들었던 것은 구두였습니다. 구두를 주지 않았습니다. 삼베를 주고 자기 짚신을 만들라고 합니다. 저는 짚신 등은 만들 수 없는 인간입니다. "맨발로 있을게" 하고 말하자 친구가 "내가 만들어 줄게" 하더군요. 그 대신에 "빨래를 해줄게" 하고 말해서 그렇게 교환을 했습니다. 후일 그는 조선 포병학교의 교장이 됐습니다.

저는 단추도 달지 못합니다. 무기 분해나 손질은 할 수 있지만 다른 것은 모두 형편없습니다. 국민당에 있을 때는 목욕과 빨래 등은 모두 당번병이 해줬는데 팔로군에 가자 정말 난처했습니다. 팔로군에도 몇 명인가에 한 명의 소귀小鬼(13~14살 어린이)를 붙여 줬으나 그래 봤자 어린아이에 불과합니다. 밤에 행군을 할 때면 그 소귀들이 자면서 걷곤 했습니다. 그 아이들이 졸면서 어디로 갈지 알 수 없었습니다. 어쩔 수 없어서 각반을 벗어서 벨트에 묶어서 행방불명이 되지 않게 했습니다. 하지만 그런 아이들이 훌륭한 병사가 됩니다. 아무튼 12, 13살부터 군대에서 단련됐으니까요.

가을 수확기에는 군대를 동원해서 작업을 했습니다. 수확은 재빨리 단시간에 정리하지 않으면 안 됩니다. 일본군은 여름에는 나뭇잎이 무성하니 무서워서 안으로 들어오지 못합니다. 나뭇잎이 떨어지면 '토벌'을 시작합니다. 그러니 일본군이 들어오기 전에 수확해 건조한 뒤 산속에 숨깁니다. 팔로군이 농민의 작업을 돕는 겁니다. 그 대신에 농민이 감이나 호두를 가져다줍니다. 하지만 팔로군은 절대로 손을 대지 않습니다. 먹고 싶어도 규율상 안 됩니다. 산서성에는 석탄이 풍부합니다. 1근에 1전입니다. 대단히 싼 가격입니다. 그런데도 그 1전을 절약해서 장작을 구했습니다. 아 그런데 저는 그것도 어설펐습니다. 하루 일해도 다른 사람의 10분의 1이 되지 않았습니다. 밤에 부대로 돌아가면 모두가 손뼉을 치면서 웃는 게 아닙니까. 학철이 1등이라면서 말이죠.

팔로군에 온 여성들

일본군에는 조선인 위안부가 있었습니다. 그들은 포로입니다. 몇명이고 있었습니다. 최전선에 보내지는 것은 그 중에서도 가장 얼굴이 못생긴 여자들입니다. 미인은 후방에서 비싼 돈에 팔리며, 위험한 곳까지 보내지지 않습니다. 팔로군도 바보입니다. 일본군 병영을 전멸시키고 여자를 포로로 삼았습니다. 일본 옷을 입고 있으니 일본인이라고 생각했는데 조선인이었던 겁니다. 그래서 그녀들을 우리에게 보냈습니다. 그거 참 난처했습니다. 거의 대부분이 성병에 걸려 있었습니다. 군의관이 진료하지 않으면 안 됩니다. 그러자 한족 군의관이 우리에게 이렇게 말하는 겁니다. "너희 나라 여자들은 이렇게 못생겼냐?"고 말입니다. 자존심에 상처를 입었습니다.

"헛소리하지 마"하고 못생긴 여자가 최전선에 오게 되는 필연성에 대해서 가르쳐 줬습니다. "우리나라에도 가슴이 뛰는 미인은 얼마든지 있어"하고 말이죠.

그런데 며칠인가 지나는 사이에 알게 된 사실인데, 그 여자들이 굉장히 착한 마음씨를 가지고 있습니다. 산속에서 소학교에 가지도 못하고, 생활이 처참해서 어쩔 수 없이 팔려온 겁니다. 깊은 산속 샘물처럼 맑은 여자들입니다. 깜짝 놀랐습니다. 물론 감격했습니다. 그 여자들이 땔감을 줍는데 혼자서 제 10배 분량을 해치우는 겁니다. 매우 창피했습니다. 게다가 더 난처했던 것은 일요일은 팔로군 취사병이 쉬는 날입니다. 간부들이 취사를 합니다. 국민당 부대에서는 이런 일은 절대로 있을 수 없습니다. 저는 밥도 지을 줄 모릅니다. "물을 떠와라"해서 가는데 그 물통이 멜대가 달린 것이라 잘 안 됩니다. 반도 채우지 않았는데 전부 다 쏟아져 버렸습니다. 생각보다 어렵습니다. 게다가 식기를 씻어야 합니다. 저는 귀찮아서 물로 쓱 헹궜을 뿐입니다. 그런데도 식기가 깨끗했습니다. 다른 병사들은 시간을 들여서 정성스레 씻습니다. 그래서 자랑을 했습니다.

"너희들 말이야. 그렇게 빡빡 씻어서 되겠냐. 나는 그냥 쓰윽 했을 뿐인데도 이렇게 번쩍번쩍 하잖냐. 이것 보라고."

"이런 멍청한 놈아. 네 식기는 모두 데라모토 아사코寺本朝子가 전부 씻었어."

일본인 여자가 특별히 제 식기를 씻어준 것을 전 알지 못했습니다.

그리고 태항산 학예학교의 여자들도 있었습니다. 대체로 대도시의 여학교 출신입니다. 그 여자들의 하이힐을 쓸 일이 없어서 팔려고 했는데, 산속에서 그걸 누가 사겠습니까. 멍청한 짓이죠. 그래도 예술에 대한 이야기 등은 말이 통해서 친해졌습니다.

클래식에 대한 제 지식은 깊습니다. 그래서 정율성1918~1976(조선족 작곡가)과는 마음이 잘 맞았습니다. 그는 「팔로군행진곡」의 작곡가로 매부는 황포군관학교 학생이었는데 김일성에게 살해당했습니다.

전쟁이 나고 무한에 모였습니다. 한구는 동양의 마드리드라 불렸습니다. 거기에 청년회관이 있어서 조선의용군이 연극을 했습니다. 어쩔 수 없이 각본을 썼습니다. 외국 관객도 오더군요. 저는 각본을 써 본적이 없습니다. 하지만 쓸 사람이 없어서 제가 썼습니다. 저도 창피하지만 어쩔 수 없었습니다. 하지만 중국인의 관대한 마음을 지니고 있습니다.

"연극 참 좋았소. 좋았어"하고 칭찬해 주더군요. 잘 생각해보면 왜 그렇게 칭찬해 줬는지 알 수 있습니다. 자신들이 일본과 싸우고 있는데, 외국인이 자신들 편을 들어준 정치적 의의를 높이 산 것입니다. 연극 자체는 그다지 좋지 않았습니다. 선전용 연극이니까요.

그때 제가 각본을 썼습니다. 감독은 지금 장춘에 있는 최채가 맡았습니다. 최채는 과거에 영화배우여서 감독을 맡은 겁니다. 이렇게 둘이서 형제처럼 연기를 했습니다. 최채가 형, 제가 동생입니다. 제가 정치범 역할로 감옥을 탈출하고 형은 등대지기를 하는 역할입니다. 동생이 형의 집을 찾아가는 설정입니다.

등대지기 아내가 누구였냐 하면 데라모토 아사코라는 일본인 여성입니다. 무대장치를 담당한 사람이 후일 조선중앙통신사의 사장이 됐습니다. 효과로 파도소리를 냅니다. 물을 유리잔 등에 넣고서 소리를 내는 역할을 맡은 것은 사단 참모장으로 미군의 인천상륙작전 당시에 전사했습니다.

제가 각본을 쓴 연극은 역사적 의의는 있을지 모르나 예술성은 전혀 없습니다.

물론 팔로군 안에서도 연애를 했습니다. 삼각관계가 되면 정치위원이 중재해서 둘 중 하나를 고르라고 합니다. 지시에 따르지 않으면 정치 문제가 됩니다.

대대장부터는 말을 한필 받습니다. 대체로는 부인이 있습니다. 부인을 말에 태우고 남편은 걸어가는 경우가 많았습니다. 여성은 남자의 100분의 1 정도로 적었습니다. 어린아이가 태어나면 큰일입니다. 아내도 군인이라서 탁아소에 맡겨야만 합니다.

저는 결혼하지 않았었기 때문에 그런 걱정은 없었습니다.

김사량, 이태준, 한설야

김사량1914~1950(1933년 도일. 아쿠타가와상 후보에 오른 적이 있으며 중국 해방지구로 탈출했다. 해방후 북조선에서 활동하다 조선전쟁 때 사망)은 조선 작가들 중에서 유일하게 아내와 아이들을 버리고서 혁명군으로 탈출했습니다. 그건 대단한 일입니다. 죽을 때도 전쟁터에서 죽었습니다. 김사량의 아들은 낭림이라고 합니다. 조선에 낭림산맥이 있지 않습니까. 거기서 따온 겁니다. 딸이 나비입니다. 아내는 이화여전 출신으로 온순한 사람입니다. 해방 후 어느 날, 김사량이 야유회에 갔다고 합니다. 평양에서 4, 5킬로 떨어진 숲속입니다. 1946년 무렵입니다. 거기에 김일성도 왔다고 합니다. 서로 이야기를 나누다 인사를 했습니다. 거기서 김사량 일가가 식사를 하고, 건너편에서 김일성이 밥을 먹고 있었다고 합니다. 김사량 부부가 나비에게 "저분이 김일성 장군님이야" 하고 말했다더군요.

그런데 세 살 된 딸이 믿지 않더랍니다. 김일성 장군은 범접하기 힘든 신이나 부처님 같은 사람이라고 굳게 믿고 있는 겁니다. 그때 나비가 아장아장 걸어가서 김일성 목에 팔을 두르더니 "너 정말 김일성 장군?" 하고 물어봤다고 합니다. "그래 맞다. 맞아. 그러니 좀 놔줘. 숨 막힌다" 하고 기분 좋은 비명을 질러서 모두가 웃었다고 합니다.

김사량의 친형은 친일파입니다. 평안남도 어딘가의 과장입니다. 해방되자 남쪽으로 도망쳤습니다. 그 집을 김사량이 받았습니다. 김사량의 장인어른은 세창고무회사 사장으로 저도 잘 아는 분입니다. 사장님 댁은 수옥리水玉里에 있었습니다. 그런데 주택이 부족해지자 다른 사람에게 빼앗겼습니다. 어쩔 수 없어서 일본인 평사원 집에서 살고 있는데, 주택 하나에 세 가족이 살고 있을 정도로 주택난이 벌어졌습니다. 그 집 방 한 칸에 김사량 일가가 들어갔습니다. 그런데 김사량의 양아버지 아들이 결혼을 하게 되었는데도 방이 없어서 곤란해 하고 있었습니다.

김사량은 진정한 애국자입니다. 그가 북경에 가서 북경반점에 머물고 있을 때 우리 조선의용군 연락원과 만났습니다. 장사꾼 차림을 하고서 호텔에 묵고 있었습니다. 거기서 김사량은 결심했습니다. 그는 있는 돈을 다 털어서 륙색에 약을 가득 넣고서 일본군 봉쇄선을 돌파해 팔로군 본거지로 들어갔습니다. 팔로군에는 의약품이 적으니 산 것입니다. 조선의용군에는 수염이 덥수룩한 김철원金鐵遠이라는 사람이 있었는데 이 자는 기관총 다리를 빼앗긴 남자로, 상해에 있을 무렵 저와 함께 테러 활동을 했던 동료입니다. 그가 마중을 나간 겁니다.

"네가 김사량이야?"

하고 잘난 듯 물었다 합니다.

"여기에는 예전에 조선인 작가 동료로 김학철이 있었는데 죽어서 이젠 나 혼자 남았지"하고 허풍을 떨었다고 합니다.

전부 허풍으로 철원이 놈은 아무 것도 쓴 적이 없습니다.

태항산에서 김학철이는 '투빠오즈土包子(촌놈)' 작가라 불렸어. 상해에 있을 때는 하이칼라였는데 산서성 산골짜기에 오래 있다 보니 촌놈이 돼 버렸지 뭔가.

하고 김철원이 김사량에게 말했던 모양입니다. 촌놈 작가는 편지 한통 쓸 수 없게 됐다고. 그가 그렇게 말했노라고 김사량이 나중에 알려줬습니다.

"이태준과 마지막으로 만난 것은 언제였습니까?"

저는 이태준과 북경에서 마지막으로 만났습니다. 1952년 10월 초 무렵이었습니다. 북경에서 회의가 있어서 그가 조선작가동맹의 대표로 참가했습니다. 그 때 제게 연락을 해왔더군요. 저는 그 때 멋을 내서 중국의 장포長袍(창파오)를 입고 갔습니다. 이태준이 말하더군요. 요즘 조선에는 아무 것도 없다고 말이죠. 그 무렵 조선전쟁으로 피폐한 상황이었는데 도시가 폭격을 당해서 시골 농가에서 살고 있다고 했습니다. 시골집에는 쥐가 많습니다. 외국에 갈 때 입을 양복은 보자기로 싸서 천정에 매달아 놓는다고 하더군요. 작가동맹에는 아무 것도 없다면서 무언가를 좀 해달라고 부탁해 왔습니다. 그래서 딩링1907~1986(중국 여성소설가. 1936년에 연안지구에 들어가서 방후에는 북경으로 갔다. 1957년 우파라며 비판받았다)에게 이야기해서 중국 작가협회의 전신인 문학예술계연합회가 지프차 2대를 사서 이태준 편에 선물로 보내줬습니다. 저는 이태준과는 꽤 친했습니다. 1951년 인가 1952년 무렵 『인민문학』과 『광명일보光明日報』에 이태준의 작품을 몇 편인가 번역 소개한 적이 있습니다. 어떤 작품이었는지 지금은 기억이 나지 않습니다. 그의 『문장독본』이라는 책이 있지요. 상당히 좋은 책입니다. 여기서는 금서입니다만.

"어째서 그렇죠? 이데올로기적인 내용이 없지 않나요"

그래서 문제인 겁니다. 여기는 불합리한 일이 많습니다. 김사량과
도 정말로 친했습니다. 하지만 친했기 때문에 제가 이런 이야기를
드리는 것은 아닙니다. 이 사람들은 정말로 애국자였습니다. 죽을
때도 전쟁터에서 죽었으니까요. 그리고 이태준은 양심적인 사람입
니다. 일본과는 절대로 타협하지 않았습니다.

이태준은 민족주의자로 새로운 국가에 대한 기대를 품고 북조선
으로 갔습니다. 작가동맹의 부위원장이 되지 않았습니까. 작가동맹
말입니다. 그런데 한설야가 그를 배척했습니다. 결국 그도 박헌영과
친하다는 이유로 반동 작가로 몰려서 흥남에 있는 커다란 공장에 가
서 쇠 부스러기를 줍는 일을 했습니다. 죽을 때까지 쇠 부스러기를
주웠습니다. 그런 죄악에 대해 확실히 기록해 두기 바랍니다.

저는 한설야와도 교제가 있었습니다. 하지만 저는 그를 별로 좋아
하지 않았습니다. 그는 자기 자랑만 늘어놓았습니다. 사람이 자기
자랑 이야기를 늘어놓기 시작하면 끝입니다. 김일성도 마찬가지입
니다. 김일성은 다른 사람이 끼어들 틈도 없이 자기 자랑을 늘어놓습
니다.

"그 때 나는 말이야······"하고 김일성은 말하더니 손가락 끝에 술
을 적셔서 탁자 위에 지도를 그립니다.

"적의 대포가 저기 있었는데 우리가······"라고 하면서 자기 자랑
만 늘어놓기에, 인간이 아직 덜 됐다고 생각했습니다. 사람은 겸허

해야만 합니다. 자기가 아무리 훌륭한 일을 하고 있을 때도 실패할 수 있다고 생각하고 자신은 별 것 아니라고 생각할 줄 알아야 합니다. 그것이 진정한 사람의 길입니다. 그런데 자기 자랑 이야기만 늘어놓아서 질려버렸습니다.

한설야도 자기 자랑만 늘어놓더군요. 한설야는 작품을 연필로 써서, 퇴고를 하지 않습니다. 이태준은 대단히 겸허하고, 상냥하고 온순하고 좋은 사람입니다. 김사량도 물론 좋은 사람입니다. 그에게 왜 독일문학을 공부했냐고 물어보니까 괴테의 『파우스트』에 빠져서라고 하더군요. 『파우스트』를 원문으로 읽어보는 것이 평생의 소원이었다고 합니다. 김사량은 그런 사람입니다.

"김사량이 죽기 전의 지위는 뭐였죠?"

조선노동당 중앙위원회 간부부장, 이름은 김시창입니다. 본명이지요.

"김사량의 죽음에 대해 잘 아십니까?"

지금부터 말씀드리겠습니다. 조선전쟁이 시작되고 4, 5일 지난 1950년 6월 말이었습니다. 김사량이 종군기자가 되고 싶으니 허가를 받고 싶다고 말해서 함께 가서 노동당 중앙간부 부장인 진반수에게 소개해 줬습니다. 진반수에게 특별한 배려를 받았습니다. 김사량은 나이도 있었으니까요. 저보다 2살 위라서 당시에 37살이었습니다. 심장병도 있어서 일반 병사와 똑같은 취급을 받아서는 견딜 수 없으니 배려가 필요했습니다. 허가를 받고 참전해 낙동강까지 가서 후퇴할 때 심장병이 악화돼 죽었다고 합니다.

김사량이 "돼지우리의 더러운 거름에서 나온 물을 마시면 심장병이 낫는다는 사람이 있어서 마셨어" 하고 말해서 웃었던 적이 있습니다. 이건 조선전쟁 전의 이야기입니다. 김사량과 저와 그리고 전재경田在耕이 있었습니다. 우리 셋은 정말 친한 사이였습니다. 전재경은 평양중앙방송국 국장이었습니다. 그도 일본에서 유학을 했습니다. 그는 전투에서 포로가 돼 거제도로 보내졌습니다. 리지웨이Matthew Bunker Ridgway의 회고록에도 나옵니다. 전재경은 영어에 능숙해서 통역을 맡았습니다. 나중에 북으로 돌아왔는데 '이색분자'라 하며 찬밥 대접을 받았습니다. 지금도 살아있는지 어떤지 잘 모릅니다.

진반수라는 사람은 중국에 가서 쥬더하이와 제 매제(공군사령관)와 소련으로 도망쳐서 신강新疆을 거쳐서 연안으로 들어갔습니다. 중앙부장의 전임은 이상조李相朝입니다. 군관학교 시절 제 동급생입니다.(후일 소련 대사. 조선 측 정전위원회 주석 대표. 중장) 김일성이 진반수를 어디에 앉혔냐 하면 대외무역부장 자리입니다. 당의 중앙부장이 각료가 되는 것은 조선에서는 좌천입니다. 그 후 더 혹독한 취급을 받고 강제수용소에 들어갔습니다. 김일성 선집이 있지요? 김일성은 그걸 쓰지 않았습니다. 선전부에서 전부 쓰면 그걸 읽을 따름입니다. 김일성 선집 중에는 김사량 쓴 부분도 들어 있습니다. 마오쩌둥은 전부 자신이 썼습니다. 마오쩌둥은 훌륭한 문학자이기도 합니다.

"김사량은 언제 노동당에 들어갔습니까?"

김사량은 태항산에서 돌아와 바로 노동당에 들어갔습니다. 태항
산에 있을 무렵 '조선독립동맹'에 들어갔습니다. 독립동맹과 북조선
노동당이 1946년에 합병해서 그도 자연스레 노동당원이 됐습니다.
다만 그는 중국 공산당원은 아니었습니다.

김사량이 쓴 것을 중국에 소개하려 했지만 잘 되지 않았습니다. 해
방 직후 북조선에서 『김사량선집』이 나왔습니다. 그런데 어째서 중
국에서는 안 되는 것인가 하면, 그가 연안파에 속해 있어서 김일성이
좋아하지 않았기 때문입니다. 지금도 안 됩니다. 김달수가 김사량선
집을 보내줬습니다. 그것을 소개하려 했지만 잘 되지 않았습니다.

앞서 이야기한 조선인위안부에 대한 이야기입니다. 팔로군 포로
가 된 사람은 7, 8명 있었습니다. 그것을 적어서 중국의 모 잡지에
보냈습니다. 하지만 "바보 녀석들이군. 어째서 데려온 것이야? 일본
인이라고 생각해서?"라는 부분의 "바보 녀석들"을 지웠습니다. 편집
부에서 "양해해 주십시오"라는 내용의 편지가 왔습니다. 팔로군을
바보취급하면 안 되는 모양입니다. 『격정시대』에는 원문 그대로 실
어야 한다는 조건을 걸었지만, 그것도 통하지 않았습니다.

다시 팔로군에서의 생활에 대해

저는 중대장으로 한 달에 3엔 50전을 받았습니다. 당비를 30전, 클럽비용(오락, 여흥)으로 20전을 썼습니다. 3엔은 용돈입니다. 그런데 누런 설탕이 1근(당시는 160돈쯤)에 7엔, 돼지고기 1근이 2엔, 돌소금 1근이 4엔입니다. 군복 등은 보급됐습니다. 분말 치약은 있었습니다. 정체를 알 수 없는 분말 치약입니다. 칫솔은 끝이 무르면 그 칫솔대를 가져가지 않으면 바꿔주지 않습니다. 또한 나중에 칫솔대에 칫솔을 옮겨 심습니다. 대약진 당시에도 끊어진 전구를 가져가지 않으면 새로운 것을 주지 않았습니다. 비누는 닛코인日光印으로 세안용과 세탁용을 겸하는 기묘한 형태로 산속의 공장에서 만들었습니다.

식사는 조밥이나 옥수수 삶은 것을 주식으로 했던 적도 있습니다. 국민당은 세금을 짜냈습니다. 팔로군은 인민을 지켜주기 때문에 당연한 것이지요.

조선의용군 추도가는 제가 작사한 것입니다. 가사는 『항전별곡』에 있습니다.

"불러 주세요"

잊어버렸을지도 모릅니다. 하지만 해보겠습니다.

사나운 비바람이 치는 길가에

다 못가고 쓰러지는 너의 뜻을

이어서 이룰 것을 맹사하노니

진리의 그늘 밑에 길이길이 잠들어라

불멸의 영령

"나라가는 까마귀야 사체보고 우지말아……라는 추도문은 누구의 작
사입니까?"

원래는 레닌을 추도하는 곡에 누군가가 가사를 붙여서 불렀습니
다. 팔로군 시절에도 처음에는 그것을 불렀습니다. 팔로군 정치부장
의 뤄루이칭羅瑞卿 아래에 있는 사람이 그 곡은 레닌 추도가라고 귀엣
말을 해서, 나서경이 새로운 추도가를 만들라고 하더군요. 가사는
김학철, 곡은 유신柳新이 하라는 명령이 내려왔습니다. 작곡가 정율
성은 멀리 연안에 가 있어서 태항산에 없었으니 어쩔 수 없었습니다.
그런데 연변에서 문화대혁명 당시에 사람이 죽으면 제가 만든 곡을
불렀다고 합니다. 저는 감옥에 들어가 있었기 때문에 잘 모릅니다.
반혁명의 우두머리가 추도가를 만든 셈입니다. 잘 알고 있는 사람들
은 낄낄 거리며 웃었습니다. 나중에 작사한 사람이 저라는 것을 알
게 되자 부르지 않았다고 합니다.

유신은 전쟁 때 바이올린 등을 잃어버려서 하모니카에 맞춰 작곡
을 했습니다. 작곡할 때, 둘이서 성문 근처에 앉아서 작업을 했습니

다. 눈앞에 가득 들어오는 것은 옥수수 밭으로 우리가 정권을 잡으면 포고령을 내려서 옥수수 재배를 금지시키고, 그래도 옥수수를 심은 자는 총살형에 처하자고 제가 말했습니다. 유신이 폭소를 터뜨리며 크게 찬성했습니다. 매일 매일 옥수수만 먹다 보니 질려버렸습니다.

우리는 옥수수를 분말로 만들어서 기름에 볶아 봉투에 넣어서 전투에 나섰습니다. 전쟁터에서 불을 쓰면 위치가 발각되고 맙니다. 볶은 옥수수 분말과 물만 마시고 버티는 날이 열흘이고 보름이고 이어졌습니다. 옥수수도 자기 것은 스스로 빻아야 합니다. 보통은 당나귀가 빙글빙글 돌면서 빻습니다. 하지만 당나귀가 없으니 맷돌에 빻습니다. 온몸이 새하얗게 변합니다. 나중에 부군단장이 된 친구가 옆에 서서 옥수수를 빻고 있었는데 그 친구도 하얗게 변했더군요.

"학철아, 상해의 모던보이가 당나귀가 됐구나!"하고 놀림을 받았습니다.

하지만 마음만은 즐거웠습니다. 민족에 대해 양심의 가책을 느낄 만한 것이 없었으니까요.

저는 술 담배를 안 하니 괜찮았으나 다른 친구들은 어쩔 줄을 몰라 했습니다. 팔로군에 술 담배가 있을 리가 없습니다. 곡물로 술을 만드는 것은 엄히 금지돼 있어서, 중국어로 흑조黑棗, 조선어로 고욤이라는 것이 있습니다. 작은 감 같은 것으로 맛은 감이랑 비슷하지만 더 작습니다. 그게 산에 얼마든지 있습니다. 그것이 서리를 맞으면 검게 변해서 아주 달아요. 그것을 발효시켜 술을 만든 예가 일부에 있기도 했지만, 그 외에는 없습니다.

루쉰예술학원에서 와서 바이올린 연주회를 열었습니다. 차이코프스키와 모차르트 등을 했는데 그게 뭔지 모르니 모두 그냥 가버렸습니다. 홀로 남아 있던 청중이 있었습니다. 연주자가 감동해서 "다른 이들과 다르게 음악을 잘 아는 분이 계셨군요" 하고 말하더군요. "아닙니다. 지금 쓰고 있는 의자가 내 것이라 가져가고 싶습니다"라고 대답했습니다.

그림 전시회는 정말 좋았습니다. 액자가 없어서 옥수수 줄기를 잘라서 사각으로 만들어 액자 대신으로 했습니다. 숲속에 전람회 입구라고 써 붙이고 나무 하나에 그림 하나를 걸었습니다. 그건 참 장관이었습니다.

서울시절

『천지』(1985.9)에 평양 시절의 활동에 대해서 썼습니다. 그 전의 이야기를 하자면 일본에서 해방을 맞고 나가사키에서 서울로 돌아와서 거기서 1년 동안 있었습니다. 저는 서울에 있을 때 대학병원 소아과에 입원해 있었습니다. 왜냐하면 그 소아과 과장이 남로당 당원이었습니다. 이름은 이병남李炳南, 1914~?으로 후일 북으로 가서 보건부 장관이 됩니다. 그 분이 있어서 소아과에 입원할 수 있었습니다. 북에 있는 여동생을 불러서 둘이서 입원했습니다. 거기서 소설을 썼습니다. 그곳이 제 본거지가 된 셈입니다. 많은 분들이 그 소아과 병실로 찾아왔습니다. 많은 사람들과 거기서 만났습니다. 제가 그 때 쓴 대부분은 조선의용군을 다른 「담배국」과 같은 것으로 10편 정도 됩니다. 그걸 전부 발표했습니다. 여러 잡지에 실렸습니다. 제가 서울에 있을 당시 주위 사람들은 일본군에 적대해서 싸운 적이 거의 없었습니다. 학도병으로 일본군 편에 서서 전쟁을 했던 사람은 있었지만, 일본군과 싸우고 그들에게 총칼을 겨누고 전쟁 경험을 했던 사람은 없습니다. 그래서 제가 인기가 있었습니다. 이런 사람도 있다니 하는 식이죠. 게다가 다리가 하나 뿐이라 눈에 띄었습니다. 그런 이유로 많은 사람들과 만났습니다. 명함을 가득 받았는데 북에서 중국으로 도망칠 때 모두 놓고 와 버렸습니다. 회의 등이 있으면 병원에서 외출해서 나갔습니다. 여운형이 『중앙일보』 사장을 하고 있을 무렵 저는 중학생이었는데 해방 후 혁명가로서 그와 만났습니다. 그때 저와 만났던 사람은 거의 다 숙청당했습니다. 이태준, 이원조, 김남천, 한효 등이 모두 그렇습니다. 그들과 전골을 먹으면서 잡지사 주재의 좌담회를 한 적도 있습니다. 카페에서 모임을 열었던 적도 있습니다. 임화의 부인인 지하련과 만난 것도 그 모임에서였습니다. 제가 꽤 화려하게 활동을 하고 다녀서 경력과 신분이 폭로됐습니다. 1년 지나자 좌익에 대한 탄압이 시작돼 참을 수 없어서 조직적으로 북으로 보내졌습니다. 3국 외상회의 당시에는 서울에 있었습니다.

서울에 있을 때『신시대』라는 잡지가 있었습니다. 발행인은 이무영이었습니다. 거기에 제 소설을 보냈습니다. 「균열」이라는 제목입니다. 그는 이 작품을 발표하면서 친절하게도 김동리에게 부탁해 서문을 붙여 줬습니다. 저는 서문이 붙는 것을 알지 못했습니다. 그러자 바로 좌익으로부터 항의가 들어왔습니다. 김동리와 같은 반동 작가에게 어째서 서문을 쓰게 한 것이냐 하고 말입니다. 항의를 한 것은 윤규섭입니다. 넌센스입니다.

북으로 가기 전에 정판사사건이 벌어집니다. 거기에 당본부가 있어서 우익 반동들에게 습격을 당했습니다. 미늘살 창문을 내리고 우리는 옥상에서 지켜봤습니다. 그 무렵 맹장지 크기만한 삐라가 서울 거리에 「조선의용군 포고」라는 제목으로 붙은 적이 있습니다. 저는 전혀 모릅니다. 누가 한 것인지. 반동들이 부들부들 떨었습니다. "반동 우익놈들아, 니들 멋대로 날뛰면 조선의용군이 무장봉기를 해 습격을 할 것이다"라는 내용이었습니다.

평양시절

『노동신문』기자를 하고 있을 때 동료 중에 박팔양이 있었습니다. 이태준은 북에 온 후에도 작품을 많이 썼습니다. 『소련기행』을 냈는데 저도 기증 받았습니다. 『노동신문』에 많은 글이 실렸습니다. 주필이 기석복奇石福이라는 소련태생 2세로 소련에서 돌아온 사람입니다. 한설야(작가동맹위원장)와 사이가 틀어져서 이태준의 글을 많이 실어줬습니다.

임화는 사형을 당했다고 하는데 그 후에 박헌영 재판 때 증인으로 나와서 깜짝 놀란 적이 있습니다. 박헌영 재판은 차관급 이상이 아니면 참가할 수 없었습니다. 이원조도 나왔습니다. 저는 거기에 출석할 수 없었지만 나중에 재판기록을 받았습니다. 임화를 죽인 것은 박헌영 재판이 끝난 후입니다. 박헌영을 처치하지 않으면 뿌리를 뽑을 수 없었겠지요. 피라미를 먼저 죽이면 증인이 사라집니다. 그 일이 고봉기高峰起의 유서에 나와 있습니다. 고봉기는 제 매제로 소련에서 항공학교를 졸업하고 우리 함께 중국에서 항일전쟁에 참전했고, 해방 후에 조선으로 돌아와서 공군사령관이 됐습니다. 제 매제, 고봉기는 저와 함께 중국에 왔지만, 소련으로 건너가서 그곳에서 항공학교를 졸업하고 조선으로 돌아가서 공군사령관이 됐습니다. 김일성이 그에게 어떤 누명을 씌웠냐 하면 그가 김일성이 타고 있는 특별비행기를 격추하려고 했다는 명목으로 총살을 했습니다. 제 여동생은 지금 강제수용소에 있습니다. 제 어머니도 거기에 있었습니다만…… 제가 돈을 얼마씩 보내드렸는데 그것도 모두 몰수당했습니다. 이미 그로부터 20년이나 지났습니다. 어머니의 생사는 알 길이 없습니다. 이렇게 처참한 상황입니다.

미군정하에서 활동이 불가능해져서 38선을 넘어서 북으로 향했습니다. 저와 누이동생, 그리고 조직에서 붙여준 서울대 간호부 이렇게 셋이서 도망쳤습니다. 어머니는 서울에 간 적이 있었지만 대부분 북에서 사셨습니다. 오가곤 했던 것이죠. 1947년 평양에서 38선을 함께 넘었던 간호부와 결혼했습니다. 그리고 태어난 것이 장남 해양海洋입니다. 아내와 나이가 12살 차이가 나서 사람들은 계모와 의붓자식 사이라 생각해서 어린아이가 불쌍하다는 소문이 났습니다. 아이 딸린 남자에게 시집을 온 것이라 믿었던 모양입니다. 항일전쟁에 몰두하다 보니 모두 결혼이 늦었습니다. 쥬더하이도 16살 연하의 여자와 결혼했고, 문정일도 14살 아래와 했지요. 김두봉은 그때 50대로 26살 차이 나는 여자를 아내로 맞았습니다.

조선에 있을 때 정율성과 제가 신문사의 사장이었습니다. 그때 김일성이 저와 그를 자기편으로 끌어들이려고 식사에 초대했습니다. "학철 동무 피를 흘린 것을 기념해서 한잔 하자우. 건배. 건배" 하고 말하더군요. 식사를 하러가니 김정일이 5, 6살로 얼굴 여기저기에 밥알이 묻어 있더군요……, 그런 그가 지금 그렇게 고매한 사람 행세를 하고 있으니.

재판 석상에서 박헌영은 조국을 배신했다며 매도당해도 태연히 "그렇다면 그렇다고 해두지"라고 말했다고 합니다. 각오를 하고 있었던 겁니다.

임화는 억울하게 당했습니다. 당시 당 선전부 부부장이었던 김강金剛은 지금 중국에 도망쳐 와 있는데, 그에게 그렇게 들었습니다. 산서성 태원太原에 있는 의학원의 고문을 하고 있었습니다. 명예직으로 월급을 받을 뿐인 자리입니다.

다시 김사량에 대해

김사량의 작품을 중국어로 번역해서 북경과 상해에서 내려고 했지만 어디서도 낼 수 없었습니다. 김달수가 편집한 김사량 선집은 더더욱 안 됐습니다.

김사량은 대학 재학 중에 (아내가 도쿄로 가기 전입니다) 혼자서 살고 있었습니다. 얼굴이 그렇게 예쁘지 않은 조선인 여자 유학생이 찾아와서 작품을 읽었어요. 선생님을 존경하고 있습니다라고 했다고 합니다. 아파트에서 이 여자와 석 달 동안 함께 살게 됐다고 합니다. 늘러 붙은 것이죠. 그 여자는 화가지망생이었다고 하는데 신기한 일입니다.

"그야 어쩔 수 없지 않아. 쫓아낼 수도 없고 말이지."

"아내는 알고 있어?"

"모르지. 몰라."

그도 얼굴은 잘생긴 편이 아닙니다. 저와 완전히 반대입니다. 저와 함께 걷다가 그가, "뭐야 여자들이 네 얼굴만 보고 있잖아"하고 삐집니다. 평양 명물요리 중에 갈빗국이 있습니다. 유명합니다. 그와 그의 아내가 우리 부부와 식사를 했습니다. 갈빗국과 김치와 흰쌀밥만 나오는 소박한 대중 요리입니다.

"네 얼굴은 갈빗국집 주인장에 가장 잘 어울려. 여기 주인이 되면 되겠어."

하고 말하자 크게 웃더군요. 그는 도쿄제국대학을 나왔는데 용모가 인텔리 풍이 아닙니다. 머리는 영민한데 갈빗국집 주인장과 잘 어울립니다.

이태준은 이목구비가 뚜렷합니다. 눈의 윤곽이 깊습니다. 송영은 귀신같은 얼굴입니다. 가장 미남은 김남천으로 선이 가늘고 세련된 얼굴입니다.

김사량과는 태항산에서 만나지 못했습니다. 서로 알고는 있었지만 평양에서 처음 만났습니다. 그의 장인은 금강산에 작은 별장을 한 채 보유하고 있었습니다. 여름에 그는 거기에 가서 글을 썼습니다. 저는 평양에서 그를 만났는데 별장에도 함께 간 적도 있습니다. 그는 선을 봐서 아내를 맞았습니다. 그의 친형이 평안남도 도청 과장이었습니다. 형이 자본가와 친해진 후 그 집의 딸을 동생인 김사량에게 소개해준 겁니다. 그의 아내는 정말 좋은 사람입니다.

이태준도 여자에 대해서는 성인군자가 아닙니다. 아내가 자본가의 딸이라 무서우니까 뒤에서 살금살금 딴 짓을 합니다. 얼굴도 잘 생겼고 문장도 좋아서 여학생에게 인기가 많았습니다.

한설야는 엉망진창입니다. 그는 남들과는 꽤 다른 취향입니다. 자세한 것은 말할 수 없습니다.

평양에서 연길로

평양에 있을 때 펜네임을 썼습니다. '태평양', '김태양金太洋'. 아들의 이름도 해양이라 지었습니다. 어느 날, 부수상인 최창익이 전화를 했습니다. 그는 팔로군에 있을 때 제 선배입니다. 불러내기에 무슨 일인가 하고 가보니,

"너 좀 앉아봐."

"너 김태양이라는 이름을 쓴다며" 하고 말합니다.

"김태양도 태평양도 김학철도 씁니다."

"그런데 말이지, 김일성 수상이 나한테 말하더군. 너한테 개인 영웅주의가 있는 것이 아닌가 하고. 너 조심해야겠다."

그로부터 어느 집회에서 연설을 하게 됐습니다. 제 연설은 틀에 박힌 것처럼 원고를 읽어가는 방식이 아니라 제 모든 것을 모조리 털어 놓고 이야기를 합니다. 그런 열광적인 연설에 대학생들이

"김학철 만세!"라고 외쳤습니다.

조선에서는 "김일성 만세", "노동당 만세", "공화국 만세"만 존재합니다. 원래 중국의 황상은 "만세", 황태자는 "천세", 일반인은 "백세"라 합니다. 학생들이 "김학철 만세"라고 외쳐서 가슴이 뜨끔했습니다. 그 후로 완전히 찍혀서 더 이상 있을 수 없었습니다. 우스갯소리가 있습니다. 한효가 쓴 책이 있습니다. 『조국의 통일을 누가 방해하는가』라는 책을 출판했습니다. 그런데 북조선에서는 많은 책의 첫

페이지에 김일성의 사진을 장식하는 것이 관례입니다. 그도 물론 그렇게 했습니다. 그런데 나중에 선전부장이 그 책을 들고서 『조국의 통일을 누가 방해하는가』 첫 페이지를 펼치니 김일성 사진이 나왔다는 겁니다. 그래서 대소동이 벌어지자 허둥대며 책을 회수했습니다. 사진을 뒤에 붙여서 고치지도 못하고 사진을 찢을 수도 없어서 난처하게 된 겁니다. 한효도 그렇게 몰락했습니다.

조선전쟁

평양에서 도망칠 때 적의 탱크부대가 사리원까지 밀고 들어왔습니다. 바로 코앞입니다. 저는 군인도 아니니 철수했습니다. 조선에서는 개인용 차가 없습니다. 다 국가의 것입니다. 직무상 지프차가 한 대 있었습니다. 그 운전기사에게 부탁해서 우리 부부의 짐 두 개를 싣고서 도망쳤습니다. 『노동신문』은 벌써 그만두고 『인민신문』의 사장을 하면서 병이 나 정양하고 있던 무렵입니다. 지프차 운전사도 중사이니 군대 차였습니다. 처음에는 신의주에 가보려 했지만 함포사격을 당할 위험이 있다고 생각해서 만포진, 강계로 향했습니다. 도중에 휘발유가 동이 나서 지나가는 트럭 운전사에게 나눠 받고 강계로 들어갔습니다. 강계까지 가면 병참부가 있어서 연료도 공급받을 수 있습니다. 그런데 제 누이 농생은 공군사령관의 부인이었습니다. 그녀는 공군사령부에서 소개 명령을 받고 부관 한 명과 운전사와 함께 떠났습니다. 저는 아들 해양(2, 3살 무렵)을 여동생에게 맡겼습니다. 저는 조금 더 평양에 남아 있을 생각이었습니다. 강계로 가서 여동생과 해양을 만난 후 함께 만포까지 갔습니다. 압록강 언저리인 만포진에서 이틀 밤을 잤습니다. 그 때 공군사령부 장관 가족은 의주로 가라는 명령이 내려왔습니다. 해양이를 맡기는 편이 안심이 될 것 같아서 여동생에게 아이를 맡겼습니다. 저와 제 아내는 만포진에 남아 있었습니다. 그런데 미군이 이미 압록강까지 닥쳐왔습니다. 그 때 정말 걱정이 됐습니다. 미군과 마주치면 큰일이니까요. 걱정을 하자 문정일이 왔습니다. 중국 지원군의 후방 부부장으로 무기 탄약 등을 보급하는 일을 하고 있었는데 마침 우연하게 만난 겁니다. 그와 상담하자 중국에 가라, 여기서 뭘 어쩌자는 거냐면서 소개장을 써줬습니다. 다리는 공병이 판자를 이어서 만든 것이었습니다. 차를 탄 채로 그 다리를 건너서 집안集安에 도착했습니다. 소개장을 들고서 집안 후방사령부를 찾아갔습니다. 저는 팔로군 출신이라서 융숭한 대접을 받았습니다. 거기서 한동안 휴식을 취했습니다.

문정일이 돌아오더니 "연변으로 가시게. 쥬더하이와 최채가 거기에 있어" 하고 말했지만 저는 별로 내키지 않더군요. 그 때, 서휘徐輝 (현재 서안에 거주. 조선인민군 사령부 정치국장 대리로 장을 역임)가 북경에 있는 딩링에게 가라고 하면서 연길도 안전하지 않다고 말했습니다. 저는 지프차와 운전사와 작별하고 기차를 타고 연길로 갔습니다. 쥬더하이와 최채와도 만났습니다. 최채는 선전부장을 하고 있더군요.

며칠인가 있는 사이에 우연히 매제와 만났습니다. 연길역 주변에 공군학교가 있는데 거기에 시찰을 하러 왔던 겁니다. 그와 쥬더하이는 매우 친한 사이였습니다. 함께 소련으로 망명했던 사이니까요. 여동생과 해양이는 잘 있냐고 물으니 안전합니다, 지금 이통伊通(장춘에서 남쪽으로 70킬로쯤 떨어진 곳)에 모여 있다고 하더군요. 공군 관련 가족은 거기에 모여 있던 겁니다. 그들이 신의주를 벗어난 지 몇 시간 후에 미군이 들이닥쳤다고 합니다. 위험한 순간이었는데 전원 무사하다는 겁니다. 아내와 함께 이통에 가자 어머니와 해양이 무사히 잘 있었습니다. 식량은 풍성했지만 욕실이 없습니다. 거리에 목욕탕은 있었지만 남자 전용입니다. 여자는 못 들어갑니다. 그래서 현 정부와 교섭을 해서 일주일에 이틀은 여자가 쓸 수 있게 해달라고 했습니다. 북경 등의 대도시에는 여성 전용 목욕탕도 있지만 시골은 그랬습니다. 저는 거기서 보름 정도 있다가 아내와 함께 둘이서 북경에 가서 딩링과 만났습니다. 당시 중국작가협회는 아직 없고, 전국문화단체연합회(문연)이라는 것이 있었습니다. 전국 문연에 '괘명掛名'(명목상의 등록)을 하고서 북경에서 살았습니다. 그걸 하지 않으면 월급이 나오지 않으니까요. 생활이 안정이 된 후 해양을 불러 들려서 셋이서 살았습니다. 저는 중앙문학연구소에 들어가서 공부를 하면서 글을 썼습니다. 그때 전 35살이었습니다. 북경에서 2년 동안 살다가 연길로 갔습니다.

딩링과는 오래전부터 알고 지내던 사이입니다. 팔로군 당시부터였지요. 딩링은 연안은 물론이고 태항산에도 있었습니다.

딩링도 22년 동안 강제 노동형을 살았습니다. '문화대혁명'이 터진 후 수갑이 채워져 흑룡강黑龍工에서 산서성山西省으로 이송됐습니다. 딩링은 그걸 전부 제게 털어놨습니다.

중학교 시절의 경험

중학교 2학년인가 3학년 무렵, 상급생이 "야 촌놈, 세상물정을 알게 해줄게 따라와 봐" 하고 말했습니다. 붉은 등이 죽 늘어서 켜져 있는 조선식 건물입니다. 문은 기름을 발라서 광택이 나고 있었고요. 그 문은 열려 있어서 앞뜰도 마루도 전부 보입니다. 진한 화장을 한 여자가 좁은 통로에 몇 명이나 모여 있어서 지나갈 수 없을 정도입니다. 가슴이 쿵쾅대며 이거 굉장한 곳에 왔다고 생각했습니다. 그 상급생은 전라남도 지주의 아들로 나이는 스무살로 1학년인데 아들이 둘 있었습니다. 그 여자가 상급생에게,

"그냥 가려고 그래?" 하고 말을 겁니다.

"오늘은 좀 봐줘. 꼬맹이를 데리고 왔잖아."

놀랐습니다. 세상에는 이런 곳도 있구나 하고 생각했습니다. 여자는 봐줄 생각이 없는지 모자를 뺏고서는 끌고 들어갑니다. 여자가,

"뭐야 이 세상물정 모르는 애송이 놈은" 하고 말하면서 저를 장애물 취급을 합니다.

손님 한명이 조롱을 하면서,

"작아도 손님이 될 수 있지 뭐" 하고 말을 겁니다.

그것도 『격정시대』에 썼습니다.

전재경과 김사량

김사량에 대해서는 좀 더 보충할 내용이 있습니다. 김사량, 전재경
田在耕(조선방송국 국장), 이소민李蘇民(약품회사 사장), 정율성(인민군협주
단단장), 저 이렇게 넷이 모여서 자주 흥겹게 놀았습니다. 이소민은
상해 시절에 반일 테러단의 리더. 전재경은 평양과 중학교 시절의 동
급생으로 메이지대학 영문과를 졸업했습니다. 그가 했던 러시아 문
학 번역은 영어로부터 했으니 중역입니다. 지금 전재경은 생사 불명
입니다. 김사량, 이소민, 정율성은 죽었습니다. 저만 운 나쁘게 살아
있습니다.

전재경은 조선전쟁 당시 포로가 돼 거제도에 수용됐습니다. 통역
이 필요해져서 영문과 출신인 그가 통역을 했습니다. 나중에 포로가
석방될 때 돌아왔는데 그는 '이색분자'라는 죄목으로 라게르(포로수
용소)에 간 이후 생사불명입니다. 살아 있지 못할 겁니다.

언젠가 무슨 일로 김사량이 우리를 초대했습니다. 프랑스산 샴페
인이 있더군요. 조선상사회사(대외무역회사) 사장과 김사량이 친해서

받은 것인데 그걸 나눠 마시자고 우릴 부른 겁니다. 모두 술은 못 마십니다. 하지만 샴페인이니 한잔하자고 했는데 마개를 빼는 법을 아무도 몰랐습니다. 밑을 쳐서 겨우 열자 샴페인이 분수처럼 뿜어져 나와서 3분의 1만 남았습니다.

조금 품위 없는 이야기를 하겠습니다. 김사량이 그 자리에서 우스개소리를 하는 겁니다. 신은 정성을 다해서 조각해 여자를 만들었지 뭔가. 잘 만든 것인지 신경이 쓰여서 의사를 불러 "한번 봐주시게" 하고 부탁을 했네. 그러자 의사가 "이건 천재적인 걸작입니다. 위생적이기도 하고요" 하고 말했지 뭔가. 신은 대단히 기뻐했네. 하지만 신중을 기하려고 이번엔 예술가를 불러왔지. 그 예술가도 감탄을 하면서 "예술적으로 만점입니다" 하고 말해서 신을 기쁘게 해줬지. 더 만전을 기하려고 이번엔 금고 기술자를 불렀네. 금고 기술자는 "신이시여, 이건 훌륭합니다. 하지만 작은 단점이 하나 있습니다" 하고 말해서 신이 놀라 하며 "어떤 결점 말이냐?" 하고 묻더랍니다. 그러자 금고 기술자가 말하기를 "소중한 열쇠 구멍이 어떤 열쇠에도 다 맞아서 큰일입니다"라고 말했다네.

김사량은 곧잘 이런 이야기를 하며 사람들을 웃게 만들었습니다. 어딘가에 이야깃거리의 원천이 있었을 겁니다.

북경에서 연길로

북경에서 문학연구소에 들어가서 그 사이에 책을 두 권 냈습니다. 『범람汜濫』과 『군공장軍功章』 이 두 권을 한어(중국어)로 냈습니다. 1952년 10월에 연길로 갔습니다. 거기서 쥬더하이가 놀면 월급을 줄 수 없으니 무언가 역할을 맡으라 해서 연변 문학예술단체연합회의 초대 주석을 했습니다. 7, 8개월 정도 하다가 그만뒀습니다. 그걸 하면 글을 쓸 수 없습니다. 사직하고 전업 작가가 됐습니다. 연길로 와서 4, 5년 사이에 장편 『해란강아 말하라』, 중편 『번영』, 단편소설집 『고민』과 『새집 드는 날』 두 편. 합해서 4권의 책을 내니 반우파 투쟁이 벌어졌습니다. 공격을 당했습니다. 어제까지 "선생님, 선생님," 하던 사람들이 "이놈! 반혁명 분자" 하고 말하더군요. 저만 그랬던 것이 아닙니다. 중국에 있던 60만 명의 지식인이 당했으니까요. 22년이 지나서 겨우 오명을 씻었습니다. 2년 2개월이 아닙니다. 제게 '반혁명 분자'라는 레테르가 붙은 후 24년 걸려서 겨우 억울함을 풀었습니다.

반우파 투쟁 당시 월급은 1개월에 50원이었습니다. 대약진 시대에 계란이 하나에 60전까지 올랐습니다. 형무소에 들어가 있던 9년 동안, 단 한 푼의 월급도 받지 못했습니다. 무죄 선고를 받고서야 원래대로 돌아갔습니다. 그 사이에 감옥에 있던 12년 동안 급료를 나중이 돼 다시 받은 적은 없습니다.

올해(1985) 4월부터 제게 홍군紅軍 대우를 하겠다고 합니다. 1937년 7월 7일 이전에 혁명에 참가했던 간부를 '홍군 간부', 그 이후부터 1945년 8월 15일 사이에 혁명에 참가한 간부를 '항일 간부', 1945년 8월 16일 이후 1949년 10월 1일 사이에 혁명에 참가한 간부를 '해방 간부', 그 이후를 일반간부라고 합니다. 홍군 대우는 구체적으로는 좋은 주택을 주고 급료도 최고로 준다고 합니다.

군대에 있던 사람이 군복을 벗고 나오면 제대비라는 것을 줍니다. 저는 40년 동안 제대비를 받은 적이 없습니다. 이번에 그것이 나옵니다. 상이군인은 매달 받습니다. 항일전쟁의 부상자라서 꽤 많은 금액입니다. 4월부터는 신분이 변하지 않겠습니까, 하하하…… 아주 웃기는 일입니다. 뭐 이제 와서 따져봐야 무슨 소용입니까. 저는 뜬구름 같은 사람이었습니다. 생활은 좋아질 겁니다. 생활이 편해지면 글이 안 써진다 하는데 전 쓸 생각입니다. 다만 제가 홍군 대우를 받으려고 항일전쟁에 참가한 것은 아닙니다.

24년 동안 집필 정지를 당했는데, 그 기간은 사람의 생활이 아니었습니다. 아내도 작년까지 밖에서 차 소리가 나면 또 잡아 가려나 해서 벌벌 떨었습니다. 앞으로는 그런 일은 없을 겁니다.

그런데 재판소에 『20세기의 신화』 원고를 반환해 달라고 했더니 돌려준다고 합니다. 어느 출판사에서 내고 싶다는 이야기가 있어서 김성휘金成輝(시인)가 재판소에 말하니 본인이 신청하면 고려하겠다고 합니다.

연길시, 1958년 이후

대약진 시대가 옵니다. 교정이나 시가지에 '토과자土鍋子'라고 하는 쓴 고로高爐(용광로)가 만들어졌습니다. 철이 없어서 우리 집에 남아 있는 목욕통의 솥, 학교의 철봉까지 가져다 녹였습니다. 비행장(현재 예술학교를 조금 지난 곳에 예전의 비행장이 있었습니다. 일본 시절의 비행장입니다)에 저도 끌려 나갔습니다. 그곳에 가는 시간만 1시간이 걸립니다. 아이들 키 높이의 용광로를 몇백 개나 만들었는데, 그렇게 해서 제대로 된 강철이 만들어질 리가 있겠습니까. 라디오와 신문과 스피커에서는 앞으로 몇 년 후면 공산주의 사회가 될 것이라며 호들갑을 떨었습니다. 이렇게 만들어진 강철은 조악해서 실제로 쓸 수 없는 상태였던지라 전적으로 낭비였습니다. 화로는 벽돌로 만들었는데 벽돌이 부족해서 벽돌 벽을 무너뜨려서 만들었습니다. 이런 미치광이 짓을 『20세기의 신화』에 모두 썼습니다. 모 작가가 『천지』(『연변문예』로 개제, 1986년 5월부터 6월호)에 김학철에 대해 글을 쓴 모양입니다. 그 글에서 두 가지를 지적하고 있습니다. 첫 째, 전국적으로 1980년대 들어서 극좌주의를 비판하기 시작했다. 김학철은 그것을 20년 전인 1960년대 초에 썼다. 둘 째, '평반平反'(누명을 벗었을 때)되었을 때, 20년 동안 감옥에 들어가 강제노동을 당하다가 누명을 벗었으니 감격해서 눈물을 흘리며 "중국공산당 만세!"라고 외칠 줄 알았다. 왜냐하면 대부분의 사람들이 그랬으니까. 하지만 오직 김학철 만이 "중국공산당 만세"라고 외치지 않았다고 쓰고 있습니다.

제가 누명을 벗게 된 그 재판에서 저는 발언을 하고 싶다고 말했습니다만, 그만두라는 말을 들었습니다. 저는 그렇다면 재판에 참가하지 않겠다고 말했습니다. 어쩔 수 없이 그들은 쭈뼛 쭈뼛대면서 제게 발언권을 줬습니다.

저는 첫 발언에서 이렇게 말했습니다.

"나는 일찍이 이 북간도 땅에 이렇게 긴 땅굴이 있는지 몰랐습니다"하고 말했습니다. "긴 땅굴"이라는 말은 그 후 많은 사람들이 인용해서 말했습니다. 저는 단연코 '만세'를 외치지 않았습니다.

뭐가 만세란 말인가. 저는 20년 동안 박해를 받았습니다. 뭐가 고마워서 '만세'를 부른단 말입니까. 너희들이 사죄를 해야 된다는 마음이었습니다.

1957년부터 1980년 12월까지 집필 금지 상태였습니다. 24년입니다. 제가 다시 글을 쓰기 시작한 것은 1981년 1월부터입니다. 『20세기의 신화』를 1961년 봄부터 62년에 걸쳐서 약 1년 동안 썼습니다. '평반'이 1980년 12월이었고, 실질적으로 감옥 생활은 1967년 12월부터 1977년 12월까지 10년 동안이었습니다.

옥중에서 저는 하루도 일을 쉬지 않았습니다. 쉬게 되면 일 대신에 '학습'을 해야 했습니다. 오전 2시간, 오후 2시간 학습을 해야 합니다. 학습이라는 것은 무릎을 꿇고 앉아서 "위대한 수령님이 뭐라뭐라 말씀 하셨습니다……"하고 말하는 겁니다. 참을 수 없지요. 그건 강제 노동보다 몇 배나 지독한 짓입니다. 그래서 저는 필사적으로 강제 노동을 했습니다.

『20세기의 신화』에 이런 구절이 있습니다. 제가 어느 날, 어느 도서관에서 책을 빌려보니 거기에 누군가가 연필로 쓴 글자가 있습니다. "마음에도 없는 말을 매일 말해야만 한다. 그것이 괴롭다"라고 쓰여 있더군요. 정말로 물자가 부족해서 먹을 것이 없던 시절입니다. 춥기도 했습니다. 새벽 3시나 4시 어두운 영하 25도의 날씨에 줄을 지어서 리어카 한 대에 석탄을 사왔습니다. 그런 생활을 하면서 매일 위대한 누구누구 하고 외쳐야만 하는 겁니다. 그걸 하지 않으면 지독한 꼴을 당합니다. 그래서 썼습니다. "추운 것도 참을 수 있다. 배고픈 것도 참을 수 있다. 그러면서 위대한 누구누구라고 외쳐야만 한다. 그것이 참을 수 없다" 하는 내용을 썼습니다.

20년 남짓, 개나 돼지 같은 취급을 받다가 '평반'됐을 때, "중국공산당 만세"를 누가 마음으로부터 우러나와서 외치겠는가. 공식적인 규율이니 그것만 하면 무사하니 외칠 뿐입니다.

반우파 투쟁 당시 최정연崔静淵이 가장 먼저 당했고 그 다음이 바로 저였습니다. 최정연은 강제노동수용소에서 죄인들의 교장을 강제로 맡았습니다. 그리고 연변대학의 교장, 배극裵克은 몇 번이고 자살하려 하다가 자신이 자살하면 반당 반혁명 분자가 돼 자식들이 더욱 비참해진다면서 죽지 못한다고 말했습니다.

수용소에서 나오는 국은 아무런 맛도 느껴지지 않았습니다. 국에 들어 있는 것은 말린 푸성귀 정도지만 국을 받을 때 어느 그릇에 더 많이 담겨 있는 것인지 받기 전에 눈으로 훑습니다. 사람이 어떻게 이렇게까지 비참해질까 하고 한탄했습니다. 대약진 시대에 들어가자 원래 7전이었던 계란이 60전으로 올랐습니다. 8배 이상 오른 겁니다. 『20세기의 신화』에 썼습니다. "대약진 시대는 7전 계란을 60전으로 만드는 위력을 갖고 있다", 또한 "인민이라는 자들은 이상하다. 그 훌륭한 슬로건만으로도 충분히 살 수 있다고 하더니, 먹을 것이 부족하다, 입을 것이 없다고 말하는 것은 무슨 조화란 말인가" 하고 말입니다. 물론 반어법입니다.

『20세기의 신화』는 37만 자로 된 장편소설(200자 원고지로는 1,350매)입니다. 언젠가 발표될 것이라 확신했습니다. 재판소에서는 반혁명의 증거라고 하면서 소중하게 보관해 줬습니다. 10년 동안 감옥에 있던 사람들은 그것으로 인생은 끝이라 생각했노라고 말했지만, 저는 확신했습니다. 반드시 내가 옳다는 것이 증명될 날이 올 것이라는 확신 말입니다.

이 소설의 원문은 조선어로 일본어로 쓴 원고도 있습니다. 필명은 서낭연(徐狼煙)입니다. 길에서 지인과 만나도 모두 고개를 돌렸습니다. 설령 말을 걸고 싶어도 그러면 안 됩니다. 반혁명 분자와 말을 하면 위험하니까요.

문화대혁명이 시작된 후 우리를 탄압했던 사람들도 탄압당했습니다. 연변대학의 권 씨도 당했습니다. 탄압당하는 사람이 많아져서 오히려 괜찮았습니다.

그들도 그 때 깨달았기 때문입니다. 자신들이 지금까지 다른 사람들을 탄압해왔던 것이 무슨 의미인지. 그 때가 돼서야 이해했던 겁니다.

연길시 시장은 두들겨 맞았습니다. 부인도 간부로 공산당 당원이었지만 그랬습니다. 부인은 목을 매 자살했습니다. 그러자 그들은 불을 피워서 잘 죽었네 잘 죽었어 하면서 춤을 추더군요. 그것이 인간입니까. 그런 자가 잡지 『아리랑』(연변인민출판사 간행)의 편집부에 있었습니다. 김 모라고 하는 자입니다.

지난 해(1984) 한수동韓洙童(작가협회 비서장)과 김성휘金成輝(시인)가 제가 있던 감옥에 가서 조사를 했습니다. 간수들이 말하기로 "그것 참, 김학철 씨 때문에 꽤 애를 먹었습니다" 하고 말하더랍니다.

뭐 거기서 성적순으로 해서 적, 황, 녹, 흑색의 작은 깃발 중에 성적이 좋은 사람에게는 적색 깃발을 줍니다, 저는 처음부터 끝까지 흑색 깃발이었습니다. 감옥에는 일곱 가지 규칙이 있는데 저는 그것을 몇 년이 지나도 기억하지 못했습니다. 시험까지 봤지만 저는 3조까지만 기억했습니다. 간수들도 꽤나 힘들었을 겁니다. 저는 지식인인데 그런 자가 기억을 못 하니까요. 김학철이라고 하면 '가유호효家喻戶曉'(어느 집이나 누구나 잘 알고 있다)라 해서 모두가 기억했습니다.

생활이 힘들어져서 우선 라디오를 팔았습니다. 라디오를 갖고 있으면 '도청전대盜聽電臺'(이것으로 감옥에 간 사람도 있습니다)라 생각돼 우선은 그것을 팔았고, 이어서 미싱입니다. 책은 『마오쩌둥 선집』을 남겨두고 다 태웠습니다. 모두 제 손으로 불살랐습니다. 발자크의 책을 갖고 있는 것도 허용되지 않았습니다. 제가 감옥에 들어가자 '범죄자' 가족 취급을 받아 참혹했습니다. 형무소에서는 갖고 있는 모든 것에 큰 글씨로 '범犯' 자를 페인트로 칠했습니다. 개인의 물건에도 칠했습니다. 팬티에도 칠하더군요. 셔츠, 양말, 팬티까지 전부 형무소에서 지급하지 않아서 집에서 차입해야 했습니다. 누군가가 "설마 팬티 하나 입고 도망칠 사람이 있겠소" 하고 말해서 심하게 구타를 당했습니다.

'범' 자가 새겨진 팬티를 아직도 집에 보관하고 있습니다. 누군가가 묽은 황산인가 공장 약품으로 페인트를 지우려 했다가 '범' 자와 함께 상의와 셔츠 모두 너덜너덜해지고 말았습니다. 저는 그 상태 그대로 당당하게 입고 집으로 갔습니다.

일본에서 정치범은 엄정한 독방에 갇혀서 다른 죄수와 접촉하지 못하게 합니다. 그래서 영화도 볼 수 없습니다. 스피커에서 흘러나오는 소리를 들을 뿐입니다. 목욕탕에 갈 때도 혼자 갑니다.

하지만 중국에서는 다른 죄수들과 접촉하고 삽니다. 정치범은 한 달에 1엔, 파렴치범 등 일반 형사범은 1엔 50전이 지급 됩니다. 현재 세계에서 형사범보다 정치범이 지독한 대우를 받는 곳은 이곳(중국) 뿐입니다. 지금은 평등해 졌지만……

저는 감옥에 들어가기 전에 북경에 가서 소련대사관으로 피신하려 했습니다. 하지만 대사관에 진입하기 전에 경관 3명과 부딪쳤습니다. 당시 중소관계는 최악이었습니다. 경관 셋과 큰 소리를 지르며 다퉜습니다. 내가 소련대사관에 가건 말건 그건 내 자유다 하고 말이죠. 경관 한 명이 저를 붙잡고 다른 한 명이 손으로 입을 막았습니다. 셋이서 저를 대사관 정문에서 끌고 갔습니다. 압송돼 연길로 끌려갔습니다. 1961년 3월의 일입니다. 미움을 받아서 몹시 힘들었습니다. 아내와 상의하고 각오한 망명이었습니다. 나중에 안 일이지만 조선에서 중국으로 망명했던 많은 사람들이 소련대사관으로 도망쳤습니다. 소련대사관에서 6개월이나 있었지만 일이 진행되지 않아서 다시 돌아온 사람도 있었습니다. 조선의 망명자들이 소련대사관으로 그렇게 도망쳤습니다. 중국 측에 붙잡히면 5년 형을 받고 형무소에 들어갔습니다.

나중에 계산해 보니 시기적으로는, 약속을 한 것도 아닌데 (연락이 되지도 않았습니다) 제가 가장 먼저 소련대사관으로 망명을 하려 했습니다. 자본주의 국가에 갈 마음은 없었고, 그렇다고 조선으로 돌아가면 물론 사형입니다.

'평반'되었을 때, 소련으로 망명하려 했던 미수 사건이 문제가 됐습니다. 이런 사람에게 무죄를 선고하는 것은 있을 수 없다고 말하더군요. 문정일이 그 때 와서 어째서 그것이 죄가 되는가, 그곳도 사회주의 국가가 아닌가, 그가 미국으로 도망쳤나 일본으로 도망쳤나 하고 변호해 줬습니다. 그는 대담한 남자입니다. 결국 흐지부지돼 '평반'됐습니다.

감옥에서는 장작 패기를 했습니다. 마오쩌둥선집 외에는 읽을 수 없습니다. 『루쉰 전집』을 집에서 보내주자 간수가 "규정상으로는 읽을 수 없다"고 하더군요. 항의하자 교도소장이 소장과 상의해서 겨우 허가를 받았습니다. 저는 『마오쩌둥 선집』은 전혀 읽지 않습니다.

달에 한 번 집에 편지를 보냈습니다. 아내와 해양은 연길에 살고 있었습니다. 돈화敦化 교외 산속에 예전의 화산 분출구가 있는데 거기에 추이구秋梨溝 감옥이라 해서 지금도 있습니다. 그때 석방되면서 마지막으로 옥중에서 해양에게 보낸 편지가 여기 있습니다.

해양아, 나는 19일 아침 8시에 석방될 것이다. 짐 묶는 새끼줄 두 개 외에 다른 것은 필요 없다.

— 학철, 1977년 12월 14일

이런 편지도 남아 있습니다.

해양아, 한동안 편지가 없는데 어떻게 된 일이냐.

— 학철, 1977년 8월 1일, 추이구 감옥

일본의 형무소에서는 불온한 어귀가 있으면 그 단계에서 먹으로 지워서 편지를 보냅니다. 이곳에서는 불온한 글귀가 있으면 빼앗깁니다. 집에서 2~3달 전부터 편지가 오지 않아서 가족 모두가 살해된 것이 아닌가 해서 애가 탔던 적이 있습니다. 집으로 보내는 편지도, 집에서 온 편지도 잘 안가는 경우가 왕왕 있었습니다. 그 무렵 제 아들은 27~28살이었습니다.

제가 감옥에 있을 때 손주가 태어났습니다. 저는 출옥해서 딩링에게 30년 만에 집안에서 갓난아기 울음소리가 들려서 기쁘다는 내용의 편지를 보냈습니다.

딩링이 제게 보낸 편지도 있습니다. 그 놈들은 당신을 24년이나 가둬 놓고서는, 무죄를 인정하는 대회는 열지도 않으면서, 작가협회 주최로 행사를 하라고 하니 그게 무슨 경우인가 하고 분개하는 내용의 편지를 보내왔습니다. 그 편지는 딩링이 죽으면 공표할 겁니다. 그 외에도 제게 보낸 편지가 많지만 모두 뺏겼습니다.

형무소에서 1977년 12월에 나왔지만 아무도 저를 받아주지 않았습니다. 작가협회로 돌아가는 것이 수순이었지만 반혁명 분자라면서 모두 피하더군요. 3년 동안 아무 것도 할 수 없었습니다. 저는 형무소에 고충을 토로해서 "나는 무죄다. 그러니 사회활동을 할 수 있도록 보장하라"고 요구했습니다. 그런 제 요구를 거절하지는 않았지만, 그렇게 해주마 하면서 3년이라는 세월만 지나갔습니다.

결국 3년 째 되는 해에 더 이상 참을 수 없어져 문정일이 편지를 보냈습니다. 그는 최고재판소 부원장과 친한 사이였습니다. 문정일이 움직이자 바로 절차가 진행됐습니다. 그것 참 법률이고 뭐고 엉망인 겁니다.

어제 경찰이 왔습니다. 정당운동整黨運動을 하는데 필요한 모양입니다. 저를 죄인으로 만든 사람, 감옥에서 때린 사람, 저를 고문한 사람 등이 제약회사에서 좌천돼 그것으로 한 건은 해결이 된 것인가 하고 생각하고 있었는데 다시 그 일로 경찰이 온 겁니다. 증언을 해달라는 겁니다. 나에 대한 일인가 아니면 다른 사람에 대해서인가 하고 묻자 후자라고 합니다. 그렇다면 그냥 돌아가 달라고 말했습니다. 그러자 선생님과도 관련된 일이니 써달라는 겁니다. 어쩔 수 없이 써줬습니다. 그 대신 다시는 오면 안 된다, 나는 24년 동안 일을 할 수 없었으니 더 이상 귀찮게 하지 말라고 했습니다. 다시는 오지 않겠노라고 말하면서 돌아가더군요.

중국작가협회 연변 분회

1985년 8월 말에 제 국적이 바뀌었습니다. 중국작가협회 연변 분회(2002년 현재는 전국－연변의 상하 관계가 사라져서, 연변작가회라는 독립기관) 이사가 60명(선거제) 있습니다. 이사가 작가협회 주석이고, 부주석은 선거로 뽑습니다. 선거를 하기 전에 당 선언부에 가서 미리 양해를 얻고 선거에 임하게 됩니다. 주석, 부주석, 이사 후보자의 명부를 미리 인쇄해 두고서 찬성하면 동그라미 표시를 하는 신임 투표 방식입니다.

제 이름은 거기에 없었습니다. 그런데도 모 씨가 김학철을 빼면 이사를 할 적임자는 없다고 발언을 했습니다. 그래서 결국 미리 만들어둔 명부에 이름도 없었던 제가 이사로 뽑혔습니다. 연변 최초의 민주적 선거라 해도 좋겠지요.

제4장

김창걸 연구 시론

1. 시작하며

　해방과 동시에 분단된 지 50여 년, 그 사이에 조선전쟁을 정점으로
해서 격렬하게 대결해 왔던 대한민국과 조선민주주의인민공화국이
바야흐로 통일을 향한 길을 조금씩 걸어가려 하고 있다. 남북의 이산
가족 상호방문이 재개되고 평양 순안 공항에 내린 김대중 대통령을
김정일 최고위원장이 마중 나가서 서로 포용하는 시대가 시작됐다.
　문학 방면에서도 남북통일을 전망한 형태의 문학이 모색되고 있
다. 그 노정은 평탄하지는 않을 것이나 이미 착실히 진행되고 있다.
그 구체적인 하나의 작업이 『통일문학전집』의 기획이다. 한국문화
예술진흥원이 조직한 이 작업은 1999년 시점에서 이미 남쪽 50권,

북쪽 50권의 작품 선정이 끝나 있었다. 1946년 이후의 남북문학을 소설, 시, 희곡, 평론 방면에서 전면적으로 재검토하는 이 전집은 여러 사정이 겹쳐서 아직도 간행되지 않고 있지만, 적어도 문학 방면에서는 이제 분단시대를 극복하고 전 민족적 시점에 입각한 통일문학의 길이 모색되고 있는 하나의 확실한 증표라 하겠다.

2001년 8월 초, 만해 한용운 연고의 유명한 사찰인 강원도에 있는 백담사에서 나흘 동안 만해사상 실천 선양회 주최로 몇 개의 국제회의를 포함한 다양한 행사가 열렸다. 저자가 참가한 문학 분야 심포지엄 '남북문학의 이상과 실천' 세션에서도 남북분단의 현재 상황을 문학이 어떻게 극복할 수 있을지에 대해서 뜨거운 토론이 있었다. 남북 모두에서 경애되는 사상가, 문학자로 승려이며 독립 운동가였던 한용운을 남북통합의 정신적 지주로 삼고자 하는 한국인의 기세가 전면에 넘치는 회의였다.

그런데 이러한 통일문학을 미래로 설정해서 볼 때, 해방 전 중국 동북지방, 요컨대 구 '만주' 땅에서 전개됐던 문학이 장래의 통일문학을 향한 하나의 방향성을 보여주는 존재로 부상해 온다. 그것은 과거에 시점을 두면서 미래의 남북통일문학을 역으로 조명하는 하나의 모델이 될 수 있다. 해방 후 남북 각각에서 활약하던 많은 문학자가 '만주' 땅으로 들어왔기 때문이다. 예를 들면, 중국 동북지방에 살고 있다가 해방 후 남쪽으로 돌아간 문학자로 안수길, 염상섭, 유치환, 모윤숙, 김달진, 손소희가 있으며 북쪽으로 돌아간 문학자로 박팔양, 김조규, 천청송, 황건, 함형수 등이 있고, 해방 후에도 중국에 남은 문학자로 이욱, 김창걸 등이 있다. 그런 가운데 김창걸은 구 '만주'에서 문학 활동을 전개했던 조선인 문학자 중의 한 사람이기에 무시할 수 없는 커다란 존재라 할 수 있다.

김창걸 문학이 내재한 또 하나의 의미는 그것이 중국 조선족 문학의 시조적인 존재라는 점이다. 중국 소수민족의 하나인 조선족의 역사가 언제부터 시작됐는지에 대해서는 중국에서 여러 가지 설이 있지만, 조선족 문학의 발단을 이욱, 김창걸로 더듬어 올라가는 것에 대해서는 대체로 모두 동의하는 것이라 생각된다.[1]

이욱, 김창걸 이 두 작가는 많은 재'만'조선인문학자가 해방 후 남이나 북으로 돌아간 뒤에도 중국에 정주하면서 중국인민공화국의 건설에 종사하며 중국 땅에 잠든 문학자들의 중심적 존재가 됐다. 이욱은 시 분야에서 김창걸은 소설을 대표하는 조선족문학의 쌍벽이라 불린다.

2. 김창걸의 생애

작가 김창걸은 1911년 12월 20일, 함경북도 명천군 동명 양천동에서 태어났다. 양천동은 영안에서 동쪽으로 약 10킬로, 어랑천의 지류 명윤천 부근이다. 1917년 만으로 6살 때 가족과 함께 길림성

---

[1] 김호웅, 『재만조선인문학연구』(국학자료원, 1998.5)도 이러한 입장에 서 있다.

화룡현(현재는 용정시의 일부) 명동촌으로 이주했다. 명동은 윤동주가 태어난 곳이다. 그 후 용정시내로 이사해, 윤동주와 같은 은진중학교를 다니게 되는데 1926년 2학년 무렵에 학교에서 종교 교육에 반대하는 스트라이크를 일으켜서 집단퇴학을 당해 대성중학교로 전학을 하게 된다.

1928년 9월, 학비가 없어서 대성중학을 중퇴하고,[2] 그 후 7년에 걸쳐서 소련 연해주, 중국 동북의 북부지역을 방랑했다.[3] 1934년 4월에 고향으로 돌아와 가업인 농업을 하다가 신동소학교 명동소학교 교원을 5년 동안 했다.[4]

그 사이에 문학수업을 쌓으며 시, 시조, 소설 등의 작품을 남겼다. 1941년 길림성 고도현 황송전역黃松甸驛 앞에 있는 대동농촌사로 이주한다. 그곳은 교하蛟河에서 동쪽으로 현재는 연변 조선족 자치주에서 조금 서쪽으로 떨어진 농촌이다.

1945년 8월, 교하에서 조선의 광복을 맞고 바로 명월구로 옮겼다가, 머지않아 장재촌으로 돌아와서 농업을 하다가 1947년 봄에 용정인민학원에 초빙돼 조선어 조선문학을 가르쳤다. 1949년 4월, 동북인민대학, 현재의 연변대학이 창설되자 조선어, 조선문학을 강의

---

2 신영철 편, 『싹트는 大地』(만선일보사, 1941)에서는 "용정에서 중학졸업"이라고 적혀 있다.
3 권철 교수는 그 사이의 김창걸의 행동을 적극적으로 평가하면서, 1928년 6월 무렵 적색혁명자 후원회(MOPR)와 고려공산청년회에 참가해, 그 사이에 일본의 탄압이 격렬해지자 위험을 피해서 연해주 등으로 망명했다고 하고 있다.(권철, 『광복전 중국 조선민족문학연구』)
4 전게서

하며 부교수가 돼 '현대 조선어' '조선문학' 등을 담당했다.

문학 활동에 대해서 보자면 1936년 「무빈골 전설」을 첫 작품으로 해서 20여 편의 단편소설을 발표했다.

중화인민공화국 창건 후는 「새로운 마을」, 「마을의 승리」, 「마을의 사람들」, 「행복을 아는 사람들」 등을 발표하지만, 조선어문학 교육과 연구가 다망해져서 창작활동에 많은 시간을 쏟을 수 없게 된다. 게다가 문화대혁명으로 인해서 집필을 할 수 없는 상태가 이어졌다. 김창걸은 1950년 이후 연변문예연구회 문학부장, 문연 부주임 등의 각종 임원이 됐고, 중국작가협회 연변분회 이사장을 지냈고, 또한 중앙인 중국작가협회회원이기도 했다.[5]

그 외에 『한조사전漢朝辭典』, 『조한사전朝漢辭典』, 『조선어속담사전』(모두 공저), 『홍루몽』(공역), 『시경』 번역 등의 편찬 번역 작업을 했다. 만년에는 오랜 시간 동안 병상에 누워 있다가 1991년 11월 21일에 병사했다.

작품집으로는 『김창걸 단편소설 선집』(해방전편)(요녕인민출판사, 1982, 이하 『단편소설선집』으로 약칭)이 있다.

김창걸의 작업은 생전에 중국 사회에서 중용되지 못했다. 그 원인을 연변대학의 권철 교수는 그가 젊은 시절에 조직을 소극적으로 '이탈'했기 때문이라고 했다. 조직이 거의 괴멸 상태에 빠져 지하로 숨어들었을 무렵, 그 조직과 연계를 적극적으로 하지 못했던 것이 죄라는 것이다. 그래서 생전에 중국공산당에 입당하는 것도 허락을 받

---

5 1990년대 전반까지는 중국작가협회와 연변분회는 상하관계였으며, 연변분회는 일부 사람들만이 전국조직인 중국작가협회에 가입할 수 있었다.

지 못했다. 중국사회에서 당원이 아니라는 것은 가장 중요한 자리에 오르지 못한다는 것을 의미한다.

게다가 1957년에 김창걸이 조선어의 순결성을 기하고자 한 내용의 발언을 한 것이 왜곡돼 지방민족주의 분자라는 비판을 받고서, 강의와 창작의 권리도 반쯤 박탈당한 상태가 계속됐다고 한다. 저자가 1985년 4월부터 1년 동안 연변대학에 체재했을 때 김창걸과 면담하고 싶다는 뜻을 대학 측에 말했지만, 치매라 누워서만 지낸다며 거절을 당했다. 진짜 이유는 의외로 다른 곳에 있었는지도 모르겠다.

3. 작품 활동

김창걸의 재능은 은진중학교 시절에 이미 그 편린을 보여서 벽신문 편집위원을 하거나, 「겨울」이라는 제목의 시가 교사에게 격찬을 받았다고 한다. 학비를 내지 못해서 중학교를 중퇴하고 생활의 수단과 정치활동의 장소를 찾아서 방랑생황을 하는 동안에도 문학서를 닥치는 대로 읽었다. 최서해 「탈출기」, 조명희 「낙동강」 등을 젊은 김창걸은 애독했다. 특히 최서해의 단편은 그에게 큰 영향을 끼쳤다. 최서해의 '만주' 체험, 집안의 빈곤, 궁핍 속에서의 가족 간의 사랑을 다룬 작품 세계는 김창걸에게도 공통되는 것이라 하겠다.

현재 알 수 있는 김창걸의 1945년 이전 작품을 연대순으로 열거해 본다.

창작 연도	제목	창작 장소	작품 발표
1936	(단편) 무빈골 전설	명동	단편소설선집
1937	(단편) 수난의 한토막(소표 牛標)	명동	단편소설선집
1938	(단편) 두 번째의 고향	명동	단편소설선집
1938	(단편) 스트라이크(기념사진)	명동	단편소설선집
1938	(단편) 그들의 가는 길	명동	단편소설선집
1938	(단편) 부흥회		단편소설선집
1938.5	(단편)暗夜(지새는 밤)	명동	『싹트는 大地』
1939	(단편) 世情(세상의 인심)	명동	『만선일보』1940.5.6. 석~5.7 조간, 단편소설선집
1939	(시조) 돈		상동 1940.1.13. 조간(황금성黃金星이라는 이름으로 발표)
1940	(중편) 청공1-14회		상동 2.11-28
1940	(평론) 만주조선문학과 작가의 정열 상, 하		상동 2.16 조간, 17 조간 (필명-황금성)
1940	(수필) 병창만필(病窓漫筆) 1-6		상동 4.30 조간~5.7 조간
1940	(단편) 낙제 상, 하		상동 5.6 석간, 5.7 조간
1940	(단편) 거울		상동 7.14, 7.16
1940	(단편) 천사와 요술		상동 7.19, 7.20
1940	(단편) 소고기		상동 7.21, 7.23
1940	(단편) 마리아		상동 8.6, 8.7
1941	(수필) 봄이 그립소	교하	상동 1941.3.15, 3.16
1941	(단편) 범이 굴(도망)	명동	단편소설선집
1941	(단편) 밀수(어머니의 반생)	교하	단편소설선집
1942	(단편) 강교장	교하	단편소설선집
1943	(단편) 개아들(전 형)		단편소설선집
1942	(단평) 대동아전쟁과 문필가의 각오	교하	『만주일보』1942.2.7
1943 가을	(수필) 절필사(붓을 꺾으며)		단편소설선집

원제목 뒤에 넣은 ( )는 『김창걸단편소설선집』에 수록할 때 필자가 변경한 제목이다. 그 외에 발표한 것은 확실한데 지금까지 수집하지 못한 작품으로 「피의 교재」(1940), 「건설보」(1939), 「쪼각구름」, 「남창南窓」 등 몇 편인가 있다. 그 외에 표제도 발표지도 불명확한 작품이 더 있다.

4. 선행 연구

① 조성일趙成日·권철權哲이 공동 집필한 「조선문학개관」(『문학과 예술』 1980;『季刊三千里』 27호)에 일본어로 번역됐다는 김창걸을 평가한 선구적 작업이다. 문화대혁명 중에 '잡귀신'이라고까지 비판을 받았던 김창걸을 처음으로 평가한 것에 의미가 있다.

② 1986년 5월 「김창걸 선생님 문학활동 50돐을 기념하여」라는 제목으로 연변대학 조선문학부, 중국작가협회 연변분회, 연변사회과학원 문학예술연구소, 연변대학 민족연구소, 연변일보사, 연변 라디오텔레비전 방송사업국, 연변인민출판사, 연변교육출판사 공동주최로 심포지엄이 열렸다. 연변문학계가 총력을 기울인 심포지엄의 성과를 정리한 것이 『문학과 예술』(1986년 5기(9~10월호))에 발표됐다. 여기에는 「김창걸 선생 약력」과 함께 정판룡의 「조선족 현대문학의 선구자 김창걸」이라는 글과 현용순의 「사실주의 작가 김창

걸」이 실려 있다. 1986년 시점에서 김창걸은 직장을 떠나 휴양 중이 었는데 75세까지 건재했다.

정판룡은 "작가 김창걸 선생은 자기 독특의 민족적 특성과 풍격을 갖고 우리 중국조선족문학이 바로 온양醞釀돼 형성된 시기부터 문학 창작에 종사한 노작가이며 노 선배이다"라고 쓰고 있다.

여기에는 중국소수민족의 하나인 조선족의 입장이 명확하게 제 시돼 있다. 후술하는 것처럼 한국인 연구자는 이런 평가와는 다르다. 이명재는 '망명문학'이라고 그의 문학을 칭했고, 오양호는 '이민문 학'이라 평했으며, 채훈은 '재만한국문학'이라 불렀는데 각기 그 의 미 부여가 다르지만, 해방 전의 재'만주'문학을 한국문학의 일부분 으로 여기는 점에서는 공통된다.

그에 비해 중국에서는 1930년대 이후 동북지방의 조선인 거주구 에서의 항일 투쟁이 고양돼 가는 가운데 형성된 조선족의 언어와 풍 격을 지니고 그 생활과 감정을 반영한 문학을 조선족 문학이라 여겨 서, 김창걸을 조선족 문학의 '선구자' '개척자'로 파악하고 있다. 요 컨대 김창걸을 중국조선족문학의 일부, 중국문학의 일부로 취급하는 것이다.

③ 김창걸에 관한 논문은 그리 많지 않다. 그런 가운데서도 중국 에서의 연구가 가장 진척이 됐으며, 중국 안에서는 우선 권철 교수의 업적이 가장 크다. 권철의 『광복전 중국조선민족 문학연구』(한국문 화사, 1999.2) 288쪽에서 300쪽에 「김창걸의 생애 작품과 그 연구 현 황」이 짧지만 자료 면에서는 가장 자세하며 다른 연구자가 언급하지

않은 내용을 포함하고 있다. 김창걸의 제자였다는 점에서 신빙성이 있다고 생각되지만 자료의 출처가 명확하지 않다는 점에서 후학이 확인 작업을 할 수 없다는 아쉬움이 있다.

④ 임범송・권철 편,『조선족문학연구』(흑룡강성 조선민족출판사, 1989.6)에 수록된 현용순의『김창걸론』(352~369쪽)은 비교적 잘 정리된 논문이지만 상술한『문학과 예술』(1986년 5기)에 게재된 현용순의 「사실주의 작가 김창걸」과 거의 같은 내용으로 자료로『김창걸 단편소설 선집』(해방전 편)(요녕인민출판사, 1992.5)에만 기대고 있다. 후술하는 것처럼 이것은 김창걸이 기억을 더듬어서 다시 집필한 것으로 이 단편집을 통해서 해방 전의 김창걸을 논하는 것은 치명적인 한계가 있다.

⑤ 김호웅이 쓴『재만조선인문학연구』(연변대 박사논문, 1998.5)의 192~214쪽에 「륙도하 기슭에 우뚝 선 선바위―소설가 김창걸」도 짧지만 본격적인 김창걸을 논한 글이다. 하지만 다루는 작품이 한국에서 영인된『만선일보』일부에 집중돼 있는데다가, 인쇄 상의 오류인지 각주가 하나도 달려 있지 않다.

한국에서도 김창걸에 관한 논문은 많지 않다. 오양호의『한국문학과 간도』(문예출판사, 1988.4),『일제강점기 만주조선인문학연구』(문예출판사, 1996.1)은 모두 귀중한 선구적인 연구이지만, 시 분야를 중점적으로 다루고 있어서 김창걸에 대한 언급은 없다. 그 점에서는 조규익이 쓴『해방전 만주지역의 우리 시인들과 시문학』도 마찬가지로 재만한 시인 여섯 명에 대해 다루고 있을 뿐이다. 채훈의『재만한국문학연구』(깊은샘, 1990.11)는 짧은 평론(147~155쪽)인 「재만작가 김창걸의 「붓을 꺾으며」에 대하여」라는 글을 쓰고 있다. 다만 수필 「절필사」는 현재 읽을 수 없기 때문에 해방 후 다시 쓴 자료에 의존할 수밖에 없다는 제약이 있다.

본론의 목적은 『만선일보』 영인본 및 영인본에 수록되지 않은 『만선일보』 마이크로필름을 독해해 김창걸론을 전개하는 것에 있다. 1982년 선양의 요녕인민출판사에서 간행된 『김창걸 단편소설선집』(해방전편)은 개작 전과 개작 후를 비교 검토할 때는 참고할 수 있지만, 1982년판을 통해서 해방 전의 김창걸을 논하는 것은 피하고자 한다.

한국의 아세아문화사가 낸 『만선일보』 영인본 전 5권은 1939년 12월 1일부터 1940년 9월 30일까지를 담고 있지만 그 앞뒤가 다 결호이다. 한편, 연세대학도서관에 소장된 마이크로필름은 1939년 12월부터 1942년 10월 말까지가 들어있다. 따라서 1940년 10월부터 1942년 10월까지의 기사는 마이크로필름에서만 확인이 가능하다. 이 부분을 영인하지 못했던 이유 중 하는 결호가 많다는 점과 또 다른 하나는 시국적 발언 친일적 언사가 많아서 신문에서 민족 문화적 향기가 사라지고 있기 때문이라 생각된다.

2001년 봄, 남영전과 유연산에 의해 장춘에서 『만선일보』가 거의 완전한 형태로 발견됐다는 충격적인 뉴스가 전해졌지만 그 진위는 아직 확인하지 못했다.

또한 1939년에서 40년 사이를 확인할 수 있는 영인본과 마이크로필름이 있지만 결호가 꽤 있다. 그 상세는 이상범李相範, 오무라 마스오 편『"만선일보"문학관계 기사 색인』(오무라 마스오 연구실 간행)을 참조하길 바란다.

또한 1933년 8월 25일 창간된『만몽일보滿蒙日報』를 1937년 10월 21일에 이어받아서,『간도일보間島日報』를 흡수해서 이름을 바꾼 것이『만선일보』인데, 1937년도『만몽일보』의 일부는 연세대학과 한국학연구원에 약간 있다. 일간지『만몽일보』는 신경(지금의 장춘) 만몽일보사 발행으로 발행인은 이임재李任在, 편집인은 염상섭이다. 이『만몽일보』간도판은 일간 4면으로 "간도성 용정가, 만몽일보간도지사" 발행으로 이것이 간도일보라 칭해졌는데, 만몽일보와 간도일보는 본지로부터 반 쯤 독립된 지방판으로 통상 사람들이 함께 보는 신문이었다.『만몽일보』에도 윤백남의 연재소설 「팔호기설八豪奇說」을 시작으로 김광섭, 김욱金郁, 소성蘇星의 시, 한찬숙韓贊淑의 기행문 「북몽행」 등이 게재됐으나, 김창걸과는 직접적인 관련이 없으므로 여기서는 자세히 다루지 않겠다.

5. 작품 분석

김창걸의 첫 작품으로 회자되는 「무빈골 전설」(1936)은 1982년에 간행된『김창걸 단편소설선』의 맨 앞에 수록돼 있다. 기근에 허덕이는 고향을 버리고 중국 용정으로 가는 도중에 동포의 호의로 무빈골에 정착하게 되는데, 아이가 병에 걸려서 그 치료비로 쓴 아편 비용 때문에 아내를 지주 무빈에게 강제로 빼앗기게 된 것에 김 서방이 저항하자, 지주가 그를 총살해서 아내는 자살하고 만다. 부부의 억울한 혼은 무빈네 집안에 씌워서 그들을 모두 죽여서 복수를 한다는 내용이다. '만주' 이주농민의 비극을 그리고 있어서 감동적이기는 하지만, 이른바 신경향파 문학이라 할 수 있는 내용으로 김창걸 자신도 말하고 있는 것처럼 최서해의 영향을 많이 받은 작품임을 알 수 있다.

그 후 「수난의 한토막」, 「두번째의 고향」, 「스트라이크」, 「그들의 가는 길」, 「부흥회」와 1937년부터 1939년에 걸쳐 단편을 발표해 갔다. 이 단편은 모두 『단편소설집』에 실려 있어서 읽어볼 수 있다. 「두 번째의 고향」은 주인공 경철이 홍범도 의병부대에 입대해 싸울 것을 결의하기까지의 계급적 민족적 각성을 그리고 있다. 선바위가 있는 M학교(명동학교) 부근의 조선 농민들의 생활고를 그려서 박력은 있지만, 해방 전에 발표한 시점에서는 홍범도 장군의 이름을 실명으로 작품에 넣는 것은 불가능했을 것이 틀림없다.

「스트라이크」는 은진중학교로 보이는 미션 스쿨 계열의 E중학교에서 벌어진 학생들의 동맹휴업을 제재로 한 단편 소설이다. 자전적 요소가 있지만 역시 사회주의 체제 하의 중국에서 다시 썼기 때문인지 조선의 망국조차도 신의 뜻이라 하는 목사를 향한 반발심이나 종교 그 자체를 부정하는 내용으로 구성돼 있다.

「그들의 가는 길」도 자전적 요소가 들어 있는 단편이다. 가난한 '나'가 학비가 없어서 면학을 계속할 수 없게 됐을 때 학비를 내줘 학업을 계속할 수 있게 해준 은인 세 명에 대한 이야기다. 이 둘은 '나'가 다니는 학교 선생님이고, 또 다른 한 명은 먼 친척 형이다. 이야기는 격렬한 항일의식과 계급의식으로 넘쳐나고 있는데, 그대로 1938년 당시의 간도에서 발표되기는 힘들었을 것이다.

「부흥회」도 "나는 예수의 세례가 아니라, 딴 사상의 세례를 받아야 하리라"고 각성해 가는 내용의 단편이다.

「암야」는 김창걸의 대표작으로 해방 전 작품 형태 그대로 볼 수 있는 첫 작품이다. 「암야」는 1939년 5월, 『만선일보』에 연재된 후에 박영준朴榮濬, 신서야申曙野, 안수길, 한찬숙, 현경준, 황건의 작품이 함께 실린 '재만' 조선인 저작집 『싹트는 大地』(만선일보사, 1941.11.15) 권두에 수록됐다.

「암야」의 주인공 명손이는 '만주' 땅에서 성실하게 살아가는 조선 농민의 전형이다. 인간 이하의 생활을 강요당하며 사는 빈곤 농민이, 부자집 첩으로 팔려 나가게 된 사랑하는 여인 고분이와 함께 자유를 갈구하며 익숙한 토지를 버리고 떠나기까지의 과정을 그려서, 조선인 농민의 모습을 사실적으로 독자에게 전하고 있다. 그 묘사 방식은 철저하게 교조적이고 이데올로기적인 것을 배제하고, 생활 실태를 쓰는 것으로 독자에게 주인공의 가야할 길을 암시하고 있다. 주인공 명손이의 심리적 묘사도 능숙하고 설득력이 있으며 방언에 의한 회화도 임장감이 느껴질 정도로 성공적이다.

김창걸은 1940년에는 「세정」, 1941년에는 「밀수」(어머니의 반생),
「범의 굴」, 1942년에는 「강교장」, 1943년에는 단편 「개아들」과 평
론 「절필사」를 발표했는데, 이 작품은 『단편소설선』에서밖에 볼 수
없다.

『단편소설선』에 실린 작품의 개략은 다음과 같다.

「세정」은 벼락출세한 중학교 급우의 이야기다. 친구는 부자가 되
자 주인공 문文이 찾아가도 집에 있으면서도 없다고 하거나, 그를
'거지 친구'라고 하는 내용이다. 「범의 굴」은 생활이 성립되지 않아
서 일본인 밑에서 반 노예 상태로 육체 노동을 하고 있는 남자의 이
야기다. 결국 참지 못하고 탈출한다.

「밀수」는 여성 한 명의 삶을 그린 단편이다. 이 여성상은 작가의
어머니와 겹쳐지는 부분이 있다. 아들의 치료비를 구하기 위해 소금
과 무명을 밀수한다. 60킬로 소금 자루를 메고 두만강을 건너서 개
산둔開山屯(중국 길림성)에 들어가는 어머니의 모습은 감동적이기까지
하다.

「강교장」은 젊은 시절 의병운동에 참가한 적인 있는 농민 교장에
대한 이야기다. 교장이라 해도 학생이 50명 정도 있는 복식 학급 2개
반 규모다. 강 교장은 지식인이 아니라 무급으로 교장직을 하고 있다.
중학교도 졸업하지 못한 '나'가 부탁을 받고서 교원이 된다. 그 학교
가 개편돼 '만주국'의 공립학교가 되고 만다. 그 식전에서 인사를 강
요당한 강 교장은 "사립학교 폐쇄 망세!" "공립학교 개편 망세!" 하고
외친다. 만세萬歲와 망세亡勢의 차이를 알아챈 것은 조선인뿐이다.

「개 아들」은 창씨개명에 대한 빈정대는 저항과 그와 관련된 에피소드를 쓴 것이다. 이 작품이 내용 그대로 1943년에 발표됐다고는 도저히 생각할 수 없다. 기억하고 있던 내용을 1980년대에 재현하면서 원작과 큰 거리가 생긴 것으로 보인다.

1940년에 발표된 시조 「돈」, 중편 「청공」, 평론 「만주조선문학과 작가의 정열 상, 하」와 수필 「병창만필病窓漫筆」, 단편 「낙제」, 단편 「거울」, 「천사와 요술」(부분), 「소고기」(부분), 「마리아 상, 하」, 그리고 1941년에 발표된 수필 「봄이 그립소」, 단평 「대동아전쟁과 문필가의 각오」는 모두 『만선일보』 영인본과 마이크로필름에서 읽어야 해서 좀 더 자세히 검토하고 싶다.

돈

　　　황금성

一

너잘나 英雄인가 내가 못나 愚人인가
잘나고 못나는 무엇으로 定하는고
아서라 야속한世上에 돈일줄만아노라

二

잡혀도 안지건만 잡기爲해 애를쓰네
애써도 안되오메 어서저야 하련만은

못내어 저하오니 그를설허 하노라

三

잘나면 돈잇는가 돈잇으면 잘나는가
잘나고 돈잇고는 바랄수도 업슬것이
世情에 돈잇는 놈잇서도 잘난놈은 업서라

四

사람이 깨엿대도 나는 깬줄 모를것이
그물은 제맨들고 제가 걸려 죽는 것이
그누가 돈을 世情에내고 地下에서우느뇨

　전통적인 연시조 형식을 취하고 있는데 내용은 우스꽝스럽다. 하지만 가지지 못한 자의 가진 자에 대한 비판 정신과 풍자는 이미 이 시기에 들어서는 명확한 형태를 취하고 있다. 사회주의의 광풍이 휘몰아치는 중국에서라면 이런 내용이 비판받을 것은 전혀 없는데도, 김창걸이 우파라고 비판을 받을 때 시조형식을 취한 것이 하나의 죄상으로 더해졌다고 한다. 또한 이 시조는 황금성이라는 펜네임으로 투고됐다. 황은 어머니의 성이다. 그 외에 소설이나 시도 동시에 투고했는데 김창걸이라는 본명을 쓰지는 않았을 것이다.
　「청공」은 단편이지만 『만선일보』에 14회에 걸쳐서 연재된 비교적 긴 작품으로 아편을 둘러싼 이야기다.

'나'와 경춘은 소학교 시절부터 동급생으로 같은 마을에서 살고 있는 친한 사이로, 함께 교사를 하고 있다. 나는 교사를 그만두고 모르핀 장사를 하기로 결심한다. 가정에서도 사회에서도 돈이 없으면 제대로 살 수 없고, 돈이 없으면 양심적으로 학교 교육을 할 수 없기 때문이다. 경춘은 필사적으로 말리지만 '나'는 양심이 찔리면서도 듣지 않는다. 정도를 위해서는 수단을 가리지 않는다고 생각해서 먼 친척인 광식을 따라서 모르핀 장사를 돕기 시작한다. 나는 고향을 떠나서 M시로 가서 광식을 찾아간다. 가보니 전도유망한 청년이나, 또한 교장이나 사회운동을 하고 있는 사람들까지도 모르핀 중독으로 폐인이 돼가고 있다.

'나'는 모르핀 장사를 하기 시작한 자신이 역겨워져서 자신을 말렸던 광식과 학생들이 그리워진다. 하지만 돈을 벌어서 3년 후에는 자신의 돈으로 학교를 경영해 그것으로 죄를 값자고 생각하며 계속 일 한다.

몇 개월이 지나는 사이에 모르핀 장사의 요령도 터득한다. 광식은 가게를 '나'에게 맡기고서 다른 곳으로 간다. 양심이 꺼림칙한 일이라서 '나'는 밤이 되면 술독에 빠져 산다. 돈이 생기면 술집에 출입하고 여급인 군자君子와 깊은 관계가 된다. 그러다 받아든 모르핀 봉투의 내용물이 사실은 밀가루인 일이 있어서 '나'는 돈을 빼앗긴다. 설상가상으로 경찰 수사까지 받고서 현물 아편을 압수당한다. '나'는 마침내 "시험 삼아 해보자"는 구실로 금기를 깨고 모르핀을 하고 만다. 아내는 처음에는 화를 내지만 시간이 지나자 애원하기 시작한다.

그래도 '나'는 모르핀 양을 늘려갈 뿐이다. 군자로부터는 화류계병이 옮는다. '나'는 정상적인 인간이 부러워져서, 가능한 많은 사람이 중독환자가 되면 좋겠다고 생각한다. 고향에 돌아가자고 설득하는 아내도 약을 하게 만든다. 부부는 완전히 중독되고 만다.

그때 삐쩍 마른 광식이 '나'의 집으로 찾아온다. 2, 3일 후 광식으로 보이는 사람이 기차에 치어서 죽었다는 소식이 들려온다.

얼마 안 있어서 아버지의 죽음이 전해져 온다. 아들 부부가 마약 중독이라는 소식을 듣고서 희망을 잃고 단식을 하다 죽은 것이다. 돈도 다 썼지만 아버지의 장례식을 위해 고향으로 돌아가야만 한다. 장례식이 끝난 후 경춘이 찾아와서 "3년 만에 돌아왔는데 이게 무슨 꼴이냐!" 하면서 '나'를 때린다.

나와 아내에게는 자살하는 길 밖에는 남아있지 않다. 둘은 마약을 서로 주사한다. 의식이 희미해져 가는 중에 '나'는 학교 조회 때 울리는 종소리를 들으며, 종다리 울음소리를 듣는다. 소를 따라 밭으로 가는 농민의 목소리도 듣는다. "푸른 하늘이 너무나 그립다"고 하면서 소설은 끝난다.

『만선일보』에 '신춘문예 삼등 당선 소설'로 입선한 「청공」은 『단편소설선집』에 포함돼 있지 않다.

이 소설은 아편이 개인적으로도 사회적으로도 얼마나 비참한 독해를 가하는지, 그리고 부정한 수단으로 일확천금을 꿈꾸는 것은 파멸을 불러올 뿐이라는 테마를 전하고 있다. 중요한 것은 테마 자체보다는 사실적인 묘사의 힘에 있다. 꽤나 긴 시간 동안의 조사와 직간접적인 경험이 바탕에 깔려 있다. 김창걸의 자존이라 할 수 있는 「절필사」(『단편소설선』 수록)에도 다음과 같은 한 구절이 있다.

한시기 너무나 돈이 필요해서 조금 벌어보고자 몇 개월 동안이나 집을 나와서 N 지방에서 아편 장사를 하고 있는 친구를 찾아간 적이 있다. 한 달 정도 모르핀 장사를 돕다가, 또한 이른바 '직접경험'도 해서 모르핀을 궐련에 넣어서 몇 번이고 피웠다.

해방 전 동북지방에서는 이러한 아편 흡연현상이 음지에 꽤나 만연해 있었다. 김창걸은 물론 그것을 부정적으로 그리고 있으나, 단순히 슬로건을 내세우듯 부정하고 있는 것이 아니라, 아편 밀매의 도매나 소매 실태, 읍입자의 정신적 고뇌에 까지 파고들고 있다. 아편을 피우는 장면, 흡입자의 절망적인 몸부림에도 불구하고 파멸할 수밖에 없는 아편의 매력에 대해서, 실로 사실적으로 묘사하고 있다. 주인공, 친구인 교사, 아편 장사 동료들의 성격 묘사도 성공적이다. 안수길도 당시 「상반연 문학계 개관 선계문학 역시 불모 상태 상중하」(『만선일보』, 1940.8.11, 13, 14)에서 다음과 같이 평가하고 있다.

문장에서 보자면 김창걸 씨의 「청공」은 꽤 세련됐고 잘 정리돼 있는 (가끔 방언이 나오는 것은 어쩔 수 없는 것이다) 작품이라는 것은 명확하다. 표현도 좋다고 생각한다. 교원 출신 부부가 아편 밀매자에서 중독자가 되기까지, 또한 중독자로부터 갱생하려고 번민하는 모습을 빈틈없이 그린 작품이다. 여기에는 누군가의 모방도 발견할 수 없다. 만주 조선인 사회에 존재하는 제재를 충실하게 살린 노력이 있다. 이상 두 작품은 앞서 있는 조선에 내놓아도 손색이 없을 것이라는 점은 필자 혼자만의 견해가 아니다.

황금성이라는 이름으로 발표된 평론 「만주 조선문학과 작가의 정열 상하」(『만선일보』, 1940.2.16, 17)의 내용은 다음과 같다.

백 만을 넘는 재만조선인이 있는데 그 문단에서 활약하는 작가의 수는 쓸쓸할 정도이다. 하지만 그래도 만주조선인작가의 정열에 기대하지 않을 수 없다는 것이 이 평론의 첫 번째 논점이다. 두 번째 논점은 독자층의 빈곤에 관한 것으로 신문 학예란을 읽는 독자가 몇이나 되겠냐고 한탄하고 있다. 독자층의 확대를 위해 노력하지 않으면 만주 조선인의 전도는 없다고 쓰고 있다. 세 번째로 작품 발표 기관이 충실히 갖춰지기를 바라고 있다.

지당한 논점이지만, 평론으로서 뛰어나다고 할 수 없을 것 같다.

수필 「병창만필(1)~(6)」은 1940년 4월 30일부터 5월 1일, 2일, 3일, 4일, 7일에 연재된 것이다. 다만 5월 4일은 결호라서 「병창만필 4」는 볼 수 없다.

(1)~(3), (5)~(6)의 개요를 보면 다음과 같다.

세 번 연속해서 감기에 걸려 삼 주 동안 앓아 누워있었는데, 의사가 폐결핵이라는 진단을 내려서 누워서 지낸지 사 주가 지난다. 마침내 하루에 두 세 번 산책을 하고 편지를 쓸 수 있는 상태가 된다.

그래서 자리를 보존하고 누운 50일 동안의 감정을 에세이로 쓴다. 병상에서 느낀 것 중 첫 번째 감상은 '의사와 돈'. 2번 객혈한 후 모 국립병원 내과 진료소에서 T라고 하는 내지인 의사의 진료를 받는다. 청진기를 대고서 "왼쪽 폐가 좋지 않습니다" 하고 말한다. '나'가 믿지 않자 혈담 검사를 해보자고 하는데, 다만 돈이 든다고 말한다. 의료가 돈에 좌지우지 되는 것을 알게 된다. 명확한 병명을 알고 싶어서 병원을 옮겨서 기독교에서 운영하는 C병원으로 간다. 2엔을 내고 특별 진료권을 사서 진료를 받자, X레이를 찍지 않으면 확진을 할 수 없다고 한다. X레이를 찍는데 6엔이 드는데 괜찮겠냐고 한다. 천국의 복음을 전하는 자도 돈 이야기만 한다. '나'가 만일 장래에 큰 병원을 경영하게 되면 돈 이야기를 하는 의사는 그 자리에서 즉각 해고할 것이라 생각한다.

병상에서 느낀 두 번째 감상은 삶과 죽음. 아직 중증은 아니지만 폐결핵이다. 약을 먹고 세 달 동안 쉬면 낫을 것이라고 의사가 말한다. 결핵은 사형선고와 마찬가지라고 지금까지 '나'는 생각해 왔다. 5, 6년 동안 설비가 좋지 않는 사립(작년부터 공립으로 바뀌었지만) 소학교에서 분필을 쓴 것이 원인인지도 모른다. 또 다른 원인으로는 인생에 대한 심각한 실망을 맛본 지난 해 1년 동안, 불규칙하고 무절제한 생활을 보낸 것. 폐결핵 선언을 받고 '나'는 의외로 평정을 유지한다. 하지만 죽음을 제대로 응시하지 않으면 안 되는 상황으로 내몰린다.

"아직 죽지 않아! 죽을 수 없어" 하고 '나'는 말하고 "죽으면 어떻게 되는가"하는 생각을 부인한다. 하지만 폐결핵으로 죽을 확률을 '나'는 잘 알고 있다.

세 번째 감상은 술과 담배. '나'는 중학교 1학년까지 미션스쿨(은진중학교)에 다녔다. 중학교 2학년 때 전학한 후로는 이른바 사탄이 되지 않을 수 없었다. 술을 좋아하고 담배는 하루에 10개비 까지는 아니지만 원고를 쓰거나 긴 편지를 쓸 때는 담배가 없으면 안 된다.

병에 걸리면서 술, 담배, 여자, 그 밖의 모든 향락이 허무하게 느껴진다. 영원한 생명이 있는 것을 위해서 살아가고자 생각한다. 만약 병이 낫는다면 독한 술을 피하고 향락과 위로를 문학에 구하리라 생각한다.

네 번째 감상은 술친구와 지기知己. 친해지면 술잔을 기울이고, 술잔을 나누면 더욱 친해진다. 술친구가 지기라고 생각했는데, 전염성 병이라서 병상에 있는 50여 일 동안, 술친구는 단 한 명도 모습을 보이지 않는다. 술친구는 즉 지기라는 생각은 틀렸음을 깨닫는다. 와병 50여 일 동안 찾아와준 사람은 네 명, 거기에 학생인 김 군이 두세 번 왔을 뿐이다. 그런 가운데 가목사佳木斯(흑룡강성 도시)에서 현금을 보내준 사람이 있었다.

'나'에게는 한 명의 지기가 있으니 만족한다. 술친구는 이제 믿지 않는다.

이상이 「병창만필」의 개요다. 수필이지만 중학교 시절의 추억을 시작으로 김창걸의 사람 됨됨이를 알 수 있다. 전전에 폐결핵에 걸리면 살기 힘들었던 시대에 죽음과 마주한 김창걸은 인간적으로 한 층 더 깊어졌던 것 같다.

단편 「낙제」는 「병창만필」을 연재 중이던 1940년 5월 6일과 7일에 연재됐다. 콩트라고 해도 좋을 정도의 소품이다.

주인공 최崔가 지정 인부가 되고 나서 반년이 지났다. 보통 인부는 일용직으로 그날 일이 있으면 고용이 되고, 없으면 고용이 되지 않는다. 지정 인부는 인부 중에서도 상황이 좋은 편으로 8시간 노동으로 50전을 받는다. 게다가 관청의 고원雇員이 되면 80~90전까지 수입이 늘어난다. 고원이 되기 위해서는 적어도 1년이 걸리지만 용성은 '나'보다 일을 못하고 경험도 적은데 먼저 고원이 된다. 일본인 조장에게 귤 2개와 술 세 병을 주고 비위를 맞춘 결과다. 용성은 '나'에게 세상은 원래 다 그런 것이라 말한다. '나'는 보름 동안 급료가 들어오면 식비나 상점의 외상을 나중에 내기로 하고 귤과 술을 산다. 조장의 집에 그걸 가지고 가야만 한다. 하지만 거기까지 하려는 자신이 한심해져서 집으로 다시 가져가서, 귤을 안주로 술을 마시면서 말한다. "흥, 나야말로 천생 락제야. 락제한 덕으로 오늘 저녁은 잘 먹는다."

이런저런 육체노동을 한 경험이 있어서 하층 노동자의 세계를 사실적으로 그리는 것에도 성공하고 있다. 이 단편에서 흥미로운 점은 여기저기에 산재하는 일본어다. 일본인 '오까다'가 나오고 "고랏 도 꼬오 미테 우쯔노까이 고짓센닷데 구샷다모쟈나이"(이봐! 어딜 보고 치는 거야. 50전이라니 썩어빠진)라는 말도 나온다.

조장은 '組長'이라는 한자의 한글 표기로, 꾸미쪼는 '組長', 작품에서는 둘 다 쓰인다. "기미 아시다 리레끼쇼오 다세"(자네 내일 이력서를 내야 해)라는 일본인의 대화도 나온다.

콩트 풍의 단편 「거울」은 1940년 7월 14일, 16일에 걸쳐서 연재됐다.

이 소설은 밭도 소도 없이, 다른 사람의 밭을 빌려서 경작을 하는 최 노인에 대한 이야기다. 그는 간도에 온 지 3년이 지났는데 인간이 죽지 않으면 살아간다고 50살이 되는 해에 겨우 한숨을 돌린다. 하지만 겨울을 대비해 다섯 가족의 솜옷을 사려고 하니 그 해의 수확량으로는 돈이 부족했다. 소금과 성냥이 다 떨어져서 큰 문제인데 그보다는 너덜너덜한 옷이라도 사려고 땔감 나무를 해서 시장으로 팔러 나간다. 땔감을 판돈으로 우선 소금과 성냥을 산후에 헌옷가게를 찾아다닌다. 1엔으로는 누더기 옷도 살 수 없다. 마을 제사에서 술을 한잔 마신 이후 한 달 만에 술 냄새를 맡는다. 15전을 내고 서서 술 한 잔을 마시자 다리가 조금 풀린다. 시장 길가에서 돈이 다 뭐냐고 누군가에게 마구 욕설을 퍼붓고 싶어진다. 술에 취해서 집에 돌아와서 시장에서 산 만인계萬人契(복권)을 한 장 아내에게 건넨다. 1만 엔이 당첨되면 이것저것 사리라고 꿈에 대해 이야기한다. 하지만 결과는 꽝이다. 아내는 거울을 꺼내서 끝이 무지러진 치마로 먼지를 닦고서 최 노인 앞에 내민다. 1만 엔이 손에 들어오는 운세인지 거울을 들여다보라는 의미다. "벌써 색경(거울)을 봤드문 일원도 안일헛지비"하고 최 노인은 웃는다.

단편 「천사와 요술」은 『만선일보』에 1940년 7월 19일, 20일에 (2), (3)회가 게재되는데, (1)은 찾아볼 수 없다. 단편 「소고기」는

『만선일보』에 1940년 7월 21일과 23일에 연재된 (4)~(5)회를 볼수 있지만 (1)~(3)회는 볼 수 없다. 작품을 일부밖에 볼 수 없기에 언급하는 것은 피하고자 한다.

단편 「마리아」는 『만선일보』에 1940년 8월 6일과 7일에 걸쳐서 연재됐다.

마리아는 여자학교 시절에 최 씨 성의 남자와 사랑에 빠져서 학교와 집에서 쫓겨난다. 최와 동거한 지 2, 3달 만에 이번에는 본처에게 쫓겨나서 카페 여급을 할 수밖에 없게 된다. 비가 내리면 그런 과거를 추억하며 손님에게 서비스도 하지 않고 멍하니 있을 때가 많다. 그녀는 매일 호색적인 손님을 상대로 해서 도시 생활에 질려 있다. 빨리 시골로 돌아가고 싶어 한다. 그 때 그 때의 쾌락을 쫓는 도시 사람들이 싫은 것이다.

손님이 돌아가면 가게는 조용하다. 하지만 아무리 생각해도 농촌으로 돌아가는 것은 꿈으로, 꿈은 실현되지 않는 것이라고 생각하기에 이른다. "어서 무조건 단호히 이 생활을 청산해야만해!"하고 중얼거린다. 하지만 그 때 "'이랏샤이마세(어서오세요)' 하는 소리에 마리아는 기계적으로 일어나서, 새로 온 손님을 새로운 뽁스로 안내햇다"고 하면서 이 소설은 끝이 난다. 스케치 풍의 소품이지만 도회의 험악한 분위기, 퇴폐함, 소비로부터 벗어나서 정막하고 생산적인 농촌 생활을 꿈꾸는 김창걸의 인생관이 잘 드러나 있다.

에세이 「봄이 그립소 상하」는 표제 그대로 봄을 기다리는 심정을 그린 것이다. 「봄이 그립소」는 『만선일보』에 1941년 3월 15일, 16

일에 연재된 에세이다. 여기에는 "남쪽 하늘을 향해서 발돋움을 하자, 남국의 어딘가 햇살이 좋은 산맥에 새빨갛게 불타는 철쭉꽃이 보이는 것 같아서 오늘도 몇 번이가 저 먼 남쪽 하늘을 눈을 크게 뜨고서 봤지만, 아득히 하얗게 희미해질 뿐 살을 후비는 듯한 북동풍이 눈을 날리고 뺨을 때리고 지나갈 뿐"이라며 북국에 사는 사람들의 봄을 기다리는 마음이 생생하게 그려져 있다.

연길 용정에서 풀숲이 푸르게 싹트는 것은 5월 중순이다. 3월 중순에는 아직 북해도의 한겨울보다 춥다. 그런 강추위 속에서 봄이 오기를 손꼽아 기다리는 북국의 가난한 사람들의 심정이 잘 표현돼 있다. 하지만 그것만은 아니다. 조국에서 멀어져 연변 땅에서 생활하는 '족속'(조선민족)의 유리流離로 인한 안타까움과 '마음의 봄'이 도래하기를 간절하게 원하는 심정이 전편에 강하게 흐르고 있는 것이 이 에세이의 특징이다. "여기 백성들이야말로 너무나도 잔혹하게 방치된 이방인이 아닌가. 봄이 그립다. 너무나도 그리워서 오늘도 나는 분수에 맞지 않는? 양피로 된 만복滿服을 입고, 모피 모자를 쓰고서 눈 속을 손으로 더듬어 봤다. 하지만 태초에 황금천사에게 뽑히지 못한(돈복을 타고 나지 못했다는 의미) 불행한 나나, 역시 같은 족속에게 버림받은 이 사람들도 하루라도 빨리 봄이 돌아오기를 바라마지 않는다" 하고 타향 땅에서 가난하게 살아가는 동포를 향한 심정을 토로하고 있다.

게다가 후반부에서는 다음과 같이 말하고 있다.

이 봄에도, 두만강 얼음이 녹고, 압록강도 녹는다면, 나처럼 생활에 괴로워하는 보헤미안 족속들이 현저히 늘어날 것이다. 이것은 막을 수 없는 엄숙한 계절적 행사가 아닌가. 그러니 길고 긴 세월이 지나간 후에 그들의 천국이 건설되는 것을 기원하고 싶다.

이 에세이가 나온 후 "긴 세월"이 지나지 않은 불과 8년 후에 중화인민공화국이 창건돼 중국에 정주하는 조선인은 대부분 중국 소수민족의 하나인 조선족으로 남아서 생활하게 된다. 물론 그곳은 '천국'이 아니지만 민족자치구역 내외에서 평안하게 살 수 있게 되었다.

『만선일보』 1942년 1월 23일부터 2월 19일에 걸쳐서 열 명 남짓의 문학자가 「대동아전쟁과 문필가의 각오」라는 칼럼 란에 짧은 평론을 썼다. 천청송, 김귀, 김북원, 남승경, 송철리, 안수길, 조학래, 유치환, 김창걸, 이덕성, 신상옥 이렇게 11명이 칼럼에 글을 썼다. 『만선일보』 1942년 2월 13일(2958호), 2월 18일(2963호)은 결호라서 현재 볼 수 없으니, 상기한 11명 외에도 집필한 문학자가 있을 것으로 보인다.

김창걸은 1982년에 출판된 『김창걸 단편 소설선』 속에서 그때의 상황을 「붓을 꺾으며」라는 에세이에서 회상하며 이렇게 쓰고 있다.[6]

---

6   김창걸은 이 소평론을 1943년에 발표했다고 회상하고 있는데, 실제로는 1942년으로 1년의 차이가 있다. 표제도 회상에서는 「대동아전쟁과 문인들의 각오」인데 실제로는 「대동아전쟁과 문필가의 각오」이다.

1943년 가을 어느 날이었다. 신문사에서 지정한 제목에 지정된 내용을 400자 정도로 글을 쓰는 것이다. 그 제목이란, 「대동아전쟁과 문인들의 각오」라는 것이고, 그 내용이란 "대동아전쟁에서의 승리를 위해서 사상 상 동요함 없이, 물질상 곤란을 극복하도록 문필을 통해서
고무해야 한다"는 것이다.

나는 그 주문에 대하여 매우 망설이였다. 요구하는 대로 써야만 하는가 혹은 쓰지 말아야 하는가. 마음속으로 갈등이 생겼다. 나는 칼산에도 선뜻 올라 갈 수 있는 혁명가가 아니었다. 그러나 혁명사업에 참가하느라고 주저앉기는 했수나 '정조'만은 지켜야 하리라 다짐한 사람이였다. 내심 상 '격투'하다 끝내 이기지는 못했다. 신문사 주문의 내용 요지에 약간의 살을 붙여서 그대로 쓰고 말았다. 왜냐하면, 모처럼 얻은 '작가'라는 영예를 그냥 보전하기 위해여 만약 이런 주문에도 응치 않는다면 내 존재는 문단에서 아주 없어지고마는 것이 아닌가! 이렇게 생각되여서였다.

김창걸의 이 회상 「붓을 꺾고서」를 수록한 『김창걸 단편소설 선집』의 서문에 "해방 전 작품집을 내려니 그때의 작품 중에서 자전적 제재의 것은 회상이 되어 스토리를 되살려 정리할 수 있었다"라고 쓰고 있지만, 단편소설집의 「붓을 꺾고서」는 실로 자전적 제재임에도 상기 인용 부분을 보면 알 수 있듯이 당시 발표된 「절필사」의 '복원'이라고는 도저히 생각할 수 없는 내용이다. 『만선일보』에 발표된 「절필사」는 현재 볼 수 없지만, 「붓을 꺾고서」가 「절필사」의 복원은 아니다. 그럼에도 기존의 김창걸을 다룬 논문 모두가 「붓을 꺾고서」

에 의거하고 있고, 김창걸에 대한 높은 평가도 이 에세이에 의거하고 있다.

김창걸이 당시 발표한 「대동아전쟁과 문필가의 각오」를 다룬 연구자는 지금까지 단 한사람도 없다. 그 전문은 다음과 같다.

우리들의 필첨筆尖은 제1선 장병의 총구와 조금도 다르지 않을 것이다. 그래서 우리들의 필첨이 노리고 써야 하는 대상은 제1로 구질서가 낳은 왜곡된 사상의 파괴이며, 제2로 대동아건설의 □□(두 글자 판독 안 됨)한 이념의 선양과, 제3에 물심신物心身, 모두 성전 목적의 관철을 위해서 바친다고 하는 총후 국민의식의 지□(한 글자 판독 안 됨)와, 제4로 적성국의 역선전에 헤매지 않는 전승의 확고부동한 국민 신념의 강화 등일 것이다.

지금 실로 대동아제민족에 의한 대동아가 목전에 보이지 않는가. 동쪽 하늘이 희어지는 때도, 새벽녘도 모두 지나서 아침이 찾아오지 않겠는가. 과거의 어리석은 미몽으로부터 용감하게 일어서지 않으면 안 된다.

이상이 이 소평론 전문이다. 김창걸은 이것을 부끄러워해서 절필을 했다고 하는 것이 「붓을 꺾고서」의 주된 내용이다. 해방 후 시점에서 정리하자면 자유가 없었던 일제하에서 쓴 것은 거짓으로, 해방 후의 서술이야말로 진실이라는 것은 어떤 의미에서는 지당한 것이지만, 해방 후 정리된 서술은 너무 세련돼, 약간 생청스러운 느낌이 없지 않다. 우리는 가장 곤란한 시기에 쓰고 싶은 것을 쓰지 못하고,

쓰고 싶지 않은 것을 쓸 수밖에 없었던 문학자의 양심의 고뇌와 번민을 당시의 문헌에서 읽어냄으로써, 그러한 문학자에게 경의를 품게 된다. 이광수의 「나의 고백」도 하나의 예인데 해방 후의 자기변명이나 자기비판을 매개로 그 문학자를 존경할 수는 없다. 그런 의미에서 기존의 김창걸에 관한 연구와 그에 대한 평가는 정확한 기초 자료에 의거해 있다고 할 수 없다. 그 점을 지적한 글은 저자가 아는 한 중국에서는 김호웅 씨 단 한명이다. 그는 말한다. "원작 발표 후 40여 년 지난 역사적 시점에 서 있는 작가의 새로운 의식(원작 발표 당시에는 도달할 수 없는 사상)이 윤색돼였을 가능성이 많다. 우리 연구는 그러한 사실을 외면하고 80년대의 김창걸을 40년대의 김창걸이라고 착각하고 있다." 정확한 지적이라 하겠다. 하지만 이렇게 발언한 김호웅 씨도 『만선일보』 영인본에만 의존하고 있으며, 마이크로필름은 검토하지 않고 있다.

더불어 보족하자면 「대동아전쟁과 문필가의 각오」를 쓴, 혹은 강요돼 쓰게 되었던 당시의 재'만'문학자는 신문사 측이 요구하는 내용에 맞춰서 비슷한 발언을 하고 있다. 예를 들어 안수길은 이렇게 쓰고 있다.

과거, 우리는 정치와 경제적 침략과 아울러 미영의 문화적 침략을 바덧다. 우리의 교양이 다분하게 미영적인 온상에서 배양된 것이 사실이다. 이제 동아에서 동아인의 손으로 동아인의 동아를 건설하려는 성전에 잇어서, 우리 문필인은 미영의 문화적 침략을 물리치고, 동양의 문화를 당당히 확립하는데, 우리의 붓이 총끝이 되지 안허서는 안 되겟다.

안수길은 해방 후 한국에 있으면서 변명도 자기비판도 하지 않았다. 그리고 『만선일보』에 연재한 장편소설 『북향보』의 친일적인 부분을 면밀하게 삭제한 후 출판했다. 그것은 그것대로 하나의 삶의 방식으로, 타자가 비난할 성질의 사항은 아니다. 다만 일제하에 많은 제약 하에 발표된 문학자의 작품을 우리가 대할 때, 빛나는 눈으로 문장 이면을 꿰뚫어 작가의 진의를 더듬어, 문학사적인 평가를 내려야만 하기에, 후일 개정된 작품에서 작가의 진의를 더듬는 단계에 그쳐서는 안 된다고 생각할 뿐이다.

6. 결론을 대신해서

지금까지 김창걸의 작품을 일별해 봤다. 김창걸의 문학은 가난한 사람, 약자의 편에 서서 사회적 부정의함에 대해 항의하는 목소리를 외치고 있다. 그 대결하는 자세는 프롤레타리아 문학류의 관념적 사고에서 시작되는 것이 아니라, 실제 생활에 뿌리내리는 사실적인 실감에 지탱되고 있다. 그의 작품에 등장하는 주인공 대부분이 농민이고, 때로는 소학교 교원, 소금, 아편 밀매수 상인임에서 드러나듯이 모두 사회 밑바닥이나 혹은 밑바닥 근처에서 살아가는 사람들이 대부분이다. 또한 그들 대부분은 조선반도로부터 중국으로 이주한 사람들로 당시의 위정자로부터 사회적 압박을 받으면서도 고향 땅에 대한 향수를 귀향하자는 사고로 후퇴시키는 일 없이, 중국 동북 지방에 생활의 기반을 놓고, 정착해서 그 땅에서 살아가고자 하는 정착 의식으로 나아가고 있다. 그런 의미에서 김창걸은 역시 본격적인 중국조선문학의 선구자라는 이름에 걸맞는 작가이다.

본론의 특색은 1982년에 간행된 『김창걸 단편소설선집』(해방전 편, 요녕민족출판사)에 의거하지 않고(참고는 했지만), 원 텍스트인 『싹트는 大地』와 『만선일보』에 의해 김창걸을 소개해 논한 점에 있다. 「거울」과 「청공」7 이외는 지금까지 중국에서도 한국에서도 소개된 적이 없는 작품이다. 설령 아무리 읽기 힘들다 하여도 영인본과 마이크로필름에 의하지 않고서는 현단계에서는 진정한 의미에서의 김창걸 연구는 불가능하다고 믿으며, 시간과 능력의 부족을 고려하지 않고서 일부러 김창걸에 착목해서, 그 전체상을 파악해보려 했던 시도라 하겠다. 「김창걸시론」이라고 제목을 붙인 이유는 거기에 있다.

---

7 「거울」은 『문학과 예술』 1991년 3기(연변대학 예술연구소 간행)에, 「청공」은 같은 잡지 1990년 5기에 다시 수록됐다.

2000년, 김림성 명동에 세워진 '작가 김창걸 문학비'(정면)

같이 문학비 뒷면의 '작가 약력'

제5장

시집 『동방東方』 전후의 김조규

김조규金朝奎의 시집 『동방東方』은 1947년 9월 18일 평양의 조선
신문사에서 발행되었다. 김조규에게는 첫 개인 시집이자 공화국에
서 낸 6권의 개인 저서(그중 3권이 시집)중에서도 최초인 것이다. 이글
은 한국에서도 아직 잘 알려지지 않은 시집 『동방』을 중심으로 김조
규의 시세계 그 일부를 살펴보려는 글이다. 한국에서 김조규 연구는
이제 막 시작되었다고 말할 수 있다. 약간의 성과는 있었지만[1] 아직

---

1   해방 전 김조규에 관한 논문은 다음과 같다.
   권영진, 「김조규의 시세계」, 『숭실어문』 9집, 1992.
   구마키 쓰토무, 「김조규 연구」 상·중·하(『숭실어문』 상·중·하, 『대학원논문
   집』, 숭실대, 1998~1999)
   김태진, 『김광균 시와 김조규 시의 비교연구』, 보고사, 1996.
   김우규, 「전파를 타고 온 북한 시인 김조규의 사망」, 『문학사상』, 1992.7.
   김용직, 『현대 경향시 해석·비판』, 느티나무, 1991.
   김태진, 『더듬이의 언어』, 보고사, 1996.9.
   우대식, 「김조규의 시 연구」, 『숭실어문』 14집, 1998.6.

충분하다고 말하기는 어렵고 게다가해방전의 김조규 연구에만 편중되어 있어, 해방 후 북한에서의 창작활동에 대한 연구는 거의 다루고 있지 않는 실정이다.[2]

논자는 해방 후 김조규 저술활동의 전체적 양상에 관하여 「공화국에서의 김조규의 발자취와 그 작품 개작」[3]에서 논한 적이 있었다. 그때는 자료를 막 입수해서 제대로 다루지 못했던 시집 『동방』을 대상으로 논하고 싶다.

1. 시집 제목의 유래

먼저 『동방』이라는 시집의 제목이 갖고 있는 의미부터 생각해 보자. 1934년 4월 4일 『조선중앙일보』에 발표되었던 「이별離別」이라는 시는 시름겨운 도시를 떠나 동쪽인 고향으로 돌아간 친구와의 이별을 노래하고 있다.

신규호, 「시인 김조규론」, 『믿음의 문학』 제8호, 1999봄호.
조규익, 「在滿詩人・시작품연구Ⅴ－김조규의 해방 전 시를 중심으로」, 1996.10.
2 해방 후의 김조규를 논한 것으로는 필자가 알고 있는 한 김태규(金泰奎)의 「재북시인 김조규」, 『月刊同和』, 1991.8)가 있을 뿐이다. 그 외 1999년 10월 10일, 숭실대 개교 94주년 특별강연회에서 「재북 동문시인 김조규의 생애와 문학」이라는 표제로 강형철(姜亨喆) 숭실대 강사가 보고했다고 하지만, 활자화되어 있지는 않다.
3 졸저, 『윤동주와 한국문학』(소명출판, 2001.3)에 수록.

東쪽거리는 太陽의 거세인 合唱으로 새벽이 움즉이리라

버들꽃 날으는 애쓰팔트에 동무들의 발소리 가득찻으리라

「이별」에서 "동쪽"은 해가 떠오르고, 희망이 넘쳐흐르는 방향으로 분명히 인식되고 있다.[4] 해방 후 첫 시집인 『동방』은 시 「이별」의 "동쪽"과 연장선상에 있다고 말할 수 있다.

또한 "동방"이라는 말은 1943년 10월 작이며, 1944년 4월 『동광』에 발표한 작품인 「귀족」에 네 번 나온다.

맑게 개인 蒼空이었고

언제나 푸른 바다이었다

이가운데서 마음은 머언 宇宙를 생각하며 살어왔다

오오 우러러 모시기에 高貴한 民族의 古典

信念은 물줄기로 흘러 永劫에 다었고

神話는 歲月과함께 늙어 歲月처럼 새로운 東方의 이야기

힌구름을 타고 東方에 나려왔노라

祭壇을 쌓고 나무가지를 꺾어 한울에게 焚香했노라

〈데모그라시〉의 騷動을 拒否한다

神의 冒瀆을 저들〈近代〉의 群衆으로 부터 奪還한다

---

4 1960년 2월 조선작가동맹출판의 『김조규시선집』에 수록된 같은 작품이 이 부분이 개작되어서 다음과 같다. "북쪽은 너를 맞는 동무들로 가득 하리라. / 거리에선 어깨 걸고 노래하며 나가리라." 여기에서는, 앞서 원래 시의 "東쪽"이 사회주의 소련을 이미지화 한 "북쪽"으로 수정되어 있다.

〈自由〉의 賤民들의 跳梁을 抗拒한다

맑게 개인 蒼空이였고

淸澄을 자랑하는 天帝의 後裔이다

그러므로 지금 東方은 손을 들었노니

〈高貴의 破壞를 물리쳐라〉

〈東方을 擁護한다 반달族의 闖入을 否定한다〉

(昭和十八年十月)

ㅡ「貴族」 전문

이 작품은 해석에 따라 매우 위험한 작품이 될 수도 있다. "개인 창공"에 "신(하느님)"이 있어, 신의 뜻을 새겨 "고귀한 민족"이 "흰구름 타고 동방에 나려왔"다. 신의 후예인 귀족은 "〈자유〉의 천민들의 도량을 항거하"고, "〈데모그라시〉의 소동을 거부하"고, "〈근대〉의 군중"을 거부한다. 시인은 작품의 마지막 부분에 "동방을 옹호한다 반달족의 틈입을 부정한다"고 외치고 있다.

여기에서 문제가 되는 것은 "신"이란 무엇인가, 신을 모독하는 "근대"나, "데모그라시", "반달족"(5세기에 아프리카 전토를 정복하고, 또한 지중해까지 진출해서 제해권을 쥐고 로마시를 약탈해 가며 로마제국과 싸웠던 Vandal이라는 뜻이 아닐까)이란 무슨 의미가 있는 것일까?

만약 "귀족"을 한·중·일을 축으로 한 아시아로 간주하고, "近代"나 "데모그라시" 등을 미국, 유럽국가라고 보면, 이 시는 "대동아 공영권" 사상의 찬가가 될 수도 있다. 임종국 씨가 『친일문학론』부록인 「관계작품 연표」에서 김조규의 작품 중에서 유일하게 「귀족」을 기재해 놓은 것은 이러한 해석으로 본 것이다.

그러나, 임종국 씨가 오독했을 가능성이 높다. 김조규는 『동방』 앞부분의 「東方序詞-歷史의 聖山牡丹峯을 노래함」에서 다음과 같이 노래한 것이 오독했다는 근거 중 하나가 될 수 있다.

> 亞細亞의 創造와 함께
>
> 너는 이마에 빛을 받들었고
>
> 이나라의힘이 長白山과함께 줄기쳐 뻗을때
>
> 너는 슬기로운 손ㅅ길을 들어 그힘을 안아 드리었다 (…중략…)
>
> ─놈들은 네푸른 옷을 벗겨갔다
>
> ─놈들은 네心臟에 칼을 꽂았다
>
> 그러나 歲月은 흘러
>
> 歷史는 또한 歲月처럼 새로워 (…중략…)
>
> 웅혼한 民主朝鮮의 앞에 서서
>
> 너 牡丹峯世紀에 鎭座한 朝鮮아
>
> ── 「東方序詞」 부분, 1946.4.14 (作)

제목을 제외하면 "동방"이라는 말은 찾을 수 없다. 그러나 그 대신 "아세아"가 있으며, 그 중핵으로 "牡丹峯世紀에 진좌한 조선"이 있다는 구조로 되어 있다. 이렇게 보면 「귀족」에서 "동방"은 "조선"을 의미하는 것으로 볼 수 있다. 또한 넓게는 마오쩌둥의 "동풍은 서풍을 압도한다"라는 정론이 있는 것처럼 "동방"은 소련, 중국, 북조선을 포함한 사회주의 진영을 의미한다고 해석할 수도 있다. 이 경우에서도 "세기에 진좌한 조선"이 기축이 되는 "동방"이라는 것을 나타낸다.

또, 시 「쓰딸린에의 헌사」(1946.10작) 중에 "휘영한 북녁 하늘을 우러러 / 내 오늘 동토의 가난한 시인이 / 머리숙이여 삼가 지성을 고이노니"라는 구절이 있다. 여기서도 "동토"는 틀림없이 "조선"을 뜻한다고 할 수 있다.

지금까지 "동방"이라는 말에 대해서 생각해 왔다. 이것은 "동방"이라는 단어를 둘러싸고도, 해방 전의 작품을 이해하기 위해서도, 해방 직후의 작품을 이해할 필요가 있고, 김조규의 해방 후의 작품 전체를 이해하기 위해서도 그의 해방 직후의 작품 이해가 하나의 열쇠가 된다는 것을 구체적인 예로서 들고 싶었기 때문이다. 『동방』은 해방 전과 해방 후를 연결하는 그의 창작활동의 분기점으로 중요한 핵심이라고 말할 수 있다.

2. 「풍경화」를 둘러싸고

시집 『동방』은 제1부 「역사의 재건」 파트에 「동방서사東方序詞」, 「당신이 부르시기에」, 「민족의 축전」, 「생활의 흐름」, 「쓰딸린에의 헌사」, 「오월의 노래」, 「축배祝盃」, 「8월 15일」, 「야송夜頌」, 「조국창건의 돌기둥 세울려면」, 「11월 3일」, 「레닌송가」, 「기차汽車」, 「인민의 뜻」, 「승리의 날」, 「삼월이어 새 승리를 맹서하노라」, 「제야음除夜吟」 등 17수가 수록되어 있다.

제2부 「대지의 서정」에는 「산의 맹서」, 「배움의 밤」, 「풍경화(1)」, 「풍경화(2)」, 「마을의 오후」, 「삼림山林」, 「철령鐵嶺」, 「춘보春譜」, 「풀밭에 누워」, 「봄은 꽃수레를 타고」 등 10편이 수록되어 있다. 대체적인 경향으로 제1부에는 정치성이 강한 작품이, 제2부에는 서정성이 진한 작품이 모아져 있다.

여기에 모여진 시편은 문학사적으로, 작게는 해방 전후를 경계로 한 김조규의 사상적 변화를, 또 크게는 해방 직후의 북한 문학상황을 이해하는 데에 중요하다.

『동방』에 수록되어진 시편은 그 이전 김조규의 시 세계와 비교해 보면 어떤 연속성과 불연속성이 있을까.

김조규에게는 「풍경화」라는 제목의 시가 4편 있다.

먼저, A『동방』에 수록되어 있는 「풍경화(1)」(1946.7 작). B「풍경화(2)」(1946.10 작)와 해방전의 C「풍경화－산을 넘어서서」, 『조선중앙일보』(1935.8.6 발표), D「풍경화－산을 찾저서」, 『조선중앙일보』(1935.10.8 발표)가 이것이다. 그 중 D는 「산가山家」, 「팔월의 한울은」이라는 2편으로 되어 있다. 여기에서 A, B, D를 비교해서 보자.

외로운 山ㅅ길이 午睡에 조을고 있습니다.

바람은 자고,

시냇물소리 발알에 그을한네

언덕넘어 山미테는 草堂한채가 午後靜寂을 지키고있습니다.

— 「산가」 전문

八月의 한울은 꿈과갓습니다

노오란 瞳憬이 파란 쪽한울을 뚤고 가는데

구름은 魔神가티 虛無의 創造性을 山마루에 그리고 있습니다

(그러기에 여보오 오늘아침 길떠날 때 雨傘을 準備하라 하지 안습니까?)

— 「팔월의 한울은」 전문

　신선한 표현으로 조용하고 한가로운 농촌 풍경을 노래한 작품이다. 한편, A, B의 「풍경화」의 전문은 다음과 같다.

싸리바재 넘어

푸른 하늘

푸른하늘 저쪽으론

기인 山脈이 줄기 뻗었고

보아야 끝없이 개어

아득한 가을의 碧空

아름디리 드메나무가

江강에 높이 솟아

오랜 마을의 이야기를 들려주는데

나홀로 마음 바다처럼 터져

바위를 짚고 고개 드니

토담우에는 《우리의領導者 金日成將軍萬歲》

허연 포쓰타—가 유달리 깨끗하였다

一九四六年十月

— 「풍경화(1)」 전문

저녁煙氣山기슭으로 기어들고

어린 山ㅅ새들은

깃을 찾어 숲속으로 날어들때

山은 黃昏속에 잠긴다

森林은 沈默한다

머얼리 꾸부러진 오솔길을 밟고

송아지 한마리 풀짐실고 나려오는데

지터오는 黃昏

成人學校들창엔 등불이 켜지고

수수바재우에는

허이언 박꽃이 유달리 희게 떠오르고 있었다

一九四六年七月

─「풍경화(2)」전문

A, B, D 모두 조용한 농촌풍경을 노래하고 있다는 점은 같다. 그러나 해방 후 A에서는 "우리의 領導者 金日成 將軍萬歲"라고 쓰인 포스터가, B에서는 "등불이 켜"진 "成人學校들창"이 시인의 눈에 비치고 있다. A, B, D는 같은 농촌풍경이라도 시인은 A와 B에서 사회주의 사회의 희망으로 가득한 농촌을 편안하게 노래하고 있다. A와 B에서 시인은 농촌 발전을 높이 평가하면서, D에서 시인은 내적 불안을 해소시키고, 농촌의 평화로운 모습을 서정적으로 노래하고 있다. 해방 후에 시인은 성인학교의 들창도, "김일성장군"의 포스터도 위화감 없이 농촌 풍경의 일부로 받아들이고 있다. 포스터나 성인학교가 갑자기 소재로 되었다고는 생각할 수 없다. 『동방』의 시에서 이미 모더니스트 김조규는 사회주의를 수용하고, 사회주의 사회의 지도자층의 일군으로서 창조활동을 계속하려고 하는 의지를 확실히 보였다. 해방 전 2편의 시 제목과 똑같이 「풍경화」를 해방 전후에도 2편을 씀으로써, 해방전후를 통해 일관된 문학적 특징을 보여주고 있다. 동시에, 사회주의 사회로 가는 격변기 한가운데에서도 자기변혁을 해 나가는 양상을 표출한 것이었다.

3. 자기변혁과 개작―「모란봉」, 「당신이 부르기에」

이기영李箕永, 한설야韓雪野 같은 프롤레타리아 작가라면 모르지만, 사회주의의 사상의 세례를 받은 적도 없고, 해방 전의 문학활동을 전개한 김조규가 어떻게 조선민주주의 인민공화국에서 문학활동을 계속해 나갈 수 있었을까. 그는 평안남도 출신이고, 해방을 평양에서 맞이했기 때문에 월북 문인이 아니라 재북 시인이라고 말할 수 있다. 재북 시인이 월남하지 않고 어떻게 사회주의 사회에서 적응할 수 있었을까.

김조규는 숭실전문학교 영문과를 졸업했고, 1930년대 초기부터 시를 창작하기 시작했다. 1943년부터는 간도間島 조양천朝陽川(챠오양촨)의 농업학교에 근무하였으며, 1945년 5월 귀국하여, 평양에서 해방을 맞이했다. 그 후, 1955년까지는 38선 이북에서 화려한 문학활동을 전개했다. 그 사이에 1946년『관서시인집關西詩人集』에 실렸던 「현대수신現代修身」 등 5편의 시가 문제시되었어도, 자기비판으로 그것을 넘길 수 있었다. 『조선신문』, 『소비에트신문』을 주재하고, 1954년 3월호부터 같은 해 12월까지 조선작가동맹 중앙위원회 기관지 월간『조선문학』의 '책임주필'로 근무했다. 김조규가 가장 빛났던 시기라고 말할 수 있다. 1956년에서 1959년까지 4년 동안 흥남 지역에 파견되어 치차공장의 공원으로 활동하면서 공장의 문예 서클을 지도했다. 자본주의 사회의 용어로 말하면 '좌천'이지만, 김조규는 이것을 자기단련의 기회라고 여기고, 공장의 노동자나 해변의 소년들의 실생활을 접하면서 그것을 시로 구상화하면서 계속 문학활동을 이어 나갔다. 1960년 초에는 평양으로 돌아와 『김조규시선집』과 동시집 『바닷가에 아이들이 모여든다』를 간행했다. 그 이후 죽게 된 1990년까지 공화국의 충실한 시인으로 창작활동을 계속하였다. 그 사이 공화국도 크게 변했지만, 김조규도 또한 변하고 있었다. 상황이 시인에게 사상적 변화를 강요한 면도 부정할 수 없지만, 그렇다고 해서, 일방적으로 상황의 변화를 따라 신변을 보호하려고 포오즈를 취한 것은 결코 아니었다. 사회변화와 함께 그 자신의 사상적 변혁도 있었다고 봐야 할 것이다. 사회주의를 받아들이고 인정하면서 끊임없이 자기변혁을 다했다고 말할 수 있다.

이러한 주객 상호의 변혁 중에서 가장 격심한 전환점은 1945년 해방이며, 해방 후 최초의 시집 『동방』이다. 따라서 『동방』은 해방 전 시 세계의 연장선상에 있는 동시에 해방 후 모든 활동의 출발점이기도 하다.

김조규는 계속 개작을 했다. 개작의 이유가 하나는 단어를 조탁한 점도 있지만, 그것보다도 독자의 대상 문제와 사회상황의 변화에 대응한 면이 큰 것 같다. 해방 전, 시 독자는 일부 지식인층으로 매우 제한되어 있었던 것이 공화국이 되고 나서는 비약적으로 확대되었다. 1960년 발행의 『김조규시선집』의 경우에도 5,000부였다. 최근에 보통 소설, 시가 2만부에서 5만부이며, 많으면 10만부의 발행 부수를 가진다. 발행 부수가 많다는 것은 그만큼 독자층이 있다는 것이며, 그런 사람들이 이해할 수 있는 말로 표현하게 된다. 이런 의미로도 해방 전의 옛 작품들을 공화국에서 다시 재록하는 경우에 당연히 손을 댈 수밖에 없게 된다.

『김조규시선집』에 수록된 해방 전 옛 작품 4편의 개작 작업이 이 전형적인 예로 볼 수 있지만,『동방』은 모두 신작이기 때문에 그 점은 고려하지 않아도 된다. 다만,『김조규시선집』(1960.2)에『동방』(1947.9)에서 다시 기록된 8편에서는 큰 폭으로 개작되었다.

앞에서 언급한 「동방서사」는,『김조규시선집』에서는 표제도 「모란봉」으로 개정되어져 있다. 「동방서사」와 「모란봉」의 제1절과 최종절을 비교하면 다음과 같다.

너, 悠久한 太古로 부터

푸른하늘을 머리우에 이고

너, 오랜 歲月과 함께자라 歲月처럼 오랜

歷史의 聖山

한밝의 뫼뿌리 모란봉이여

—「동방서사」 제1절

오오 牡丹峯

이제 너는 오므렸던 두날개를 펴라

허파에 氣息을 가다듬고 深呼吸하여라

네 거츠러진몸을 새로 단장하여라

웅혼한 民主朝鮮의 앞에서서

너 牡丹峯世紀에 鎭座한 朝鮮아

위대한 그몸둥이를 움직이어라

넓은 歷史의 큰길거리로

이제 巨步를 내어 디뎌라

—「동방서사」 최종절

이것에 대해『김조규시선집』의「모란봉」은 다음과 같이 되어 있다.

너 멀고 먼 예로부터

푸른 하늘을 머리 우에 이고

너 오랜 세월과 함께 자라 세월처럼 오랜

력사의 성산

한밝의 맷부리 모란봉이여

—「모란봉」 제1절

오오 모란봉,

이제 너는 두 날개를 활짝 펴라,

허파에 숨을 모두어 큰 숨 내뿜어라

네 거칠어진 얼굴을 새로 단장하여라,

너를 찾아 모여 드는 슬기로운 사람들과 함께

민주 조국 창건의 광활한 앞길로

너 모란봉,

거대한 그몸 무게 있게 움직여라.

넓은 력사의 큰길로

이제 거침없이 큰 발자국 내여 디뎌라!

—「모란봉」 최종절

양자를 비교하면『김조규시선집』에서는『동방』에 많았던 한자어휘가 크게 줄어들었고 민족 고유어가 늘어났으며, 추상적인 표현이 구체적 표현으로 바뀌는 등, 대중에게 알기 쉽고 평이하게 되어 있다는 것을 알 수 있다. 이러한 개작은 주로 표현상, 수사상으로 고쳐 썼다고 말할 수 있다.

그런데 시집『동방』에서「동방서사」다음으로 수록되어진「당신이 부르시기에」와『김조규시선집』권두에 놓여진 같은 제목의 시를 비교하면 표현상, 수사상의 개작에 머물렀다고 말하기는 어렵다.

당신께서 나를 부르시기에

이루 헤아리지 않고

이른새벽 네거리로 뛰어나왔습니다

밤은 실로

얼마나 기인것이었습니까

백성의 受難은

얼마나 크고 깊은것이었습니까

지튼 暗黑속에 묻히워
虐待와 抑壓의 채찍 겨레우에 나릴 때
덛門안門굳이 닫은 後房에 홀로
燈盞에 불을 도꾸고
남모올래 새벽을 기다리던 祈願
마음 弱하오나
그것은 祖國－당신을 지킨 지성이었습니다

찌끼우고
채우고
할키우고
매맞도 천데 받고·····

그러기 당신을 버리고
權力에 발라마치는 變節이 많아서도
내가 지닌 그모습
빛과 希望과 사랑과 義
미쁘게 마음의 燈불을 고였노니
祖國, 하도 크고 아름답고 貴했음입니다

빛이 흘러 不義가 물러간 오늘아침
당신께서 백성의 잔치 베푼다기에
窓門을 내갈기고
빛나는 네거리로 뛰어 나왔습니다
　　　　　　　　──「당신이 부르시기에」, 『동방』 전문

　1945년 9월이라는 시점에 쓰여진 이 시에는 해방의 기쁨이 솔직하게 표현되어 있다. "남모올래 새벽을 기다리던 祈願"끝에 드디어 찾아온 해방을 "당신"이라고 부르며 "祖國, 하도 크고 아름답고 貴했음입니다"라고 노래하고 있다. 이러한 김조규의 시세계는 1945년 12월 서울간행인 중앙문화협회편 『해방기념시집』이나 1946년 12월 서울 간행인 양주동 편 『민족문화독본』의 세계와 같이, 민족해방의 환희와 미래에 대한 희망에 넘쳐흘렀고, 월북·월남·재북·재남이라는 구분과 관계없이, 민족해방에 대한 환희의 도가니에 빠졌다. 「당신이 부르시기에」에 관한 한, 38도선 이남에서 발표되었어도 전혀 위화감이 없는 작품이라고 말할 수 있다.
　그런데, 6·25, 북한에서 말하는 조국해방전쟁을 거쳐서 1960년에 출판된 『김조규시선집』에서는 이 「당신이 부르시기에」가 크게 개작되어, 이 시선집 권두에 수록되어져 있다.

　　당신이 부르시기에
　　그 부름 빛으로 받들고

첫새벽 네거리로 뛰어 나왔습니다.

서른 여섯 해의 잠들 수 없던 밤,
그 밤들은
얼마나 깊고 어두운 것이였습니까.

짙은 암흑 속에 묻히여
억압과 천대의 채찍 사람들 머리 우에 내릴 때
장백 밀림의 눈 덮인 긴긴 밤
우등불 태우시며 원쑤와 싸운 슬기로운 마음 …

그 마음 받아 들어
三천만 겨레의 가슴
원쑤와의 싸움에서 더욱 뜨거워졌고
그 빛 받들어 앞날을 내다보며
힘겨운 투쟁에서도 굴하지 않았으니

조국, 그것과 더불어
김 일성 장군!
그 이름은 우리들 가슴마다에서
타오르는 햇불이였습니다.
〈무적〉이라 허풍치던 일제 군대를

쳐부셔 무리죽음 주었단 소식

그 소식 통방으로 전하며

감방의 밤은 새로운 투쟁으로 깊어 갔고

원쑤의 총부리의 앞에서도

어엿이 가슴 내밀며 젊음을 빛내였으니

오오 조국,

그것은 빛과 사랑과 행복으로 물들인 희망의 기폭,

크고도 귀한 이름이여

빛이 흘려

원쑤가 쫓겨 간 이 아침,

당신이 천대 받고 헐벗던 모든 사람 부르시기에

그 부름 빛으로 받들고

조국 창업의 새벽길로 뛰여 나왔습니다.

— 一九四五. 一〇 —

— 「당신이 부르시기에」, 『김조규시선집』 전문

  여기에서는 "조국 그것과 더불어 김 일성 장군!"이라며 조국과 김
일성 장군을 같이 묶어 보고 있지만, 실질적으로는 조국을 해방시켜
준 김일성 장군에 대한 찬가로 되어 있다. 이렇게 우리는 1947년에
발표된 시가 1960년에 어떻게 개작되었는가를 보았다. 이 개작 과

정에는 그 동안 사회체제의 변화와 시인의 사상변화가 큰 영향을 미쳤을 것이다.

4. 소련과의 관계

『동방』의 제1부 「역사의 재건」에는 민족재건이라는 정치와 사상면을 앞에 내세운 시가 많고, 제2부 「대지의 서정」에서는 서정시가 많다는 것을 앞에서 언급했다. 이 제1부 「역사의 재건」에서 구체적으로 개인명이 표제로 게재된 찬가가 2편 있다. 「쓰딸린에의 헌사」(1946.6)와 「레닌송가頌歌」(1947.1)가 그것이다.

「쓰딸린에의 헌사」 중에서 "金風은 일어 / 白雲은 날고/ 民主創業의 우렁찬 소리 / 이고장 山河에 가득찬데 / 歷史의 陣頭에 毅然이 나선 人民의 首領에게 / 내 오늘 가난한 詩人의 至誠을 고이노니"라고 노래하고 있는 점을 봐도, 스탈린을 한 외국의 정치지도자로서 보는 것이 아니라, 자국의 "민족창업"에 맞춰 "역사의 진두"에 선 "인민의 수령"이라고 스탈린을 인식하고 있다. 이러한 인식은 김조규 개인뿐만 아니라, 당시 한반도, 중국, 그리고 일본에서 사회주의적 변혁에 뜻을 둔 자들에게서 보이는 공통적인 인식이었다.

해방 직후 북한 인사는 소련군을 해방군이라고 인식하고, 사회주의에 자신들의 미래를 맡겼기 때문에 소비에트 연방에 대한 기대와 그것에 향한 충성은 누구에게나 공통적인 것이었다. 그러나, 김조규의 경우는 특별한 사정이 있었다.

현수玄秀(朴南秀필명)의 『적치6년赤治六年의 북한문단北韓文壇』[5]에 의하면 "1946년 초에 쏘聯軍隊는 '朝鮮人을 위한 붉은 軍隊의新聞'이란 스로강을 내걸고『朝鮮新聞』이란 다부로이트 四페지의 日刊新聞을 發行하였다. 이 新聞에는 조선말을 아는 쏘聯人과 쏘聯二世들이 從事하였다. 그러나 그들의 조선語知識은 말할 수 없이 微弱한" 것이었다. 그리하여 그들은「문학예술총동맹」에게 "飜譯校閱을 할 수 있는 한 사람의 文人을 보내 달라는 請託을 하였다. 그 결과 人選된 사람이 詩人金朝奎였다."[6]

『조선신문』에는 "조선 사람을 위한 소련군 신문"이라는 표현이 러시아어로 신문의 하단부에 써 있다. 1947년 당시 책임주필은 "쁘·아·부뒤낀"이었다. 이 신문은 이태준李泰俊의 장편소설 『농토』를 연재하는 등 문예면에 꽤 비중을 두고 있었다. 김조규는 신문에 자주 시, 평론 등을 올렸다. 『조선신문』의 본래 역할은 소련군이 공화국 조선인에게 '朝쏘人民의 友好'를 육성하는 문화운동을 전개하는 데에 그 목적이 있었다. 그러나, 실무 면에서 김조규를 비롯한 조선인이 운영을 맡고 있었기 때문에 문화기사가 많았고, 이것은 해방 직후의 이북 문화 상황을 알기 위해서는 빠져서는 안 될 자료로 되어 있다. 1946년 10월 29일은 『조선신문』 지면상에 김조규는 시집 『영원

---

5   현수, 『적치6년의 북한문단』, 중앙문화사, 1952.6, 46쪽.
6   위의 책.

의 악수』(조쏘문화협회 발행)의 신간 소개를 하면서 다음과 같이 말하고 있다.

先進쏘련文化의 輸入을 광범하게 전개하여 眞正한 朝鮮民族文化建設을 그基本課業으로 내세운 조쏘文化協會解放一周年記念事業의 하나로 詩集《永遠한 握手》가 나왔다.…… 이 詩集은 朝鮮民族解放의 恩人 쓰딸린大元帥에게 올리는 첫藝術的成果였다. 그意味에서도 시집《永遠한握手》가 가지는 意義는 莫大하다고 할 수 있으니 그것은 民族解放의感激과 아울러 解放軍에의 뜨거운 感謝의 至誠이 이 한卷속 얽켜져 있는 까닭이다.

소련을 해방군이라 규정하는 것은 당시 북한에서는 만인의 공통 인식이었다.

이렇게 해서 김조규는『조선신문』,『조선문화』의 중요한 필자로, 문화면에서 조소교류의 선두에 서서 활약을 했다.

공화국의 핵심인물인 시인 조기천趙基天과도 김조규는 아주 가까운 사이였다. 소련군 2세 병사로서 조선에 온 조기천의 작품을 보충하며 예술적 가치를 높인 것도 김조규였다. 하지만, 그는 이태준李泰俊에게 연루되어서, 1956년부터 1959년에 걸쳐 함흥에서 현지 재교육을 받아야 할 상황에 빠진 적도 있다. 그럼에도 불구하고, 1960년에는 중앙에 복귀하여 2권의 시집을 발행할 수 있었던 배경에는, 소련에 대한 그의 역할을 무시할 수 없었다는 점도 있을 것이다.

5. 동시기의 다른 시인과의 비교

『동방』의 김조규는 같은 시기의 월북·재북 시인들과 비교하면 그 작풍은 어떠한가. 임화林和는 해방 전의 계급사관과 정열적인 서정성을 가지고 계속해서 활약을 했지만, 『너 어느 곳에 있느냐』(1951.5)에서 감상주의를 비판받았을 뿐만 아니라, 미국의 스파이로 사형을 받게 돼 버렸다.

박남수朴南秀는 「우리는 公債를 산다」(『투사신문』, 1950.5.19)라고 하는 국가정책을 찬양하는 시를 마지못해 쓰기도 했지만, 결국 재북 6년 만에 월남했다.

이찬李燦은 「김일성 장군의 노래」를 비롯해 용맹 과감한 시를 양산해서 '혁명시인'이라는 칭호를 얻었다.

조기천趙基天은 「두만강」(1946.3 첫 작품)과 「큰거리」(1946.4)를 내고 『백두산』(1955.3)에서 철저하게 김일성을 찬미하여 문학계 최고의 지위를 얻었다.

김조규는 이러한 시인과는 조금 달랐다. 그는 이찬李燦과는 달리, 서정시 세계를 해방 전처럼 해방 후에도 계속 유지하였고 절규하는 듯한 선동시를 창작하지 않았다. 분명 한편에서는 이북 사회가 요구하는 제재를 노래한 것은 사실이지만, 그때도 서정성을 잃어버린 것은 아니었다. 예를 들면 사회주의 농촌청년이 노동하는 모습을 노래한 「눈과 눈」(1964)과 같이 "처녀는 총각의 눈"속에서 "총각도 처녀의 눈" 속에서 그들은 자기를 발견하고 "미더움과 희망과 아름다운 꿈, 충성과 로력으로 빛나는 청춘의 슬기"를 발견한다고 하는 수법을 취했다.

『동방』에는 정치성을 직접 내보이지 하지 않으면서 서정성이 풍부한 작품이 절반 이상을 차지하고 있다. 소위 '혁명성'에서는 이찬李燦보다 한 걸음 물러섰지만, 김조규는 박남수朴南秀와 같이 월남하지 않았다.

김조규는 또한 공화국에서 결코 초일류 취급을 받지 못했다. 1970년대 이후 시인의 서열로 『백두산』의 조기천趙基天, 「애국가」 작사자 박세영朴世永, 「김일성장군의 노래」의 이찬李燦, 이기영李箕永의 사망 후 작가동맹 위원장을 맡게 된 백인준白仁俊, 시집 『당의 숨결』, 『크나큰 사람』의 최영화崔榮化, 『가무재 고개』의 정서촌鄭曙村, 『승리의 길에서』의 정문향鄭文鄕 등의 아래에 자리하고 있다. 연령으로말하면 젊어서 죽은 조기천(1913~1951)을 제외하고, 김조규가 나이는 위였는데도 불구하고, 서열상 김조규의 이름은 뒤에 나와 있다. 김조규가 가장 높게 평가를 받게 되었을 때에도, 이용악李庸岳, 이맥李麥, 조영출趙靈出, 김북원金北原과 어깨를 나란히 할 정도였다. 1980년 9월, 작가동맹 중앙위원회가 만든 「작가 명단 자료」에는 김조규의 이름은 없다. 1955년 5월 조선 작가동맹 출판사 간행인 『해방 후 10년간의 조선문학』에서는 단지 한 군데에 「그대는 조국에 충실하였다」라는 시 제목만이 기록되어 있을 뿐 거의 무시되었다. 그러나, 김조규의 사후에 발행된 『문예상식』(문학예술종합출판사 1994.12)에서는 김조규 항목이 포함되어 있기 때문에, 김조규가 공화국에서 문학적인 위치매김에 몇 번이나 유동이 있었으며, 이기영李箕永처럼 문학계를 시종 통솔하도록 한 눈부신 스타적 존재는 아니었다. 그럼에도 그는 월남하지 않고, 1990년에 죽기까지 공화국의 시인으로서 살았다. 거기에는 선택이 있었으며 의지가 있었다. 그는 사회주의를 수용했다. 그가 사회주의를 받아들일 때 결코 일방적으로 받아들였던 것은 아니다. 적극적으로 자기변혁을 하면서 사회주의적 지식인으로 자기개조를 했던 것이다.

6. 맺음말

김조규는 해방 전 한반도, 구만주 그리고 해방 후의 공화국, 이렇게 다른 3개의 사회에 몸을 두고 시를 계속 썼다. 그 동안 사회의 격변 속에 있었지만 그는 결코 과거의 작품을 버리지 않고 오히려 끊임없는 애착을 가지고 있었다.

1960년 『김조규시선집』에 해방 전의 작품 「검은 구름이 모일 때」(1931), 「리별」(1934), 「삼춘 읍혈三春泣血」(1934), 「누이야 고향 가면은」(1935), 4편이 개작되어 실려 있다. 해방 전부터 프롤레타리아 문학자였다면 옛 작품을 자랑스럽게 자신의 저작선집에 주저 없이 넣었을지도 모르겠지만, 김조규는 프롤레타리아 문학자가 아님에도 불구하고, 옛 작품을 개인선집에 넣었다 하는 것은 사회주의를 받아들이면서도, 옛 사회에서 암중모색한 과거를 자르지 않고, 그 연결선상에 자기를 위치시켰다는 것을 의미한다.

『동방』은 해방 전의 작풍을 이어가면서 한편으로 사회주의 사회에 몸은 두고 자기변혁을 다해 가려는 결의를 표명한 시집이라고 말할 수 있다.

그는 만년에 개인 전집까지는 안 되더라도 개인 선집만은 낼 계획을 세웠다. 전체가 5권(5부)으로 나누어져 있다. 제1권은 해방 전의 시와 산문 37편을 골라 연대순으로 배열하고『암야행로暗夜行路』라고 이름을 붙였다.(그러나 이 37편은 해방 전에 발표된 것과는 차이점이 있다)

인간은 나이가 들어 죽을 시기가 가까워졌다는 것을 깨닫게 될 때, 자신이 밟고 온 길을 돌아보는 동시에 생전에 친했던 사람에게 자신이라는 존재를 어떤 형태로든 남겨두려고 한다. 문학자의 경우에 그것이 저작이 될 것이다. 김조규는 개인 선집을 구상하였다. 그러나 당분간 상당한 양의 개인 작품집을 공화국에서 내는 것은 불가능하고 한국에서의 출판도 아직 곤란한 것으로 생각된다. 그는 언젠가 제3국에서의 출판을 생각한 것이 아닌가? 김조규 개인 선집 제1권『암야행로』는 백지에 빽빽히 가로로 씌여진 자필본이다. 권두에 김흥규金興奎의 「편자編者의 머리글」이 들어가 있다. 이 머리글에서 이 책의 저자 김조규는 편자의 친형이라는 것을 명기하고 있다.

"이 작품집의 저자는 나와 한 어머니의 태내에서 한 어머니의 젖을 먹으며 한 집 갈노전우에서 자란 모친의 형이라는 것을 독자들에게 알리는 가슴 아픈 말부터 전하는 것으로 머리글을 시작한다."

편자는 이 첫 부분 다음에, 유아에서부터 성장한 배경에 대해 계속 기록해 나갔다. "유학자이며 독실한 기독교 신자인 할아버지와 원죄의식으로 스스로 겸허하면서도 반일사상으로 투철한 조선국민회원이였던 아버지부터 우리 형제들이 받은 유산은 강한 민족의식과 생활에 대한 양심 하나뿐이였다."

성장해서 조국과 떨어진 뒤 40년 방랑에 방랑을 거듭한 뒤, 아메리카에 거주하고 있는 편집자는 시인인 형의 소식을 오랫동안 알지도 못했지만, 편자의 친구가 조국 북조선을 방문했을 때 김조규의 "창작의 한 단면이라도 얻을 수 있다"고 해서 선집 편찬의 경위를 기록했다.

저작선집의 분류에 대해서는 "시인 자신이 분류한 것을 그대로 답승하면서 보강한 방향으로 묶었다"고 기록했다. 제1권 『암야행로』에 대해서는 "일제통치하의 암울한 시기. 민족의식의 불심지를 돋우며 빛을 그려 모색하는 한 지성인의 양심의 모대김"이라고 했다. 제2권 『동방』은 '광복 이후의 평화건설기의 작품', 제3권 『이 사람들 속에서』는 '시인이 직접 총을 메고 참가했다는 조선전쟁기의 작품', 제4권 『생활의 이야기』는 전후 복구 건설기에 '주체사상이 사회의 모든 분야에 전면적으로 구현되어 주체의 요구대로 생활도 사람도 개조 변모되어 가는 시기의 작품'으로 4권으로 나누어져 있다. 제5권은 동시집이다.

편자는 또한 계속하고 있다. "시인이 몸으로 체험한 70여 성신의 생활 노정에서 보고 느낀 바를 그대로 토로한"한 지성인의 목소리가 이 시집이며, "독자들은 높이 뛰는 조국의 숨결과 변모된 조국의 프로필을 보게 될 것이라고 생각한다".

여기에서 신상에 대한 의문점을 풀지 않으면 안 된다. 이 「편자의 머리글」은 실지로 시인 자신이 동생의 이름을 빌려서 쓴 것이다. 이것은 필적으로 단정할 수 있다. 『암야행로』인 본문 글자체와 머리글의 글자체는 완전히 같으며, 각종 신문잡지에 실린 자필서명이 들어간 기사의 필적과도 동일하다. 본인이 개인 선집을 출판하는 것은 현재 공화국에서는 허락되지 않는다. 선집을 개인이 기획한 것조차 위험이 따른 것일지도 모른다. 그래서 미국에 거주하고 있는 동생의 이름을 빌려 자신의 머리글을 쓴 것인가. 그래서 두 번이나 비판을 받았던 적이 있었던 만큼, 해방 전 작품을 그대로 보관해 온 것은 틀림없이 위험했을 것이다. 해방 전 작품을 개작해서 『암야행로』에 옮겨 적어 놓았지만 원작을 눈으로 확실히 보지 않고, 기억만으로 개작할 수는 없었을 것이다. 사회주의 사회에서 크리스천의 아들이었고 일찍이 모더니즘 시인이었던 김조규가 생을 마칠 때까지 얼마나 노고가 있었는지 모른다. 그것을 극복해서 삶을 완수한 시인의 노력에 경의를 표함과 동시에 아마도 음과 양으로 시인을 도와 계속 격려한 가까운 주위 사람들의 노력도 있었던 것이다. 시인은 머리글 끝에 이 작품집이 "해외동포들의 조국 통일 성업에 한줌 밑거름이라도 된다면 편자로선 생각 밖의 기쁨이 아닐 수 없다"라고 하고, "끝으로 본 작품이 형의 유고집이 아니기를 절절히 바라면서"라고 하면서 펜을 놓았다. 혹시 이것이 자신의 유고집이 될지도 모른다는 생각을 하면서 작품집을 구상하고 언젠가는 세계 어디에서 간행될 것을 꿈꿨을 것이다. 그러나 안타깝게 이 작품집이 본인이 걱정한 대로 정말로 유고집이 되어 버렸다.

그러나 생전에 간행되지 않은 채로 끝난 이 '김조규선집'이 과연 정말로 조국통일에 공헌할 수 있을 것인가. 내게도 대답은 나오지 않는다. 이 문제를 생각하기 전에 앞으로 남북통일 문학의 상像을 어디에 설정하면 좋을 것인가를 생각할 필요가 있다. 이때 하나 말할 수 있는 것은 해방 전은 프롤레타리아 문학에서는 그것을 찾을 수 없다고 생각한다. 왜냐하면 남한 사람들이 계급적 관점을 토대로 하는 문학관을 받아들일 수 없을 것이며, 또 북한의 주체사상에 기본을 두었다고 하는 문학이 해방 전의 프롤레타리아 문학과는 너무나 거리가 멀다고 생각되기 때문이다. 현재 남북 근대문학사에서 공통적으로 긍정적으로 평가받고 있는 문인은 그렇게 많지는 않지만, 김소월 등의 민족적인 감성에 호소하는 민요조의 시, 윤동주, 이상화 등 민족주의적이고 서정적인 저항문학, 최서해, 이익상, 강경애와 같이 비판적인 리얼리즘 문학 등이 앞으로의 통일 문학을 생각하는 데에 중심적인 존재가 될 수 있을 것이다. 김조규의 해방 전의 작품이나 해방 후의 일부 작품은, 통일 문학을 논할 때 포함될 수 있다고 생각한다.

1. 재임기간

김조규가 현재의 연변, 구 '간도성'에 있던 조양천농업학교朝陽川
農業學校, 이하 줄여서 조농이라 쓸 경우가 있음에서 교사로서 언제부터 언
제까지 근무하고 있었는지는 명확하지 않다. 1944년 봄(1943년도
말)에 조양천농업학교를 퇴직하고 장춘(당시의 신경)에 있던 『만선일
보』로 이직한 것은 각종 자료나 증언에 의해 명확하지만, 정확한 이
직 시기는 밝혀지지 않았다. 그 시기는 1937년, 1938년, 1939년으
로 각기 달리 추정되고 있다.

1939년도 『제2회 앨범』(표지에는 "황기 2599년, 강덕6년, 제2회 앨범"
이라고 표기돼 있다)의 교원 명부에는 교장 가미죠 이사무上條勇 아래로

7명의 교원이 나열돼 있는데 김조규는 그 중 한 명으로 이름이 올라 있다. 그 앨범에는 김조규의 교원실에서의 근무 풍경, 영어수업 풍경 등이 담겨 있다. 따라서 1939년도에 김조교가 교원으로 조양천 농업학교에 재적하고 있던 것은 명확하다. 이 학교는 1935년에 조양천협화농업학교라는 이름으로 창립돼 1938년에 조양천농업학교라는 이름으로 바뀌었다. 1945년 이후는 통상적인 중학교로 성격이 바뀌어서 조직 개편과 명칭 변경을 거쳐서 현재 용정시 조양천(차오양촨) 제1중학교라는 이름으로 그 자리에 남아 있다.

『영광의 발자취(1935~2000)─용정시 조양천 제1중학교의 어제와 오늘』에 따르면 김조규의 재임기간은 1937~1943년이다. 이것은 아마도 이 책에 수록돼 있는 설인雪人의 「나의 약속─모교 창립 60주년을 맞아서」 안에 "김 선생님은 1937년 만춘, 조양천농업학교에 오셨다고 기억하고 있는데, 선생님이 맡았던 과목은 조선어문, 영어, 일본어 등이었다"고 하는 기술에 의존하고 있다고 생각한다.

하지만, 이성휘李成徽(필명 설인)가 2001년 12월 20일에 저자에게 보낸 편지에는 "김조교 선생님의 재적 기간은 1938~1943년입니다. 1944년도에 『만선일보』사로 전근한 것이 제 일기에 적혀 있습니다. …… 이상의 사실은 현 모 씨(75세, 조양천농업학교 출신), 조 모 씨(74세, 조양천농업학교 출신)와 이성휘를 포함해 셋이서 조사해서 확인 했습니다"라고 적고 있다. 구 조농에 당시의 교직원 명부가 없는 이상, 이러한 기술이 가장 신뢰할 수 있다고 할 수 있다. 결국 1938년 4월부터 1944년 3월까지가 재직 기간으로 보는 것이 가장 타당한 것 같다.

1994년 12월 20일, 평양예술종합출판사에서 출판된 『문예상식』에도 "1943년까지 연길현 조양천에서 사립중학교의 영어, 역사 교원으로 일했다"고 나와 있다. 그러므로 1944년 3월까지 조양천에 있던 것은 명확한 것 같다. 그 기점이 1938년 봄인지 1939년 봄인지에 대해서는 논증의 여지가 남아 있다.

오늘날까지 김조규의 발자취에 대해서 가장 자세하게 쓰고 있는 것은 구마키 쓰토무熊木勤와 김태규金泰奎(김조규의 친동생) 두 사람이다. 김태규는 김조규가 "1941년 『만선일보』 편집국에 입사"했다고 하고 있고, 구마키도 그것에 따르고 있는데 그 근거는 명확하지 않다. 『재만조선시인집』은 김조규가 편집자가 돼 1942년 10월 10일 '간도성 연길가'의 예문당에서 발행했다. 따라서 이 당시 그의 주요 활동 지역은 연길, 용정, 조양천이었기에, 『만선일보』 본사가 있는 장춘(구 신경)은 아닐 것이라 추측하는 것이 타당해 보인다.

또한 1942년 12월에 발행된 앨범 『추억』에도 김조규의 사진의 몇 장 실려 있는 것을 보더라도, 『재만조선시인집』의 편찬은 조농 재직 당시에 했던 일임은 명백하다.

2. 조양천농업학교 앨범

현재 조양천 제1중학교에 해방 전 앨범이 세 권 남아있다. 한 권은 "황기2599, 강덕 6년" 즉 1939년도에 '간도성 조양천'의 영우사迎友社에서 발행된 것으로 1993년에 시인인 설인 이성휘 씨가 모교에 기증한 것이다.

조양천 농업학교는 1935년 4월 1일, 조양천 협화농업학교로 창립돼 1938년에 조양천 농업실천학교로 개명을 했고, 1939년부터 1945년까지 조양천 농업학교로 불렸다. 이 학교는 사립학교로 용정에서 상업을 하는 고병용高炳瑢이 설립 자금을 내서 당시 명칭으로는 교주校主, 지금으로 말하자면 이사장이 돼 발족됐다. 2년제 학교로 1학급에 50명, 교사 4명으로 시작됐으며, 1939년에는 3년제 6학급 학생 350명으로 확장됐다. 교장만 일본인 가미죠 이사무로 나머지 교원 7명은 모두 조선인이었다. 김조규도 그 중 한명이었다. 개교시의 교과는 "대수代數, 기하, 삼각, 보통작물, 과수果樹, 양봉, 야채, 영어, 체육"[1] 등이었다. 1942년의 졸업생 100명의 원적原籍을 보면 연길현이 55명, 화룡현이 8명, 왕청현汪淸縣이 4명, 혼춘현琿春縣이 3명, 흑룡강성이 5명, 조선 본토가 25명이었던 것을 보더라도, 이 학교가 지방의 중견 농업지도자를 양성하던 곳이었음을 알 수 있다. 1942년에는 1

---

[1] 『영광의 발자취 1935~2000』

년 한정으로 한족 한 학급을 모집했지만, 그 해를 제외하면 모두 조선적 학생으로 현재도 조선적 학생만이 다니고 있다.

당시 교가가 있었는지에 대해서는 알 수 없다. 앨범에도 교가는 들어있지 않으니 아마도 없었을 것이다. 그 대신 「실습가」가 있었다.

아득한 지평에 조양朝陽이 떠오른다
나오라 젊은이들 피가 끓는다
우리는 강한 자연의 아이들
일하는 환희 너는 알아라

우리가 괭이를 흔들 때
무한의 보고는 개척된다
흐르는 땀은 고귀한 보옥[2]
자아 경작하자 조양의 건아들아

왕도낙토의 대륙에
우리의 기상은 하늘을 뚫고
가르침과 실천 원대한 포부
이것이 우리 학교의 긍지가 되리

---

2   우선 '보옥'이라고 판독했지만 원문은 명확하지 않다.

가사 중에 나오는 '조양'은 '아침'해와 '조양천'이라는 이중의 의미를 표시하고 있다. 이 「실습가」의 작사가가 누군지는 알 수 없다. 다만 설인은 회상기 중에서 이 노래를 조선어로 번역해 인용하면서 "물론 이 가사는 김조규 선생님이 작사한 것이다. 작곡은 이화여전을 나온 사모님이 한 것인지 어떤지는 알 수 없다"[3]라고 쓰고 있다. 문화적 향취가 나는 것은 모두 김조규로부터 배웠다고 하는 인상이 강했던 것 같다. 나는 김조규가 이 노래를 작사한 것이 아니라고 생각한다. 일본어 문헌을 자주 봤다고는 하더라도, 일본유학 경험도 없는데 김조규가 이처럼 뛰어난 일본어 실습가를 작사할 수 있었다고 보이지 않기 때문이다.

작사가가 누구인지는 차치하더라도 이 「실습가」에는 '왕도낙토'라는 구절이 있지만, 결코 친일적인 내용은 아니다. 오히려 당시로 보자면 설인의 회상에도 나와 있듯이 민족의식을 고양하는 역할을 했다고 볼 수 있다.

"'카키색'(일본군복)옷을 입은 사람들이 총을 들고서 군가를 부르면 지나가면, 우리는 괭이를 들고서 「실습가」를 부르며 지나갔다"[4]는 기록도 있다.

세 권의 앨범에서 김조규 관계의 사진을 7장 전사한다.

---

3 설인, 「나의 "화환(花環)"—모교 창립 60주년을 맞이하며」(『영광의 발자취』 수록)
4 주 1과 동일.

(가) 1939년도 『제2회 앨범』에서

〈그림 1〉 당시의 교원 7명. 김조규는 상단 왼쪽에서 두 번째.

〈그림 2〉 영어수업 풍경

〈그림 3〉 교원 명부

(나) 1940년도 『제3회 졸업기념사진첩』에서

〈그림 4〉 당시의 학교 모습

〈그림 5〉 교직원실. 왼쪽에서 두 번째가 김조규

〈그림 6〉 배구부 선수들과 함께

(다) 1942년도 앨범 「추억」에서

사진 캡션에는 "건국 10주년을 경축하며, 아편 단금 운동을……국가에 제 역할을 다해 바치는 음악반, 연예반演藝班 합동의 조농 특별공작대"라고 적혀있다.

영어 외에, 일본문학이나 일본어를 가르쳤던 것 같으나, 그것은 정규과목이 아니라 과정 외 수업이었던 것 같다.[5] 과정 외 수업에서 『춘향전』이나 『청산별곡』을 배웠다고 한다. 금지돼 있는 조선의 고

---

5 주 1과 동일

전 명작을 가르쳤기에, 당국의 감시를 피하기 위해서 하이쿠俳句나
와카和歌를 수업 중간 중간에 넣어서 가르쳤다고 한다.

〈그림 7〉 맨 앞줄 오른쪽에서 세 번째가 김조규

3. 조양천 시절의 작품

이 논문은 작품 연구를 중점적으로 다뤄야 함에도 필자의 능력과 한정된 시간으로 인해 조양천 시절의 작품을 몇 편 언급하는 정도로 하려 한다.

延吉驛 가는 길

벌판 우에는
갈잎도 없다. 高粱도 없다. 아무도 없다.
鍾樓 넘어로 하늘이 문어져
黃昏은 싸늘하단다.
바람이 외롭단다.

머얼리 停車場에선 汽笛이 울었는데
나는 어데로 가야하노!

호오 車는 떠났어도 좋으니
驛馬車야 나를 停車場으로 실어다다고
바람이 유달리 찬 이저녁
머언 포풀라길을 馬車 우에 홀로

나는 외롭지 않으련다. 조곰도 외롭지 않으련다.

시 「연길역 가는 길」은 처음에 『조광』 1941년 1월호에 발표돼, 후일 1942년에 간행된 『재만조선시인집』에 수록됐다.[6]

이 시에도 고독감과 적막감이 두드러지게 감돌고 있다. 그의 중국 체재 시기의 다른 작품에도 그러한 감정이 두드러지게 나타나 있다.

도독감과 적막감을 느끼게 되는 사회적 개인적 사정은 여러모로 생각해 볼 수 있다. 우선 조선이 일본에 강점된 상황이 있고, 고향을 떠나서 중국 연변 땅에서 취업해야만 했던 사정도 있을 것이다. 주위에 조선인도 많고, 학생 모두가 조선인이었다고는 하더라도 그곳은 그래봐야 이역異域으로, 조양천농업학교의 교직원 명부를 보더라도 다른 교원의 현주소는 모두 연길인데 김조규만 평양으로 기재돼 있다. 그는 조양천농업학교에 재직 중이던 1942년, 29살의 나이로 24살인 김현숙金賢淑과 결혼을 하지만 신혼 시절에 아내와 떨어져 홀로 연길에서 살았다. 교과는 영어를 주로 담당했다. 하지만 상급학교로 진학하는 학생도 없는 중견농업종사자를 양성하는 중학교 수준의 학교였던 것을 생각해 본다면, 영어를 열심히 공부하는 학생도 거의 없었을 것이다.

현용순은 「김조규 선생님의 추억」에서 이런 에피소드를 적고 있다. A나 B라는 알파벳을 학생들에게 적게 했더니 어떤 학생은 A를

---

6   이 두 수록본 사이에는 약간 자구(字句)의 차이가 있다.

A라 쓰고 나는 B를 8이라고 썼다. 그 학생은 A를 발돋음 판으로 생각했기에 A라고 썼고, 내 경우에는 표주박을 반으로 가르는 것을 잊어버려서 그런 모양이 됐다. 학생이 잘못 적은 이유를 알게 된 김조규는 너희들은 알파벳을 상형문자로 해석하는 대단한 창조력을 가지고 있다면서 감탄했다고 한다.[7]

조양천농업학교 시절의 김조규는 학생들과 두터운 신뢰 관계를 쌓아서, 학교 안에서도 인정을 받아서 좋은 대접을 받았을 것으로 보인다. 하지만 학생들의 영어 수준은 그렇게 높지 않았던 것 같다. 사진에 남아 있는 영어 수업 때 했던 판서는 김조규가 전시용으로 쓴 것이다.

『만선일보』 1940년 9월 5일에 게재된 직장 수필 「백묵탑 서장白墨塔 序章」은 1940년 8월 9일, 조양천에서 집필되었다고 적혀 있다. 학비를 내지 못해서 퇴학을 당하는 최 씨 성의 학생에 대한 이야기다. 많은 직원이 실습 농장으로 나가서 텅 빈 직원실에 최가 퇴학원을 가지고 들어온다. 최는 성적이 좋고, 글씨도 잘 쓰는 학생이다. 하지만 최근 한 달 동안 무단결석이 이어지고 있다. 사정을 들어보니 부모가 연이어 사망했다고 한다. 두 살 위인 누나와 둘이서 살게 되었다고 한다. 이역에서 살기에 친척도 없어서 최가 갑자기 한 집안의 가장으로 일을 해야만 하는 상황이다. 퇴학을 하면서 정기예금과 수학여행 적립금을 받으려고 50리(약 20킬로) 길을

---

7 『영광의 발자취』, 62~63쪽.

걸어서 왔던 것이다. 우체국이 문을 닫아서 회계 주임이 선대해서 환불을 해준다. 교문에서 '나'는 그를 배웅하고 최는 계속 뒤를 돌아보고 있다.

후일 최에게서 편지가 도착한다. 가산을 정리해서 일본으로 건너가서 매일 아침 익숙하지 이방의 거리와 골목길에서 신문배달을 하고 있다고 적혀 있다. 모 중학교 3학년으로 편입했으니 빨리 소견표^{所見表}를 보내달라고 한다. 필사적으로 일해서 꼭 성공하리라는 결의가 쓰여 있다.

"황혼속에서 집으로 돌아간 최 군의 무거운 그림자에 비교하여, 배달 방울을 흔들며 거리나 골목길을 닷는 최 군의 그림자가, 얼마나 희망과 의욕으로 빛나고 있는가? 작은 안도와 함께, 어떤 엄숙한 감정이 가슴에서 치밀어 오르는 것을 견딜 수 없었다."

해방 전의 김조규의 시가 대단히 난해한 것에 비해서, 많지 않은 에세이는 비교적 간명하다. 학생들에 대한 애정과 지식을 전수하는 것의 의미, 생활의 빈곤이 면학의 기회를 상실시키는 현실, 학생 한 명을 구제할 수 없는 교사의 무력감, 이러한 문제를 근원적으로 해결하기 위해서는 궁극적으로는 사회를 변혁하는 방향으로 나아가지 않으면 안 된다는 방향감각이 이 에세이에는 암시돼 있다. 아버지도 교사, 형제들도 모두 목사나 기독교 신자인 가운데 장남인 김조규만이 공화국의 시인으로 삶을 마쳤다는 것은 우연이나 타의에 의한 상황만으로써 설명할 수 있는 성질의 것이 아니다.

「어두운 정신」은 일기체로 쓰인 에세이다. 1940년 11월 11일에 집필돼 『만선일보』에 1940년 11월 19일에 게재됐다. 「어두운 정신」은 사색적인 에세이라 해야 할까 아니면 사상적 에세이라 해야 할 것인가.

어두운 정신의 자의식은 아름다움의 국경을 넘어선 부엉이의 비극이다. 가을 밤, 달빛 속을 울며 흘러가는 기러기의 비극. 셰익스피어와 깊은 숲속 고목의 가지에 앉은 부엉이의 비극, 도스토예프스키와 종교를 지니고 자살한 키에르케고르의 비극.

이것은 10월 15일 경에 쓰인 것으로, 불안함과 절망 속에서 개인의 주체적 진리를 궁구하려고 한 김조규의 사상의 흔적을 들려다볼 수 있다. 그는 인류의 역사를 비극의 역사라고 보고, 그것은 실낙원의 신화로부터 이미 시작되고 있다고 보고 있다.

고독, 책을 덮고서 실내에 홀로 묵한다. 심야의 상념은 감상을 넘어선 적막이다. "지극히 고독한 사람에게는 소음까지도 하나의 위안이다"(니체) "모든 사람들에게 불평을 가지고, 나 자신에게도 불만을 느끼고 지금 깊은 밤, 고독과 적막 속에, 나는 내 자신을 회복하고, 잠시 긍지 속으로 들어가기를 원한다. 내가 사랑하는 사람들의 넋, 내가 예찬하는 사람들의 정신, 나를 굿세게 하여라, 나를 도웁고, 받아들리라, 이 세상의 허위와 죄악을 나로부터 멀리하라"(보들레르) 시인은 고독을 감상하지 않고, 엄숙해야 한다.

가장 많히 고독을 엄숙한 시인 니체, 보들레르, 노자.

이것은 12월 20일 무렵의 글이다. 니체나 보들레르의 어떤 점에 공명해서, 김조규가 그들로부터 개인의 개념에 관해 어떠한 시사를 받았는지 그 일단을 잘 보여주고 있다.

또한 10월 25일 무렵에는 학내의 트러블과 그것에 촉발돼 교육자로서의 자신의 존재에 대해서 묻고 있다. 졸업기념사진에서는 교장 옆에 앉을 정도로 학내에서 커다란 비중을 차지하고 있는 것처럼 보이지만, 조양천농업학교에서의 생활은 시인에게 결코 상쾌한 것만은 아니었을 것이다. 10월 25일 무렵에는 다음과 같이 쓰고 있다.

> 아직 해결되지 못한 학교 內의 異變事, 그것은 현명하고 명철한 우등생의 머리에서 비저진 것이 아니라, 우둔하고 無骨한 저능아의 머리에서 나왔다. 바-바리즘에 대한 항거, 학원에서 반데르족을 추방하라. 훈계의 국경을 넘어선 사디즘의 배격. 바-바리즘의 교육적 해석을 묻는 나는, 그러기에 페스탈로치Pestalozzi(스위스의 교육자)가 아니다. 페스탈로치가 되려고도 안한다. 그러기에 나는 勤實한 훌륭한 선생님이 아니어요. 게으른 지식 노동자다. 내가 학생에게 가르칠 것은 무엇인가? 알파벳과 간단한 철자 이외에 내가 무엇을 말할 것인가? 동물의 그것과, 僞善할 수 없는 사백 명의 머리…… 그리고 빛나는 팔백 여개의 눈동자, 나에게 가르쳐주기를, 말해주는 마음과 마음, 그렇다, 제군에게 할말은 至極히 많다. 그러나 또한 한 마디도 없도다.(11월 11일 조양천에서)

이 글을 통해 무슨 일이 있었던 것인지 구체적 상황을 명확히 알 수는 없다. 하지만, 김조규가 교육 이념, 교육 지침, 학교 운영에 대해서 어떠한 모순을 느끼고 있었고, 그 모순을 해결할 방법을 찾아낼 수 없어서 고뇌하고 있는 모습을 읽어낼 수 있다. 학생을 신뢰하면서 교사로서 자신의 무엇을 할 수 있을 것인가 하는 의문을 느끼고 있다. '만주국' 정권 하에 있는 중학교인지라 영어 교사가 할 수 있는 역할에서 희망을 찾을 수 없었던 것인지, 혹은 교장이나 동료 혹은 어떠한 사건에 봉착해서 자기의 신념을 관철할 수 없었던 것인지 알 수 없다. 어쨌든 "마음의 문을 열"지 못한 「어두운 정신」에는 닫힌 심리 상황이 상징적으로 그려져 있다고 할 수 있다.

조양천 시절의 김조규를 전면적으로 살펴볼 여유가 지금은 없다. 가까운 시일 내에 시도하려고 한다. 하지만 이번에 조양천 시절의 김조규의 모습의 편린을 제시할 수 있었다고 생각한다. 현 단계에서 다소 대담한 가설을 세워 보자면, 김조규의 창작 시기는 3기로 나뉘어 진다. 제1기는 해방 전 국내 체재 기간에 모더니즘으로부터 받은 영향이 농후한 시기, 제2기는 중국 체재 시기로 사회적 모순에 직면하면서 이향에서의 고독과 적막을 더욱더 느낄 수밖에 없었던 시기, 그리고 제3기는 1945년 조선민주주의인민공화국의 시인으로서 건필을 했던 시기다. 물론 제1기에도 제2기, 제3기로 이행하는 맹아는 있었으며, 제3기에 북조선을 남은 생애의 장소로 선택하게 되었던 사정의 뒷면에는 고향이 평양이었다고 하는 지리적, 우연적인 현실도 있었지만, 전 생애를 돌아보면, 김조규 시인의 삶의 방식에는 역시 모더니즘으로부터 사회주의 리얼리즘으로 이행되는 이 시인 나름의 필연성이 있었던 것으로 보인다.

침대

1985년 4월 5일, 북경에 도착하긴 했으나 기차 티켓을 사지 못해
서 어쩔 수 없이 북경에서 다섯 밤을 지내야만 했다. 10일에 장춘행
'직쾌直快'를 타고 장춘에서 하룻밤 머문 후에 이틀 후인 13일 이른
아침에 마침내 연변 조선족 자치주의 주도州都인 연길시에 도착했다.
도쿄에서 비행기로 규슈, 샹해 상공을 지나서 북경에 도착했고, 거
기서부터 기차로 연길까지 사각형으로 치자면 세 변을 돌아서 도착
한 것이니, 직선거리로 치자면 의외로 가깝다. 연길을 중심으로 컴
파스로 원을 그리면 북경과 도쿄는 거의 동일 원주圓周 안에 있어서
한반도 전체가 그 반경 안에 쏙 들어간다.

우리를 위한 6평 정도의 서양식 방이 준비돼 있었다. 4평 정도의 방이라고 들었는데 예상 밖이었다. 그것은 연변의 '선주민'인 젊은 미국인 부부의 후의에 의한 것이었다.

숙소는 연변대 마을 안에서 가장 높은 사람들이 산다는 3동의 여섯 세대가 사는 2층 방 중의 하나였다. 2층이 8평과 6평, 아래가 8평의 응접실과 4평 정도로, 거기에 부엌과 욕실, 화장실이 있었다. 우리가 오기 전까지 2층 방 두 개를 미국인 전가專家(중국에서 요청한 외국인 전문가)가 사용했고, 아래 4평 방은 그들의 세탁물과 식사를 도와주는 조 씨 아주머니가 썼다. 대학에서는 그 아주머니를 다른 곳으로 가게 하고, 우리를 그 방에 살게 할 요량이었는데, 연길 시내에 살 집이 없는 사람을 쫓아내는 것을 안타깝게 생각한 것인지 미국인 부부가 자신들이 쓰던 작은 방을 우리에게 내준 것이다.

여행자도 아니고, 또한 고아를 포함한 전쟁 전부터의 거주자도 아닌 일본인이 연길시에서 1년 동안 장기 체재한 것은 우리가 처음이라고 한다, 외국인으로서는 이 미국인 부부가 반 년 선배라 할 수 있다. 이 연변대학의 영문학 연구자의 이름은 모이라 포핀으로 원래 홍콩에서 태어난 한족이며, 네덜란드 계 미국인 집안의 양녀가 돼 미국에서 2년 전에 대학을 졸업하고 연변으로 와서 이탈리아 계 미국인 남성인 제프리 가가노를 불러들여서 결혼했다. 결혼식을 연변에서 순 조선식으로 해서 화제를 불렀으며, 텔레비전에서도 그 영상을 방영했다고 한다.

우리가 들어오고 나서 한 지붕 아래에 조선어와 한어와 영어와 일본어가 어지럽게 뒤섞이는 생활이 시작됐다. 영어회화를 배우기에는 절호의 찬스였지만, 나이가 나이인지라 귀찮아져서 아주 간단한 것 외에는 영어를 쓰지 않게 돼 자연스레 한어가 4명의 공통어가 됐다.

우리가 사는 약간 변형된 6평 정도의 서양식 방에는 장롱이 하나, 책상이 하나, 작은 수납장이 하나, 거기에 조금 큰 침대 하나가 들어 차 있었다.

이 침대는 연변대 측에서 보자면 특별히 좋은 것을 준비한 것이지만, 너무 푹신푹신해서 요통이 있는 나는 30분도 잘 수 없었다. 첫날부터 바닥에 이불을 깔고 잤다. 4월 연변은 꽤나 춥다. 버드나무의 싹이 트는 것은 북경보다 10일 정도 늦은 4월 하순에 들어서다. 게다가 중국 이불은 조선과 똑같은 형태지만 센베이煎餠(구운 납작 과자)보다 얇다. 온돌이 들어오니 그런 것 같다. 역 앞에서 곧잘 이불을 돌돌 말아서 등에 메고 다니는 여행자를 보는데, 그 정도로 얇다. 연변대 마을은 4월 1일부터 난방이 들어오지 않는데 낮 동안 밖은 따뜻한데도 벽돌로 지은 건물 안은 냉동고 안처럼 춥다. 냉동고 안에서 콘크리트 위에 널빤지 한 장을 깐 위에서 자고 있노라면 바로 감기에 걸린다.

겨울에는 영하 26, 27도이고 낮에도 영하 15, 16도로 기온이 떨어지지만, 그럴 때는 솜이 들어간 스웨터를 껴입고 있는데다가, 건물 안은 난방이 돼서 섭씨 15, 16도는 되니 오히려 문제가 없다.

4월과 10월이 가장 심하다. 난방은 들어오지 않고 기후가 조금 따뜻하다고 생각할 즈음이 되면 갑자기 한겨울처럼 날씨가 변한다. 초

봄에는 기온차가 20도 정도 돼서 몸이 적응하지 못한다.

연변에서 가장(?) 호화롭고 푹신푹신한 침대는 그리하여 아내에게 점령되었으며, 나는 바닥에서 자다가 감기에 걸렸다. 도착하자마자 대학 측에 이것저것 요구하는 것이 내키지 않아서 참고 있었는데, 자리를 보존하고 누워만 있으면 더욱 폐를 끼치게 된다. 그래서 주뼛대면서 정판용 학장에게 조금 딱딱한 침대로 바꿔달라고 요청했다.

연변에서 생활하는 중에 가장 신세를 끼친 분이 바로 정판용 학장과 연변대학 민족연구소의 소장인 권철權哲 부교수다. 정판용 학장은 정식으로는 부학장이다. 하지만 중국에서는 모든 조직에서 보통 '부'라는 말을 빼고 부르는 것이 관례다. 처음에는 경의와 허세로 그런 것이라고 생각했는데 그런 것만은 아닌 것 같다. 적어도 연변대에서 박문일朴文一 학장은 어느 쪽이냐 하면 공산당과 관련된 일을 담당했고, 학내의 행정은 재정, 섭외에서부터 교무까지 정판용 부학장이 중심이 돼 처리했다. 그러니 정 학장이라고 부르는 편이 합리적인 셈이다.

정 학장은 나보다 한 살 위로 본관은 전라도다. 침대에 대해서 물어보자 바로 달려왔다.

"나무라면 연변에는 얼마든지 있습니다. 바로 바꿔드리겠습니다."

백두산 숲이 바로 옆에 있어 연변의 최대 산업은 임업이라 할 정도이니 삼림자원은 확실히 풍부하다. 그런데 그가 말한 "바로"는 일주일이 지나도 열흘이 지나도 전혀 찾아오지 않았다.

중국의 대학은 하나의 '단위'로 한 개의 독립 조직으로 이뤄져 있다. 연변대도 교직원의 주거는 모두 대학이 소유한 토지 위에 만들어서, 생협과 비슷한 상점이나 식당도 들어와 있다. 학생은 모두 기숙사에 들어가야 했고, 학비, 기숙사비, 식비까지 기본적으로는 무료다. 화학공장을 가지고 있어서 약품을 제조하거나, 목재 공장을 만들어서 가공품을 만들거나, 더 나아가 창문, 프로판 가스, 페인트, 차량정비와 운전, 토목공사, 난방 관리와 관련된 직원을 모두 대학이 고용하고 있다. 침대 나무는 당연히 대학의 목재공장에 발주했을 것이다.

나는 처음에 이러한 사정을 전혀 몰랐다. 목재상에 가면 산처럼 쌓인 배니어나 목판이 손님을 기다리고 있다고만 생각했던 것이다. 열흘이 지나도 여전히 푹신한 고급 침대인 채로 있어서 학장 사무실에 재촉하자, 그날 밤에 답장이 왔다. 건조하는데 시간이 걸리니 조금 더 기다려 달라면서 그 사이에 '다타미'를 준비해 준다는 것이다.

다타미 위에서 잘 수 있다니 고마운 일이다. 다타미라는 말이 남아 있다는 것도 흥미로웠다. 사실 그것을 흥미롭게 생각해서는 안 된다는 것은 잘 알고 있다. 하지만 솔직히 말해서 거리에서 "장켄폰" 하고 말하는 아이들의 소리를 들었던 때와 마찬가지로 '다타미'라는 말의 울림은 향수를 불러왔다. 다만 '다타미'는 연변에는 없다. 이틀이나 사흘에 걸쳐 기차에 실려 온 '다타미'는 역에서부터는 트럭에 실어서 연변대 창고에 들어가서, 거기서부터 네 명이서 들고 내 숙소에 도착했다.

그렇게 멀리서 온 '다타미'를 한 번 보고서 깜짝 놀랐다. 다타미라고 하기보다는 3~4센티 정도의 거적이었다. 안은 딱딱했지만, 표면은 누에가 고치를 만들 정도로 폭신폭신 했다. 요컨대 짚을 눌러서 찌부러뜨려 사각으로 자른 모양으로 다타미의 골풀 돗자리도 없고 테두리도 없다. 침대에 맞춘 것이라고 했는데(그런 것도 아니라는 것을 바로 알았지만) 폭도 길이도 침대 크기에 한참 부족했다. 결국 '다타미'는 곳간으로 직행했다.

생각해 보면 '다다미'를 '다타미'라고 믿어버린 것이 애초에 잘못된 것이었다. 다타미는 일본어이고 다다미는 연변말이다. 일본어가 원류이지만 둘은 별개의 생활 용구다. 덴찌가 '電池'가 아니라 '회중전등'을 의미하며, 데모토가 '手もと'(바로 옆)가 아니라 '부하'라는 의미로 사용되고 있다. 일반인이 일본어라고 의식하지 않고 사용하는 일본어에서 유래된 말이 꽤 많다.

어쨌든 '다타미' 작전은 실패했는데 그 이야기가 정 학장의 귀에 들어가자 학장으로부터 벼락이 떨어졌다. 연변에는 침대 하나 분량의 목판도 없냐는 것이다. 그 날 바로 길이 2미터, 폭 40~50센티, 두께 3센티 정도 되는 두꺼운 나무판자가 4장, 우리 방에 들어왔다. 일본에서 이런 판자를 사면 너무 비싸서 경악하게 된다. 그것을 적당히(세공이 대충돼 있다는 의미를 포함해서) 잘라서 침대에 깔아줬다.

하지만 나무는 축축하고 눅눅하다. 신문지를 올리고 위에서 밟아도 습기가 묻어날 정도다. 새로운 나무 향기가 코를 찌른다. 마치 이른 아침 숲속에 들어가 있는 것 같다. 확실히 아직 건조된 상태가 아니다. 하지만 이 정도라면 괜찮을 것이라고 얕보고서 센베이만큼 얇은 이불을 나무 위에 깔고 잤다. 그런데 다음 날 아침 일어나서 깜짝 놀랐다. 이불이 축축하게 물을 빨아 들여서 두 배정도 무거워져 있었다. 나는 또 감기에 걸렸다.

연변 사람은 모두 한없이 친절하다. 하지만 그 친절함은 내 쪽에서 볼 때 허황된 이야기일 때가 왕왕 있다. 우리가 연변을 잘 모르는 것 이상으로 연변 시내에서 만난 사람들은 일본을 잘 모른다. 일본인은 모두 엄청난 부자로 한 집에 자가용 두 세대를 보유하며, 버튼 하나만 누르면 취사, 세탁, 청소까지 다 된다고 믿고 있다. 일본에도 밭이나 논이 있냐고 진지하게 물어보는 젊은 교원도 있다. 일본 전국에는 빌딩 숲이 이어져 있다고 믿는 것 같다.

그러니 일본인이 딱딱한 나무 침대에서 잘 것이라고는 생각조차 하지 못했을 것이다. 일본에 부자도 있지만 가난한 사람도 있다. 그리고 그런 것과 관계없이 나무 침대 쪽이 건강에 좋다고 설명을 했지만, 납득을 했을지 어땠을지 모르겠다. 자신들은 서양식 방에서 나무 위에 '다다미'를 깔고 그 위에 이불을 간 이상적인 침대에서 자고 있으면서도, 어째서 외국인에게는 큰돈을 써가면서 요통을 불러오는 푹신푹신한 침대를 준비하는 것일까.

물이 바뀌면 설사를 한다는 말이 있다. 그것은 수질의 변화보다는 긴장과 문화적 충격이 위의 소화력을 저하시키기 때문일 것이다. 연변에서 지내는 1년 동안 나는 주위 분들의 호의를 받으면서, 때로 이유를 알 수 없는 고열에 시달려서 누운 적이 여러 번 있었다. 잘 마시지 못하는 술을 거절하지 못하고 마신 탓도 있겠으나, 술을 마시지 않을 때도 간헐적으로 찾아오는 위경련을 참지 못하고, 내 목숨도 여기까지인가 하고 생각하기도 했다. 악의에 가득 찬 환경 속에 있으면 그것에 대항해 반발하는 힘이 에너지로 바뀌게 된다. 하지만 선의에 감사하면서도 피로가 축적된 것이다.

물

세계 어디에서도 사고는 터지기 마련이다. 미국의 챌린저 우주왕복선 폭발 사고나 소련의 원자력발전소 사고를 거론할 것도 없다. 사고가 터졌다고 그 나라의 문화가 취약하다고 논할 수 없는 것은 두말할 필요도 없다. 하지만 그 사고에 대처하는 방법에 각 나라의 성격이 드러나기 마련이다.

우리가 연변에 도착하고 얼마 지나지 않은 5월 11일 낮부터 물이 나오지 않았다. 북경에서조차 2, 3년 전에는 한 주에 한 번 전기 없는 날이 있었을 정도니, 중국 전국의 지도로 보자면 동북의 변두리에서도 구석에 있는 연변에서 물이나 전기가 멈춰도 이상한 일이 아니다. 전기가 없으면 촛불을 밝히면 그만이지만, 물이 나오지 않으면 대체할 수 있는 것이 없어서 곤란하다.

5월 10일에 일어난 단수의 원인은 광역적인 것이 아니라, 대학 구내에서 건축 공사를 하면서 수도관을 파손했기 때문이다. 이튿날인

13일부터 복구공사가 시작됐는데, 그 사이 11일(토요일) 오후와 12일(일요일) 하루 종일 단 한 방울의 물도 나오지 않았다. 토요일 오후와 일요일에는 노동자가 쉬도록 돼 있기 때문이다. 공사 중의 실수는 실수지만, 휴일에 쉬는 것은 노동자의 당연한 권리라는 발상이다. 역시 중국은 노동자가 권력을 쥐고 있는 사회주의 국가라는 실감을 묘한 곳에서 느꼈다.

수도관 절단 사고는 5월 13일인 월요일 저녁에 사흘 만에 마침내 수습됐다. 물이 나와도 어차피 욕조에는 들어갈 수 없다. 온수 샤워기는 있지만, 6,000kW의 전력을 소비한다. 집 전체의 전기용량이 1,500kW라서 그 이상 쓰면 퓨즈가 끊어지니 쓸 수 없다. 화장실은 (눈과 코를 찌르는 강렬한 냄새만 참는다면) 수세식이 아닌 밖에 있는 공중화장실을 쓰면 됐고, 음료수는 그렇게 많이 필요하지 않았다. 이틀이나 사흘 정도는 아무렇지도 않다.

그런데 5월 20일, 유수천楡樹川 수력발전소 사고에 따른 단수는 2달 이상이나 이어져서 꽤나 나를 힘들게 했다. 이 사고는 『인민일보』에는 나오지 않았지만 『연변일보』(조선어판)에는 한 번 기사화됐다. 텔레비전에서도 소식이 나왔으니 그다지 비밀 뉴스는 아닐 것이다.

대체로 중국의 신문은 송화강에서 페리가 전복돼 사망자가 나왔거나, 건널목에서 트럭에 의한 사고가 있었거나, 어린아이가 부모를 때려서 죽였거나 하는 등의 부정적인 기사는 거의 나오지 않는다. 그것과 '높으신 분'은 절대로 비판하지 않는다. 일본적인 감각으로 보자면 『인민일보』는 여전히 겉치레만을 차리는 것 같다. 하긴 연변에 있는 어떤 조선인이 "『노동신문』은 단 하나의 사실을 전달하고 있다. 그것은 날짜다"라고 말하며 분개했는데, 그 사람은 『인민일보』 쪽이 훨씬 낫다는 것이다.

사고로부터 일주일 정도 지나서 보도된 『연변일보』에 의한 발전소 사고 기사는 대단히 '건설적'인 것이었다. 화력발전소의 석탄 찌꺼기 처리장의 목책이 무너져서, 그것이 저장된 석탄을 밀어내서 찌꺼기와 석탄이 대량으로 강으로 흘러들어가서 인근의 논에 피해를 입혔지만, 공산당과 인민이 총력을 기울여서 복구공사에 매진해 눈부신 성과를 올리고 있다는 내용이다.

이 사고로 인해서 유수촌에서 두만강까지 대략 60킬로 정도 부얼하퉁허(만주어로 '버드나무강'이란 뜻) 유역에서 취수를 할 수 없게 됐다. 사고 당초에는 복구에 사흘 정도 걸린다거나, 일주일이 걸린다거나, 이주일이면 된다는 등의 소문이 들려왔다. 하지만 연길시의 중심을 동서로 흘러가는 버드나무 강에서 시꺼먼 물을 본 후로는 두 주 사이에 취수를 재개하리라고는 아무도 생각하지 않았다.

한여름이 돼 물의 흐름이 적어져도 강변 일대는 칠흑에 뒤덮여서 살풍경했다. 논이 석탄층에 덮여서 농민들이 논바닥을 두드리며 통곡하고 있다는 '소문'이 『연변일보』의 기사보다도 사실적으로 보였다. 텔레비전이나 라디오에 의지하지 않는, 거리에 있는 사람들의 '뜬소문'의 속도는 정말로 빨랐다. 특히 누군가가 이혼한다는 이야기나 연애와 관련된 이야기는 속보로 전해졌다.

사고로부터 이틀째가 돼 급수차가 왔을 때 연변대 마을에도 물소동이 조금 벌어졌다. 하지만 그것도 말싸움을 하는 정도로 다음날부터는 정연한 행렬을 이뤘다.

경운기에 가득 찬 물탱크를 싣고서 딸딸딸딸딸 하고 오는 급수차의 소리가 들려오면, 새벽 4시 반인데도 양동이를 손에 든 남녀가 집에서 뛰쳐나가서 눈 깜짝할 사이에 긴 행렬을 이뤘다. 우리 부부나 미국인 부부도 그 줄에 섰다. 그런데 대학의 높으신 분이 낚아채듯이 우리 양동이를 가져가서는 맨 앞에 놓는다. 공평한 룰에 어긋나기에 빼앗긴 양동이를 다시 가져와도 또 빼앗듯이 낚아채 간다. 외국에서 온 손님에 대한 예의라고 하면서 듣지 않는다. 친절한 것에는 감사한다. 하지만 그렇게 해서 받은 양동이 물을 물독에 채우고서 두세 번 더 받으러 가는 것은 마음이 무거웠다. 조 씨 아주머니는 살림을 제대로 해야 한다는 의무감에서 우리를 재촉해 다시 줄에 세웠다.

둘째 날, 셋째 날이 되자 연변대 마을 사람들 모두 완전히 침착함을 되찾아서 마치 물 부족 사태를 즐기고 있는 것만 같았다.

"영감님까지 물을 나릅니까?"

"요즘 운동이 부족해서 조깅 대신입니다."

"선생님처럼 마르신 분은 하루에 술잔에 채운 물 한 잔이면 충분하시지요?"

파자마 위에 솜옷을 입고서 농담을 주고받으면서 대학의 원로 선생님들도 줄을 섰다. 머리가 잘 돌아가는 사람이 있었는데, 어린아이를 동원해서 줄을 서게 해서 자리를 확보하거나, 양동이 수는 제한이 없으니 집안에 있는 모든 용기를 리어카에 실어서 줄을 서는 사람도 있었다.

물 부족 사태가 인간의 여러 모습을 보여줘서 흥미로웠다.

아침 급수만으로는 모두 물이 부족했다. 그래서 언덕을 5, 6분 내려간 곳에 있는 마을 우물로 물을 구하러 간다. 사람들은 오가면서 수고가 많아 등의 말로 서로 위로하면서 지나간다. 물을 뜨는 데 왕도란 없다. 삐걱대는 수동 펌프를 손으로 눌러서 뜰 수밖에 없다.

연변대의 박문일 학장의 사모님이 양손에 양동이를 잡고서 땀을 흘리면서 언덕을 올라가고 있었다. 우물은 큰길에 가까운 낮은 지대에, 연변대 마을은 거기서 언덕을 올라가는 경사진 곳에 있다. 그래서 가득 찬 양동이를 어깨에 메고 언덕을 오를 수밖에 없다. 땀투성이인 아내를 맞으러 나온 백발이 성성한 박 학장은 평소처럼 마음이 편안해지는 말투로,

"받아야지요."

하고 모두가 박수를 치는 앞에서 아내대신 양동이를 어깨에 진다. 예순을 넘은 노부부의 모습에 마음이 끌렸다.

백전 연마의 나이든 간부들은 물이 나오지 않는 정도로는 허둥대지 않았다. 우리 바로 뒤에 사는 이의일 서기도 그랬다. 전국정치협상회의全國政治協商會議 위원으로 과거에는 연변대 당위원회 서기였다. 지금은 대학의 고문이라는 비교적 한직에 있다. 문화대혁명 때는 필설로는 다 말할 수 없는 고통을 당했다고 한다. 이마에서 머리 위까지 대머리로 항상 웃음을 잃지 않고 작은 소리로 조곤조곤 말하는 마음씨 좋은 할아버지와 같은 생김새를 보자니, 겉보기에는 격렬한 혁명가의 옛 모습을 찾을 수 없었다.

"한 바게쓰 있으면 돼."

하면서 아내를 제지한다. 연변빈관延邊賓館에서 복무원의 후첩으로 들어갔다고 하는 나이차가 나는 사모님은 한어가 섞인 억센 함경도 말씨로 멀리서도 다 들을 수 있을 정도로 큰 소리로 말을 한다. 이 부인만큼 마음씨 좋은 사람을 나는 알지 못한다. '무사無私', '무구無垢'한 정말로 마음이 밝은 사람이다. 그런데도 남편에게 푸념을 한다. 일요일에는 새벽 3시에 일어나서 멀리까지 낚시를 하러가고, 보통은 매일 아침 테니스를 하며 땀을 흘린다. 이른 살의 노인이 격렬한 운동을 하면 안 된다고 하는데 귀담아 듣지 않는다. 그래서 나는 당신이 언제 쓰러질지 몰라서 무서워 죽겠다는 내용의 푸념이다.

그래도 남편이 "한 바게쓰 있으면 돼" 하고 말하자, 이 명랑한 부인은 선생님에게 꾸중을 들은 초등학생처럼 침울해져서 순순히 말을 듣는 것이 재미있다. 부인은 양동이 두 개 분량의 물이 필요했지만, 남편이 한마디 하자, 무언가에 묶인 것처럼 현관 앞에서 몸이 움츠러든다. 하지만 남편이 라켓을 들고서 유유히 대학 안에 있는 테니스장으로 나가자, 바삐 움직인다. 빈 양동이를 들고서, 다시 분주히 물을 뜨러간다.

우리도 귀중한 물을 유용하게 썼다. 얼굴이나 발을 닦은 물은 세탁에 썼고(대도시에서는 전자동 세탁기도 있다고 한다), 그 물을 다시 화장실에서 사용했다. 그것도 절약해서 작은 것에는 쓰지 않고 큰 것을 볼 때만 활용했다.

학생 기숙사의 환경은 더욱 안 좋아서 사발을 든 학생들이 근처로

물을 구걸하며 다닌다고 했다. 그것을 들은 다정다감한 미국인 연구자 부부가 급수차에서 양동이 두 개 이상의 물을 받으려 하지 않았다. 포핀은 빨래거리를 머리에 올리고 걸어서 20분이나 떨어진 오염되지 않은 연집하烟集河(연길이라는 지명은 이 강에서 따온 것이라고 한다)에 빨래를 하러 갔다. 빨래거리를 머리에 올리는 것은 조선식이고, 빨래판을 쓰는 것은 한족식이었다. 우리만 특별 대우를 받을 수 없다고 하는 훌륭한 마음가짐이었다.

하지만 그들은 수세식 화장실에서 물을 내리지 않아서 집안에 냄새가 가득했다. 미국인 교원 집에서 청소와 식사 등의 일을 해주는 조 씨 아주머니가 화장실 청소를 할 텐데, 산처럼 쌓인 것을 내려야 해서 물을 두세 배 써서 오히려 물을 낭비한 결과가 됐다.

식사 준비에도 우리와 같은 물독을 썼다. 그래서 "우리는 물을 안 쓰니 물을 가지러 가지 않겠다"고 하는 미국인 부인과, "물을 같이 쓰니 물을 가지러 가야 한다"고 하는 일본인 부인 사이에 말싸움이 벌어져서 한 지붕 아래에서 한 달이나 서로 말을 하지 않고 지낸 때도 있었다.

하지만 1년 중에 11개월은 사이좋게 지낸 전우로 우리가 연길을 떠나기 전에 그동안 신세를 진 사람들을 모아서 '답사연회答謝宴會'를 열었을 때는 이미 뱃속의 아이가 8개월이 돼 꽤 배가 불러 온 포핀(한자로는 '美蘭', 조선어로는 미란, 한어로는 메이란이라고 불다)을 50살 가까이 된 내 아내가 부둥켜안고 이별을 아쉬워하며 눈물을 흘렸다. 미란이 따라 울자 같은 테이블에 있던 나이든 왕 교수도 덩달아 울었다.

외국어 학부장인 왕 교수는 연변대에서 영어를 가장 잘해서, 미란 가족의 생활상의 어려움을 정말로 잘 돌봐줬고, 또한 우리에게도 세심한 배려를 해준 여성이다.

완전 단수는 2달 정도로 끝났다. 그 사이, 연변대는 외국인인 우리에게 특별한 배려를 해줬다. 단수가 끝날 무렵에는 급수차에서 호스로 직접 저수조에 물을 넣어주려고까지 했다(호스를 잇는 기구가 없어서 실패). 우리는 그 후의에 감사하면서도 다른 면에서는 충분히 답례를 하고 있다고 자각하고 있었기에 후의를 받으면서도 짐짓 젠체하고 있었다.

우선 우리는 미국인 연구자와는 달리 일본어를 주 8시간 가르치면서도 단돈 한 푼도 받지 않았고, 숙박비도 규정대로 내고 있었기 때문이다.

대체로 중국 대학에는 교수나 학생이라는 두 가지 자격밖에는 없다. 덩샤오핑이 받는 월급에 두 배를 받는 외국인 연구자는 대단히 정중히 대접하며 숙박비를 받지 않는 것은 물론이고 집안일을 해주는 사람까지 붙여준다. 하지만 연구나 학습을 위해 대학에 소속을 두게 되면 유학생 취급을 받는다. 연구 유학생은 1년에 4,000달러, 일본 엔화로는 80만 엔을 내라고 했다. 이 돈은 젊은 중국 교수의 17년 동안의 연봉에 해당된다. 중국에서는 "가르쳐 주마" 하고 말하면 비싼 월급을 지급받고, "연구하고 싶다"고 겸허하게 말하면 큰돈을 내야하는 제도가 마련돼 있다. 연변에서 일본 대학의 교원은 유학생으로서 학비 대신에 무료로 일본어를 가르쳐야 했고, 이제 갓 대학을 나온 미국인은 교수 취급을 받고 비싼 월급을 받아가며 영어를 가르치고 있다. 하지만 이것은 중국에서는 이상한 일이 아니다. 영어 교원은 중국정부가 요청한 것이고, 우리는 "오고 싶어 온 사람"이니까.

"오고 싶어 온 사람"이라는 규정은 정말로 절묘하다. 생각건대 명언이다. 연변에 있는 이상, 이러한 규정대로라면 어떤 조건이라도 참아야만 한다. 하지만 우리는 돈을 벌러 온 사람이나 인텔리 버렁뱅이가 아니라 "오고 싶어 온 사람"이라는 규정에 긍지를 느끼고 있다.

1년 동안 살아보니 연변의 산도 하천도 집도 시내도, 그리고 만난 사람들 한 명 한 명 모두가 그립다. 앞으로도 연변을 소개하고 연변에 대해서 생각해 가고 싶다. 그것이 연변 사람들의 후의에 보답하는 길이라고 생각한다. 그렇게 생각하는 마음 어딘가 한구석에, 연변에 필요한 사람이 누구였는지 5년 후 10년 후에 뼈저리게 느끼게 해주겠다고 하는 복수심에 가까운 마음이 아주 조금 숨어 있었음을 부정할 생각은 없다.

두 달이 지나자 연변대가 땅을 파서 지하수를 퍼 올려 기존의 수도관에 연결하자 물이 다시 나왔다. 처음에는 아침저녁 두 시간만 나왔는데 조금 지나자 대체로 하루 세 번, 두 시간씩 물이 나오기 시작했다. 하지만 전기와 마찬가지로 예고도 없이 물이 나오지 않을 때가 종종 있었다. 일단 물이 나오지 않으면 이삼일은 갔다. 그러다 예고 없이 다시 물이 나와서 무심코 마개를 잠그지 않아서 집안에 홍수가 난 적도 있었다.

이렇게 물 소동은 거의 끝났다. 매일 아침 4시 반에 일어나서 급수차에 줄을 서면서도 중국인은 아무도 불평을 하지 않았다. 기차나 비행기 시간이 몇 월 며칠로 바뀐다는 것은 사전에 공지됐지만 그것이 어떻게 바뀌는지는 당일이 되지 않으면 알 수 없는 나라다. 그런데도 중국인은 불평을 하지 않는다. 예전에는 공항이나 역에 도착해서야 일정이 변경된 것을 알았다고 하니, 예약된 일정이 변경된 것을 알려주는 것만 해도 감지덕지한 일이라고 한다.

화가 나지 않느냐고 초조해 하며 묻자 연변대 교수가 성급한 일본인을 나무라면서 농담 반으로 자조 섞인 말투로 대답했다.

"연변 사람은 순종적입니다. 일본이 만주국을 만들었을 때는 황제를 따랐고, 마오쩌둥이 나오면 마오쩌둥을 따르고, 지금은 덩샤오핑 만만세입니다."

자유의 범람

연변에는 자유가 범람하고 있다. 그런데도 사회주의사회인가 하고 내 쪽이 오히려 당황할 저도였다.

거리에는 유행가가 그득 차 있다. 아침 6시가 되면 시내에 있는 커다란 공장 스피커에서 음악이 흘러나온다. 쉬는 시간에는 연변대학에서도 이에 질세라 음악을 틀어댄다. 한국 대중가요, 식민지 시대 조선의 흘러간 옛 노래, NHK에서 내보낼 정도로 '품위' 있는 일본

유행가(「사계의 노래四季の歌」나 「북국의 봄北國の春」 등), 북한 노래, 홍콩 영화 주제가, 클래식 음악을 아무런 질서도 없이 지리멸렬하게 그저 틀어댄다.

상점가 중에서도 특히 전기제품을 파는 상점에서 볼륨을 끝까지 해서 라디오카세트로 튼다. 손님을 끌어들이기 위한 것인지, 점원이 즐기려고 그러는 것인지 고막을 찢을 기세다.

대학에서 운영하는 차를 타도 마찬가지다. 음량이 너무 커서 머리가 띵하다. 볼륨을 조금 낮춰주지 않겠냐고 부탁하자 "당신네는 우리 사정을 잘 몰라서 그런 말을 하는 것이다. 불과 몇 년 전까지는 외국 음악을 듣는 것도 부르는 것도 금지돼 있었다. 지금은 좋아하는 노래를 마음대로 들을 수 있게 됐다. 이 기쁨을 나누어 갖자"며 운전사로부터 역습을 당했다. 그런 말을 듣자 일중우호를 위해서 조금 머리가 아픈 것은 참아야만 했다.

이 조선족 운전사에 말에 따르면 감흥이 있는 것은 민요를 포함한 식민지기 조선 노래나, 해방 후 한국의 노래라고 한다. 그는 테이프만도 세 개나 갖고 있었다. 다음은 일본 노래 중 민요는 어쩐지 느슨해서 안 된다. 그 다음이 북한 노래로 노래와 춤은 북쪽 것도 꽤 괜찮다. 그리고 한족의 노래, 끝으로 연변의 노래 순으로 말하다가 목을 움츠리고 혀를 내밀었다. 물론 이것은 한 개인의 취향이지만 연길 거리에서 들려오는 노래의 순위도 거의 이와 비슷했다. 식당에서 맥주를 마시는 모습이나, 귀를 찢는 듯한 큰 소리, 먹다 남긴 요리. 자리가 나는 손님을 기다리다 싸우는 (결코 줄을 서는 일은 없다) 소란함. 먹고 싶은 음식을 배가 부를 때까지 먹고, 부르고 싶은 노래를 마음대로 부르는 시대가 연변에도 마침내 찾아온 것이다.

대약진 시기에는 연변에서도 굶어 죽는 사람이 나왔다고 한다. 문화대혁명 때 몇천 명이 살해당했는지 모른다고 한다. 북한에 친척이 있거나 서신 교환이 있으면 북한의 스파이로 간주됐고, 일본인의 피를 잇고 있거나, 부모가 일본인과 교우 관계가 있다는 것만으로도 일본의 스파이 취급을 당했다고 한다. 연변의학원, 제일백화점과 그 주변의 냉면가게 건물 외벽에는 지금도 엄청난 수의 탄흔이 남아 있다. 문화대혁명 당시의 총격전의 흔적이다. 사상적으로도 지금은 해방됐다. 식량 사정도 비약적으로 향상됐다. 5년 전만 해도 시내 식당에 들어가려고 하면 2, 3시간 기다려야 했다고 한다.

그런 이야기를 들으면 우리들처럼 시내 냉면가게에서 한 그릇에 90전(일본엔화로 40엔)이나 하는 고급 냉면을 주문해서 30분 기다리다 화가 나서 다시 돌려받고서 가게를 뛰쳐나가는 것은 너무나 성마른 행동이라는 말을 들어도 어쩔 수 없다.

얼마 전에 미국 국적을 취득하고 연길에서 사는 어느 한국인은 이곳을 1960년 무렵의 한국 같다고 말했다. 소비 생활면에서 보더라도 그런 느낌이 없지는 않다. 하지만, 외국과 무언가를 비교할 때는 위험한 함정이 기다리고 있다. 현대 중국을 역사적 발전 과정 가운데 보는 시점이 필요할 것이다.

우리의 학창 시절에 중국은 사회주의의 빛나는 성좌였다. 다케우치 요시미 등의 『중국혁명의 사상中国革命の思想』이나, 에드가 스노우

Edgar Snow의 『중국의 붉은 별』이 성서처럼 읽혔다. 산촌공작대山村工作隊(1950년대 전반 '일본공산당'의 지휘 하에 무장투을 지향한 비공식 조직)의 잔당 등이 주변에 있어서 학생의 존경을 모았다. 전전에 러시아어를 배우는 학생이 러시아혁명에 열중했던 것처럼 전후의 학생은 중국어를 배우는 것을 통해서 일본의 변혁을 꿈꿨다. 마오쩌둥은 전전의 천황과는 대극적인 위치에서 또 하나의 신으로 존재했다. 그런데 1970년대 말 무렵, 중국은 근대화를 지향하는 아시아의 개발도상국이라는 이름의 후진국의 하나로 우리의 눈앞에 나타났다. 인류의 이상향으로서의 중국에 대한 이미지를 우리는 머릿속에서 큰 폭으로 수정하지 않을 수 없게 됐다.

실제로 중국에서 생활을 해보면, 사회제도는 확실히 사회주의적인 요소가 강하지만, 그것을 지탱하는 개개인은 좋은 의미에서도 나쁜 의미에서도 얼마나 자본주의 사회와 비슷하게 인간다운 면이 넘치고 있는지 모른다.

"공산주의 나라에 와서 무섭지 않습니까?"

외국어학부의 당서기(지부장)를 시작으로 몇 명인가가 조롱하듯이 질문을 던졌다. 그럴 때면 상대방이 불쾌한 표정을 지을 것을 다 알면서도 도발적으로 이렇게 대답했다.

"중국에 공산당원은 많이 있습니다만, 공산주의자는 어디에 있습니까? 무서운 것을 도리어 보고 싶은 마음으로 만나보고 싶습니다만."

혁명을 위해서 목숨을 내던진 사람들에 대한 감동적인 많은 기록이나 소설을, 학생 시절부터 꽤 읽었는데, 현재의 중국에서는 혁명의 경력조차 생계의 수단으로 변했다. 간부에게도 서른 몇 단계인가 있어서 급수에 따라서 급여, 퇴직 후의 대우 등이 다르다. 13급 이상의 간부만이 들어갈 수 있는 훌륭한 병원이 연길에도 있다. 크게 나누자면, 항일전쟁 시기부터 혁명운동에 종사했던 간부, 국민당과의 국내전쟁 당시로부터의 간부, 중화인민공화국 성립 후의 간부 등으로 정년퇴직 후 죽을 때까지 급여가 지급되는데, 재직 중의 120%, 100%, 80% 등으로 각각 지급 액수가 다르다. 곤란한 시대에 혁명활동을 계속 이어온 나이든 간부에게 경의를 표하는 것은 당연한 일이지만, 혁명은 이러한 계급을 타파하기 위한 하나의 목적이 아니었는가 하는 의문도 남는다.

현실의 중국은 개인의 머릿속의 관념적 중국에 대한 이미지를 조소하기라도 하듯이 씩씩하고, 생활의 향기를 발산시켜서 당차게 살아가고 있다. 이곳은 한족도 포함해서 한국과 마찬가지로 철저한 연줄로 이어진 사회로 조직보다도 개인적 관계가 많은 것을 해결한다. 기차 티켓의 구입, 호텔 예약, 도서관 참관 허가에 이르기까지 얼굴이 잘 알려진 사람을 통해서 교섭을 하지 않으면 일이 풀리지 않는다. 혈연, 지연, 학연(동창, 사제 관계)가 잘 통하는 것은 한국도 마찬가지이지만, 중국에는 당연黨緣(공산당에 입당할 때 보증인이라거나 지부 내에서의 지도-피지도 관계)이 하나 더 있다. 자민당처럼 노골적이지 않고 파벌 조직이 있는 것도 아니지만, 연변처럼 작은 도시에도 다양한 인간관계가 복잡하게 뒤얽혀서, 자연히 특정한 인맥이 특정한 유형의 인간관계를 만들고 있어서 당 조직에 속하는 인간이 모두 같은 색을 갖고 금구무결金甌無缺(조금도 결점이 없는 황금 항아리)하여 흔들림 없는 하나의 대오를 뽑내고 있는 것이 아니라는 것을 1년이 지나자 알게 됐다.

이곳도 사람이 살아가는 사회이니 라이벌 의식이나 질투도 있으며, 생활의 꾀도 교활함도 있다. 그 반면에 일본인이 도저히 갖추지 못한 원칙대로 하는 성격과, 붙임성과 한없이 깊은 애정이 있다.

또한 국민 소득을 비교해 보면 일본이 훨씬 많지만 생활이 안정된 정도로 보자면 중국 쪽이 훨씬 더 뛰어나며, 생활을 즐기는 방법도 일본인보다 몇 배 더 고수인지 모른다. 연변에는 가정도 자기 자신의 행복도 희생해서 기업에 충성을 맹세하는 맹렬한 사원이나 산업 전사는 존재하지 않는다. 각 단위가(대학의 교원이면 대학이, 공장의 노동자라면 공장이) 주택을 마련해 주고, 퇴직 후에도 죽을 때까지 급료를 주며, 자녀의 취직까지 책임져 준다. 국영기업이 도산할 일은 없으며 해고도 물론 없다.

이런 생활의 안정감이 마이너스 면으로 작용하면, 경쟁의식을 잃고 고객에 대한 서비스를 경시하게 된다. 상점에서는 손님이 짜증을 내며 기다리고 있거나 말거나 수다를 떠는 것이 우선이다. 카운터 건너편에서 사교댄스 연습을 하거나, 카드놀이를 하고 있는 광경을 본 적도 있다.

연길 시내에서도 가는 곳마다 '무도회'가 열렸다. 공장의 집회장이나 작업장이, 호텔과 커다란 식당도, 대학으로 치면 '강당'이 그 장소로 사용됐다. 우리가 연길에 도착한 1985년 4월부터 반 년 정도가 가장 절정이었다고 하는데, 여전히 '무도회'는 상당히 인기가 있다. 적색이나 청색의 장식용 소형 전구가 점등하는 희미한 빛 속에서 춤에 몰두하고 있는 많은 남녀의 모습을 보고 있자면, 환락이 극한에 이르니 애정哀情이 많다고 해야 할까, 일종의 소름이 돋는다.

  정말이지 한족은 스킨십을 대단히 좋아해서 그것에 조선족도 동화된 것 같다. 되는대로 악수를 하고, 어깨에 손을 걸치고서 친애하는 마음을 표시한다. 한국의 사교댄스나 악수 습관은 미국의 풍속에서 영향을 받은 것이라 생각하는데, 연변의 경우는 어떻게 설명하면 좋을까. 교정이나 공원에서 남자끼리 손을 잡고 걷거나, 오랜만에 만난 친구끼리 손을 쥐고서 10분이고 15분이고 거리에서 이야기를 나누는 모습은 우리 눈에는 기분이 나쁠 정도의 모습이지만, 그들에게는 친애하는 마음이 자연스럽게 우러나온 것이라 생각한다. '무도회' 회장에 젊은이가 많은 것은 물론이고, 40대 이상도 반 정도 비율을 차지한다. 30대 후반부터 40대 전반의 수가 적은 것은 문화대혁명 당시에 청춘 시절을 보냈기 때문이리라. 무도 회장에 밴드가 있는 것은 아니며, 가벼운 식사도 제공되지 않는다. 한 구석에서 맥주나 주스(냉장고가 없어서 시원하지 않다)를 파는 코너가 있는 정도다. 여성은 옷에 상당히 공을 들인다. 여기서는 한국제 치마저고리는 자랑할 수 있는 외상으로 질투의 대상이다. 한국산은 디자인과 색감으로 바로 알 수 있다. 중국제라 해도 주문을 해서 꽤 화려한 한복(연변에서도 한복이라고 말한다. 다만 한국 옷이라고는 하지 않다)을 입고서 밤 6시 무렵부터 10시 무렵까지 춤을 춘다. 사교댄스나 조선무용을 추는 사람이 많은데, 젊은이들을 염두에 두고 가끔 디스코도 틀어준다. 학생들에게 디스코댄스의 인기는 굉장해서, 우리와 같이 살고 있는 미국인 커플에게 영어회화를 배우는 것은 인기가 그저 그랬으나 건조대에서 디스코댄스 연속강습회가 열리는 것에는 시끄러워서 두 손 두 발 다 들어버렸다.

'무도회' 입장권은 예약제다. 월급과 비교해도 꽤 비싼 입장권을 서로 빼앗듯이 예약을 하고, 예약을 하지 못한 사람은 당일에 파는 티켓이 없나 해서 판매 창구에 군중이 서로 밀치락달치락 한다. 그 모습을 본 나는 연변 사람들도 자유와 평등을 누리고 있음을 정말로 실감했다.

연변시의 중심으로부터 걸어서 10분 정도 서쪽으로 가면 공원교公園橋(인민공원은 국제시합이 가능한 축구장, 유원지, 과수원을 포함해 광대한 공원으로 시민의 쉼터이다. 전전에 일본이 만든 신사神社가 있었다. 신사 건물은 불태워졌지만 석단은 지금도 남아 있다) 부근에 정자가 있어서 그 주변 강변 나무 그늘에는 노인들이 하루 종일 조선식 장기(중국식 장기가 아니다)와, 트럼프, 마작에 열중하고 있었다. 땅바닥에 돗자리 하나 깔면 바로 테이블로 변한다. 동북 지방에서는 바둑을 두지 않으며 수준도 그렇게 높지 않다. 연길에서 가장 잘 두는 사람이 일본 기원의 아마추어 2단 정도다.

영화는 중요한 오락 중 하나로 영화관도 시내에 네다섯 곳 있다. 그 중 하나는 지하궁地下宮이라고 불리는데 소련과의 전쟁에 대비해서 연길시 지하에 또 하나의 지하 도시를 건설하고서 쓰지 않아서 폐

허가 된 곳을 활용한 유일한 시설물이다. 영화는 중국, 미국, 독일, 영국, 일본, 북한을 시작으로 세계 각국의 것을 상영하고 있다. 몇 년 전까지 한어 영화에 조선어 변사가 있었다고 하는데 지금은 찾아볼 수 없다.

비디오 영화도 있다. 물론 모두 건전한 내용의 테이프밖에 없다. 하긴 대도시에서는 홍콩을 경유해서 포르노 비디오가 몰래 상영되기도 해서, 『인민일보』가 따끔한 맛을 보여주기도 했다. 특수 루트로 들어와서 그 비용이 60위안으로 노동자의 한 달 월급에 필적한다. 그래도 어디나 그런 것을 좋아하는 사람도 있어서 단속의 대상이 되었다.

법원(재판소)나 대기업의 게시판에 도박을 금지한다는 공고가 조선어와 한어 두 가지로 나와 있다. 금지 공고를 내야만 할 정도로 도박이 성행하고 있음을 말해준다. 기업가들이 큰돈을 걸고 도박을 하는 모양이다.

내친김에 더 말하자면 법원의 게시판에는 형사사건에 관한 판결문이 사건 하나에 삼, 사 백자 정도로 간결하게 게시돼 있다. 살인, 상해 사건, 강도, 뇌물수수, 사기, 강간……. 자본주의 사회에서 벌어지는 모든 일들이 갖춰져 있다. 양형은 얼핏 보니 일본보다 엄해서 살인을 하면 대개 사형, 유아 강간은 사형, 보통 범죄라도 10년 정도의 판결이다. '무도회'가 유행하면서 성범죄가 줄었다는 설도 있지만, 거꾸로 '무도회'를 통해서 모르는 이성과 친해져서 이혼에 이르게 됐다는 경우도 들은 적이 있다.

생활에 대해서 말하자면 목욕과 화장실에 대해서 말하지 않을 수 없다. 단층집은 온돌방(연료는 석탄)인데 목욕탕과 화장실, 수돗물은 공동이며 화장실과 수돗물은 20, 30세대가 집밖에 있는 시설을 사용한다. 현재 단층집을 부수고 4층, 5층 건물이 시내 곳곳에서 건설되고 있는데, 2DK, 3DK, 4DK(DK는 다이닝과 키친으로 앞의 숫자는 방의 숫자)가 많고 난방은 스팀이며, 욕조와 화장실이 겸비된 수세식(시내에는 아직 정수장이 없음)이다.

아무래도 욕실과 화장실에 관해 중국인은 서양 사람과 닮아 있다. 집밖으로 식기를 가지고 나가서 식사 하는 습관도 미국과 비슷하다. 공중 화장실 안에도 앞문이 없고 옆 칸 사이에 칸막이는 있지만 앉으면 겨우 머리가 가려질 정도로 낮다. 생긋거리며 옆에 있는 사람과 이야기를 나누면서 볼일을 보는 것도 밝고 명랑해서 좋다. 내 아내는 보자기를 지참해서 포렴처럼 양손으로 매달아 놓듯이 하고서 볼일을 보는데 중국식 발상으로는 모두가 가지고 있는 것을 가릴 필요는 없다.

연길의 화장실은 완전히 한족과 비슷하게 변해 있다. 그래도 작은 시내라서 북경동물원처럼 피자파이 형태로 화장실을 만들어 놓거나, 길림역처럼 서로 바라보는 방식은 아니다. 피자파이 방식은 각 칸마다 역시 앞문이 없는 원형 건물에 허리 정도 높이의 칸막이가 원 중앙에서부터 방사선 형태로 뻗어 있는 형태를 말한다. 마주보는 방식은 중앙통로를 끼고서 이용객이 좌우에서 마주 보고서 앉는 방식이다. 둘 다 자신의 엉덩이를 다른 사람에게 보이는 것은 실례라서 통로를 향해서 앞을 보고 앉는다. 남자가 소변을 볼 때는 30센티 정도의 도랑을 두고서 벽면을 향해서 발사하게 된다. 옆 칸과의 칸막이는 없지만 옆으로 비집고 들어가면 먼저 온 사람이 조금 반대쪽으로 몸을 비튼다.

우리는 어깨까지 욕조에 푹 잠기고 싶은데 중국인은 욕조에 들어가면 다리를 뻗고 싶다고 생각해서 발을 구부리고 들어가는 것을 싫어해서 그런 욕조를 좋아한다. 우리는 일생생활에서 욕조가 화장실과 같은 공간에 있는 것은 내키지 않는다.

연길시에는 커다란 시장이 세 개 있다. 가장 큰 시장이 서시장西市場으로 시 중심부와 가까우며, 손님은 조선인이 많다. 동시장東市場에는 한족이 많으며, 시의 남부에는 하남시장河南市場이 있다. 서시장의 중심가와 그것과 교차하는 길에는 작은 노점상이나 땅바닥에 돗자리를 깐 개인이 낸 가게가 빼곡하게 늘어서 있다.

작년(1985) 12월 큰 빌딩을 세워서 서시장과 거기서부터 북으로 5, 6분 정도 떨어진 곳에 있었던 의류 전문점인 옷 시장의 많은 가게를 모두 수용했다. 그런데도 서시장 빌딩 안의 상품을 진열하는 판매대는 반 정도 밖에 차있지 않았다. 그런데 올해 8월에 다시 연길을 방문해 보니, 빌딩 안의 판매대가 다 들어찼고, 그것만이 아니라 길가의 작은 점포가 예전처럼 가득 들어차 있었다. 나는 서민들의 에너지에 압도됐다. 이 에너지를 경제학자는 어떻게 설명할 수 있을까.

최근 1, 2년 사이에 연길의 물가가 많이 올랐다고 사람들이 말했다. 하지만 세계에서 가장 물가가 비싼 도쿄에서 온 사람의 눈으로 보자면 무척 싼 편이다. 자유 시장에서 매매는 통상 1근(500그램) 단위이니 모두 근 단위로 표시한다. 생 땅콩은 1원(일본 엔으로 45엔), 녹두 55전, 최상급 쌀 42전, 보통 품질은 35전, 콩은 40전, 건면 55전, 콩기름(그 자리에서 짜준다) 1위안 65전, 해바라기 기름 48전. 그 지방에서 생산되는 것은 일본에 비하면 5분의 1 정도의 가격이다. 수박, 바나나, 사과, 감처럼 연변에서는 나지 않고, 먼 곳에서 가져오는 상품은 운송비가 들어가서 꽤 고가다. 소고기, 돼지고기는 극단적이라 할 만큼 저가인데, 새고기와 돼지고기는 훨씬 싸고 닭고기는 일본보다 조금 싼 정도로, 다른 육류와 비교해서 매우 비싸다. 월세는 4, 5층 건물의 집단주택의 경우에 4DK 집이 한 달에 8원(360엔), 부부 합계 수입의 5% 정도다. 단층집은 그 3분의 1이나 4분의 1이면 된다. 수입에 비해서 가격이 비싼 것은 의료품으로 낙타털 카디건이 16위안으로 월급의 5분의 1이나 한다.

연구자의 세계는 어느 나라에 가더라도 이런저런 이해관계가 얽혀 있기에 일종의 음습한 공기가 느껴지는데, 그런 점에서 보자면 시장은 활짝 개어 있다. 혼잡한 시장 안에 있으면 묘하게 마음이 진정된다. 우리 숙소에 냉장고가 없는 것도 있고 해서 거의 매일 시장에 갔다. 매일 가게 되면 여러 가게 주인과 친숙해 진다. 콩나물 파는 할머니, 애국심 강한 건어물 가게 아주머니, 새고기를 파는 가게 주인, 빵가게 아가씨…… 콩나물을 파는 할머니는 조선족이고 나머지는 모두 한족이었다. 역시 장사는 한족 쪽이 한수 위인 것 같다.

새고기 가게의 장발을 한 남자는 우리 부부의 복장을 보고서 처음에는 홍콩에서 왔다고 생각하다가, 조선말을 하는 것을 보고서는 평양에서 왔을 것이라고 믿어버렸다. 일본에서 와서 장기간 체류한 예가 없기 때문일 것이다. 그는 우리를 '평양'이라고 불렀고, 우리도 그를 '평양'이라고 불렀다. 목이 쉬어라고 손님을 부르고, 물건을 사지 않아도 친절하다. 한어를 못 하는 아내가 '평양' 가게에서 물건을 살 때는 수화만을 사용했지만 문제없이 통했다. 옆 가게 주인이 "벙어리 아줌마가 또 왔어" 하고 말했다.

우리는 매일 아침 빵(한어로는 面包(멘파오))을 먹었다. 좀 커다란 크기의 팥빵 정도의 빵이 연변대 부근에서는 한 개에 11전이었고 비닐봉지 값을 별도로 받았다. 그런데 서시장 아가씨는 한 개에 10전에 비닐봉지 값은 받지 않았다. 그 아가씨는 나이보다 조금 더 들어보였는데 알고 보니 스무 살로 조금 수줍어하면서 옥수수처럼 건강한 치아를 보이며 말하는 것이 귀여워 보였다. 성도(省都)인 장춘에 있는 대학에 진학하려는 남동생과 둘이서 살고 있었다. 그녀는 언제나 같은 버드나무 아래에서 장사를 했다. 우리는 그녀를 '멘파오 아가씨'라고 부르며 거기서만 빵을 샀다. 가을, 가로수의 버드나무 잎이 그녀가 쓴 흰 위생모자 위에 하나 둘 떨어지고, 그 위로 끝없이 맑고 푸른 대륙의 하늘이 이어졌다. 한겨울, 영하 20도에 가까운 날에도 그 아가씨는 뺨을 붉게 물들이고 헛걸음하면서 찬바람을 맞으며 하루 종일 서 있었다. 연길이라는 이름을 들으면 그 거리 한 사람 한 사람의 표정과, 연변대학의 연변사회과학원에서 만났던 한명 한명의 표정이 떠올라서, 50살이 지난 내 마음에도 작은 파문이 일어난다.

소문에 관한 이야기

서시장 일각에는 조선에서 온 물품을 파는 서른 개 정도의 노점이 집중돼 있다. 명태, 오징어, 정어리, 송어, 김, 구두, 칼, 조선식 엿, 식기, 부엌용품, 참기름 등을 판다. 어느 날 그 앞을 지나가는데 젊은 남자가 물건을 파는 소리가 들려왔다.

"조끼 팔아요, 조끼. 수령님이 보내주신 조끼가 달랑 7위안이요."

북한 제품 조끼라는 것을 알고서 실쭉 웃으니 주위에서도 와 하고 웃음소리가 터졌다. 엷은 남색 비단 천에 흰색 장식을 하고 자수가 들어간 세련된 아이들의 소매 없는 웃옷이었다. 평양에는 상품이 풍부한 모양인데 함경도에서는 상점에 가도 상품이 없다는 이야기를 들은 적이 있다. 하지만 연길 시장에서는 북한 제품이 넘쳐나고 있다. 국가 간의 무역도 있고, 중앙의 인가를 거치지 않고 지방이 독자적인 판단으로 하는 변경에서의 무역도 있다.

연변의 대부분의 사람은 북한에 가까운 친척이 살고 있다. 친척 방문은 양쪽모두 여권이 없이 여행증만으로 오갈 수 있다. 연길 시내에서도 곧잘 북한 사람을 볼 수 있다. 가슴에 배지를 달로 있어서 바로 알 수 있다. 그 중에서는 배지를 달지 않고 있는 사람도 있지만 헤어스타일이나 복장을 보면 바로 알게 된다.

친척 방문의 경우, 양국 모두 국외로 가져 갈 수 있는 금액이 체류 날짜와 친척이 사는 장소 등에 따라서 다르지만 제한돼 있어서, 선물도 원하는 만큼 사갈 수 없다. 그래서 중국과 북한의 철로가 이어져 있는 도문圖們 역 앞 광장에서는 명태 등 북한에서 가져온 물품을 길가에서 팔고 있는 광경을 자주 볼 수 있다. 그들은 귀국 할 때, 중국산 제품을 있는 만큼 짊어지고 간다. 이불 천, 손수건, 트럼프 등이 인기가 있다고 한다. 연길에서 80전 하는 트럼프가 두만강 건너편 강가에서는 87배인 70원에 팔린다. 놀이에 쓰는 것까지는 아직 손길이 닿지 않는 모양이다. 8위안 하는 이불 피를 북한에 가져가면 200원(환율은 거의 1 : 1이다)으로 고가품이 된다.

인구 18만의 연길시에 우전국(우체국과 전화국의 역할)이 세 군데 밖에 없어서, 언제나 북적거리는데, 그 중에서도 많은 사람이 몰려 있는 곳이 '소포 부치는 데'로 그 대부분이 북한으로 보내는 짐이다. 카운터에서 소포 안을 검사 받고나서 다시 열린 부분을 꿰매야 해서 실과 바늘을 지닌 사람으로 우체국은 꽉 차서 터져버릴 것 같다. 사람이 가져가는 것은 세금이 부과되지 않지만, 우편으로 보낼 때는 상품에 따라서 세율이 다르지만, 보통은 북한의 시장에서 파는 가격의 10%로, 이불의 예를 들자면 20원의 세금을 내게 된다.

친척방문 외에도 무역이나 유학도 있어서 인적 교류는 빈번하다. 연변대학에서도 역사, 문학, 언어학 관계의 교원 중 2, 3명은 상시적으로 김일성종합대학에서 유학을 한다. 청진과 연변은 자매도시라서 상호 방문을 한다. 국가나 성省의 방조 대표단 중에도 조선족이 들어가는 경우가 많다.

또한 도문강圖們江 조선에서 말하는 두만강에 빠져서 고생하고 있는 중국의 소달구지를 건너편 강가에서 보고 있던 북한 청년들이 도 와줘서 꺼냈다거나, 강에 빠진 북한 소녀를 중국에서 구해줬다는 등 의 미담이 때때로 신문을 떠들썩하게 만들고, 이런 일이 있으면 감 사의 뜻을 전하는 방문단이 오가며 우호를 더 깊게 다지고 있다. 두 만강은 예상외로 작은 강으로 하류의 도문 부근도 에도가와江戶川나 아라카와荒川보다 좁고, 스미다가와隅田川보다는 조금 큰 정도의 강이 다. 상류의 총찬崇善 부근은 무릎 정도까지 몸을 넣고 물고기를 잡는 사람이 손으로 그물을 잡고서 이쪽 물가와 저쪽 물가를 오가고 있다.

더 상류인 광평廣坪 서쪽 부근에는 강폭이 5, 6미터밖에 되지 않는 데 다리 중앙부분의 널빤지를 없앤 나무로 만든 '국경 다리' 건너편 에는 북한 병사 세 명이 느긋하게 잡담을 나누고 있다. 안녕하십니 까 하고 말을 걸자 손을 들어서 답장을 해줬다. 제사 때면 중국 측 물 가에서 절을 하고 북한 쪽에서 그 절을 받는다는 이야기도 반드시 허 황된 것만도 아니다. 강변 곳곳에 "물물교환 엄금"이라 하는 팻말이 서 있는 것을 보면 사적인 교환이 꽤 이뤄지고 있는 것인지도 모른 다. 양쪽 기슭에서 조선 아주머니들이 빨래를 넣은 옹자배기를 머리 에 올리고서 잡담을 하면서 빨래를 하고 있다. 그녀들이 빨래를 끝 내고서 광주리를 교환한다고 해도 그것은 두만강 물만이 아는 일이 다. 장난꾸러기에 관한 일로 실제로 있었던 일인데 강에서 고기잡이 를 하고 놀이를 하다가 건너편 강가로 건너가서 조선 영화를 보고 돌 아왔다고 한다. 돌아가는 길에 북한 경찰에게 붙잡혔는데 어린아이 들 장난이라며 무사히 돌려보냈다고 한다.

북한에 다녀온 연변 사람들 모두가 하는 말은 북한의 교육환경과 위생상태가 훌륭하다는 것이다. 중국에서도 대학 학비와 기숙사 비용이 무료인데다 장학금까지 주는데 북한은 그것보다 좋다고 한다. 또한 유치원 선생님은 반드시 대학을 졸업해야만 할 정도로 유아 교육을 중시하고 있다고 한다. 거리가 깨끗한 것은 중국과는 비교가 되지 않는다고 한다.

거꾸로 북한의 가장 문제점은 식료품 부족이라는 점에 대해서 연변의 소문은 모두 일치한다. 중국에서도 아직 식량 배급제도가 있고 '양표糧票(식량 티켓)'가 배급된다. 하지만 배급되는 쌀은 싼 대신에 맛이 없어서 조선족은 보통 양표를 쓰지 않고 자유 시장에서 쌀을 산다. 이제 양표는 면류를 살 때 쓰면 5% 정도 싸게 살 수 있는 정도의 효용밖에는 없다. 북한에서는 연령이나 직종에 따라 세부적인 규정이 있다. 중학생의 식사는 하루 한 사람에게 500그램, 성인은 700그램, 중노동을 하는 사람은 800그램, 취직하지 않은 사람은 300그램이 기본이라고 한다. 15일마다 보름 분량의 배급이 있는데 쌀과 옥수수가 반씩 섞인 것이라고 한다. 그것도 15일 분량을 주면 좋지만 하루 분량은 절약을 위해서, 그리고 또 하루 분량은 미국 난민 지원을 위해서라고 하면서 실질적으로는 13일분이 배급됐다.

어떤 사람의 이야기를 들으니, 그의 친척은 급료가 110원인데 평양에서 살고 있어서 북한에서는 꽤 좋은 생활을 하는 편인데도, 계란 하나가 1원, 닭 한 마리가 30원, 냉면 한 그릇에 5원이라서 손님을 대접할 때가 아니면 좀처럼 먹지 못한다고 했다. 다만 한 달에 15원만 있으면 기본적인 식비와 주거비는 충분하니까 부부가 둘 다 벌면 꽤 저금을 할 수 있다는 계산이 나온다. 월급이 100원이면 나머지 85원을 어떻게 쓸지에 따라서 생활이 정해지게 된다.

외국인이 북한에서 사는 경우는 특별 배급이 있어서 그것만으로도 충분하다. 한 달에 술 2병, 계란 2kg, 담배 30개비, 거기에 설탕 1kg이 배급된다.

연변의 어느 지식인은 북한에서 돌아와서 "조선 민족이 불쌍합니다" 하면서 개탄했다. 남북으로 분단돼 해외에 이산된 상황을 떠올리고, 또한 북한이 반드시 지상낙원이 아니라는 생각을 담아서 입 밖에 낸 말이다. 하지만 그것은 일본에서 한국계 저널리즘이 확산하고 있는 "꼴좋다" 식의 북한에 대한 적대의식을 노골적으로 드러낸 욕설과는 성질이 다른 것이다. 그의 말에는 동포로서의 그리고 친구로서 느끼는 아픔이 담겨 있다.

또 다른 사람은 이렇게도 말했다. 북한의 젊은이는 정서를 키울 겨를이 없다. 중학교를 졸업하면 청년에게는 세 가지 길이 기다리고 있다. 하나는 18살에 군대에 들어가서 28살에 제대하는 길이다. 그 사이에 훈련과 노동으로 손은 거칠어지고 손가락은 두꺼워지며 무언가를 생각할 겨를도 없다. 제대하면 결혼해서 아이를 낳아야 한다고 서두르게 된다. 그래서 중매결혼을 해서 서둘러 가정을 꾸린다. 두 번째는 학생이 되는 길이다. 그것도 시험과 공부에 쫓겨서 데이트 등을 할 틈이 없다. 성적이 나빠서 낙제라도 하게 되면 앞길이 사라지게 된다. 세 번째는 노동자가 되는 길로 들어서면 하루 8시간 노동 외에 회의와 학습에 시달려서 집에 돌아오면 밥을 먹고 잘 여유밖에는 없다. 그래서 정서를 키울 틈이 없다. 해방 전과 비교해 보면 생활은 비약적으로 향상됐으니 모두 나라의 지도자에게는 감사하고 있는 것 같은데, 그렇다 해도 조금 더 생활에 여유를 가질 수 없는 것인가 하고 한탄하는 조선족은 북한이 문화대혁명 당시의 중국과 똑같다고 한다. 문화대혁명까지 수출을 했다는 식의 대국주의적인 냄새가 코를 찌르기는 하지만, 문화대혁명이 부정된 후 중국에 활기가 되살아났듯이, 중국의 조선족이 북한의 개방정책을 기대하는 것도 명확해 보였다.

지금까지 연변에서 떠도는 북한의 생활과 관련된 소문을 몇 가지 소개했다. 물론 이것은 간접적으로 전달된 것으로, 이른바 직접적인 목소리가 아니라서 진실의 일부만을 전달하고 있을 따름이다. 따라서 전면적이고 계통적인 정리는 아니다. 우리 일본인이 대표단이나 초대의 형식이 아니라 북한을 자유롭게 여행하고 체재할 수 있는 날이 가까운 미래에 찾아오리라고 나는 굳게 믿고 있다.

끝으로 연변에서 사는 지식인 두 명의 조선을 향한 마음을 전하고 끝내고 싶다. 한 명은 이렇게 말했다.

"우리의 친정은 조선이다. 중국에 시집을 온 이상, 남편이 하는 말도 들어야만 한다. 하지만 친정이 그립다. 부모의 사이가 안 좋다는 말을 들으면 마음이 더욱 아프다. 아이에게는 아버지나 어머니 모두 그립다. 어느 쪽이 좋고 나쁘다가 아니라 모두 자신을 낳고 길러준 부모님이다. 다른 나라로 시집 온 딸이 정말로 원하는 것은 하루라도 빨리 아버지 어머니의 사이가 좋아지는 것이다."

또 한 명은 이렇게 말하고 있다.

중국 땅에서 조선인은 국경이나 국적을 넘어서 한족과 함께 항일전쟁에서 싸웠다. 고통스러운 승리를 거두고, 조국 해방 후에 남북 조선으로 돌아간 사람도 있지만, 중국에 남아서 조선족이 된 사람도 있다. 남북 조선의 현재 역사에는 중국에서 활동했던 공산주의자의 활동이 말살돼 있다. 그렇다면 우리는 무엇을 위해서 싸웠단 말인가? 많은 혁명 열사는 무엇을 위해 죽었단 말인가? 항일 빨치산에 참가했던 전사도 지금은 고령화되고 있다. 지금이야말로 우리의 역사를 기록해서 남겨야만 한다.

하지만 우리가 쓰면 북한의 역사 서술에 저촉된다. 북한은 우리의 우방이다. 김일성 장군은 항일전쟁의 훌륭한 전사이며, 일본군 장교였던 박정희와는 다르다. 경애하는 전우를 상처입히고 싶지 않다. 그러니 우리는 조선족의 역사를 공개하고 있지 못하다. 언젠가 꼭 우리의 입장과 역할을 인정한 역사를 그들이 써줄 것이 틀림없다. 그때까지 참고 기다려서 우리의 역사를 쓸 것이다.

어느 재일조선인 평론가는 혼자서도 재일조선인의 역사와 생활에 대해서 몇 권의 저작을 내고 있는데, 200만 재중조선인이 자신의 역사서를 단 한 권도 내지 못하고 있는 것은 얼마나 태만한 것인가라는 내용의 글을 『아사히저널朝日ジャーナル』에 썼는데, 그것은 연변 사람들의 심정을 모르기에 가능한 말이다.

1986년 9월 6일, 이러한 사정을 충분히 고려하고 10년 동안에 걸쳐서 검토에 검토를 더 한 결과 마침내 『조선족간사朝鮮族簡史』가 연변인민출판사에서 공개 출판됐다.

조선에서 온 손님

내가 연변에 체재한 목적은 두 가지다. 하나는 연변의 조선문학 관계 자료를 수집하는 것이고, 다른 하나는 조선족문학의 동향을 알기 위해서다.

모두 조선어로 창작됐지만, 전자는 조선문학과 관련된 것이고 후자는 중국 소수민족의 하나인 조선족의 문학, 요컨대 중국문학의 일부라서 두 문학의 성격은 다르다. 물론 양자의 경계는 1945년 이전 상황을 보자면 미묘해서 반드시 명확히 구별할 수 있는 것이 아니지만, 적어도 1949년(중화인민공화국의 성립) 이후의 중국조선족 문학은 명확히 한국문학이나 북한문학이 아니라 중국문학의 일부이다. 하지만 문학의 국적은 그렇다 해도, 조선민족이 낳은 문학이라고 한다면 세계 어느 나라에서 창작되었다 해도, 또한 어느 나라 말로 쓰였다 해도 '조선민족문학'이라고 하는 혈통론적 관점도 성립될 수 있을 것이다.

그것은 차치하고서, 내 첫 번째 목적인 조선문학 관련 자료 수집은 30여 년 동안 묻혀 있는 '시인 윤동주의 묘'를 찾아내거나, 그의 중학교 시절의 학적부를 발견한 것(그것에 대해서는 『조선학보朝鮮學報』 121집에 썼다) 정도이다. 그 외에는 당시 '북간도'의 중심이었던 용정에서 살던 소설가 강경애의 집을 찾아본 정도인데 기대했던 만큼의 성과는 없었다.

조선족문학에 대해서는 그런대로 수확이 있었다. 다만 지금 쓰고 있는 '중국 연변 생활기'에 조선족문학을 소개하는 것은 적절하지 않다. 다만 앞서 다뤘던 조선족의 조선관에 대한 관심의 연장선에서 한 두 편의 소설을 소개하고자 한다.

김종운金宗雲이라는 조선족 작가가 하얼빈에 있다. 조선어 문예지 『송화강』을 편집하고 있는 그가 1985년 6월 3일에 『흑룡강신문』에 실은 「조선에서 온 손님」은 상당한 화제를 불렀다. 연변 내 출판활동은 공산당 선전부 관할인데 연변 외의 조선족 출판 활동은 민정부의 관할이라서 연변에서 출판되지 않는 책이 요녕성이나 흑룡강에서 출판되는 등 문제작은 대부분 연변 밖에서 발표됐다.

「조선에서 온 손님」은 다음과 같은 내용이다. 송화강 언저리에 있는 7층 아파트 3층에는 장 교장이 살고 있다. 그 동생인 장철이 친척 방문으로 30년 만에 북한에서 찾아온다. 같은 시기에 1층에 사는 하 원장 집에는 한국에서 사는 원장의 처남이 찾아온다. 장 교장 부부는 1층 집의 경사를 기뻐하며 평소에 신세를 지고 있는 하 교장과 한국에서 온 손님을 초대하려고 한다. 그런데 동생인 장철이 "남조선 사람과 동석할 수 없다"고 하면서 조기귀국 하겠다고 말한다. 결국 장철은 장 교장의 아들 집에서 하룻밤 자러 가고, 그 틈을 봐서 장 교장은 하 원장 일가를 집에 초대한다. 그 후 2층에 사는 한족인 왕 과장이 장철을 집에 초대하고 싶다고 한다. 장철이 초대를 받고 가보니 뜻밖에도 1층의 하 원장과 한국에서 온 손님이 와 있다. 도망칠 수도 없어서 예기치 않게 남북 양쪽의 손님이 동석하게 된다. 둘이 얼굴을 마주하자 한국에서 온 남상호는 뛰어오를 듯이 기뻐한다. 두 사람은 이미 알던 사이다.

1950년, 조선전쟁 중에 장철은 부상을 입은 한국국방군 병사를 포로로 잡는다. 부상을 치료해 주면서 신문하는 사이에 둘은 하얼빈에서 함께 배웠던 급우였다는 것을 알게 된다. 분대장으로부터 포로, 남상호를 죽이라는 명령을 받은 장철은 인적이 없는 곳까지 남상호를 끌고 가서 가볍게 나무에 묶고서 물을 마시게 하고 비상식량을 남겨두고서 자리를 떠난다. 왕 과장 집에서 벌어진 연회에서 남상호는 아리랑을 부른다. 장철은 둘이서 말을 하고 싶었지만, 지금은 그것도 할 수 없어서 그저 침묵을 지킨다.

이상이 「조선에서 온 손님」의 개요다. 조금 관념적이기는 하지만, 중국에 사는 조선인의 조선관과 통일을 향한 염원이 잘 드러나 있다. 이 작품에서도 적극적으로 손을 내미는 것은 남쪽이고, 집착을 버리지 못하고 동석하는 것을 피하거나 개인적인 호의를 표현하지 못하고 경직된 자세를 취하는 것은 북쪽이다.

김종운의 다른 작품으로 「아버지와 아들」이라는 단편이 있다. 다음과 같은 이야기다. 이름도 없는 산촌에서 검소하게 살아가는 조만석은 40년 만에 서울의 자본가 조영호가 자신의 아버지라는 사실을 알게 된다. 문화대혁명 무렵이라서 그것은 대재난이지만 지금은 모두가 부러워하는 시대로 변했다. 고령인 아버지 조영호는 중국에서 고생하고 있는 아들 만석에게 막대한 재산을 주겠다고 몇 번이고 편지를 보냈고, 일가를 모두 데리고 서울로 오라고 재촉한다.

42년 전 아버지 조영호는 사업에 실패하고 가족을 버리고 애인과 도망쳤다. 만석은 아버지에게 버림받고서 거지 생활을 했던 것을 잊을 수 없다. 만석의 아내는 토지개혁 때부터 지주와 싸웠고, 조선전쟁 지원활동에 진력해서 사회주의 건설에 헌신해 왔기 때문에 한국으로 이주할 생각이 없다고 한다. 딸도 약혼자가 중국에 있고 자본가가 제멋대로 날뛰는 사회로는 가고 싶지 않다고 말한다. 한편 만석의 아들과 며느리는 한국에서 자가용을 타고 생활하는 것에 들떠서 신이 나 있다. 가족의 의견이 둘로 갈라지자 만석은 자식들에게 다섯 살에 고향인 대구를 떠났던 것과, 아버지가 애인과 하얼빈 역 앞에서 자신을 버린 것, 조선전쟁 당시에 의용군으로 참가해서 어머니와 감동적으로 재회한 것에 대해서 말한다. 만석은 마침내 아버지가 보낸 편지에서 어머니가 조선전쟁 때 폭격을 당해서 죽었으며 무덤조차 없다는 것을 알고서 한국으로 이주하지 않을 것을 결심하고서 가족에게 이렇게 말한다.

"이곳에서도 곧 벽돌로 지은 집에 살고 텔레비전을 살 수 있는 시대가 올 거다. 인간은 절개가 없으면 안 된다. 자기 민족의 피투성이 역사에 등을 돌릴 수는 없다."

「아버지와 아들」이 1983년 9월에 탈고된 것에서 알 수 있듯이 「고국에서 온 손님」보다 약 1년 반 전 작품이다. 불과 1년 반 동안 작가의 남북한을 바라보는 관점의 변화는 대단히 크다. 또한 그 변화는 중국에 사는 조선인들의 남북관을 반영한 것이라고 볼 수 있다.

현실에서도 한국과의 인적 교류는 '친척 방문'이라는 형태로 꽤 대담하게 이뤄지고 있다. 한국에 있는 친척이 항공권을 보내주고 체재비용을 주고서, 중국인 연봉의 2, 3배 되는 보증금을 중국 정부에 내면 인도상이라는 원칙적인 명목으로 중국 정부는 이들을 한국에 보내준다. 한중간의 국교가 없어서 제3국, 대부분은 홍콩을 경유해서 서울로 들어간다. 체재 기간은 반년인데 1년으로 연장하는 사람도 적지 않다. 연변대를 정년퇴직한 모 교수는 조선왕조의 대 시인 정철 집안의 몇십 번 대의 종손으로 일가 모두가 한국으로의 이주를 결정했다고 한다.

한국에서 찾아오는 '친척 방문'도 꽤 많다. 한국 정부의 높은 사람도 온 적이 있는데 많이 오는 사람은 문화인이나 대학교수 등이다. 연변에 오면 연변대가 참관 코스에 들어가 있고, 대학에 오면 보여주는 곳과 접대 역할을 하는 사람도 정해져 있다. 일본에 사는 한국적의 사람도 고생을 해가며 먼 친척을 찾아내서 중국을 방문하는 경우도 늘어나고 있다. 연변에서도 북한에 대한 이미지는 좋지 않다. 국교도 있고 북한과의 연결망도 남쪽보다는 몇십 배 더 두텁지만 현실은 그렇다.

연변의 많은 사람이 함경도 출신이라서 함경도에 친척이 많아서 상호 왕래를 한다. 돌아와서는 우선 사상이 자유롭지 못한 것과 경제적 궁핍에 대해서 말한다. 북한에서는 연변의 입정 사나운 사람들에게 불평불만을 말하지 못하는 모양으로 외국인이라서 체포할 수도 없고 해서 입만 다시고 있다는 등의 이야기가 그럴 듯하게 들려온다. 최근의 중국은 '절개'보다도 경제가 우선이라서 심정적으로는 북한보다는 한국 쪽으로 기울어가고 있다.

한국 사람이 보자면 연변 생활은 가난하게 보이는 모양이다. 하지만 사실은 일본이나 한국보다도 생활이 안정돼 있고 고용 불안도 없으며 주택론도 없고, 교육비의 지출도 없으며, 물가가 싸다. 국민 소득의 수치나 생활의 편리함에서 보자면 연변은 확실히 생활수준이 낮아 보일 것이다. 해외 동포가 이러한 상황을 보면 경제적 원조를 하고 싶어지는 모양이며, 또한 연변 쪽에서도 원조를 요청하고 있는 모양이다. "연변 조선족 자치주 해외 연의회聯誼會"는 친목단체로 본부가 연길에 있지만, 그 활동을 보면 '외국적 조선인'에 관한 것이 커다란 비중을 차지하고 있다. 다만 지나치게 서울과 친하게 지내면 북경에서 벼락이 떨어진다. 평양에서 항의가 들어와서 북경이 나서서 연변을 꾸짖는 구도다.

학생들의 한국 붐도 상당하다. 일본어 전공을 하고 있는 학생이 『참고소식』이라는 내부 발행 자료에 나온 수치를 암기해서 청산유수 같은 말솜씨로 한국 경제의 발전을 "우리 동포의 자랑입니다" 하고 말하면서 눈을 반짝거렸다.

연변대학의 조선문학사 교재는 거의 평양의 문학사를 따르고 있지만, 강의에서는 한국의 시점도 보충하고 있다고 한다. 근대문학에 대해서 말하자면, 1985년도 강의에서는 최남선, 이광수, 주요한, 염상섭 등도 다뤘고, 현대 작가로는 이호철, 선우휘, 손창섭, 황석영 등도 다루고 있다고 한다. 하지만 북한과의 관계로 이를 인쇄물로 공표할 수 없다고 한다.

문학자들

연변 체재 중에 시간이 허락하는 한 문학작품을 읽었다. 그래서 20편 쯤 일본어로 번역하고 싶은 작품을 선정해 냈다. 무언가 상을 받은 작품이 꼭 흥미로운 것은 아니며, 화제작이 아니라 해도 최홍일의 『생활의 음향』처럼 사교에 능숙한 아내 덕분에 사회주의 사회의 뒷문을 차례차례 통과하는 모습을 (부정적으로) 그린 것 등이 흥미로웠다. 흥미로운 작품을 읽으면 그 작가와 만나서 경력을 듣거나, 사진을 찍거나 했다. 무엇보다도 작가가 어떤 사람인지를 알 수 있었던 것이 커다란 수확이었다. 각종 연회나, 봄 야유회에서 문학자들과 이야기를 나눌 수 있어서 기뻤다. 모두 각자의 매력을 지닌 사람들이었다. 그 중에서도 노작가 김학철과는 매달 2, 3번 만나서 젊은 시절부터의 일대기를 들었다. 대체로 녹음을 했는데 중요한 곳에서는 비공개로 해달라고 해서 녹음도 할 수 없었다. 나는 12년 전에 김학철의 단편소설을 번역한 적이 있어서 처음부터 예전부터 알고 지낸 사람 같았다.

그는 원산 출신으로 중학교 시절에 서울에서 광주학생운동에 참가했다. 1934년에 중국으로 건너와서 황포군관학교에서 배웠으며, 후일 태항산으로 가서 항일전쟁에 참가했다. 1943년 전투 중에 다리에 총탄을 맞고서 의식불명 중에 일본군에게 붙잡혀서 나가사키로 보내졌다. 이사하야에서 한쪽 다리를 절단하는 수술을 받았고, 일본이 패전한 후에 서울로 돌아와 1년 동안 정치 활동을 펼쳤다. 하지만 미군정하에서 좌익운동이 탄압을 당하자, 1946년 11월에 몰래 38선을 넘어서 북으로 넘어갔다. 그 당시 호위를 해준 병사가 현재의 부인이다. 북에서 『노동신문』의 기자, 인민군신문사 등에서 근무하며 4년 동안 평양에서 생활했다. 조선전쟁이 터지자 미군이 밀고 올라오자, 1951년에 북경으로 갔고, 딩링 문하에서 문학을 배웠다. 1952년 연길에서 살기 시작해 현재에 이르고 있다.

1957년까지 소설집을 6권 냈는데 반우파투쟁에서 비판을 당하고 이후 24년 동안 작품 발표를 할 수 없었다. 문화대혁명 당시 홍위병이 집안을 수색해서 장편 『20세기의 신화』 원고가 발각되었고, 그것이 마오쩌둥을 비판했다는 이유로 징역 10년형을 선고 받고서 복역했다. 이 소설은 반우파투쟁에서부터 대약진 노선이 문화의 쇠퇴와 2천만 명의 아사자를 낸 근본적인 원인으로 과거의 혁명가 마오쩌둥이 발광했다고 쓴 정론소설이라고 한다. 1980년 12월 소설의 내용은 제쳐두고서 "발표되지 않았으니 사회적 영향력이 없었으며, 원고를 쓰는 자체는 범죄를 구성하지 않는다"고 해서 새삼스럽게 무죄 판결을 받고서 24년 만에 사회로 복귀했다. 그 사이에 아무리 고난을 겪어도 절대로 굴하지 않았던 것이 그의 긍지였다. 현재는 둑이 터진 것처럼 왕성하게 집필 활동을 하고 있다. 1985년에 마침내 중국 국적을 취득해서 정식으로 중국작가협회 연변분회에도 가입해서 부주석 중 한 명으로 선출됐다.

간단하게 경력을 돌아보는 것만으로도 장대한 인간 드라마를 느낄 수 있다.

중국작가협회 연변분회 주석은 시인 김철인데 그는 북경에서 살면서 『민족문학』을 편집하고 있다. 그러니 연변에서는 실질적으로 상임 부주석인 김성휘 시인이 최고 책임자인 셈이다.

그는 젊은 나이에 연변에서 죽은 시인 윤광주(윤동주의 친동생)의 친구로 문화대혁명 당시에는 재능이 뛰어나다는 이유로 오히려 더 괴로움을 당했다. 농촌에서 10년 동안 강제로 농사일을 해야 했으며 책도 읽을 수 없었다. 그 사이에 틈이 나면 톱과 대패와 끌만으로 바둑판과 돌통을 만들었다. 바둑판의 다리는 끼워 넣는 형태가 아니고, 나무를 깎아서 다리 부분을 조각해 놓았다. 돌통도 나무를 둥글게 깎고서 끌로 안을 파낸 것이다. 정연하지 않은 끌의 흔적을 보고 있으면 어떤 마음으로 바둑판과 돌통을 만든 것인지를 느낄 수 있어서 마음이 찡했다. 언제나 봄 바다처럼 온화한 표정을 하고 있지만, 대국을 하게 되면 거칠게 싸움을 걸어오는 바둑으로 마음속은 상당히 고집이 센 것으로 보였다. 림원춘, 남주길, 김훈, 유원무 등 문학자에 대해서 말하고 싶은 마음이 크지만 '생활기'에서 벗어나게 되니 이 정도로 해둔다.

한어와 조선어

연변에서는 조선어도 한어도 공용어다. 시내에는 두 언어가 뒤섞여 날아든다. 나도 서투르지만 두 언어 다 가능하기에 양다리를 걸치고 있어서 가끔 두 언어가 얽힌다. 연변의 조선족은 조선족 자치 거주지구의 노인을 제외하면 모두 상당한 수준의 한어가 가능하다. 중국에서 살아가려면 한어 지식 없이는 곤란하기 때문이다. 평생을 연변 조선족 사회에서 지낼 마음이라면 조선어만으로도 사는데 지장은 없다. 하지만 중국 전국으로 영역을 넓히려면 한어를 꼭 배워야 한다. 중앙 지향이 강하고 엘리트를 지향하면 할수록 한어 학습에 시간을 들여서 상대적으로 조선어를 소홀히 하게 된다. 입시 등에서 소수 민족에게는 약간의 가산점이 부여되기는 해도 누군가의 위에 서려고 하면 한어를 유창하게 말하고 쓰는 것이 절대적인 조건이다.

연변의 인구 비율은 1982년 통계에 따르면 조선족이 75만 5천 명으로 전체의 40.32%, 한족이 그보다 많은 57.4%, 만주족 1.9%, 회족이 0.31%를 차지한다. 연길 시내에는 조선족이 56.99%로 한족보다 조금 더 많지만 자치주 창립 당시와 비교해 보면 조선족 비율은 훨씬 줄어들어 있다.

현재 상태로는 행정기관, 기업, 학교, 상점에서 사용하는 공용어는 역시 한어가 될 수밖에 없다. 초대소招待所의 복무원이나 소매상 등에서는 한족이라 해도 조선어가 가능한 사람이 있지만, 지식인 중에서는 일부의 예외(문화대혁명 당시 남경의 지식청년이 대량으로 연변으로 하방下放(중국에서 당 간부·지식인·학생 등이 농촌·공장 등에 가서 실제로 노동에 참가하는 일)을 했다. 그 중에서 조선족 여자와 결혼해서 조선사 연구자가 돼 지금도 연변대에 남아 있는 '문화 대혁이 남긴 사람'이 있는데 그의 조선어는 매우 훌륭하다)을 제외하고는 거의 조선어가 가능한 사람은 없다. 정부에서 소수민족 지구의 한족 간부에게 그 지구의 민족 언어를 배우라고 입에서 신물이 날 때까지 설득을 하고, 또한 연길에 주둔하고 있는 군인들에게 조선어를 연변대학에서 배우게 해도 그 수준은 배웠다는 것에만 의의가 있을 정도로 형편없다.

내가 아는 한족 선생님 중에는 연구자나 교육자로서는 뛰어난 인재인데, 조선족과 결혼한 지 30년이 지나도록 시어머니를 모신 지 10년이 지나도록 조선어는 좀처럼 늘지 않고 있다. 그녀는 직장에서는 한어만을 쓰며 남편과도 한어로 이야기를 하고 시간이 나면 연구에 몰두하기에 조선어를 배울 기회가 없는 것이다.

이런 일이 있었다. 최길원崔吉元 선생은 북경에서 30년 동안 생활한 경험이 있는 조선족 한어 선생으로 지금도 연변에서 한어를 가르치고 있다. 최 선생의 학생 중 한 명이 졸업해서 연길의 공무원이 됐다. 두 사람이 길가에서 만나서 이야기를 하고 있었는데 마침 내가 그곳에 있었다. 최 선생이 조선어로 말을 걸면 제자가 한어로 대답을 하고 있다. 최 선생은 허허 이 녀석 누구에게 한어를 배웠다고 생각하느냐고 말하기라도 하듯이 집요하게 조선어로 말을 하면, 그 제자는 제가 한어를 이렇게 잘하게 됐습니다라고 하는 자긍심에서인지 집요하게 한어로 말을 한다. 이 학생의 심리 속에는 자신도 일상적으로 한어로 일을 하고 지도적 지위에 앉아서 한어를 제1언어로 쓰게 되었다고 하는 엘리트 의식이 심층에 있다고 할 수 있다. 이렇게 해서 끝까지 조선어와 한어의 일방통행 회화가 사제 사이에 이뤄졌다.

자치주 선전부장 이정문李政文 씨는 연변대학의 교원이었는데 연변에서도 눈에 띄는 영재다. 그를 평가하는 사람은 모두가 "두뇌가 영민하고 한어가 뛰어나다"며 칭찬을 한다. 한족이 반 이상을 차지하는 소수민족 지구에서 지도적 지위에 있는 사람은 한어를 잘해야지만 일을 해나갈 수 있다.

그런데 한어가 전문가로서의 필수 덕문인 사람을 제외하고 일반인(조선족)은 아무리 한어를 잘해도 말을 하면 귀신처럼 바로 출신을 알 수 있다고 한다. 우리의 눈에도 그렇고 본인도 완벽한 한어를 구사한다고 생각하고 있던 30살 즈음의 젊은 강사가 북경에 출장을 가서 1시간 정도 한어로 이야기를 나누자, 상대방이 "당신은 소수 민족입니까?" 하고 물었다고 한다. 귀신같이 바로 자신의 출신이 알아차리자 그 강사는 조선인으로서의 자각을 새롭게 가지게 됐다고 한다.

연변대학에서의 강의도 조선어문학 전공과정을 제외하면 모두 한어로 이뤄진다. 한족 학생은 전체의 30% 정도밖에 없지만, 한 명이라도 한족이 있으면 조선어 강의는 불가능하다. 학생이나 교직원 회의도, 결혼식이나 장례식도 한어로 이뤄질 수밖에 없다. 그런데 흑룡강성 오상진五常鎭에 있는 조선족사범학교 등의 학생 전원은 조선족이고 교직원도 카메라맨 한 명을 제외하면 모두 조선족이라서 강의와 회의도 모두 조선어를 쓴다.

중국에서 조선족은 정말로 소중한 대접을 받으며 살아가고 있다. 조선족 소학교, 중학교가 있고, 민족학교가 없는 곳에도 민족학급이 있으며, 대학생은 민족의상 등을 사야하기에 일반학생보다 장학금이 더 많이 지급되기도 하며, 아이도 2명까지 낳을 수 있고 재판도 조선어로 받을 수 있으며, 조선어 출판물에는 국가에서 상당한 보조금이 나온다. 연길시에만도 조선어 문학 전문 잡지가 『천지』(월간), 『문학과 예술』(격월간), 『아리랑』(계간)까지 해서 세 개나 있다.

이런 상황임에도 연변에서 조선어의 미래가 밝겠냐고 한다면 그렇게 생각할 수 없다. 지금 조선족 중에서 일선에서 활약하고 있는 것은 3세가 많다. 중국의 소수민족에 대한 우대 정책도 있어서 안정적으로 중국에 정착하고 있지만, 정착을 하면 할수록 어떤 면에서는 필연적으로 동화의 정도가 높아지는 딜레마가 생긴다. 젊은 학생들이 조선어로 인사조차 할 수 없어서 노인들의 빈축을 사고 있다. 부모와 이야기를 할 때만 조선어를 사용하고 친구나 형제와 말할 때는 한어를 쓰는 것이 일반적이다. 문학을 좋아하는 청년도 한어로 된 중앙에서 발행되는 문예지는 읽어도 연변의 조선어 문예지는 읽지 않는 경우가 꽤 된다.

현재 회족 722만 명, 만주족 29만 명이 자기 민족의 언어를 잃고서 생활과 문화 모두를 한어로 하고 있다. 조선족은 높은 문화와 전통을 갖고 있어서 백 년 이백 년 사이에 자신의 언어를 잃는 일은 없을 것이다. 하지만 문화의 정도가 높고 한족과 접촉하는 일이 많아지면 많아질수록 그 영향을 받기 쉬운 측면도 있다. 민족문화를 꽃피우면서, 한족이 압도적 다수인 중국에서 얼마나 조화를 이뤄가며 살아갈 것인가, 말하기는 쉬우나 행하기는 어렵다. 만약 조선족이 먼 장래에 조선어를 잃는다 해도 조선족 문학은 계속 될 것이다. 민족문학이라는 개념을 민족감정을 표현하는 문학이라는 의미로 파악하면 한어로 창작돼도 조선족문학이라 할 수 있다. 하지만 그것을 조선족 문학이라고 할 수 있을까?

우리가 연길에 있는 동안 텔레비전에서 스포츠 국제 경기가 몇 번이고 방영됐다. 학생 기숙사에는 흑백텔레비전도 없어서 우리가 사는 곳으로 많은 조선족 학생이 경기를 보러 왔다. 이 젊은 애국자들은 중국 선수의 활약에 열광적인 성원을 보내는데, 그 대전 상대가 한국이거나 북한이라도 아무런 망설임도 없이 중국을 응원했다. 기성세대는 약간 당혹스러워 하는 것 같았지만, 젊은이들은 아무런 주저함이 없다. 거짓 없는 중국의 젊은이들이다.

그런 그들도 막상 결혼 문제에 직면하면 부모도 본인도 무슨 일이 있어도 조선족이 아니면 싫다는 사람이 많다. 북경이나 상해 등 연변 밖에 살면 좀처럼 동족의 '상대'와 만날 기회가 없지만, 동북 지방이라면 어떻게든 가능하다. 다만 조선인이라면 어느 지방 사람이라도 좋은 것은 아니다. 하얼빈 부근에서 온 여학생은 연변 남자는 구두쇠라서 싫다고 말했다.

연변의 조선인 대부분이 두만강 하나를 사이에 둔 함경도 출신이다. 그러므로 연변 말은 함경도 방언이 중심이다. 역사적으로 봐서 가장 이른 시기에 중국 땅에 살게 된 것도 이 사람들이다. 흑룡강성에는 조선의 남쪽, 특히 경상도 출신이 많다.(요녕성에는 압록강 건너편 기슭인 평안도 출신이 많다) 그들은 조선에 가까운 연변을 함경도 사람들이 차지하고 있어서 더 북쪽으로 올라가서 흑룡강성에 정착했다. 요컨대 두만강, 압록강을 대칭축으로 해서 선대칭으로 구부린 형태로 동북 지방으로 이주한 것이다. 이국땅에서 출신지나 친족 별로 집단생활을 해서 지금도 조선 각지의 방언이 옛 형태로 보존돼 있어서 그것이 지방인의 의식과 결부돼 있다.

보통은 수면 아래에 숨어 있던 것이 막상 결혼에 이르면 3대 조상의 출신지까지 조사한다고 한다. 본국에서는 오래 전에 풍화돼 사라진 것이 일본에서는 증조부모가 제주도 출신이라면서 결혼을 거부하는 육지인이 있다고 한다.

앞서서 연변의 조선어는 함경도 방언이 큰 틀을 이루고 있다고 했는데 물론 그것만은 아니다. 일본어 혹은 일본어를 원류로 하는 말이 의식되지 않은 채 사용되는 경우가 많다. 또한 러시아 어휘가 꽤 섞여 있다. 성냥을 비짓케라고 하는 것은 한 예다.

소련, 중국, 조선의 접점이라 할 수 있는 연변에서 중소 관계가 악화되기 전까지 소련을 왕래하는 사람이 많았던 것과, 전후 소련군이 동북에 진출해 연변에 러시아어가 남아있는 이유일 것이다. 그러므로 노인들 중에는 조선어, 한어, 러시아어, 일본어 이렇게 네 개의 언어를 말하는 사람도 꽤 있다.

러시아어 이상으로 커다란 영향을 미친 것은 두말할 필요도 없이 한어다. 연변에서 쓰이는 조선어 속에 들어 있는 한자어 중에는 한어의 단어를 그대로 조선어로 읽은 것이 많다.

예를 들어 조선어의 '재판소', '출근', '퇴근', '노동자', '계약', '주문한다' 등을 연변에서는 '法院', '上班', '下班', '工人', '合同', '訂한다' 등의 한어 한자를 조선어로 읽어서 쓴다. 한국에 대량의 영어가 외래어로 들어와 있는 것처럼 연변에는 한어가 대량으로 유입돼 있다.

표기법 등은 평양의 규칙에 의거하고 있지만, 한어 어휘는 평양과는 다른 예가 많다. 한국에서 사용하는 '경찰'은 북한에서는 쓰지 않는 말이다. 평양에서 발행된 사전에서 '경찰'을 찾아보면 "자본주의 사회에서 착취 계급의 이익을 지키기 위해서 인민에 대한 감시, 강제 징역을 목적으로 하는 무장부대를 지닌 특수행정기관"이라는 설명이 달려 있다. 북한에서는 '경찰'이라는 말 대신에 '안전부'라는 말을 쓴다. 연변에서는 둘 다 쓰지 않고 '공안부'라고 한어 그대로 사용한다.

또한 '관심'이라는 말처럼 똑같은 한자를 쓰면서, 조선어는 일본어와 마찬가지로 "마음에 둔다", "흥미를 갖고 주목한다"는 의미로 사용하지만, 연변에서는 상급기관이나 사람이 아랫사람에게 "배려한다"는 의미로 사용되고 있다.

한어의 영향력은 어휘에만 미치는 것이 아니기에 더욱 심각하다. 무제한적인 한어의 유입은 바람직하지 않으므로, 그것을 정리해야만 한다. 그러한 정리와, 출판사, 방송국, 대학 등에서 사용하는 조선어 통일 규범을 정하기 위해서 협의회를 두고 있지만, 그 명칭이 '동북삼성 조선어문 공작 협의 소조변공실小組弁公室'이다. 모임이 아니라 '소조', 사무실이 아니라 '변공실'이라고 부르는 것 자체가 중국식 조선어의 사용 예이다.

문학이나 언어에 대해서 더 말하자면 끝이 없어서 '생활기'로부터 더욱더 멀어지기에 이 정도에서 중단하려 한다. 연변에서 만난 일본인 고아들에 대한 것과 학생 생활, 그리고 이른바 '연안파'의 산 증인 등에 대해서 쓰고 싶지만 이 정도에서 마친다.

식당

(앞서 제3회로 연재를 끝낸다고 썼는데 『계간 삼천리(季刊三里)』가 50호를 끝으로 종간한다고 해서 그렇다면 「연변생활기」를 한 회 더 연장해서 이 잡지의 마지막을 함께 하기로 했다. 제멋대로 마지막을 함께 하는 셈이다. 「연변생활기」는 언제 끝내도 아쉽지 않지만, 『계간 삼천리』가 사라진 후의 적막함은 무엇으로도 메울 수 없을 것이다)

대도시에 있는 일류 호텔이야 연변에 없다 해도 이상하지 않지만, 찻집 또한 하나 없는 것이 연변의 현실이다. 바깥에서 누군가와 대화를 나누려 해도 식당에 들어갈 수밖에 없다. 식당은 여러 곳이 있는데 일반 손님을 위한 큰 방과, 대실이 가능한 작은 방으로 이뤄진 경우가 많다. 큰 방은 의자에 앉는 식이고, 작은 방은 의자도 있지만 구두를 벗고 올라가는 온돌방인 경우도 있다. 위생 기준에 의해서 갑급, 을급으로 나뉘며, 인증표가 가게 앞에 붙어 있다. 갑급은 확실히 설비에 비교적 돈을 들인 것은 알겠는데, 청결함에서는 을급보다 좋은지 어떤지 의심스럽다. 을급 쪽이 작지만 아늑하고 점원은 친절하며, 청소도 잘 돼 있는 경우가 많은 것 같다.

식당은 단순히 식사를 하기도 하지만, 대부분은 술을 곁들인다. 바, 카바레, 스낵바, 살롱 등은 없다. 여자가 나오는 곳이 있을 수 없다. 다만, 문맹이 날카로운 비평안을 갖고 있는 것에 혀를 차며 이렇게 말한 적이 있다. "현대화 현대화라고 하지만, 연길에 술집과 주정뱅이만 늘어났을 뿐이지. 얼마 안 있어서 분명히 일본집이 생길 겁니다." 예전에 여자를 두고 술을 파는 가게를 '일본집'이라고 불렀던 모양이다. 그다지 명예로운 이야기는 아니지만, 소프랜드soapland의 옛 명칭인 '터키탕'과는 달리 일본 집은 역사적으로 실재했던 곳이니 어쩔 수 없다. 모처럼 나온 조 아주머니의 예언에 따르면 중국이 그렇게까지 부드러워질 것이라고는 생각할 수 없다. 북경의 화교반점華僑飯店에서 본 넓적다리 부근에서 찢어진 치파오를 입은 종업원 복장 정도에서 그칠 것이다.

전화, 통신, 철도 등의 서비스업은 중국에서 일반적으로 발전이 늦으며, 식당이나 상점 등의 서비스도 그다지 좋지 않다. 그래도 식당에서 단골손님이 되거나, 처음 가는 곳이라도 외국인인 것을 알고는 입맛에 맞게 요리를 만들어주거나, 가게 밖까지 배웅을 해주면서 "다시 오세요. 네" 하면서 손을 흔들어주거나 한다. 함경도 억양의 어미 "네"가 참을 수 없을 정도로 좋다. 어미 "네"에 낚여서 두세 번 가는 사이에 단골손님이 되는 식이다.

나만 그런 게 아니다. 이주일 정도 두 번이나 연길에서 지냈던 도쿄에 있는 대학의 M·K 씨나, 고베 시민 그룹의 M·A 씨도 그 "네"라는 말에 걸려서 심미안이 이상해졌다는 사람이다. 어느 가게에 가면 굉장한 미인 종업원이 있으니 가봐라, 구리하라 고마키栗原小巻랑 꼭 닮은 아가씨다라면서 연길 주민인 나도 모르는 정보를 제공해 준다. 바로 다음날 외출해서 어제 일본 여행자와 기념사진을 찍은 종업원이 누군가 하고 물어보자 수줍음을 타는 감자처럼 생긴 아가씨가 나타났지만, 구리하라 고마키는 물론이고 다이마키(大卷, 小卷와 비교한 유머다)와도 하나도 닮은 구석이 없다. 역시 또 어미 "네"에 당했군 하고 나는 짚이는 구석이 있어서 바로 상황을 이해했다.

식당은 모두 식권을 사야만 이용할 수 있다. 현금을 내고 식권을 받아서 그것을 조리장調理場 카운터에 내는 식이다. 테이블에 앉으면 주문을 받으러 오는 식당은 하룻밤 자면 중국인의 두 세 달치 평균 월급이 사라지는 정부요인이나 외국인이 머무는 고급 호텔에 있는 것뿐이다.

그런데 문제는 식권 매장이다. 백화점의 매표소도 비슷하지만, 식권을 파는 사람은 판매대 안의 조금 높은 곳에 앉아있고 판자나 유리가 손님과의 사이를 차단하고 있어서, 손님은 직경은 15센티 정도의 반원형 구멍에 돈을 쥔 손을 넣고서 먹고 싶은 요리와 개수를 외쳐야 한다. 하지만 시간대에 따라서는 굉장히 혼잡하다. 손님의 수에 상관없이 식권을 파는 사람은 단 한명이라서 점심시간 무렵의 혼잡함은 무시무시할 정도다. 작은 반원형 구멍에 돈을 쥔 손이 두세 개 파고들어가고 나서 그 위로 다시 손이 들어간다. 그 돈을 받는 쪽은 어느 쪽을 먼저 처리하면 좋을지 알 수 없어서 어쩔 줄 몰라 하기에 혼잡함은 점차 더해진다.

북경, 천진, 하얼빈 등의 대도시에서는 버스를 탈 때 줄을 서는 캠페인을 벌이고 있다. 커다란 적색 깃발을 든 직원이 주요 버스 정류장에 진을 치고서 손님을 정렬시킨다. 대도시에서는 시내 가는 곳마다 '위생 감시원'이라는 완장을 찬 사람을 두고서, 침을 뱉는 사람을 발견하면 바로 30전의 벌금을 부가한다. 그다지 사회주의적인 방법이 아니라고 생각하지만, 위생 관념의 향상과 도시 미화에는 틀림없이 도움이 된다. 중국 대륙은 공기가 너무 건조해서 대다수 사람들이 만성 기관지염을 앓고 있다. 그러한 캠페인이 연변까지 와서 정렬해서 승차하는 것이나, 줄을 서서 식권을 사는 것이 습관으로 정착되기까지는 앞으로 3, 4년 정도 지나면 충분할 것이다.

한번은 내 아내가 연길에 있는 백화점 계산대에서 분노를 터뜨렸다. 백화점에서는 매장에서 사고 싶은 상품의 전표를 끊어서, 그것을 계산대에 가지고 가 현금을 지불하고서 매장에서는 영수증을 보고서 상품을 건네주게 돼 있다. 계산대에 무리 지어 있는 인파를 앞에 두고 내 아내가 외쳤다.

"줄을 서요! 이게 뭐하는 것이야. 당신들 짐승이야! 한 줄로 서야지."

짐승이라고 한 말이 통한 것인지 서투른 조선말의 기백에 눌린 것인지 2, 30명 정도의 무리가 한 줄로 늘어섰다. 줄 끝은 계단에까지 늘어설 정도로 긴 줄이다. 어떤 중년 부인이 지나쳐가면서 작은 소리로 "고마워요. 덕분에 살 수 있어요" 하고 속삭였다.

"지나치게 그러면 내정 간섭이니까 그만 둬" 하고 내가 말렸지만, 아내는 조선인에 대해서는 조심성이 없어진다.

마침내 식권을 사더라도 조리장 앞의 카운터에서 또 한참 동안 기다려야 하거나, 테이블이 있는 자리가 없을 때도 있다. 거의 다 먹어가는 사람이 앉아 있는 의자에 한쪽 발을 올리고서 그 사람이 자리에서 일어나자마자 재빨리 몸을 던져서 자리를 확보하는 기술은 하루 아침에 습득할 수 있는 것이 아니다. 혼잡할 때 버스를 타고 내리는 것도 마찬가지다. 문이 열리면 내리기 전부터 타려는 사람이 계단에 한쪽 발을 올리고서 출구를 막아서 내리는 사람이 조금이라도 멈칫 하면 아래에서부터 돌격해 들어온다.

모든 것은 수요와 공급의 불균형에서 오는 것이라고 생각한다. 그래도 식당이나 백화점, 기차나 버스에서 벌어지는 '전쟁'을 어떻게든 끝낼 수 없는 것인가 하고 친한 사람에게 의견을 물어봤다. 그는 "문화대혁명 전에는 이런 꼴이 아니었지" 하면서 한탄했다.

또 문화대혁명이다. 일단 근절된 문맹은 소수라 해도 다시 그 수가 늘어나면 다 문화대혁명의 탓이고, 교원이 사회적으로 존경을 받지 못하는 것(월급이 낮아서 대학을 졸업한 학생 모두가 중학교 선생님이 되는 것을 희망하지 않는다)도 문화대혁명 탓이다. '문화대혁명이 있어서 좋지 않습니까. 모든 악의 근원을 그것 때문이라 할 수 있으니까'라는 생각이 떠올랐지만 너무 실례가 될 것 같아서 입 밖에 낼 수 없었다.

　문화대혁명이 야기한 사회적 후유증이 여기저기에 남아 있는 것은 확실하다. 1985년부터 '교사절教師節'을 만들어서 우수한 교원을 표창하거나 교육의 중요성을 일깨우거나, 교사에 대한 존경심을 갖도록 하는 것도 후유증 치료의 일환이며, 8월 15일을 '해방 기념일'이 아니라 '노인절老人節'로 삼아서 경로정신을 고취하는 것도 그러한 하나의 예이다. 6월 1일의 '아동절兒童節', 9월 3일의 '구삼일九三日'(자치주 성립 기념일)과 함께 노인절이면 연길 시내의 인민공원에 가족이나 직장 동료, 근처 주민들로 이뤄진 작은 단체가 모여들어서 일본의 하나미(꽃구경)처럼 마시고 노래하고 춤을 춰서 장관을 연출한다. 내친 김에 말하자면, 10월 1일 '국경절'에는 아무런 행사도 없다.

　연변 사람들은 현실에서 벌어지는 사회적 모순의 근원을 문화대혁명에서 찾지만, 모든 것을 일본 제국주의의 지배 탓이라고 말하는 좁은 민족주의를 노정하지는 않는다.

　식사 매너도 일본과는 조금 다르다. 젓가락은 세로로 놓는다. 생선요리 등을 두 사람이서 젓가락으로 집어 먹다가 뒤집는 것을 이상하게 생각하지 않는다.(일본에서는 젓가락으로 유골을 수습해서 하나하나 유골함에 어서 젓가락으로 음식을 서로 전해주지 않는 습관이 있다) 생선뼈는 바닥에 휙휙 내던진다. 테이블 위에 올려놓으면 더럽다는 발상이다. 하지만 온돌방에서 식사를 할 때는 테이블 위에 뼈를 올려놓는 것을 보면 의자의 유무에 따라서 매너가 달라지는 것 같다. 손님을 대접하는 것은 일본인이 흉내 낼 수 없을 정도다. 손님의 접시에 요리를 놓아주고, 술을 권하고, 손님보다 식사를 먼저 끝내지 않으며, 흥미로운 화제로 식사를 즐겁게 하는 접객 태도는 일종의 예술에 가깝다.

식당에서 나오는 요리는 거의 한족 식이다. 조선식 갈비집이 시내에 3, 4집 있지만 보통은 중화요리 방식이다. 식당에서 조선 요리는 냉면과 개국, 그리고 소고기 꼬치구이 정도다. 냉면과 개국은 동북의 한족을 매혹한 모양이다. 연변의 한족도 이 두 가지 요리를 먹지 않는 사람은 없을 정도로 보급돼 있다.

연변에서 개는 식용으로 사육돼 농가에서는 쏠쏠한 부수입원이 된다. 다 큰 개는 한 마리에 60위안으로 청년의 한 달 월급에 가깝다. 돼지를 키우는 것처럼 번거롭지도 않고, 사료 값도 그다지 들지 않는다. 개는 연변에서 키우는 것만으로는 부족해서 내몽골에서 이입된다. 몽골에서 개는 양치기를 할 때 꼭 필요한 가축이며, 가족의 일원과도 같은 존재라서 절대로 먹지 않는다. 후난湖南이나 광동廣東의 일부 지역에서는 한족도 개를 먹지만, 그렇게 일반적인 일은 아닌 모양이다. 한국에서는 올림픽을 앞두고서 개 식용을 금지했으니, 이제 개는 연변에서밖에 먹을 수 없게 될 것이다. 개 수육은 꽤 특이한 맛이다.

돼지고기나 삶은 계란이 올라가 있는 고급 냉면의 가격은 1위안(45엔), 보통은 70전(32엔) 정도로 꽤 맛있다. 면에 굶주려 있던 우리에게는 가뭄 끝의 단비였다. 일본풍 수제 우동과 비슷한 칼국수는 가정집에서 주로 먹는데 식당에서는 팔지 않았다. 순수한 조선요리는 가정집에서 맛볼 수밖에 없는 상태다.

김치도 일반 가정에서 담가 파는 곳은 별로 없다. 우리도 일 년 동안 이집 저집에서 김치를 받아서 생활했다. 담박해서 그런대로 맛이 있었지만 한국 김치와는 맛이 다르다. 연변의 백채 김치는 기본적으로 백채에 소금을 절이고 고춧가루를 바른 소박한 음식이다. 한국에서는 새우나 굴, 오징어 혹은 소고기 등을 넣는다고 하자,

"그렇게 하면 비려서 못 먹어요" 하고 펄쩍 뛴다. 본래 함경도 김치가 연변과 비슷할 것이다. 서울만을 보고서 한국 전체를 말해서는 안 되고, 한국만을 보고서 조선 전체를 말하는 것은 위험하다.

김치를 절여서 김장을 할 때의 광경은 장관이다. 연변대학은 근처의 농촌과 계약을 해서 밭 전체의 배추를 사서 모든 교직원이 학부별로 하루씩 날을 정해서 대학의 트럭으로 밭에 가서 수확과 하적을 해 대학 구내로 가져와서 분배 한다. 이것을 '백채 로동'이라고 칭하는데 이 시기에는 대학의 기능이 마비된다. '백채 로동'은 노인이나 병든 사람을 제외하고 모두가 참가해서 하루의 일이 끝나면 술을 한 잔 걸치고서 밤늦게까지 떠들썩하다.

식당과 관련해서 딱 한번 화가 머리끝까지 치솟은 적이 있다. 연길시에는 서부에 조선족, 동부에 한족이 많이 살고 있다. 물론 뒤섞여서 살고 있는데 대체로 그렇게 구분된다. 동부의 중화요리 식당에 들어가서 진자오로스青椒肉絲와 홍샤오위紅燒魚를 주문했다. 진자오로스는 풋고추와 돼지고기를 채 친 것을 기름으로 조리한 것이다. '샤오위'는 일본의 생선구이가 아니라, 기름으로 튀긴 것이라는 것은 알고 있었지만, 한자의 자형만 보고서 일본의 생선구이에 흡사한 것

이라고 생각했던 것이다.(중국과 한국에서 생선은 삶거나 기름으로 튀기는 조리법이 일반적이고 소금구이를 하는 등의 단순한 요리 방법이 없다) 그런데 주문하고서 30분이 지나도 요리가 나오지 않았다. 취소하고 싶다고 말하자 지금 만들고 있다면서 한 번 받은 돈은 돌려줄 수 없다고 한다. 그로부터 또 30분여를 기다렸다. 그 사이에 초조해 하면서 2번 재촉하자 점원도 초조해 하며 목소리가 거칠어진다. 빠르게 한어로 말해서 뭐라고 하는지 잘 못 알아들었지만, 자신들이 틀리지 않았다는 것을 주장하고 있는 것만은 틀림없다.

그 때 우리는 일본의 한어 교과서(한어를 중국어라고 하는 것은 맞지 않다. 중국에서는 정식으로 한어라고 부른다. 한족의 언어이기 때문이다. 중국에는 그 외에 소수민족이 55개나 되며, 각자의 언어가 있다. 그것을 종합해서 중어라고 한다)의 오류를 깨달았다. 일본에서는 중국어 초급 교과서에서부터 "뚜이부춰^{对不起}"(죄송합니다)라는 말을 배우는데 그 말은 별로 들을 기회가 없는 말로, 자신이 중대한 죄를 인식했을 때만 사용하기에, 대인관계에서 그 말을 쓰면 그 즉시 자신의 패배를 인정하는 것이 된다. 일본어 "스미마셍^{すみません}"처럼 싼값에 팔리는 말이 아니다. "뚜이부뚜이^{对不对}"(뭐 그렇잖아)라는 점원의 사나운 태도에 짓눌려서 침묵하고 있었는데, 늦게 온 손님이 먼저 식사를 하고 있는데다 일본인 고아인 미우라^{三浦} 씨와 만나기로 한 약속시간이 다가오고 있어서, 더 기다릴 수 없다고 생각해서 자리에서 일어나는 순간 요리가 나왔다. 시간은 없고 식사를 할 분위기도 아니라서 손도 대지 않고 나왔다.

미우라 씨의 집을 찾아서 약속한 시간을 어긴 이유를 말하고 사과했다. 그러자 미우라 씨는 우리가 필사적으로 말리는 것을 뿌리치고서 그 가게로 항의를 하러 갔다. 6위안의 돈을 날리는 법이 어디에 있냐는 것이다. 그것만이라면 내 한어가 유창한 것은 아니라서, 식당과 조금 감정상의 오해가 있다는 정도로 해서 상황이 정리됐을 것이다. 그런데 가게에 간 미우라 씨가 전해오는 식당 여자 주인의 말을 듣고서 피가 거꾸로 치솟았다. 가게 주인이 "일본인이라면 처음부터 그렇게 말했으면 좋았을 것이다. 틀림없이 조선에서 온 손님이라고 생각했답니다" 하고 말했다는 것이다. 일본인이면 특별 대우를 해주고 조선인이면 약 1시간이나 기다리게 하고서 늦게 온 손님에게 먼저 요리를 내주는 것인가. "그 가게는 민족 차별을 합니다" 하고 대자보를 가게 앞에 세우고 싶을 정도로 화가 치밀었다. 여권에 국화 문양이 각인된 일본인이라는 사실이 싫어졌다.

연변에서 1년 동안 생활하며 차별 발언을 들은 것은 지금까지 딱 한 번뿐이다. 10억 명이나 인구가 있으면 그런 말을 하는 사람도 한 명 정도는 있는 법이다. 10억 분의 1을 가지고 일반화 하는 것은 안 될 일이다. 세계 어느 곳보다도 민족 문제가 잘 해결되는 중국에서도 예외적으로 이런 현상이 벌어지는 법이다. 예전에 중국에는 파리 한 마리 없다고 하는 중국 방문기를 속지 않으마 하고 읽었다. 파리가 한 마리 있었다고 했다면 중국의 청결한 이미지가 얼마나 올라갔을까.

재일조선인 중에는 조선족 가운데 "한족이 지배하는 중국에서 민족차별에 신음하는 조선인 상"을 발견하려고 하는 의식이 있는 것 같다. 그것은 일본사회로부터 유추한 선입관에 가깝다. 연변의 안이나 밖이나 조선족은 중국 사회에서 태평스럽게 몹시 뽐내며 살아가고 있다. 헌법에도 민족 구획 자치법에도, 연변 조선족 자치주 자치조례에도, 소수 민족의 권리가 법적으로 보장돼 있기 때문만이 아니라, 항일전쟁을 한족과 함께 싸우고, 항미원조의 최선봉에 선 역사적 경위가 여기에는 있다. 본래 중국은 다민족 국가이며, 소수 민족집단 거주지역이 전국토의 60%를 차지하며, 게다가 그것이 국경 주변으로 퍼져 있어서 그것만으로도 소수민족을 소중히 대할 수밖에 없다. 그렇게 하지 않으면 안 된다는 당위성이나 높은 윤리성에만 중국에 민족 차별이 없는 것이 아니라, 소중히 대할 수밖에 없는 사회적 필연성이 있기 때문이다. 일부 재일조선인 인사가 외국에 거주하는 조선민족으로서의 연대감을 품는 것은 당연한 일이지만, 일본의 차별구조를 그대로 중국 사회에서 구하는 것은 무리가 있다. 한족도 조선족도 기본적으로는 모순 없이 서로 긍지를 지니고 살아간다면 약간의 문제가 있더라도 협조하며 살아갈 수 있는 것이다.

연변에서 맛나게 먹은 음식은 두부와 야채와 냉면이다. 두부는 하루에 한 번은 먹었다. 아침에 해가 뜰 때나 저녁 해가 서쪽으로 기울어갈 무렵, 리어카를 끌고서 세 네 명의 두부장사가 차례차례 나타나서 "도보"라고 외친다. 이것은 tubo로 사전에 나와 있는 doufu가 아니다. 메가폰도 마이크도 없는데 그 목소리는 정말로 잘 들린다. 그 소리가 나면 우리는 그릇을 들고서 달려간다. 그러면 근처에 사는 조선족 아주머니가,

"한족 두부장사가 파는 건 맛이 없어. 아줌마가 올 때까지 기다려"
하면서 그릇을 뺏기라도 할 것처럼 말했다. 양쪽을 다 먹어보니 확
실히 맛의 차이가 있지만 그렇다고 해서 집에 다시 들어갔다가 나올
정도의 수고를 끼칠 정도로 맛이 차이가 나는 것도 아니었지만, 그런
말까지 듣고 보니 조선족 두부장사를 기다릴 수밖에 없었다.

민족감정이라는 것은 결혼식이나 장례식과 같은 민속 행사나 의
식과 관련된 기호에 현저하게 나타나 있는 것 같다. 한족 부인은 단
발머리를 한 사람이 많고, 조선족 부인은 모두 파마머리다.

"뭐야 그게 한족처럼. 파마를 해야지" 하고 아내에게 계속 권하는
사람은 친한 조선족 부인이다. 시내에는 작은 미용실이 정말로 많다.
거의 모두 조선족 손님을 위한 곳이다.

루쉰이 입었던 것과 같은 옷자락과 소매가 긴 장삼長衫(연변에서는
다브상제라고 부른다)을 만들었더니, 어떤 조선족 부인이 "1930년대
지식인이 여기 있네" 하면서 호들갑을 떨었는데 실은 기분 좋게 생
각하는 것 같지 않았다. 그 대신에 아내와 딸이 치마저고리를 주문하
자 신명이 나서 몇 번이고 옷가게를 오가면서 도와줬다.

한복이 다 만들어져서 가지러 가서 옷가게에서 한복을 입자 조선
사람이니 조선 민요를 불러라, 부르지 않으면 한복을 줄 수 없다고
'강요'한다. 어쩔 수 없어서 「도라지」를 부르니, 가게 안의 20, 30명
의 종업원이 재봉틀에서 손을 떼고서 '가수'들을 에워쌌는데 그 사이
에 손박자를 넣은 대합창으로 바뀌었다. 모두 근무 시간 중의 일이다.

와리바시(나무젓가락)

와리바시割箸는 연변에서도 일본어 그대로 '와리바시'라고 한다. 한어로는 '웨성콰에즈衛生筷子'. 꽤나 잘 지어진 조어다.

처음에는 식당에 젓가락이 없어서 당황했다. 젓가락이 필요하면 요리를 시킬 때 "젓가락 몇 개"이런 식으로 부탁을 해야만 한다. 젓가락은 1전에서 3전 사이로 꽤 저렴한 가격이지만, 애용하는 젓가락을 들고서 식당에 가는 사람들도 있다. 대학에 있는 식당의 경우는 각자가 자신의 식기를 숙사나 식당 한구석에 놓고서 식사 때마다 그것을 가져가서 식사를 마치면서 스스로 닦고 정리해야 한다. 연변농학원延邊農學院의 원장(일본식으로 말하자면 대학의 총장)이 학생들과 함께 식사를 하고 식후에 자기 식기를 닦는 광경은 감동적이었다. 시내 식당에서는 집으로 요리를 가지고 돌아갈 때를 제외하고 자기 식기를 가지고 가는 경우는 드물다.

6월 초에 연변대학과 약간의 말썽이 있어서 한동안 연길시를 떠나 있으려고 생각했다. 원인은 '합동서合同書'라 불리는 계약서를 둘러싸고 대학이 우리가 이해할 수 없는 말을 했기 때문이다. 우리는 일상적으로 보여주던 싱글벙글하는 얼굴을 싹 지우고 납득할 수 없는 서류에는 사인하지 않았다. 도량이 큰 정 교장은 결국 우리의 주장을 들어줘서 타협이 성립돼, 신뢰관계가 회복됐지만 이삼일 연길을 떠나서 머리를 식히고 싶었다.

연길시에 있는 공안公安에서 화룡현和龍縣으로 갈 때 필요한 '이국인 여행증'을 받아서 연길농학원 차로 팔가자八家子로 갔다. 화룡현은 연변의 다섯 개 현 중에서 조선족 비율이 가장 높은 현이다. 바자지는 연길에서 자동차로 1시간 정도 남동쪽을 향해 가면 있는 작은 마을로, 그곳에 임업국林業局이 있다. 임업국은 하나의 커뮤니티를 형성하고 있다. 그곳에는 목재를 저장하는 시설이 있고, 각종 가공 공장이 운영되고 있어서 그 종업원 가족이 집단을 이뤄서 살고 있다. 소학교에서부터 고급중학교(고등학교)까지 있다.

그 고급중학교에서 일본어를 가르치는 교원인 지장일池長日 군이 연변대학 일본어과에 연수를 하러 와 있어서, 지 군의 상사인 박대옥朴大玉 선생이 연길에 온 적이 있다. 연변대에 왔을 때 내 일본어 강의를 하루 참관한 후, 오후에도 숙소에서 밤까지 일본어 교육에 대해서 이야기를 나눴다. 그 때 박 선생이 내게 팔가자에 오라고 계속 권한 것을 떠올리고 지 군의 안내를 받아 연길을 떠났던 것이다.

승용차가 흙먼지를 자욱하게 날리면서 팔가자 시내로 들어가자 사람들이 무슨 일인가 하고 내내 서서 바라보고 있다. 지군의 소개로 임업국의 초대소(숙박시설의 일실) 한 곳에 들어가 있으니 잠시 쉴 틈도 없이 임업국의 간부가 차례차례 오더니 내 신분과 팔가자에 온 목적을 집요하게 물어본다. 그 사이에 제복을 입은 공안까지 와서 여권이나 외국인 여행증을 제시하라고 하고, 또 같은 질문을 한다. 그 사이에 나도 이게 무슨 일인지 사정을 알게 됐는데, 지금 조사를 받았다는 것을 깨달았다. 제대로 절차를 밟고 찾아온 것인데 중국 측에서 보자면 아직 부조한 점이 있는 모양이다. 나는 머리를 식히러 왔다고는 할 수 없어서 중학교의 일본어 수업을 참관하러 왔노라고 두 번째 목적을 전면에 내세웠다.

결국 나중에 안 사실이지만, 지 군이 숙소는 확보해 줬지만 임업국의 공안에게 어떠한 내력을 지닌 외국인이 오는지에 대해서 사전에 연락을 하지 않은 것과 나를 받아준 곳은 연변대학인데 연변농학원 차를 사용한 것이 의심을 샀던 모양이다. 외국인에게 미개방된 지역이라서 신경질적으로 반응하는 것도 무리는 아니다.

농학원 차를 사용한 것은 농학원에서 아내가 근무를 하고 있었기 때문으로, 필요하면 언제든 무료로 차를 쓸 수 있게 해줘서 그랬던 것뿐이다. 연변농학원에는 일본어 훈련반이 있어서 전국의 농업대학이나 농업시험장, 각종 농업관계 연구소의 젊은 연구자가 일본유학을 위해 일본어 특강을 받고 있다. 원어민이 꼭 필요하다면서 내게 전가專家가 돼달라고 했지만, 연변대와의 관계 때문에 할 수 없어서 내 대신에 아내가 주에 2회 4시간씩 가르치러 갔다.

임업국의 간부들이 차례차례 나타났던 것은 나를 못 움직이게 해놓고서 시간을 벌어서, 농학원에 전화를 해보거나 임업국 중학교의 박대옥 선생님 집으로 달려가서 오무라라는 사람의 신원을 확인하기 위해서였던 것 같다. 초대소 방에서 공안의 질문을 받고 있는 사이에 한어가 통하지 않는 아내는 무사태평하게 있으면서, 사진을 찍으면 안 된다고 했는데도 공안과 내가 마주보고 앉아있는 장면을 찰칵찰칵 기념 촬영을 해서 나를 조마조마하게 만들었다. 정오가 조금 지났을 무렵 팔가자에 도착했는데 날이 저물 무렵까지 실외로 나갈 수 없었다. 하지만 마침내 의심이 풀렸는지 그 후부터는 대환영 무드로 바뀌었다.

다음날 아침, 동이 터올 무렵 산책을 하러 나갔다. 마을은 30분 정도면 한 바퀴 돌 수 있을 정도의 넓이로 인가를 떠나면 논밭뿐이다. 역시 목재의 마을이라서 모든 집이 주위를 깔끔한 판자로 둘러놓았고, 보통 연변에서는 온돌을 데울 때 석탄을 쓰는데 여기서는 장작을 쓰는 모양으로 집앞에 산처럼 장작을 쌓아놓았다.

오전 중에 임업국의 고급중학교를 찾아가서 교장과 환담을 나눈 후에 일본어 수업을 참관했다. 꽤 높은 수준이라서 깜짝 놀랐다. 선생님도 학생도 일본어만으로 수업을 진행하고 있었는데, 일본 고등학교의 외국어 교육에서는 생각하기 힘든 일이다.

오후에는 임업국에서 운영하는 젓가락 공장을 견학했다. 팔가자에 누가 와도 보여줄 것이 많지 않은데 하고 미안해하며 일정을 짜주었다. 작업 공정은 단순한 것으로 자작나무 통나무를 젓가락 길이로 잘라서 그것을 삶아서 나무껍질을 벗겨내고, 목재를 회전시키면서 기계로 길고 가드다란 띠 모양을 만든다. 그것을 채치듯이 잘라서 건조시키면 젓가락이 된다. 품이 들어가는 것은 제품을 선별해 내는 작업으로 공장의 노동력 대부분이 그 작업에 들어간다. 1등품, 2등품은 모두 일본으로 수출되고 3등품이 국내 소비 분량으로 보내진다. 탄광의 사석 집적장集積場과 같은 젓가락 산을 보고 있으면, 백두산의 산림이 모두 일본의 젓가락으로 변해버릴 것만 같은 공포가 엄습해 왔다.

젓가락 공장 안내를 해주러 나온 것은 정년으로 퇴직을 하고 장춘에 살고 있으면서, 1년의 반은 팔가자로 일을 보러 온다는 예전에 국장을 했던 윤 씨였다.

윤 씨라는 성을 듣고서 혹시 본관이 파평이 아닌가 하고 묻자 날아오를 것처럼 기뻐하며, 요즘 중국 조선족 젊은이는 자기 본관도 모르는데 당신은 어떻게 파평을 알고 있냐면서 감탄했다. 시인 윤동주가 파평 윤 씨이고 우리 선배인 윤 씨도 파평이라서, 국장인 윤 씨도 파평이 아닌가 하고 맞춰본 것인데 너무 감탄을 해서 당황했다.

윤 국장은 공장 견학이 끝난 후에도 일본에서 온 교수가 팔가자의 교육과 산업에 관심을 표한 것에 감사한다고 말하고, 연길에서 북경으로 갈 때 장춘에서 1박을 해야 하니, 꼭 자기 집에서 머물고 가며 주소와 연락처를 써줬다. 이번 팔가자 방문은 사실 연길을 떠나는 것이 첫 번째 목적이었다고는 차마 말하지 못해서 부끄러웠다. 가져간 일본어 교재나 참고서를 몇 권 기증했지만 팔가자 사람들의 후의에 보답하기에는 너무 부족한 선물이다.

그 전 날 지 군의 집에서 먹은 저녁 식사, 그 후 마을의 문화사업에 종사하는 시인과의 2차, 그리고 오늘 수업 참관 후에 박 선생의 집 요리를 얻어먹었는데 모두 자비로 대접을 해준 것이다. 공장참관 후에 먹은 저녁은 임업국 국장이 주최한 성대한 연회로 거행돼, 밤이 깊어 임업국의 지프차로 우리를 연변대학에 바래다주었다.

이삼일 동안 누구에게도 구속되지 않고서 느긋하게 보내려던 계획은 이렇게 실패했다. 하지만 갑작스러운 외국인의 방문으로 꽤 당

황했을 텐데, 따듯하게 맞아준 사람들의 얼굴을 떠올리고 1박 2일의
짧은 여행이었지만, 내 마음속에는 또 한 줄의 실이 늘어나 연변과
굳게 이어지게 됐다.

조선문학 연구자
오무라 마스오의 삶과 문학

인터뷰 날짜 및 장소: 2017년 6월 25일, 인사동
인터뷰어: 곽형덕

중국문학에서 한국문학으로의 전환

곽형덕 이번 방한에 맞춰서 인터뷰 시간을 내주셔서 감사합니다. 제가 선생님을 처음 뵌 것은 2007년 무렵이었는데, 어느새 그로부터 10년 이라는 세월이 흘렀습니다. 저는 그때 석사 1학년으로 문학연구를 이제 막 시작한 상태로 선생님 댁에 드나들면서, 정말 많은 것을 배웠습니다. 박사논문을 쓰는 마지막 해에 선생님 댁 근처에 살면서 서재를 어지럽힌 것도 이제는 그립고 훈훈한 추억입니다. 이전부터 선생님의 연구에 대해서 인터뷰를 하고 싶다고 생각만 하고 있었는데, 이제야 이런 기회를 마련해서 죄송하게 생각합니다. 선생님의 저작집(소명출판)이 지난 해 9월부터 『윤동주와 한국 근대문학』, 『사랑하는 대륙이

여―시인 김용제 연구』가 출간된 데 이어서 올해 나머지 3권인『한국문학의 동아시아적 지평』,『한일 상호이해의 길』,『식민주의와 문학』이 나오고, 내년에『오무라 마스오 문학연구 앨범』까지 해서 전6권으로 출간되는 것으로 알고 있습니다. 저는 이 중에서『한국문학의 동아시아적 지평』의 번역을 맡아서 했습니다. 이 책 제목이 선생님의 작업을 포괄하고 있다는 생각이 듭니다. 이렇게 책이 한 권씩 나올 즈음에 선생님께서 방한을 하시고 마침 윤동주 탄생 100주년을 맞은 해에 뵐 수 있어서 무엇보다 기쁘게 생각합니다. 일본이 아니라 한국에서 선생님의 저작집이 묶여 나오는 소감을 알려주시면 감사하겠습니다.

오무라 마스오 우선 죄송한 마음이 듭니다. 제가 그렇게 대단한 일을 한 것도 아닌데…… . 개인 선집이 나와서 대단히 기쁘게 생각합니다. 일본에서 안 나오고 한국에서 나오게 된 것도 그렇습니다. 어떤 의미에서는 죄송한 마음이 들지 않을 수 없지요. 저작집을 기획한 김재용 선생님(원광대학교)과 소명출판의 박성모 사장님, 그리고 번역자인 정선태 선생님

오무라 마스오

(국민대학교) 등께 진심으로 감사드립니다. 일본에서 제 저작집이 이렇게 묶여 나온다는 것은 현재로서는 생각할 수 없기에 더 의미 깊은 일이라 생각하고 있습니다.

곽형덕 선생님은 전후 일본에서 한국문학 연구를 개시한 1세대에 속합니다. 그로부터 거의 반세기 이상이 지났습니다. 선생님의 작업은 실로 '조선문학'(남과 북 모두를 포함한 문학의 전개 양상)을 시야에 넣고 연구한 학자라고 생각합니다. 얼마 전에 제게 선생님의 인터뷰가 전면 기사로 실린 『길림신문』(5회에 걸쳐 2017년 4월에 이홍매 일본특파원의 인터뷰)을 천천히 읽어보았습니다. 궁금해 하는 독자들도 있을 것 같아 그 상세를 말씀 드립니다. '오오무라 마스오의 이국 력사와 문학에 대한 애착'이라는 제하에서 제1회 인터뷰가 「중국문학 연구와 조선문학 연구」(4.11), 2회가 「조선민족의 시인 윤동주에 대한 지구적인 연구─지구상 최초로 윤동주 사적 발굴 조서한 오오무라 교수」(4.13), 3회가 「현대 조선족문단의 리정표인 김학철 선생의 마음의 벗」(4.15), 4회가 「연변조선족자치주와 중국 조선족문학에 대한 애정」(4.18), 5회가 인터뷰를 진행한 리홍매 씨의 후기로 「미래에 보내는 '아름다운 추억'─오무라 마스오 교수와의 인터뷰를 마치면서」(4.20)입니다. 이 인터뷰는 선생님의 연구 세계를 조선족문학을 중심으로 해서 살펴보고 있어서 대단히 흥미로웠습니다. 연변 쪽에서 취재를 한 것이니 그런 맥락이 중심에 놓이는 것은 당연하겠지요. 이 인터뷰를 보더라도 선생님을 그저 한국문학 연구자라 규정하는 것은 일면만을 강조하는 것에 지나지 않는다고 생각합니다. 우선, 선생님이 '조선문학 연구'를 시작하신 계기부터 말씀을 듣고 싶습니다.

오무라 마스오 그건 『길림신문』 제1회 인터뷰에도 상세히 나와 있기에 더 상세한 설명이 필요한 부분이나 『길림신문』 측에 말씀드리지 못했던 부분만 간략하게 말씀 드리겠습니다. 저는 동경도립대학대학원東京都立大学大学院에서 중국문학을 전공했는데 그러는 사이에 조선에 관련된 관심이 싹텄고 그것이 점점 커져갔습니다. 결국에는 주객이 전도된 상황에까지 이르러서 저는 중국문학 연구자 아니라 조선문학 연구자의 길을 걸어왔습니다. 조선문학에 관심을 가지게 되면서 중국문학에 대한 관심은 자연스레 옅어져 갔고요. 대학원에서는 중국문학 중에서 청조 말기의 사회소설이 테마였습니다. 여러 작가가 있었는데 저는 그 중에서 동시기 작가의 한 사람인 류어劉鶚, 1857~1909의 『노잔유기老殘遊記』(1912)를 선택했습니다. 늙고 힘없는 의사 노잔이 중국 여기저기를 떠돌며 보고 들은 사건을 기록한 작품입니다. 청조 말기의 사회상을 세밀하게 폭로하고 있지요. 많은 사람이 굶고 있을 때 정부의 저장 창고를 무단으로 열어서 죄를 추궁 받고 주인공이 전국을 유랑하게 되면서 펼쳐지는 내용입니다. 류어와는 나이가 차이 나지만, 동시대 지식인으로 양계초梁啓超, 1873~1929가 있습니다.

이런 이야기는 전부 상해의 조계에서 쓰인 이야기입니다. 조계에서 중국인이 쓴 소설은 상당히 흥미로운 요소가 많습니다. 양계초는 일본에 와서 중국어로 소설을 썼습니다. 물론 정치론이 중심입니다만 소설도 썼고 소설론도 썼습니다. 그러면서 도카이 산시東海散士, 1853~1922의 『가인의 기우佳人之奇遇』(1885)를 번역했습니다. 세계를 대상으로 연애와 정치 정세를 분석하는 내용입니다. 이 소설의 시작은 좋았습니다만, 도카이 산시가 16년 동안 쓴 소설이라서 내용이 점차 민권주의으로부터 국권주의로 옮겨 갑니다. 양계초가 그것을 번역하다가 집어 던집니다. 도카이 산시는 명성왕후 시해 사건을 추진한 인물이기도 합니다. 시해에 가담한 미우라 고로三浦梧楼와는 지우였습니다. 양계초는 번역을 그만두고 주를 달았습니다. 왜 번역을 그만 뒀냐 하니 조선은 원래 청국의 것인데, 도카이 산시가 조선을 일본의 것이라고 하니 그것은 말도 안 되는 것이라는 겁니다. 그런 상황 하에서 이 소설에서 제외돼 있는 조선 사람들은 당시에 무슨 생각을 했을까 하는 생각에서 조선문학에 관심을 품기 시작했습니다.

대학원에 들어간 첫해는 1960년이었습니다. 일본에서 미일 안보조약에 반대하는 학생과 시민들의 격렬한 안보투쟁이 절정에 이른 해입니다. 제 석사논문의 지도교원은 그 유명한 루쉰 연구자, 다케우치 요시미였습니다. 일반에 알려진 것과는 달리 다케우치 요시미는 조선에 큰 관심을 가지고 있었습니다. 다케우치가 쓴 「조선어를 추천한다朝鮮語のすすめ」(1970) 등이 있습니다.

곽형덕 저도 다케우치 요시미에는 관심이 많아서 전집 등을 읽고 있습니다. 다케우치는 일본에서 1970년대 초반에 출판된 『김사량 전집』(전4권)을 추천하는 글도 썼습니다.

오무라 마스오 아, 그건 몰랐습니다. 물론 다케우치 요시미 선생님이 제게 조선을 연구하라고 말씀하신 적은 없지만, 무언無言 중에 그분의 생각이 제 안에 파문을 일으켰다고 생각합니다. 그런데 다케우치 선생님의 수업은 별로 재미가 없었습니다. 수업에서는 청조 시기의 소설을 읽었을 뿐 그다지 재미있는 강의가 아니었죠. 루쉰에 대한 다케우치 선생님의 읽기는 대단히 흥미로웠지만, 그 당시에는 거기까지 제 관심이 미치지 못했습니다. 루쉰은 근래 한국에서도 번역돼 있는 엄복嚴復의 『천연론天演論』(1898)을 열심히 읽었습니다. 루쉰이 처음 쓴 글은 사회진화론적인 시각이 담긴 「인지역사人之歷史」(산문집 『분墳』에 수록)라는 글입니다. 헤케르Ernst Heinrich Philipp August Haeckel의 사회진화론을 그대로 번역한 글을 자신이 쓴 글처럼 산문집 『분』의 맨 앞에 실었습니다. 일본어로 번역된 헤케르의 『우주의 수수께끼宇宙の謎』(1906)에 실린 제1장이 사회진화론입니다. 루쉰은 제1장만 번역한 그것에 반발했습니다. 제2장 이후는 쳐다보지도 않았다고 하고 있습니다. 루쉰이 일본에서 유학하던 시기의 이야기입니다. 지금 생각해 보면 다케우치 선생님은 분명히 루쉰 문학의 대가였지만, 저는 선생님으로부터 (무언 속에서) 조선문학으로의 길을 찾아냈던 셈입니다.

곽형덕 선생님처럼 중국문학 연구를 하시다가 조선문학을 평생의 업으로 삼으시는 경우는 제가 아는 한, 한 번도 본 적이 없습니다. 지금은 잘 상상이 안 되지만, 1960년대라고 하면 반대도 있었을 것 같습니다. 그래도 중국문학 하면 일본 내에서 시민권이 있었지만, 조선문학은 없었을 테니 편안한 길을 벗어나 험로로 들어선 셈이 아닌지요?

오무라 마스오 그런 셈입니다. 제가 지금까지 일본에서 냈던 조선문학 관계 연구서는 사실상 자비 출판입니다. 책을 몇백 권 정도 구매하고 낸 책들입니다. 그렇지 않으면 독서 시장에서 팔리지 않는 조선문학 관련 서적을 내줄 출판사는 없습니다. 일본에서 학술 출판은 갈수록 위축되고 있습니다. 조선문학이 아니더라도 학술 출판은 점점 힘들어지고 있습니다. 그래도 조선문학 연구보다는 중국문학 연구쪽 상황은 좀 더 나을 겁니다. 중국 고전이나 루쉰 등에 대한 독서계의 갈망은 역사적으로 볼 때 꾸준히 있어 왔으니까요. 조선문학에 대해서는 여전히 경시하는 인식이 남아 있습니다. 제가 논문에서도 썼지만, 일본 내 대학에서 한국문학학과나 조선문학학과를 설치한 대학은 거의 전무합니다. 그런 상황이다 보니 연구자 수도 아주 적습니다. 조선문학을 제대로 하려면 한국문학만이 아니라 북한문학, 연변문학, 그리고 재일조선인문학까지를 포함하는 시야를 가져야 한다는 점에서, 중국문학으로부터 조선문학으로 이동하면서 얻게 된 점도 있다고 생각합니다.

곽형덕 선생님이 사실상 일본이 패전한 후에 조선문학을 연구한 제1세대에 해당된다고 생각합니다. 선생님은 와세다대학 정치경제학부에 다니면서 중국 사상사로 유명한 학자이신 안도 히코타로安藤彦太郎, 1917~2009 선생님께 중국에 대해 배우셨고 오랜 세월 동안 친밀한 관계를 맺어 오셨다고 들었습니다. 선생님은 문화대혁명 당시에 중국에 다녀오신 것으로 알고 있는데 안도 선생님과 어떤 관련이 있는지요?

오무라 마스오 이 자리에서 간략하게 말씀드릴 수 없습니다. 다음에 자세히 말씀드릴 기회가 있겠지요.

곽형덕 문화대혁명 와중에 중국에 다녀오셨다고 알고 있습니다.

오무라 마스오 그렇습니다. 1967년으로 기억합니다. 확인은 해봐야 합니다. 모택동저작언어연구회라는 곳에 소속돼 연구 목적으로 중

오무라 마스오. 오른쪽은 역자 곽형덕.

국에 들어갔습니다. 고사카 준이치香坂順一(오사카시립대학 교수) 씨를 비롯해서 총 7명이서 들어갔습니다. 모택동 저작물을 연구할 목적으로 들어갔습니다만, 문화대혁명 와중이라서 호텔에서 함부로 밖에 나가지도 못했던 때였습니다.

곽형덕 어떤 의미에서 선생님의 연구는 중국문학에서 조선문학으로 완전히 전환된 것이 아니라, 중국문학 연구의 바탕 속에서 조선문학 연구를 전개해 오신 것 같습니다.

일본에서 한국문학을 연구하는 의미

곽형덕 선생님이 어떻게 조선문학에 입문하시게 됐는지에 대한 흥미로운 말씀 감사드립니다. 제가 평소부터 궁금했던 것을 여쭤보고 싶습니다. 물론 일본 내 학계에서는 조선문학에 대한 관심과 문제의식이 과거와 비교해 보면 많이 변했지만, 조선문학은 'NHK 한글 강좌'(남과 북 양쪽과 갈등을 피하기 위해 조선어, 한국어도 아닌 한글이라고 붙이고 있다) 등과는 달리 대학이나 일반 독서계에서 '시민권'이 여전히 없는 상태라고 생각합니다. 선생님은 1950년대 말에 조선어 공부를 시작하셨고, 60년대 초에 조선문학에 본격적으로 관심을 가지기 시작하셨습니다. 선생님의 연구 여정을 되돌아보시고, 조선문학 연구가 처해 있는 상황에 대해서 말씀해 주셨으면 합니다. 우선 그와 관련된 첫 번째 질문으로 해방 직후 일본에서의 조선문학 연구 상황을 알려주셨으면 합니다.

오무라 마스오 해방 직후 민단을 보면 문학자는 아무도 없었노라고 말씀드릴 수 있습니다. 문학이라 하면 남이 아니라 북과 직간접적으로 관련된 것뿐이었고요. 해방 직후에 일본에서 '재일조선인'이 중심이 돼『민주조선』이라는 잡지를 만듭니다. 당시에는 좌우 가릴 것 없이 모여들었습니다. 김달수와 한덕수가 주축이 돼『민주조선』을 간행해 나갔고요. 그들이 축으로 삼은 작가는 임화였습니다. 이들은 해방 직후부터 프롤레타리아 문학의 과거에 대해서 약간의 반성을 하면서 민주문학을 전개해 나가고자 했습니다. 그것이 1950년대 무렵까지 이어졌습니다. 저는 그런 분위기 속에서 조선어를 배우기 시작했습니다. 저는 조선총련의 산하 조직인 조선청련동맹 도쿄본부에서 조선어 공부를 시작했습니다. 58년부터입니다(57년에 유학동留學同을 찾아갔지만 거절당함). 일본인이 조선어 학습을 하겠다고 하니 의심스러운 눈초리로 바라봤습니다. 그래서 그곳에서 내건 조건은 전학련全日本学生自治会総連合 위원장의 도장을 받아오라는 것이었습니다. 학생운동을 하는 일본인이라면 받아들이겠다는 것이었겠죠. 그렇게 해서 들어간 조선어 강습반은 일종의 야학으로 조선어를 잘 모르는 재일조선인 노동자들을 위한 학급이었습니다. 그때 저희를 가르친 분이 박정문이라는 선생님입니다. 그분은 아주 훌륭한 분이셨고, 심지어 야학에서 대학 정규 강의에서나 할 법한 수준의 내용들을 강의 했습니다. 그래서 듣는 학생이 점점 줄어들었습니다. 처음에 40~ 50명의 학생이 있었는데, 결국 남은 것은 저와 조선인 학생 두 명뿐 이었지요.

조선어를 공부하는 사이에 일본 사회를 발칵 뒤집어놓은 고마쓰 가와小松川事件(1958.8.17) 사건이 터졌습니다. 재일조선인 청년인 이 진우(당시, 세는 나이로 19살)가 여고생을 살해한 혐의로 체포돼 1962 년에 사형이 집행됐습니다. 대학원에서의 수업은 중국문학이 중심 이었습니다만, 하타다 다카시旗田巍 선생님 수업에서는 『고려사』를 강독해서 저도 들었습니다. 그 하타다 다카시 선생님이 중심이 돼 이 진우 구명운동을 전개했습니다. 구명운동에는 일본의 유명 작가인 오오카 쇼헤이大岡昇平, 오에 겐자부로大江健三郎 등도 관여했고, 재일 조선인 작가인 김달수도 참여했습니다. 이진우가 조선인으로서 차 별받고 자라온 사회적 사정을 고려해 형량을 줄여야 한다는 운동이 었습니다.

곽형덕 선생님이 이진우와 직접 만났다고 말씀하시니 놀랍습니다. 선생님을 뵌 지가 오래 됐는데 처음 듣는 말씀입니다. 제게 이진우는 오시마 나기사大島渚 감독의 『교사형絞死刑』이나, 오에 겐자부로 소설 『외침 소리따び声』(1963)의 모델로 더 익숙한 역사적인 존재인데, 선 생님께서는 직접 찾아가서 만나셨던 거군요. 그런데 제가 읽은 책을 보면 이진우가 무죄라고 주장하는 분들도 있었습니다.

오무라 마스오 그가 무죄라는 것을 증명하는 일은 불가능하다고 생각합니다. 아무튼 제가 고마쓰가와 사건에 관여해서 이진우를 구명운동에 참여하자 주변에서 저를 바라보는 시선이 달라졌습니다. 조선어를 함께 배운 조선인들도 저를 새로운 시각으로 바라보기 시작했고요. 그러면서 지금의 아내(오무라 아키코)하고도 결혼을 하게 됐습니다. 그 무렵까지도 아내와는 그렇게 친한 사이가 아니라 각각 이진우를 면회하는 정도였습니다. 이진우는 오히려 저를 위로해 주더군요. 그 당시 이진우와 주고받았던 편지가 있었습니다. 언제인가 이진우와 관련된 서간을 책으로 출판한다고 해서 보냈는데, 제 편지는 수록되지 않았습니다. 그 후 원본은 어디에 갔는지 알 수 없게 됐는데, 복사본이 조선장학회에 있다는 소식을 들었습니다. 아마 지금도 보관하고 있지 않을까 생각됩니다.

　고마쓰가와 사건을 보면서 저는 재일조선인만이 아니라 조선인과 관련된 문제에 흥미를 가지기 시작했습니다. 조선어를 배우면서 조선문학이 읽고 싶어졌는데 마침 일제 말 조선어로 간행된 잡지인 『문장』을 재일조선인 작가인 이은직 선생(1917~2015)이 소장하고 있다는 소식을 듣고 찾아갔습니다. 하지만, 일본인이 『문장』지를 어떻게 이용할지 잘 모르겠다면서 열람을 허락하지 않더군요. 그러다 김달수 씨가 『문장』지를 보여줬습니다. 자신의 서재를 마음대로 드나들며 보라고 해서 며칠인가 거기서 사진을 찍었습니다. 사진을 다시 확대해서 읽었습니다. 그때 『건설기의 조선문학』이나 임화의 시집 『너 어느 곳에 있느냐』 등을 탐독했던 기억이 납니다. 작품다운 것을 제대로 읽은 것은 최서해의 『탈출기』입니다. 제가 읽었던 책은 북한에서 나왔던 것이라서 편집상의 가필이 있었던 것인지도 모릅니다. 그 책을 읽고 무척 감동했습니다. 제 아내와, 이소령이라고 당시 도쿄대학 학생(아버지가 4·3항쟁 이후 일본으로 밀항해 왔다고 한다)과 함께 셋이서 조선문학 읽기모임을 가졌습니다. 한 번 모이면 몇 페이지 정도를 읽고 대화를 나누는 소박한 모임이었었죠. 저희 셋이서 읽기 모임을 마치고 나서 국회 앞에서 열린 안보투쟁 데모에 나가곤 했습니다.

곽형덕 약간 이야기가 샛길로 새서 죄송합니다만, 당시 일본 사회의 분위기 속에서 일본인과 재일조선인이 결혼한다는 것은 쉬운 일이 아니었을 것 같습니다. 양쪽 집안의 반대에 부딪치셨을 것 같은데요.

오무라 마스오 여러 반대가 있었습니다. 그걸 구체적으로 말씀드리는 것은 이 인터뷰 취지와도 맞지 않는 것 같습니다. (웃음) 다만 결혼하기 전에 아내가 "일본이 조선을 침략한 것에 대해서 어떻게 생각해요?"라고 물어서, 그건 내가 한 것이 아니라서 잘 모르니 제대로 공부하고 조사를 해서 알아보겠노라는 취지로 말했었습니다. 나중에 안 일이지만 그렇게 대답한 정직함이 마음에 들었다고 아내가 말해주더군요.

곽형덕 선생님은 대학에서 중국어 강사를 하셨다고 알고 있습니다. 중국어 강사로 대학교원 생활을 시작하신 것인지요?

오무라 마스오 흔히 그렇게 다들 알고 있지만, 실제는 맥락이 조금 다릅니다. 처음에는 고등학교 선생을 하다가, 1963년에 와세다대학에서 일본어 강사로 첫 대학 강사 생활을 시작했습니다. 처음 가르친 것은 중국어가 아니라 일본어였습니다. 와세다대학 어학교육연구부에서 유학을 와 있는 중국인과 한국인 학생을 가르쳤습니다. 하지만 제겐 아무런 권한도 없었지요. 일주일에 수업을 20시간 가까이 했습니다. 그게 와세다에서 유학생을 상대로 한 일본어 교육의 시작이었습니다. 강사진 중에는 일제 말에 동남아시아의 점령지에서 현지인에게 일본어를 가르쳤고, 패전 후에는 진주군인 미군에게 일본어를 가르친 사람도 있었습니다. 일본어 수업은 한자권과 그 외로 두 개의 교실로 나눠졌습니다. 저는 한자권 학생들에게 일본어를 가르쳤습니다. 교직원과 학생이 대상이었지만, 단위를 딸 수 없어서 학생이 점차 줄어들었습니다. 윤학준 선생님도 강사진 중 한 명이었습니다. 조선총련 소속 강사들은 총련 일이 우선이라서 자주 휴강을 했습니다. 그러니까, 그후 1964년부터 저는 법학부 소속으로 중국어를 가르쳤던 것이지요.

1965년 한일조약 이후의 일본 내 한국문학

곽형덕 일본에서의 조선문학 연구 상황을 보면, 1965년 한일조약을 전후로 해서 큰 변화가 있는 것 같습니다. 이를테면, 해방 후에는 재일조선인이나 일본 공산당을 중심으로 해서 북한문학이 주류를 이뤘다고 한다면, 65년 이후에는 한국문학이 우위를 차지하는 것 같습니다. 선생님의 조선문학 연구는 이러한 시대적 배경과 어떻게 맞물리고 있는지요?

오무라 마스오 1965년까지 일본에서 조선문학 연구라 하면 북한문학뿐이었죠. 그때까지 한국문학은 시야에 전혀 없었습니다. 하지만, 제가 조선문학회를 조직해서 1970년에 『조선문학 소개와 연구』를 처음으로 발행했을 무렵에는 상황이 완전히 바뀌었습니다. 저희가 낸 잡지를 보더라도 한국문학이 중심이었고 북한문학 쪽은 오히려 줄어든 것을 확연하게 알 수 있습니다. 65년 이후부터 지금까지 그런 현상은 일본 내에서 큰 변화가 있는 것 같지는 않습니다. 그렇다 하더라도 조선문학 자체가 말씀드렸던 것처럼 학계나 대중에게 제대로 인식되지 않고 있는 상황은 변함이 없습니다만……. 『조선문학 소개와 연구』를 창간하는 과정에서 윤학준尹學準 선생이 큰 역할을 했습니다만, 이후 멀어져 갔습니다. 1961년에는 일본조선연구소日本朝鮮研究所(현대코리아연구소)가 창립됐습니다. 저는 창립에는 관여하지 않지만, 와세다대학에서 어학을 가르치기 시작하면서 그곳의 일원이 됐습니다. 그곳은 말하자면 운동단체입니다. 1965년 한일조약에 즈음해서 가지무라 히데키梶村秀樹나 미야타 세쓰코宮田節子씨 등이 정말 열심히 활발하게 활동을 했습니다. 그 과정에서 하타다 다카시 선생이 약간 뒤로 밀려 났습니다. 하타다 씨가 "조선학은 차

별부락이다"라는 말을 해서 큰 파문이 일어났습니다. 그 말인즉 조선학은 학문으로서 정착되기는커녕 일본 내에서 차별을 받는다. 전체 학문의 1%도 차지하지 못하고 있다는 취지의 내용이었습니다. 이에 대해서 『조선평론朝鮮評論』에서 논쟁이 오고가기도 했고요. 일본조선연구소 측에서 제게 운동 차원에서 북한의 자료를 번역해 제공하라는 요청이 왔던 적이 있었지만, 제가 거절했습니다. 연구소 내에 문학부가 있었으나 실제로 활동을 하는 사람은 거의 없었습니다. 조선문학이라 해도 재일조선인문학을 읽는 모임이 됩니다. 언어의 장벽이란 게 그렇게 높습니다.

곽형덕 저는 반둥회의 이후에 아시아와 아프리카에서 맹렬히 전개된 아시아아프리카작가회의에 관심이 많습니다. 최근에 아시아아프리카 도쿄대회와 관련된 논문을 쓰기도 했습니다. 도쿄대회는 1961년에 열리는데, 그 대회에는 한국도 북한도 출석을 하지 못했습니다. 한국은 초대를 받지 못한 모양이지만, 북한은 초대를 받았는데 일본 당국이 입국을 불허했다고 합니다. 대신에 조선총련 소속 작가들이 대신 참가해서 참가국이 아니라 '조선'이 참가했다는 식으로 뭉뚱그리고 있습니다. 북한 대표단의 입국을 막은 것을 두고 오에 겐자부로가 통렬하게 비판하는 글을 쓰기도 하는 등 당시에 조선에 대한 관심이 조금씩 생기고 있었던 것 같습니다. 제3세계문학의 재발견과 재창출이라는 측면에서 선생님의 조선문학 연구도 저류에서는 이와 이어진 부분이 있다고 생각하는데 선생님 생각은 어떠신지요?

오무라 마스오 글쎄요. 일단 저는 개인적으로 아시아아프리카작가회의와 아무런 관련이 없습니다. 그 당시에는 공부를 해야 한다고 생각해서 전혀 관여하지 않았습니다.

곽형덕 그래도 시대적 분위기라고 할까 그런 부분에서 일정 부분 영향을 미친 것이 아닐지요. 일단 65년의 한일조약이 커다란 분기점이라는 것은 잘 알겠습니다. 그러면 그 이후의 상황은 어떻게 전개됐나요? 조선문학/한국문학에 대한 일본에서의 인식에 있어서 이후 이정표가 될 만한 일이 있다면 알려주시기 바랍니다.

오무라 마스오 1970년대 이후부터 1988년 서울올림픽 전까지 소강상태가 꽤 오래 계속됐습니다. 1984년에 『조선단편소설선朝鮮短篇小説選』(이와나미문고)을, 1988년에 『한국단편소설선韓国短篇小説選』(이와나미서점)을 저와 쵸 쇼키치長璋吉, 사에구사 도시카쓰三枝寿勝 씨가 함께 작업해 출간됐습니다. 그런데 88올림픽 즈음에 출간한 『한국단편소설선』은 전혀 팔리지 않았습니다. 『조선문학단편선』쪽이 훨씬 많이 팔렸을 겁니다. 제목에서 보듯이 두 책의 체제는 전혀 다릅니다. 전자는 해방 이전 작품을, 후자는 동시대 한국문학선이었죠. 식민지 시기 조선문학에 대한 관심보다, 이웃에서 현재 전개되고 있는 한국문학에 대한 관심이 덜했다는 것이 일부 입증된 것으로도 생각될 수 있습니다. 현대 한국문학에 대한 관심은 최근에 많이 생겼지만, 얼마 전까지만 전무하다고 할 수 있는 상태였습니다. 니시다 마사루 씨가 만든 식민지와 문화학회도 현대 한국문학이 아니라 식민지 시기의 문학을 주로 다루는 등 동시대의 문학에 대한 학계의 관심이 희박하다는 것은 참으로 안타까운 일이라 하지 않을 수 없습니다.

사회적으로도 학문적으로 조선문학은 일본사회에서 대체로 시민의 관심권 밖이었습니다. 한류를 등에 업고 활황을 보이던 조선어 수강생도 최근에 많이 줄었다고 합니다. 최근의 정치 상황이 좋지 않다보니 조선어와 중국어 수강자가 줄어들고 있는 것으로 보입니다.

윤동주 문학과의 만남 외

곽형덕 선생님의 문학연구 여정을 살펴볼 때 빼놓을 수 없는 작가나 연구자가 꽤 있다고 생각합니다. 윤동주, 김용제, 김학철, 임종국 등이 그렇습니다. 그 외에도 많은 작가를 연구하셨고 번역도 하셨지만, 역시 이 네 분이 선생님 연구 인생의 중심축이 아닌가 생각합니다. 이 네 분의 문학여정을 들여다보면 역시 한국문학이라는 용어만으로는 수합이 되지 않습니다. 윤동주만 해도 북간도, 경성, 도쿄 등을 거쳐 갔고, 김학철 또한 중국대륙과 한반도, 그리고 일본과의 관련을 떠나서는 논하기 어렵습니다. 이 네 분 중에서도 특히 윤동주와의 만남은 특기할 만한 '사건'인 것 같습니다.

오무라 마스오 사실 저는 윤동주의 시를 읽기는 했었지만, 처음부터 그렇게 강렬한 느낌을 받지 못했던 것이 솔직한 고백입니다. 1984년 1월 즈음이었을 겁니다. 일본 국회도서관의 부관장인 우지고 쓰요시(도시샤대학 출신으로 윤동주를 처음으로 일본에 소개) 씨가 윤동주 시인의 동생 윤일주 씨를 소개해 줬습니다. 윤일주 씨는 시인이자 건축학자로 성균관대학교 교수를 역임했습니다. 윤일주 씨가 마침 도쿄대학에 연구를 위해 와 있으니 한번 만나보라고 해서 직접 만났습니다. 당시 윤일주 씨는 건축을 연구하고 있었는데 건강이 많이 좋지 않은 상태였습니다. 마침 그때 조선문학과 만주와의 관련을 연구하고 싶어서 연변으로 갈 예정이었지요. 연변행의 제1목표는 만주관계 자료를 수집하는 것이었습니다. 그런 찰나에 윤일주 씨가 윤동주 시인의 묘를 찾아봐 달라고 부탁했던 것입니다. 그렇게 연변대학으로 가게 됐는데, 그 과정은 순탄치 않았습니다. 연변대학에서 처음엔 외국인을 받아들이지 않겠다고 해서, 동북사범대학 전문과와 계약을 맺고 강의까지 할 계획이었습니다.

하지만, 어떤 영문인지 그 후 연변대학에서 저를 받아들이겠다는 연락을 출발 직전인 3월에 전해왔습니다. 저는 4월에 출발해야 하는데 말이죠. 그래서 가고 싶었던 연변대학에 가게 됐습니다. 이와 관련된 자세한 내용은 곧 번역해서 나올 「연변 생활기」(이 책 『한국문학의 동아시아적 지평』에 수록됨)를 보시면 됩니다. 제가 연변대학에 방문교수 등으로 가신 줄 아는 분이 많은데, 저는 연구생 신분이었습니다. 연구생이 뭐냐 하면 대학원에 진학하기 위해 임시로 대학에 적을 두는 제도입니

다. 그런데 연변대학에 학비 등을 내라는 것이 아닙니까. 외국인 학생
은 학비를 중국인 학생보다 훨씬 많이 내야 한다는 통지가 왔습니다.
그래서 연변대학과 교섭을 해서 학비 대신에 일본어를 가르쳐서 비용
을 상쇄하기로 했습니다. 외국인 연구자를 전과로 받아들이면 당국에
서 보조금이 들어오는데 그건 전부 연변대학에서 가져갔습니다.

시간이 지나면서 윤일주 씨가 그려준 약도가 생각났습니다. 우지
고 쓰요시 씨의 소개로 만났을 때 제게 직접 그려준 겁니다. 연변대
학에 가서 그 약도를 바탕으로 해서 부탁받은 묘를 찾아야겠다는 생
각을 했습니다. 말씀드린 것처럼 윤동주 시인의 묘를 찾는 것은 어떤
의미에서는 부차적인 것이었던 것인데 결과적으로 연변 '유학'의 첫
번째 목표가 되었던 것이지요.

곽형덕 그럼 그때까지 연변의 조선족들은 윤동주 시인의 존재에 대
해서 잘 몰랐던 것인가요?

오무라 마스오 그랬습니다. 그 당시 연변에서는 윤동주가 누구인지
조차 몰랐지요. 한국에서 기증한 시집이 어떤 경로를 통해선지 도서
관에 별치돼 있었지만, 아무도 관심이 없었다는 건 맞습니다. 그런
걸 알 수 있는 시대가 아니었기도 했고요. 당시 연변에는 재미동포도
있었지만 그 분들도 윤동주가 누군지 몰랐던 분위기였습니다. 아직
외국의 문학연구자가 연변에 들어오던 시기도 아니었고요. 그래서
윤동주 묘를 찾는다는 것도 꽤나 막막하게 느껴졌었지요.

당시 중국은 외국인이 함부로 행정구역을 넘어 다닐 수 없었던 시기였습니다. 용정에 가려고 해도 당국의 허가증이 반드시 필요했습니다. 그래서 1985년 들어서 일단 윤일주 씨의 친구에게 약도를 보여 주면서 부탁을 했지만 찾을 수 없다는 연락이 왔습니다. 없다면 좋다, 내가 직접, 내 눈으로 찾아보자 그런 생각으로 달려들었던 겁니다. 1985년 봄에 우선 연변대학에 신청을 해서 공안에 접수를 하고 통행증을 받아서 같은 해 5월 14일에 묘를 찾으러 떠났습니다. 연변대학 부총장인 정판룡 선생에게 부탁을 하자 고맙게도 지프차를 준비해 줬습니다. 그 차를 타고 길이 없는 이곳저곳을 헤매 찾아다니고 다시 걷고 하다가 '시인 윤동주'라는 묘비가 세워진 무덤을 찾아냈던 것이었지요. 그때의 감격이란 지금 생각해도 말로 다 형언하기가 어렵습니다.

'시인윤동주지묘(詩人尹東柱之墓)'라고 음각이 새겨진 묘비 앞의 오무라 마스오.

곽형덕 선생님께서는 덤덤하게 말씀하시지만, 말씀하신대로 시인의 묘를 찾았을 때의 감격은 말로는 표현이 안 되셨을 것이 실감납니다.

오무라 마스오 지프차 운전사(한족)와 권철(조선족/연구자), 이해산(조선족/연구자) 씨, 용정중학교의 한생철(조선족) 씨가 동행했었습니다. 지프차로 가는데 산 전체가 묘지들이라서 어디서부터 찾아야 할지 정말 막막했습니다. 그렇게 흩어져 헤매며 찾고 있는 중에 이해산 씨가 묘를 찾았다고 소리를 질렀습니다. 묘비를 두 눈으로 확인하고는 순간 아무 말도 하지를 못했습니다. 그 시대에도 시인 윤동주라고 묘비에 써 놓은 것에 우선 놀라웠습니다. 묘비를 조성할 때 가족들이 이미 윤동주를 시인으로 인정하고 있었던 것이지요. 아버지 어머니

1985년 6월 12일 윤동주 시인의 묘를 찾은 후 그 앞에서 오무라 마스오가 시낭송회를 여는 모습

의 마음이 절절히 전해지는 비문도 넋이 나간 듯 한동안 찬찬히 호흡을 가다듬으며 읽었습니다. 이후 이런 사정을 일본에서 공식 발표하고 보고해서 윤동주 시인의 묘가 다시 세상에 모습을 드러내게 된 것입니다. 하지만 윤일주 씨를 만나서 묘를 찾았노라고 직접 말씀드리지를 못했습니다. '유학'을 마치고 귀국해서 보니 이미 돌아가신 후였습니다. 윤일주 씨의 아들인 윤익석 일가와는 이후 친밀하게 만나고 있습니다. 묘를 찾은 후에 윤익석 씨의 어머니가 육필원고를 보여줬습니다. 조선의 연구자들이 연구할 때까지 기다려달라고 하셨습니다. 이에 대해서는 『길림신문』에 자세히 나와 있습니다.

곽형덕 다른 세 분과의 만남과 교유에 대해서 묻고 싶습니다만, 임종국 선생님과의 만남 중에서 기억에 남는 순간이 있으신지요?

오무라 마스오 제가 선생님의 『친일문학론』을 번역하고 싶다고 먼저 말씀드렸습니다. 서신 교환을 하다가 천안에 있는 선생님 댁을 찾아가면서 본격적인 교유가 시작됐습니다. 임종국 선생님과는 가족 전체가 교유를 했습니다. 저희 부부와 딸아이(오무라 미치노)가 함께 임종국 선생님의 천안 자택에 찾아갔었습니다. 당시 임종국 선생님은 산에서 밤나무를 키워 밤을 따 팔아 생계를 유지하고 계셨습니다. 사진을 보여드린 적도 있습니다만, 제 딸아이가 빨간 장갑을 끼고 있자 임종국 선생님 따님이 그걸 뚫어지게 쳐다보더랍니다. 그래서 딸아이가 그걸 벗어서 가지라고 줬다고 합니다. 그랬더니 임종국 선생

1987년 3월 4일 임종국의 천안 자택을 찾아간 오무라 마스오

님의 따님이 그 장갑을 깨끗하게 빨아서 다시 돌려주었던 일이 있었습니다. 지금 생각해 보면 그 따님의 마음씀씀이가 그립고 아프기도 한 그런 과거가 되어있군요.

임종국 선생님은 당시 폐가 좋지 않으셨습니다. 제가 찾아뵐 때도 숨소리가 많이 거칠었고요. 임종국 선생님은 1989년 11월 12일, 60세로 돌아가셨으니까, 세 번째 찾아뵌 것이 성묘가 됐습니다. 미야타 세쓰코宮田節子와 박광수朴光洙 씨로부터 부탁받은 부의금을 들고서 천안의 댁으로 찾아갔지요. 친일 인명록 카드와 원고가 수북하게 쌓여 있고 그 옆에 검은 리본이 달린 선생님의 영정을 뵈니 가슴이 북받쳐 올랐습니다. 묘지는 잔디도 돋지 않고 스산한 바람만 불었더랬죠.

전망과 희망

곽형덕 선생님은 1970년대 초반부터 한국을 오가신 것으로 알고 있습니다. 저작집에 실릴 「그 땅의 사람들」(1973)이라는 글에 그 당시의 서울의 모습이 무척 자세히 나와 있더군요. 특히 세탁기와 관련된 일화가 흥미로웠습니다.

오무라 마스오 당시 서민들에게 세탁기는 그림의 떡이었습니다. 1970년대 초에 제가 일본에서 가져온 반자동 세탁기를 썼더니 처음에는 다들 흥미로워 했습니다. 하지만, 물을 대량으로 쓰자 불평이 나오기 시작했습니다. 서울에서도 우물을 사용해 손세탁을 하던 시기였으니까요. 엄청난 물 낭비였던 셈입니다.

곽형덕 「그 땅의 사람들」도 그렇지만 「연변 생활기」도 선생님의 에세이스트로서의 면모가 잘 묻어나 있는 글이 아닌가 합니다. 이제 마지막으로 일본에서의 조선문학 연구에 대한 전망을 들려주셨으면 합니다.

오무라 마스오 전망이라…… 참 어려운 질문이자 쉽지 않은 문제 같습니다. 우리는 '소수민족'이라는 것을 자각해야 합니다. 저는 생각이 다른 사람과도 함께 할 수 있다는 자신이 있습니다. 『조선문학 소개와 연구』를 만들었을 때부터 사상과 의견이 다른 분들과 작업을 해 왔습니다. 일본 내의 조선문학 연구가 '소수민족'적인 상황 하에 있음도 고민해봐야 합니다. 작은 사회인데 서로 물고 뜯고 싸우다 보면 아무 것도 되지 않습니다. 동업자/동지로 함께 한다는 생각으로 일본 내의 조선문학 연구를 만들어가야 합니다. 일본 내부에도 여러 난제들이 있고, 그걸 일일이 말하기도 어려운 문제이기도 합니다. 양해를 부탁드립니다.

곽형덕 선생님의 다음 세대 일본 내 조선문학 연구자로는 세리카와 데쓰요芹川哲世, 시라카와 유타카白川豊, 하타노 세쓰코波田野節子 선생님 등이 있습니다. 이분들은 함께 작업을 해 오신 세대에 속하니 그렇다 쳐도, 그 다음 세대 연구자들에게 해주고 싶은 말씀이 혹시 있으신지요?

오무라 마스오 그래도 희망적인 것이라고 해야 할까요. 1980년대부터 한국에 한국문학을 배우러 가는 일본인 유학생이 늘었습니다. 와세다대학의 호테이 도시히로布袋敏博, 니이가타대학의 후지이시 다카요藤石貴代, 무사시대학의 와타나베 나오키渡辺直樹, 덴리대학의 구마키 쓰토무熊木勉 씨 등이 있고, 현재 젊은 학자들도 열심히 배우고 있다고 들었습니다. 이들 중 일부는 김윤식 선생이 쓴『상흔과 극복, 한국의 문학자와 일본傷痕と克服 韓国の文学者と日本』(1975)을 제가 번역한 것을 읽고 서울대학교 국문과로 유학을 떠났습니다. 번역의 중요성이 새삼 입증된 셈입니다. 이들이 현재 새로운 방법론으로 차세대 조선문학 연구를

이어가고 있습니다. 하지만 후배 세대들에게 아쉬운 지점도 있습니다. 물론 다 그런 것은 아니겠으나 대체적으로 조선문학 연구를 하면서 북한에 대한 관심이 별로 없습니다. 북한의 문예정책 등을 비판하는 것은 좋습니다. 하지만, 그곳에 살고 있는 사람들에 대한 관심이 없는 것은 아쉽습니다. 『한국어교육논좌韓国語教育論講座』라는 책이 여러 권 나와 있습니다. 그 안에 서평 코너가 있습니다. 제가 이 책에 수록된 글들은 한국어 교육으로 북한에 대한 관심이 전혀 없다고 서평을 하나 썼다가 큰 파문이 일어나기도 했었습니다. 그런 나라 문학을 왜 배워야 하냐면서 반발이 일어났지요. 심지어 오무라가 유언을 남겼다는 말까지 들었습니다. 정치가 아무리 험악해져도 그곳에서 살고 있는 사람을 우선 생각해야 합니다. 북한에 대한 관심이 없다 보니, 조선족 문학에 대해서도 연구를 하겠다는 일본인 연구자는 거의 없습니다. 참으로 안타깝고 아쉬운 부분입니다. 하지만, 후배 세대에게 큰 기대를 걸 수밖에 없다고 생각합니다. 인간의 보편적 가치기준으로 봐도 약한 자를 괴롭히면 안 된다고 생각합니다. 돋아나는 새싹을 밟아서도 안 되는 일입니다. 불모지에서 그 싹이 다시 나려면 아주 긴 세월이 필요합니다. 이건 오랜 세월 제가 품어온 생각입니다.

곽형덕 선생님의 연구 역사를 들어 보니 『한국문학의 동아시아적 지평』이라는 책 제목이 참으로 잘 맞는 것 같습니다. 선생님의 학문 세계는 수직적이라기보다 수평적이라는 생각이 듭니다. 한반도를 중심에 놓고 그와 관련된 문학을 평생 연구해 오셨다는 점에서 임헌영 선생님이 평가하신 것처럼 "남북한 문학 등거리 연구"를 해 오신 셈입니다. 말은 쉬운데 점점 더 실현하기 힘든 연구 방법론인 것 같습니다. 끝으로 한국의 젊은 문학연구자에게 해주고 싶은 말씀이 있다면 해주시기 바랍니다.

오무라 마스오 저는 시시각각 변화하는 정치나 정세에는 크게 기대하지 않습니다만, 그런 요인을 넘어서 문학은 문학의 역할이랄까, 문학이 감당할 보편적 인간애의 영역으로 존재했으면 합니다. 문학을 통해서 한일의 젊은이들이 서로 소통하면서 사이좋게 지낼 수 있기를 진정으로 바랍니다.

곽형덕 지금 인터뷰하는 곳(인사동 모 식당)에 저와 오무라 선생님만이 아니라 사모님도 함께 계십니다. 사모님께서 인터뷰에 넣지 말아 달라고 하셔서, 맺는말에서 언급만 하려 합니다. 오늘 인터뷰 사진 등은 전부 사모님께서 찍어 주셨습니다. 선생님을 뵌 지 거의 10년 만에 처음으로 딱딱한 형식으로 말씀(인터뷰)을 나눴습니다. 오늘 시간 관계상 다 못들은 이야기는 다음에 넉넉히 시간을 내서 다시 듣고자 합니다. 젊은 연구자의 한 사람으로서 선생님 말씀을 잘 새기겠습니다. 긴 시간 선생님의 말씀 감사합니다. 오래오래 건강하시기를 간절히 기원합니다.

오무라 마스오 감사합니다.

역자 후기

이 책은 저자의 '조선문학' 연구 반세기의 여정을 품고 있다. 해방 이전 시기부터 시작해 현재까지 한반도와 중국(연변), 일본을 무대로 펼쳐진 조선인 작가들의 삶과 문학을 향한 저자의 따스하지만 냉철한 평가를 엿볼 수 있다. 저자는 자국의 윤리에 함몰되지 않고 동아시아적 지평에서 조선인 작가들의 문학과 삶을 평가하고 있다. 저자의 연구에는 한국이나 북한 어디에도 온전히 자기 동일시를 할 수 없는 '조선적인 지평'이 담겨 있는 셈이다. 게다가 저자는 서양의 이론이나 철학에 기대지 않고 자신의 직감과 실천으로 일본에서의 조선문학 연구를 열어나갔다. 작가들의 발자취를 찾아서 현장을 답사하고, 서지학적 자료를 확충하고, 텍스트의 겹을 만들어 나갔다는 점에서 저자의 연구는 많은 후학을 1차 자료 정리의 수고로부터 해방시켰다고 할 수 있다. 저자의 저작을 읽어 나가면서 내가 발견한 것은 일면 딱딱해 보이는 저자의 문체 속에 담긴 다채로운 색채였다. 저자의 성격을 반영하듯 화려하지 않은 단문의 단조로워 보이는 문체 속에는 뜨거운 열정이 숨겨져 있다. 몇몇 글 속에서 유머와 통렬한 비판 의식을 찾아내는 것은 그리 어려운 일이 아니다. 기교와 과장이 없는 문체지만, 그 안에는 이글거리는 열정과 따스함이 있다.

한 권의 책으로 출간된 책을 번역하는 것과 달리 선집 번역 작업은 수록 목록을 새로 짜고 조율하는 작업이 수반된다. 새로 길을 내면서 걸어가야 해 험로지만, 아무도 걷지 않은 길을 만들 수 있다는 점에서는 매력적인 작업이다. 글을 모아보니 제1부는 조선과 일본, 제2부는 북한과 연변의 문학적 관련 양상으로 정리할 수 있었다. 물론 반세기에 걸친 저자의 연구를 14편의 글로 다 정리할 수는 없다.

14편의 글 중에서 제1부 「와세다 출신의 조선인문학자들」, 「일본문학 속에 나타난 조선전쟁」, 「대담」은 한국어 원고를 대폭 수정하였고, 제2부 「김학철, 그 생애와 문학」은 심원섭 선생님의 번역임을 밝혀둔다. 후학의 번역 작업에 흔쾌히 번역 원고를 제공해 주신 심원섭 선생님께 감사드린다. 「와세다 출신의 조선인문학자들」, 「일본문학 속에 나타난 조선전쟁」은 원 번역자를 특정할 수 없는 상황이지만, 저자의 동의하에 원고를 큰 폭으로 수정했다.

14편의 글에는 한국문학이라고 경계 지을 수 없는 '조선'문학의 동아시아적 지평이 펼쳐져 있다. 이는 기본적으로 저자가 한국이나 북한 소속으로 딱 잘라 말할 수 없는 작가와 대상을 연구해 왔음을 말한다. 윤동주, 김학철, 김창걸, 김조규의 문학에 대한 논의나, NHK한글강좌 개설과 일본문학 속에 나타난 조선전쟁 등은 남과 북 모두와 연관된 문학 및 현상이다. 이 책에 수록된 인터뷰에서 저자는 다음과 같이 말하고 있다.

하지만 후배 세대들에게 아쉬운 지점도 있습니다. 물론 다 그런 것은 아니겠으나 대체적으로 조선문학 연구를 하면서 북한에 대한 관심이 별로 없습니다. 북한의 문예정책 등을 비판하는 것은 좋습니다. 하지만, 그곳에 살고 있는 사람들에 대한 관심이 없는 것은 아쉽습니다.

최근 몇 년 전부터 북한문학에 관심을 품고 관련 서적을 읽고 있는 내게도 반성을 촉구하는 글처럼 느껴졌다. 또한 그뿐만이 아니라 국민국가 단위의 문학(성체)에 갇혀서는 안 됨을 깨닫게 되는 말씀이기도 했다. 그런 점에서 '한국문학'이라는 규정 속에 저자의 연구를 담아낼 수는 없다. '조선문학'이라는 용어는 단순히 식민지 시기 혹은 북한과 연관된 이미지만이 아니라, 한반도 밖에서 남과 북 모두의 문학을 아우를 때 쓰는 용어이기도 하다. 남과 북 모두의 문학을 가리키는 용어로써 "Korean Literature"를 상정할 때, 이를 '고려문학' 혹은 '한국문학'으로만 번역할 수 없다는 점에서, 현재 상황에서는 조선문학이 가장 의미에 합당한 용어라고 생각한다. 혹은 '남북한문학' 등의 용어도 상정해 볼 수 있지만 해방 이후의 문학을 뜻해서 이 또한 적절한 용어는 아닌 것 같다. 그래서 본문에서는 남과 북을 아우르고, 한반도 외부의 시각을 고려해서 '조선문학'이라는 용어를 사용했다. 이외에도 '조선어', '조선전쟁' 등도 같은 의미에서 본문에 사용했음을 밝힌다. '조선'이라는 용어는 반드시 식민지 시기나 북한과의 연관만

이 아니라, 남과 북 모두를 아우르는 용어이다. 이 책에 등장하는 윤동주, 김학철, 김조규, 김창걸 등은 한국이라는 울타리로는 수용이 안 되는 존재(들)이기에 이들을 한국문학의 성채에 가둘 수는 없다.

이 저작집에 실린 글 중에서 「그 땅의 사람들」과 「연변생활기」는 저자의 에세이스트로서의 면모를 유감없이 드러내고 있다. 애환이 깊어서 더욱 애착이 가는 글이다. 1973년 무렵이니 내가 태어나기도 전에 실린 「그 땅의 사람들」에는 매우 인상적인 구절이 나온다.

5월의 서울에는 라일락 향기가 가득 차 있었다. 진달래와 비슷한 철쭉 꽃이 진홍색으로 또 순백색으로, 초여름을 연상시키는 햇볕을 받아서 아름답게 보여도, 100송이 백합을 모아놓은 것 같은 라일락 가지 하나에 대적하지 못한다. 장마가 걷힌 후의 아카시아와 마찬가지로 사람의 혼을 뺏는 향기다. 오랜 세월 동경해 오던 땅에 실제로 몸을 두고서, 그 대지 위를 걸어 다닐 수 있는 기쁨에 나는 취해 있었다. 설령 북으로는 갈 수 없다해도, 남반부에라도 올 수 있었던 것이다. 내 조국이라고 부를 수 없지만 사랑하는 대지를 밟았다.

지금으로부터 약 45년 전, 저자는 "내 조국이라 부를 수 없지만 사랑하는 대지를 밟았다"는 감회를 남겼다. 나는 일본인 연구자가 이런 식의 글을 남긴 예를 어디서도 본 적이 없다. 일본문학 연구자인 나는 과연 일본에 대해 이런 말을 진심을 담아서 할 수 있을까. 복잡한 마음이 들지 않을 수 없다.

「연변생활기」의 다음 구절은 더욱 감동적이다.

우리는 매일 아침 빵(한어로는 멘파오麵包)을 먹었다. 좀 커다란 크기
의 팥빵 정도의 빵이 연변대 부근에서는 한 개에 11전에 비닐봉지 값을
별도로 받았다. 그런데 서시장 아가씨는 한 개에 10전에 비닐봉지 값은
받지 않았다. 그 아가씨는 나이보다 조금 더 들어보였는데 알고 보니 스
무 살로 조금 수줍어하면서 옥수수처럼 건강한 치아를 보이며 말하는 것
이 귀여워 보였다. (…중략…) 우리는 그녀를 '멘파오 아가씨'라고 부르
며 거기서만 빵을 샀다. 가을, 가로수의 버드나무 잎이 그녀가 쓴 흰 위생
모자 위에 하나 둘 떨어지고, 그 위로 끝없이 맑고 푸른 대륙의 하늘이 이
어졌다. 한겨울, 영하 20도에 가까운 날에도 그 아가씨는 뺨을 붉게 물들
이고 헛걸음하면서 찬바람을 맞으면서 하루 종일 서 있었다. 연길이라는
이름을 들으면 그 거리의 한 사람 한 사람의 표정과, 연변대학의 연변사
회과학원에서 만났던 한 명 한 명의 표정이 떠올라서, 50살이 지난 내 가
슴에도 작은 파문이 일어나는 것을 느낀다.

1980년대, 연변의 거리에 서 있는 50대인 저자의 표정까지 느껴
지는 문장이다. 저자가 묵묵히 걸어온 '조선문학' 연구 반세기를 이
끈 힘을 추측해볼 수 있다. 인용의 마지막 줄은 단순히 연변만이 아
니라, "그 땅의 사람들"에 대한 저자의 끝 모를 애정과 지향을 잘 드
러낸다. "내 조국이라 부를 수 없지만 사랑하는 대지" 위의 사람들의
삶과 문학에 대한 애정은, '조국' 일본이 동아시아에 전쟁이 아닌 평

화를 불러올 수 있는 '땅'이 될 수 있기를 바라는 마음과 이어져 있지 않을까 생각한다.

끝으로 오무라 마스오라는 등대를 따라 항행 중인 후학의 한 사람으로서 저자를 평가하는 것이 저어됨이 사실이나, 독자의 이해를 돕고자 결례를 무릅썼음을 밝힌다. 길을 잃을 때면 길 위에 난 저자의 흔적을 따라가려 한다.